ロバート・グレーヴズ

この私、クラウディウス

多田智満子
赤井 敏夫 訳

みすず書房

I, CLAUDIUS

by

Robert Graves

First published by Arthur Barker, London, 1934 and
Harrison Smith & Robert Haas, New York, 1934

……同時代の人々ばかりか後世の人々によっても、この物語はありとあらゆる誤解や誤伝の的となっていて、このようなありさまでは、きわめて重要な記録さえみな疑わしげで曖昧なものに見えてくる。或る者が根拠のない伝聞を確かな事実と主張する一方で、他の者が事実を偽りとしてしまう。その両者とも、後世によって誇大に伝えられているのである。

タキトゥス

目次

主要登場人物一覧（五十音順）

＊印はとくに重要

＊アウグストゥス　初代ローマ皇帝、本名オクタウィアヌス

アエミリア　アエミリウスとユリッラの間の娘、クラウディウスと婚約するが解消

アエミリウス　元老院議員、ユリッラの夫、陰謀を企て失脚

アエリア　クラウディウスの二番目の妻、セイヤヌスの義理の妹

アクテ　クラウディウスの愛人、カプアで同棲

アグリッパ　アウグストゥスの親友にして将軍

アグリッピーナ　アグリッパとユリアの間の娘、ゲルマニクスの気丈で貞淑な妻

アグリッピニッラ　クラウディウスの最後の妻、ゲルマニクスとアグリッピーナの間の娘、ネロ帝の母

アッティクス　上級政務官、アウグストゥスを神と祭ることに尽力

アッルンティウス　元老院議員

アテノドロス　ギリシア人のストア派哲学者、クラウディウスのよき家庭教師

アピカータ　セイヤヌスの妻

アフェル　雄弁で知られた法律家

アプロニア　シルウァヌス・プラウティウスの二番目の妻

アプロニウス　アプロニアの父、低地ゲルマニア軍団を指揮

アペッレス　俳優、「偵察隊」の一員

アマルテイア　シビュラの巫女、クラウディウスに未来を告げる

アルンス　カプアのエトルリア人神官

＊アントニア　クラウディウスの母、ドルススの妻、大アントニウスとオクタウィアの間の娘

アントニア　クラウディウスとアエリアの間の娘

アントニウス　マルクス・アントニウス、三頭政治家のひとり、クラウディウスの母方の祖父

イウルス　アントニウスとフルウィアの間の子、帝位簒奪の嫌疑で処刑

ウァルス　ゲルマニア総督、トイトブルクの森で三軍団とともに蛮族により壊滅

ウィテリウス　属州シリア総督、クラウディウスの友人

ウィプサニア　ティベリウスの最初の愛妻

ウォノネス　アルメニア王

＊ウルグラニア　リウィアの腹心、貴族の女性たちの告解師をつとめる

ウルグラニッラ　シルウァヌスの娘、ウルグラニアの孫娘、クラウディウスの最初の妻

エウテュクス　戦車御者、「偵察隊」の一員

エンニア　マクロの妻

オウィディウス　詩人、『変身賦』『恋愛術』の作者、ア

ウグストゥスにより追放
オクタウィア　アントニウスの妻、アウグストゥスの姉、クラウディウスの母方の祖母
オレスティッラ　カリグラの妻
ガイウス　アグリッパとユリアの間の次男、アウグストゥスの孫にして養子、有力な皇帝後継者だったが東方属州で負傷、毒殺される
カエソニア　カリグラの妻、卑賤の出だが思慮あり
ガエトリクス　ローマ軍士官、のち高地ゲルマニア四軍団を統率
***カストル**　本名ティベリウス・ドルスス、ティベリウスとウィプサニアの間の息子、残虐だが義兄ゲルマニクスには誠実、セイヤヌスと対立して妻リウィッラにより毒殺
***カッシウス・カエレア**　勇敢で沈着なローマ軍将校、カリグラ暗殺の首謀者
カッシウス・ロンギヌス　ドルシッラの夫、属州小アジア総督
ガッルス　気骨ある元老院議員、ウィプサニアの再婚相手、ポッリオの息子、最後は幽閉死
カッロン　クラウディウス家のギリシア人家内奴隷、クラウディウスの秘書となる
カトー　マルクス・ポルキウス・カトー、監察官カトーの子孫、クラウディウスの大嫌いな家庭教師
ガニュメデス　本名アエミリウス・レピドゥス、ドルシッラの夫、「偵察隊」の一員
カミッラ　メドゥッリナ・カミッラ、メドゥッリヌスの娘、クラウディウスとの婚約直前に殺される
***カリグラ**　第三代ローマ皇帝、本名ガイウス、ゲルマニクスとアグリッピーナの間の三男、精神異常の暴君
カリストゥス　帝室財務官
カルプルニア　クラウディウスの娼婦上がりの愛人、頭がよく忠実
カルプルニウス・ピソ　正義派の元老院議員、深緑党とみなされる
グナエウス・ピソ　属州シリア総督、ゲルマニクスの悪辣な宿敵
クラウディア・プルクラ　ウァルスの未亡人、アグリッピーナの友人
***クラウディウス**　第四代ローマ皇帝、本篇の主人公にして語り手
クリスプス　ローマ騎士、ポストゥムスを憎悪
クレオパトラ　エジプト女王、アントニウスの妻
クレメンス　アグリッパ家の奴隷、ポストゥムスの影武者
ゲメッルス　ティベリウス・ゲメッルス、カストルの息子、カリグラの養子となるが殺される
***ゲルマニクス**　クラウディウスの長兄、善き兄であり勇将だったが謀殺される

コルネリウス　大ポンペイウスの孫、帝位簒奪を企てるユーニアの父、心正しい元老院議員、カリグラの命で自殺

シラヌス　ユーニアの父、心正しい元老院議員、カリグラの命で自殺

シリウス　低地ゲルマニア軍団長、ゲルマニクスの有能な副官、大逆罪の疑いをかけられて自殺

シルウァヌス・プラウティウス　ウルグラニアの息子

シルウァヌス・プラウティウス　同名の父の息子、ウルグラニッラの兄、不愉快な人物

スクリボニア　アウグストゥスの前妻

スクリボニアヌス　フリウス・カミッルスの息子

スルスネルダ　ヘルマンの妻

スルピキウス　クラウディウスの家庭教師、文才ゼロだが誠実で記憶力抜群

＊セイヤヌス　ティベリウスの腹心の親衛隊司令官、「嘘の名将」としてティベリウスに悪しき影響を与える

セギメルス　ゲルマニア名シーグミルグト、ゲルマニア人の首長

セゲステス　ゲルマニア名シエグストス、ゲルマニア人の首長

ソシア　シリウスの妻、アグリッピーナの友人

タクファリナス　属州アフリカの匪族の長

＊ティベリウス　第二代ローマ皇帝、クラウディウスの伯父、ドルスス・ネロとリウィアの間の長男

デキムス　シラヌス家の貴族、ユリッラの愛人とみなされ国外逃亡

ドミティア　クラウディウスの従姉妹、ポストゥムスの許嫁

虎　コルネリウス・サビヌス、親衛隊士官、カリグラの暗殺者のひとり

トラシッルス　アラビア人占星術師

ドルシッルス　クラウディウスとウルグラニッラの間の息子、クラウディウスはこの子を愛さない

ドルシッラ　ゲルマニクスとアグリッピーナの間の娘、死後女神パンテアとして祭られる

ドルシッラ　カリグラとカエソニアの間の娘

ドルスス・ネロ　将軍、クラウディウスの祖父、妻リウィアをアウグストゥスに嫁がせる

＊ドルスス　クラウディウスの父、ドルスス・ネロとリウィアの間の次男

ドルスス　ゲルマニクスとアグリッピーナの間の長子

ヌマンティナ　シルウァヌス・プラウティウス（子）の妻、ウルグラニッラが熱愛

ネルウァ　コッケイウス・ネルウァ、元老院議員、ティベリウスの親友、正直で温厚な紳士

ネロ　ゲルマニクスとアグリッピーナの間の次男、好人物、若くして殺される

パッラス　クラウディウス家のギリシア人家内奴隷、クラウディウスの秘書となる
ハテリウス　元老院議員、ティベリウスに道化じみたいやがらせをする
ファビウス・マクシムス　アウグストゥスの親友
フラウィウス　ゲルマニア名ゴルトコプフ、ゲルマニア人の首長、ヘルマンの兄弟
プラウティウス　シルウァヌスを見よ
ブラエスス　ユニウス・ブラエスス、セイヤヌスの叔父
プランキーナ　グエナウス・ピソの妻、アグリッピーナに敵意をもつ
ブランドゥス　ローマ騎士、ヘレネの夫
フリウス・カミッルス　メドゥッリヌスの弟、カミッラの叔父
ブリセイス　クラウディウス家の忠実な乳母、解放奴隷
フルウィア　アントニウスの最初の妻
ブルートゥス　ユリウス・カエサルの暗殺者
ヘルマン　ラテン名アルミニウス、ゲルマニア人の首長、騎士階級に列せられているがゲルマニア人の叛乱に荷担
ヘレネ　本名ユリア、カストルとリウィッラの間の娘、ネロの妻
＊**ポストゥムス**　アグリッパとユリアの間の三男、アウグストゥスの孫、アグリッパ姓を継承、少年クラウディウスにとって頼もしい兄貴分だったが殺される
ポッリオ　元老院議員、歴史家
ポリュビオス　クラウディウスの解放奴隷、書記
ポンポニウス　ローマ軍団の老兵
マエケナス　アウグストゥスの腹心
マクロ　親衛隊司令官、カリグラの腹心
マルクス・ウィニキウス　レスビアの夫、カリグラの暗殺者のひとり
マルケッリーナ　アグリッパの娘
マルケッルス　オクタウィアの息子、アウグストゥスの養子、皇帝後継者とみなされていたが若死
マルティナ　魔女と噂される女
ムーサ　医師
ムネステル　カリグラの贔屓の俳優
＊**メッサリーナ**　クラウディウスの三番目の妻、バルバトゥスの娘、非常な美貌だが悪妻
＊**メドゥッリナ**　カミッラを見よ
メドゥッリヌス　アウグストゥスの将軍
モンタヌス　親衛隊将校
ユーニア　カリグラの妻
＊**ユリア**　アウグストゥスとスクリボニアの間の娘、はじめマルケッルス、次にアグリッパ、後にティベリウスと結婚、島流しとなる
ユリウス・カエサル　内乱時代の英雄、アウグストゥスの義父

ユリッラ　アグリッパとユリアの間の長女、アエミリウスと結婚、母同様島流しにあう
***リウィア**　クラウディウスの祖母、アウグストゥスの妻
リウィウス　ティトゥス・リウィウス、元老院議員、歴史家、『ローマ建国史』一四二巻を著す
***リウィッラ**　クラウディウスの姉、性悪、夫ガイウスの死後カストルの妻となるが、セイヤヌスと通じてカストルを毒殺
リボー　ポンペイウスの孫、アグリッピーナの従弟、罠にはめられて自決
ルキウス　アグリッパとユリアの間の長子、アウグストゥスの孫にして養子、若くして謎の死を遂げる
レスビア　本名ユリア、ゲルマニクスとアグリッピーナの間の娘
レピダ　ドルススの妻
レピドゥス　神祇官の長、三頭政治家のひとり
レントゥルス　元老院議員
ロッリア　カリグラの妻

この私、クラウディウス

巻一

クマエで巫女の予言を聴く

紀元四十一年

この私、ティベリウス・クラウディウス・ドルスス・ネロ・ゲルマニクス・その他何の某（なにがし）（自分の称号を全部ならべたてて読者をうんざりさせたくないから）であり、かつて、それも遠からぬ過去において、友人、親類、仲間たちに、「阿呆のクラウディウス」とか、「あのクラウディウス」とか、「吃り（ども）のクラウディウス」とか、「クラウ・クラウ・クラウディウス」とか、あるいはせいぜいのところ「かわいそうなクラウディウスおじさん」として知られていたこの私が、今、自分自身の奇妙な人生の歴史を記（しる）そうとしている。幼年時代からはじめて年代順に筆を進め、およそ八年前、五十一歳のときに、その後今に至るまで脱しきれぬ〈黄金の苦境〉とも称すべき運命の転回点に達するまでを物語ろうというのである。

これは決して私の初めての著作ではない。じつは文学、とりわけ歴史の著述は——青年時代に私はローマで、当代最高の歴史家のもとで勉強したものだ——あの運命の激変までたっぷり三十五年もの間、私の唯一の職業であり関心事であった。それゆえ読者は私の熟練した文体に驚いてはならない。この書を著わしているのは、かれの書記官ではなく、また、優雅な文章で主題の貧しさを取りつくろい、追従で悪徳をやわらげてもらおうと望んで、公職にある者が自分の回想を伝えて書かせる、例の帝室御用の年代記作者でもなく、クラウディウスその人なのである。今この作品においては、あらゆる神々に誓って、私が自分のただの書記であり、自分自身の公式年代記作者なのだ。自らの手で書きながら自分に追従を言ったところで、どんな恩恵が得られようか。さらに付け加える

ならば、これは自分史の初めての書ではない。私は八巻から成る別の自伝を、すでにローマ市の文書館に寄贈している。これは退屈な代物（しろもの）で、公共の要請に応えたにすぎず、私はあまり重要視していない。正直なところ、二年前にこれを書いていた当時は、他の諸々（もろもろ）の用件で忙殺されていた。前半の四巻の大部分は、私のギリシア人の書記官に口述筆記させたもので、何ひとつ変更を加えぬように命じておいた。（ただし文章のバランスを保つ上で、あるいは矛盾や繰り返しを避けるために必要な場合を除いて。）しかし後半のほとんど全部と、第一巻の数章は、ポリュビオスというものが書いたことをみとめておく。ポリュビオスという名は、かれが奴隷の少年であったころ、あの有名な歴史家の名に因んで私が名づけたもので、かれは私が与えた資料にもとづいてそれを書いたのである。かれはじつに精確に私の文体をなぞったので、書き終えてみると誰ひとりとして、どれが私の文でどれがかれの文なのか見分けられぬほどであった。

くりかえして言うが、これは退屈な本であった。私は母方の大伯父である皇帝アウグストゥスと、かれの三番目のそして最後の妻であるわが祖母のリウィアを批判できる立場ではない。かれらは二人とも公式に神格化されており、私は神祇官としてその礼拝にたずさわっているからである。また、アウグストゥス亡きあとの、二人の相応しからぬ帝位継承者については、かなり手きびしく批判できたにもかかわらず、体裁を重んじてそれをさし控えた。アウグストゥスたちのように宗教上の畏敬によって守られていないこの二人について真実を曝露しながら、リウィアが無実潔白であることを言い立てるのは正当ではないし、またアウグストゥス自身も、この驚嘆すべき——思い切っていわせてもらえば——忌まわしい女性の言いなりになっていた限りにおいて、無実とはいえないであろう。

私はその著作の内容を、論争の余地のない事実だけに限定して、退屈なものにしてしまった。たとえば、某氏がこれこれの名誉や位階を有する何某の娘なる某女と結婚した、というような事実だけを記録して、その結婚の政治的理由や、両家の間で行われた内密の取引などには触れなかった。また、誰それがアフリカ産の無花果（いちじく）の料理を食べたあと急死した、とは書いたが、毒のことか、かれの死によって誰が得をするか、というようなことについては、そうした事実が刑事裁判所の判決で確認されないかぎり、すべて口を緘（つぐ）んでおいた。私は嘘は述べなかったが、ここで記（しる）そうと思うような意味での真実を語ることはしなかったのである。

いくつかの事件の年代について記憶を新たにするために、今日、その本をパラティヌス丘のアポロ図書館で参照したところ、おかしなことに、公けの出来事を記録した章の中に、まさしく私独特の文体なので、たしかに私が書いたか口述したといわざるをえないのに、書いた記憶も口述した記憶もない箇所をいくつか見つけて興味をそそられた。もしポリュビオスが書いたのだとすれば、（かれが私の他の歴史作品を研究していたことはたしかだとしても）これは驚くべき模倣の傑作である。しかしもしこれが本当に私の手に成るものだとすれば、私の記憶力は政敵どもが言いふらしている以上に衰えていることになる。今書いたことを読み返してみると、まずこれから取りかかる著作が私ひとりの手になるという点について、次に、歴史家としての私の権威について、最後に事実に関する私の記憶について、読者の疑いをとり除くどころかむしろ強めているに違いないと思われる。ともあれ小細工は弄すまい。私は自分が感ずるままに書いているのだ。歴史が進行するにつれて、読者は、私が何ひとつ――自分の恥になることさえ――隠していないことを信ずるに到るであろう。

　これは歴史的打ち明け話である。ところで誰に打ち明けようというのか？　私は答える、これは後世に向けた打ち明け話なのである、と。曾孫や玄孫に向かって語るのではなく、遠い遠い後世の人々に向かって語ろうというのである。しかも、この後百世代あるいはそれ以上の歳月の後に、たまたま私の読者となる諸君が、ちょうど、ずっと昔に死んだヘロドトスやトゥキュディデスが私に語りかけると感じられるように、同時代の人から直接語りかけられているように感じてくれたら幸いだと思っている。ところで、なにゆえに私はそれほど遠い後世を読者として想定するのか。説明しておこう。

　今からかれこれ十八年の昔、私はカンパニアのクマエに行き、ガウルス山の崖の洞窟に住むシビュラ〔アポロ神に仕えた巫女〕を訪ねた。クマエにはいつの世にもシビュラがいる。一人が死ねばその年下の侍者が跡目を襲うからだが、彼女らは皆同じように名高いというわけではない。長年の奉仕の間、一度もアポロから予言を許されたことのないシビュラもいくたりかいる。そのほかに、予言はするがアポロよりはむしろバッコスの霊感を受けたかのように、酔いどれめいたたわごとを口走り、神託の信用を落とした者もいる。アウグストゥスがしばしば託宣を乞うたあのデイフォベ、そして今なお存命のアマルテイアが跡目を継ぐまで、ほとんど三百年の間、至って霊力に乏しいシビュラが続出したのであった。その洞窟はアポロとアルテミスに献じられたかわいらしいギリシア風小神殿のうしろにある。クマエはギリシアのアイオリス族の植民した地なのである。神殿の入口の上の、金箔を張った古い帯状装飾(フリーズ)はダイダロスの作と称せられているが、これは正真正銘の嘘で、ダイダロスは少なくとも千百年も昔の人物なのに、これはたかだか五百年しか経っていない。このフリーズの浮彫は、クレタの迷宮の奥でテセウスがミノタウロスを殺した物語をあらわしている。シビュラを訪れる許しを得るに先立って、私は神殿のアポロとアルテミスに、それぞれ雄牛と雌羊を一頭ずつ生贄に捧げねばならなかった。十二月の寒い時候であった。洞窟は巨巌にぽっかり口を開けた恐ろしい場所にあって、入口あたりの路は険しく、穴は曲がりくねり、真暗闇にこうもりが充満していた。私は変装していたが、シビュラは正体を看破った。もしかすると、吃(ども)ったために私だとばれてしまったのかもしれない。子供のころ私はひどい吃りであった。弁論術の専門家の助言に従って、次第に、おきまりの公式演説では話し方を抑制できるようになったものの、私的な、前もって想を練ったのではない話をするときには、少しはましになったが依然として舌が神経的にもつれてしまうことがある。クマエでもそうだったのである。

私は四つん這いになって階段を手さぐりで昇り、ようやく奥の洞へとたどりついた。そして見た、女というよりは猿に似たシビュラを。天井から吊した籠の中の椅子に坐り、どこか上の方から射し込む一条の光に当たって、その衣服は赤く、まばたきせぬ眼は赤く輝いている。歯のない歯茎を剝いてにたりと笑っている。私のまわりには死臭が漂っている。しかし私は準備してきた挨拶の言葉を何とか述べることができた。彼女はなにも答えない。しばらく経ってようやく、これが前任のシビュラたるデイフォベのミイラであることに気がついた。彼女は最近百十歳で亡くなったのである。眼を輝かせるために後ろ側に銀箔を貼った透明大理石の義眼で、そのまぶたがもちあげられていた。当代に君臨するシビュラはずっとその前任者と共に暮らすのである。私はデイフォベの前にしばらく突っ立って、身ぶるいしながら機嫌をとるような微笑を浮かべていたが、それは生涯続くような気がした。

　とうとう現存のシビュラ、まだうら若いアマルテイアが姿を現した。赤い光線がうすれ、それと共にデイフォベは消え失せた――誰かが、おそらく新参の巫女が、小さな赤いガラスを蔽ったのであろう。そして新しい白い光条が上から射しこみ、そのうしろの陰翳のなかに、象牙の玉座に坐ったアマルテイアを照らし出した。

　彼女は額の秀でた、美しい、狂気じみた顔をして、デイフォベと同様、身じろぎもせず坐っている。しかし、眼は閉じている。私は膝ががくがくして、ひどく吃(ども)りはじめ、どうにもならなくなった。

「おお、シブ……シブ……シブ……シブ……シブ……」とやり出したのだ。彼女は眼をひらき、眉をひそめ、私の口まねをした。

「おお、クラウ……クラウ……クラウ……クラウ……」私は恥じ入り、質問するためにここに来たことをようやく思い出した。懸命の努力をして言った。「おお、シビュラよ、私はローマの運命と、私の運命とを、お訊ねするために参りました」次第に彼女の顔つきが変わり、予言の力が彼女を圧倒した。身もだえ、あえいだ。洞窟の回廊全体に、どっと突きぬける音が響き、扉という扉がばたんばたんと音を立て、翼がしゅうしゅうと顔を掠めた。光が消え、シビュラは神の声で、ギリシア語の韻文をとなえた。

　ポエニの呪いのもとに呻吟し
財布の紐で首締める女は
立ち直る前にさらに病が重くなる
生きながらにその口は青蠅を養い
眼には蛆虫が這いまわる
彼女の死ぬ日を誰ひとりしるしづけぬ

それから腕を頭上高くさしあげてまた唱えはじめた。

十年と五十と三日
クラウ——クラウ——クラウは与えられよう
かれ以外の万人の欲する贈り物を

ご機嫌とりの取り巻きどもに
かれは鶏のようにコッコと吃り口ごもる
唇からよだれ垂らして

しかしかれが沈黙し　もはやこの世にいなくなって
おおよそ一千九百年の後
クラウ——クラウ——クラウディウスは明晰に語るで
　あろう

それから神は彼女の口を通して笑った。ホッホッホッホッと、愛らしいがおそろしい声で。

私はうやうやしく辞儀をし、急いで向きを変えて、よろめきながら立ち去った。こわれた階段の最初の一連なりを、ぶざまにも真逆さまにころげ落ち、額と膝とを怪我した。途方もない哄笑に追いかけられながら、ほうほうの態で洞の外へ出た。今、熟達の占師として、歴史の専門家として、またアウグストゥスが編纂した『シビュラの書』を研究する機会に恵まれた神祇官として、私はこの神託詩を自信をもって解釈することができる。「ポエニの呪い」は、明らかに、ローマに滅ぼされたカルタゴに関するものだ。あの滅亡ゆえに我々は久しく神の呪いのもとにある。我々は、アポロはじめ主だった神々の名によって、カルタゴに友情と保護を誓った。しかるに第二次ポエニ戦役の惨禍からかの国が速やかに立ち直るのを嫉んで、我々はカルタゴに第三次ポエニ戦役を仕掛け、徹底的に国を破壊し、住民を虐殺して、国土に塩を撒いたのである。「財布の紐」はこの呪いの主な道具立てであって、つまり、ローマが最強の貿易の競争相手を滅ぼして地中海の富を独占して以来、ローマの首を絞めつつある狂おしいまでの金銭欲を意味する。富とともに怠惰、貪欲、不誠実、怯懦、柔弱、その他もろもろの非ローマ的悪徳がひろまったのである。私以外の「万人の欲する贈り物」とは何か——。それはまさしく十年と五十三日後にもたらされたもので、読者は読み進むにつれて事の次第をたどることになろう。「クラウディウスが明晰に語る」という句は長い間謎であったが、しかし今ようやく理解できたと思う。これは、目下執筆中のこの書を著すようにという勧告に違いないのである。これを書き上げたならば、保存液で処理し、鉛の箱に封じこめて、後世の人が掘り出して読むように、どこか地中深く埋めるとしよう。もし私の神託解釈が正しければ、およそ千九百年後にこの書は発見されるであろう。そうであれば、現代の作家たちがそのころまで湮滅（いんめつ）を免れて残ったとしても、その著作は同時代のためにのみ書かれ、保身のために慎重な表現をしていて、未来の読者の眼には、はぐらかしの多い、口ごもるような物言いと映るだろうが、一方私の著書は明快に大胆に語るであろう。たぶん私は考え直して、わざわざ箱に封じ込めたりせず、ただその辺に放置しておくことになろう。歴史家としての経験から言えば、記録が残存するのは人為的な意図によるよりも偶然による方が多いからである。

神託を下されたのはアポロであるから、アポロに原稿の運命をゆだねるとしよう。見ての通り私はギリシア語で書いているが、この言語をえらんだのは、私の考えではギリシア語は末長く世界の重要な文章語であり続けるであろうし、またもしローマがシビュラの指摘通りに腐敗滅亡するとすれば、ローマの言語も滅びないはずはないであろうからである。その上、ギリシア語はアポロ自身の言語なのだ。

年代と固有名詞については細心の注意を払うつもりでいる。（年代は余白に書き入れることにする。）エトルリアとカルタゴの歴史を編纂したとき、私は、どの年にこれこれの事件が起こったのか、また何某なる男が本当に何某その人であるのか、それとも何某の息子か孫かまたは親類でも何でもないのか、大いに首をひねって、思い出すのも腹立たしいほどの時間を費やした経験がある。私の跡を継ぐ人がこの種の苛立ちを味わわずにすむようにと心がけている。そこで、たとえば、この史書の中にドルススという人物が数人――私の父、私自身、私の息子、最年長の従兄、甥――登場するが、各人が言及される度にはっきりと弁別できるようにする。そしてまたたとえば、私の家庭教師のマルクス・ポルキウス・カトーについて語るとき、かれが監察官であり、第三ポエニ戦役へとローマを煽動したマルクス・ポルキウス・カトーでもなければ、名高い法律家であるかれの同名の息子でもなく、執政官であった同名の孫でもなければ、ユリウス・カエサルの政敵だった同名の曾孫でもなく、またピリッピの戦いで斃れた同名の玄孫でもなくて、なんの顕職に就いたこともなく就くに値せぬ人物ではあるが、同名の五代目の孫であることははっきりさせておかねばならない。アウグストゥスはかれを私の家庭教師とし、後に、他の若いローマ貴族と外国の貴族の子弟のための学校の教師に任命した。それというのも、かれの名前が最高の栄職に値するにもかかわらず、かれの厳しく、愚かしい、衒学的な天性は初等教育の教師以上のものに相応しくなかったからである。

紀元前十年

こうした事柄が、いつの年代のことであるかを確定するために、私の誕生の年がロムルスによるローマ建国から第七七四年、そしてオリュンピア暦元年からかぞえて第七六七年であること、そして皇帝アウグストゥスの――かれの名は千九百年後にも朽ちるとは思われない――治世第二十年であると述べておくのが最善の方法であろう。

この序論の巻を終える前に、シビュラとその予言について いささか付け加えておきたい。クマエでは、一人のシビュラが死ぬと他の巫女が跡目を襲うが、有名なシビュラもあれば、無名のシビュラもある、と私は述べておいた。きわめて名高い一人はデモフィレといい、アエネアスが冥界へ降る前に託宣を伺った巫女である。時代が下ってヘロフィレというのが有名だが、彼女はタルクィニウス王のもとに来て、かれが払う気がせぬほど法外な高値で予言集を買い取るようにすすめた。王が拒むと――話によれば――彼女はその一部を焼きすて、残る部分に同じ高値をつけた。ふたたび王が拒むと、さらに一部を焼き、残りに同じ値をつけた。今度という今度は、王は好奇心にかられてそれを支払った、という。ヘロフィレの持参した神託は二種類ある。すなわち、未来に関わる警告あるいは明るい見通しの予言と、かくかくしかじかの前兆が起こったら、神意を宥めるために捧げるべき生贄についての指示と。その後時の経過とともに、何であれ顕著な、真実と証明された、私人への託宣がこれに付け加えられた。ローマが何か異様な前兆や災禍に脅かされるような時には必ず、元老院は『シビュラの書』を管理している神祇官たちに、それを参照するよう命じる。するとつねに対策が見つかるのである。その書は火災のために二度も一部焼失したが、失われた神託は担当責任者の神祇官たちの共同の記憶によって復元された。その記憶は多くの場合きわめて誤りの多いものであり、だからこそ、アウグストゥスは、明らかに霊感によらない挿入や復元を排除して、予言集の権威ある定本を作る事業に着手したのである。かれはまた、権威に乏しいすべての個人的シビュラ神託集を、他の入手可能な公けの予言集と共に集められるだけ集めて破棄した。その数は二千を超えた。かれは『シビュラの書』の校訂本を、パラティヌス丘の自分の宮殿近くに建立したアポロ神殿の神像の台座の下の、鍵のかかる戸棚におさめた。アウグストゥス個人の歴史関係の蔵書から、一つの稀書が、かれの死後しばらくして私の所有に帰した。「原典のうちに含まれながら、アポロの神祇官に偽作として斥けらるる神託を集めしゆえに、シビュラの珍本」と称せられるものである。神託の韻文は、アウグストゥス自身の美しい筆跡で書写され、かれ独特の誤った字の綴りが見られる。はじめは無知からの間違いだったのに、その綴りに長年固執して、しまいにはそれを誇りとしていたほどであった。それらの文章の大部分は、恍惚状態だろうと醒めた状態だろうと、決してシビュラが述べたものではなく、無責任な連中が自分や自分の家の名誉を高めようとして、あるいは敵対者の家を呪うために、自家製のでたらめな予言を神の託宣と称しているにすぎない。クラウディウス家はこの手の偽作にとりわけ熱心であったようだ。とはいえ一つか二つの託宣は十分に古雅な言葉で述べられ、その霊感は神に由来すると思われた。その明白で驚愕すべき意味内容のゆえにアウグストゥスは――かれの言葉はアポロの神祇官にとって掟であった

――正典の中に編入させぬ決意をしたに違いない。この小さな書はもう私の手許にない。しかし真正の予言と思われるそれらの託宣のうち、もっとも忘れがたいものを、ほとんど一字一句あやまたず想い起こすことができる。この神託は原語のギリシア語で記(しる)され、(正典の中の初期の大方の神託がそうであるように)おおざっぱなラテン語の韻文訳がそえてあった。それは次のようなものである。

ポエニの呪いの百年
それからローマは髪多き男の奴隷となろう
髪薄くして髪多き男
あらゆる男の妻　あらゆる女の夫たる者の。
かれの乗る馬は蹄の代わりに趾(あしゆび)をもつ。
かれはわが子ならぬ息子の手にかかって果てる
戦さの場ではなしに

次に国を奴隷とする髪多き男は
さきの髪多き男の子ならぬ息子
もじゃもじゃの房なす髪をもつ
かれは粘土に代えて大理石をローマに与え
見えぬ鎖で彼女をかたくつなぎとめる
そして妻ならぬ妻の手にかかって果てる
子ならぬ息子に利を得させるために

国を奴隷とする第三の髪多き男は
第二の男の子ならぬ息子
血をまぜあわせた泥となろう
この髪薄くして髪多き者は。
かれはローマに勝利と敗北とをもたらし
わが子ならぬ息子に利を得させて死ぬ
枕が剣の代りとなろう

国を奴隷とする第四の髪多き男は
第三の男の子ならぬ息子
髪薄くして髪多き者
かれはローマに毒と冒瀆をもたらし
幼いころかれを背にのせた
おのれの老いたる馬に蹴られて死ぬ

国を奴隷とする第五の髪多き男
己が意に反して国を奴隷とするのは
皆から侮られたあの愚か者
もじゃもじゃの房なす髪をもつ。

かれはローマに水と冬のパンを与え
妻ならぬ妻の手にかかって果てる
わが子ならぬ息子に利を得させて

国を奴隷とする第六の髪多き男は
第五の男の子ならぬ息子
かれはローマに胡弓弾(ひ)きと恐怖と火とを与え
その手は親の血で赤く染まる
かれの跡を継ぐ第七の髪多き男は居らぬ
かれの墓からは血が噴き出よう

さて、髪多き男たち、すなわちカエサル一族（カエサルは髪を生やした頭を意味する）の第一の者が、自分を養子にした大伯父ユリウスであることは、アウグストゥスには明々白々であったに違いない。ユリウス・カエサルは禿頭で、男女両刀使いの放蕩者として知られていた。そしてかれの軍馬は、公式記録にあるように、蹄の代わりに趾をもつ奇形であった。ユリウスは数々の激戦をくぐりぬけて命をながらえたが、遂に元老院でブルートゥスに殺された。そしてブルートゥスは別人の子であるがユリウスの私生児とひろく信じられていた。ブルートゥスが短剣を振りかざしてかれに迫ったとき、「わが子よ、お前もか！」とユリウスは叫んだのだ。ポエニの呪いについては、すでに記(しる)した。アウグストゥスは自分をカエサル家の第二の者と認めたに違いない。事実、かれは生涯の終わりに、自分が再建した壮麗な神殿や公共建築物を見渡して、帝国を強化し光輝あらしめる自分の畢生の事業に思いを至しながら、誇らしげに言ったものだ——予は粘土のローマを見い出し、大理石のローマを遺した、と。しかし自分の死にざまについては、かれは予言を不可解で信じがたいと思ったであろう。それでもなお、一種のためらいがあって、この神託を破棄しなかったのだ。第三第四第五の「髪多き者」が誰々であるのか、この史書が明らかに示すであろう。そして、現在に至るまであらゆる点でこの神託が確固として的確な予言であることを認めながら、もし私が「髪多き第六の男」が誰であるか判らないとしたら、私は実に愚か者というほかはない。かれの跡目を襲う「髪多き第七の男」がいないことは、ローマのために喜ぶべきである。

巻二　おそるべき祖母リウィア

　まだ物心つかぬうちに父を失ったので、私は父親の記憶を呼び起こすことができない。しかし青年時代に、父の生涯や性格について――元老院議員であろうと、兵士であろうと、奴隷であろうと――誰であれ父を知る人々から、詳細を極めた情報を集める機会を一度たりとも逃しはしなかった。そして歴史の習作として父の伝記を書きはじめたが、その作業はすぐに祖母リウィアに差し止められた。それでもいつの日か作品を完成する望みを捨てず、資料の蒐集をつづけていた。じっさいに、最近それを書き終えたのであるが、今でさえそれを世上に流布しようなどとは到底無理な話なのである。これはあまりにも共和制支持の感情にあふれているので、アグリッピニッラ――現在の妻――がその出版のことを聞きこんだが最後、一部残らず押収されてしまい、運の悪い写字生たちは私の軽率さゆえにとんだ災難に遭う破目になろう。かれらが腕をへし折られるとか親指や人指し指を切りとられる罰をまぬかれたら幸いというべきである。これはアグリッピニッラの不興を示す典型的な遣り方なのだ。なんといやな女であろう！

　わが父の範例は生涯を通じて私を、兄ゲルマニクスだけは別だが、他の誰にもまして力強く導いてくれた。そしてゲルマニクスは、顔立ち、体つき（脚の細さを除いて）、勇気、知力、気高さ、すべての点で、誰が見ても父に生き写しであったから、私は頭の中で父と兄を同一視してひとりの人物のように考えがちであった。もしできることならこの物語を両親より前にさかのぼることなく、あっさり自分の幼年期からはじめたかった。系図だの家族の歴史だのは退屈なものだからである。しかし私は（四人の祖父母のうち私の出生時にただ一人存命であった）祖母リウィアについて、いささか長くはなるが語っておかねばならない。というのは不幸にして彼女は私の物語の第一部における主要人物であり、彼女の若いころのことをはっきり話しておかないかぎり、彼女のその後の行動が不可解になるからだ。祖母が皇帝アウグストゥスに嫁(とつ)いだことはすでに述べたが、これは私の祖父と離婚したあとの二度目の結婚だったのである。わが父の死後、わが母アントニア、（法律上の家長たる）伯父ティベリウス、さらにアウグストゥスその人——父は遺言によって我々遺児を皇帝の力強い保護にゆだねた——にとって代わって、祖母はわが家の実質上の家長となった。

　リウィアはローマでも最も古い家系の一つであるクラウディウス氏の出であり、祖父も同様であった。今でも時おり老人たちが歌っている民謡だが、その折返し句(リフレイン)はこうなっている——クラウディウスの家系の樹には、二通りのりんごが生る。片や甘い実、片や渋い実。数の多いのは渋いりんご。その民謡の作者が渋いりんごのなかに数えているのは、ウィルギニアという自由民の娘を奴隷にして誘惑しようとし、そのあげくにローマ全体を騒動にまきこんでしまった〈増長漢〉アッピウス・クラウディウス、共和政時代に全ローマの王となろうとしたクラウディウス・ドルスス、聖なるひよこが餌を食べないのを見て、「それなら飲ましてやれ」と叫んでひよこを海に投げこみ、その結果重要な海戦に敗れた〈美男〉クラウディウスなど。甘い実のうちに数えているのは、ピュロス王との危険な同盟を避けるようローマを説得した〈盲者〉アッピウス、シチリアからカルタゴ人を追い出した〈木の幹〉クラウディウス、兄である大ハンニバルの軍に合流しようとヒスパニアを出たハスドルバルを討ち破ったクラウディウス・ネロ（ネロはサビニ方言で強者を意味する）などである。この三人はみな豪胆で賢明であったばかりか有徳の人物であった。さらに民謡作家がいうには、クラウディウス氏の女たちも、いくたりかは甘いりんご。しかしこれまた数の多いのは渋いりんご。

　祖父はクラウディウス氏の最良の人物の一人であった。ユリウス・カエサルこそはあの困難な時期にローマに平和と安寧をもたらすに足る力をもった人物と信じて、かれはカエサル派に与(くみ)し、エジプト戦役ではユリウスのために勇敢に戦った。ユリウスが専制的権力を狙っているのではないかという疑念が生ずると、祖父はあからさまに仲違いこそしなかったが、それ以上ユリウスの野心に協力しようとしなかった。そういうわけでかれは神祇官職を求めてそれを手に入れ、ガリアに老兵たちの永住の町を創設するために神祇官の資格でガリアに派遣された。ユリウス暗殺の後、帰国した祖父は、大胆にも、暗殺者たちに専制者殺害の栄誉を与える動議を提出して、当時はオクタウィアヌスといわれていたユリウスの養子、若きアウグストゥスと、その盟友アントニウスの敵意を買ってしまい、ローマから逃亡せざるをえなかった。

紀元前四十一年

ひきつづいて起こった争乱の中でかれはその時々に正義があると信ずる側についた。一時期、若きポンペイウスに味方し、次にエトルリアのペルージアでは、アウグストゥスに敵対してマルクス・アントニウスの弟と共に戦った。しかし、アウグストゥスが養父ユリウスの仇を討たねばならぬ立場にあり、その義務を情容赦なく果たしたとはいうものの、かれが専制君主的心情をもたず、人民の古き自由を回復しようとしていることを遂に悟ると、祖父はかれに与(くみ)して、わが祖母リウィアと、当時まだ二歳だった伯父ティベリウスと共に、ローマに定住したのであった。以後かれは神祇官の職務に満足して、もはや内戦に関与することはなかった。

　祖母リウィアはクラウディウス一族の最悪の一人であった。彼女は〈美男〉クラウディウスの妹だったあのクラウディアの生まれ替わりだったのかもしれない。そのクラウディアは自分の馬車が群衆に道をはばまれたとき、「兄が生きてさえいたら！　兄は人ごみの片付け方を知っていたわ。鞭を使うのよ」と叫んで叛逆罪に問われたことがある。護民官（トリブヌスとラテン語でいう）の一人がやってきて、彼女の兄が不敬の振舞ゆえにローマ艦隊を破滅させたことを思い出させ、彼女に黙れと命じたところ、クラウディアは遣り返したものだ。「だからこそ兄に生きていて欲しいのよ。兄は次々と艦隊を破滅させて、ありがたいことにこの群衆を少しは人べらししてくれたでしょうよ」さらに付け加えて、「あなたは護民官でいらっしゃるから、あなたの身柄はなるほど法的には不可侵でしょうよ。でもお忘れにならぬように。わたしたちクラウディウス家の者は今までに何人かの護民官を鞭で打ちのめしたのですよ。不可侵なんて糞くらえだわ」これとまさしく同じ口調で祖母リウィアはあの時期にローマの民衆について語ったものだ。「愚民と奴隷！　共和制なんていつの世でもまやかしですよ。本当にローマに必要なのは王様を戴くことよ」少なくとも祖母はこんな調子で祖父をせっついたのだ——マルクス・アントニウスとアウグストゥス（オクタウィアヌスというべきだが）とレピドゥス（金持ちなだけで行動力に乏しい貴族）の三人は、現在ローマ世界を支配しているが早晩仲違いするでしょう。もしあなたがうまく立ち回れば、神祇官としての威厳と、どの党派からも認められているあなたの清廉潔白の評を、自ら王となるために利用することができましょうと。祖父は厳しく答えた——もしそなたが二度とそのようなことを口にしたら離婚する。ローマ人の結婚の古いしきたりによれば、夫は妻を、持参金は返し子供は手もとにおいて、公式の説明なしに離婚することができるのだからと。この言葉に祖母は沈黙し、服従するふりをしたが、しかし夫婦の愛情は冷えきってしまった。祖父に気取られぬよう彼女は直ちにアウグストゥスの情欲をかきたてる仕事にとりかかった。

　これは難しい仕事ではなかった。アウグストゥスは若くて感じやすかったし、彼女はかれの好みを注意深く研究していたからである。しかも世評によれば彼女は当代三美人の一人であった。自分の野心のために好都合の道具と見て、アントニウスよりもアウグストゥスを——レピドゥスは問題外だ——えらんだのだ。それに、三年前反対派に属する二千人の騎士階級の人々と三百人の元老院議員が十把ひとからげに死刑に処せられたとき、その中の多くの者がアウグストゥスの格別の要請によって死に追いやられたという先例から見ても、かれは目的達成のためには手段をえらばずどんな事でもやるだろうと思われたのである。アウグストゥスの心を確実にとらえたと見るや、彼女は、政略結婚をした年上の妻スクリボニアを追い出すようかれをそそのかした——祖父の親友とスクリボニアの姦通の事実を摑んでいる、と言ったのである。アウグストゥスは詳しい証拠を求めることもなく、これを鵜呑みにしてしまった。全く無実潔白のスクリボニアを、彼女が娘ユリアを出産したその日に離婚し、まだ彼女が嬰児を見もせぬうちに産室からとりあげ、解放奴隷の妻に預けて養育させた。

紀元前三十八年

それから祖母は——まだわずか十七歳でアウグストゥスより九つ若かったが——祖父のもとへ行って、「離縁して下さいまし。みごもって五カ月になりますが父親はあなたではありませぬ。二度と臆病者の子は生むまいと心に誓った、その誓いを守るつもりでございます」この告白を聞いて祖父がどう感じたのか分らぬがこう言っただけであった。「密通の相手をここへ連れてこい。二人きりで話し合おう」胎児は本当はかれの子だったのに、かれにはそれを知る由もなかった。祖母があなたの子ではないと言い切ったとき祖父はその嘘を信じたのである。

　祖父は自分を裏切ったのがいかにも友らしく振舞っていたアウグストゥスであったことに愕然としたが、状況を考えてみればリウィアがかれを誘惑したのだろうし、彼女の美しさには抵抗できなかったのだろう、と思い至った。それにユリウス・カエサルの暗殺者に褒賞を与えようという動議を運悪く提出してしまったことでアウグストゥスは未だに自分を怨んでいるのかもしれない、とも考えた。事実がどうであったにせよ、かれはアウグストゥスを責めなかった。ただこう言っただけであった。「君がこの女を愛していて、きちんと結婚したいのであれば、リウィアをとりたまえ。ただ礼儀はわきまえてもらいたい」アウグストゥスはリウィアをすぐに妻として迎える、彼女が自分に貞節を守るかぎりは決してみすてない、と約束し、神かけてもっとも畏るべき誓いを立てた。そこで祖父はリウィアと離婚した。私が人から聞いたところによれば、かれは妻の情事を自分への神罰と看做した。というのはかつてシチリアでかれはリウィアにそそのかされて、ローマ市民と戦わせるために奴隷を武装させたことがあるからで、その上彼女も自分と同じクラウディウス氏であり、その二つの理由から、彼女の不行跡を世間に知られたくなかったのである。祖父は二、三週間後に行われた彼女の結婚式に親しく出席し、父が娘を婿にゆだねるようにリウィアを引き渡し、結婚の讃歌を参列者と共に歌ったが、これはたしかにアウグストゥスを怖れてのことではなかった。祖父がリウィアを深くいとしんでいたこと、そして寛大な心で臆病者、女衒のそしりを受ける危険を冒したことを思い合わせると、私はかれの振舞に感動せずにはいられない。

だがリウィアは恩知らずだった——夫がこのように事態を平静にうけとめ、まるでとるに足らぬ品物か何かのように自分を唯々諾々と引き渡したことを怒りもし、恥ずかしくも思った。そして彼女の子——わが父——が三月後に生まれたとき、アウグストゥスの姉でマルクス・アントニウスの妻であるオクタウィアが、犬や猫ではあるまいし、たった三月で子を生める親は幸せ、というギリシア語の警句を吐いたというので、彼女はひどく気を悪くした。(ちなみにマルクス・アントニウスとオクタウィアは私のもう一組の祖父母である。)本当にオクタウィアがこの警句の作者なのかどうか知らぬが、もしそうだとすればリウィアはすばやく一矢を報いた——まさかオクタウィアの言葉とは思えない。だってあのかた自身亡夫の子をみごもったままマルクス・アントニウスに嫁いだのだから。諺にもあるように、目糞鼻糞を笑うとはこのこと、と。しかしながらオクタウィアの場合は政略結婚で、元老院の特別立法によって合法化されていたから、リウィアの再婚のように、片方は愛欲から片方は野心からというのとはわけがちがった。なにゆえに神祇官団がリウィアとアウグストゥスの結婚の正当性を認可したのかといえば、その答は、祖父もアウグストゥスも共に神祇官で、その長がアウグストゥスの言いなりになるレピドゥスだった、ということである。

嬰児だった父が乳離れするとすぐにアウグストゥスはわが祖父の館へかれを送りとどけ、そこで父は四歳年上のわが伯父ティベリウスと一緒に育てられた。子供たちが物事を理解できる年齢に達すると、すでに一般の慣例（ならわし）となっていたように家庭教師に委せる代わりに、祖父はみずから教育に当たった。かれはわが子に専制への憎悪と、正義、自由、雄々しい美徳といった古き理想への献身とを、倦まずたゆまず教えこんだ。祖母リウィアは二人の息子が自分の手許から連れ去られたことをいつまでも怨んでいた――もっとも実際には、子供たちはパラティヌス丘にある自宅のすぐそばのアウグストゥス邸に、毎日のように母を訪ねていったのであるが。そして子供たちがどんな教育を受けているのかを知って、彼女は大いに心を悩ました。祖父は友人たちと晩餐をとっていたとき急死した。毒殺の疑いがあったが、客の中にアウグストゥスとリウィアがいたので、事件はもみ消された。祖父の遺言で二人の息子はアウグストゥスの保護に委ねられた。伯父ティベリウスはまだわずか九歳であったが、祖父の葬儀に際して追悼の辞をのべた。

紀元前三十三年

アウグストゥスは自分の姉オクタウィアを深く愛していて、アントニウスがパルティアで一戦を交えるべく東方へ出立しておきながら、エジプト女王クレオパトラとの旧交をあたためるためにエジプトに立ち寄ったのを知って大いに慨嘆した。さらに翌年、夫の戦さを助けようと、人員と軍資金を用意して旅立ったとき、オクタウィアの受けとった小馬鹿にしたような手紙のことでいっそう慨嘆した。その手紙は彼女が旅の途中で落手したものであるが、故郷に戻り家事にいそしむように、と冷やかな調子で命令していた。そのくせかれは人員と軍資金は受け取ったのだ。リウィアはこの出来事をひそかによろこんだ。彼女はアウグストゥスとアントニウスとの間に誤解と嫉妬を生じさせようと、長い間倦まずたゆまず努力してきた。一方オクタウィアはそうした悪感情をとり去ろうと、やはり倦まずたゆまず努力してきたのである。オクタウィアがローマに戻ると、リウィアはアウグストゥスに頼んでかれの口から、アントニウスの邸を去って自分たちと共に暮らすよう勧めさせた。オクタウィアはその誘いを断った。ひとつにはリウィアを信用していなかったからであり、ひとつには自分が両雄の間にまさに起こらんとしている戦さの原因と見られたくなかったか

紀元前三十一年

らである。遂にアントニウスはクレオパトラにそそのかされてオクタウィアに離縁状を送り、アウグストゥスに対して宣戦を布告した。これがうち続いた内乱の最後の戦となった。喩えていえば、世界を舞台とする全員参加の剣闘試合の後、生き残ったただ二人の男の死の対決であった。レピドゥスはまだたしかに生きていたが、全く無害な名ばかりの存在で、事実上囚人同然だった——かれはアウグストゥスの足もとにひれ伏して命乞いをせざるをえなかったのである。残る唯一の重要人物たる小ポンペイウスも、久しく麾下の艦隊が地中海に君臨していたのであるが、このときまでにアウグストゥスに敗れ、アントニウスに捕えられて処刑されてしまっていた。アウグストゥスとアントニウスの決闘はすぐ終わった。アントニウスはアクティウムの海戦で全面敗北を喫し、アレクサンドリアにのがれて自ら命を絶った——クレオパトラも同じく自殺した。アウグストゥスはアントニウスの東方征服の成果をわがものとして、リウィアが意図したとおりローマ世界のただひとりの支配者となった。オクタウィアはその後もアントニウスの遺児たちのために誠意を尽くした。前妻のもうけた息子ばかりか実にクレオパトラの生んだ三人の子——娘一人息子二人——も、自分自身の二人の娘（その妹の方がわが母アントニアである）と共に育てた。この高貴な心情はローマ中の賞讃の的であった。

　アウグストゥスは世界を支配した。しかしリウィアはアウグストゥスを支配した。彼女がいかにしっかりとかれの手綱を握っていたか、ここで説明しておかねばなるまい。この夫婦の間に子供が生まれないのは不思議と思われていた。祖母は石女（うまずめ）ではなかったし、アウグストゥスも、疑いもなくかれの娘であるユリアの他に、少なくとも四人の非嫡出子の父だといわれていた。しかもかれは祖母をひたすら忠実に愛していたのだ。真相はたやすく信じてもらえそうもない。実はこの結婚は決して成就しなかったのだ。アウグストゥスは、他の女ならば十分男性の行為ができたのに、祖母と同衾すると子供のように不能になったのである。納得できる唯一の説明は、かれの大伯父ユリウス・カエサルの暗殺につづくさまざまな危険の中で、やむをえず残酷な、不信実の行為すら犯したとはいえ、アウグストゥスが心底（しんそこ）は敬虔な人であったということだ。かれはこの結婚が神を蔑（なみ）するものであることを知っていた。思うにこの意識がかれの神経に働きかけて、内側から肉体を抑制してしまったのであろう。

　祖母はアウグストゥスを、どちらかといえば愛人としてよりも野望の道具として手に入れたかったのであるから、かれの不能を悲しむよりもむしろ好都合と感じた。かれを自分の意図に従わせるための武器としてこのことを利用できると思ったのだ。祖父の妻であった彼女を誘惑したことで、ひっきりなしにアウグストゥスを責める、というのが彼女の手口であった。わたくしは夫を愛していたのに、あなたといったらわたくしを熱愛しているとかいって、もし夫がわたくしを手放さなかったら、あの人は公敵として糾弾される、なんてあの人をこっそり脅したりして（これは全くのでたらめだった）。でもこの通り、わたくしはペテンにかけられたのよ。情熱的な恋人は全然男ではなかった。どんな貧しい炭焼きでも奴隷でもあなたよりは男としてましでしょうよ。ユリアだってあなたの娘ではないわ、お分りでしょ。あなたにできることといったら、甘い声で撫でまわしてキスをして、歌うたいの宦官みたいに色目を使うことだけ。アウグストゥスが他の女とならおれはヘラクレスみたいに強いのだ、と抗議しても無駄だった。リウィアはそれを信じようとしないか、あるいは自分には出し惜しみする力を他の女に浪費している、といって非難するかどちらかだった。この醜聞が巷にひろまらないように、彼女はある機にかれの子をみごもったふりを装い、それから流産したといった。恥ずかしさと満たされぬ情熱とがアウグストゥスをかたくリウィアに結びつけた。仮に二人の相互の恋情が夜毎に満たされ、彼女がかれの立派な子供を一ダースも産んだとしても、これほどの夫婦のきずなは得られなかったであろう。それに彼女は夫の健康と慰安のために最大の心遣いをした。生来、権力欲を除けば欲望の強い体質ではなかったので、かれに貞節を尽くした。かれはこのことで大いに感謝していたので、公私の別を問わず妻が自分の行動を導き支配するに任せていた。さる老いた宮廷役人から内々に聞いた話であるが、祖母を娶ってからというものアウグストゥスは他の女にぜったい目もくれなかったということである。とはいえ、著名人の妻や娘相手のかれの情事について、あらゆるうわさがローマ中に飛び交っていた。そしてかれの死後、どのようにしてあれほど完全に夫の情愛をわがものとしたかを説明するのに、リウィアはこういうのが常であった――自分が夫に貞節だっただけではなく、夫のかりそめの浮気に決して口を出さなかったからである、と。夫を責める口実をつくるために彼女がこの種の醜聞を身辺にまきちらしたのだ、と私は信じている。

　以上述べた奇妙な話に根拠があるのか、ともしも詰問されるならば私はその根拠を示すであろう。はじめの、離婚についての部分は、死の年に祖母自身の口から聞いたのだ。残りの部分つまりアウグストゥスの不能に関しては、母の衣装係の侍女であったブリセイスという女から聞いた。ブリセイスは以前祖母の側仕えをしていて、まだたった七歳だったので理解できないと思われて、夫婦の会話を洩れ聞くことが許されていたのだった。私は自分の語ったことを真実だと信じているし、同じくらい事実に適合する説明が私の意見にとって代わらないかぎり、自説を真実と信じつづけるであろう。私の考え方からすれば、シビュラの「妻ならぬ妻」という句がこのことを裏づけている。いや、これでこの話を終えるわけにはいかない。アウグストゥスの体面を守ることを念頭においてこの条を書きながら私はある事実を隠してきたが、今や、包むことなく書き記そうと思う。なぜかといえば諺にあるように「腹蔵なく話せばうまく行く」からである。それはこういうことだ。祖母リウィアはアウグストゥスが欲求不満で気分が不安定なのに気づくと、いつでも進んで若い美女をひそかにかれにあてがい、そのことによって巧妙にかれを制御する力を強化したのである。妻ならば当然感じるはずの嫉妬を抑えて、事前にも事後にも一言もいわずリウィアは夫のために次のように取り計らった。万事が体裁よくおだやかに事が運ぶように、若い女たち（リウィアみずからシリア人の奴隷市場へおもむいてえらび出した。アウグストゥスはシリア女好みだったから）が、夜、ノックと鎖の音を合図にかれの寝室に導き入れられ、同じノックと鎖の音で朝早く外へ呼び出された。女たちは夢の中の淫らな魔女であるかのようにかれの前で沈黙を守った――これらすべてをリウィアが思慮深くすべて膳立てし、しかも、妻に対して不能者であったにもかかわらず夫に貞節を守ったことを、かれは誠実な愛の完璧な証と考えていたに違いない。読者はあるいは抗議するかもしれない。アウグストゥスの地位であれば、なにもリウィアに世話してもらわなくても、奴隷だろうと自由民だろうと、人妻だろうと未婚だろうと、えりぬきの美女を思いのままに味わうことができたはず、と。それは事実である。しかしそれにもかかわらず、リウィアと結婚してからは、たぶん別の意味合いであったろうが、リウィアがどうぞとすすめてくれる肉しか食べたことがない、と自分で言ったことがあるのも事実なのである。

そういう次第で、女性関係では、義姉オクタウィアを除けばリウィアには嫉妬の種がなかった。オクタウィアは私の母方の祖母であるが、徳の高さにかけても美貌にかけても世間の賞讃の的であった。リウィアはアントニウスの不実を嘆いて彼女に同情を寄せることに意地の悪い悦びを感じていた。それればかりか、オクタウィアが地味な服装をしてあまりにきちんと行儀がよいのがアントニウスの浮気の原因だったと言わんばかりであった。リウィアはこう言った——アントニウスのように情熱に駆られやすい男の心をつなぎとめておくには、ローマ婦人のつつましい貞潔さを少しゆるめて、東洋の娼婦のような技巧と放縦ぶりを取り入れなければならない、と。オクタウィアは少しクレオパトラを見習えばよかった。クレオパトラは彼女ほど美人でもないし、彼女より八歳か九歳年上なのに、アントニウスの官能的欲望を満足させるすべを心得ていた。「アントニウスのような男っぽい男は、堅実なものよりもちょっと風変わりなものが好きなのですよ」とリウィアは教訓口調で結論した。「凝らしたばかりのできたてのチーズよりも、蛆のわきそうな、緑色のカビの生えたチーズの方が好みなのですよ」「蛆はそちらにお任せしますわ」とオクタウィアはむっとして言い返した。

リウィア自身は豪華な服装をして、極上のアジアの香水を用いた。しかし家庭内ではいささかの贅沢もゆるさず、古風なローマ人的家庭を営んでいると称していた。簡素ながら潤沢な食事、きちんと礼儀の慣習を守る、食事のあと熱い風呂には入らぬ、皆が手を休めず働く、浪費をしない——以上がリウィアの家訓であった。皆というのは奴隷や解放奴隷の使用人ばかりでなく、家族全員を指していた。運のわるい娘ユリアは勤勉の手本たるべく期待されていた。彼女は退屈でうんざりするような生活を送った。羊毛を梳いたり紡いだり、布を織ったり、針仕事をしたりするのが毎日の課業で、早朝かたいベッドから起き出さねばならず、冬場は日が短いので日課をこなすために夜明け前に起きねばならなかった。それに彼女の養母は女の子も教養を身につけるべきだと信じていたので、他の課業に加うるに、ホメロスの『イリアス』と『オデュッセイア』を全文暗唱させられた。

リウィアの便宜のためにユリアはこまごまと日記までつけねばならなかった。どんな仕事をしたか、どんな本を読んだか、どんな会話をしたか、などなど。これは娘には大きな負担であった。彼女の美貌は世間で評判になっていたが、男性との交際はゆるされなかった。ある日バイアエ滞在中のユリアが監督の婦人につきそわれて海辺を半時間ほど散歩していたとき、旧家の出で執政官の息子である身持ちのよい青年が、礼儀正しい口実をもうけて大胆にもユリアに近づき自己紹介をした。ユリアの美貌を妬み、アウグストゥスのユリアへの愛情を快からず思っていたリウィアは、その青年にたいそう高圧的な手紙を送った。我慢ならぬ馴れ馴れしさで娘の名誉を汚そうとしたからには、彼女の父のもとで公職に就こうなどと決して期待してはならぬ、と。ユリア自身も罰を受け、別荘の敷地外への散歩を禁じられた。このころユリアは頭が禿になった。リウィアのさしがねかどうか分らぬが、ありえないことではない。もっともカエサル一族は禿げやすい体質ではあるが。いずれにせよ、アウグストゥスはエジプト人の鬘師に、これまで見たこともないようなみごとな美しい鬘を造らせ、おかげで彼女の魅力はこの不運によって増しこそすれ減りはしなかった。もともとあまりきれいな髪ではなかったからである。人の噂では、その鬘はふつうの遣り方のように髪の毛で編んだネットに髪を植えこんだものではなく、ゲルマニアの首長の娘の髪を生やしたままの頭皮全体をユリアのサイズに縮めたもので、時おり特製の油をすりこみ、生き生きしたしなやかさを保たせるのだそうだ。だが、言っておかねばならぬが、私はこんな噂を信じていない。

リウィアがアウグストゥスの手綱をしっかりひきしめており、かれが妻を恐れるとまではいかないにしても、とにかく彼女の機嫌を損なわぬよう大いに注意を払っていたことは世間周知の事実であった。ある日、監察官の資格でかれは数人の富豪に、妻たちがけばけばしく身を飾るのをゆるしている、といって説教した。「女が身を飾りすぎるのは見苦しい。妻の贅沢を戒めるのは夫の義務である」そして自分自身の雄弁に酔って、ついうっかりと付け加えた。「予みずから、その事で妻を叱ることがある」叱責されていた連中は歓声をあげた。「おおアウグストゥス、どう言ってリウィア様をお叱りになるのか教えてください。それをお手本にいたしましょうから」アウグストゥスは当惑し、それから愕然とした。「それはそこもとたちの聞き違えである。予はリウィアを叱ったことなど一度もない。知っての通り、妻は質実な家庭夫人の亀鑑である。もしも妻がそこもとたちの妻のように、奇しき運命によってアルメニアの王太后となったアレクサンドリアの踊り子のようなけばけばしい衣装を着て、己の威厳を忘れるようなことがあれば、予はたしかに躊躇なく妻を叱るであろう」その同じ日の夕刻、リウィアは傍らのアウグストゥスを顔色なからしめようと、突拍子もなく華麗な衣装で晩餐の席に現れた。それはクレオパトラの儀式用の礼装に手を加えたもので、リウィアが入手しうる最高に豪華な衣装であった。しかしアウグストゥスは、自分が非難していた当の欠点をパロディ化して巧みに茶化した妻の時宜を得た機知を賞めて、うまくこの気まずい苦境をきりぬけた。

私の祖父に、王冠を頭に頂き自らを王と宣するようにと助言したころと比べると、リウィアははるかに賢くなっていた。「王」という称号は、評判の悪いタルクィニウス王朝のせいで、今なおローマでは忌み嫌われていた。伝説によれば一人目のブルートゥスが（ユリウスを暗殺した二人目のブルートゥスと区別するためにこう呼んでおく）この王朝に終止符を打ち、王一族をローマから追放して、ローマ共和国の二人の初代執政官の一人となったのである。今ではリウィアはアウグストゥスが王の実権を握っているかぎりは王の称号を要求しないでおいてもよい、と感じていた。彼女の助言にしたがい、かれは共和政体のすべての権限を徐々に自分一人に集中させた。かれはローマの執政官であったが、その職を信頼できる者に委ねたとき、その代わりに「執権」職を得た。これは名目上は執政官と同等の地位であるが、実際にはそれ以上、いかなる公職よりも上の地位であった。かれはまた属州についても絶対的権限をもち、属州総督の任命権をもっていた。のみならずすべての軍隊の指揮権、徴兵の権限、和平と開戦の決定権ももっていた。ローマでは終身護民官に選出されたが、この官職はかれの権威に対するあらゆる干渉からかれを守り、他の公職にある人々の決定を否決する権限をかれに与え、一身の不可侵性を保証するものであった。インペラトールという称号を、かれは他の戦功ある将軍たちと共に受けていた。この称号はかつては単に軍司令官を意味するにすぎなかったが、近年、最高の君主を意味するに至ったのである。かれはまた監察官をも兼任したが、この官職は元老院議員と騎士という二つの指導的階級よりもかれの権威を上位に置くものであった。道徳的不行跡を口実に、誰であれこの二つの上流階級の人士から地位と特権を剝奪することができたが、これは当人にとって大変な屈辱であった。かれには国庫を自由にできる権限があった。定期的に会計報告を提出することになっていたが、誰もかれに会計検査を要求するだけの度胸はなかった。もっとも、国庫と帝室財産との間にはたえず公私混同の手品が行われていることは周知の事実であった。

このようにしてかれが手中にしたのは、統帥権、立法権の支配力——というのは元老院に及ぼすかれの影響力は絶大で、何であろうとかれの示唆する案件に議員たちは唯々諾々と賛同したからである——国家財政の管理、社会的行動の統制の権限、そして一身の不可侵性であった。その上かれは農夫であろうと元老院議員であろうと誰であれローマ市民を即座に死刑または永久追放に処する権限さえ持っていた。かれが得た最高の栄職は大神祇官の職で、この資格によりかれは宗教組織全体を支配下においたのである。元老院は王位だけは別として、かれの受け入れそうな称号を何でも贈って意を迎えようとした。王の称号を贈らなかったのは民衆をはばかってのことである。かれの本当の望みはロムルスと呼ばれることであったが、リウィアはこれに反対して忠告を与えた。曰く、ロムルスは王だったのだからこの名前は危険である。のみならずロムルスはローマの守護神の一人なのだから、かれの名を帯びることは冒瀆とおもわれかねない、と。しかし彼女の真の感情からすればこの称号は十分に偉大ではなかった。ロムルスはただのあぶれ者の首領であり、神々の間では高い地位を占めていない。こうした助言を受けてかれは元老院に、アウグストゥスの称号ならばよかろうと示唆し、元老院は賛意を表した。「尊厳者（アウグストゥス）」は半ば神聖な含意をもち、これに比べればただの王の称号などとるに足りないのである。

　どれほど多勢のただの王たちがアウグストゥスに貢物を捧げたことか。どれほどの王たちがローマの凱旋式に鎖につながれて行進させられたことか。遥かな遠国インドの大王でさえアウグストゥスの名声を聞き伝えて、友好的な保護を乞うてローマに使節団を送ってよこしたではないか。かれらはすばらしい絹と香辛料、そして紅玉（ルビー）、緑玉（エメラルド）、縞瑪瑙（しまめのう）、ヨーロッパではじめて見る虎、それから足でもって尋常ならぬ芸をして見せるあの名高い腕なし少年〈インドのヘルメス〉なる者を、親善の貢物としてたずさえてきた。ローマ建国よりも少なくとも五千年古い歴史をもつエジプトの王朝にアウグストゥスは終止符を打ったではないか。あの連綿たる歴史が中断された宿命的な時機に、奇怪な前兆が見られた。雲間に甲冑がきらめき、血の雨が降った。アレクサンドリアの大通りに巨蛇が出現し、信じられぬほどの大音でシューシューー叫んだのではなかったか。死せるファラオたちの亡霊が立ち顕われ、かれらの石像が眉をひそめはしなかったか。メンフィスの聖牛アピスが嘆きの咆え声を発し、どっと涙を流したのではなかったか――以上が祖母の考えた理屈であった。

　ほとんどの女が自分の野心につつましい限界を設け、少数の女が大胆な限界を設定する。しかし、野心に際限がなく、しかも他の女ならば気の狂いそうな状態にあっても完全に分別があり冷静でいられるという点で、リウィアは天下無類の女であった。彼女を観察するすばらしい機会に恵まれていた私でさえ、その意図の何たるかを少しずつ見てとって、ようやくあらましを把握するに至ったのである。しかしそれでもなおかつ最終的にその意図が暴露されたとき、それはじつに驚くべき衝撃であった。さしあたり彼女の隠された動機にかかずらうことなく、彼女のさまざまな行動を年代順に記録してゆくのがよい遣り方であろう。

リウィアの助言を容れてアウグストゥスは元老院を説得して二つの新しい神格を創った。ローマ帝国の女性的魂をあらわす女神ローマと半神ユリウス、すなわち神格化された戦闘的英雄ユリウス・カエサルである。（東方では生前のユリウスに神の栄誉が捧げられていたが、これを拒まなかったことがかれの暗殺の理由の一つになった。）アウグストゥスは属州を首都に結びつける宗教的きずなの重要さをよく知っていた。それは単なる恐怖心や感謝よりもはるかに強いきずなとなる。エジプトや小アジアに長く滞在していると、生粋のローマ人でさえ彼の地の神々を礼拝するようになり、故郷の神々を忘れてしまうことがある。そうなると名はローマ人でも心はすっかり異邦人となってしまうのだ。一方ローマは征服した諸市から数々の宗教をもちこんだ。イシスやキュベレのような異国の神々のためにローマ市内に壮麗な神殿を建てたが、それは必ずしもここを訪れる異邦人の便宜のためばかりではなかった。とすればローマがローマ自体の神々を属州の諸市に植えつけるのは、理に叶った公平な交換行為である。というわけで女神ローマと半神ユリウスとは、ローマ市民に礼拝されるのと同じように、属州の民の礼拝を受けることとなり、かれらの国民的宗教遺産として記憶されることが望ましいとされた。

次にリウィアが仕組んだのは、十分なローマ市民権を所有するほど幸運でない属州民の代表団をローマに来させ、忠実に、差し出がましくない態度で礼拝してもよいローマの神を一人与えていただきたい、と願い出させることであった。リウィアの入れ知恵でアウグストゥスは元老院に、この気の毒な者たちはどう見てもロムルスや女神ローマのような格の高い神々の礼拝はゆるされないのだから、かれらが何かつつましい神を礼拝するのを拒んではなるまい、と半分冗談めかして言った。これを受けてアウグストゥスの腹心の一人マエケナスは——じつはアウグストゥスはロムルスの称号を受けるのがよいかどうか、前もってかれと討議していたのだが——こうのべたのである。「かれらをよく見守ってくれる神をあてがってやりましょう。アウグストゥスその人をかれらに神として与えようではありませんか」アウグストゥスはいささか当惑した様子を見せたが、マエケナスの提案が妥当なものだとみとめた。東方の人々は支配者を神と仰ぐのが昔からのならわしであり、この風習はローマにとって都合がよい。しかし東方の諸市が元老院全員を礼拝し、神殿に六百体の神像をおくことは明らかに実行不可能であるから、この困難を切りぬけるには元老院の主要な行政官を礼拝させるのがよい。そしてその行政官がたまたまアウグストゥスなのだ、というわけである。この論法に元老院は、各議員が少なくとも六百分の一の神性を所有することに気をよくして、マエケナスの動議によろこんで賛成した。そしてアウグストゥスを祭る神殿が直ちに小アジアに建てられたのである。この皇帝礼拝はひろまったが、はじめのうちはアウグストゥスの直轄地である辺境の属州だけにとどまり、名目的には元老院の管轄である本国の諸州やローマ市では行われなかった。

　アウグストゥスは娘ユリアに対するリウィアの教育方針や家政、家計の遣り方を是認していた。かれの味覚はにぶくて、一番搾りのオリーブ油と、三度も圧搾機をくぐった風味の悪い出がらし油との区別がつかなかった。かれは自家製の手織りの服を着用した。リウィアはすさまじい鬼神であったが、彼女のたゆまぬ活動なしにはアウグストゥスは、かれ自身破壊的な役廻りを演じた長い内戦の惨劇のあと、ローマに平和と安寧を回復するという大事業を行うことは決してできなかったであろう。アウグストゥスは一日に十四時間働いたが、リウィアは二十四時間働いたといわれている。彼女は自分の巨大な世帯を、さきにのべたような効率的な方法で切り盛りしたばかりでなく、公(おおや)けの実務においても夫と等量の仕事を分担した。二人が手がけた公共事業、再建した神殿の数々、異郷への植民などを数に入れるまでもなく、二人で実行に移した法律、社会、行政、宗教、軍事等の改革をすべて列挙すれば、その記録は何巻にも及ぶだろう。とはいえ、この見るからに感嘆に値する国家再建の大事業が、この精力的な夫婦の権力に挑戦したほとんどすべての人物の軍事的敗北、ひそかな殺害、あるいは公然たる処刑によってのみ実現できたことを忘れないでいるローマ人の長老たちが多勢いた。この夫婦の独裁的な権力が古き自由の形式によって偽装されていなかったならば、長老たちがこれを支持することはありえなかったであろう。それでもなおかつ、自称ブルートゥスどもによるアウグストゥス暗殺の陰謀が少なくとも四度企てられたのである。

巻三　伯父ティベリウス、しぶしぶユリアと結婚

リウィアの名はラテン語で「性悪」を意味する言葉と関係がある。祖母は最高の演技派であった。一見さも純真そうな行動や頭の回転の早さ、そして鷹揚な立居振舞のせいで、ほとんど誰もがうまうまと騙されていた。だが心底（しんそこ）祖母を好いていた者はひとりもなかった。性悪さは敬意を起こさせることはできても、好感をかちうることはない。祖母にはただそこにいるだけで、安易な生き方をしているごく普通の人に、自分の知的劣等性とか道徳的欠陥を否応なく意識させてしまう能力が備わっていた。このように長々と祖母のことについて書き記（しる）していることに関しては読者の寛恕を乞わねばならない。しかしこれは避け難いことなのである。大多数の実直なローマの歴史家の例に倣って本書も「卵から林檎まで」〔古代ローマの宴は前菜の卵料理にはじまり、林檎のデザートに終わった〕の方式で書くつもりだからである。物事を突如途中から語りはじめ気ままに話が後先にとぶホメロスやギリシア人一般の遣り方よりも、何ひとつ書き落とさないローマ風の徹底した歴史記述の方法のほうを私は好む。実際私は、ギリシア語を解さないわが貧しいローマ市民のために、トロイ戦争の物語をラテン語散文で綴り直してみるという考えを一再ならず弄んだことがある。これはヘレネの孵った卵からはじめて、章ごとに順を追って物語を進め、最後にはオデュッセウスが帰還して妻への求婚者たちに勝利したことを祝う饗宴の席でデザートに供される林檎で終わるという構想である。もちろんホメロスが曖昧であったり沈黙している場面では、私は残らず後世の詩人たちや、あるいはホメロスに先んじるダレスに依るつもりである。ダレスの記述は、韻文としての欠点が随所に散見するとはいえ、ホ

メロスより信頼のおけるもののように思える。なぜならかれは最初はトロイ方、後にはギリシア方に味方して、実際にあの戦争に参加していたからである。

以前私は北シリアからもたらされたとおぼしい古代の杉製の匣（こばこ）の裏側に描かれた奇妙な画を目にしたことがある。それには「毒こそ女王なり」というギリシア語の銘刻があって、毒の女神の貌が描かれていた。それはリウィアが生まれる百年以上も前に造られたものであったが、まちがいなくリウィアの貌そのものだった。ここでオクタウィアの前夫の子であるマルケッルスのことを語る必要がある。マルケッルスを厚遇したアウグストゥスはかれを養子とし、その年齢からすればきわめて早い時期に行政職に就かせたうえ、ユリアを娶（めと）らせた。アウグストゥスがかれを自分の後嗣にするつもりだというのがローマでの大方の見方であった。リウィアはこの養子縁組にことさら反対することなく、マルケッルスの愛情と信頼をかちうるために何かと便宜を計ってやり、心から歓迎しているように見えた。彼女がマルケッルスに肩入れしていることは疑いようがなかった。アウグストゥスがあれほど早々にマルケッルスを高い地位に就けたのもリウィアの進言によるものだった。マルケッルスもこれを承知していたので、リウィアに対しむろん感謝の念を抱いていた。

目端（めはし）の利くいくたりかの者は、リウィアがマルケッルスを厚遇する理由としてアグリッパの嫉妬を煽ろうとする目論見（もくろみ）があると考えた。アグリッパはローマではアウグストゥスに次いで重要な人物であった。低い身分の出ではあるが、アウグストゥスのいちばん古くからの友人であり、また最も輝かしい戦歴を誇る将軍かつ提督であった。リウィアはそれまでアグリッパのアウグストゥスへの友情を繋ぎとめようと努めてきた。アグリッパにも野心があったが、それは分をわきまえたものだった。アウグストゥスと元首の座をめぐって争おうなどとは夢にも思うことなく、ひたすらかれに尊敬の念を抱き、アウグストゥスの信頼篤い将軍であることを越えて大きな栄誉を得ようとは考えなかった。そのうえアグリッパには生まれの卑しさを過剰に意識するところがあり、リウィアは大貴族の夫人の役割を演ずることで、常にアグリッパの優位に立っていた。けれどもかれがリウィアとアウグストゥスにとって重要であるのはかれの奉仕ゆえのみではなく、かれが市民にも元老院にも忠誠を尽くし、かれらの間で大いに人気があったからである。それにはこういう経緯があった。元来はリウィアが捏造した筋書なのだが、アグリッパは国家のためにアウグストゥスの政治行動を監視する人物と見なされていた。アントニウス打倒ののちに元老院においてアウグストゥスと二人の友人、マエケナスとアグリッパの間で演じられたあの有名な論争（それは予め仕組まれた茶番劇であったのだが）の際に、アウグストゥスに皇帝の地位に就くことを思い留まらせようとするのがアグリッパに割り当てられていた役柄であった。しかしかれの反論も結局マエケナスの熱弁と元老院議員の熱狂的な要求の前に斥けられる運びとなっていた。そこでアグリッパは皇帝権が健全であり暴君支配へと転じない限りにおいて、アウグストゥスに忠誠を尽くすことを誓った。その日以来かれは一般市民から、ありうるやもしれぬ専制政治の侵入をふせぐ防壁と見なされるようになった。そしてアグリッパの認めることは、即ち国家の認めるところとなったのである。慧眼の士の見るところ、リウィアはマルケッルスに対するアグリッパの嫉妬を煽るという剣呑きわまりないゲームに興じているのであり、かれらは事の成り行きを固唾を呑んで見守っていた。おそらくリウィアのマルケッルスに対する肩入れはうわべだけのもので、本心はアグリッパを刺激してマルケッルスを追い落とさせようというのであったろう。噂では、アグリッパ一族のうちでも過激な者がマルケッルスに喧嘩を吹きかけて殺害しようと持ちかけたが、アグリッパ自身は、リウィアの意図した以上に嫉妬心を煽られていても、そうした卑劣な教唆に応じるには高潔すぎた、といわれていた。

大方の予想によればアウグストゥスはマルケッルスを後嗣の筆頭としており、またマルケッルスはアウグストゥスの莫大な蓄財のみならず元首の座も——そうでなくてどうして私がこのことを話題にしえようか——継承するはずであった。そのためアグリッパは次のことを公けにすることになった。すなわち、かれ自身はアウグストゥスに献身し、またアウグストゥス支配を支持するという決断を一度も悔いたことがないけれども、愛国的市民としてただひとつ容認できないのは、帝位が子孫に継承されることであると。しかしこの頃になるとマルケッルスはアグリッパに比肩しうるほどの人気を享受しており、家柄のよい若い市民たちは、「帝制か共和制か」の問題などもはや学者の議論の対象でしかないと考え、マルケッルスがアウグストゥスの位を襲ったあかつきには重要な地位につけてもらおうと、かれと親交を結ぶことに汲々としていた。国民がこぞって帝位継承を歓迎しようとするこの風潮をリウィアはいたく喜んだようであったが、個人的な見解として次のような意見を公けにしていた。すなわち、もし万一アウグストゥスが身罷ったり統治不能に陥ったような場合、緊急を要する国政の諸事は、いずれ元老院令によりしかるべき処置がとられるまでの間、マルケッルスよりも経験を積んだ者の手に委ねられるべきであると。リウィアの個人的意見は公的な布告として認められるのが通例であったが、しかしマルケッルスへのアウグストゥスの寵愛が並外れて深いものであったため、今回は彼女の意見に耳を貸そうとするものは誰一人としてなく、ますます多数の者がマルケッルスにとりいろうとする有様であった。

紀元前二十三年

目端（めはし）の利く人々は、リウィアがこの新たな事態をいかに処理するか、興味津々で見守っていた。しかし好運が彼女に味方したように思われた。アウグストゥスが軽い風邪をひき、それが思いもかけず悪化して、高熱とひどい吐き気に悩まされるようになった。この間リウィアは手ずから夫の食事を用意したが、かれの胃はひどく弱って、何ひとつ嚥下できなかった。かれは見る見る衰弱してゆき、ついには死期が近いと感ずるまでになった。以前からかれは一度ならず、後継者を指名するよう要請されていたが、政治的混乱を招くのをおそれ、また自らの死を考えるのがいやなので、ずっとこのことをあとまわしにしてきた。しかし事ここに至っては後継者を指名することが己れの義務であると感じて、かれはリウィアの助言を求めた。病苦ですっかり判断力を失ってしまったことを告白し、分別ある選択であれば、妻の薦める者を無条件に認めようといった。そこでリウィアはかれの代わりに決断を下し、かれはそれに同意した。彼女はアウグストゥスの枕辺に同僚執政官と首都政務官、元老院と騎士身分から幾たりかの代表を呼び集めた。アウグストゥスは口も利けないほど衰弱しており、執政官に陸海軍の登録簿と国庫の歳入記録書を手渡すのがやっとであった。それからアグリッパを呼んで自らの印章指輪をかれに与えた。これは、あくまで執政官との緊密な協調のもとにではあるが、アグリッパを後継者として認めたことを意味する。人々はこれに驚愕した。誰もがマルケッルスが選ばれるものと予想していたからである。

そしてこの瞬間から奇怪にもアウグストゥスは回復し始めた。高熱が下がり胃は食物を受けつけるようになった。治癒の功績はしかし、かいがいしくかれの看護を続けたリウィアにではなく、ムーサと呼ばれる医師のものとされた。このムーサは冷たい塗布油と冷たい飲み物にたよる無害な療法に凝っている人物である。アウグストゥスはムーサの（なしたと考えられる）奉仕にいたく恩義を感じ、体重と同量の黄金をかれに与えたところ、元老院がこれを倍の量とした。ムーサはまた、解放奴隷であったにもかかわらず、騎士身分に列せられ、金の指輪を嵌めまた政務官候補となる権利を得た。そればかりではなく法外な法令が元老院を通過し、それによって医業に携わる者すべてが税を免除されることとなった。

　マルケッルスはアウグストゥス後嗣の指名からはずされたことで明らかに傷ついた。かれはまだ若く二十歳になったばかりであったが、これまでアウグストゥスから受けていた寵愛のせいですっかり己れの才能と政治的重要性とを過信していた。その憂さ晴らしに、公けの饗宴の席でアグリッパに対してことさら横柄な態度に出た。アグリッパはやっとのことで怒りを抑えたが、かれが応酬しなかったことで徒らにマルケッルス支持者を勢いづかせる結果となった。アグリッパがマルケッルスを恐れているとかれらは思い込んだのである。この連中は、アウグストゥスが一、二年中に考えを改めないのであればマルケッルスが帝位を簒奪するだろうと話し合うまでになっていた。かれらは甚だしく増長して傲慢となったが、マルケッルスはそれをほとんど抑えようとしなかったので、アグリッパの一党との間でたびたび衝突が起こった。アグリッパはこの幼稚な犬っころ（アグリッパはマルケッルスをこう呼んでいた）の無礼な仕打にひどくいらだたしい思いをした。国家の要職を歴任し、軍人として数々の勝利をおさめてきたかれにしてみれば、マルケッルスは仔犬にすぎない。しかしかれのいらだちには警戒心がまじっていた。この一連の出来事は、マルケッルスとかれがアウグストゥス亡き後の印章指輪をめぐってはしたない争いをしているという印象を与えたからである。

　アグリッパは自分がそのような役廻りを演じていると見られるのを避けるためになら、ほとんどどんな犠牲も厭わない決心であった。マルケッルスが一方的に攻撃を仕掛けてくるだけであって、アグリッパにしてみれば全責任を相手に負わせたかったのだ。そこでかれはローマから隠栖する決心をした。アウグストゥスの前に伺候し、シリア総督に任命してくれるよう願い出た。アウグストゥスからこの思いもかけぬ要望の理由を訊ねられると、総督の権限でパルティア王との間に有利な交渉ができると考えるからと答えた。つまりパルティア王を説いて、アウグストゥスが人質としてローマにとどめおいている王の息子と引き替えに、三十年前に奪取された軍団の〈鷲〉〔軍団の神聖な旗印〕と捕虜とを返還させることができるだろうという訳である。かれはマルケッルスとの争いのことは一言も口にしなかった。このときアウグストゥスはすでに両者の争いのことでひどく心を痛め、アグリッパとの長年の友情とマルケッルスへの溺愛との板挟みになっていたため、アグリッパの申し出がいかに高潔なものであるか理解しているそぶりを一切見せるわけにはいかなかった。それを明かせば自らの弱さをさらけ出してしまうこととなるからで、そのためかれのほうからも両者の諍(いさか)いについてはまったく口にしなかった。そこでアウグストゥスはすすんでアグリッパの望みを容れ、軍団の〈鷲〉と捕虜——かくも長の年月の過ぎたあとで一人でも存命していればの話であるが——を取り戻すことはいかにも重要であると述べて、出立の準備がととのうのはいつかと訊ねた。アグリッパはかれの態度を誤解して、いたく傷ついた。アウグストゥスが、帝位をめぐって自分がマルケッルスと争っていると信じこんで、自分を厄介ばらいしたがっていると考えたのである。そこでアグリッパは望みが叶えられたことを感謝し、忠誠と友情の変わらぬことを素っ気なく口にした後、翌日にも旅立つ用意ができていると述べた。

かれはシリアには行かなかった。レスボス島より先には行かず、部下を代理として属州に派遣して統治にあたらせた。レスボスに滞在することで、それがマルケッルスのせいで惹き起こされた一種の追放刑のように人々の目に映ることを、アグリッパは承知していた。かれが敢えて属州に赴かなかった理由は、そうすることでマルケッルスに攻撃の口実を与えかねないことを懸念したからである。マルケッルス派はアグリッパが東方で兵を募ってローマに進撃しようとしていると言い募るに違いなかった。だがアグリッパは遠からずアウグストゥスが助力を乞うてくる日が来るはずだと自らに言い聴かせ、マルケッルスが帝位簒奪を企てていることに微塵も疑いを抱かなかった。好都合なことにレスボスはローマに近い位置にある。またかれは自分の使命も蔑(ないがし)ろにすることなく、仲介者を通じてパルティア王と外交交渉に入ったが、早々に妥結に至るとは期待していなかった。東方の王侯と有利な取引をするにはかなりな時間と忍耐が要るのだ。

マルケッルスは最初の政務職として首都政務官に選出され、これを機会に大規模な公共の競技を開催した。雨や陽射しから守るために、競技場を天幕で覆い、華麗な綴れ織で飾ったばかりでなく、市場の広場全体を色とりどりの巨大な天幕で覆ってしまうという大がかりなものだった。その効果たるや実に豪華なもので、とりわけ日光が布地を通して差し込んでくるのを内側から見るとすばらしかった。この天幕を造るのにかれはとてつもない量の赤、黄、緑の布を用いたが、それは競技終了後裁断して全市民に衣服やベッドシーツ用に頒ち与えた。円形劇場の闘技用に多数の獅子を含むおびただしい野獣がアフリカから輸入され、五十人のゲルマニア人捕虜とマウレタニアから来た同数の黒人戦士が闘う見せ物が催された。これに際してはアウグストゥスも資金援助を惜しまず、マルケッルスの実母のオクタウィアも同様だった。オクタウィアが公式行列に姿を見せると市民はわれんばかりの歓呼でこれを迎えたので、リウィアは怒りと嫉妬の涙を抑えかねたほどである。その二日後マルケッルスは病気に罹った。症状がアウグストゥスの先頃の病気のときとまったく同様であったので、当然の成り行きとしてムーサが呼ばれた。この男はこのとき並外れた名望と富の持主となっており、たった一回の往診で金貨千枚の料金を取るほどになって、それほどの高額でも往診してもらえばありがたいと思われていた。病状があまり重くない場合には、ムーサの名前が出るだけで患者はたちまち病が癒えてしまうのが常だった。その信望はそもそも例の冷油冷薬療法にあり、かれはその処方を堅く秘して誰にも明かさなかった。ムーサに対するアウグストゥスの信頼にはまことに絶大なものがあったので、かれはマルケッルスの病をさほど重く見ず、競技はそのまま続行された。しかしどういうわけか、リウィアがつききりで看護しムーサは氷よりも冷たい油と薬を処方したにもかかわらず、マルケッルスは死んだ。オクタウィアとアウグストゥス両人の悲哀は留まるところを知らず、その死は国難として哀悼された。しかし物事を平静にとらえる市民の中にはマルケッルスの姿が消えたことを残念に思わない者も決して少なくなかった。もしアウグストゥスが死んでマルケッルスが帝位を襲おうとしたなら必ずやかれとアグリッパの間で内戦が起こったに違いないからである。今やアグリッパが後継者たりうる唯一の人物だった。しかしこの読みにはリウィアの存在が計算に入っていなかった。そもそも彼女の変わらぬ目論見(もくろみ)は、アウグストゥス逝去のあかつきには——クラウディウスよ、クラウディウス、汝はリウィアの行動だけを記録して彼女の意図には触れぬと言ったではないか——アウグストゥス逝去のあかつきにはわが父の支援のもとに伯父のティベリウスを介して引き続き帝国を支配し続けるというのがリウィアの変わらぬ筋書であった。彼女はこの二人がアウグストゥスの後嗣として養子になるよう画策するであろう。

マルケッルスの死によって残されたユリアがティベリウスの妻となる途が開け、何もかもがリウィアの筋書通り運ぶはずであった、ここでもし共和制復活を要求して民衆が騒擾を起こすという不穏の動きがおこりさえしなかったなら。リウィアが宮殿のきざはしからかれらに語りかけようとすると、群衆は腐った卵と汚物を投げつけた。折悪しくアウグストゥスはマエケナスを伴って東方属州の巡察に出向いており、この知らせが届いたときにはアテナイに到着したところだった。リウィアは簡潔な急信を送って、首都の状況はもはや最悪を極めており、いかなる犠牲を払ってもアグリッパの支援が必要不可欠であることを伝えた。アウグストゥスはただちにレスボスからアグリッパを呼びよせると、ともにローマへ帰還して治安回復に力を貸してくれるよう友として懇願した。しかしアグリッパはこの招請にいそいそと応じるにはあまりに長年にわたって怨念を培ってきていた。かれにも容易に捨て難い矜持があった。そもそもこの三年の間というもの、アウグストゥスがかれに送ったのはたった三通の書翰、それも素気ない公式文書ばかりだった。そしてマルケッルスの死後かれは首都に呼び戻されて然るべきであったのに、アウグストゥスはそれをしなかった。どうして今更かれを助ける必要などあろうか。実のところ、両者の疎遠の種を蒔いたのはリウィアである。彼女は当時の政治的状況を読み誤り、アグリッパをあまりにも早く除いてしまったのである。リウィアはアウグストゥスの耳に次のようなことを仄めかしさえした。すなわち、アグリッパは遠くレスボスにいるにもかかわらず、首都の誰よりもマルケッルスの謎の死病について知悉しており、ある者が彼女の耳に入れたところによれば、マルケッルスの訃報に接しても驚愕するどころか、むしろいたく満足のそぶりを見せていたらしいと。アグリッパはアウグストゥスにこう述べた。自分はローマを不在にして久しいので、もはや首都の政治には疎遠となり、アウグストゥスの望むような任務を果たせるような能力があるとは思えないと。アウグストゥスは、アグリッパがそのような心情でローマに赴くならば、帝政維持に努めるどころかむしろ平民支配の指導的役割を果たす気分なのではないかと恐れて、遺憾である旨(むね)を慇懃にのべてアグリッパを下がらせ、ただちにマエケナスを招いて助言を求めた。マエケナスはアウグストゥスのために忌憚なくアグリッパと話し合う許しを求め、アグリッパが要望に応じて行動するには具体的にどのような条件を欲しているのか訊き出して参りましょうと答えた。アウグストゥスは神かけて「アスパラガスの煮えるより早く」(かれの好んだ言い回しである)そうしてくれるよう頼んだ。そこでマエケナスはアグリッパを呼んで言った。「旧くからの友よ、いったい君は何をして欲しいのだ。君が冷たくあしらわれて怨みに思っていることは私にもよく分っているが、アウグストゥスも君のせいで同じように傷ついていることは間違いないのだぞ。かれに対して率直に心を開かなかったことでどれほどかれが辛かったか、君は分っているのか。それはかれの公正さと君への友情をともに踏みにじったことになるのだ。マルケッルスの一党が君を窮地に陥れマルケッルス自らが君を侮辱したことを君が隠さずアウグストゥスに話してさえいたならば——誓っていうがかれはそのことをつい先頃まで知らなかったのだ——きっとかれは事態を好転させるために全力を尽くしたに違いない。忌憚ないところをいわせて貰えば、君の態度はだだをこねている幼児そのままで、一方アウグストゥスはそうしたそぶりには毫も動かされない父親のように振舞ってきたのだ。君はかれが素気ない手紙しか寄こさなかったという。しかし君自身、愛情こもった手紙をかれに書き送ったことがあるのか。それに君が別れぎわにのべた冷たい言葉はいったい何なのだ。私は君たちの間の溝がこれ以上深くなれば我々みなの破滅だと信ずればこそ、こうして二人の間をとりもとうとしているのだ。君たち二人は現存するローマ人の中で最も偉大な人物に相応しく、互いに深く愛しあっているはずだ。アウグストゥスは私に、君が以前のように心を開いてくれるならば、旧来と同様の条件で、いや、それよりもさらに緊密な関係のもとに、君との友情を新たにするつもりだといっているぞ」

「かれがそういったのか」

「かれのいった言葉そのままだ。それでは、かれの感情を害したことで君がいたく後悔しており、君がローマを離れたのは誤解が原因だった、つまりマルケッルスが饗宴の席で君を侮辱したことをアウグストゥスがとうに知っているに違いないと思い込んだすえのことだったと伝えてもよいのだな。それに君の側から過去の過ちをつぐなって友情を新たにしたいとねがっている、そして、かれが君に歩みよってくれると信じていると伝えてもよいのだな」

アグリッパは言った。「マエケナスよ、君はりっぱだ、真の友だ。何であれアウグストゥスの命令に服すると伝えてくれ」

マエケナスは言った。「そう伝えられるなら私にとっても大きな喜びだ。そのさいには、個人的な意見として、何かアウグストゥス自身の並外れた信頼の証（あかし）を帯びていかなければ、君を治安回復のため首都に派遣してもおだやかにことが運ばない恐れがあると、言い足しておこう」

そしてマエケナスはアウグストゥスのところに赴いて、

「かれをうまく説得しました。かれは喜んで貴方の命に服します。けれども父親の愛情が他の子供に移ることを嫉妬する子供のように、貴方が本当にかれを愛していることを信じたがっています。私の考えではかれを心底納得させるには、かれにユリアを嫁がせるしかありますまい」

アウグストゥスは速やかな決断を迫られた。そしてアグリッパの妻はマルケッルスの妹でありマルケッルスとの揉め事があっていらい夫婦の間が円満でないことを思い出し、だからアグリッパはユリアを愛するようになるだろうと考えた。アウグストゥスはリウィアが傍らにいて助言をしてくれたらいいのにと思ったが、決断をひきのばすゆとりはなかった。それにリウィアの手紙には「いかなる犠牲を払っても」とあったではないか。だからかれは自らの意志にしたがって決断する権利があるわけだ。かれは改めてアグリッパを呼び、マエケナスが大いなる和解の席のお膳立てをした。アウグストゥスはもしアグリッパが実の娘を娶ってくれるならば、それは自分にとってかつて何にも代え難いものとして重んじてきた友情が新たにより磐石の基礎の上にうちたてられたことの証となるだろうといった。アグリッパは感涙にむせび非を悔いて許しを求めた。かれはアウグストゥスの寛大な愛情に応えるべく忠勤に励む所存だった。

アグリッパはアウグストゥスとともにローマに帰還し、すぐさま妻と離縁してユリアを娶った。この結婚は市民たちに評判がよく、またその式典にあたっては豪勢に金をばらまいたので、市の不穏な動きなどたちどころに収まってしまった。

紀元前二十一年

アグリッパはまた外交交渉に成功して軍団の〈鷲〉を取り戻したことによってもアウグストゥスの信頼を新たにした。〈鷲〉はアウグストゥスの代理を務めるティベリウスに正式に引き渡された。ローマ人の心にとって、軍団の〈鷲〉はいかなる大理石の神像にもまして神聖なのである。虜囚となっていた者も幾たりか帰国したが、祖国を三十二年も留守にしたあとではあまり歓迎される帰郷ではなかったろう。捕虜の大半はパルティアに定住し土着の女と世帯をもっていたので、むしろ現地に留まることを望んだ。

祖母リウィアにしてみれば、アグリッパとの取引は決してよろこばしいものではなかった。唯一の慰めといえば娘が離別の浮き目にあってオクタウィアが面目を潰したことだった。しかしリウィアは心の内を面には表さなかった。

紀元前十二年

九年後アグリッパの出番は終わった。田舎の別荘で急死したのである。当時アウグストゥスはギリシアにおり、そのため屍体の検分は行われなかった。アグリッパは子沢山でアウグストゥスの法定相続人にあたる男子三人と女子二人を残した。実の子を優先したくてもかれらの権利をことごとく排除するのはリウィアにしても容易ならざる難事だった。

とはいえ、次にユリアの夫となったのはティベリウスだった。これはユリアがティベリウスに惚れ込みアウグストゥスにティベリウスを説得してくれるよう懇願したため、ことはリウィアにとって好都合に運んだ。アウグストゥスは渋々同意したが、それもユリアがだめとおっしゃるなら自殺しますといって父親を無理強いしたからである。ティベリウスにはユリアを娶る気持ちなど毛頭なかったのだが、それを拒む勇気がなかった。かれは泣く泣くウィプサニアを離縁する羽目になったが、このウィプサニアはアグリッパと前妻の間の娘であり、ティベリウスはこれを熱愛していた。あとになってティベリウスが偶然街角でウィプサニアと会ったことがあったが、かれはいつまでも彼女の後ろ姿を目で追いつづけていた。そのさまがあまりに未練がましかったので、この話を聞いたアウグストゥスは体裁を気にするあまり、こうしたことが二度と起こらぬようにとりはからえと命じた。両家には役人を派遣して監視させ、二人が出会うことのないようにしたのである。ウィプサニアはほどなくガッルスという野心家の青年貴族と再婚した。ここで私の父がマルクス・アントニウスとオクタウィアとの間に生まれた下の娘であるアントニア、つまり私の母と結婚したことを忘れぬうちに記しておきたい。二人はアウグストゥスが重態に陥りマルケッルスが夭折したあの年に結ばれたのである。

わが伯父ティベリウスは悪しきクラウディウス氏の一人だった。その性、陰険にして内気、かつ残虐であったが、この生まれながらの性質を抑制するのにすぐれて影響力のあった人物が三人いた。一人は善きクラウディウス氏の典型である私の父であり、陽気で外向的、寛大な心の持主であった。二人目はアウグストゥスである。きわめて実直で明るく、親切な人物であったかれは、ティベリウスを嫌いながらもその母親ゆえにかれを寛大に遇していた。そして最後の一人はウィプサニアである。父の及ぼしていた影響は二人が軍役に就く年齢となりローマ帝国の別々の地方の前戦に派遣されるようになったとき消滅したか、すくなくとも弱まった。その次にウィプサニアとの無理強いされての離縁があり、アウグストゥスとの不和がこれに続いた。アウグストゥスが気分を害したのは、伯父がユリアに対する嫌悪を隠そうにも隠しきれなかったためである。この三人の影響力が消え去るにしたがって、かれは次第にどうしようもなく邪悪な人物となっていったのである。

ここでティベリウスの外見について記しておくべきであろう。かれは偉丈夫で黒髪白皙、屈強な体軀の持主で、隆々たる肩が目立った。その腕力は並外れていて、くるみを握りつぶしたり、親指と人指し指でまだ皮の堅い青い林檎を突き通すこともできたほどであった。身振りがあれほど緩慢でさえなかったら一流の拳闘士になっていたろう。それが証拠に、かれは一度ふざけ半分に仲間のこめかみを殴って――それも拳闘用の金属手袋をつけずに素手でである――その頭蓋を割って死に至らしめたことがある。頭を少し前に突き出すようにして地面を見ながら歩く癖があった。顔立ちは美男の部類に入ったであろう。仮りにあれほどにきびだらけでなく、また出目でなく、それにあれほどしじゅう眉を顰めていなければの話であるが。ティベリウスの肖像はこうした欠点を残らず除いてあるから、とても美男である。口数が少なく、また話し方がひどくゆっくりしていたので、かれと話している相手は思わずその言葉を受けて残りをつづけ一気に答まで喋ってしまいたい気持ちに駆られるのだった。しかし興が乗れば人の心に染みる弁論を披露することもできた。かれは若い時期に禿げて、残った後頭部の髪を古代の貴族風に長くのばしていた。頑健で、病気というものをしたことがなかった。

ティベリウスはローマ市民の間と同様軍隊でもはなはだ不人気であったが、しかし将軍としてはきわめて優秀であった。古代の厳しい軍規をいろいろと復活させたが、前線では自分ひとりを別扱いすることがなかった。天幕で眠ることなど稀で、一兵卒の分以上に飲み食いすることなく、戦闘では常に軍団の先頭に立って突進したので、兵士たちはお人好しの気楽な司令官の下では感じられないたぐいの信頼感を抱いて、ティベリウスの下で軍務に服する方を好んだ。ティベリウスは滅多に笑みを浮かべたり賞賛を口にしたりせず、部下を過度に行軍させたり働かせたりすることもしばしばあった。「連中が命令に従うものなら憎まれてもかまわん」というのがかれの口癖だった。かれはまた大隊長や連隊の士官たちも兵卒同様に厳しく律したので、不公平という不満が起こることは決してなかった。それにティベリウスのもとで軍役に服することにはうま味もあった。かれは敵の陣営や町を襲って劫掠にこれつとめたからである。かれはアルメニア、パルティア、ゲルマニア、ヒスパニア、ダルマティア、アルプス諸地域そしてガリアで赫赫たる戦果をおさめた。

先程も記(しる)したように、わが父は最良のクラウディウス氏だった。父は膂力において兄ティベリウスにも伍するのみならず、容貌においてははるかに優れ、ものいいや振舞が機敏で、軍人としても兄に毫も劣らなかった。父は兵卒をひとり残らずローマ市民として、つまり階級や教養こそ違え己れと対等な者として扱った。兵士を罰することを極端に嫌い、軍規に対する違反があった場合、可能なかぎりその処分は違反者の同僚によって取りおこなわれるようにと命じていた。同僚兵士ならばその違反を部隊もしくは軍団全体への恥辱と感じるだろうと考えたからである。かれらの矯正力では手に負えないほどの軍規違反があった場合、かれらには違反者を死罪に処したり、兵士としての義務を果たせなくなるほどの体罰を加える権限を父は許さなかったので、その件を軍団長にゆだねることを義務づけたが、兵士たちができるかぎり自主的な裁きに従うことを願うと明言していた。軍団長の許可のもとに百人隊長は笞刑を行うことができたが、それも戦列離脱とか同僚のものを盗むとか笞刑に相応しい卑劣な罪の場合に限られた。しかし父は、いったん笞刑を受けた者を二度と戦闘員としての役には就けず、降格して輜重(しちょう)もしくは主計の任に留めおくようにした。兵士の中で同僚もしくは百人隊長から不当な宣告を受けたと考える者は父に直接それを訴えることもできたが、そうした宣告を再審査する必要はなさそうだというのが父の考えだった。この方式は目を瞠(みは)るほどの効果をあげた。というのも父自身が模範的な良き兵士であったために、軍団全体に他の司令官には信じられないほど軍律正しい気風がみなぎったからである。しかし考えてみれば分ることだが、このような統率のもとにおかれていた部隊があとになって普通の将軍の指揮下に入ったとき、きわめて剣呑な事態が起こりかねない。いったん自主独立の気風を許された者は、それを容易に排除できないからである。実際父の配下にあった部隊が伯父の指揮下に編入されたような場合には、必ずといっていいほど騒動がもちあがった。逆に伯父のもとで軍務に服したことのある部隊が父の指揮下に入ったときには、父の遣り方に対して疑念と軽蔑しか抱かなかった。兵士どうしが互いにかばいあい、奸計を用いても追及を逃れることを自慢の種とするのがかれらの習いであったのだ。伯父の軍団ではたとえば士官から話しかけられる前に口を利いたり、ぞんざいな話し方をしたり、あるいは自分の判断で行動したりすることが笞刑の理由ともなったため、かれらにとって背中に笞の痕が残ることは誇りにこそなれ恥辱の印ではなかった。

わが父が勝利をおさめた地域はアルプス、ガリア、ベルギカと低地ゲルマニアにおよぶが、とりわけ大きな武勲をあげたのはゲルマニアにおいてであって、そこでは父の名は決して忘れられることはなかろう。かれはそこで日々戦闘に明け暮れた。父にはひとつ大いなる野望があって、それはローマの歴史上たったの二度しか達成されなかった武勲、すなわち将軍として自らの手で敵将を討ち取り、その武具を奪うことであった。この偉業が達成できそうな機会には幾度となく恵まれたのだが、その度にあと一歩のところで獲物は逃げ去ってしまうのだった。相手は一騎討ちに応ずる代わりに戦場から遁走するか降伏するか、あるいはおせっかいな兵士が最初の一撃を与えてしまったからである。父の想い出を語ってくれた古参兵はよく賞賛の念をこめて笑ったものである。「お父君が黒馬に跨ってゲルマニア人の首長を相手に追いつ追われつするありさまは、まこと心踊る光景でしたぞ。時としてお父君は敵の屈強の護衛兵九人や十人を斬り伏せられましたがな、敵の旗幟に近づくが早いか、首長はこずるい鳥のように逃げ去ってしまいますのじゃ」父の指揮下で戦った者の最も誇りとするところは、かれがローマの将軍としてはスイスからライン河沿いに北海まで行軍した最初の人物であるということであった。

巻四

父ドルスス、ゲルマニアに死す

わが父は祖父の伝えた自由についての教えをかたときも忘れたことがなかった。まだ幼いころ、父は五歳年上でアウグストゥスから「青年の第一人者」の称号に与(あずか)っていたマルケッルスと諍(いさか)いを起こしたことがあった。父の考えるところではこの称号は特別な機会（例えばマルスの野で騎士階級や元老院の子弟たる青少年が馬に乗って二軍に分れて戦う「ギリシア人とトロイ人」と呼ばれる模擬戦など）にのみ与えられた名誉であって、マルケッルスが称号を得て以来わがもの顔で行使しているような法的権限を伴うものであるはずもなく、自ら自由なローマ市民としてそのような専横には絶対に服従できないと公言して憚らなかった。この模擬戦の際の相手側の長はティベリウスであり結局勝利の栄誉はティベリウスに輝いたことを、父はマルケッルスに思い出させてやった。父はマルケッルスに決闘を挑んだが、このことはアウグストゥスをいたく興がらせ、かれはそれ以後ながらく父のことを名ざすときには、いつもからかい半分に「自由なローマ市民」と呼ぶのであった。

　父はローマに帰還する度に首都ではアウグストゥスへの盲従の気配が広がっていることに嫌気がさして、一日も早く軍営に戻りたいと願うのが常だった。アウグストゥスとティベリウスがガリアに出向いている間首都政務官の一員としての職務に就いていたが、猟官と政治的暗闘が猖獗を極めているのにほとほと愛想をつかし、近しい友人に（この人物から私はずっと後になって話を聞いたのだが）なげかわしいことに元老院議員全員を併せたよりもまだしも自分の麾下の兵士の方に自由を重んじる古き良きローマの気概が保たれているありさまだとこぼ

したことがある。その死の直前には厳しい口調でこの悪風を弾劾する手紙を、ゲルマニア奥地の陣営からティベリウス宛に書き送った。この書翰の中で、かつて独裁官スッラは第一次内戦ののち政敵がことごとく征服されるか和睦を乞い、ローマの唯一人の主権者となった折に、わずか二、三の国家政策を定めただけで、さっさと独裁官の杖を捨て一介の市民に戻ったことがあるが、アウグストゥスもこの栄えある前例に習うことを切に願うと記した。もしアウグストゥスが速やかに同様の行動に出ないならば――かれはこれこそ自分の究極の目的だとつねづね公言していたのだが――すべてが遅きに失してしまうであろう。今や古き貴族の家系は哀れなまでに減少してしまった。追放刑や度重なる内戦のせいで勇気ある最良の貴族はほとんど姿を消し、残った者はといえば新興貴族――それでも名ばかりは貴族だ！――の中に埋没して、近年そのふるまいはアウグストゥスとリウィアの家内奴隷さながらとなっている。このままいけば遠からずローマの何たるかを忘れはて、ついには東方の君主と同様の野蛮で身勝手な専制支配に身を屈するであろう。自分はかかる惨状を期待してアウグストゥスの統帥のもと数多くの苦しい戦役に従事してきたのではない。アウグストゥスは第二の父でありかれに対して個人的には深い尊敬と愛情を抱くものであるが、それにもかかわらずこのような心情を吐露するのを控えることはできない。そして父はティベリウスの意見を訊ねた、われら二人が力を併せてアウグストゥスに退位を説得し、なんなら退位を迫ることはできぬだろうかと。「もしかれが同意するなら私は今にも増して千倍も深い愛情と尊敬を抱くだろう。しかしわれらの母上リウィアはアウグストゥスを介して最高権力を操っておられる、そのことからくる母上の秘かな理不尽な矜恃こそ、我らが事を行うにあたっての最大の難関となるであろうことを、残念ながら懸念せざるをえない」

この手紙は折悪しくティベリウスがアウグストゥスとリウィアと同席しているところへ届けられた。「御弟君からの文です」と帝室伝令が口上をのべ、手紙をティベリウスに手渡した。ティベリウスは手紙の内容がリウィアとアウグストゥスに触れていようとは夢にも思わなかったので、その場で開封して一読する許しを乞うた。アウグストゥスは言った。「いいとも。だが予と妻にも読んで聴かせて貰いたいものだな」かれは従僕に下がるよう身振りで命じた。「さあ、時間がもったいない。あれの最近の戦果はどうなのだ。予は知りたくてうずうずしておるのだ。あれの手紙はいつも名文で、興味深いものがある。気を害さないでもらいたいが、そなたの手紙よりもずっと面白いからな」

　ティベリウスは最初の数語を読んで、それから真っ赤になった。かれは剣呑な箇所を読みとばそうとしたが、差障りのない部分など皆無に等しく、あるとしてもわずかに末尾で頭の傷からくるたちくらみとエルベ河への進軍がいかに困難かを嘆いている部分しかなかった。父は最近奇怪な前兆がいくつかあったことを記(しる)していた。夜な夜な星を射落とそうとする者があったり、森から号泣する女の声に似た音が響いたり、払暁にゲルマニア人のそれではなくギリシア風の装いをした神々しい若者がふたり、にわかに陣営のただなかを駆け抜けていったり。しまいにはとても人間とは思えぬほど巨大なゲルマニア女が父の天幕に現れて、運命が禁ずるがゆえにこれより先に進んではならぬとギリシア語で話しかけたという。このようにティベリウスはあちこちの文章を拾い読みし、言葉につかえては、文字が判読しがたいといい、あらためて読み始めたが、またしても言い澱(よど)み、ついには容赦を乞うた。

「どうしたのだ」とアウグストゥスがいった。「読めるのはそれだけではあるまい」

　ティベリウスは冷静を取り戻した。「たしかにできないわけではありませんが、この手紙は読むには値しないものです。明らかに弟はこれを書いたとき加減が悪かったに違いありません」

　アウグストゥスは驚愕した。「本当にそれほど悪いのか」しかし祖母リウィアは母親がわが子の病状を案ずるあまり思わず礼儀を忘れたそぶりを装って――実際は書翰の中にアウグストゥスと自分について言及する箇所があってティベリウスがこれを読むのを恐れているのをいち早く察してのことであるが――手紙をティベリウスの手から奪い取った。彼女はこれを一読し、眉を顰めてアウグストゥスに手渡すと、こういった。「これは貴方にかかわる問題です。不自然かもしれませんけれど、息子を罰するのはわたくしの役目ではありません。あの子の保護者であり国家元首たるあなたがなさるべきことでしょう」

　アウグストゥスは驚愕して、果たしてどのような不都合が生じたのかいぶかしんだ。かれは書翰を通読したが、しかしかれが不興を感じたのは自分に対しての非難が記されてあることよりも、むしろ祖母を侮辱するようなことが書かれていたためであったように思われる。実際「退位を迫る」という乱暴な言葉を別にすれば、アウグストゥスとしては書翰に表されている心情に心ひそかに同意したい気分だった。もっとも、祖母に対する侮辱はかれを不快にさせたが、それはアウグストゥスが自らの善き判断よりも祖母の進言の方に重きをおくのを常としてきたからだった。確かに書翰にあるとおり、元老院はアウグストゥスとその一族や側近に迎合して恥ずかし気もなく唯々諾々と従うようになっていた。この事態を厭うことにかけてはかれも父に劣らぬものがあり、事実はるか以前アントニウスが敗北し世を去るころには、公敵がことごとく平げられたあかつきには必ず野に下ることを自ら公言していたものである。それ以来、幾度も演説の中で、自分の責務を終える望ましい日の来たらんことを口にしていた。アウグストゥスは絶え間なく国家の出来事にかかずらうことに疲れ、絶え間なく栄誉を奉られることに飽いていた。かれが欲するのは休息と一介の市民に戻ることだった。しかし祖母はかれが公職を放棄することを一度たりとも認めようとはしなかった。彼女はいつもアウグストゥスの耳にささやくのだった。あなたの事業は未だその道半ばにある、いまここで退位すればたちまち内乱が起こるばかり。たしかにアウグストゥス、あなたは激務に従事してきたかも知れない。しかしそれよりもさらに過酷な仕事に、それも何の公(おおや)けの報酬も求めず携わってきたのはこのわたくしではありませんか。それによく考えておく必要があるのは、一度公職を退いて一市民となってしまえば、告発や追放の危険に晒されかねないということです。それよりもっと悪い事態も考えられる。あなたが死に至らしめたり名誉を剝奪したりした者の一族がどのような怨恨を秘かに抱いているか知れたものではない。元首の地位から退けば警護の者も軍隊も当てにはできなくなる。だからもうあと十年だけ今の地位に留まってみようではありませんか。そうすれば十年の終わりに、あるいは事態は今より良くなっているかも知れない。リウィアからこう言われて、アウグストゥスは常に退位を断念し統治を続けてきたのだ。かれは元首の特権を一時のものとして受け入れた。五年もしくは十年の期限つきで同意したが、十年間を認めるのが普通だった。

アウグストゥスがこの不運な手紙を読み終わるのを待って、祖母は厳しい表情でかれを見ると、「さて、いかがなさいます」と訊いた。

「予はティベリウスの意見に賛成である」とおだやかにかれは言った。「あの若者は病気なのに違いない。過労からくる錯乱であろう。手紙の最後で頭の傷とさまざまの幻影を見たことを書いているが、これがその証拠といえよう。あれには休息が必要だ。生来雅量に富んだ心の持主なのに、それが前戦での心労が過ぎて頭がおかしくなったのであろう。ゲルマニアの森林は心を病んだ者の居るべき場所ではない。それはティベリウスがよく知っておろう。狼の吠える声はひどく神経に障る。あれがいう号泣する女の声とは疑いなく狼だ。今やあれはゲルマニアの蛮族どもに二度と忘れえぬ恐怖を植えつけたのであるから、そろそろあれを呼び戻してやってはどうであろう。あれがローマで身近にいてくれるのは予にとっても悪いことではない。左様、かれを呼び戻さねばなるまい。リウィアよ、そなたも今いちどわが子の顔を見たいであろう」

祖母はこれには直接答えず、あいかわらず厳しい顔をしながら訊ねた。「ティベリウスよ、そなたはどう思われるえ」

伯父はアウグストゥスよりもずっと政治的であったし、母親の性格を知り抜いていたので、こう答えた。「弟はたしかに病気のように思われますが、たとえ病気だとしてもこのような親不孝な振舞や大それた過ちが許されてよいはずはありません。弟を呼び戻すべきだという点には同意できますが、それは思慮深く献身的で忍耐強い母に対してかくも忌まわしい考えを抱き、のみならずそれを書翰にしたため敵国のただ中を通る伝令の手に委ねたという罪深い行為を思い知らすためでなくてはなりません。それにスッラについての弟の議論はまったく幼稚なものです。スッラが権力の座から降りるや否やまたしても内乱が起こって、かれの造った体制は瓦解してしまったのですから」こうしてティベリウスはうまくこの件とは無関係の立場をとったが、父に対するかれの手きびしい言葉はかなり本心からのものだった。自分をこのような窮地に立たせたという理由で立腹していたのである。

リウィアはアウグストゥスが彼女に対する侮辱をこうもあっさりと、しかも息子のいる目の前で許してしまったため、怒りで喉がつまりそうだった。またわが父に対しても同様に烈しい憤怒の念を抱いた。父が帰還したならアウグストゥスに退位を強いるという考えを実行に移しかねないことが、彼女にはよく分っていた。のみならずローマで並外れた人気がありまた西方の軍団を後楯に持つ父が、いつ何時でも平民支配を支援すべく背後に控えているかぎり、このままティベリウスを介して院政を続行することが――たとえティベリウスのために帝位継承の確約をとりつけたとしても――不可能であることも明白だった。このとき祖母にとって絶対支配の権力は、もはや生命や名誉にも増して重大なものとなっていた。彼女はそのためにあまりにも多くのものを犠牲にしてきた。しかしそれでいてなお、祖母は本心を隠して冷静を装うことができた。彼女は単に病が原因であるというアウグストゥスの意見に同意するふりをして、ティベリウスに向かってはかれの非難は厳しすぎるとまで言った。けれどもただちに父を首都に召喚することには同意して、アウグストゥスが寛大にもわが子の過ちを容赦してくれたことに謝辞をのべ、信頼のおける医者に心の病に絶大な効果があるといわれるテッサリアはアンティキラから得た薬草を持たせて、わが父のもとに派遣しようといった。

この医者はアウグストゥスの書翰を携えた伝令を伴って、翌日首都を発った。書翰は親しい調子で父の勝利を祝いまた頭の傷を案ずるもので、首都への帰還を許すとあったが、これは言い替えれば父が望むと望まざるにかかわらず帰国せよということであった。

父は数日後アウグストゥスの寛大な処置に感謝する返信を送った。その中で健康が許すようになればただちに帰国する旨（むね）を明言していたが、折悪しくアウグストゥスの書翰が到着する前日に、早脚で馬を駆っているときに馬が転倒し、そのさいに馬の体と鋭い石に挟まれて脚を骨折してしまったことを報告していた。また実母にも薬と医者を送ってくれた心遣いに感謝し、この医者に早速手当を受けているとのべた。しかしこの医者のすぐれた技術をもってしても傷の悪化は避けられないのではないかとの懸念も表していた。そして最後に、自分としては現在の地位に留まりたいのはやまやまなれど、アウグストゥスの望みは命令に等しいものであるから、健康が回復すればただちに首都に帰還する旨、くりかえしのべていた。父は当時チューリンゲン・ザールの近くに陣を張っていた。

ティベリウスはこのときリウィアとアウグストゥスとともにパウィアに滞在していたが、この報に接するやただちに、弟の病床の傍らにあって看護する許可を願い出た。アウグストゥスがこれを許したので、かれは早馬に跨りわずかな供の者だけを連れて、アルプスを越えて最短距離をとるべく北をめざして発った。その道のりは五百マイルにもおよんだが、各地の駅伝の馬を当てにすることができたし、鞍に跨れないほど疲弊したときには馬車を使って、その中で僅かな眠りをむさぼることで遅延を来さず旅を続けることができた。天候もかれに味方した。かれはアルプスの山岳地帯を越えてスイスに下り、その後ライン河ぞいの道を辿った。温かい食事を摂るいとまも惜しんで進むと、マンハイムと呼ばれる場所に達した。ここで河を渡り、次には北東にむけて敵国の中でこぼこだらけの道をしゃにむに進んだ。三日目の夕刻に目的地に着いたときにはティベリウスは一人だけで、供の者はとうに落伍し、マンハイムで募った新たな護衛もかれの速度に追随できなかった。この第二日目の昼夜まる一日に踏破した距離は二百マイルに近いと言われている。ティベリウスは父と言葉を交わすのには辛うじて間に合ったが、時すでにかれの命を救うには遅すぎた。骨折から起こった壊疽が悪化して腿まで達していたからである。

紀元前九年

父は臨終の際にあったが、意識だけははっきりしており、軍団に命令を下して司令官に相応しい儀礼でティベリウスを迎えさせた。兄と弟は抱擁しあい、父は囁いた、「母上があの手紙を読んだのか」「私が読むよりもさきに」と伯父ティベリウスはうめくように言った。それ以上二人は何も言わず、ただ父が次のように嘆息しただけだった。「ローマは過酷な母を、またルキウスとガイウスは危険な養母を持ったものよ」これが父の最期の言葉だった。ティベリウスが静かに父の目蓋を閉じた。

　私は以上の話をコス島出身のギリシア人クセノフォンから聞いた。当時まだ若かったかれは父の側近の外科医で、祖母が派遣した医者がかれの手から父の看護を引き継いだことに非常な不信感を抱いていた。今ひとつ説明する必要があるのはルキウスとガイウスであるが、かれらはユリアとアグリッパの間に生まれたアウグストゥスの孫であり、アウグストゥスはかれらがまだ幼児の頃に自らの養子として貰い受けた。かれらの下に父親の遺児として生まれたことからポストゥムスと呼ばれた三番目の息子があったが、アウグストゥスはかれだけは養子とせず、アグリッパ姓を嗣がせた。

　父が逝去した陣営は「兇運」と名づけられ、その遺骸は軍の葬送行列をもって軍団の冬営のあるライン河ぞいのマインツに送られた。そのさいティベリウスは喪主として全行程を徒歩で歩んだ。軍団は遺骸をそこで埋葬することを望んだが、伯父はそれをたずさえてローマへ帰り、マルスの野で巨大な薪の山を築いて荼毘に付した。アウグストゥス自らが追悼演説を行い、その中で「わが息子ルキウスとガイウスがこのドルススと同じく高貴かつ有徳の人物とならんことを、また予自らにはこのドルススと同じく名誉ある死にあずからせ給わんことを、切に神々に祈願する」とのべた。

　リウィアはどこまでティベリウスを信用してよいものか確信が持てなかった。父の遺骸を携えて帰国したとき、母に対するティベリウスの同情がわざとらしく、不実なものと見えた。そしてアウグストゥスが演説で父と同じ名誉ある死を望むとのべたとき、一瞬ではあるがかれの顔に微かに薄笑いが浮かぶのを彼女は見てとった。ティベリウスはかねてから実父の最期が単なる自然死によるものではないのではないかという疑念にずっとさいなまれていたため、今後一切母の意思には逆らわない決心をしたものと思われる。彼女としばしば食事を共にしながら、かれは完全に彼女に生殺与奪の権を握られている、と感ずるのであった。ティベリウスは彼女の歓心を買おうと努力した。リウィアはかれの腹の底を見抜いていて、まんざら悪い気分ではなかった。彼女が毒殺犯ではあるまいかと疑っているのはかれひとりであり、それゆえにこそその疑念を心中深く秘めて口外することはなかろう。リウィアはアウグストゥスとの結婚のさいの醜聞を払拭すべく努力し、今やローマでは不愉快で厳格な美徳の鑑と看做(みな)されていた。元老院は四種類のリウィアの像がここかしこの公(おおや)けの場所に設置されるようはからい、彼女の名声失墜を埋めあわせようとした。のみならず元老院は法的に捏造した話で彼女を「三人の子の母親」の一員とした。これはアウグストゥスの定めた法令で、三人以上の子をなした母親は法的な特権にあずかるというものであった。殊にこの特権は遺産相続のさいに顕著で、嫁(とつ)がぬ女や石女(うまずめ)は相続にあずかることができず、その者たちの分け前は子沢山の姉妹の取り分となるのであった。

クラウディウスよ、汝は何と退屈な語り手であることか。筆をとって自伝の第四の巻の終わりになろうというのに、いまだ自分の誕生の場面に達しないとは。ここでただちにとりかからねば、伝記の半ばに至ってもそれを語ることはかなうまいぞ。さあ、記(しる)すのだ、「私は父の早世の一年前、四月朔日にガリアはリヨンの町で生まれた」と。左様、わが両親の間には私よりさきに六人の子供が生まれたが、母は父に随って前戦にわが子を伴うのを常としていたので、幼児が生きながらえるのは容易ではなかった。私より五歳年上の兄ゲルマニクスと一歳上の姉リウィッラだけが成長し、二人はともに父の見事な体格を受け継いだ。私は違った。私は二歳の誕生日を迎えるまでに三度もあやうく病死するところであった。父の死去によって一家がローマに戻ることがなかったならば、生きのびてこの物語を書くこともなかったであろう。

巻五

病弱な幼年期、未来を予表する鷲と狼の仔

ローマでは私たちは祖父の館に住んだが、これは祖父が遺言で祖母に残したものだった。館はパラティヌス丘にあって、近くにはアウグストゥスの宮殿やアウグストゥスの建立した図書館つきのアポロ神殿があり、双児神カストルとポルックスの神殿も遠からぬ場所にあった。(これは板材と芝土で造った古い神殿であったが、十六年後にティベリウスが自費で建て替え、壁画と黄金で富裕な貴族の閨房さながらのぜいたくな内装をほどこし、総大理石造りの神殿となった。ちなみに神殿再建はアウグストゥスの御機嫌取りのために祖母リウィアがティベリウスをせっついて行わせたものだった。いったいティベリウスは宗教心の薄い男で、金銭にかけてはひどく吝嗇であった。)河沿いのくぼ地よりも丘の上のほうがずっと健康的で、ここには元老院階級に属する貴顕の邸宅が集中していた。私はひどく病がちの子供で——「まさにあらゆる病気のせめぎあう戦場」と医師たちは言ったものだ——そもそも私が命ながらえたのも、引導を渡す名誉を担うのが誰か、さまざまな病のあいだでもめていたためといえるかも知れない。私はまず七カ月の月足らずで生まれ、さらに乳母の乳が体に合わなくて皮膚は醜い吹出物だらけになった。次にマラリアとはしかに罹り、はしかのせいで片耳がほとんど聴こえなくなった。それから丹毒と大腸炎、そして最後には小児麻痺にみまわれて左脚が短くなり一生びっこをひく羽目になってしまった。あれやこれやの病気のせいで、私は生涯ふくらはぎがはなはだ脆弱で、走ったり長距離を歩いたりすることができず、旅の大半は輿に乗って移動しなければならなかった。それに食後胃の奥で激痛が起こることが再々で

あった。その痛みたるやすさまじいもので、二、三度あったことだが、友人が制止してくれたからよかったようなものの、私は彫刻刀で（狂ったようにひっつかんでいた）痛みの部分めがけて我と我身を突き刺そうとしたくらいである。この胃痙攣と呼ばれる痛みよりひどいものは排尿困難を別にすればこの世に他に二つとしてないというのを人が話しているのを聞いたことがある。おそらく私は排尿困難に罹らなかったことを幸運に思わねばならないだろう。

このような話を聞けば、ひとはわが母アントニア、祖母オクタウィアの厳格な躾のもとに育った高貴かつ美貌の女性、わが父の恋女房であった母が、末っ子である私にことさら愛情を注ぎ、子の不運を憐れんで私を溺愛したに違いないと考えるかも知れない。しかしそうではなかった。確かに彼女は母親の義務として必要なことは残らずしてくれたが、それ以上は何もなかった。母は私を愛してはいなかったのである。それどころか、母は私をひどく嫌っていた。それは私が病気がちであるという理由ばかりではなく、妊娠中つわりがひどく、しかも難産で死ぬほどの苦痛を嘗め、何年間も夫婦生活のままならない体になったためであった。そもそも私が未熟児で生まれたのは、アウグストゥスが「ローマとアウグストゥスの祭壇」の落成式に臨席すべくリヨンに父を訪れたさい、かれの訪問を祝って催された宴席で母がうけたショックが原因なのである。当時父はガリア三属州の総督であり、リヨンには行政の中心があった。ひとりの頭の狂ったシチリア人の奴隷がいて、この者は宴席で給仕役をつとめていたのだが、突如短剣を抜いて父の首の後ろに振りかざした。この光景を目撃していたのは母だけだった。母はこの者の視線を捉えると沈着にも微笑みかけ、そんなことをしてはいけない、短剣をおさめなさいというしるしに頭を振った。相手が躊っているうちに他の給仕二人が母の視線に気づき、危ういところでこの者をとりおさえ武器を奪い取った。その直後母は失神し、陣痛が始まった。私が常に暗殺に対して病的なまでの恐怖を抱いているのはこの事件のためだとも考えられる。出産前の母親のショックは遺伝するというではないか。とはいえ実際のところわざわざ出産前の母親のショックなどを持ち出す必要はない。そもそも皇帝一族のうち、不自然でない死に方をした者が幾人いるであろうか。

私は愛情深い幼児であったから、母の態度のせいでなおさら惨めな思いをした。私はかつて姉のリウィッラがこう言うのを聞いたことがある——リウィッラは美しい娘だったが、酷薄で虚栄心に満ちた野心家で、つまり一口でいえば悪い方のクラウディウス氏の典型だった。その姉の話では母はかつて私のことを「人のかたちをした凶兆」と呼び、私の出生の際にシビュラの託宣集を調べるべきだったと言ったという。また自然は私に生命を与えたがちゃんと仕上げをせず、これを望みのないものとして忌み嫌って放り出してしまったとこぼしたともいう。さらに古代の人間は種族の利益のために虚弱な嬰児を一人残らず岡の辺に遺棄したということから我々よりはるかに賢明で高貴であるとも述べたという。恐らくこれらの発言は実際はもっと毒のないものであった言葉を、リウィッラがことさら悪意で染めあげて伝えたのであろうが——何といっても妊娠七カ月で生まれた未熟児が手のかかる存在であったことは疑いない——しかし私は知っている、某元老院議員が愚かな動議を提出したのを耳にしたとき、母がひどく憤慨して思わず次のように口走ったことを——「そんな男は追放しておしまい。まったくロバみたいな愚か者だわ。いやいや、ロバの方がまだしも利口、あの馬鹿と肩をならべられるのは、そうねえ、うちのクラウディウスくらいなものですよ」

　母のお気に入りはゲルマニクスだった。もっともゲルマニクスは誰にでも好かれたが。私は兄がいたるところで享受する賛美と愛情ゆえにかれを妬むことなどさらさらなく、それをわが事のように喜ぶのが常だった。ゲルマニクスは私に憐愍の情をかけてくれ、私が少しでも幸せになれるように、可能なかぎり力をつくしてくれた。そして年上の少年たちに私のことを、気の良い性格で、寛大な注意深い扱いに対しては必ず愛情をこめて報いる少年であるとして交友を結ぶように薦めてくれた。きびしいあしらいは私を恐がらせ、必要以上に萎縮させてしまうとかれは言ったが、それは本当だった。手が神経的にひきつれたり、首が神経的にがくがくしたり、言葉が吃ったり吐き気が起こったり、口もとからいつも唾がこぼれたりするのは、これすべて躾の名のもとに強制されることへの恐怖心から出たものだった。ゲルマニクスが私を弁護してくれるたびに、母はかれを甘やかすように笑って言ったものである、「優しい子ね、庇ってやるならもっとましな相手を見つけなさい」けれども祖母リウィアの言い草はこうだった、「莫迦なまねはおやめ、ゲルマニクス、あの子が躾に従うのならそれに相応しい愛情で接してやるのだけれどね。お前は曳き馬の前に馬車をつなごうとしているのだよ」祖母は私には滅多に話しかけることはなかった。たまに口を利いても小馬鹿にした様子でこちらに目もくれず、たいていは「出ておいき、わたしがこの部屋を使うのだから」などと言うのだった。

私を叱るときには決して口でいうことはなく、代わりに冷やかな短い書きつけをよこした。例えばこんな調子である、「少年クラウディウスがアポロの図書館をうろついて無為に過ごしている由がリウィア奥方の知るところとなった。この者が教育係より与えられた初級教科書から知識を得るようになるまでは、図書館所蔵の大人の書籍を読みかじるなどは論外である。のみならずこの者がうろうろするために通常の学生の気が散って勉学の妨げとなっている。このようなふるまいは控えねばならぬ」

　アウグストゥスについていえば、かれは私をわざと邪険にあつかうことは一度もなかったが、祖母と同じように私と同室することを嫌っていた。かれは小さな少年がことのほかお気に入りだったが（アウグストゥス自身終生大きくなりすぎた子供のようだった）かれの愛する少年はゲルマニクスや孫のガイウスやルキウスのような見目うるわしい者たち、つまりかれいうところの「立派な男らしい子供たち」に限られていた。ローマには同盟国の王や首長の息子たち――ガリアやゲルマニア、パルティアやマウレタニア、シリアから来た――がその父親の行動を牽制するための人質として集められており、アウグストゥスの孫や主要な元老院階級の子弟とともに少年学校で教育を受けていたが、アウグストゥスはたびたび学校の中庭を訪れ、少年たちと一緒になって石はじきや賽子（さいころ）、綱引きなどのゲームにうち興じた。なかでもかれのお気に入りはマウレタニア人、パルティア人、シリア人の褐色の肌をした幼い少年で、アウグストゥスに向かってまるで仲間のように子供っぽく話すことのできる者たちだった。アウグストゥスは一度だけ嫌悪の情をおし殺し、私をお気に入りの子供たちに混じって綱引きのゲームに参加させようとしたことがあるが、私にとってそんな遊びに加わるのは度外れた努力を要したため、ひどく吃（ども）って狂人みたいに痙攣してしまった。アウグストゥスは二度と私を誘おうとはしなかった。かれは矮人や不具や奇形を嫌い、そのような者を近づけると兇運を招くことになるから目に見えないところに遠ざけておくべきだと主張していた。しかし私はアウグストゥスを祖母に対するように心から憎んだことは一度もない。かれの嫌悪には悪意がこもっておらず、しかもできるだけ嫌悪の情を克服しようと努めていたからである。それに私自身がみじめな出来損ないで、あれほど強壮な偉丈夫たる父親と美しく堂々たる母親の面汚しであったことは疑いないからである。アウグストゥス自身も背丈はやや低いが人並優れた容姿をもち、金髪の捲毛が白くなったのも晩年になってからで、明るい目と陽気な表情、それに姿勢がよくて優雅な身のこなしをしていた。

以前私はアウグストゥスが私を題材にしてギリシア語で自作した哀歌調箴言をアテノドロスに披露している機会に出くわしたことがある。アテノドロスはシリアのタルソス出身のストア派哲学者で、かれの単純明快な進言にアウグストゥスが耳を傾けることもたびたびだった。そのとき私は七歳で、ちょうど母の館の鯉の池のところでこの二人にばったり出くわしたのである。例の箴言は細部までは覚えていないが、大意はこんなものだった、「アントニアは古風な女性である。東方の商人から大枚をはたいてペットのリスザルを購おうとはしないから。何故か。それは自分でリスザルを飼っているからだ」アテノドロスはしばし黙考してから、同じ韻律を使って手厳しい調子でこう答えた、「アントニアは東方の商人からリスザルを購うどころか、高貴な夫との間に儲けた哀れな子供をかわいがらない、砂糖菓子を与えようともしない」アウグストゥスはぎくりとしたようだった。かれにしろアテノドロスにしろ私のことを知恵遅れと思いこんでいたから、二人のギリシア語の会話を私が理解できるなどとは夢にも思わなかったに違いない。そこでアテノドロスは私をかれのもとに呼んで、からかい半分にラテン語で訊いた、「若きティベリウス・クラウディウスはこの件についてどう思われるかな」私はアテノドロスの大きな体の後ろに隠れてアウグストゥスが見えない位置にあったので、いくぶん自分の吃りを意識しないですんだ。私はすぐさまギリシア語でこう言った、「母アントニアはわたしをかまってはくれないが、アポロからじきじきにギリシア語を習った者からこの言葉を学ばせてくれた」このとき私には自分が二人の会話を理解していることを伝える以上に何の意図もなかった。私にギリシア語を教えてくれたのはある女性で、彼女はギリシアのとある島でアポロの神殿巫女であったがあるとき海賊に拉致されテュロスの売笑窟に売られた。彼女は何とかそこから逃げ出したが、売春婦の身分に身を落としていたという理由から再び巫女の地位に就くことは許されなかった。わが母アントニアはこの者の知恵を見抜き、家庭教師として雇い入れた。自分はアポロからギリシア語を学んだというのがこの女の口癖であったから、私はそれをそのまま伝えただけなのだが、しかしいったいアポロは学芸と詩の神であったから私の発言は本来意図したものよりはるかに知的に聞こえたようである。アウグストゥスは度肝を抜かれ、アテノドロスは言った、「よくぞ答えられた、幼きクラウディウス殿、そもそもリスザルはギリシア語を解さぬものよのう」私は応じた、「はい、リスザルには長い尻尾があり、食卓の林檎を盗みます」

しかしアウグストゥスが私をアテノドロスの蔭から連れ出してあれこれ質問を投げかけてきたときには、私はまたもや自意識過剰となっていつものようにひどく吃(ども)ってしまった。だがこのとき以来アテノドロスは私の友人となった。

　アテノドロスとアウグストゥスに関しては、この両者の善き資質を表すこんな逸話がある。あるときアテノドロスはアウグストゥスに向かって、貴方は訪問者と会見するにあたってあまりにも不用心である、いつか誰かが短剣で襲いかかってきて心の臓を貫かれる羽目になりかねませんぞといった。アウグストゥスは笑ってとりあわなかった。翌日アウグストゥスのもとへ、姉オクタウィアが門前に来ており、二人の父親の命日を偲んで弟に挨拶したいと申し入れがあった。かれはすぐ招じ入れるよう命じた。この頃オクタウィアは不治の病に臥っており——この年彼女は身罷(みまか)った——外出の際には帷(とばり)を降ろした輿に乗るのが常だった。輿がアウグストゥスの前に運び込まれると、突然帷が開いてアテノドロスが剣をかざして飛び出してきて、切先をアウグストゥスの胸もとにつきつけた。アウグストゥスはこのふるまいに立腹するどころか、アテノドロスに感謝し、忠告を蔑(ないがし)ろにしたと非を認めたのだった。

　私の幼年時代に関しては、次に記(しる)す特異な出来事を書き落とすわけにはいかない。ちょうど八歳の年だったが、母とゲルマニクスとリウィッラ、それに私はアンティウムの海沿いにある伯母ユリアの美しい別荘を訪れた。夕方の六時ごろ、私たちは涼風に当たりに葡萄園に出ていった。ユリア伯母は一緒ではなかったが、ティベリウスの子供たち、のちにカストルと呼ばれるようになるティベリウス・ドルススと、ユリアの連れ子であるポストゥムスとアグリッピーナが一行に加わっていた。にわかに我々の頭上から激しい金切り声が聴こえてきた。見上げると一群の鷲が争っているのである。羽根がはらはらと落ちてきた。私たちはそれを摑もうとした。ゲルマニクスとカストルは一本ずつ地面に落ちるまでにつかまえ、それを髪に刺した。カストルのものは小さな翼の羽根だったが、ゲルマニクスのは尾羽根から抜けた立派なものだった。羽根はともに血で濡れていた。血の雫がポストゥムスの仰向けの顔と、リウィッラとアグリッピーナの服の上に降ってきた。それから何か黒いものが空から落ちてきた。何をしているか自分でも分らないままに、私は長衣の裾を広げてそれを受け止めた。それは傷つきおびえきった狼の仔だった。鷲たちは獲物を取り戻さんものと降下してきたが、私は狼を庇い、全員で大声を挙げて棒切れを投げつけたので、鷲どもは驚いて身を転じ、叫びを残して飛び去った。私は途方にくれた。狼の仔など欲しくはなかった。リウィッラがそれを横取りしたが、母は厳しい顔をしてそれを返させた。「クラウディウスのところに落ちてきたのだよ」と母は言った。「この子が飼うべきです」

母は一行に加わっていた卜占の神祇官団に属する年老いた貴族に訊ねた。「このことを占ってもらえますまいか」

老人は答えた。「何とも申し上げかねますな。隠された大きな意味があるやもしれぬし、何の意味もないかもしれぬ」

「御心配は無用。あなたの読み解くところを教えていただきましょう」

「ではまず御子たちをあちらにやって下され」

老人がこの予兆に、いずれすべての結果を知るわが物語の読者の目からすればこれしかないと思われるような解釈をして母に話したのかどうか、それは私には知るよしもない。私に分っているのは次のことだけである。子供たち全員がかれら二人から遠ざけられている間——親切なゲルマニクスは茨の茂みにひっかかっていた別の羽根を見つけて私にくれたので、私はそれを髪に刺して御満悦だった——リウィッラが薔薇の垣根にこっそりと忍びよって、何事かを盗み聴きしたのである。彼女はけたたましく笑い出して、母と老人の会話を中断してしまった。「ローマがかわいそう、あれがローマの守護者になるなんて！　神様お願い、わたしそんな時まで生きていたくないわ！」

卜占官は振り向いて彼女を指さした。「不敬な娘よ、神はその願いを、そなたが思いもよらぬしかたで叶えられるであろうぞ！」

「お前は部屋に帰ってそこから出てはなりません。食べ物はなしです」と母が言った。今にして思えば、これもまた予兆を含んだ言葉だった。リウィッラは休暇が終わるまで謹慎させられた。その間彼女は私に手を変え品を変えさまざまに嫌がらせをして憂さを晴らした。しかし卜占官の言った内容に関しては、彼女は一言も口にしなかった。ウェスタの神にかけて、そしてまたわが一族の守護神にかけての誓いに縛られて、このとき居あわせた者が一人でも存命のうちは、直接にせよ、遠回しにせよ、予兆に関して一切口にすることを禁じられていたからである。我々の全員がこの誓いに縛られていた。一同の中で生き残ったのが私一人になってからずいぶん時が経っから——母と卜占官がいちばんの高齢であったにもかかわらず他の誰よりも長命を保った——もはや私は沈黙を守る必要はない。このとき以来、母がたびたび私のことを不思議そうに、ほとんど尊敬のまなざしで見つめることがあるのに私は気づいたが、かといって母の私に対するあつかいが以前と変わったわけではない。

　私は少年学校に通うことは許されなかったが、それは脚が弱くて学校での主なる教育科目であった体育に参加できなかったからであった。また、病気がちであるため私が気おくれしていた上、耳が遠くて口が吃る(ども)のも不利な条件だからであった。いきおい少年時代には同じ階級に属する同世代の子供たちと一緒に過ごすことは稀で、家内奴隷の子供を相手に遊ぶこととなった。そのうちの二人、カッロンとパッラスはともにギリシア人であったが、後には私の秘書となり、最重要の仕事を任された者たちである。カッロンはナルキッソスとポリュビオスの二人の子の親となったが、この二人もまた私の個人秘書となった。私はまた母の召使う女たちともよく一緒に時間を過ごした。かれらが糸巻きや毛梳き、機織りにいそしんでいる間、よくかれらの話す物語に耳を傾けたものである。女たちの多くは私の家庭教師と同じく、世間知に富んでいた。正直なところをいうと、そののち交わりを持たざるを得なかった男たちの社会よりも、かれらと一緒にいるほうが私には居心地が良かった。女たちは寛容で洞察力があり、つつましく親切だった。

　前にも記(しる)したが、私の家庭教師であったマルクス・ポルキウス・カトーは、すくなくとも本人の自認するところでは、かれの代々の祖先が身をもって示したところの古きローマの美徳の生ける手本であった。自分では何一つ吹聴するものとてないことを自覚した愚か者の常として、かれは己れの祖先を誇ることしきりであった。なかでもかれの御自慢の祖先は監察官カトーであったが、この人物は恐らくローマの全歴史を通じて、私の最も嫌いな男であった。かれが「古き美徳」を執拗に喧伝したために、一般民衆の間では「古き美徳」が頑迷と衒学と無情の同義語となってしまったのである。私は教科書として監察官カトーの手前味噌の著作を読まされたが、あるヒスパニア遠征の記録に、かの国に滞在した日数よりも滅ぼした都市の数の方が多いと書いている条(くだり)があって、この男の軍事的手腕や愛国主義に印象を受けるよりも、むしろ非人間的な残虐さに胸が悪くなったほどである。詩人ウェルギリウスはローマの使命は支配し統治するところにあるとして、「降伏したものは之をゆるし、また驕れるものは戦さによって之を懲らしむ」と書いている。

なるほどカトーは驕れるものを懲らしめたかも知れないが、それは軍事力をもってするよりも、むしろヒスパニアにおける部族間の嫉妬心を巧みに利用したのであった。剣呑な敵を除くのに殺し屋を雇いさえしたのだ。降伏したものをゆるすことにかけては、かれは無条件降伏した都市の非戦闘員をひとまとめに刃にかけたほどである。かれが自慢気に記(しる)すところでは、何百というヒスパニア人が、ローマの復讐の犠牲になるよりは、家族もろとも自決する途を選んだという。これではヒスパニアの諸部族がふたたびわずかの武器を入手するだけの余裕ができるやたちまち力を合わせて蜂起し、以来ローマの脇腹にささった刺となったという事態も何ら怪しむに足りない。カトーが欲したのはただ略奪と凱旋だけである。凱旋式はこれこれの数の屍体——この当時は五千であったと思う——を数えなければ認められず、カトーは不必要な屍体の山を築くことによって、競争相手の将軍たちが誰もかれの記録を破ることのないよう——かれ自身嫉妬の念に燃えてかれらを凌ごうとやっきとなっていたのだが——確実を期したのだった。

　ところでこの凱旋というものはローマにとって禍のもとであった。将軍たちが頭に月桂冠をいただいて、鎖をうった捕虜をしたがえ、祭の山車(だし)に戦利品を山積みしてローマの街路を行進したいという、ただそれだけのために、いくたび無益な戦いが行われたことか。アウグストゥスはこの弊害を痛感していた。そこでかれはアグリッパの進言を受けて、以後皇族にあらずんばいっさい凱旋の儀を認めずという布告を発した。この布告は私の生まれた年に発布されたものであるが、人々はこれをアウグストゥスがかれの将軍たちを妬んでいるのだと受けとった。というのもアウグストゥスの一族の中で凱旋の資格をかち取るだけの年齢に達していた者が一人もなかったからであるが、実際にはこの布告の意図するところはただ、アウグストゥスが帝国の版図がこれ以上に広がることを望まず、また凱旋の栄誉を受けられないのであれば将軍たちも辺境の諸族をいたずらに刺激して戦さを起こさせるような仕儀にはおよぶまいと考えたからにほかならない。けれどもかれは、以前であれば凱旋式を受けるに値する者たちには「凱旋衣装」つまり刺繍のある長衣と月桂冠、それにその者の彫像を立てる権利を認めた。良き兵士をやむをえぬ戦いに従軍させるには、これで充分な刺激となるはずのものだった。しかも凱旋は軍の規律に対して悪影響を与える。兵士たちは酩酊して手がつけられなくなり、たいてい最後には、酒屋をうちこわすわ油屋に火を放つわ、婦女子に暴行を加えるわで狼藉のかぎりをつくす。まるでかれらの征服したのはゲルマニアのみじめな丸太小屋のならぶ野営地や住民が砂山に穴を掘って住むマウレタニアの部落ではなく、ローマを征服したかのようなのさばりようだ。私の甥、この人物についてはすぐあとに記すつもりであるが、かれが凱旋式を行ったさいには、四百人の兵士とほぼ四千人の市民があれやこれやで命を落とした。さらに他の損害は別にしても、首都の売春街のうち広い五つの街区が灰塵に帰し、三百もの酒屋が略奪の被害を蒙ったのである。

　とまれ目下の話題は監察官カトーであった。私の綴り字教本にされたのはカトーの著した領地管理と家政の指南書であった。一語でもとちると、拳骨を二発くらったものだ。一発は左耳に私の愚かしさを罰するために、もうひとつの右耳への一発は高貴なるカトーを侮辱したためにであった。今でもはっきり憶えているが、この人物のせちがらい性格を典型的に表しているこんな文章があった。「一家の主人たる者が売りはらうべきもの、老いた去勢牛、体つきが華奢な角ある獣すべて、体力に乏しい羊すべて、その羊毛と毛皮、またがたのきた馬車と古家具、さらに年老いて病弱な奴隷など使い古したり無益になったもの一式」私がカプアにある小さな荘園の地主であったときには、疲れ果てた家畜は楽な仕事にまわしてやり、そののちは放置して草を食むにまかせたものである。生きることが重荷になるほど年老いてはじめてその屠殺を命じたのであって、厳に自分を戒めて、わずかな金銭とひきかえにそれを田舎の人間に売りとばし、家畜が最後の息をひきとるまで酷使させられるような目にあわないよう気を配ったものである。奴隷については、健康なときも病気のときも、老若を問わずかれらをつねに寛大に取り扱い、その見返りとして最大の献身を受けられるようにした。この遣り方で失望させられることは滅多になかったが、奴隷たちが私の寛大さをよいことにつけあがるような仕打があればこれを容赦しなかった。カトーの奴隷がもっと人間的な主人のもとに売られることを願って常に病気に罹っていたことはまさに疑いのないところで、察するにカトーは私が自分の奴隷から得たものよりはるかに少ない奉仕と忠誠しか手に入れられなかったであろう。奴隷を家畜なみにあつかうのは愚かしい行為である。かれらは家畜よりも知恵があり、わざと不注意にまた愚かしくふるまうことで、たった一週間そこその間にその奴隷を購入するため支払った金をはるかに凌ぐ甚大な被害を主人の財産に及ぼすことも可能であるからだ。カトーは奴隷一人を購うのにわずかな金しか費したことがなく、筋骨逞しく歯がじょうぶでありさえすればどんなに見栄えのしない奴隷でもかまわないのだと自慢している。しかし奴隷が用済みになったとき、かれがどのようにしてかくも美しい者たちを売り払う相手を見つけることができたのか、私には見当がつかない。かれの子孫にあたる私の教育係は容姿においても——砂色の髪、緑の瞳、粗い声色にがっしりした体軀——性格においても祖先に生き写しであったように思われるので、そこから推測するところカトーはあわれな隣人たちを巧く言いくるめて、お払い箱にしたものをみな新品なみの値で売りつけたのではなかろうか。

ポストゥムスは私よりおおかた二歳年上で、ゲルマニクスを別にすれば生涯得たなかでいちばんの親友だったが、かれによれば、カトーは吝嗇漢であったばかりではなくぺてんの常習犯であったという同時代の証言を読んだことがあるという。かれは海外貿易で詐欺まがいの仕事に手を染めていたのだが、以前の奴隷を名義上の代理人にして世論の非難をかわしていたというのだ。カトーは監察官として公衆道徳を統轄すべき立場にありながら、非常に奇妙なことをしている。公衆道徳を守るという名目のもとに、実は私怨を晴らしていたように思われる。かれは自ら申し立てて、ある人物を「ローマ人に相応しい威厳に欠けている」という理由で元老院階級から追放したのだが、その理由はこの人物が白昼自分の娘の面前で妻に接吻をしたからというものだった。この男の友人でやはり元老院議員であった人物がカトーの判断の公正さに異議を唱え、貴方は結婚して以来寝室以外で妻を抱擁したことはないのかと問うたとき、カトーは激昂して叫んだ。「一度もない！」「本当に一度もかね？」「いや、二年前、妻が落雷に驚いて私に抱きついたことがあったが、さいわい周囲には誰もいなかったし、もう当分の間妻もこんなまねはしないだろうと私は確信をもっていえる」「なるほど」とこの元老院議員はカトーの発言を誤解したふりをして言った。というのも私が思うに、そのとき威厳が欠けているといって妻を厳しく説教したというのがカトーの言いたかったことだったに違いないからである。「それはお気の毒に。女のなかには夫がいかに有徳で毅然としていても、見栄えがしないという理由であまり情熱的にならぬ者がおりますからな。しかし御心配めさるな。いずれユピテルが親切にもまた雷を落として下されようから」

この元老院議員はカトーの遠い親戚であったが、かれはこの人物を容赦しなかった。一年後カトーは監察官の立場から元老院議員の記録を調べることとなって、一人ひとりに妻を娶っているかを訊ねた。今はもう廃止されているが、そのころには元老院議員は立派な結婚生活をしていなければならないという法律があった。例の親戚の者が審査を受ける段となって、カトーは定式に則った質問をしたが、これには元老院議員たる者「偽ることなく確信をもって」返答する義務があった。「もし汝に妻があるなら、偽ることなく確信をもって、答えよ」とカトーはしわがれ声に抑揚をつけて訊ねた。例の男は少し莫迦ばかしくなった。というのも、妻の愛情のことでカトーを揶揄したあとで、かれは自分の妻の愛情がすっかり醒めているのに気づいて、離婚を余儀なくされていたからである。そこでこの人物は自分が正直なところを見せようと、また以前の皮肉をうまく自分自身に向けようとして、こう答えた。「確かに妻はいるにはいるが、もう妻を信じていない。あまり貞節とは思えませんのでな」そこでカトーはこの人物を資格なしとして元老院階級から追放したのだった。

　それにローマに「ポエニの呪い」を齎したのはいったい誰であるか？　他ならぬこのカトーである。かれは元老院で意見を求められるたびに、その内容がどんなものであろうとも、必ず最後にはこういって演説をしめくくった、「これが私の主張である。それにつけてもカルタゴは滅ぼさねばならない。あの国はローマにとって脅威である」と。カトーはカルタゴの脅威を繰り返し説きつづけることで民衆の不安を煽り立て、その結果ローマ人が最も神聖な誓約を破り、カルタゴ市を灰塵に帰せしめるに至ったことはすでに述べた通りである。

　監察官カトーに関して紙面を費やし過ぎたかも知れない。しかし私の脳裡ではかれの名は頒ちがたくローマの崩壊と結びついているのである。ローマの崩壊にはカトーもまた「男子に相応しからぬその放埒さが国家を衰退させた」（これはかれの言い草である）者たちと同様責任を負うべきなのである。またひとつには、カトーの曾々々孫たる抜け作の下で過ごした私の惨めな少年時代とも関連しているということもある。私はもはや老人である。そしてかの教育係が世を去って五十年という歳月が経過しているが、それでもあの男のことを思うと今でも怒りと憎悪でかっとなるのである。

　ゲルマニクスは年上の少年たちに対して、穏やかに説得するという遣り方で私を庇護してくれたが、ポストゥムスはまさに獅子にも似た闘士だった。かれはどんな相手でも屁とも思わなかった。かれはわが祖母リウィアに向かってすら堂々と己れの主張を口にした。かれがアウグストゥスの大のお気に入りだったことから、しばらくはリウィアも彼女のいわゆる「ポストゥムスの子供っぽいやんちゃぶり」を興がる顔をしていた。ポストゥムスは偽りを受けつけない性格であったから、最初のうちはリウィアを信頼していた。ある日、私が十二でかれが十四の年に、私がカトーから授業を受けている部屋の傍らをかれが偶然通りかかったことがあった。そこで打擲の音と私のごめんなさいの悲鳴を耳にしたかれは、烈火のごとく怒って部屋に飛び込んでくると、「いますぐ打つのを止めろ！」と叫んだ。

カトーは驚きと侮蔑のまじった視線でかれを眺めると、もう一度ぶん殴ったので、私は椅子から転げおちた。

ポストゥムスはいった。「ロバを打つことのできぬ者が鞍を打つのだ」（これはローマの諺である。）

「無礼者め、はっきり言ってみろ」とカトーが声を荒げた。

「つまりこういうことだ」とポストゥムスはいった。「お前は皆がよってたかって自分を卑しい地位にまで貶めたのだと思っているのだろうが、その腹いせにクラウディウスをいじめているだけなのだ。お前は本当にクラウディウスの教育者に相応しいほど立派な人間か？」

ポストゥムスは利発だった、こういえばカトーが分別を失くすほど激昂するに違いないと読んでいたのだ。その計算どおりカトーは怒りに我を忘れ、かれの祖先の時代に使われていた古くさい呪いの文句を次から次へとわめきはじめた。この言葉も満足に喋れない餓鬼めが大いなる先祖の記憶に泥を塗りおった、長上への礼を弁えぬ子供に罰を与えて何が悪いか、昔なら子供の躾に体罰を加えるなど当たり前のことだ。ところが今では世の中がすっかり腐りきって、ローマの指導者たちは分別のない低能の小伜（これはポストゥムスのことである）や、ふぬけで片輪者のくせに口先だけは一人前の奴（これは私のことである）に好き放題にふるまわせておる——。

ポストゥムスは警告するような微笑を浮かべてカトーの言葉を遮った。「なるほど思ったとおりだ。つまり腐りきったアウグストゥスがお前の身を腐りきった家族の躾役にまで落とすことで偉大なる監察官を侮辱したといいたい訳だな。もちろんお前はその自分の思うところを正直にリウィア祖母様に伝えてあるのだろうな？」

カトーはぎくりとして口を閉じた。万が一今言ったことがリウィアの耳に入るようなことがあれば、身の破滅だった。かれの父は反アウグストゥス陣営に属し、一族の領地がピリッピの戦いのあと没収されていたものをカトーは無償で返還してもらっていたのだが、この件は別にしても、かれは常日頃からリウィアに向かって、彼女の孫の教育の任に就けることは自分としては大いなる栄誉であると繰り返し表明していたからである。カトーは頭を働かしたのかそれとも臆病さからか、ポストゥムスの仄めかしにしゅんとなった。このとき以来毎日のように受けた体罰が大いに軽減した。三、四カ月後、嬉しいことにかれは私の教育係の任を解かれ、少年学校の校長に任命された。ポストゥムスは学校でかれの監督下におかれることになった。

ポストゥムスは並外れて力が強かった。十四歳にもなっていない頃にもう私の親指ほどの太さの冷えた鉄棒を膝にあててへし折ることができたほどである。また二人の少年を両肩に乗せ、一人を背中に、両手に一人ずつ乗せて運動場を歩き回っているのを見かけたことがある。学問好きではなかったが、カトー程度の大人なら簡単に言い負かしてしまうくらい頭がよかったので、少年学校の最後の二年間には少年たちの指導者に選ばれていた。学校の競技では「王」となり——少年たちの間で「王」の呼び名がかくも長らく残っていたのは不思議なことである——仲間たちに厳しい鍛錬を強いた。少年たちは何事においてもポストゥムスを見習うのが常であったから、カトーは子供たちに何かさせたいことがあればポストゥムスに対してしごく丁重に接する必要があった。

カトーはリウィアに命ぜられて半年ごとに生徒の行状を報告書にまとめて彼女に知らせることとなっていた。生徒の中でアウグストゥスのためになりそうな者があれば、それをアウグストゥスに報告するのだと彼女は言っていた。カトーはその含意を読んで、普段はさしさわりのない報告書を送っておいて、リウィアから言外に仄めかしがあった場合に限って特定の少年を賞賛したり非難したりすればよいことを理解していた。多くの場合少年たちが学校に在籍している頃から結婚の相手が取り決められたが、縁談をまとめるにあたって、推薦あるいは反対するさいにこの報告書はリウィアのために役立ったのであろう。ローマにおける貴族どうしの結婚は神祇官の長であるアウグストゥスの承認を必要とするものであったが、たいていはリウィアが決定権を握っていた。あるときリウィアが前触れなしに学校の運動場を参観にきたことがあったが、そのときポストゥムスが椅子に座って王としての命令を下していた。カトーはリウィアがこの光景を見て眉を顰めるのを見逃さなかった。かれは意を強くして次の報告書でこう書き送った。「たいへん意に染まないことながら道徳と公正の立場から敢えて申し上げますと、かのアグリッパ・ポストゥムスには粗暴、横柄、不服従の性質を露わにする傾向があります」このの ちリウィアはカトーをいたく厚く遇したので、その次の報告書はさらに手厳しいものとなった。リウィアは報告書をアウグストゥスには見せず自分の手元に秘しておいた。ポストゥムス自身はこのことを何も知らなかった。

ポストゥムス王の治下、私は少年時代でもいちばん幸せな二年間を過ごした。いや、あるいは生涯で最も幸福な歳月であったかも知れぬ。ポストゥムスは他の少年たちに命令を下して、少年学校の一員ではなかったのに私を運動場での競技に参加させるようにしてくれたし、私に無礼にふるまったり危害を加えようとすればそれを自分に対する無礼と看做(みな)した。おかげで私は健康の許すかぎりどんな競技にも参加できたし、ただリウィアとアウグストゥスがたまたま参観にくるときだけ裏庭に姿を隠せばよいだけだった。教育係にはカトーの代わりに善き老人アテノドロスがいた。私はかれからたった六カ月で、カトーのもとで六年かかって教えられたものより多くを学んだ。アテノドロスは一度も体罰を用いることがなく、たいへん辛抱強かった。そしてびっこであることはむしろ知力によい刺激を与えるといってよく勇気づけてくれた。巧みな工匠の神であるウルカヌスもびっこだったではないか。それに吃(ども)りについていえば、不生出の弁論家デモステネスももともとは吃りで、鍛錬と集中力でそれを矯正したではないか。アテノドロスはデモステネスの用いた矯正法を私に施した。つまり口の中にたくさん小石を入れて朗誦の練習をさせたわけで、そうすると口中の小石を克服しようとしているうちに自分の吃りのことを忘れてしまった。それから一回ごとに一個の小石を取り除いていったが、最後の石がなくなったとき、驚くなかれ、私は普通に喋れるようになっていたのである。しかしそれは朗々と演説するときだけで、普段の会話のときには相変わらずひどく吃った。私が巧みに演説できるようになったことを、二人の間の楽しみな秘密にしておこうとかれはいった。「ケルコピテキオンよ、いつの日かわれら二人でアウグストゥスをびっくりさせてやろうではないか。しかし今しばらく時を待たねばならぬ」かれが私をケルコピテキオン（小さなリスザル）と呼ぶとき、それは軽蔑からではなく愛情から出たものであったから、私はこの名を誇りに思っていた。私がいうことをきかないときは、かれは大声でこういって私を諫(いさ)めた。「ティベリウス・クラウディウス・ドルスス・ネロ・ゲルマニクスよ、自分が何者であるか、またどんなふるまいをしているのか、よく思い起こしてみなさい」ポストゥムスとアテノドロス、ゲルマニクスを友人に得て、私は徐々に自信をつけていった。

アテノドロスは授業の最初の日に、自分は生徒が自ら見つけられるような事実を教えるつもりはない、事実の適切な提示の仕方を教えるのだといった。そしてその言葉どおりの遣り方をした。例えばこんな風である。

紀元二年

あるとき私が授業に集中できないでいると、なぜそんなにそわそわしているのかねと穏やかに訊ねた。ゲルマニアで再び戦端が開かれたので、新たに徴兵された軍団兵の大軍が、マルスの野でアウグストゥスの閲兵を受けるべく行進しているのを、今さっき見てきたばかりなのですと私は答えた。「なるほど」とアテノドロスは相変わらず穏やかな口調でいった。「それが気にかかってヘシオドスの詩文に集中できないというのだね。ヘシオドスは明日まで待ってくれるだろう。いや、かれは七百年かそれ以上も待っていたのだから文句はいわないだろう。それではお前が机の前に座って蠟板に私宛の手紙を書いていると想定してみなさい。今日マルスの野で見たことを手短にまとめて書くのだよ。そして私が五年間ローマから離れていてお前は国外にいる私、そう例えば故郷のタルソスにいる私宛に手紙を書いているとしてみなさい。そうすれば落ち着きのない手に仕事を与えられるし、よい練習にもなるだろう」そこで私は喜んで蠟板に文章を書きつけた。そして綴りや文章の間違いを正すためにアテノドロスと二人してそれを読んだ。私はある部分では舌足らずなのに別の部分では冗長であり、また事実の叙述の順序が不適切であることを認めざるをえなかった。若い兵士たちの母親や恋人が嘆き悲しむさまを描く文章や、去りゆく連隊に最後の別れを告げるために人々が大挙して橋のたもとに詰めかける条（くだり）は、冒頭ではなく末尾に置かれるべきであった。また騎兵が馬を伴っていることはわざわざ記（しる）す必要がなかった。当たり前のことだからである。アウグストゥスの軍馬がつまずいたことを記している条が二箇所あったが、馬がつまずいたのは一度だけなのだからその記述は一回で充分だった。それに帰宅の道中でポストゥムスが話してくれたユダヤ人の宗教習慣にはたいへん興味深いものがあったが、新兵はユダヤ人ではなくイタリア人だったのだからそれをここに記すべきではなかった。そのうえアテノドロスがタルソスに住んでいたとするならば、ローマにいるポストゥムスよりももっとユダヤ人の習慣に接する機会に恵まれていたろう。その一方で私はかれの興味を惹くに違いない事柄をいくつか書き落としていた。例えば閲兵式に参加した新兵の数や軍事訓練の練達ぐあい、これらの者が駐屯することになる町の名、かれらが出征にあたって喜んでいるように見えたかもしくは悲しんでいるようだったか、アウグストゥスがかれらに語った演説の内容などである。

これからしばらくして、二人が古着市場を歩いているとき古着屋と水兵との間でけんか騒ぎが持ち上がるのを目撃して、アテノドロスは私にこの出来事を描写させたが、今回は前よりずっと適切に叙述ができた。アテノドロスはこの訓練を最初作文に、つづいて演説に、そして最後にはかれとの会話にあてはめていった。かれは非常に忍耐強く指導にあたり、注意散漫だった私が徐々に精神集中できるようにした。というのもアテノドロスは不注意、不適切、不正確な表現を一語たりとも見逃さなかったからである。

かれは私に思弁哲学に対して興味を持たせようとしたが、私がそれに向いていないことが分ると通常の教養の範囲を越えてまでこれを強要しようとはしなかった。私を歴史学に導いたのは他ならぬかれだった。かれはリウィウスのローマ史の最初の二十巻を所有しており、明晰な名文の見本として読むように与えてくれた。私がリウィウスの作品にすっかり夢中になってしまったので、アテノドロスは、リウィウスは自分の友人であるから私の吃りが治ったならすぐにもかれに紹介してあげようと約束してくれた。かれはその約束を守った。六カ月後私をアポロ図書館に伴ってゆき、そこで六十歳くらいの腰の曲った髯の老人に引き合わせた。老人は黄色がかった顔色で幸福そうな目をしており、正確な話し方をし、自分が大いに感服していた人物の息子として私に丁重に挨拶してくれた。リウィウスはこのときかれのローマ史をまだ半分も書き上げていなかった。著作は全百五十巻となる予定で、いちばん古い伝説時代から説き起こしてつい十二年前のわが父の死にいたるまでを叙述することになるはずであった。この頃かれは年に五巻の割合でローマ史を公刊しはじめたところで、著述はちょうどユリウス・カエサルの誕生の年代にさしかかったところだった。リウィウスはアテノドロスを教育係に迎えたとは慶賀のいたりだといった。アテノドロスはこの生徒は自分の苦労に応えてくれるといい、私はアテノドロスがリウィウスの著作を文章のお手本として与えてくれて以来それを読むのがどれほど大きな喜びであるかを語った。つまり三人が三人とも良い気分になったのだが、なかでもリウィウスは上機嫌だった。「すると、若い友よ、君は歴史家になるつもりなのかね?」「その名誉ある名に値する者になれたらと思います」今までそのことを真剣に考えたことはなかったが、私はそう答えた。するとかれは私に父の伝記を書くことをすすめ、最も信頼に足る歴史的資料を示すことで助力をしてあげられるだろうといった。

この称賛にうちょうてんになって、私は翌日にでもさっそく著述にとりかかる決心をした。しかしリウィウスは著述は歴史家の最後の仕事だといった。まずは資料を蒐集し筆を尖らせることだと。アテノドロスが切れ味のよい手ごろなペンナイフを貸してくれるだろう、とかれは冗談をいった。

　アテノドロスは優しい黒い瞳と鈎鼻を持った堂々たる老人で、なかでも目を惹くのはおよそ人間の顎に生えたなかで間違いなく最も立派なその髯だった。それは波うって腰まで届き白鳥の翼のように純白であった。私は叙事詩的文体を用いるたぐいの歴史家ではないから、これは何も陳腐な修辞上の喩えではない。かれの髯は文字通り白鳥の翼ほどにも白かったのである。サルスティウスの庭園の人工池には人に慣れた白鳥が何羽か飼われていて、アテノドロスと私は小舟に乗ってパン屑をやったことがある。かれが餌をやろうと片側に身を傾けたとき、髯と白鳥の翼がまさしく同一の色であるのを確認したことを私は憶えている。かれにはこの髯を喋りながらゆっくりと律動的に撫でる癖があって、あるとき髯がこれほど見事に延びたのはそのせいだといったことがある。指先から不可視の火の粒子が流れ出て、それが髯の滋養となっているというのである。これはエピクロス派の思弁哲学を揶揄する典型的なストア派の冗談だった。

　アテノドロスの髯について記(しる)していて否応なしに思い出してくるのは、私が十三の年にリウィアから命ぜられて私の歴史の教師としてやってきたスルピキウスのことである。思うに、スルピキウスはかつて見たなかでいちばんあわれな髯の持主だった。それは白色をしていたが、しかし雪解けの後にローマの辻に残っている雪のような白だった。つまり黄色の筋が入った灰色がかった汚い白で、そのうえぼろぼろにちぎれていた。スルピキウスは気にかかることがあると髯を指に巻きつける癖があり、髯の先を口にくわえてしがむことさえあった。私が信ずるところ、リウィアがかれを選んだ理由には、かれがローマで最も退屈な人物であると考え、その人物を私の教師にすることで歴史家になりたいという私の大望を挫いてやろうとする底意があったに違いない。私が歴史に手を染めたことはたちまち彼女の知るところとなったからである。スルピキウスは最も興味深い事柄をまったく気の抜けた味けないものに変えてしまう天才であった。しかしスルピキウスの無味乾燥ですら私の心を著述という作業から逸(そ)らすことはできなかった。それにかれには事実を並外れて正確に記憶するという特異な才能があった。例えば父が干戈を交えたアルプス諸族のひとつの首長世襲の掟であるとか、かれらの奇怪な戦闘の雄叫びの語源的な意味であるとかいったためったに得られぬ情報を知りたい場合には、権威といわれる研究家のうちの誰がこの問題を扱っていたかとか、どの本に書かれているとか、その本がどこの図書館のどの部屋のどの書棚の何段目に所蔵されているかということを、スルピキウスは必ず知っているのだった。かれには批評眼というものがまったく欠如しており、その著作の出来栄えはあわれというほかはなかった。まるで種を蒔いたまま間引かずにおいた花壇の花のように、事実がひしめきあって息が詰まってしまうのである。しかし後になって私がかれを教師としてではなくこのような記憶の持主として利用することを知ってからは、かれはかけがえのない助手であることが明らかになった。スルピキウスは齢(よわい)八十七で死ぬまでほぼ三十年近くも私のために働いてくれた。そしてかれの記憶力は最後まで衰えを見せることなく、またかれの髯は依然として汚れて薄く、くしゃくしゃのままであった。

巻六　ユリアの島流し、ティベリウス、ロドスで暮らす

紀元前六年

私はここで時代を二、三年遡ってわが伯父ティベリウスについて記さねばならぬ。伯父の運命はこの物語と頒ちがたく結びついているからである。ティベリウスは気の毒な立場にあった。本人が長期の休暇と自由な時間をひたすら望んでいるのに、自分の意志に反して、あるときには前線の将軍、次にはローマにあって執政官、また別のときには特別派遣の属州総督と、休むことなく衆目に晒されていた。こうしたさまざまな栄誉は、あまりにたやすく与えられたがために、ティベリウスにとってはほとんど何の意味も持たなかった。かれは一度私の父にこぼしたことがある——自分は自らの権利と責任のもとに行動している人間というよりは、アウグストゥスとリウィアのいちばんの使い走りに過ぎない、と。そのうえ皇帝一族の威厳も保たねばならず、身辺にリウィアの間諜がのべつ出没しているありさまでは、私生活の行動規範に細心の注意を払う必要があった。かれには数えるほどしか友人がなかったが、それは以前に記したように、かれが疑い深く嫉妬深く、非社交的な暗い性格で、友人というよりは腰巾着に近い連中に対してはそれに相応しい冷笑的な侮蔑をもって接したからである。そして何よりも、五年前の結婚以来ユリアとの間が完全に悪化の一途を辿っていることがあった。二人の間には男児がひとり生まれたが幼くして死んだ。それ以来ティベリウスはユリアとの同衾を拒むようになったが、それには三つの理由があった。まずユリアが中年にさしかかって以前のほっそりした体型を失ってきたことがある。いったいティベリウスの好みは完全に成熟しきらない女性で、少年風であればなお好ましかった。ウィプサ

ニアはまさにそうした細身のタイプであったのだ。第二には夜の生活にあってティベリウスが応じたくもない情欲をユリアが要求するようになったことで、これを拒むと彼女はいつもヒステリーを起こした。最後の理由としては、ユリアが夫から拒否されたあと、意趣返しの意味で夫の出し惜しみするものを与えてくれる愛人を囲っていることを、ティベリウスが勘づいたためである。

ユリアはとても巧妙に立ち回っていたので、残念ながらティベリウスは奴隷の証言以外に彼女の不貞の確証を握ることができなかった。奴隷の証言だけでは、アウグストゥスに対してかれの愛するひとり娘との離縁を迫るに足る根拠とはいえなかった。ましてやリウィアに話すことはもとより論外だった。ティベリウスはリウィアに対して憎悪ばかりかひどい不信を抱いていたから、敢えて口を緘んで辛抱することにした。もし万が一ティベリウスが一旦ローマとユリアから離れるようなことがあれば、ユリアはいっそう大胆になってついにはその乱行がアウグストゥスの知るところとなるかも知れないという点に望みを託すしかなかった。唯一残された機会は、どこか重要な辺境の国境で紛争が勃発して、そこに司令官として派遣されることしかなかった。しかしいずこからも烽火は上がらず、そのうえティベリウスは戦闘に飽いていた。かれはわが父のあとを襲ってゲルマニア方面軍の司令官の地位に就いていたのが（ユリアはティベリウスに同伴してライン河まで行くと主張して譲らなかった）ようやく首都に戻って数カ月経ったばかりだった。しかしアウグストゥスは帰国以来かれを奴隷さながらに酷使し、たいがいはローマの貧民街の救貧院の管理状態とか労働条件の調査といった、面倒でおもしろくない仕事ばかりをおしつけたのだった。あるとき、つい警戒心を忘れた瞬間に、かれはリウィアにむかって「たとえ数カ月でもよいから、母上、自分をこの堪えがたい生活から解放して下さい！」と憤懣をぶちまけた。リウィアは何ひとつ答えず無情にも息子を部屋に置き去りにしてティベリウスを慄え上がらせたのだが、その日も遅くなってからかれを呼びつけて、お前の望みを容れてアウグストゥスからいっとき休暇を貰えるよう頼んであげますと言ってティベリウスをびっくりさせた。リウィアがこのような決断をしたのは、ひとつには息子に恩を売っておきたかったことがあるが、またひとつには彼女もユリアの浮気について聴き及んでおり、ティベリウスと同じく今ユリアの手綱を放してやりさえすればおのずとそれで首をくくる羽目に陥るだろうと踏んでいたからである。けれども最大の理由は、ポストゥムスの兄であるガイウスとルキウスが成長し、義理の父にあたるティベリウスとの間が次第に緊張を孕んだものとなりつつあったことにある。

　ガイウスは骨の髄から悪い人間ではなかった（それはルキウスも同じだった）が、ある程度まではかつてマルケッルスの受けていたアウグストゥスの寵愛を代わって享受するようになっていた。けれどもリウィアが口をすっぱくして警告したにもかかわらず、アウグストゥスは二人をひどく甘やかしたので、かれらがもっと悪くならなかったのがふしぎなくらいである。そもそもこの二人は年長の者に対して尊大にふるまう傾向があったが、それもアウグストゥスが内心そのような態度で接してやりたいと考えていることが分っている人物に対してはことさらに傲慢な態度をとった。それに生活ぶりも放恣放縦であった。リウィアはアウグストゥスの身びいきを抑えようとしても無駄だと悟り、方針を転換して、以前にも増して二人を厚遇するよう夫にけしかけた。こうすることで、またそれを二人に知らしめることによって、リウィアはかれらの信頼を得ようとしたのである。それに彼女の読みでは、かれらのうぬぼれがさらに昂じたならば、必ずや己の分を忘れて帝位簒奪を画策するに違いなかった。リウィアが張りめぐらした情報網は水も洩らさぬものであったから、陰謀の兆（きざし）がちらとでも見えようものならたちまちかれらを捕縛してしまうのは造作もないことだった。リウィアはアウグストゥスをけしかけて、ガイウスが僅か十五歳の年に、四年後に執政官に選任されるようとりはからった。スッラの定めた法によれば、男子が執政官の地位に就くことができるのは四十三を過ぎてからで、それも三種の違った行政職を経て徐々に昇進してきたうえでのことだった。ルキウスも後に同じ栄誉を受けた。リウィアはまたアウグストゥスを説いて、二人が元老院に対して〈青年の第一人者〉の栄誉を受けられるよう画策した。この称号はマルケッルスの時のように特別の場合にのみではなく、同じ年齢と階級の青年すべての上に立つ権威をかれら二人に付与するものであった。アウグストゥスがガイウスを後嗣にしようと考えていることは誰の目から見ても明らかだった。だからかつて若きマルケッルスの未経験の力をけしかけて軍事・行政の両面における老練のアグリッパの名声に歯向かわせたのと同じたぐいの若い貴族連中が、今度はアグリッパの子たるガイウスを担いで古参のティベリウスの名声に挑んだとしても何ら不思議ではない。かれらはティベリウスを取るに足らぬものとして見下していたのである。ティベリウスにはアグリッパの前例に習わせるというのがリウィアの思惑だった。もしティベリウスが今かくも多くの軍功と栄誉に包まれたままどこか近隣のギリシアの島にでも引退して、政界においてガイウスとルキウスに場所を譲るならば、このまま現在の地位に留まって二人と争うよりもずっと好ましい印象を世人に与えようし、はるかに大きな同情を引くこともできよう。（それに万が一ティベリウスの引退中にガイウスとルキウスが急逝してアウグストゥスが改めてティベリウスの助力が必要だと感じるようになれば、歴史的前例との相似はますます鮮明になる。）こうした理由からリウィアは、アウグストゥスを説得してティベリウスがローマを無期限に留守にすること、およびあらゆる要職から退く許可を取りつける約束をしたのである。ただしガイウスがティベリウスを除こうと刺客を送り込んでくる場合にそなえて、ティベリウスに名誉ある護民官の職を与えてその身の安全を図っておいた。

　しかしリウィアはこの約束を守るのが実に困難であることを思い知らされた。というのもアウグストゥスからすればティベリウスは最も有能な臣下であり最高の戦歴を誇る将軍であったから、老帝はこの引退の要望を長い間真剣に考慮しようとしなかったのである。しかしティベリウスは健康の優れないことを口実に、自分が身を退けばガイウスとルキウスは今の微妙な立場から解放されるのだと強く説いた。かれは自分が二人とは決してよい関係にはないことまでも口にした。それでもなおアウグストゥスは耳を貸そうとはしなかった。ガイウスとルキウスはまだ嘴（くちばし）の青い若造で、軍役においても政治においてもまったく未経験であり、万一首都や属州、または国境で大事が勃発した場合にはアウグストゥスにとって何の助けにもならないであろう。アウグストゥスは恐らくこのとき初めて、危急の際に頼るべき人間がティベリウスをおいて他にないことに気づいたのである。しかしかれは無理やりこのことに気づかされたことに腹を立てた。かれはティベリウスの要望を斥（しりぞ）けると、以後いっさい聞く耳を持たぬと宣言した。打つ手を失ったティベリウスはユリアのもとに赴き、計算ずくの荒っぽさで次のように言った。我々の結婚生活はまるで茶番劇だ。これ以上一日とてお前と一緒に暮らすのは御免蒙る。いますぐアウグストゥスのところへ行って、鬼のような亭主にひどい仕打を受けた、離婚させてくれる以外に不幸から逃れる途はないと言ってこい。アウグストゥスは世間の手前、残念ながら離婚を許さないかも知れないが、しかし俺をローマから追放するくらいはするだろう。もうこれ以上お前と一緒に暮らすくらいなら国を捨てて流浪の身となったほうがまだしもましだ。

ユリアはかつてティベリウスを愛したことを忘れる決心をした。実際彼女は夫からひどい仕打を受けていたのである。夫はこれまでずっと人目のないところではあからさまな軽蔑をもって妻を遇してきただけではなく、すでに、これが原因となってティベリウスの名が後にすべての良識ある人々にとって嫌悪の的となるあのばかばかしくも不潔な淫行をひそかに試みていて、ユリアはそれに気づいていたのである。そこで彼女は夫の言葉を真に受けてアウグストゥスのもとに行き、ティベリウスが予想したよりはるかに激しい言葉で（ティベリウスはユリアが何があっても自分を愛しているものと信じていたが、その読みは甘かった）憤懣を訴えた。アウグストゥスはかねてから養子としてのティベリウスに対する嫌悪を隠しきれないでいたが――勿論これはガイウス派を大いに勇気づけてきた――今や狂ったように書斎を歩きまわって口にしうるかぎりのあらゆる悪罵でもってティベリウスを罵って止まなかった。しかし同時にユリアに向かって言うには、夫に失望したからといってその責めを負うべきはお前自身以外にない、あの男の性格に関しては事前に幾度も釘を刺しておいたではないか。私がいかにお前を愛し憐れんでいても、離婚を認めるわけにはいかない。元首の養子と実の娘が政治的にかくも重要な結婚をしたあげくに離別するなど、あってはならないことであり、この点に関してはリウィアも間違いなく同意見だろう、と。そこでユリアは、あの男が百マイル以内にいると思うと今はとても堪えられないから、一、二年の間ティベリウスをどこかへ追放してくれるように頼んだ。これにはアウグストゥスも渋々同意し、数日後ティベリウスは以前から隠遁の地として理想的な場所だと目星をつけていたロドス島へと出発した。アウグストゥスはリウィアがうるさく主張したことからティベリウスに護民官職を認めたものの、二度とあの男の顔を見ないとしても自分は決して残念に思うことはないと口にして憚らなかった。

この興味深い芝居にあっては主役級の者以外誰ひとりとしてティベリウスがローマを離れた理由を知らなかった。リウィアはアウグストゥスが事を大っぴらに論議したがらないのを利用して、ティベリウスのためになるように計らった。彼女は友人に向かって、ティベリウスが隠遁を決意したのはガイウス＝ルキウス一党の悪辣なふるまいに対して抗議するためであることを「内々に」明かした。彼女はまた、アウグストゥスがかれにいたく同情し、最初は例の一党を沈黙させることを確約して引退を認めようとしなかったが、しかしティベリウスは自分と妻の子供との間で、これ以上血腥い争いを惹き起こすことを望まず、四日のあいだ食物を絶って自らの決意の堅いことを示したのだと語った。リウィアはこの猿芝居を続けるべく、ローマの外港であるオスティアまでティベリウスに随いてゆき、アウグストゥスと彼女の名において翻意するよう懇願した。そればかりかリウィアは事前に手をまわして、ティベリウスの親族全員――ティベリウスの若い息子カストル、私の母、ゲルマニクスとリウィッラに私――を彼女に同行させ、我々にも懇願させることでいっそう愁嘆場を盛り上げようとした。ユリアは姿を現さなかったが、彼女の不在はこれらすべてがリウィアの捏造になるもの、つまり彼女がアウグストゥスに対して息子の側に立っているという印象を与えることになった。それは嗤うべき猿芝居ではあったが、しかしよくできた一場面だった。私の母は見事に演技し、三人の年嵩の子供は、あらかじめ入念に言い含められていたので、迫真の演技で台詞を口にした。私はまごまごして一言も口を利かなかったが、リウィッラが思いっきり私をつねったので、わっと大声で泣きわめいて他の誰よりも思いがけぬ名演技となった。これら一連の出来事があったのは私が四歳のときのことだったが、政治的状況が大きく変化してアウグストゥスが厭々ながら伯父を首都に呼び戻さざるをえなくなったとき、私はすでに十二歳になっていた。

ユリアはかねてから市民の同情を集めていたが、彼女は実際それよりもさらに大きな同情に値した。彼女は私の信ずるところ、快楽と刺激を好んではいたものの、元来はまっとうで善良な女性であった。私の女性の血族の中で私に優しい言葉をかけてくれたのはユリアだけだった。また何年もあとになって彼女にかけられた昔の夫アグリッパに対する不貞の嫌疑も、実は何の根拠もないものだと思う。ユリアがなした三人の子供はいずれもアグリッパに生き写しであった。事実を物語れば次のような次第である。前にも記したように、ユリアは未亡人になってからティベリウスを見初め、アウグストゥスにねだってかれと結婚した。ティベリウスはユリアのために自分の妻と離縁を余儀なくされたことに憤慨し、ユリアに冷たく接した。そこで彼女は無用心にもリウィアに近づき、そもそも彼女はリウィアを恐れてはいたが信頼もしていたのだが、その助言を求めた。リウィアは媚薬を渡して飲むようにいった。一年もすればティベリウスも彼女の魅力に抗しきれぬようになるだろう。しかしこの薬は一月に一度、満月の晩にウェヌスへの祈りの言葉を唱えながら服用しなければならぬ。また薬を飲んでいることは一切他言してはならない。さもないと薬の効力が失われるばかりか大きな災いを招くことになろう。残酷なことにリウィアが与えたものはヒスパニア産の薬で、ある種の緑色のアブラムシの死骸をすり潰したものから抽出した薬物であり、ユリアはこれを服用したおかげで恐ろしく性欲が刺激されて物狂いのようになってしまった（私がどうしてこれを知ったかについては後に述べる）。なるほどいっときの間ユリアはティベリウスの欲望を燃え立たせることができた。媚薬のせいで生来の慎みをかなぐりすて放埒にふるまえるようになったからである。けれどもユリアはすぐにティベリウスを消耗させてしまい、ティベリウスの方もそれ以上夜の関係をむすぶことを拒否した。媚薬の効果で（彼女はこれを常用するようになっていたらしい）ユリアは堪えがたい性の渇きに襲われ、これを癒すために若い廷臣を手あたりしだい、秘密を守る者なら誰でもおかまいなしに密通の相手とするようになった。これはローマでの話で、ゲルマニアやガリアにいる間はティベリウスの護衛兵やゲルマニア人の奴隷までも誘惑していたのである。もし相手がためらいの色を見せると、彼女に無礼なふるまいにおよぼうとしたとして告発し死ぬまで笞うたせてやるといって脅した。ユリアはまだ若い頃の美貌を保っていたから、彼女の誘惑に抗しきれる者は多くなかった。

ティベリウスの追放後ユリアは人目を気にしなくなり、その不貞はたちまちローマ中の知るところとなった。リウィアは、いずれ誰かが耳に入れるだろうと確信していたので、アウグストゥスには一切口を緘（つぐ）んでいた。しかしアウグストゥスのユリアへの盲愛は世人の物笑いになっていたほどだったので、敢えてこれを伝えようとする者は一人もいなかった。やがてアウグストゥスは実は知らないのではない、見て見ぬふりをしているのは余計なことを口にするなという警告なのだと思われるようになった。中央広場や民会の演壇でのユリアの夜ごとの乱行は世間周知の重大な醜聞となったが、その噂がアウグストゥスの耳に届くまでには四年という歳月がかかった。アウグストゥスが知らされたのは他でもないユリアの実子ガイウスとルキウスからで、この二人が直接面会にきて、いつまで貴方自身と貴方の孫に対する面汚しを放置しておくおつもりかと言葉激しく詰問したのである。なるほどアウグストゥスが我々の母親を黙認しているのは一家の体面を考えてのことだろうが、不名誉を堪え忍ぶにも限度があるというもの。このままでは母親の乱行が官憲の警告を受けるより先に、誰が父親とも知れぬ私生児たちと顔をあわす羽目になってしまうとかれらはいった。アウグストゥスは恐怖と驚愕の面持でじっと耳を傾け、喘いだり口をぱくぱくするばかりだった。やっと声が出るようになると、しわがれ声でリウィアを呼んだ。二人はリウィアの面前で先程の話を繰り返した。リウィアは空涙を流して、ここ三年の間というものアウグストゥスがわざと真実に耳を閉ざしていることがいちばん気にかかってならなかったといった。勇気を奮い起こして何度か話そうとしたのだが、かれが聞きたがらないことは確実だった。「きっとあなたはすべて御存知だと思っていたのです。それにこのことはたとえわたくしが相手でも話すのはお辛いだろうと思ったものですから……」アウグストゥスは顔を両手に埋ずめてすすり泣きながら、自分は何ひとつ噂のかけらすら耳にしていなかったし、自分の娘がローマでいちばん貞淑な女であることをつい ぞ疑ったことはなかったとつぶやいた。そこでリウィアがいった、わが息子ティベリウスが流謫の身となったのはなにゆえであるとお思いですか。追放されたがっていたとでも？　いいえ、まことの理由はかれが妻の放埒なふるまいを阻止できず、しかもアウグストゥスが彼女の不行跡を大目に見るのではないかと思って心がくじけたからです。それにアウグストゥスに離婚の許しを求めることでユリアの息子であるガイウスとルキウスと敵対することを望まなかったから、静かに舞台から退場する以外かれに残された途はなかったのです。

ティベリウスの話をしても今やアウグストゥスはまったく耳を貸そうとしなかった。頭から長衣をすっぽりかぶると手探りしながら廊下を寝室に向かい、堅く鍵を降ろして閉じこもってしまった。四日間というもの、誰にも、リウィアにすら会わず、何ひとつ口にすることなく、眠りさえしなかった。かれの苦悩がいかに激しいものであったか、その証拠を示せといわれるのなら、かれがこの間いっさい髯をあたらなかったという事実だけで充分であろう。ついに壁の穴をつたってリウィアの部屋の銀の鈴につながっている紐を引いた。リウィアが愛情のこもった心配顔を装っていそいそとやってくると、アウグストゥスは、いまだ自分の口が信用ならなかったので、蠟板を取り上げてそこにギリシア語でこう簡潔に書いた、「あれを生涯流刑にせよ。しかしどこにやったか私には知らせるな」かれはリウィアがかれの名において元老院に流刑を勧める書翰を送れるよう、彼女に自分の印章を渡した。（因みにこの印章指環は、兜をかぶったアレクサンドロス大王の貌を彫琢した巨大なエメラルドであった。そもそもこれは大王の墓から、この英雄の剣や胸甲、装飾用の馬具などと一緒に盗掘してきたものなのである。アウグストゥスは躊(ためら)ったが――かれにはそれがいかに大それたことか分っていた――リウィアはこの印章を使うべきだと主張した。だが、ある夜夢にアレクサンドロス大王が現れて、恐ろしい形相で剣を振るい、印章をはめていた指を斬り落としたので、それ以来使うのをやめてしまった。それからアウグストゥスは自分の印章を持つようになったが、これはインドから齎(もたら)されたルビーでできており、有名な宝石細工師ディオスコリデスが刻んだものだった。この印章はアウグストゥスの後継者たちが元首の証(あかし)として代々用いることになる。）

そこでリウィアは追放を勧告する書翰をたいへん激しい調子でしたためた。それはアウグストゥス自身の文体で書かれていた。かれの文章は明解さのためには優雅さを犠牲にするのを常としていたので、これを模倣することはいたって容易だった。例えば一節の文の中で同義語や婉曲な言い回しを探す（これは普通の文学的技巧なのだが）代わりに、同じ言葉を決然と繰り返すのは、かれの文章の特徴だった。また動詞の前にやたらに前置詞を置く癖があった。リウィアはアウグストゥスに書翰を見せずに、ただちにそれを元老院に送った。元老院は間髪を入れず永久追放の動議を可決した。リウィアはユリアの罪状を微に入り細にわたって書きつらね、アウグストゥスがそれを冷静に嫌悪しているという風に文を綴ったので、もはやかれが後になって翻意したり元老院に決定を覆させることは不可能になってしまった。それにこの追放劇にはリウィアを利する余得が伴っていた。彼女はかねてから破滅を意図していた三、四人の男を、ユリアの密通の相手にかこつけて特に名前を上げることで血まつりにあげたのである。その中にはアントニウスの子であり私の叔父にあたるイウルスがあった。イウルスはオクタウィアのためにアウグストゥスがとりわけ目をかけ、執政官職に就けていた人物である。リウィアは元老院宛の書翰の中で、イウルスが恩人に対して示した不実をことさら強調し、かれとユリアが共謀して帝位を狙う陰謀に携わったのではないかという点をそれとなく仄めかしておいた。イウルスは自決した。私の信ずるところこの陰謀の嫌疑は冤罪であったに違いないが、イウルスはアントニウスが妻フルウィアとの間に儲けた中で唯一残された子であり――長男のアンティッルスはアントニウスの自殺直後にアウグストゥスから死を賜り、クレオパトラとの間に生まれた二人の息子プトレマイオスとアレクサンドロスは若くして死んでいた――前執政官でありまたアグリッパが離縁したマルケッルスの妹の夫でもあったことから、剣呑な存在になりかねなかった。民衆の間でアウグストゥスに対する不満が高まると、それはともすればアクティウムの海戦の勝利者がアントニウスであればよかったのにという声になって現れてくることがあったのである。リウィアが密通の嫌疑をかけた他の男たちは追放された。

一週間後アウグストゥスはリウィアに、「例の件」は滞りなく実行されたか訊ねた。ユリアのことがひどく気にかかっていたくせに、アウグストゥスは決して娘の名前を口にせず、回りくどい表現によってすら話題にすることはなかったのである。リウィアはこれに答えて、「例の人物」は生涯遠島を申しつけられて、現在そこに向かっていると伝えた。アウグストゥスはこれを聞いていっそう落ち込んでしまった。ユリアが唯一残された名誉ある行動、つまり自ら命を絶って汚名をそそぐことをしなかったのを知ったからである。リウィアからユリアの侍女であり閨事の秘密を分ちあう友であったポイベが追放令が出るやただちに首をくくったことを聞かされると、アウグストゥスは「ああ、予はむしろポイベの父親でありたい！」といった。かれはさらに二週間邸にこもって、公けの席に顔を出さなかった。私はこの陰鬱な一月のことをよく憶えている。私たち子供はリウィアの命令で喪服をまとい、遊んだり大声を挙げることはおろか微笑むことすらゆるされなかった。次にアウグストゥスを見たときは十歳も老け込んだように見え、またかれが再び少年学校の運動場を訪れようという気になったり、それどころか毎朝の日課であった活発な散歩、これは宮殿の庭園を一周して最後に低い障害物があるところを走って終えるというものであったが、それを再開するまでにさらに幾月も要したのであった。

ティベリウスはリウィアがただちに送った知らせからユリア追放の報に接した。リウィアの勧めに従ってかれはアウグストゥス宛に書翰を二、三通送り、自分が妻の不貞を許したようにアウグストゥスもユリアを許してくれるよう懇願した。そしてユリアがいかに妻の道から外れるそぶりに及んだとはいえ、自分が以前妻に譲渡しておいた財産には手をつけないでいて欲しいと記した。アウグストゥスは返事もよこさなかった。そもそもユリアの堕落の背景には、ティベリウスがユリアに少しも愛情を示さず非情に接したことがあり、またこの男が身をもって示した破廉恥な醜行が原因となっているに違いないと、アウグストゥスは堅く信じて疑わなかった。だからティベリウスを追放から呼び戻すどころか、翌年かれの護民官職の任期が終わったときにこれを延長することさえ拒否したのである。

『アウグストゥス帝の三つの嘆き』と題する兵士の行軍の歌がある。兵営で作られた素朴な悲喜劇調の歌であるが、これは何年も前ゲルマニアに駐屯していた軍団から始まったものである。歌の内容は、アウグストゥスがまずマルケッルスのことを悲しむところから始まり、次にユリアのこと、最後にはウァルスの軍団の失われた〈鷲〉を嘆き悲しむものである。マルケッルスの死を深く悲しみ、ユリアの不名誉をさらに深く嘆き、しかし何よりも深く〈鷲〉の喪失を哀惜する。なぜなら〈鷲〉の一羽一羽とともにローマでも最も勇敢な兵士からなる軍団がそっくり失われたからである。歌は何行にもわたって第十九、第二十五、第二十六軍団の不幸な運命について悲しみを述べる。この三軍団は私が十九の年にゲルマニア辺境の沼だらけの森の中で、ゲルマニア人の待ち伏せに逢い虐殺されたのである。歌はさらにこう歌う、この前例のない災厄の報が届いたとき、アウグストゥス帝は壁に頭を打ちつけ、

　アウグストゥス帝は何度も繰り返し
　　頭を打ちつけそのたびに叫んだ
「ウァルス、ウァルス、ウァルス将軍よ、
　　儂(わし)に三つの〈鷲〉を返せ！」
　アウグストゥス帝は布団と毛布、
　　敷布と掛布団を引き裂いた
「ウァルス、ウァルス、ウァルス将軍よ、
　　儂に三つの軍団を返せ！」

歌は続いて、アウグストゥスが壊滅した三軍団を再び組織しようとはせず、軍団名簿からその三つを欠番としたことを語る。アウグストゥスは神に誓ってマルケッルスの生命もユリアの名誉もかれの兵士たちの命と名誉に比ぶればいかほどでもないこと、また三つの〈鷲〉が奪還されカピトリヌスの丘に安置されないうちは自分の心が「安らかならぬこと炉の上の蚤(のみ)にひとしい」という。あれ以来何度も繰り返しゲルマニア人を撃破したが、失われた〈鷲〉が「ねぐらにしている」場所を発見できた者はいない――きゃつらは卑怯にも〈鷲〉を深く隠匿しているのだ。兵隊たちはアウグストゥスのユリアへの嘆きをこの程度のものと思ったが、私の考えでは、アウグストゥスが〈鷲〉のことを一時間おきに悲しんだとすれば、ユリアのことはまる一月嘆き続けたに違いないのである。

かれはユリアがどこに流されたか知りたがらなかった。もし知れば絶えず娘のことを思い続けることになり、あげく船を仕立てて娘に会いにゆく羽目になるに違いなかったからである。だからリウィアは好き放題にユリアをいじめることができた。ユリアは葡萄酒、化粧品、美しい服やあらゆる贅沢品を禁じられ、見張りは宦官か老人に限られていた。面会は一人たりとも許されず、少女時代のころそのままに毎日糸紡ぎをさせられた。その島はカンパニア沿岸の沖合いにあった。ひどく小さい島で、リウィアはわざと同じ見張りの者を毎年毎年休暇もなしに仕事に就かせた。そうすればこのような人里離れた不健康な場所から出られないのもユリアのせいだということになって、見張りが彼女に辛くあたるだろうと目論んでの上のことであった。この聞くに堪えない事件の中で一人だけはっきりと意志を表明したのは、ユリアの実母スクリボニアだった。読者は御記憶であろうが、彼女はアウグストゥスがリウィアと結婚するために離縁した女性である。このときスクリボニアは年老いて、何年ものあいだ隠遁生活をおくっていたのだが、臆することなくアウグストゥスの前に進み出て、娘と流刑の日々を頒ちあう許しを求めた。リウィアの面前で彼女はアウグストゥスにこういった。自分の娘はまだおさな児のとき自分の手元から奪い去られたが、自分は常に遠くから娘を崇めていた。そして全世界がわが愛し子の敵となった今こそ、まことの母親の愛を示してやりたいのだと。スクリボニアの考えでは、哀れな娘は責めを負うべきではなく、むしろ世間が彼女をあのような難しい状況に追い込んでしまったのだ。リウィアは見下すように笑ったが、内心はかなり居心地悪く感じていたに違いない。アウグストゥスは感情を抑えて、スクリボニアの願いを容れる文書に署名した。

五年後、ユリアの誕生日の日に、アウグストゥスは突然リウィアに訊いた。「島はどれぐらいの大きさだ?」

「はて、どの島のことでしょう?」とリウィアは訊いた。

「あの……哀れな女の住んでいる島だ」

「はしからはしまで歩いても数分の広さでしょう」リウィアはわざと口を滑らした風を装った。

「歩いて数分だと! 戯れではあるまいな」かれはずっとユリアがキュプロスかレスボスかコルフのような、もっと大きな島に流刑されていると思っていたのである。

「何という島だ?」

「パンダタリア島でございます」

「まさか、あの荒れはてた島だと! 何とひどい、パンダタリアに五年もの間とは!」

リウィアはかれを厳しい目で睨んでいった。「よもやあれをローマに呼び戻そうとお考えなのではありますまいな」

アウグストゥスは壁に懸かっているイタリアの地図のところに歩いていった。それは金の薄板に彫られた地図で、小さな宝石が都市の位置にはめこまれていた。かれは口が利けなかったが、風光明媚なギリシア人都市のあるメッシーナ海峡のレッギオを指さした。

そこでユリアはレッギオに移され、そこで幾分の自由と、面会すら許されるようになった。しかし面会人は事前にリウィアに申し出て許可を得なければならなかった。その者はどのような理由で面会を望むか申し開きをし、許可証のさまざまな細目にリウィア自筆の署名を得る必要があった。許可証の細目は髪や瞳の色から目につく痣や傷跡の有無にまでいたっており、本人以外の使用を不可能にするものであった。このような煩瑣な検査を受けてまで面会を申し込もうとする者は皆無に等しかった。ユリアの娘アグリッピーナが許可を求めたが、リウィアは（本人の言では）熟慮のうえでアグリッピーナの躾に害をなす恐れがあるという理由でこれを退けた。ユリアは依然厳しい懲戒を強いられ、母のスクリボニアが島の熱病で世を去ってからは友のない寂しい暮らしをおくっていた。

一度か二度、アウグストゥスがローマの往来を歩いていると市民の間から「娘御を連れ戻しなされ、娘御はもう充分に苦しまれた、娘御を連れ戻しなされ！」と叫ぶ声があった。これはかれにはたいへんこたえた。ある日かれはなかでもとりわけ大声でどなっている二人を警備兵に命じてつまみ出させ、この者たちにむかって、必ずやユピテルがお前たちの妻と娘が不貞をはたらきお前たちの面目を潰すことでお前たちの愚かしさを罰して下されようと厳しく言った。これら市民からの意思表示はユリアに対する憐愍から出たものというよりは、むしろリウィアへの敵意を表したものだった。ユリアの流刑の厳しさと、アウグストゥスの矜恃に働きかけてかれが決心を翻す機会を奪ったことで、リウィアに非があるものと誰もが信じていて、その考えは正しかったのである。

いっぽう自ら選んだ広い島に滞在していたティベリウスは、一、二年の間何不自由なく暮らしていた。気候は最適で食べ物は美味く、文学研究を再開するのに充分な時間があった。かれのギリシア語の散文はまんざらではなかったし、エウフォリオンやパルテニオスなどの詩人を模した他愛ない内容の哀歌を数篇書いてもいた。私はかれの著書の一冊をどこかに所蔵しているはずである。

ティベリウスは学院の教授連と親しく議論を重ねて多くの時を過ごした。かれは古典神話学の研究に夢中になり、巨大な円形をした神々の系譜図を造り上げたが、これは我々の始祖たる時の神の父なるカオスを中心にそこから幾つもの枝が放射状に発して、外周あたりにはニンフやら王やら英雄やらがこもごもやたらに混みいっているという代物（しろもの）であった。この神系図を製作している間ティベリウスは神話学の専門家に質問を浴びせて困らせるのを楽しみにしていた。例えば「ヘクトールの母方の祖母は誰か」とか「キマイラには雄の子孫があったか」など。これに答えた場合それに対応する古代詩人の詩句を示してみろという挑戦をするのであった。この手の一覧表は今は私の所有するところとなっているが、これから何年も経ってから私の甥のカリグラがアウグストゥスについて「さよう、かれはわが大叔父である。かれと予の関係はケルベロス〔冥界の番犬〕とアポロの関係と同様である」と有名な冗談を言ったときには、カリグラはこの一覧表を参照していたのである。しかし今になって考えてみると、カリグラは過ちを犯していたのではないだろうか。アポロの大叔父とは間違いなく怪物テュポンで、一説にはテュポンはケルベロスの父、また別の説では祖父にあたるのである。とはいえ古い神々の系譜は近親婚でひどく混みいっているから——例えば息子と母とか兄と妹とか——カリグラの説が正しいことも充分ありうる。

護民官という職掌柄（がら）ティベリウスはロドス島民から大いに畏敬されていた。東方属州に赴任したりまたそこから帰朝したりする官僚は決まって進路を転じてロドス島に立ち寄り、かれを表敬訪問するのが常であった。しかしティベリウス自らは一介の市民であると称し、いかなる栄誉も受け取ろうとはしなかった。ふだんは先導警吏（リクトル）の随行も断っていた。かれが護民官としての法的権力を駆使したのはただ一度、あるギリシア人の若者を、ティベリウスが議長を務めていた文法学の議論の席で議長の尊厳を傷つけたという理由から、これを捕えて禁固一カ月の略式判決を下した例があっただけである。また乗馬や体育館での運動に参加して体力を維持し、毎月リウィアから報告を書翰で受けとって首都ローマの情報にも通じていた。島の首府にある住居のほかに、そこから少し離れた海を臨む岬の崖の上に小さな別荘を構えていた。崖の上に達する秘密の抜け道があって、これを通ってティベリウスの夜の相手を務めるいかがわしい連中——浮かれ女や稚児、占い師や魔術師など——が恐ろしく力の強い解放奴隷の案内でかよってくるのであった。噂ではこの連中がティベリウスの機嫌を損ねた場合には、なぜか帰路足を踏み外して眼下の海に転落することも一再ならずあったという。

ティベリウスの護民官職が五年の任期が切れた時点でアウグストゥスがこれを更新するのを拒んだことはすでに述べた。島ではティベリウスは個人的に人気を得ているというわけでは決してなかったから、このせいでロドスにおけるかれの立場が非常に微妙になったことは充分に想像できる。ロドス島民はティベリウスが先導警吏（リクトル）や法的権力、また一身の不可侵性も失ったのを見ると、当初は馴れなれしさでもって、次には傲慢無礼な態度でかれに接するようになった。例えばある高名な哲学のギリシア人教授は、ティベリウスが講義に参加したい希望を述べたところ、今教室に空きはないから一週間後に空席ができているかもう一度見にくるようにと返事をしたくらいである。そのあとリウィアからガイウスが属州アジアの総督に任ぜられて東方へ赴くという報が届いた。ガイウスはしかしロドスから程近いキオス島に滞在したにもかかわらず、予想されたようにティベリウスを訪ねてはこなかった。ティベリウスはある友人から、ティベリウスとリウィアが軍隊を使って政府転覆を狙っているという根も葉もない流説をガイウスが真に受けていること、ガイウスの取り巻きの一人にいたっては、宴会で幾らか酒が入っての上のことではあったが、今から一走り船でロドスに出向いて「追放者」の首級（くび）を取って参りましょうかとまで言ったことを知らされた。ガイウスはこの者にむかって「追放者」を恐れる必要はない、無用の奴には無用の首を持たせておけと答えたという。ティベリウスは怒りを腹の底に納めるとすぐさま義理の息子と和睦を結ぶべくキオス島に渡り、ガイウスに対して何かと噂になるほどへりくだって接した。存命するローマ人の中ではアウグストゥスに次いで傑出した人物であるティベリウスともあろう者が、いまだ二十歳にも達せぬばかりか自分の面目を失わせた女の息子の機嫌を取り結ぶとは！　ガイウスはかれを冷たく迎えたが、ティベリウスから何やかやとずいぶんおだてられた。ティベリウスはガイウスの耳に入っている噂は根拠がないうえに悪意のこもったものであるから恐れを持たないで欲しいとかきくどいた。そして自分には政界に復帰するつもりなど一切ないこと、そもそも政界から引退したのはガイウスとルキウス兄弟のことを慮（おもんぱか）ったためであって、自分の望みは余生を平和と自由のうちに過ごさせてもらうことだけである、自分は経験からこの二つがあらゆる栄誉にも優ることを知っているのだからといった。

気をよくしたガイウスは自分の度量の宏さを見せたく

なって、帰国の許可をアウグストゥスに乞うティベリウスの書翰を送り届ける約束をし、帰国を勧める自分の個人的な所感もそれに付け加えることにした。この書翰の中でティベリウスは、自分がローマを去ったそもそもの目的は義理の息子にあたる二人の若い貴公子の立場を複雑にしないためであって、二人が一人前に成長ししっかりと地歩を固めた現在、自分がローマで静かに余生を過ごすのを妨げる要因は皆無となったと述べ、またロドスでの生活に飽きはてて故郷の友人縁戚に再会できる日を待ち望んでいると付記してあった。ガイウスはこの書翰を約束した所感とともにアウグストゥスのもとに送った。しかしアウグストゥスはティベリウスにではなくガイウス宛に返書を送り、ティベリウスは国家が最もかれを必要とする危急の際に友人縁戚の懇願を振りきってローマを去ったのであるから、今さら帰国を期待するわけにはいくまい、と述べた。この書翰の内容が広く知れ渡ると、ティベリウスの不安はいや増した。かれは、ガリアはニーム市の市民が自分の戦勝を記念して建てた立像を引きずり倒したこと、またルキウスも最近はティベリウスについての剣呑な噂を信じはじめているのを聞き知った。ティベリウスは市中の屋敷を引き払って人里離れた小さな家に移り住み、海辺の別荘にも稀にしか訪れないようになった。肉体の鍛錬を止めてしまっただけでなく身なりも一切構わなくなり、髯は延び放題、部屋着にスリッパをつっかけてうろつきまわるのであった。かれは遂に現在の窮状を訴える私信をリウィアに書き送った。その中で、もし母上が帰国の許可を取り付ける労をとって下さるなら、生涯そのお指図に従うのを誓うと述べた。またかく記すのは愛する実母に対して願う以上に、それを知る者は少ないが、国家の真の舵取りたるお方に対して訴えるのです、と。

これこそリウィアの待ち望んでいたものだった。ティベリウスを呼び戻すようアウグストゥスを説得することを彼女はこれまで意図的に控えてきたのである。息子がかつて国家への奉仕と栄誉に飽きはてたのと同じほど切実に、今度は無為と世間からの蔑みにうんざりする時を

紀元二年

彼女は待っていたのだ。リウィアは、手紙は受け取った、これは取引であると記した簡潔な返信を送った。数カ月後、ルキウスはヒスパニアへ向かう途上マルセイユで謎の死を遂げた。そしてアウグストゥスがこの衝撃からいまだ立ち直れないうちに徐々にかれを説いて、今日に至るまでティベリウスの帰国をあえて願い出たことは一度もなかったが、この数年の間息子の助力が得られずにどれほど心細かったかということを、

夫に吹き込みはじめた。なるほどティベリウスのふるまいは誤っていたには違いないが、息子はすでに充分に教訓を学んでおり自分宛の書翰でアウグストゥスへの献身と忠誠をすなおに口にしている。またガイウスは以前ティベリウスの帰国を願う所感を表明したこともあるのだから、弟を失った今となって、信頼に足る同僚が必要な時なのではないだろうか。

ある夜、トラシッルスと呼ぶアラビア人の占い師が岬のティベリウスの別荘を訪ねてきた。この占い師は以前二、三度やってきて、幾つも耳にこころよい予言をしていったが、そのひとつとてまだ実現していなかった。ティベリウスは次第に疑心暗鬼になって、今度私を満足させられなければトラシッルスは足を踏み外して崖から転落することになると例の解放奴隷に耳うちしておいた。トラシッルスが現れるや否やティベリウスは「今日の儂（わし）の運勢の星回りはどうだ？」と真っ先に訊いた。トラシッルスは腰を降ろすと、石板に木炭のかけらで、とても込み入った占星術の計算をはじめた。そしてようやく言った。「星どもは並外れて好もしい巡り合わせのもとにあります。閣下は今やようやく人生の危機を脱しつつあります。これから先は幸運だけが待ちかまえておりましょう」

「それは結構」ティベリウスは冷たくいった。「して、そち自身の星回りはどうじゃ？」

トラシッルスは別の計算をしてみて、演技か真実か甚だしい恐怖を浮かべて顔を上げた。「これはしたり！」と叫んだ。「大気と水から差し迫った危険がそれがしに近づきつつあります」

「それを逃れるすべは？」

「分りませぬ。それがしが今から十二時間命長らえることさえできれば、わが未来は、それなりに、閣下のものと同じほど幸福なものとなりましょう。されど全てと言ってもよいほどの凶星が群をなして近づきつつあり、危険はほとんど避け難いもののように思われます。唯一それがしを救えるものは金星のみです」

「先程そなたは金星の位相についてどのように申したかな」

「かの星は現在蠍座に入りつつありますが、これは閣下の星座でありますゆえ閣下の人生におどろくべき幸運の転機が齎（もたら）されることを意味しております。この重要な星の運行から読み取れることを敢えて申しますならば、閣下は間もなくユリウス家に迎えられることとなりましょう。改めてそれがしが指摘するまでもなく、金星の神ウェヌスはアエネアスの母でありますゆえ、ユリウス氏はウェヌスの直系の子孫であります。おおティベリウス殿、それがしの賤しい運命は閣下の偉大なるそれと奇怪にも頒ちがたく結び付いておりまするぞ。もし夜が明ける前に善き知らせが閣下に齎されますならば、それはそれがしにとっても、これから先閣下と同じほど恵まれた未来が開けるという徴となりましょう」

二人は屋外の柱廊に座っていたのだが、にわかにミソサザイかそれに類する小さな鳥がトラシッルスの膝の上に飛んできて、頭を片方に傾けると、チッチッと鳴き始めた。トラシッルスは鳥にいった。「ありがとう、妹よ。ちょうどぎりぎりの時に来てくれた」そしてティベリウスにむかって「おめでとうございます！　この鳥の申しますには、あの船は閣下にとって善き知らせを運んでおります。これでそれがしも救われました。危険はもはやありませぬ」

ティベリウスは椅子から跳び上がるとトラシッルスを抱擁し、自分が何を目論んでいたかを包まず告白した。そして船は、予言にたがわず、ルキウスの急死と、事態の急変により、当座は一介の市民としての資格ではあるが、ティベリウスのローマ帰還を許可する旨を伝えるアウグストゥスからの急送の勅書をもたらしたのだった。

一方ガイウスはどうしていたか。アウグストゥスがガイウスに適さないような職務にはつけないよう気を配っていたので、かれが総督として統治するあいだ東方属州は平穏を保っていた。ところが折悪しくアルメニア王が叛乱し、パルティア王がこれに同調する気配を見せた。アウグストゥスはこの報に接してやきもきした。なるほどガイウスは平時には有能な総督であるのを立証したかに見えたが、これほどの一大事が出来した場合、かれがこれを処理しきれるかに関しては、アウグストゥスはまったく信を置いていなかった。アウグストゥス自身は軍を率いて出陣するにはあまりに年老いていたし、その上首都ローマでの仕事だけでも手にあまった。といって誰かを派遣してガイウスにとって代わって東方軍団の指揮をさせるわけにもいかなかった。ガイウスは執政官であり、重要な軍事的指揮に相応しくないとしても、かれの権限に介入するのは許されないことだったからである。ガイウスに思うがままにやらせて幸運を祈る以外に方法はなかった。

ガイウスは最初幸運に恵まれた。未開の遊牧民がアルメニアの東部国境を侵したため、アルメニアからの侵攻の恐れはなくなった。アルメニア王は遊牧民を掃討しようとしてその途上討死した。パルティア王はこの報に接し、またガイウスのもとに大軍が結集しているのを知って、かれと講和を結ぶことになった。アウグストゥスはこれに胸を撫でおろした。けれどもアウグストゥスが新たに王座に就けようとしたメディア人がアルメニア貴族の受け入れるところとはならず、ガイウスが増援軍をもはや必要なしとして送り返すやかれらは再び叛旗を翻した。ガイウスは軍を再集結させアルメニアにむけて進軍した。かれは敵将と休戦交渉中だましうちにあって負傷した。大した傷ではなかったので、ガイウスはこれを気にかけず成功裡に戦争を終結させた。しかし傷の手当に誤りがあったのかどうか、この二年間というもの病気ひ

紀元四年

とつしたこともなかったのに、容体が急に悪化し、ガイウスは意識を普通に保つことすら困難な状況に陥った。遂にかれはアウグストゥスに書翰を送って、公務を退く許可を求めた。アウグストゥスはこれを惜しんだが、その願いを聞き容れた。ローマへ戻る帰路ガイウスは死んだ。かくてユリアのなした男子のうち齢（よわい）わずか十五のポストゥムスだけが残され、アウグストゥスはティベリウスと和解せざるをえなくなった。すなわち、トラシッルスの予言どおり、ティベリウスをユリウス家の一員として迎え入れ、ポストゥムスとならんでティベリウスを自分の養子兼後嗣としたのである。

東方ではいっとき平和が保たれたが、ゲルマニアでふたたび戦火があがると——私が学生時代アテノドロスのもとでこれについて作文したことはすでに記（しる）した——これは深刻な事態となった。アウグストゥスはティベリウスに司令官の地位を与え、さらに任期十年の護民官職に任じて改めて信頼の厚い証（あかし）とした。今回の戦役は過酷なもので、ティベリウスはこれに対処するのに持てるすべての経験と技量を駆使しなければならなかった。しかしリウィアは首都の政界と接触を失うことのないよう、一再ならずローマに帰還するよう主張した。ティベリウスはリウィアとの取引の約束を守り、何事につけても万事彼女のいうなりになってこれに逆らうことがなかった。

巻七

初恋の美少女、毒殺される

ここまで二、三年歳月を遡ってわが伯父ティベリウスを中心に語ってきたが、かれがアウグストゥスの養子となるところまで至ったので、今度は私自身のことに話を戻したい。続く数巻は私の九歳から十六歳のことに話題をしぼることにしよう。それは主に我々若い貴族たちの婚約と結婚の記録である。最初に

紀元前一年

成人に達したのはゲルマニクスであった。九月の三十日がかれの十四歳の誕生日であったが、成人の儀式は三月に行われるのが通例となっていた。ゲルマニクスは朝早くパラティヌス丘のわが家を出たが、そのさい慣例に従って花輪を被り、紫の縁どりをした今日を限りの子供服を身に着けていた。祝歌を歌い花を撒きながら子供たちの一群が先導し、貴族の友人たちがかれにつきそった。そして大勢の市民たちが身分ごとに分かれてそのあとに従った。行列がゆっくりと丘を下り中央広場に入ってゆくと、人々は歓呼してゲルマニクスを迎えた。かれは短い演説でそれに応えた。最後に一行はカピトリヌス丘の斜面を上っていった。カピトリヌスの宮殿ではアウグストゥスとリウィアがゲルマニクスを迎え、かれはカピトリヌスの〈雷神〉ユピテルの神殿で白い牡牛を犠牲(いけにえ)に捧げ、生まれて初めて成人の白い長衣を身にまとった。たいへん残念なことに私はこれに参加させて貰えなかった。徒歩の道のりは私には堪えられないと思われたし、輿に乗って随行するのは一般に好ましからぬ印象を与えるかもしれないからである。私がこの目で目撃したのは、ゲルマニクスが帰宅してからかれが少年服と飾り物を家の神に捧げる儀式と、家の玄関の石段から菓子と小銭を群衆に撒く光景だけである。

一年後かれは結婚した。アウグストゥスはさまざまな法律を作って貴族の男子が妻を娶（めと）ることを奨励していた。今や帝国は巨大化し、平民から絶えず元老院階級や騎士階級に人材を補ってはいたものの、今の支配階級の人数では増大する官僚と高級将校の需要を賄いきれなかった。貴族の間から新参者の野卑を嘆く不満が出ると、アウグストゥスはこれでもいちばん野卑でない者を選んでいるのだとつっけんどんに答えるのが常だった。文句をいうならその原因は君らのほうにある、貴族階級の男女が若いうちに結婚してできるだけ多くの子孫をもうければよいのだとかれは言った。支配階級で出生と結婚の数が確実に減少していることが、アウグストゥスの悩みの種であった。

元老院議員の補充は騎士階級の間から行われるのだが、あるときこの騎士階級の間からアウグストゥスの定めた独身者に対する法律が厳しすぎるとの不満の声があがると、かれは全員を中央広場に集め、演説をぶった。騎士階級が集まってくるとアウグストゥスはかれらを既婚の者と未婚の者の二つの集団に分けた。未婚者の方が既婚者よりもはるかに多数だったが、かれはそれぞれの集団に向かって別々に話しかけた。そして故意に未婚者に対して激しい感情をぶつけ、この連中を畜生同然の泥棒で、妙な表現だが、子孫の殺害者に等しいと痛罵した。このときアウグストゥスはもう老人で、生涯お山の大将で通してきた老人特有の短気と気まぐれを余すことなく身に着けていた。諸君は皆頭がおかしくなって自分がウェスタの祭女であるとでも思いこんでいるのではないかとかれは訊いた。少なくともウェスタの祭女であれば寝るときは独りだが、諸君にはそんな真似はできまい。なにゆえ諸君は同じ出自の育ちの良い娘と褥（しとね）を共にし健やかな子供をもうけようとせず、脂じみた奴隷女や不潔なアジア系ギリシア人の娼婦相手に男の精気を浪費しているのであるか、説明してもらいたいものだ。それに、聞き及ぶところに誤りがなければ、諸君の夜ごとの寝床の相手はあらかた、実際にこの種の汚れた生業（なりわい）の者たちであるというではないか。まこと首都の在り方そのものがかれらの存在を必要悪として大目に見るのでなければ、その名を口にすることすら汚らわしい輩（やから）である。これは私的な意見だが、社会的義務を忌避すると同時に性的放恣に耽る者は処女の誓約を破ったウェスタ祭女が受けるのと同一の怖るべき罰を受けてしかるべきであろう――すなわち生埋めの刑である。

一方、私もそのときその一員であった既婚者の集団に向かっては、かれはさながら我々を抱擁するがごとく両の腕を大きく広げて最上の賛辞をのべた。「首都の膨大な人口を思えば諸君の数はほんの僅かに過ぎない。そこにいる、自然な社会的義務を果たす意志のない諸君の同輩と比べてもまだなお少数である。しかしそれゆえにこそ予は諸君を高く評価し、諸君が予の希望に従い国家に人材を与えるために最善を尽くしたことに重ねて謝意を表したい。ローマが将来偉大なる国家となるためにはかかる生き方が必要なのである。なるほど最初は我々は少数であろう。しかし妻を娶り子らをなしたあかつきには、近隣諸国と国民の勇猛さのみならず人口の規模においても競うことが可能となろう。我々は常にこれを忘れてはならない。人間ひとりひとりは死すべき存在であるが、例えていうならリレー競技の松明持ちのように世代から世代へと命を果てしなく連ねてゆくことで、我々にゆるされぬ神々の至福の永生にあずかることができるのである。それゆえにこそ人間を創造された始源の大いなる神は我々を二種に分かち、片方を男、いま一方を女としてその双方に互いを求め合う欲望を植えつけ、実りある交わりを通じてたえず子孫を殖やすことにより、有限なる人間がある意味では不死の存在ともなれるように、あらかじめ仕組んでおかれたのである。のみならず言い伝えによれば、神々のうちのある者にはがんらい男女の性別があり、性的なつながりを通して血縁や親子関係を結んでおられる。ここから理解できることは、かかる性別の必要でない神々の間にあってさえ結婚と子孫繁栄は貴い習慣としてみとめられているということである」

私はこれを聞いて失笑を禁じえなかった。それは何も私の意志に反して強要されたこと——当時無理やり私が結婚させられていたウルグラニッラについてはこのあとすぐに記す——で賞賛されたのが可笑しかったばかりではない。そもそもこの集会そのものがはじめから紛うことなき茶番劇だったからである。いったい結婚を（アウグストゥスの弁に習えば）忌避しているのが男ではなくて、実は女の方であることをアウグストゥス自身が知悉している状況で、かれがこのように語りかけても何の役に立つというのだろうか。もしかれが召集したのが女であったなら、その者たちに訴えかけることでいくぶん効果があったかも知れないが。

私は以前、母に仕える解放奴隷の女二人が、上流階級の女の目からして最近の結婚がどのように映るかという問題を論じあっているのを小耳に挟んだことがある。結婚っていったい女にとって何の得になるの、とこの二人は言うのだった。今や道徳は退廃の極に達し、結婚を真面目に考えようとする者はもはや誰一人としてない。自分の子が友人か召使を父親に持つのではないかと疑ってみる程度に結婚を真剣に考えている古風な男や、夫の気持ちを重んじて、いざ妊娠するとなれば夫の子以外を孕むことのないよう注意する程度に古風な女は、確かに少数ながらいるにはいる。しかし一般的にいって、昨今では見栄えのする女なら気に入った男を自由に選んで寝ることができるし、いざ結婚してのち夫に飽きて（これはまま起こること）別の男と浮気しようとするなら、そのときには夫の矜恃とか吝気とかを何とかしなければならない。それに女は経済的にも結婚したら損をするのが普通。持参金は夫か、もし存命であれば家長たる舅が管理するし、夫や舅のほうが以前から充分弱味を知り尽くしている実父や兄よりもずっと扱いにくいもの。結婚なんてうっとうしい主婦業を背負い込むだけ。それに誰が子供なんか欲しがるものですか。妊娠すれば出産前の数カ月間女の健康と娯しみを損なうだけ。たとえ産まれてすぐに乳母の手に委ねるとしても、出産といういやな大仕事のあと体が回復するのに時間がかかるし、それに二人以上産むと以前の美しい肢体がだいなしになってしまう恐れがある。あの美しかったユリア様が後嗣が欲しいというアウグストゥス様の熱望に恭順にも応えたばかりにどのような変わり果てた姿になったか考えてもごらん。それにかりに夫を愛していたとしても、妊娠している間ずっと夫の浮気心を抑えられるとはとても期待できないし、子供が生まれても大した関心を払ってもらえるわけではなし。それどころか昨今では乳母たちの不注意なことは呆れるばかりで愛児が命を落とすことも少なくない。まだしもの救いといえば腕の立つギリシア人医師がいることで、取り返しのつかないほど時期を逸しなければかれらが望まない子供を二、三日で始末してくれるし、おまけに誰にも気どられないですむ。たしかに当節の御婦人の中にも子供についての古風な考えを大事にする人もいるにはいる、でもそうした婦人にしても例えば家柄はよいが債権者に追われている者から子供を買い取って夫の家の養子にすることだってできるはず。

　アウグストゥスは騎士階級の者たちに平民ばかりか解放奴隷の女とも結婚する許可をあたえたが、これによっても事態はたいして好転しなかった。騎士階級の男がもし結婚するとしたら、子供や愛情を求めるのではなく、持参金がめあてであったから、解放奴隷の女など有利な結婚相手ではなかった。とりわけ最近この階級にくみこまれた騎士たちは自分より身分の低い者を妻に迎えることをいやがっていたからである。由緒ある貴族の家系では状況はいっそう困難だった。近親婚を犯す恐れから家に迎えてよい女子の数が極端に限られていたばかりではなく、結婚のしきたりがひどく厳格だったためである。そうした場合、妻はまったくがんじがらめに嫁ぎ先の家長の管理下におかれてしまうのだった。たとえ良識ある女性でも、敢えて婚約する前に一度ならず逡巡しないような者は皆無であろう。いざ相手の家に入ってしまえばそこから逃れる唯一の途は離婚しかなく、しかもその場合持ってきた持参金を回収するのはきわめて困難なのである。いっぽう由緒ある貴族の家系以外では、女性は夫と合法的に結婚しても独立を保って自分の財産を管理することが可能であった——結婚の際に一年に三晩夫の家の外で眠るという契約を結んでさえいれば。この条件のもとでは夫は妻を家つきの財産とは看做せなくなるからである。女性は明らかな理由からこの種の形式の結婚を望んだし、反対に夫はその理由が気に喰わなかった。この風習はローマの最下層の市民から始まって上流の家庭にまで浸透し、たちまちのうちに名門貴族を除くすべての家の決まり事となってしまった。名門貴族がこれを受け入れなかったのには宗教的な理由がある。ローマの神祇官はこの家系から選ばれるものであったが、宗教上の掟によれば神祇官は既婚男性であらねばならず、しかも厳格なしきたりに従って結婚した男性で、厳格なしきたりに従った結婚から生まれた者であることを要求されたからである。時を経るうちに神祇官の地位に相応しい候補者を見つけるのがますます難しくなっていった。ついには埋められないままに放置される神祇官団の空席が生じ、これを解消すべく何らかの処置をとる必要が生じたが、法律家たちはちゃんと抜け道を見つけ出した。名門の女性が厳格なしきたりに従って婚約した場合、自分自身と財産が完全に夫の家に帰属するとしてその事を神聖なとりきめと看做しさえすれば、他の点では自由結婚のあらゆる利点を享受できることが許されるようになったのである。

しかしこれは後の話。独身者や子供のない既婚男性に法的な罰則を適用する以外にアウグストゥスの取りえた最善の方法といえば、家長たちに圧力をかけて（生めよ増やせよの教訓を垂れながら）その家の若い者に、自分が何をされているかも分らず親のいいなりになるしかないような年端もゆかぬ若年のうちに結婚させてしまうという遣り方だった。その好い例として、私たちアウグストゥスとリウィアの一家の子供たちは可能なかぎり若い年齢で婚約させられ結婚している。これは奇妙に聴こえるかも知れないが、アウグストゥスは五十四歳で曾祖父になり、七十六で世を去ったときには玄祖父だった。一方リウィアは二度目の結婚であったこともあり、子供が産めない年齢に達するまでにすでに適齢期の孫娘を持っていた。このように世代が重複していたため、皇帝一族の家系図はオリュンポスの神々のそれと比較しても遜色ないほど複雑を極めていた。これは何もたびたび養子縁組を繰り返したり宗教的な掟から見て許されないほど――もっともこのときすでに皇帝一族は掟を超越した地位にあったのだが――近親の者と結婚したりしたためばかりではなく、男性が物故してもその寡婦がただちにこの狭い範囲内の相手と再婚させられたことにもよる。私はできるだけ冗長な記述を避けながら、この辺の事情を整理して説明しておきたい。

　ユリアが追放に処され相続権を失った後、アウグストゥスの主な相続人である彼女の子供たち、つまり三人の息子ガイウスにルキウス、ポストゥムスと二人の娘ユリッラとアグリッピーナのことについては以前に述べた。またリウィアの一族の若い者たちといえば、ティベリウスの息子カストルとかれの三人の従兄弟、つまりゲルマニクスとリウィッラと私がいた。しかしユリアには孫があったことを落とすわけにはいかない。というのもユリッラはリウィアの一族の間に適当な相手がなかったので、富裕な元老院議員アエミリウス（かれはスクリボニアの最初の結婚から生まれた息子だったのでユリッラの従兄にあたる）と結婚し、アエミリアと呼ぶ娘をもうけていたのである。リウィアがアウグストゥスの孫娘には自分の孫以外の者と結婚させたがらなかったので、リウィアのお気に召さぬユリッラの結婚は不幸なものであったが、その不幸もこれから間もなく語るような事情で長くは続かなかった。その間ゲルマニクスはアグリッピーナと結婚したが、ゲルマニクスはこの美しく誠実な娘を心から愛していた。ガイウスは私の姉リウィッラと結婚したが、子をもうけぬまま間もなく死んだ。ルキウスはアエミリアと婚約していたのだが、結婚まで至らぬうちに世を去っていた。

　ルキウスの死によってもちあがったのは、アエミリアに相応しい婿は誰かという問題であった。アウグストゥスはリウィアがアエミリアの夫に他ならぬ私を考えていることをいちはやく見抜いたが、曾孫をいたく可愛がっていたので、私のような半病人とめあわせるのは我慢できなかった。かれはこの縁組にあくまで反対する決心をした。一度くらいリウィアの我（が）が通らないことがあってもよいではないかと考えたのである。ルキウスの死後ほどなく、かれはメドゥッリヌスと会食したことがあった。このメドゥッリヌスはアウグストゥスの旧くからの将軍の一人で、先祖を辿れば独裁官カミッルスにまで達する人物であった。葡萄酒の杯を幾度か乾したあとで、メドゥッリヌスは微笑しながら、目に入れても痛くないくらい可愛がっている孫娘がいるのだという話をした。その娘は先頃にわかに文学の勉強で長足の進歩を見せたが、これには自分の最も名誉ある賓客の親族にあたるある若者の援助があったればこそだということが分っている。

アウグストゥスは困惑した。「いったい誰のことを言っているのだ。そんな話は聞いたことがない。文学がとりもつ秘かな恋とでもいうのかね」

「まあ、そのたぐいのことでしょうな」とメドゥッリヌスは笑いながらいった。「私はその若者と話をしましたがな、たしかに肉体的には不幸で能力に劣るところはあるかも知れませんが、かれを好ましく思わぬわけにはいきません。その性格はいたく率直かつ高貴で、若き学究としてもいたく感銘を受けるものがありました」

アウグストゥスは信じられない気分で訊いた。「よもやティベリウス・クラウディウスのことを話しているのではあるまいな」

「左様、まさにかれのことです」とメドゥッリヌスはいった。

突如浮かんだ思いつきにアウグストゥスの顔が輝き、かれは少々みっともないくらい性急に言った。「聞いてくれ、メドゥッリヌス、わが旧友よ、もしあれが君の孫娘の夫になるとしたら、異論があるかね。君が同意してくれるなら欣んで婚姻の準備を進めるのだが。クラウディウス氏の家長は名目上は若いゲルマニクスだが、このような事柄ならあれも年長者の進言を聞くだろう。聾で吃り(ども)でちんばのあの哀れな者を見て肉体的な嫌悪感を抑えられるような若い娘がそうざらにあるわけでもなく、リウィアも私もあれの嫁のことについては心を痛めていたのだ。しかし君の孫娘が自らの意志から同意してくれるなら……」

メドゥッリヌスはいった。「この結婚はあれから言い出したことですし、あれも充分考慮の上のことです。あれのいうには、ティベリウス・クラウディウス若殿はおだやかで信義に厚く優しい人だと。それに脚が悪いせいで戦さに取られることもないから死ぬこともないと」

「それに他の女に目移りすることもない、か」アウグストゥスは笑った。

「それに耳が聴こえないといっても片方だけですし、健康状態は——」

「まあその元気のよい娘に鍛えてもらって、あれも世の御婦人方がいちばん気になるところだけは丈夫になるのではないかな。あれがまったく健全な子をなせないとどうしていえようか。わが種馬ブケファルスはもはや年老いて足腰が弱り喘息もちだが、戦車競技の勝利者を生み出すことにかけてはローマのどんな馬にも劣らぬではないか。戯れ言はともかく、メドゥッリヌスよ、そなたの家柄は名門であるし、わが妻の一族はそなたの一門と結ばれることを誇りとするであろう。そなたはまことこの結婚を嘉とするつもりなのか」

　メドゥッリヌスは、婚姻によって思いがけなくも国父の血筋に連なる栄誉にあずかることほどに娘が孝行をつくせることがありましょうやと答えた。

　実はこの孫娘メドゥッリナはわが初恋の女性で、誓っていうが世界中でこれほど美貌に恵まれた娘はいない。私が彼女に初めて会ったのはある夏の夜、サルスティウスの庭園でのことであった。アテノドロスが体の具合が思わしくなかったので、スルピキウスが私をそこに連れてきたのだった。スルピキウスの娘はメドゥッリナの叔父に嫁いでいたが、この叔父フリウス・カミッルスは優れた軍人で六年後に執政官となった人物である。最初に彼女にあったとき私は度肝を抜かれたが、それは何も彼女の美しさのためばかりではなく、メドゥッリナがだしぬけに姿を現したからである。というのも私が読書に耽っているあいだ彼女が私の耳の聴こえない側から近づいてきたからで、ふと目を上げると、そこに彼女が、私が読書に没頭しているのを笑いながら立っていたのである。ほっそりした躰つきで、豊かな黒髪と白皙の肌、とても深い蒼い瞳の持主で、身のこなしは素早く鳥のようであった。

「あなたのお名前は？」と彼女は親しげな口調できいた。

「ティベリウス・クラウディウス・ドルスス・ネロ・ゲルマニクス」

「まあ、長くてたいへん。わたしはメドゥッリナ・カミッラよ。お幾つなの？」

「十三歳」私はうまく吃りをおさえていった。

「わたしはまだ十一歳。でもあそこの杉の樹のところまで往復で駆けっこしてもあなたに勝てる自信はあってよ」

「すると陸上競技の優勝者というわけだね」

「そうよ、ローマ中のどんな女の子にも負けないし、お兄様たちにも勝てるわ」

「私とするなら挑戦者欠場で勝てるんじゃないかな。走れないんだ。びっこでね」

「まあ可哀そうに。どうやってここまで来たの？　よたよたとずっと足を引きずってきたというの」

「そうじゃないよカミッラ、輿に乗ってきたんだよ、億劫がりの年よりみたいにね」

「あなた、どうしてわたしを名字で呼ぶの？」

「そのほうが君に相応しい呼び名だからだよ」

「どうしてなの、おりこうさん？」

「エトルリア人の間ではカミッラはディアナに仕える若い女狩人の巫女を呼ぶ名だからだよ。カミッラの名の持主なら陸上競技で優勝者になっても当然だ」

「すてき。知らなかったわ。これからはみんなにカミッラと呼ばせることにするわ」

「じゃあ私のことはクラウディウスと呼ぶんだよ、いいね。それが相応しい呼び名だから。足萎えの意味だ。皆は私のことをティベリウスと呼ぶがこれは適切じゃない。だってティベリス河の流れはとても脚が早いからね」

　彼女は笑った。「それじゃ、クラウディウス、あなた他の男の子と駆けっこしないなら一日中何しているか教えてちょうだいな」

「だいたいは本を読んだり書きものをしたりしている。今年になってからもう何巻も読んだよ、まだ六月だけど。これはギリシア語の本さ」

「わたしギリシア語はまだ読めないの。アルファベットを知っているだけ。お祖父さまは——わたしにはお父さまがないの——それで御機嫌斜めでわたしのこと怠け者って叱るわ。もちろん人が話しているときにはギリシア語は分るわよ。食事のときとかお客様がいらしたときにはいつもギリシア語で話さなくちゃならないの。それ、何のご本？」

「トゥキュディデスの歴史の一巻だよ。これはある政治家、クレオンという名の皮鞣しが、将軍たちがスパルタ人をある島に包囲したのを非難している条なんだ。この男のいうには、将軍は全力を尽くしていない、自分だったら二十日以内にスパルタ軍を全員捕虜にしてみせるというんだ。アテナイ人はこの男の話にひどくげんなりしたものだから、自分で指揮をとってみせるようかれを将軍に任命したんだ」

「おかしな思いつきね、それでどうなったの？」

「この男は約束したことを実行した。優秀な参謀を見つけてきて、勝てるものなら何をしてもいいと言ったんだ。この参謀は任務をよくわきまえていたから、二十日以内にクレオンは地位の高いスパルタ人百二十人をアテナイに連れ帰ったというわけさ」

　カミッラはいった。「フリウス叔父様が、自分のために物事を考えてくれる賢い部下を選んだ者がいちばん賢明な指導者だっていってるのを聴いた覚えがあるわ」そしてこういった。「あなたはもうずいぶん賢くなったでしょう、クラウディウス」

「私は皆から折り紙つきの愚か者だと思われているし、本を読めば読むほどもっと愚かになると言われているよ」

「そんなことないと思うわ。だってあなた、とてもお利口に話すじゃない」

「でも私は吃（ども）りなんだ。舌もクラウディウスだっていうわけさ」

「でもそれは緊張するからでしょ。あなた女の子のことはあまり知らないんじゃない」

「そうだね。君は私のことを莫迦にして笑わなかったはじめての子だよ。これから時々会えないかな、カミッラ。君から駆けっこを教えてもらうわけにはいかないけれど、私は君にギリシア語を教えてあげられるよ。どうだろう？」

「すてき。でも面白い本を使って教えてくれなきゃいやよ」

「どんな本でも君の好きなのから教えてあげるよ。歴史は好きかい？」

「詩がいちばんいいわ。歴史だと覚えなきゃならない名前とか年号だとかがいっぱいあって。わたしのいちばん上のお姉さまはパルテニオスの恋愛詩に夢中なの。パルテニオス読んだことある？」

「少しならね、でもあんまり好きじゃない。わざとらしすぎるよ。私は本物が好きなんだ」

「わたしもよ。でもわざとらしくないギリシア語の恋愛詩もあるでしょう」

「テオクリトスがそうだな。私はとても気に入っている。叔母上に頼んで明日同じ時間にここに連れて来てもらいたまえ。私はテオクリトスを持ってくるからすぐにも始めよう」

「それ、ほんとに退屈じゃない？」

「うん、とても面白いよ」

　この日以来私たちはほとんど毎日この庭園で会い、木蔭に腰をおろしてテオクリトスを読んでは言葉を交わした。私はスルピキウスを説いてこのことを誰にも内緒にしておくよう約束させた。リウィアが聞きつけて私の外出を禁じるかも知れないからである。ある日カミッラは、私が今まで会ったなかでいちばん優しい男の子で兄弟の友達の誰よりも好きだと口にした。そこで私もどれだけ彼女が好きかを話すと彼女はとても喜んで私たちははにかみながらキスをした。彼女は二人が結婚できる可能性があるかどうか訊いた。彼女のいうには彼女の祖父は望むことなら何でもしてくれるとのことで、いずれこの庭園に連れてきて引き合わせるつもりだといった。でもあなたのお父さまは同意して下さるかしら。私には父がなくすべてはアウグストゥスとリウィアの一存にかかっているというと、彼女はがっかりした。私たちはこのときまであまり家族のことを話し合ったことがなかった。カミッラはリウィアのことで良い噂を耳にしたことがなかった。しかし私は言った、リウィアが同意する可能性はある、というのは彼女は私をひどく嫌っているから、彼女の体面を汚さないかぎり、私が何をしようとあまり気にしないだろうから。

メドゥッリヌスは腰がしゃんと伸びた威厳ある老人で、いささか歴史の素養もあり私たちの会話ははずんだ。かれは以前わが父が最初に軍務に就いたさいその配下の高級将校であったので、父の逸話を無数に知っていた。そのうちの多くを私はありがたく伝記に書き留めた。ある日話題がカミッラの祖先のカミッルスのことになって、メドゥッリヌスがカミッルスの業績の中で何をいちばん高く評価するかと訊いたので私はこう答えた。「ファレリの卑怯な教師が自分の教え子たちを罠にかけてローマの城壁内に閉じ込め、ファレリ人は子供を取り返すためならどんな要求でも聞き入れるだろうと言ったとき、カミッルスはこの提案を決然と退けました。かれはこの教師を裸にして後ろ手に縛り、子供たちに笞を持たせてこの裏切者を家まで追いやったのです。これは偉大なことではないでしょうか」この話を読んだとき、私は頭の中でこの教師をカトーに、また子供たちをポストゥムスと自分自身に倣えたものだった。その意味で私がカミッルスを尊敬する気持ちは決して純粋とはいえなかったが、しかしメドゥッリヌスはこれを聞いて喜んだ。

ゲルマニクスは私の結婚について同意を求められたとき喜んでこれに賛同した。私がカミッラを愛していることはすでに伝えてあったからである。わが伯父ティベリウスは異を唱えず、祖母リウィアはいつものように怒りを隠して、メドゥッリヌスに早速同意をとりつけたのはお手柄でしたといった。このような縁組を認めるとはあの男は酔払っていたに違いありません。とはいっても持参金はわずかなものですし、あの家系に属する者としては婚姻で得られる栄誉は大きいはずです、と。実際カミッルスの一族は何世代にもわたって抜きんでた能力や名声に恵まれた人物を出していなかった。

ゲルマニクスは準備万端滞りなくととのい、婚約は次の吉日を選んでとりおこなわれると伝えてくれた。我々ローマ人は日めぐりに関してはひどく迷信深くて、一例をあげれば七月十六日、つまりカミッルスの時代にアッリアの惨劇が起こった日には、決して戦さを始めたり結婚したり、家を購入しようとはしないのである。私はわが身の幸運が信じられなかった。私の恐れていたのはアエミリアと結婚させられることだった。

紀元三年

アエミリアは根性まがりのキザな娘で、再々わが家を訪ねてくるたびに私を笑い者にするところはわが姉リウィッラにそっくりだった。リウィアの主張で私の婚約はできるかぎり内々に行われることとなった。群衆の前で私が何か愚かなことをしでかしはしないかと懸念したからである。儀式ばったことは苦手であったから、そのほうが私にはありがたかった。出席者は必要な証人となる介添え人だけで宴席も設けず、ただ内臓で吉兆を占うために子羊を犠牲に捧げる式だけを行うことになっていた。占いは吉と出るはずだった。式で司祭を務めるアウグストゥスが、リウィアの機嫌をとりむすぶために、手ずから吉兆を占うことになっていたからである。そのあと、持参金の条件もふくめて、私が適齢に達するのをまってただちに次なる儀式をとりおこなうことを定めた契約が交わされる手筈となっていた。カミッラと私は手をとりあって接吻をかわし、それから私は彼女に黄金の指輪を贈って、そして彼女は祖父の館へと帰路につくだろう——来た道とおなじく、静かに、祝歌を捧げる人々の行列もないままに。

あの日のことを記そうとすると今でも心が痛む。私はゲルマニクスを傍らに、花飾りとけがれのない長衣を身にまとい、ひどく緊張して家の祭壇の前に立ち、カミッラの到着を待っていた。到着は遅れていた。ひどく遅れていた。介添え人たちは痺れをきらして、このような儀式の席で介添え人を待たせるとはと老メドゥッリヌスの非礼をあげつらっていた。ようやく門番が現れて、カミッラの叔父フリウスの到着を告げた。かれは土のように蒼ざめて喪服姿で現れた。フリウスはアウグストゥスと一同に向かって手短に挨拶を述べ、自らの遅延と縁起の悪い身なりで現れたことについて陳謝したあと、こういった。「痛ましい惨事が出来したのです。わが姪は身罷りました」

「身罷ったとな」とアウグストゥスは叫んだ。「いったい何の冗談か。われらはほんの半時前、姪御がこちらにむかって出発したと聞いたばかりであるぞ」

「毒殺されたのです。館の娘が婚約の儀に出向くと聞きつけて、人々が例によって玄関に集まってきました。姪が姿を見せると、女たちがお祝いを述べようとそのまわりに群をなします。姪はそのとき誰かに足を踏まれたのかあっと小さく叫びをあげましたが、それを気にする者もなく、彼女は輿に乗り込みました。それから一町も行かないうちに姪と一緒に輿に乗っていたわが妻スルキピアが、姪がすっかり血の気を失っているのを見て、緊張のあまりおびえているのかと思いました。『いいえ、叔母様』と姪は申しました。『あの女がわたしの腕に針を刺したのです。気が遠くなりそう』これが臨終の言葉でした。そして間もなく息を引き取りました。私は服を着替えてできるだけ早くここに駆けつけました。どうか御容赦をいただきたく存じます」

私はわっと泣きくずれると、気が狂ったように涙にむせんだ。この見苦しいふるまいにいたく立腹した母は、解放奴隷に命じて私を自室に退かせた。私はそこで、眠れもせず食事も摂れず、何日も熱にうかされていた。親切なポストゥムスが慰めてくれなければ、きっと気が狂っていたに違いない。下手人の女はついに見つからずじまいで、この女がどんな理由から兇行におよんだのか、それを説明できる者はひとりもいなかった。リウィアは数日後アウグストゥスに向かって、信頼すべき筋から得た情報によれば、群衆の中にひとりギリシア人の娘がおり、この者はそんな事実もないのにカミッラの叔父から邪慳にとりあつかわれたと思い込み、意趣返しにあのような恐ろしい行動に出たものらしいと語った。

私がショックから回復すると、というか平常よりは悪くない程度の状態に戻った時に、リウィアはアウグストゥスに向かって、メドゥッリナ・カミッラの死はいちばん巡り合わせの悪いときに起こったと不平をこぼした。アウグストゥスはこの縁組には感傷的な気持ちから反対のようだが、やはり今となってはアエミリアはリウィアの不肖の孫に嫁がせるより他にすべがないのではないか、と。アエミリアがずっと以前に私と婚約していなかったことについては誰しもが奇異に思っているというのがリウィアの言い分だった。そして彼女はいつもどおり、自分の我を通した。数週間後、私はアエミリアと婚約させられた。私は粗相もなく婚約の儀をやりおおせたが、それも悲しみのあまり何事に対しても無関心になっていたためである。けれどもアエミリアは真っ赤に泣き晴らした目をして現れた。彼女が涙にくれたのは悲しみのためではなくくやしさのあまりにである。

ここで話題を哀れなポストゥムスに移すと、かれはわが姉リウィッラにぞっこん惚れ込んでいた。リウィッラはガイウスとの結婚後宮殿に移り住んで、以降そこに留まっていたので、ポストゥムスは以前よりも彼女を見かける機会に恵まれるようになった。かれがリウィッラと結ばれていったんかれの兄の死によって損なわれた一族の絆を新たにすることは、当然一般に期待されるところであった。ポストゥムスから熱烈な求愛を受けてリウィッラはいたく自尊心をくすぐられた。彼女は絶えずポストゥムスの関心を煽ることを忘れなかったが、かといってかれを愛していたわけではなかった。彼女のおめあてはカストルであったが、この残忍で自堕落な美男子はまさにリウィッラにうってつけの相手だった。たまたま知ったことだが、そもそもリウィッラとカストルとはすでにできていて、私はポストゥムスのことを思うとひどく悲しい気持ちになった。それもポストゥムスがリウィッラの性根について毫も疑いを抱いておらずそのため自分の知ったことを口にできない状態ではなおさらだった。私とリウィッラとポストゥムスの三人が一緒にいるときには、リウィッラは猫をかぶって私に親愛の情を示すのが常であったが、ポストゥムスがそのことに感動する分だけ私はひどく腹立たしい思いをした。ポストゥムスが姿を消すと彼女はたちまちまた例の意地の悪い悪戯を始めることが分っていたからである。リウィアはリウィッラとカストルの密通にうすうす感づいており、二人の監視を怠らなかったが、ある晩忠実な召使から連絡があってこの細心の注意が実をむすぶこととなった。それは今まさにカストルがバルコニーを越えてリウィッラの寝室に忍び入らんとしているという知らせだった。リウィアはバルコニーに武装した護衛を配置すると、リウィッラの寝室の扉を叩き彼女の名を呼んだ。数分後リウィッラがいかにも熟睡していた風を装って扉を開けたが、リウィアはずかずか部屋に押し入ると、帷の蔭に隠れているカストルを見つけ出した。彼女は二人に向かってあけすけに口を利いて、次の点をかれらによく言いふくめた。すなわち、もしアウグストゥスがこのことを知ったならかれはお前たちを追放の刑に処するに違いないが、条件つきでならこのことを胸のうちにしまっておいてもよい。お前たちがこの条件を一部たりとも違えることがないなら、二人が添い遂げられるよう手筈を調えてやろう、と。

紀元四年

私がアエミリアと婚約してほどなく、リウィアはアウグストゥスに根回しをしてポストゥムスを（かれをずいぶん悲しがらせることではあったが）私の母方の従姉妹にあたるドミティアという娘と婚約させ、カストルにリウィッラを娶らせた。これはティベリウスとポストゥムスがアウグストゥスの養子として迎えられた年のことであった。

リウィアはユリッラとその夫アエミリウスがいずれ自分の計画の障害になりかねないと考えた。彼女は運良くアエミリウスと大ポンペイウスの孫であるコルネリウスとが共謀して帝位簒奪の陰謀をめぐらしている証拠を握った。二人の目論見はアウグストゥスを元首の座からひきずりおろし、その権力を自分たちもふくめて何名かの執政官経験者たちの間で分割するところにあった。この計画はいまだティベリウスの耳には達していなかったものの、前執政官の中にはすでにかれの名もあがっていた。この陰謀は結局たいして進捗しなかった。というのも、アエミリウスとコルネリウスが最初に話をもちかけた執政官経験者がそれに荷担することを拒んだからである。アウグストゥスは首謀者の二人を死刑にも追放刑にも処さなかった。二人の謀叛に誰も賛同するものがなかったということは、アウグストゥスの地位が磐石であることを示す望ましい証であったからで、かれは敢えて二人を容赦することでこれをさらに揺るぎないものにしたのである。かれのしたことといえば、二人を面前に呼び、その愚行と忘恩を説き聞かせただけであった。コルネリウスはかれの足元にあわれっぽく身を投げ出して、寛大な処置に感涙にむせんだ。そんなかれに対してアウグストゥスは、またしても愚かなまねをするなといった。自分は叛逆を企むに値するほどの僭主でもなければ（とかれはいった）寛大さをひけらかして崇拝を受けようとするような僭主でもない。自分はただ、共和国ローマの役人であり、秩序の維持のため一時的に大きな権力を付与されているに過ぎないのだ。貴殿が途を誤ったのはアエミリウスの甘言に欺かれてのうえに違いない。貴殿がこの愚かしい騒ぎの償いをなしたいと思うのなら、翌年しかるべき手続をふんで執政官となり、自分と等しい栄誉を頒ちもつことで貴殿の野心を満足させるのが最良の方策である。なぜならローマにおいては執政官に優る高い位はありえないのだから（理屈のうえではこれは真実である）。いっぽうアエミリウスは尊大にも跪こうとはしなかった。アウグストゥスはかれにむかって、貴殿は婚姻をつうじて私の縁戚にあたるのだからもっと礼節を弁えるべきであったし、また執政官経験者であるのだからもっと良識を示すべきであったと述べて、かれからあらゆる栄誉を剥奪した。

この事件にまつわる面白い点は、リウィアのいうところではアウグストゥスが二人の叛逆者を見せしめとして処刑しようと心に決めていたのを、彼女が女らしい心根のやさしさから二人の命乞いをし、夫を説いて寛大な処置をさせたという評判を得たところにある。リウィアはアウグストゥスの同意を得て『権力と寛大さに関する枕辺での討議』と題する、内輪話をもりこんだ小著を刊行した。そこではアウグストゥスが心休まることなく苦悩し眠りすら奪われた姿で描かれている。リウィアはかれに胸のうちを開くよう乞い、二人はもろともにアエミリウスとコルネリウスに対していかなる仕置をするのが適切か心を悩ませるのだった。

　アウグストゥスはいう。二人を処刑することは決して本意ではないが、そうせざるをえないのではないか。なぜなら、もしかれらをうちすてておくならば、それはアウグストゥスがかれらを恐れている証左とされ、これに心そそられてまたしても謀叛をくわだてる輩が現れないともかぎらない。「常に報復をもって応じ、また懲罰を下さざるをえないのが、わが最愛の妻よ、栄誉ある者の辛い立場というものだ」

　リウィアは答える。「仰せごもっともと存じます。ひとこと申し上げたいことがございます――もし、わたくしのほかにだれひとり、たとえ殿の親友ですら申し上げられないようなことを、女の身ながら敢えて口にすることをお怒りにならず、快くお聞きいただけますならば」

　アウグストゥスはいう。「申すがよい。それが何であるにせよ」

　リウィアは答える。「わたくしがかく申し上げるのに何らためらいもございません。なぜなら、わたくしは幸運も兇運も殿と等しく頒ちもつ身であり、殿が御無事であられるかぎり、わたくしもこの国の統治にあずかることができますもの。そしてまた、恐れながら殿の身に万一のことがあった際には、それはすなわちわたくしの破滅を意味するのでございます」そしてリウィアはアウグストゥスに寛大な仕置をすすめる。「穏やかな言葉は怒りを鎮めますが刺のある言葉は穏やかな人物をさえ怒らせてしまいます。寛大さは傲岸不遜の心をもやわらげ懲罰は慎み深い心をすら頑なにします……わたくしは何もあらゆる罪人をわけへだてなく許せとは申しません。世の中には憐愍無用の、癒しがたく改めようのない悪行というものがございます。かかる悪行を犯した者は政治という肉体の中の癌として切除せねばなりません。けれどもこれ以外の場合には、すなわち意図したにせよしないにせよ未熟さや無知、もしくは誤解がもととなって罪を犯した者には、これを叱責し、あるいはできるだけ穏便な手段で罰を下すべきであると信じます。それゆえ今回この者たちを手はじめのこころみとして寛大なる処置で遇してやろうではありませんか」アウグストゥスは彼女の知恵を誉めたたえ、いたく心を動かされたと語るのだった。しかし注意してもらいたいのは、アウグストゥスの死とともにリウィアの支配が終わると世間に対してあらためて語っている点と、「癒しがたく改めようのない悪行」という表現であって、読者はこれを心に留めておくがよかろう。わが祖母リウィアは何と奸知に長けた女であることか！

そしてリウィアは皇帝がアエミリアの親に不快の念を抱いているしるしとして、私と彼女の婚約を解消するようにとアウグストゥスに説いた。アエミリアはずっと、私と結婚させせられる羽目になったのを怨んで、アウグストゥスに不平ばかり言い立てていたから、かれは欣んでこれに同意した。ユリッラが夫の陰謀に荷担していたのではないかという疑念をアウグストゥスが抱いたため、もはやリウィアにはユリッラを恐れる必要はなくなった。しかしリウィアは自分の計画を成し遂げる前に、ユリッラに絶対に邪魔されぬよう手を打つであろう。一方リウィアは友人のウルグラニアに返すべき借りをつくってしまった。この女については私はこれまで一言も触れなかったが、実はわが生涯を語るこの物語の中でもっとも不愉快な登場人物となるのである。

巻八

大女ウルグラニッラと結婚

ウルグラニアはリウィアの唯一の親友で、利害と恩義の絆（きずな）によってかたくリウィアと結ばれていた。彼女の夫は小ポンペイウスの一党で内乱の際に死んだ。ウルグラニアはまだみどりごであった遺児とともに当時はわが祖父の妻であったリウィアのもとにかくまわれ、アウグストゥス陣営の兵士の暴行をのがれることができた。リウィアはアウグストゥスと結婚すると、没収された夫の地所をウルグラニアに戻してやるべきだと強く説き、彼女を家族の一員として迎え入れた。リウィアの影響力のもとに——彼女はアウグストゥスの名のもとに神祇官の長レピドゥスに強いて望むがままの聖職の任命をすることができた——ウルグラニアはローマ貴族階級の既婚婦人に対して精神的権威をもつ地位に就いた。この事情を説明するとこうである。毎年十二月の初旬に貴族階級の既婚婦人たちはウェスタの祭女の主催する「よき女神」ボナ・デア〔ファウナ〕への犠牲（いけにえ）の儀式に列席することになっていた。この儀礼を然るべく執り行うことによって以降十二カ月間のローマの豊饒と安寧が約束されることになっていた。何ぴとといえども男性は秘儀への参列を許されず、その禁を犯した者は死をもって罰せられた。リウィアはウェスタ祭女の館を再建して豪奢な内装で飾り、またアウグストゥスを通して元老院を動かし、祭女団のためにさまざまな特権を獲得してやった経緯があったのだが、彼女は祭女の長に向かって、犠牲の儀式に参加する婦人たちのうちのある者は、その貞操に関して疑う余地がなきにしもあらずであると耳うちした。リウィアのいうには、内乱時代にローマを襲った災禍はこの秘儀に参列する者の放恣な生活に対する女神のお怒りによるのではないかと考えられる。そしてさらにいうには、自らの素行の乱れを告白した者には、それを決して他言しないという厳粛な誓いを立て、そうした者を社会的な不面目から護ってやるならば、告白もしやすくなって女神に仕える者を貞淑な女だけに限ることができ、女神の怒りも和らげられるのではないか、と。

　祭女の長は信心深い女であったので、リウィアの考えに同意し、この改革を実行するためにリウィアの権威にすがった。リウィアはつい昨晩夢に女神が現れたことを語った。夢の中で女神は、ウェスタ祭女は性的な事柄については経験を欠いているから、この目的のためには良家の寡婦が告解師として任命される必要があると述べたという。祭女の長は告白された罪は罰する必要はないのかと訊いた。リウィアが答えていうには、それは難しい問題だが、幸いにも夢の中で女神が次のように指示を与えて下さった――告解師には罪障消滅の権限を付与し、その改悛は罪人と告解師との間の聖なる秘密とされるべきである。そして祭女の長の耳に伝えられるべきは、これこれの女はその年の秘儀に列席するのは相応しくないこと、これこれの女が罪滅ぼしの償いを命じられたことだけに限るものとする、と。祭女の長はこの案に納得したが、しかしリウィアに斥けられるのを恐れて告解師を指名することをしなかった。するとリウィアはこの役を任命すべき役割は明らかに神祇官の長にあり、もし祭女の長が認めてくれるならば、この案を神祇官の長に伝え、然るべき儀式を行ってその人選が女神の嘉し給うとするところであるのを確かめたのちに、この地位に相応しい女性を指命してくれるよう頼んでもよいといった。こうしてウルグラニアが任命されることになったのだが、リウィアはこの役目に付与された権限のことについて勿論レピドゥスにもアウグストゥスにも語らなかった。彼女はただきりげなく、この任は「祭女の長はあまりにも浮世離れしているので」道徳的な事柄に関して彼女に助言を与えるだけの役目であると伝えるのにとどめた。

　犠牲の儀式は執政官の館で行う習わしであったが、アウグストゥスが執政官をも凌ぐ地位に就いているという理由から、今では必ずかれの宮殿で行われることになっていた。これはウルグラニアにとっては好都合だった。彼女は女たちを自分の部屋まで呼びつけ（部屋はいかにも恐怖心をかきたて誠実さを強いるようなしつらえとなっていた）恐ろしい誓約で真実しか述べられないよう縛っておく。そして告解が済むと、ウルグラニアが適当な罪滅ぼしの行為を考慮しているあいだ別室に下がらせておくのである。するとその部屋の帷のうしろに隠れて聞いていたリウィアが、しかるべき償いを耳うちするという次第であった。二人はこの遊びをたいへん娯しんだし、またリウィアは自分の計略のためにいろいろと役に立つ情報や助力を手に入れることができたのである。

ウルグラニアは女神に仕える告解師という地位にあるがゆえに、わが身を法の上にあるものと見なしていた。その経緯は後段で語ろうと思うが、ウルグラニアは大金を借りていた元老院議員から債務裁判所に出頭するように召喚を受けたさいにこれを斥け、醜聞を避けるためにリウィアが借金を肩代わりしてやったことがある。また別のときには元老院での尋問の際に証人として召喚されたが、反対尋問を受けるつもりなど毛頭なかったのでいろいろと理由をつけて出頭せず、あげくに係官がわざわざ彼女の証言記録を取りに行く羽目になったこともある。ウルグラニアは顎に割れ目のある見るからに厭わしい老女で、いつも頭髪をランプの煤で染めていた（白髪頭であることは毛の付け根を見れば一目瞭然であった）。そして彼女はたいへん長生きした。息子のシルウァヌスは最近執政官職を経験したばかりであったが、アエミリウスが謀叛を図ったさいに接近した者の一人だった。シルウァヌスはその足でウルグラニアのもとに赴き、母にアエミリウスの企てを告げた。ウルグラニアはこれをリウィアに伝えたので、リウィアはこの貴重な情報の報酬としてシルウァヌスの娘ウルグラニッラを私に嫁がせることを約束し、皇帝一族と姻戚関係で結ばれるようにしてやった。ウルグラニアはリウィアの腹心であり、またわが伯父ティベリウスがーーポストゥムスの方が血縁の上からはアウグストゥスに近い後嗣であったにもかかわらずーー次の皇帝の座に就くことを確信していたから、この婚姻は見かけ以上に栄誉あるものだった。

私はウルグラニッラに逢ったことがなかった。誰もこの娘を見たことがなかった。彼女が老ウルグラニアの領地のあるウェスウィオス山腹の町ヘルクラネウムに伯母と一緒に住んでいることは分っていたが、ローマを訪ねてきたことは一度もなかった。そこで我々はこの娘は体が弱いのに違いないと考えていた。しかしリウィアが例のぶっきらぼうな調子の手紙をよこして、その文面に、家族会議の結果私とシルウァヌス・プラウティウスの娘をめあわせることが決定した、私の体の不具のことを考慮に入れるならば、以前の二人の花嫁候補よりも私に相応しい相手であると書かれてあるのを読んだとき、私はウルグラニッラに何か病弱以上の問題があるのではないかと疑念を抱いた。兎口であるとか、あるいは貌半分に赤あざがあるとか。すくなくとも人前に出にくいような何かがあるのだろう。私のようなびっこなのかも知れない。だが、そんなことは気にならない。本当は性根の優しい少女であるのに、誤解を受けている身なのかもしれない。私たち二人は何か通じあえるものがありそうである。もちろんあのカミッラにはとても及ぶまいが、それでもアエミリアと結婚するよりはましであろう。

婚約の日取りが決まった。私はゲルマニクスにウルグラニッラのことを訊ねたが、かれも私同様この娘に関して何も知らなかった。かれは事前にちゃんとした調査もせずにこの婚姻に同意したことをいささか恥ずかしく思っているようであった。かれとアグリッピーナとの結婚生活は幸せこのうえもなく、私もまたよき伴侶に恵まれるようにと望んでいた。さて、当日となって（それは「吉日」であった）私はふたたび花飾りと汚れのない長衣を身にまとって、一族の祭壇の傍らで花嫁の到着を待っていた。「三番目には福があるというじゃないか」とゲルマニクスがいった。「きっとその娘は本当は美人で優しくて物分りがよくて、お前にぴったりの相手だよ」実際そうであったろうか？　生まれてこのかた私はいろいろと意地の悪い冗談の種にされてきたが、これほどひどい残酷な冗談は後にも先にもなかったといっていい。ウルグラニッラは――そう、一言でいえば自分の名（それは小さな女ヘラクレス（ヘルクラニッラ）のラテン語型だ）に相応しい女だった。実際彼女は若い女ヘラクレスだった。歳はまだ十五だというのに背丈は六フィート三インチを越え、まだまだ伸びつづけていた。体つきもがっしりと頑強で、その手足たるや、何年も後に或る凱旋行列で見た大男のパルティア人の人質を唯一の例外とすれば、私が生涯目にした人間の手足のなかでおよそ最も巨大なものだった。顔立ちは十人なみだが鈍重で、ほとんどしじゅう眉を顰めていた。姿勢は猫背で、ティベリウス伯父とそっくりのゆっくりした話し方をした（ところで彼女は伯父にたいへんよく似ており、実はティベリウスの娘なのだという噂があったほどである）。知性や教養はもとより愛敬のひとかけらもなかった。たいへん奇妙なことだが、この女を一目見て真っ先に頭に浮かんだのは、「この女が暴力に訴えたら私を殺すことだってできる。怨みを抱かれては事だから私の不快感を気取られぬようよくよく注意しなければならぬ。この女に憎まれたら命が危ない」という思いだった。私は結構役者であるし、列席者の間からにやにや笑いやひそひそ声の冗談、おしころした忍び笑いが洩れて儀式の厳粛さがそこなわれはしたものの、こうした無作法があったからといってウルグラニッラが私を責める理由はなかった。儀式が済むと我々二人はリウィアとウルグラニアの面前に呼ばれた。扉が閉まって我々が二人の眼前に立つと――私は緊張のあまり気もそぞろで、ウルグラニッラはどっしりと構えて無表情のまま巨大な拳を開いたり閉じたりしていた――この性悪な二人の老祖母の取り澄ました様子はあとかたもなくけしとんでしまい、かれらは気狂いのように笑い出した。この二人のこんな笑い方を耳にするのはこれが初めてで、まったく恐ろしいものだった。それは礼儀にかなった健全な笑いではなく、まるで酩酊した老娼婦が拷問か磔刑を見物しているときのような、ひいひいとひきつった笑いだった。「お似合いの美男美女だこと」ようやくリウィアは涙を拭いていった。「お前たちの婚礼の夜のお床入りを是非とも見てみたいものだよ。きっとデウカリオンの洪水からこのかた、最高に傑作な見ものだろうねえ」

「その有名な事件のときに何か特別面白いことが起こったのですかえ?」とウルグラニアは訊いた。

「おや、御存知ないかえ。神様が洪水で世界を滅ぼされて、デウカリオンとその家族、それにわずかの動物だけが山の上に難を逃れたのさ。アリストファネスの『洪水』をお読みでないのかえ。わたしのお気に入りの芝居ですよ。舞台はパルナッソス山でね、何種類もの獣が集まっているのだけど、かわいそうに一種類に一匹しかいないのでみんな自分が種族の最後の生き残りだと思っているの。そこで獣たちがふたたび地に満ちるために、自然の掟に反することだしいろいろと困難もともなうだろうけど、皆は別の獣とつれあいになることにしたのさ。デウカリオンが仲人になって駱駝は雌象と夫婦になるというわけ」

「駱駝と象だって! そりゃ傑作」ウルグラニアはきいきい笑った。「ごらんなさいましよ、ティベリウス・クラウディウスのあの長い首、それに痩せっぽちの体に長っぽそい間抜け面。それにうちのウルグラニッラのでか足にぱたぱたいうでか耳、それにちっちゃな豚みたいな目。ひっひっひ、こりゃおかしい。それで二匹の獣の間に何が生まれたんですかえ? 縞馬ですか? ひっひっひ」

「あの芝居はそこまで話が進まないのだよ。虹の女神イリスがお使者として舞台に登場して、別の獣たちの一団が、アトラス山の上に避難しているって教えてやるの。これからっていうときにイリスが登場して結婚を解消してしまうってわけよ」

「駱駝はがっかりしたでしょう?」

「そりゃ、もちろん」

「それで象は？」

「象は眉を顰めただけ」

「別れのときにキスしたのかしらん？」

「アリストファネスは書いてない。でもきっとしたでしょ。ほら、けだものたち、キスをおし」

私は馬鹿笑いを浮かべ、ウルグラニッラは眉を顰めた。「キスをおしといってるのに」リウィアは私たちが従わざるをえない口調でいった。

それで私たちがキスをすると、二人の老女はまた気狂いみたいに笑いころげるのだった。部屋から退出したとき、私はウルグラニッラに囁いた、「ごめん、でもどうしようもなかったんだ」彼女は一言も答えず、ただ前よりもいっそう眉を顰めただけだった。

私たちが実際に結婚するのはまだ一年先の話だった。というのも、一族の者が私が成人するには十五歳と半年になるまで待ったほうがいいと判断したからである。そのときまでにはいろいろなことが起こって状況が変わるかもしれない。ああイリスがやってきてくれさえすれば！

しかし女神は登場しなかった。ポストゥムスもまた自分の問題を抱えこんでいた。かれはすでに成年に達していて、ドミティアが結婚年齢に達するまであとわずか数カ月だった。ああああわれなポストゥムス、かれはリウィッラがもう他人の妻となってしまったのに、まだ彼女に恋していたのだ。しかし私はポストゥムスの話を続ける前に、私が〈最後のローマ人〉と出逢った次第を語らねばならない。

巻九

図書館で二人の歴史家と知り合う

かれの名はポッリオといい、私はかれと逢ったときのことをまざまざと思い出す。あれはウルグラニッラとの婚姻のちょうど一週間後のことだった。私がアポロの図書館で読書に耽っていると、そこへリウィウスが、元老院議員の外衣（トーガ）をまとうた、小柄ながら矍鑠（かくしゃく）とした老人をともなって現れた。リウィウスはこう言っていた。「そういうことなら、もう見つける望みは捨てたほうがいいな。まあ万にひとつでも……おや、スルピキウスがいる！　かれが知らなければ誰も知らんということだ。お早よう、スルピキウス、アシニウス・ポッリオと私のために一つ頼まれてくれんかね。我々が見たい本があるのだが、それはポリュビオスの『戦略論』にポレモクレスというギリシア人が注釈を付けたものなんだがね。たしか以前に一度ここで見た記憶があるように思うのだが、目録には載ってないし、ここの司書ときたら何の役にも立たんのでね」スルピキウスはひとしきり髯を噛んで、それから言った。「それは名前が間違っていますな。正しくはポレモクラテスで、名前からするといかにもギリシア人風ですが、実はユダヤ人でしてね。たしか十五年前にこの真後ろの窓から数えて四つ目の書架のいちばん上の段にあるのを見た記憶があります。外題はたしか『戦略試論』でしたな。私が取ってきてさしあげましょう。きっとあれ以来誰も触っていないに違いないですから」

　リウィウスはそれから私の方を見た。「やあ、わが友よ、元気かね。有名なアシニウス・ポッリオを御存知かね？」

　私が二人に挨拶するとポッリオが言った。「何を読んでおるのかな？　なるほど、隠すところを見ると屑に違いない。最近の若い連中は屑しか読まんからな」かれはリウィウスの方を振り返って、「あの忌まわしい『恋愛術』かアルカディア風田園詩のたわごとか、そんなたぐいのものに決まっている。金貨十枚賭けてもいい」

「その賭けに乗った」とリウィウスが言った。「この若いクラウディウスはそんなたぐいの若者とはまったく違うからな。さて、クラウディウス、どちらの勝ちかね？」

私は吃りながらポッリオに言った。「御老体が賭けに負けたことをお伝えできて嬉しく思います」

ポッリオは怒って渋面を造った。「何じゃと。儂が負けたことを伝えられて嬉しいじゃと。それが儂のような年寄に向かって言う言葉か。ましてや儂は元老院議員じゃぞ」

私は言った。「御老体を敬ってのうえでこう申し上げているのです。私はこの本が屑だと言われるのを聞きたくありませんから。これは御老体が著された内戦の歴史です。そして、僭越な申し様ながら、これはたいへんな名著です」

ポッリオの表情が一変した。かれは破顔し、くっくと笑いながら、財布を取り出して金貨十枚をリウィウスの手におしつけた。しかしリウィウスは、友人同士のたわむれの意地悪さで——私の言わんとするところはお分り願えると思う——真面目ぶって受け取るのを拒んだ。

「わが友ポッリオよ、これは受け取ることはできんぞ。貴殿の方が正しかった。昨今の若い輩はいちばんの屑しか読まん。もう何も言うてくれるな。賭けは私の負けだ。ここに私の金貨十枚がある。喜んで貴殿にこれを払うよ」

ポッリオは私に話しかけた。「さて、儂は貴殿を存じ上げんが貴殿は良識ある青年らしいから訊くのじゃが、貴殿はわが友リウィウスの著作を読んだことはおありかな？　どうじゃ、あれは儂の本よりもっと屑ではないかな？」

私は微笑した。「そうですね、少なくとも読み易いことは確かでしょう」

「読み易いとな？　どのようにじゃ？」

「リウィウスの著作では、古代ローマ人はまるで今生きているかのように生き生きと行動したり話したりしますから」

ポッリオはいたく喜んだ。「どうじゃ、リウィウス。この若者はそこもとの最も痛いところを突いたぞ。そこもとは七世紀も前のローマ人に現代風の動機や習俗や話しぶりを付与しておるが、それはありえないことじゃ。うむ、読み易いのは確かじゃが、しかしそれは歴史ではない」

この会話の記述をこれ以上続けるまえに、この老ポッリオについて二、三説明することが必要だろう。かれは恐らくこの時代で最も才能に恵まれた人物であり、その意味ではアウグストゥスにすらまさっていた。かれはこのとき八十歳近くであったが、知力においては一切衰えを見せず、またその体力は六十歳の男をも凌ぐもののように思えた。かれはユリウス・カエサルとともにルビコン河を渡り、かれと轡(くつわ)を並べてポンペイウスと干戈を交えた。またアウグストゥスと争いを起こすまではわが祖父アントニウスに仕え、執政官と外ヒスパニアとロンバルディアの総督を歴任し、バルカン諸族に対して勝利を収めて凱旋礼を受けた。長らくキケロの友人であったが袂を分ち、また二人の詩人ウェルギリウスとホラティウスの庇護者であった。のみならずかれは傑出した弁論家兼悲劇作家でもあった。しかしその真骨頂は何よりも歴史家としての才能にあった。歴史記述においてはむしろ衒学趣味と呼びたいほど文字通りの真実を愛し、それを敢えて他の文学形式に合わせるということが一切なかったからである。かれはバルカン戦役の戦利品を基金に公共図書館を建てたが、これはローマにおける最初の公共図書館であった。公共図書館は今ではこれ以外に二つある。一つは今我々がいるアポロ図書館で、いまひとつはわが祖母オクタウィアにちなんで名づけられたものである。しかしポッリオの図書館は他の二つと比べてより閲覧者の便にかなうような構造になっていた。

スルピキウスが本を見つけて戻ってきたので、二人は手短に謝意を述べたあと、ふたたび議論に戻った。

リウィウスは言った。「ポッリオの問題は、歴史を記述する際に洗練された詩的な感情をおさえなければならんと思い込んでいるところにある。作中人物を動かすときも意識して生気がないようにしてしまうし、その人物に語らせるときにも、わざとかれらの口から能弁を奪ってしまうのだ」

ポッリオは言った。「そうとも。詩は詩、弁論術は弁論術、そして歴史は歴史だ。これを混同はできぬ」

「混同できぬ？　私にはできるよ」とリウィウスは言った。「叙事詩的主題は詩の占有物だから歴史に用いてはならぬとか、決戦前夜の将軍に、それが弁論術の占有物だという理由から、能弁な演説をさせてはならぬというのかね」

「それこそ儂(わし)の言いたいところじゃ。実際に何が起こったか、人々がいかに生きそして死んでいったか、その人々が何を言い何をしたか、それをありのままに記録することこそ真の歴史であって、叙事詩的主題はいたずらに記録を歪めるだけだ。貴殿の将軍の演説は、なるほど弁論術としては一級品かも知らんが、まったく歴史的ではない。どれをとっても真実のかけらもないばかりか、不適切ですらある。儂は他の誰よりも決戦前夜の将軍の演説をこの耳で聞いてきた人間だが、その当の将軍たち、殊にカエサルとアントニウスは弁論術の手本ともなる能弁家であったにもかかわらず、何よりもまず良き軍人であったから、軍団兵の前でそうした弁論術の手本を披露したりはしなかった。将軍たちが兵士に向かって語るときには、普通の会話のように話したのであって、決して演説をぶったわけではない。そもそもカエサルがファルサリアの合戦の前にどのように話したか貴殿は御存じかな？　かれは兵士に対して、妻子のことやローマの神殿のこと、はてはローマの過去の赫赫たる戦歴を想い起こせなどと言ったか？　断じて否である！　カエサルは片手に例のばかでかい人参、片手には硬い兵営のパンを持って松の切株の上に立ち、もぐもぐ口を動かしながらその合間に冗談を飛ばしたのだ。冗談といっても婉曲なものではなく、そのものずばりの生々しい奴で、話題は自分の自堕落な生き方に比べれば、まだしもポンペイウスの暮らしはずっと清潔だというものだった。カエサルはあの人参を使って兵士たちを腹の皮がよじれるほど大笑いさせたものよ。今でも憶えておるよ、ポンペイウスが大ポンペイウスと呼ばれるようになった由来をあのばかでかい人参を使って説明するきわどい冗談があったなあ。カエサルがどうしてアレクサンドリアの市場で髪の毛を失う羽目に陥ったかという話はもっときわどいものだった。まあこの少年の前では話せんが、たとえ聞かしてやっても君はカエサルの兵営で鍛えられた者ではないから話の要点は分ろうはずがない。いったいカエサルは翌日の戦さのことなど話の締めくくりにこう言っただけだ——『嗚呼哀れなるかな、ポンペイウス、カエサルの軍隊に刃向かうとは。運の尽きというものだ』」

「貴殿は著作の中でこうしたことは一切記しておられないではないか」

「もちろん一般公開した版にはな」とポッリオが言った。「儂とて馬鹿ではない。それでも知りたいというなら、私家版の補足篇を貸してやろうか。ちょうど書き上げたばかりだからな。しかし改めてあれを読むまでもない、儂がじかに話してやろうから。知っての通り、カエサルには物真似の才があった。かれは今まさに剣の上に（あの人参を剣に見立てて——尤もかじりさしではあったが）わが身を投ぜんとするポンペイウスの臨終(いまわ)の言葉を披露してみせたのだ。なにゆえに悪が正義に勝利するのか、ポンペイウスの名において不死の神々を痛罵したのだ。兵士たちは腹を抱えて大笑いさ。それからカエサルは声のかぎりに叫んだ。『ポンペイウスはこういうが、これは本当ではなかろうか？　できるものなら否定してみるがいい、ふしだらな餓鬼めら！』そしてかじりさしの人参を兵士たちの前で振り回したのだ。そのときの兵の怒号たるや！　カエサルの兵ほどのものは後にも先にもなかった。連中がガリア戦役勝利のときに歌っていた歌を憶えているかな。

　俺たちと一緒に禿頭の助平どののお帰りだ
　　ローマ人よ、女房を家に閉じ込めておけ」

「これこれ、わが友ポッリオよ、今議論しているのはカエサルの道徳についてではなく、いかなるものが正しい歴史記述かという問題であったはずですぞ」とリウィウスは言った。

　ポッリオは言った。「そうとも。我らが聡明なる若い友人は、なるほど尊敬の念から読み易いといって誉めてはおるが、正しく貴殿の方法論を批判したのじゃ。どうじゃ、この高貴なるリウィウスに関して、他にも何か言いたいことはないかな？」

　私は言った。「お願いですから私を困らせないで下さい。私はリウィウスの業績を尊敬しているのですから」

「ほう？　じゃが、かれの作品は歴史的正確さにかけてまったく瑕瑾のないものといえるかな？　そなたは他にも文献を多くあたったことがあるじゃろうに」

「こう申すのは何ですが……」

「構わんから言いなさい。何かあるはずじゃ」

　そこで私は言った。「それでは僭越ながら申し上げますと、実はひとつ分らない点があります。ラルス・ポルセナに関する逸話なのですが、リウィウスによると、ポルセナは、最初はホラティウスがあの橋のところでとった英雄的行動のため、次はスカエウォラの勇猛果敢さに気圧されて、結局のところローマ占領に失敗したとあります。リウィウスの記述では、スカエウォラはポルセナ打倒を企てて捕えられたとき、祭壇の火の中におのが腕をかざし、三百人のローマ人が自分と同様ポルセナ殺害の誓いで結ばれているのだと断言したので、ポルセナは講和に応じたのだとあります。けれども私はかつてクルシウムにあるポルセナの迷宮墳墓を見たことがありますが、あそこの浮彫（レリーフ）には、軛（くびき）をかけられたローマ人たちが市門から姿を現すさまが描かれています。エトルリア人の神官がいて大鋏でわれらが祖先の髯を切っているのです。それにローマ人贔屓（びいき）で知られるハリカルナッソスのディオニュシウスですら、元老院がポルセナに象牙の玉座と王笏と黄金の冠、それに勝利の長衣を贈ったと記（しる）しているのです。これはつまり、元老院がかれを元首として遇したという証（あかし）ではないでしょうか。これらを鑑みますに、ホラティウスとスカエウォラの活躍があったにもかかわらず、ラルス・ポルセナは実際にローマを占領したのではありますまいか。それにカプアの神官アルンス（エトルリア語碑文が読める最後の人物といわれています）が去年の夏教えてくれたところでは、エトルリアの伝承ではタルクィニウス王家一族をローマから追放したのはブルートゥスではなくポルセナで、ローマで最初の執政官といわれるブルートゥスとコラッティヌスは、実際はポルセナから徴税のため任命された代官に過ぎなかったというのですが」

　リウィウスはかっとなった。「驚いたぞ、クラウディウス、君はわが民族の偉大さを貶（おとし）めようとする仇敵の捏造を信じて、由緒あるローマの伝承を軽んじるというのか？」

「そうではありません」と私は慎ましく言った。「私はただ真実が知りたいだけです」

「そら、リウィウス」とポッリオは言った。「若き学徒に答えてやり給え。真実はどうなのだ？」

　リウィウスは言った。「それはまた別の機会にしようぞ。話を本筋から外れないようにしようではないか。今は何が正しい歴史記述かという点を論じているのだ。わが友クラウディウスよ、君には歴史家になりたいという大望があったな。私かポッリオか、どちらの老人をお前は手本とするのだね？」

「貴方がたの対抗心のおかげでこの子は困っていますよ」とスルピキウスが割って入った。「この子にどんな返事ができるというのです」

「たとえ真実を口にしても、我らのどちらを侮辱したことにもならんよ」とポッリオは答えた。

　私は二人の顔を交互に見た。そして最後に言った。「私はポッリオを手本にしたいと思います。所詮リウィウスの卓越した文才は望むべくもないですから、私はできるだけポッリオの精緻さと慎ましさに倣いたいと思います」

　リウィウスは不平を洩らしてその場を立ち去りかけたが、ポッリオがそれを制止した。ポッリオははしゃぎたいのを懸命におさえて言った。「これ、リウィウスよ、儂に幼い弟子が一人できたからといってそんなに嫉妬することもあるまいが。そこもとには世界中に称賛者がそれこそ軍隊ができるほどあるというのに。クラウディウスよ、そなたはカディスから来た老人の話を知っておるかな。いや、これは下品な話ではない。むしろ悲劇的な話というべきなのじゃ。この年寄りははるばる歩いてローマまでやってきた。何のためにか？ 神殿を見物するためでも、劇場や立像、群衆や元老院を目にするためでもない。ある男に逢いに来たのじゃ。どんな男か？ 硬貨に横顔が刻まれているやんごとないお方か？ いやいや、そうではない。もっと偉大な人物じゃ。実はこの老人は他ならぬ我らが友、このリウィウスに逢いにやってきたのじゃ。かれはリウィウスの著作をすっかり暗んじておったほどじゃ。そしてリウィウスに逢って挨拶をし、そのままカディスにとってかえした——帰り着くなりそこで死んでしまった。幻滅と徒歩の長旅があまりに体にこたえたのじゃな」

リウィウスは言った。「少なくとも私の読者は真摯な人物ばかりだからな。クラウディウスよ、ポッリオが名声を打ち立てた秘密を知っておるかな？ この御老体はたいへんな資産家なもので広大で美しい家屋敷があって、飛び抜けて腕のいい料理人をかかえておる。御老体はそこに文壇の名士を大勢招待し、申し分のない晩餐でもてなしたあと、何気ない風で御自分の史書の書き上がったばかりの巻を取り上げるのだ。そして謙遜してこう言う。『御列席の諸君、この本の中で些か自信の持てぬ文章が二、三あるのじゃが。さまざまに思案を凝らしたうえではあるが、なお彫琢の要があると思うので、ひとつ御一同のお知恵を拝借いたしたい。そこでお許しを願って——』と読みはじめるのだ。誰も真面目に聞いていやしない。皆腹がくちくなって『ここの料理人は最高だ』と考えているのだ。『あのぴりっと辛味の利いたソースのかかったボラに、詰物をした肥えたつぐみ、それにトリュフをそえた野猪は最高だった。いったいこの前こんなに腹一杯堪能したのはいつだったかしら。このあいだのポッリオの宴会の時以来に違いない。おや、奴隷がまた酒を持ってきたぞ。あのとびきりのキュプロス酒だ。さすがにポッリオは目が高い。どう考えても市場で手に入るギリシアの葡萄酒よりも美味だからな』その間にもポッリオの声はつづく——そしてかれの声は夏の夕べに犠牲（いけにえ）を捧げる神祇官の声のように耳に心地よいのだ——その声がすずやかに流れて行くあいだに腰を低くしてこう質問を挟むのだ。『これでよろしいかな、御一同？』

客たちはつぐみか、小さなフルーツケーキのことを思い浮かべながら口をそろえて言う。『おみごと、おみごと、ポッリオ殿』ポッリオはそこここで質問を挟む。『ここではどちらの表現が相応しかろう。帰国した使節団が部族を説いて叛乱に至らしめたというべきか。あるいは部族を刺激して叛乱を誘発したとすべきか。はたまた、部族が叛乱を決意する上でかれらの状況説明が大いに影響を及ぼしたというべきであろうか。その者たちが自らの見たままを語ったことは疑いなかろうから』すると寝椅子の間からつぶやきが洩れる。『大いに影響を及ぼしたじゃよ、ポッリオ、大いに影響を及ぼしたにしなされ』『かたじけない、わが友。親切な進言、まことに痛み入る。これ、召使よ、ペンナイフとペンを持て。御一同に御異存がなければ今すぐこの文章を書き改めたいのじゃが』そしてポッリオは著作を刊行し宴客の一人ひとりに献呈本を送りつけるのだ。するとこの者たちは公衆浴場で知人にこう言う。『感嘆すべき本だよ、これは。もう読んだかね？　ポッリオは当代最高の歴史家だ。そのかれにして、ためらうことなく有識の士に文体の細部について忠告を求めるのだからな。ほら、この大いに影響を及ぼしたというところは、私がかれに指示してやったのだよ』」

ポッリオは言った。「そうとも。うちの料理人は最高じゃからな。今度はお宅の料理人とそこもとのいわゆるファレルノ産のワインとやらを何十本か借りて見ようかの。そうすれば本当に正直な批評が聞けようというものじゃわい」

スルピキウスが止めにはいった。「これこれ、話が私事にわたりすぎていますぞ」

リウィウスはもうきびすを返して立ち去りかけていた。だがポッリオはその背中に向けてにっと笑うと、わざわざ聴こえるような大声で言った。

「立派な御仁じゃよ、リウィウスは。じゃが、ひとつ欠点がある。パドゥア病という持病があってな」

リウィウスはこれを聞いて歩みを止め、ふりむいた。

「パドゥアのどこが悪いというのだ。あそこの悪口をいうとは聞きずてならんぞ」

ポッリオは私に説明した。「リウィウスの故郷じゃよ。北の方の属州のどこかでな。そこには名高い温泉があって、万病に利く。パドゥア人は一目で見分けがつく。その温泉に浸かったりそこの水を飲んだり――この二つを同時にするという話もあるがな――しているおかげで、連中は自分の望むところを信ずることができるし、おまけにあまりに強く信じこむものじゃから他人にもそれを信じさせることができるようになるのだ。この町が商いのうえであれほど名声を得ておるのも実はこのためなのじゃ。あそこで産する毛布と絨毯は実際はよそのものに比べてそれほど優れているわけではない。本当のところをいうと、あそこの羊が黄色くて毛がごわごわなせいで品質が劣っているくらいなのじゃが、パドゥア人にはがちょうの羽毛ほどにも柔らかくて純白に思えるのじゃ。そしてかれらは世界中の人間にそう思わせてしまっているというわけじゃよ」

私はかれの冗談にあわせて言った。「黄色い羊！ それは珍しい。どうして羊が黄色くなれるのですか」

「むろん温泉の水を飲むからじゃよ。硫黄が含まれているでな。パドゥア人は皆黄色くて嫉妬深い。ほれリウィウスを見てみい」

リウィウスはおもむろに我々のほうにひきかえしてきた。「冗談は冗談で一向にかまわぬ。だがな、ポッリオよ、我らの議論には真面目にとりあつかうべき問題点があったはずだ。つまり、正しい歴史記述とは何かということだ。なるほど私が過ちを犯したこともあったかも知れぬ。だが決して過ちを犯すことのない歴史家などあるはずもない。すくなくとも私は意図して嘘偽を語ったことはないし、その点で君から非難される筋合いはないぞ。私は、古代ローマの偉大さという自分の主題に添うものなら、初期の文献からどんなに伝説めいたものでもすすんで採用するのを常としている。なるほど細部の事実においては真実でないところがあるかも知れんが、その精神においては真実なのだ。あるひとつの逸話をめぐって二種類の伝承があるならば、私は自分の主題に近いほうを採用する。どちらの話とも矛盾する第三の情報としてエトルリアの墳墓をほじくり返そうとは思わん。そんなものが何の役に立つというのだ？」

「真実を見極めるのに役立つではないか」ポッリオが穏やかに言った。「それが意味のないことかね？」

「では真実を見極めるのに役立つという理由から、わが尊敬すべき先祖が臆病者で嘘つき、そのうえ裏切者であると認めろというのかね。それでどうなる？」

「それはこの少年に答えて貰うこととしよう。かれは今ようやく人生のとば口に足を踏み入れたばかりじゃからな。どうじゃ、クラウディウス、何と答えるね」

私は行き当たりばったりの返事をした。「そもそもリウィウスが歴史に手を染めたきっかけは、昨今のローマに悪徳の蔓延するを嗟嘆し、各地を征服してローマに富がもたらされた結果古代の美徳が徐々に廃れてきたその軌跡を辿ることにありました。御自分から口にされているように、かれは初期の歴史を書いているときが、近代の悪徳から目を逸らしていられるという理由から、いちばん楽しいのです。けれども近代の悪徳から目をそむけるあまり、かれは時として古代の悪徳からも目をそむけることをしなかったでしょうか」

「というと？」とリウィウスは目を細めて言った。

「つまり」私は言いよどんだ。「悪徳という点においては、あるいは古代のローマ人も我々と大差ないのではないでしょうか。要するにそれは規模の大きさと、機会があったかなかったかというだけの問題なのではないでしょうか」

ポッリオが言った。「このパドゥア人は、硫黄に染まった羊毛を純白だと君をいいくるめるわけにはいかなかったと見えるな」

私は自分の居所がなくなったような気がした。「私はリウィウスの著作を読むと、他のどんな歴史家の作品を読むよりも大きな喜びを覚えるのです」私はもう一度言った。

「ふむ、なるほど」ポッリオはにやっと笑った。「カディスから来た老人もまったく同じことを言うておったよ。じゃがあの老人のように、君も少しは幻滅を覚えたのではないかな。ラルス・ポルセナとスカエウォラ、ブルートゥスの件に関してはもう少し言いたいことがあるのではないのかね」

「幻滅ではありません。これまで考えたことはありませんでしたが、今気づきました。歴史記述には二つの異なった方法のあることを。ひとつは読者を説いて美徳に近づかしめるもの、そして他方は読む者をあえて真実に近づけるもの。最初のものはリウィウスの手法でふたつめは貴方の遣り方です。そしてこの両者は決して融和できないものではないのではないでしょうか」

「君は大した弁論家じゃな」とポッリオは喜んで言った。

スルピキウスは興奮したり気もそぞろになったときの癖で、足先を片手で持ち一本足で立ったまま、もう一方の手で結びこぶができるくらいに髯をひねりまわしていたのだが、ようやく議論をしめくくった。「左様、リウィウスはこれから先も決して読者を失うことはないでしょう。人は素晴らしい著者の手で『古来の美徳なるものを納得させられる』のを好むものですし、かかる美徳がもはや現代では獲得することの不可能であるのをその同じ著者の口から告げられた場合にはなおさらです。その点、単なる事実を述べるだけの歴史家――『歴史の死骸を広げて見せるだけの葬儀屋』（とあのけちくさいカトゥッルスが偉大なるポッリオを評した警句を借りるとこうなりますが）――つまり実際起こったこと以外に何も記録しない者ですが、こうした手合いが読者をつかまえておけるのは、優れた料理人とキュプロス産ワインの蔵を持っている間だけなのです」

この発言はリウィウスを本当に怒らせてしまった。かれは言った。「ポッリオ、こんな議論は無意味だ。この若いクラウディウスは一族や友人からいつも愚か者だと思われてきたけれども、私はその評価は間違いだと考えていた、今日の今日まではね。君に相応しい新弟子だよ。それにスルピキウスがこれの阿呆ぶりに磨きをかけてくれる。阿呆教室の先生としてこれ以上の人物はローマ中探したって見つかりっこない」そして最後の一撃にこう言い放った。「Et apud Apollinem istum Pollionis Pollinctorem diutissime polleat.」これは、ギリシア語に直すと地口の面白さが失われてしまうのが難なのだが、このような意味である。「この者がポッリオの葬儀屋アポロの社にて末永く栄えんことを」そしてリウィウスは憤然と立ち去った。

ポッリオはその背に向かって嬉しそうに叫んだ。「Quod certe pollicitur Pollio. Pollucibiliter pollebit puer.（ポッリオそを確約すべし。この子大いに栄えなん）」

スルピキウスが本を探しにその場を立ち去って私たち二人が残されたとき、ポッリオはふたたび私に問うた。「そもそも貴殿は何者かな。たしかクラウディウスと申されたな。名家の出自であろうが、儂はそこもとを知らぬ」

「ティベリウス・クラウディウス・ドルスス・ネロ・ゲルマニクスと申します」

「これはしたり、さすればリウィウスの言葉は正しかったのじゃな。そこもとは痴れ者じゃと言われておる」

「はい、わが一族は吃りでびっこで病身だという理由で私のことを恥だと思っています。だから私はほとんど世間に顔を出さないのです」

「したが、痴れ者とはな。そこもとはここ数年儂が出会ったなかでいちばん才気煥発の若者じゃ」

「過分のお誉めにあずかり恐縮です」

「いやいや、とんでもない。しかしあのラルス・ポルセナの件ではまさにリウィウスの痛いところを衝いたものよ。あの男に廉恥心が欠けているというのは本当じゃ。儂はいつもそれを指摘しておるのだがな。いつだったか一度訊いてやったことがある。儂は公立文書館の山積みの資料のなかから目指す銅板を見つけ出すのにいつもたいへんな苦労をするのだが、君も同じ苦労をしているかと。あやつは言いおった。『ふむ、何の造作もないね』と。そこで分ったのじゃ。あの男はたったひとつの事実確認もしていないのだとな。ところで教えておくれでないか。そこもとが儂の著した歴史を読んでいるのはどうした理由からかな」

「私はペルージア攻囲戦についての貴方の記述を読んでいたのです。わが祖父――つまりリウィアの最初の夫――があの場にいました。あの時代のことには興味がありますし、またわが父の伝記を書くのに資料を集めてもいるのです。私の家庭教師アテノドロスが貴方の本のことを教えてくれて、真摯な著作だと言っていました。以前の家庭教師、マルクス・ポルキウス・カトーが一度、その本が嘘の塊りだと評したことがありましたので、ますますアテノドロスのいうことを信じる気になったのです」

「たしかにカトーならあの本を嫌うじゃろうな。カトー一族はずっと負け側に着いてきたからな。儂はあの男の祖父をシチリアから駆逐するのに手を貸したことがある。しかし考えてみるに、そこもとのように若い歴史家に会うのははじめてじゃよ。そもそも歴史は年寄の趣味じゃからな。貴殿がお祖父様や父君のように戦さに出て勝利を収めるのはいつのことだね？」

「おそらく老境に入ってからになりましょう」

かれは笑った。「生涯かけて戦術論を研究した歴史家が、然るべき兵と勇気を持ったあかつきに、無敵の指揮官になれぬという理由は、儂には思いつかんよ」

「それに良き幕僚が得られれば」と、私はクレオンを思い起こしながら口を挟んだ。

「左様、良き幕僚があればな――かりに指揮官が生涯一度も剣と楯を手にする機会がなかろうとも」

私は少し大胆になって、ポッリオがよく〈最後のローマ人〉と呼ばれるそのいわれを訊ねてみた。この問いはかれを喜ばせたようだった。「その命名者はアウグストゥスじゃ。儂はかれからそこもとの祖父アントニウスに対する戦列に加わらんかと誘われた。儂がアントニウスの親友だということを知ってのうえでそのように誘うとは、いったい儂をどういう人間と見ているのかと儂は訊いた。『アシニウス・ポッリオよ』とかれは言った。『私は貴殿が最後のローマ人であると信じている。この呼び名はそれに値せぬ人物、あの暗殺者カッシウスに対して用いられていますがな』『かりにそれがしが最後のローマ人であるとしても』と儂は答えた。『誰に咎がありましょうや。貴殿がアントニウスを滅ぼしたあかつきに、他ならぬこのそれがしが貴殿の前で誰はばかることなくかれの栄誉をたたえたとして、それがしの咎といえましょうか』『それは予の咎でもないぞ、アシニウスよ』とかれは己を弁護して言った。『宣戦布告したのはアントニウスであって予ではない。アントニウスを斃したならすぐさま、予は共和制を復興しよう』『もしリウィア様が反対されなければ、ですな』と儂は言った」

それから老人は私の肩に手を置いた。「ときにクラウディウスよ、そなたに告げておきたいことがある。儂は老人じゃ。なるほど頑健そうに見えるやも知れんが、もう死期が迫っておる。この三日以内にこの世を去ることとなろう。死の寸前には不思議と先を見通せる瞬間が訪れるものよ。そのときひとは予言者のように語る。さて、聞け。多忙な長命に恵まれ、その終わりに名誉を得ることがそなたの望みかな？」

「はい」

「なれば大仰に脚をひきずり、ことさらに吃ってみせ、しばしば偽って病床に伏すのじゃ。公けの場や人目につくところに出たときには、努めて愚か者を演じ、首をぎくしゃくさせ、両手を痙攣させるのじゃ。もしそなたに儂に備わっておるような見識があれば、そなたが生き長らえてあわよくば栄光を手にするためには、こうするしか望みはないことが分るじゃろう」

私は言った。「リウィウスの伝えているブルートゥスの物語――あの初代のブルートゥスのことです――は史実に反した創作でしょうが、しかしありがちなことです。ブルートゥスが国民の自由を取り戻す機会を得るべく、愚か者を装ったというのは」

「何と、国民の自由とな。それを信じておるのか？　かような言葉は若い世代の間では廃れてしもうたものと思っておったぞ」

「わが父も祖父もそれを信じていました」

「左様」にわかにポッリオが口を挟んだ。「それがためにかれらは死んだのじゃ」

「何とおっしゃいました？」

「それがために毒を盛られたのじゃよ」

「毒を盛られた！　誰に？」

「さように声高になるでない、クラウディウスよ。儂はここでは名前は挙げぬ。したが、巷間に流布しておる根も葉もない流言を繰り返しているのではないという確かな証拠を示して進ぜよう。そなたは父君の伝記を著しているといわれたな」

「はい」

「うむ、ではそなたはいずれ分るじゃろうが、ある一定の線を越えて書くことは許されまい。そしてそのときそなたを止める者こそ――」

このときスルピキウスが脚をひきずりながら戻ってきたので、これ以上何も有益なことは聞けなかった。だが辞去しようとするとポッリオは私を脇へ呼んでこうささやいた。「さらばじゃ、若きクラウディウスよ。されど国民（くにたみ）の自由のことをゆめ軽々しく考えてはならんぞ。それはまだ実現しておらぬ。物事が好転する前に以前よりさらに悪化するのは世の常なのじゃ」それから声を高めて、「それから今ひとつ、儂（わし）が世を去ってのち、何か儂の著作の中の重要な点で歴史的に疑わしいところがあったなら、追補としてそれを訂正する許可をそなたに与えておく。そなたにその権利があることをちゃんと明記しておこう。わが著作が常に現状にあうよう注意を払っておいてもらいたい。時代遅れになった本など魚屋の包み紙にしか役に立たんものじゃからのう」私はその義務を果たすのはたいへんな名誉ですと言った。

三日後ポッリオは死んだ。かれは遺言で初期ラティウムの歴史の蔵書を私に残してくれたが、それは私の手にまで届かなかった。ティベリウス伯父がこれは誤りで、名前が似ているから本来は自分に残されたものであるに違いないと発言したからである。ポッリオが著作を改訂する権利を私に残してくれたことに関しては、誰もがそれを冗談だと考えた。しかし私は二十年のちにかれとの約束を果たした。ポッリオはキケロの性格について――ひとりよがりで定見がなく小胆な人物だといって――手厳しく書いていたが、たしかにこの評価には同意できなくはないものの、同じくポッリオがキケロを変節漢であるとした点だけは訂正する必要があると感じた。ポッリオが依拠しているキケロ書翰が、実はクロディウス・プルケルによる贋作であることを私は突き止めたからである。キケロはクロディウスが女楽師に扮して秘かにウェスタの祭祀に加わった廉（かど）で起訴されたときに証言して、かれの怨みをかっていたのである。このクロディウスはまた悪しきクラウディウス氏のひとりであった。

巻十　リウィアとアウグストゥスの往復書翰

私が成人に達したとき、ティベリウスはアウグストゥスからゲルマニクスを養子に迎えるように命じられたばかりだった。かれはすでにカストルを後嗣にしていたの

紀元六年

であるが、これによってゲルマニクスはクラウディウス家からユリウス家へと移籍することになった。おかげで私は気がついてみるとクラウディウス一族の本家の家長となり、父から受け継いだ財産と領地を誰はばかることなく管理する立場になっていた。私は母の――母は一度も再婚しなかったので――保護者となり、母はこれを屈辱と感じていた。私はあらゆる文書に署名しまた一族の祭祀を司る身となったにもかかわらず、母は以前よりさらに厳しく私を遇した。私の成人の儀式はまったくゲルマニクスのそれとは対照的だった。私は真夜中に成人の服をまとうと随行も行列もなく輿に乗ってカピトリヌス宮へと運ばれ、そこで犠牲を捧げると家の寝室へと連れ戻された。ゲルマニクスとポストゥムスはおそらく成人式に立ち会いたかっただろう。しかしできるかぎり私に人の注目が集まるのを避けるというリウィアの意向で、ささやかな宴が夜間宮殿で催され、かれらはそちらの方に出席しないわけにはいかなかった。

ウルグラニッラと私の結婚の際にも、同様のことが起こった。式が済む前に我々の結婚を知る者はほとんどないに等しかった。式そのものに関しては、習慣を外れたことは何ひとつなかった。ウルグラニッラのサフラン色の靴、炎色のヴェール、吉兆の占い、神餅の共食、羊皮を敷いた二脚の椅子、私の行う神への献酒、花嫁の行う側柱の塗油、三枚の硬貨、私が花嫁に贈る火と水――すべては習慣どおりだった。ただ違うのは、松明行列が省

略されたことと、それに儀式ぜんたいが慌ただしくおざなりに行われ、しかも品格に欠けていたことである。ローマでは花嫁が最初に夫の家に入るときに入口でつまずくことがないよう、抱えあげて運ばれるのが普通である。この仕事を割り当てられたクラウディウス氏の二人は年配で、とてもウルグラニッラの体重を支えきれる力がなかった。そのうちの一人が大理石で足をすべらし、ウルグラニッラは派手な音をたてて墜落し、あげく二人を一緒にひきずり倒してしまい、かれらは折り重なって手足をばたつかせた。結婚の予兆としてこれほど縁起の悪いことはなかった。けれども蓋を開けてみて結婚生活が不幸せであったというのも正確さに欠けるであろう——そもそも我々二人の間には不幸という表現にあたいするほどのつながりすら存在していなかった。我々は初夜には寝室を共にしたが、そうしたほうが皆の期待に添うだろうと思ったからに過ぎなかった。時には性の営みすら交わしたが——これが私の初体験だったのだが——それは結婚というものの一部だと考えたからであって、欲望や愛情に発したものでは決してなかった。私は常に細心の注意を払って彼女に接し、相手はまったくの無関心をもってそれに応じたが、これは彼女のような性格の女から望みうる最善の対応であった。結婚三カ月後ウルグラニッラは妊娠し、ドルシッルスと呼ぶ子を儲けたが、この息子に対しては私はどうしても父親らしい感情を持てなかった。この子は性悪なところはわが姉リウィッラに生き写しで、その他の面ではウルグラニッラの兄プラウティウスにそっくりだった。このプラウティウスについてはこのあとすぐに語るつもりであるが、かれはアウグストゥスの命により私の道徳上の手本となった人物である。

アウグストゥスとリウィアの間にはひとつゆるがせにしない習慣があって、一族や元老院に関する重大事については、決定事項やそれにいたるまでどのように熟慮を重ねたかを、例外なく往復書翰のかたちで書き残しておくのが決まりとなっていた。死後残された膨大な書翰の中から、私は当時のアウグストゥスの私に対する態度を典型的に表すものを、幾つか転写しておいた。最初のものは私の結婚より遡ること三年前の日付となっている。

わがリウィアよ、

予は今日起こった不思議な出来事をここに書き記して（しる）おきたい。その事をどう考えてよいのか分りかねているのだ。予はアテノドロスと話していて、たまたまこんなことを口にした。「ティベリウス・クラウディウスを教えるのは気疲れする仕事ではないかな。見るところ、あの子供は日に日に惨めに、神経質かつ無能になってゆくではないか」するとアテノドロスは言った。「あの子をあまりに厳しい目で御覧になってはなりません。あの子は一族の者があの子に失望していることを辛く感じており、いたるところで直面しなければならない軽蔑に敏感になっております。けれども決して無能ではありません。信じようと信じまいとそれは御自由ですが、私はあの子と共にあることで大きな喜びを得ているのです。貴方はあの子が弁舌をふるうところを御覧になったことはありますまい」「弁舌をふるうとな！」と予は笑った。「さよう、弁舌です」とアテノドロスは繰り返した。「ひとつ提案があります。何か演説の題をひとつ出していただきたい。そして半時間後にここに戻ってきてあの子がどのような論を展開するか聞いてごらんになったらいかがですかな。けれどもその際には帷の背後に身を隠していて下さい。そうでないとまともな発言は一言も聞かれないでしょうから」そこで予は「ローマ人によるゲルマニア征服」なる演題を出し、半時間後、帷の背後に潜んで耳をそばだててみた。すると、どうであろう、まったくあれほど驚いたことはない。あれは語るべき内容を完璧に把握し、よく主題を選び、また細部は適切に配分され、互いによく関連していた。それにも増して驚くべきは、あれの声が完全に統御され、まったく吃ることがなかったことだ。誓って言うが、あれの議論に耳傾けることは予にとって欣びであったし、また議論の内容もすぐれて有益なものであった。しかし、あれのように日常会話ですら絶望的な者が、ろくろく準備するひまもなしに、かくも完全に論理に則って、しかも学識をうかがわせる弁舌をふるうことがいかにして可能なのか、それは予の理解を超えている。予はアテノドロスに予が盗み聞きをしていたこと、および予がいかに驚愕したかということをあれに話さぬよう口止めして、こっそりとその場を去ったのだが、このことは少なくともそなたにだけは伝えておくべきだと思い、また、これから先はあれに、口を閉じ耳をそばだてておくことを条件に、ほとんど賓客のない席では、我ら二人と晩餐を共にする機会を時として与えてやる必要があるのではないかと考えるようになった。もしあれにわが一族の責任ある一員となりうる希望が僅かでも残されているのであれば――そしてその希望があるのではないかと予は考える――徐々にではあるがあれにも社会的に同等の者たちとの交際に慣らしてやらねばならぬ。家庭教師と解放奴隷以外誰とも接することのない生活を続けさせる訳にはいかぬ。むろんあれの知的能力に関しては大いに評価の分かれるところがあろう。あれの伯父ティベリウスや実母アントニア、姉リウィッラは、あれが疑いもなく愚鈍であるという点で意見が一致している。他方、アテノドロス、スルピキウス、ポストゥムス、ゲルマニクスは、そのつもりにさえなればあれは何人にも劣らぬ分別を示すのだが、あまりに神経質なので精神の安定を崩しやすいのだと断言している。予自身の評価は、先程述べたように決めかねているというのが現状である。

これに対してリウィアはこう答えている。

アウグストゥス様、

殿が帷(とばり)の背後で感じられた驚愕とは、まさに以前我らがインドからの使節を謁見したさいのあの驚き、つまりかの使節が主人(あるじ)たるインド大王からの贈り物である黄金の籠の絹の覆いを取り去りますと、そこに我らが初めて見る鳥、緑玉(エメラルド)の羽根と紅玉(ルビー)の頸毛を持った鸚鵡(おうむ)がおり、それが「国父カエサル万歳」と口にしたあのときの驚きと同じようなものでありましょう。片言しかできぬ幼児ですらその程度のことを口にするのはたやすいのですから、その科白(せりふ)に感心したのではなく、鳥が言葉を喋ったということに仰天したのでした。しかし鳥は言葉の意味が理解できないのですから、その場に相応しい科白を口にしたからといって、鸚鵡の知恵を賞賛するのは愚かと申すもの。むしろ科白をまねて発音するよう繰り返し話して聞かせ非常な忍耐力をもって鳥を訓練した人間こそ功を帰せられるべきでしょう。なぜなら、御存知のように、鳥は別の機会には別の科白を口にするよう訓練されているのでして、通常の会話においてははなはだ愚かしいことしか喋らず、黙らせるためには籠に覆いをかけねばなりません。クラウディウスの場合も同様かと存じます。もっとも誰の目にもみごとな鳥をわが孫にたとえては鳥がよろこばぬかも知れませんけれども。殿が聞かれたのは、疑いもなくあれがたまたま暗(そら)んじていた演説だったのでありましょう。どちらかと申せば「ローマ人によるゲルマニア征服」はよくある演題ですし、アテノドロスにしてみれば手本となる演説を六つやそこら一言半句たりとも過たぬようあれに教えこむのは不可能ではありますまい。誤解なきよう言い添えておきたいのは、あれがそれほど従順に訓練を受けられることを知ってわたくしがよろこばぬわけはないということです。じじつわたくしはいたく喜ばしく感じております。いずれこのさき、例えばあれの婚礼の儀式のさいなど、あれに見苦しい真似をせぬよう教えこむことができることを思えば。けれどもあれを晩餐に我らと同席させてはどうかという殿の御提案は、まったく考慮するに足りません。あのような者と食事の席を頒(わか)ちあうことは御免蒙ります。そんなことになればとうてい食事も喉を通りかねましょう。

他の者もクラウディウスが常人なみの知性を具えているとの証言をしているというお話ですが、それらはじっくり吟味してみることが必要です。ゲルマニクスは幼いおり、嬰児の弟を慈しみ庇護することを臨終(いまわ)の際(きわ)の父親に誓いました。ゲルマニクスが高貴な魂の持主で、この神聖なる誓言を守らんものと、いずれの日にか弟の知性が常人なみとなることを願って、かれの利発さを精一杯申し立てていることは、殿も御存知の通りです。同様にアテノドロスとスルピキウスにも、あれの知恵がいまだ発展の余地があることを示したいそれなりの理由があります。両人はクラウディウスを教育するために充分な報酬を得ており、あれの養育係に任じられたことで宮廷に留まることができ、そのうえあたかも私的な顧問のような顔をしていられるのです。そしてポストゥムスの意見に関してですが、ここ数カ月繰り返しお耳に入れてきたように、わたくしにはあの若者のことがまったく理解できません。わたくしの思いますには、死神があれの有能な二人の兄を奪いさりあれひとりを残したのは我らにとってこよなく不幸なことでありました。あれはもはや議論の余地もない自明のことをめぐっても、目上の者に対して好んで論争を挑む性癖がありますが、それはただ単に我らの感情を害し、殿の孫のうち唯一生き残った者であるという自らの重要性を誇示したいがためなのです。あれがクラウディウスの知性を擁護するのも、その一例といえましょう。先日あれは明らかにわたくしを侮辱しようとしました。わたくしがはしなくも、スルピキウスはあの子に物を教えこもうと無駄な努力をしていると口にすると、自分の考えではクラウディウスは血のつながりの濃い誰よりも鋭い洞察力を具えているとあれは主張しました。血のつながりの濃い者といって、明らかにそのなかにわたくしもふくめてあてこすったのです！　とはいえポストゥムスのことは別の問題です。当面の問題はクラウディウスのことですが、あれと食事の席を共にするなど問題外だと繰り返し申し上げておきます。それは肉体的な理由からで、この点は殿も御理解下さいますように。

リウィア

アウグストゥスは一年後、リウィアが数日田舎で過ごしていたときにこう書き送っている。

若いクラウディウスのことであるが、予はそなたの留守を機会に、あれを毎晩夕食の席に招いてみようと考えている。たしかにあれが同席しているとまだ、居心地がよくないこともあるが、いつまでもあれをスルピキウスとアテノドロスだけを相手に食事をさせているのは良きことではあるまい。あれと両人との会話はあまりに世間知らずの学者風で、あの二人はたしかに優れた人物ではあるが、クラウディウスのような年齢と地位にある少年の相手としては理想的とはいえぬ。あれが同じ階級の若者のあいだから友人を見つけ、その者の立居振舞や着こなしを見習ってくれれば、これに越したことはないのだが。しかしあれは臆病でしかも劣等感が強くて、それができないでいる。あれはゲルマニクスを英雄のように崇めているが、かといって自分の欠点を強く意識しているので、とてもゲルマニクスを模倣しようなどとは思わない。それは予が、獅子皮を身に纏い棍棒を携えてヘラクレスの真似事をするより、なおありえないことである。あの哀れな生き物は不運な境遇にある。なぜなら、あれは（頭が混乱していないときには）重要な事柄に関して精神の高貴さをはっきりと発揮するのだから……。

三番目の書翰は私の結婚直後、ちょうど私が軍神マルスの神祇官に任じられたころに書かれたもので、これもなかなかに興味深い。

わがリウィアよ、

そなたの助言に従って、マルスの神に捧げる競技が催されるさい、若いクラウディウスの処遇について、ティベリウスと話し合ってみた。クラウディウスが成人に達し、マルス神祇官団の欠員を埋めることとなった今、もはやこれ以上あれの将来についての問題を放置しておくわけにはいかなくなった。この点に関してはそなたも同意してくれたはずである。もしあれが精神的にも肉体的にも常人に劣ることなく、このさきわが一門に連なるに相応しい人物となるのならば——予はそれを信じている。さもなくば予は、ティベリウスとゲルマニクスを養子に迎えると同時にあれをクラウディウス本家の家長として残しはしなかったであろう——はっきりとあれを迎え入れてやり、ゲルマニクスと同じ高い地位に就く機会を与えるべきであろう。この判断が誤っている可能性のあることは、たしかに予も認めよう——あれが最近著しい成長を遂げたとは決していいがたいから。けれどももし、あれの肉体的不具が精神的不具とむすびついて頒ち難いものであると見做すのであるならば、悪意ある者たちにあれと我々を嘲笑する機会を与えることなきよう努めねばならぬ。繰り返していうが、我らはあの子に関して速やかに決断する必要がある。さなくば我らはこの先、あらゆる場合にあれがその出自からいって当然携わるべき国事に関与しうるか否か、その都度あらたに決断しなければなるまい。

とまれ当面の問題は、競技のさいにあれの処遇をどうするかとのことである。あれが神祇官団の食堂で上座に着くことには異存はないが、それもあれが義兄のプラウティウス・シルウァヌスにすべてを委ね、自分は言われた通りにふるまうという条件のもとになされねばならぬ。この点に関してはあれは多くを学ぶ能力があり、正しく躾（しつ）けるならば面目を潰すようなふるまいに及ぶこともなかろう。むろん、あれが我らとともに聖なる神像を傍らにして元首席に着席するなどは論外である。観客全員の注目の的となり、あれが少しでもおかしな行動をしようものなら、あれこれ取り沙汰されることは必定であるから。

いまひとつの問題は、ラティウム祭のおりにあれをいかに遇するかである。ゲルマニクスは執政官とともにアルバヌス丘に赴き犠牲（いけにえ）を捧げることとなっているが、クラウディウスはこれに同行したいと願っているらしい。しかしそうした場合あれがはたして愚かしいふるまいをしでかさないか、またしても予は確信が持てないのだ。ゲルマニクスは儀式の次第に忙殺されて、終始あれに気を配る余裕はないはずである。のみならずあれが出席すれば、人々はあれがどのような役割をはたすのかを知りたがるに違いない。祭の開催中行政官不在の期間に、なぜ我らがあれをローマの首都長官に任命しないのかという疑問も起こってこよう。そなたも知るように、ガイウス、ルキウス、ゲルマニクス、若き日のティベリウス、ポストゥムスの各人が成年に達するや、初めての公職としてただちに我らはこの名誉職にかれらを任じてきたものである。あれが首都長官の職に就くことはもとより論外であるから、あれが病床に臥していると発表することが問題を避ける最良の方法ではなかろうか。

もしそなたがこの書翰をアントニアの目に入れたほうがよいと考えるならば、予はそれに異存はない。彼女の息子に関して我らが近々何らかの決定をするとはっきり告げるがよい。法的にあれの庇護下にあることはアントニアにとって相応しい立場ではない。

アウグストゥス

私が主宰した神祇官団の会食については、それが最初の公務であったこと以外、とりたててここに記すべきことはない。あの気取り屋で小生意気な雀野郎プラウティウスが私にかわってすべてを差配し、配膳の順序とか神祇官の序列の決まり事について私に説明しようともしなかったばかりか、私が説明を求めても返事すらしなかった。あの若造のしたことは、神祇官を迎えるさいや食事のあいだ特定の機会にとるべき身振りや決まり文句を私に教え込むことで、それ以外の科白は一言も口にすることを許さなかった。食事のあいだでも儀式ばらないときには私にも会話に参加することがしばしばできたわけだから、このように強制されて私はたいへん不愉快だった。それに私が口を緘んだまま、プラウティウスの言いなりになっていることは、列席の人々に悪い印象を与えた。競技そのものに関しては、私は結局観戦しなかった。

　リウィアの書翰にポストゥムスを貶める言葉が出てきたことは、読者もお気づきのことだろう。以降こうした非難は回を重ねるごとに頻繁に彼女の書翰に現れるようになり、アウグストゥスも最初は孫の肩を持っていたのだが、徐々にかれへの失望の念を表すようになる。ポストゥムスがあれほど短期間にアウグストゥスの寵愛を失ってしまったことを思えば、私の推測するところ、リウィアは書翰に記した以上のことをいろいろとアウグストゥスに告げ口していたに違いない。しかし決定的な事が起こった。まずリウィアの話では、ロドス島のことでポストゥムスが生意気な文句をつけているとティベリウスが苦情を言っているそうであった。またリウィアによればカトーが、ポストゥムスがかれの教授ぶりを非難することで若手の学者に好ましくない影響を与えていると不満をもらしていた。これを機会にリウィアは、ポストゥムスが改悛するのではないかという希望を抱いて今までこれを秘してきたと称して、以前カトーがしたためた格好のポストゥムス評を披露した。ほどなくポストゥムスの無愛想と陰気をあげつらう言葉が書翰に現れる。これはポストゥムスがリウィッラに失望し、また兄ガイウスの急逝を嘆いていた時期のことである。そしてポストゥムスが成年に達したさい、「現在耽っている放蕩にさらに惑溺する惧れがある」という理由から、父アグリッパの家督をすべて相続することは二、三年先に延ばしたほうがよいという助言がなされる。ポストゥムスが軍務に就きはじめたとき、かれは親衛隊の平士官にしか任じられず、ガイウスやルキウスが恵まれたような特別の栄誉はなにひとつ与えられなかった。ポストゥムスが野心家であることを思えばこれが最も安全な方策だというのがアウグストゥスの意見だったが、このような不愉快な処遇はアグリッパに反対してマルケッルスに与したり、あるいはティベリウスに対抗してガイウスを支援した貴族の子弟に対して行われたもので、普通にはなされるべきではない。その直後書翰には、ポストゥムスがこれに憤慨し、アウグストゥスに向かって、自分は栄誉を栄誉ゆえに求める者ではないが、低い地位に留められることで友人たちから誤解をうけ、宮廷において蔑ろにされていると思われていると不満を洩らしたことが記されている。

　これに続いてもっと手厳しい告発が現れる。ポストゥムスがプラウティウスと悶着を起こし――とはいえ両人のどちらも後になって諍いの原因をリウィアに告げようとはしなかったのだが――高貴な身分の者とその取り巻きの面前でかれを摘みあげ池に投げ込んだのである。アウグストゥスは申し開きをもとめてポストゥムスを呼び出したが、かれは改悛のそぶりも見せず、プラウティウスはクラウディウスを侮辱する言辞を弄したのだから家鴨の真似事をさせられる羽目になって当然だと主張したばかりか、自分の相続すべき家督が不当にも保留になっていると文句をいった。間もなくかれはリウィアから、最近の乱行と彼女に対する礼を失したふるまいについて叱責を受けた。「そなた、まるで誰かから毒を盛られて乱心したかのようでないかえ」とリウィアは言った。ポストゥムスはにやりとして答えた。「あるいは貴女が私のスープに何やらお入れになったのでは」リウィアがこの過激な冗談の釈明を求めると、ポストゥムスはさらに不敵に笑いながら、「スープに何やら混ぜるというのは継母のあいだで使われる古くさい手ではありませんか」

このことがあって間もなく、アウグストゥスはポストゥムスの司令官から、かれが同輩の士官たちに馴染もうとせず、余暇の時間には海で釣りばかりしているという不満の報告をうけた。そのためポストゥムスは「海神」なる綽名を付けられているという。

　マルス神祇官としての私の公務は何ひとつ華々しいことはなく、儀式が執り行われるさいには、同じ神祇官団に属したプラウティウスが、かねて言い含められた通り、いちいち私のふるまいに目を光らせていた。私はだんだんとこのプラウティウスを憎悪するようになった。プラウティウスが私に関して悪口雑言を吐き、そのせいでポストゥムスに池に投げ込まれたのも、この男が口にした悪意ある発言の一例に過ぎない。かれは私をキツネザルと呼び、私から愚かしい余計な質問をされるたびに唾を吐きかけてやりたい衝動をかろうじて抑えているのは、アウグストゥスとリウィアに対する忠誠の念からに過ぎないと公言していた。

巻十一　従兄ポストゥムスの島流し

私が成人に達し結婚する前の年はローマにとって兇運の年だった。イタリア南部では地震が頻発し、幾つかの都市が壊滅した。春にはほとんど降雨がなく、国のいたるところで耕作地が惨めな姿を晒していた。

紀元五年

そして取り入れの直前になって暴風雨が吹き荒れ、その年の僅かな収穫を台なしにした。豪雨があまりに激しかったもので、ティベリス河が氾濫して橋を流し去り、都の低地一帯は七日にわたって舟で行き来する有り様となった。当然飢饉が予想されたのでアウグストゥスはエジプトと他の属州に大量の穀物を買い付けるために特使を派遣した。政府の食料貯蔵庫はその前年の不作のため——といってもこの年ほどひどい状態ではなかったが——払底していた。使節団は相当量の穀物を入手することができたが、それもかなりの高値でとても充分とはいえなかった。その冬には極度の社会不安が蔓延したが、都の人口過剰がさらにこれに拍車をかけた。人口はこの二十年で二倍になっていたのである。のみならず都の外港オスティアは冬の間船が無事に寄港できないため、東方からの穀物輸送船団は何週間にもわたって荷卸しができなかった。アウグストゥスは飢饉を最小限に食い止めるためにできるかぎりの手を尽くした。市中に家を構えている者とその家族とを除いて、すべての者を一時的にローマ市から百マイル以上離れた地域に立ちのかせ、執政官経験者からなる食料配給委員会を組織した。公(おおや)けの宴会の開催を厳禁し、自らの誕生日も例外とはしなかった。穀物の大半は私費を投じて輸入し、困窮した者には無料で配布した。例によって飢餓は暴動を誘発し、暴動は放火につながった。商店街全体が夜間、労働者地区からやってきた飢えた暴徒の手によって火をかけられた。この種の暴挙を防ぐ目的で、アウグストゥスは多数の成員からなる夜警団を組織し、これを七つの大隊に分けた。この夜警団はたいへんな活躍を見せたので、これ以降も解散されることがなかった。とはいえ暴徒による被害は甚大であった。この時期ゲルマニア戦役の戦費捻出のため新税が課せられ、これに飢餓と放火が加わったために、平民たちの間に不穏の空気がただよい、かれらは公然と革命を口にするようになった。脅迫的な宣言文が夜間公共の建物の扉に張り出された。大規模な政府転覆計画が進行中であるとの流言蜚語が飛び交った。元老院が叛乱の首謀者たちの捕縛につながる情報に対して報酬を確約したので、多くの者が賞金めあてにやってきて近在の者を告発したが、これはいたずらに混乱を悪化させるばかりであった。明らかに実際は政府転覆の陰謀など存在せず、あったのは陰謀を待ち望む噂だけだった。エジプトではローマより収穫時期が早いので、ついにかの地から穀物が到着し、社会不安はおさまってきた。

飢饉の時期にローマから強制退去させられた者たちのなかに剣闘士があった。その数こそ多くなかったが、市民の暴動が勃発したさいには剣呑な役回りを演じかねないとアウグストゥスは考えたのだった。というのも剣闘士は自暴自棄に陥った連中で、なかには高貴の出自であるにもかかわらず負債のため奴隷身分に落ちた者があった。かれらは武術を披露することで自由を購うための金銭を得させてやろうという者に身を売ったのだ。よくあることだが、上流階級の若者が自分のあやまちや若気の至りの無思慮の所為ではなく負債を負ったときには、かれが奴隷身分に落ちる前に遠縁の者が救いの手をさしのべるか、あるいはアウグストゥス自身が介入するのが常であった。したがって貴族出身の剣闘士というのは、誰からも救済に値しないと見做された輩(やから)であって、しぜん剣闘士仲間で指導的な立場にたち、武装暴動の首謀者となりかねなかったのである。

状況が好転してくると剣闘士たちは都に呼び戻され、民衆を活気づけるために大規模な剣闘と野獣狩りを催すことが決定されたが、これはわが父を記念してゲルマニクスと私の名のもとに開催された。わが父の偉大なる武勲をローマ市民に思い起こさせ、ゲルマニクスに衆目を集めようというのがリウィアの目論見(もくろみ)であった。ゲルマニクスは父に生き写しで、いずれゲルマニアに派遣されて、今ひとりの偉大な軍人であるティベリウス伯父を助けて、ローマに新たな勝利をもたらすことを人々は期待していた。これらの見せ物を催すためにリウィアとわが母が資金を援助してくれたが、主な負担はゲルマニクスと私にかかってきた。しかし今の地位から考えるとゲルマニクスのほうが私より金が必要となるので、かれの二倍の金銭を負担することが私のなすべきことだと母は説いた。ゲルマニクスのためにしてやれることならばと私は欣んでそれに従ったが、催し物が終了したあとそれにかかった費用を知って私は愕然とした。見せ物は費用のことなどお構いなしに計画された上、通常の剣闘と野獣狩りのほかに我々は惜しみなく民衆に銀貨をばらまいたからである。

ゲルマニクスと私は元老院の特別の布告により父が昔使った戦車に乗って闘技場へむかう行列に加わった。私たち二人はその直前に、アウグストゥスが自分の死後のために建造した大墳墓で、父を偲んで犠牲を捧げていた。アウグストゥスはそこに父の遺灰をマルケッルスの遺灰とともに納めていたのである。アッピア街道を下るさいに父の凱旋門をくぐったが、その門の上に勝利を記念して月桂冠をいただいた父の巨大な乗馬像があった。北東の風が強い日で医者が外套なしで外出することを許さなかったので、剣闘観戦の席で――私は共同主宰者としてゲルマニクスの傍らに座っていたのだが――ただひとりの例外を除いては私は外套を身に着けている唯一の人物だった。その例外とは、ゲルマニクスをはさんで反対側に着席しているアウグストゥスそのひとであった。かれは気温の寒暖には極端に敏感で、冬には厚い上着と長胴着のほかに最低四枚の外套を着込むのが常だった。観客の中には私とアウグストゥスの服装が同じであることにある種の予兆を感じたものがあったが、さらにかれらは私の生まれた日がかれに因んで名づけられた月の第一日であり、またその日はアウグストゥスがリヨンで自らに捧げる祭壇を奉納した日にもあたることを思い起こしていた。これがまことか否か知らぬが、すくなくともそのように噂し合ったと何年も経ってからかれらが述べたことは事実である。リウィアの姿も貴賓席にあったが、これは彼女がわが父の母であったために特別にあずかった名誉であった。彼女は普通ウェスタの祭女たちの間に着席していた。男女別席というのが原則なのだった。

これは私が観戦を許された最初の剣闘であり、ましてや貴賓席に着席しているということでよけいに緊張してしまった。すべてを統括したのはゲルマニクスだった。要所要所では私の助言をもとめるふうを装ってはいたが、実のところはかれが堂々たる威厳と確信をもって祭典をとりしきった。私にとって幸運だったのは、この日の剣闘がかつて円形競技場で催された試合のなかで最高のものだったことだ。むろんこれは私にとって最初の経験で、比較の対象となる過去の試合を知らないわけだから、当然この時点ではその見事さを正当には評価できなかった。しかしあれ以来私は数々の重要な剣闘をこの目で見てきたが、これに勝るものは見たことがない。リウィアはゲルマニクスが父の子としてひろく民衆の人気を集めるようにと願って、最も真剣に闘い抜く剣闘士をローマ中から集めるのに金を惜しまなかった。通常、剣闘を職業とする者たちは自分に対しても相手に対しても、傷を負わないようにすこぶる気をつかい、見せかけの打撃や身のかわし方、また攻撃の仕方に工夫をこらす。こうした身振りはみかけや剣戟の響きにかけてはまさにホメロス的と評すべきものだが、その実大衆喜劇で奴隷たちが小道具の棍棒で殴り合っているほどにも効果がないものなのである。だからほんのたまさか、かれらが怒りに我を忘れたり旧怨を晴らそうとするときにしか、真に観戦に価値ある試合は行われない。このときはリウィアが剣闘士組合の長たちを集め、出資した額に充分みあう試合を望む旨（むね）を伝えた。全ての試合が真剣勝負でなければ組合を解散させる、前年の夏には見せかけだけの勝負が多すぎた、と。そこで剣闘士たちは事前に警告を受けて、今回馴れ合いの八百長を演じたりしたら組合から追放すると告げられたのである。

　最初の六つの試合で一人が死に、一人が重傷を負い、その日のうちに息をひきとった。三人目は肩の付け根から左腕を斬り落とされたが、これには観客席から哄笑がわきおこった。残る三つの勝負でもどちらか一方が戦闘不能に陥ったが、それまでに実によく闘ったので、ゲルマニクスか私が観客の同意を得て親指を立てて示し、その者の命を救うことができた。勝者のうちの一人は二、三年前は裕福な騎士だった。すべての勝負に共通する原則は、対戦者どうしが同種の武器を用いてはならないということだった。剣対槍、剣対戦斧、槍対鎚矛というぐあいである。七番目の勝負は軍団使用の剣と昔風の真鍮でたがをしめた丸楯で武装した男と、三叉戟と短い投網をあやつる男の対戦だった。「追手」とも呼ばれる剣士は、親衛隊所属の兵士で、最近酩酊のうえ指揮官を殴打した廉（かど）で死罪をいいわたされた男だった。死刑執行の代わりにこの三叉戟と網の闘士と戦わされることになっていたが、その対戦相手というのが、ゲルマニクスの話によると、今回高給をもって迎えられたテッサリア出身のプロの剣闘士で、過去五年間に二十人以上の相手を殺しているという猛者だった。

　私は最初から兵士のほうに同情していた。この男は闘技場に入ってきたとき蒼白で震えているように見えた。何日か牢に入っていたため、強い日光に目をしばたいていた。殴られた隊長というのが弱い者いじめの嫌な奴だったので、明らかにかれの同輩は一人残らずいたくかれに同情し、気をとりなおして隊の名誉を守るよう声援を送っていた。かれは背筋をしゃんと延ばし、叫んだ。「わかった、みんな。俺は全力をつくすぜ！」ゆくりなくもこの男の隊での綽名はウグイといったので、それだけで観衆の大半を味方につけるのに充分になるはずだった。もっとも親衛隊は市民の間では鼻つまみであったのだが。もしウグイが漁師を斃（たお）すことができたなら、それは結構な冗談になるはずだった。命をかけて戦う者にとって、闘技場の観客を味方につけることができたならば、それは半ば勝利を握ったに等しい。テッサリア人は四肢の長い、鋼（はがね）のような筋肉の持主だったが、威張った態度でウグイの背後に近づいた。身に着けているのは皮製の胴衣と堅牢な皮のまるい冑（かぶと）だけだった。かれは余裕しゃくしゃく、前席の観客にむかって冗談をとばしていたが、それもそのはず、敵は剣闘の素人だし、自分はこの午後の試合だけのために金貨千枚をリウィアから払ってもらっており、素晴らしい勝負を披露して見事相手を殺したならばさらに五百枚を受け取る約束となっていたのである。かれらは二人して貴賓席の前までやってくると、「われら死の影より御挨拶申し上げる」との決まり文句で、まずアウグストゥスとリウィアに、つづいて共同主宰者であるゲルマニクスと私に挨拶した。我々はしきたりに従った身振りでかれらに応えたが、このときゲルマニクスがアウグストゥスに言った。「あの挑戦者は父の部隊にいた古参兵です。私はあの男をよく知っています。ゲルマニアでは敵の防御陣地を最初に乗り越えたことで勲章を得た人物です」アウグストゥスは興味を示した。「なるほど」とかれは言った。「なれば好勝負となるやも知れぬ。しかしそのためにはあの網使いが十年若くなくてはなるまい。こうした勝負では年の功がものをいうからな」そこでゲルマニクスは喇叭手に合図をおくり、勝負がはじまった。

ウグイはじっと立ちつくし、テッサリア人はその周囲を飛び跳ねた。軽装の敵を追いかけて体力を消耗したり、あるいは恐慌をきたして身動きできなくなるほど、ウグイは愚かではなかった。テッサリア人は相手を嘲弄して堪忍袋の緒を切らせようとしたが、ウグイはその手には乗らなかった。ただ一度テッサリア人が剣の間合いに入ってきたときだけ、攻撃の姿勢をとり、その突きの鋭さに観客席から歓声が上がった。テッサリア人はすんでのところで飛びすさった。たちまち勝負は真剣味をおびてきた。テッサリア人は長い三叉戟をつかって上下に突きをいれたが、ウグイは軽々とこれをかわした。しかし片時たりともテッサリア人が左手に握る鉛の小玉つきの網から目を離さなかった。

「見事な技ではありませんか」とリウィアがアウグストゥスに言うのを私は耳にはさんだ。「帝国随一の網使いですわ。あの兵士を玩具にしているでしょう。ごらんになりまして？　その気になればいつでも相手を網に絡めとって突きを入れることだってできるのに、決着をつけるのを引き伸ばしたりして」

「うむ」とアウグストゥスが言った。「あの兵士はもはや命運がつきたのではあるまいか。あの男は酒に手を出さないほうが身のためだったな」

　そうアウグストゥスが言い終わらないうちに、ウグイは三叉戟をはねあげて突進すると、テッサリア人の皮の胴衣の腕と胴の間を切り裂いた。テッサリア人はすばやくとびすさると、移動しながらウグイの顔めがけて網を投げた。運悪く網の小玉がウグイの目を擲ち、一時的に視力を奪った。突進が止まったので、テッサリア人はこれを好機に踵を返し、ウグイの手から剣をはたきおとした。ウグイは武器を取り戻そうと身を踊らせたが、テッサリア人が一瞬早くこれを阻んで剣をつかみ、それを騎士階級の観客席の前列に坐っている金持ちの出資者にむかって放り投げた。それから武器を失った男を追いまわし、引導を渡すという娯しい仕事にとりかかった。網がびゅんびゅんとウグイの頭上を舞い、三叉戟がそこかしこにくりだされた。しかしウグイは動ずる気配もなく、一度などは三叉戟を素手でとらえようとし、すんでのところで成功するところだった。今やテッサリア人は相手を貴賓席の前に追いつめて、殺しの場面をじっくり披露できるようにした。

「もうよい！」リウィアが冷酷な声で叫んだ。「戯れもほどほどにおし。さあ、止めを刺すがよい」言われるまでもなかった。テッサリア人は間髪いれずウグイの頭めがけて網を投ずると、腹部をねらって三叉戟を突き出した。大喚声があがった。ウグイが右手で網をつかむと、躰をねじって、三叉戟の握りから一、二フィートあたりをねらって思いきり蹴りを入れたのだ。鉾はテッサリア人の頭上を弧を描いて飛び、木製の壁に突き刺さってぶるぶると震えた。テッサリア人は一瞬我を失ったが、すぐに敵の手に握られている網を放すと、三叉戟を取り返すべくウグイの傍らを素早く駆け抜けようとした。ウグイは横っとびに跳んで、丸楯の中央のスパイクでテッサリア人の脇腹を突き刺した。テッサリア人はどうと倒れると、四つ這いになってぜいぜい喘いだ。ウグイはたちまち気をとりなおすと、楯のスパイクをすばやく突き降ろし、敵の首を後ろから貫いた。

「鮮やかな逆襲だ！」とアウグストゥスが叫んだ。「今まで闘技場では見たこともない。そうであろう、リウィア？　その上殺してしまったようだ」

テッサリア人はこときれた。リウィアはたいへんな御不興だろうと予想したのだが、彼女はこう言っただけだった、「あの男はよく戦いました。相手を見くびるとどうなるか、よい見本です。あの網使いには失望しましたわ。でもこれで、金貨五百枚が節約できたのですから、不平は申しますまい」

この午後の娯楽の華というべきは、二人のゲルマニア人捕虜の戦いだった。この両名はたまたま相敵対する氏族に属しており、自らすすんで死を賭けた決闘に応じたのだった。それはきれいな決闘というよりは、長剣と矛を使った野蛮な殺し合いだった。両人は複雑な装飾を施した小さな楯を持ち、それを左手の上腕部にくくりつけていた。ふつうゲルマニア人兵士はどんな戦闘でも細身で穂先の鋭い槍を用いるもので、これは戦いの作法としては異例だった。広刃の矛と長剣は高位の者のしるしだった。一方の戦士は六尺を越えるゆたかな金髪の偉丈夫だったが、この者はいとも易々と相手を片付けてしまった。敵をさんざん斬りさいなみ、最後には頸に一撃をくわえて止めを刺したのである。観衆は大喝采をおくったが、かれはそれにのぼせて分別を失ったか、短い演説をぶち、ゲルマニア語と兵営で使われるくだけたラテン語を操って、自分が故国では名高い戦士で、士官をふくむローマ軍人を六人も屠った経験があり、氏族の長である伯父のやっかみから人質としてここへ送られてきたのだと述べた。そして、身分階級を問わず自分と一騎討ちして、七人目の犠牲者となりたいローマ人はないかと挑戦してきた。

これに応えて最初に闘技場に飛び込んだ挑戦者は若い幕僚将校で、旧家ではあるが今は没落した家系に属するカッシウス・カエレアという人物だった。かれは挑戦を受けることの許しを得ようと貴賓席まで走ってきた。そこで言うには、かれの父はかつて、本日ここでその想い出を記念して競技が行われている偉大な将軍の麾下にあって、ゲルマニアで戦死したものである。今この生意気な蛮人を斃し、謹んでこれを父の英霊に捧げてはなるまいか。カッシウスは優れた剣士だった。私はかれの姿をよくマルスの野で見かけたことがあった。ゲルマニクスはアウグストゥスに相談し私にも声をかけた。アウグストゥスが同意し私も頷いたので、カッシウスは武装するように告げられた。かれは着替え室に退き、そこでウグイから剣と楯、胴鎧を借りた。縁起をかつぎ、またウグイに敬意を表したわけである。

たちまちプロの剣闘士の勝負よりはるかに熱のこもった戦いがはじまった。ゲルマニア人は長剣を振り回し、カッシウスは楯でそれをしのぎながら相手の隙に乗ずる機会を窺った。しかしこの蛮人は腕力に秀でるばかりかすこぶる敏捷で、カッシウスに二度まで膝を落とさせた。観客は神聖な儀式を見守るかのように粛然として声もなく、鋼と鋼が撃ち合う音、かたかたと楯が鳴る音が響くばかりだった。アウグストゥスが言った、「ゲルマニア人のほうがはるかに優勢だ。挑戦を受けるのを許すべきではなかったな。カッシウスが斃されるようなことになれば、その報が前線に伝わり好ましからぬ印象を与えかねぬぞ」

するとカッシウスが血溜りに脚をとられて後ろざまに転倒した。ゲルマニア人は勝利の笑みを浮かべて突進しそして――私の耳に割れんばかりの喚声が響いたと思うと、目の前に暗黒の帳が落ち、私は昏倒した。生まれて初めて我とわが目で殺し合いを見た興奮、そしてウグイとテッサリア人との戦いでは感情的にウグイに強く肩入れし、いままたこの決闘ではあたかも自分が無我夢中で命を賭けてゲルマニア人と戦っているかのように感じていた――そうした感情の昂りはもはや私の堪えられるものではなかった。だから私はカッシウスが危機一髪の逆転劇を演じるのを見る機会がなかった。ゲルマニア人が血に塗れた剣をかざしカッシウスの頭蓋を砕かんとした刹那、カッシウスは楯のスパイクを突き上げて敵の腰を貫き、横ざまに転がると、腋の下に致命の一撃をたたきこんだのである。左様、カッシウスは見事に敵を斃した。読者よ、この者の名をしかと記憶に留められたい。というのもかれはわが物語の中で二度三度重要な役割を果たすことになるからである。ところであのときの私がどうであったかというと、最初は誰ひとり私の昏倒を知らず、ようやく気づいたときには私は我にかえっていた。皆は正式に競技が終了するまで私を席にしっかり座らせておいた。衆人環視のなか担ぎ出されるのは不面目なことだったからである。

次の日も競技はつづけられたが、私は観戦しなかった。発表では病に臥せっていることになっていた。おかげで私はインド象――アフリカ産の同種よりはるかに大きい――が一角犀と戦うという、円形競技場はじまって以来の一大決戦を見逃してしまった。通の連中は犀に賭けた。というのも、犀の方がはるかに小さいが、その皮膚は象より厚く、長く鋭い角を使って簡単に相手をかたづけてしまうに違いないと期待したからである。人の噂では、アフリカでは象も苦い経験から犀の生息地を避けるので、犀は自分の領地では並ぶもののない王者の地位を保っているということだ。しかしインド象は――後になってポストゥムスが語ってくれたところによると――犀が競技場に入ってきたときにも何ら臆するようすもなく、あらゆる機会をとらえて牙で犀に突きかかり、相手が勝負を嫌って退いたときにはどたどたとぶざまに追い回すのだった。けれども攻撃をしかけても相手の頸の分厚い装甲を貫きとおせないと気づくと、この驚くべき獣は奇計を考え出した。掃除係が砂のうえに忘れていった茨の箒を鼻で摘み上げると、次に敵が突進してきたのを見計らって相手の顔に叩きつけたのだ。そして最初の一撃で片目を、次にもうひとつの目を潰すことに成功した。犀は怒りと苦痛に我を忘れ、そこかしこに象を追いかけ回しているうちに、あげくに木製の障壁に激突し、壁を突き破って自分の角を折り、背後の大理石の壁にぶちあたって失神してしまった。そこに象がおもむろに姿を現し、あたかも嘲笑するかのように口を開き、まず木の壁の裂け目を広げ、倒れている敵の頭蓋の上に足をのせると、それを踏み潰した。それからまるで楽の音にあわせるかのように頭を振ると、静かに歩み去った。インド人の象使いが砂糖菓子で一杯のボウルを抱えて駆け出してくると、象は観衆の熱狂的な喝采の中それを口のなかに放り込んだ。そのあと獣は牙を梯子がわりにして象使いが首の上に乗るのを助け、アウグストゥスの前に走っていった。かれを称えて一吠えし――この仕草を王侯の前でしかしないようにこれらの獣は仕込まれている――忠誠のしるしに跪いた。しかし、前述のように、私はこの光景を見ることはなかった。

その夜リウィアはアウグストゥスに次のような書翰を送った。

アウグストゥス様、

二人の男の決闘を眼前にした昨日のあのクラウディウスのぶざまなようす、四肢を痙攣させた醜いさまはいうにおよばず、亡き父の勝利を記念する厳粛な祝典の席上であることでなおさら恥ずかしく不都合であったあの失態に、仮りにひとつ利点があったとするならば、それは神祇官職を別として――神祇官団の欠員は何らかの方法で充当せねばならず、またこの職務についてはプラウティウスが何とかあれを指導してきましたので――クラウディウスが公けの席に姿を現すことはまったく相応しくないとわれらが最終的に決断する根拠を示したという点につきるのではないでしょうか。われらはあれが、子孫を残すという一事を除いてはまったく無用の長物であると結論しなければなりません。あれがウルグラニッラとの間にこの義務を果たしているとの報告を受けおります。とはいえ、その報せも生まれてくる子供――それもあれのような出来損ないかもしれませんが――をこの目で見るまでは、確実なものとはいえません。

本日アントニアがあれの書斎からとあるものを秘かに持ち出してまいりましたが、それはあれが父の伝記を著すために集めている歴史資料についての覚え書とおぼしいものでした。アントニアはそのほかに、計画中の伝記のための推敲を重ねた序文を見い出したのですが、それをここに同封します。一読してお分りになりましょうが、クラウディウスは父の精神上のひとつの弱点、すなわちあれの父が時代の変化に盲目であった点を取り上げてそれを賞賛の的としております。すなわちそれは、ローマがいまだ小都市国家で近隣の都市と交戦状態にあったころの政治体制を、こんにちアレクサンドロスの時代以降最大の国家となったローマにおいても再び実現しうると信ずる愚かしい幻想です。アレクサンドロスが歿し絶対君主としてかれを襲うに足る強力な後継者が見い出せなかったとき果たして何が生じたか――それはすなわち、帝国の崩壊でした。しかし今は歴史的議論で徒らに時間を費やすべきではありません。

わたくしはつい先頃アテノドロスとスルピキウスと話したばかりですが、両人の話は、わたくしから見せられるまではこのような序文は一度も目にしたこともなかったこと、またこの内容の不適切であることで、一致しております。両人が誓っていうには、かかる剣呑な思想をあれに吹き込んだのは決してかれらではなく、あれはそれを古代の著作から得たに違いないとのことです。わたくしの個人的な見解をお許しいただけるならば、それは家系的な遺伝であると思います。殿も御記憶のとおり、あれの祖父も同様の精神的弱点を抱えておりました。かかる瑕瑾のみを受け継いで、肉体的もしくは道徳上の美点をひとつも受け継がなかったとは、まったくクラウディウスらしいではありませんか。ティベリウスとゲルマニクスについてわれらは神に感謝せねばなりません。わたくしの知る限り、かれらがかかる共和主義的たわごとを口にしたことはありません。

とうぜんわたくしはクラウディウスに、かかる伝記的著作から手を退くよう命ずるつもりです。父の記念祝典の神聖な競技の席で昏倒してその想い出を汚(けが)すような者に、父の伝記を著す資格などない、著作したいなら何か別の題材を見つけるようにと、告げるつもりでおります。

リウィア

父と祖父が毒殺されたとポッリオが語ってこのかた、私は困惑しきっていた。あの老人が耄碌してたわごとを言ったのか、単なる冗談だったのか、それとも真実を口にしたのか、判断がつかなかった。共和政体を信奉しているというただそれだけの理由から一人の貴族を毒殺するほど君主制に固執している者があるとするならば、それはアウグストゥス以外にありえない。しかしアウグストゥスが殺人の下手人であるとは、私には信じられなかった。毒殺は殺人の中でも卑劣な手段、いわば奴隷の遣り口であって、アウグストゥスがそこまで身を堕すとはとうてい考えられない。ましてやかれは偽善者ではなく、かれが父について口にするときには敬愛をこめて語るのが常だった。私は近代史の著作に二、三あたってみたが、ゲルマニクスが父の死をめぐる状況について教えてくれたこと以上に何ひとつ得るところはなかった。

ちょうど競技が開催される二日前、私はたまたまわが邸の門衛と話す機会があった。かれはかつて父が軍の指揮をとっていた間ずっと看護兵をしていた男である。誰もが父の名を口にし、かつての古参兵たちがその栄光の一端にあずかろうとわが家を訪ねてきたので、この正直者はいささか酒を過ごしていた。「父の死について知っていることを教えてくれ」と私はあけすけに訊いた。「当時兵営では、事故死以外に何か噂が流れていなかったかい」かれは答えた。「貴方を別にして誰にも言いたくはないですが、殿は信頼できる方なので申し上げましょう。殿はお父上のお子ですし、誰もがお父上を信頼していました。左様、殿のおっしゃるように当時兵営では噂があって、それはふつう兵営で聞かれるたぐいの根も葉もない噂ではありませんでした。殿の勇猛かつ高貴なお父上は毒殺されたのです、私はそう信じております。あるお方がおられて、そのお名は私が口にしなくても殿はお分りになりましょうから申し上げませんが、その方がお父上の勝利に嫉妬し、帰国を命じました。これは作り話でも流言蜚語でもなく、真実のことです。帰還命令はお父上が脚を折られたときに届きました。これは大した怪我ではなく、ローマから医者と称する男が命令とともに到着するまでは順調に回復に向かっていたのです。比(こ)奴(やつ)が毒の入った袋を隠し持っていたというわけで。この自称医者を派遣したのは誰か。それは帰還命令を出したのと同一人物です。二かける二は四ではありませんか。我ら看護兵は奴を生かしてなるものかと思ったのですが、奴は護衛に守られてうまうまとローマへもどってしまいました」

私に父の伝記を書くのをやめよと指示する祖母リウィアの書付を読んで、私の困惑は深まった。ポッリオの指摘は祖母が前夫とわが子を暗殺したことをあからさまに指していたのだろうか。考えられないことだ。いったい彼女の動機は何なのか。しかしこのことをじっくり考えてみるにつれ、犯人はアウグストゥスであるよりはリウィアであるに違いないと信じられるようになってきた。

この夏ティベリウスは東ゲルマニア戦役で兵力を増強する必要があって、近年従順で騒乱のなかった属州ダルマティアから兵卒が徴募された。けれども分遣隊が組織されたのと時を同じくして、徴税人が例年の徴税のためにこの地域を訪れたのだが、この者はアウグストゥスが定めた額を超えはしないものの、人々が容易に支払える以上の税額を徴収しようとした。これには貧しい者たちの間から憤懣の声が大きくあがった。徴税人は権利を行使して、税を納められない村では見目よい子供たちを集め、奴隷として売り払おうとした。分遣隊の中にはこのようにして拉致された子供たちの親が含まれていたため、当然、抗議の声が澎湃（ほうはい）とわきおこり、隊全体が蜂起してローマ人士官を殺害した。ボスニアの部族がこれに呼応し、たちまち叛乱の火はマケドニアからアルプスにいたる辺境の属州一帯に広がった。さいわいティベリウスはゲルマニア人と休戦に入ることができたので——今回の休戦はティベリウスからではなく敵からの要請だった——叛徒に兵を向けた。ダルマティア人は全面対決を嫌って兵力を小規模単位に分散すると、巧妙なゲリラ戦を展開した。その理由は、かれらは装備が充分ではなくまた地形を熟知していたからであり、冬にはマケドニアにまで侵入した。

ローマにあるアウグストゥスはティベリウスの直面している困難を理解できず、ティベリウスにはなにがしか自分の量りがたい隠密の意図があって軍の展開を遅延させているのではないかと疑った。そこでかれはティベリウスを駆り立てる目的で、自分直属の兵員をゲルマニクスにつけて派遣することに決定した。

ゲルマニクスは当年とって二十三歳であったが、通例よりは五年早く、首都政務官の職に就いたばかりだった。かれが将軍に任命されたことは人々を驚かせた。誰もがポストゥムスが選ばれるものと予想していたからである。

ポストゥムスは行政職に就いていなかったが、自分の新しい軍隊のために新兵をマルスの野で訓練するのに余念がなく、今や連隊指揮官の地位にあった。かれはゲルマニクスより三歳年下だったが、兄ガイウスがアジア属州統治のため派遣されたのが十九の年であり、翌年には執政官の地位に就いている。ポストゥムスがガイウスと比べて決して遜色ないことは衆目の一致するところで、まして やかれは存命するアウグストゥスの唯一の皇太孫だった。

この報はいまだ公けにされていなかったが、これを聞いて私の心は複雑だった。ゲルマニクスが登用されたことを喜ぶと同時に、ポストゥムスが排斥されたことを悲しんだからである。私が宮殿にポストゥムスを訪ねると、ちょうどかれの部屋でゲルマニクスと鉢合わせをした。ポストゥムスは我々ふたりをあたたかく迎えると、ゲルマニクスに任官の祝辞をのべた。

ゲルマニクスは言った。「私が君を訪ねたのも実はそのためなのだ、ポストゥムス。このたび登用されたことを誇りにも思いまたとても喜んでいることは君も分ってくれるだろう。けれどももしそのことで君が傷つくようなことになれば、軍人としての評判など私には何の意味もないのだ。君は戦士として決して私に遅れをとる者ではなく、アウグストゥスの裔として明らかに君が任命されるべきであった。もし同意してもらえるなら、私はアウグストゥスの前に出向いて君と代わるよう辞退してこようと思うのだ。このままでいけばローマ市民はアウグストゥスが君を差し置いて私を贔屓したと誤解するに違いないことをかれに指摘してみよう。今ならこれを改めるのに遅すぎるということはないから」

ポストゥムスは答えた。「親愛なるゲルマニクスよ、君は雅量にあふれて気高い。だからこそ私も正直に言おう。たしかに今回のことを市民が私を軽んずる仕打だと取るという君の意見は正しい。事実この任命によって君の行政職の任務は中断されるが、その点私の方はまったくそういう障害がないことを考えれば、なおさらだろう。けれど、信じて欲しい、君がこれまでにも増して信義の証を示してくれたことで、私の落胆はいたく慰められた。私は心から君がそのような懸念を振り払い、戦場で武勲をあげることを祈っている」

そこで私は言った。「もしよろしければ一言言いたいことがあります。思うにアウグストゥスはお二人の考えているよりさらに深く状況を熟慮していたのではないでしょうか。今朝小耳にはさんだ母の話から推量すると、どうやら、ティベリウス伯父が含むところあって戦いを長引かせているのではないかとアウグストゥスは疑っているらしい。そこへポストゥムスに新たな兵力をつけて派遣したなら、かつて伯父とポストゥムスの兄たちとの間にあのような行き違いがあったのだから、必ずや伯父は気分を害して疑心にかられるでしょう。ポストゥムスはスパイでしかも対抗者と思われるだろう。しかしゲルマニクスなら伯父の養子でもあるので、単なる増援であると考えられる。いずれポストゥムスがほかで武勲をあげる機会は必ずあるであろうし、その機会は近く訪れるでしょう」

二人の面目をともに傷つけることのないこの新しい解釈に接してかれらはいずれも喜び、私たちは和気あいあいの気分で別れたのだった。

その夜、あるいは翌日の早朝というべきか、私が館の二階の自室で深更まで著作に耽っていると、遠くで叫ぶ声がして、そのあと戸外で組み討ちをする音が露台ごしに聞こえてきた。扉に近よって見ると、露台の向こうに頭が現れ、つづいて腕が登ってくるではないか。それは武装した男で、脚を露台にひっかけると躰をおしあげた。私は一瞬その場に立ち竦(すく)んでしまった。真っ先に頭に浮かんだのは「リウィアが刺客を送り込んだのだ」という考えだった。私が大声で助けを叫ぼうとすると、男は低い声で言った、「しっ、大丈夫、ポストゥムスだ」

「ポストゥムス、びっくりさせないで下さいよ。なぜこんな夜更けに泥棒みたいに登ってくるんですか。それにどうしたのです、顔から血が流れているし服は破れているし」

「お別れをいいにきたのだ、クラウディウス」

「どういう意味です。アウグストゥスの気が変わったのですか。ゲルマニクスの任命はもう発表されてしまっているのに」

「なにか飲むものをくれ、喉がからからだ。いや、俺は戦場に行くんじゃない。それどころか、釣りに行けと命じられたのだ」

「謎かけはやめて欲しいな。このワインを飲んで。何があったのか教えて下さい。どこに釣りに行くというのです」

「どこか人里はなれた小島さ。連中は場所までまだ決めていないだろうよ」

「ということは……」私の心は沈み、頭はくらくらした。

「そう、俺は追放さ。あわれなおふくろ同様さ」

「でもなぜ。どんな罪を犯したというのです」

「元老院に告発されるような罪は何も犯しちゃいない。そう、告発は『癒しがたく改めようのない悪行』とでもなるかな。例の寝室での夫婦の審議のことは知っているだろう」

「ああポストゥムス、すると祖母が……」

「よく聞け、クラウディウス、時間がないのだ。俺はがっちり逮捕されたが、ついそこで護衛二名を殴り倒して血路を斬り開いてきたのだ。すでに親衛隊に召集がかかっているし、あらゆる退路は塞がれている。あいつらには俺がこの館のどこかに隠れているのが分っているし、すぐさまあらゆる部屋を虱潰しに捜索するだろう。どうしてもお前に会っておかねばならなかった。お前には真実を知って欲しい、俺に着せられるでっちあげの罪状など信じて欲しくないと思ったからだ。それに、このことを一つ残らずゲルマニクスに伝えてもらいたい。ゲルマニクスに俺からの心をこめた挨拶を送り、俺が語るがままに真実を告げて欲しいのだ。他人がどう思おうと構わないが、お前とゲルマニクスだけは真実を知り、俺のことを誤解しないでいて欲しいのだ」

「一言一句たりとも忘れませんよ。さあ、早く、そもそもの起こりから教えて下さい」

「うむ、俺が最近アウグストゥスからよく思われていないことは知っているな。その理由が分らなかった、最初はな、だがほどなく、リウィアがこっそりかれに俺の悪い印象を植えつけているのだと分った。リウィアがからんでくるとアウグストゥスはからっきし弱いのだ。考えてもみろ、あんな女と五十年近くも連れ添って、それでいてなお彼女の言うことを鵜呑みにしているとはな。けれど今回の謀略に関してはリウィアだけがやったことじゃない。リウィッラも一枚嚙んでいるんだ」

「リウィッラが！　それはまた……」

「そうだ、俺がリウィッラにぞっこんで、あの女のためにどんな目に遭わされてきたかはよく知っているだろう。一年前だったたか、お前があの女は俺が心を痛めるに値しないと遠回しに言ってくれたことがあったな。あのときどんなに俺が腹を立てたか憶えているだろう。何日か口も利かなかったほどだ。怒って済まなかったと思ってるよ、クラウディウス。しかし分って欲しい、報われぬ恋をしたら、誰でもそうなるのだ。そんなわけであのときお前には説明しなかったが、カストルと結婚する前にあの女は、結婚はリウィアに強いられたからで、本当に愛しているのはあなただけよと言ったのだ。俺はそれを真に受けた。どうして信じないわけがあろうか。俺はいつかカストルの身に何事か起こって、晴れて俺がリウィッラと結ばれる日の来るのを祈った。それ以来昼も夜もそればかりを考えていた。今日午後のことだ、俺はあの女とカストルと一緒に、鯉の池の傍らにある葡萄園で腰を降ろしていた。カストルは俺をからかいはじめた。今にして分るが、あの二人は以前から入念にこれを仕組んでいたのだな。あの男が最初に言ったことは、『するとお前よりもゲルマニクスが気に入られたわけだな』俺は、今度の任命は賢明なものだったし、ゲルマニクスにお祝いを言いにいってきたところだと言ってやった。すると奴は皮肉たっぷりに『なるほど、高貴なる容認というやつだな。時にお前はまだ祖父のあとを継いで皇帝になれる気でいるのかね』俺はリウィッラのためを思って自分を抑え、アウグストゥスが存命で役職をはたすのに充分な能力のあるうちにそんな話題を口にするのは、不謹慎ではないかと答えた。そしてこちらも皮肉をこめて、お前が対抗馬に名乗りをあげるつもりなのかと訊いてやった。するとかれは不愉快なうすわらいをうかべてこう言った。『ふむ、そうしたならお前よりも成功率は高いだろうな。俺はいつでも欲しいと思ったものは手に入れる主義だ。頭を使うからな。それを働かしてリウィッラを手に入れた。なあに、簡単なことだったさ。お前がリウィッラの夫には相応しくない人間だとアウグストゥスに吹き込むのはな。考えると笑えてくるぜ。ま、いずれ同じ手を使ってまた欲しいものを手に入れるつもりさ。構やしないだろ』これを聞いて俺はかっとなった。本気で俺の陰口を言い触らしたのかと奴を問い詰めた。奴は言った。『当然だろ。俺はリウィッラが欲しかった。だからそうして手に入れたのさ』俺はリウィッラに知っていたのかと訊いた。あの女は腹を立てたふりをして、カストルなら間違いなくそんな卑劣な手段を使いかねないと言った。そして空涙(そらなみだ)を流して、カストルは日に日に性根の曲がった男になってゆき、わたしがどれだけ哀れな立場にあるか他人には予想もできないほどで、いっそ死んだ方がましだわ、と言うのだ」

「それはリウィッラがいつも使う手です。あいつはここぞと思うときにはいつでも泣けるんだ。それで皆ついやられてしまう。ぼくがリウィッラについて知っていることをみんな貴方に話していたら、いっときは嫌われたでしょうが、今度のようなことは避けられたかも知れないと思うと……それから何が起こったのです?」

「今夜リウィッラは侍女に伝言を持たせてきて、カストルがいつもの女遊びに出かけるので、真夜中過ぎに彼女の窓に明りが見えたなら忍んできて欲しいということだった。明りの下の窓が開いているので音をたてずに入ってくるようにとのこと。とても重大な話があるというのだ。それが意味するところはひとつしかない。俺の胸は高鳴った。庭で何時間も待っているとやっと彼女の部屋の明りが一瞬だが点るのが見えた。下の窓が開いたのでそれを登った。リウィッラの侍女が待っており階上に導いた。侍女がどのように露台をつたっていけばリウィッラの部屋の窓まで行けるかを俺に教えた。部屋の入口近くの廊下にいる護衛に見咎められないためということだった。たどり着いてみると、寝間着のリウィッラが、髪をおろし、悪魔みたいにきれいな姿で待っていた。彼女はいかにカストルに虐待されているかを切々と訴えた。カストルが彼女を手に入れたのも自分で告白した通り詐術によってであり、野獣のように振舞うから、もはやあの男の妻だとは夢にも思わないというのだ。リウィッラが腕を投げかけてきたので、俺は彼女を抱き上げ寝台に運んだ。俺はあの女が欲しくて気も狂わんばかりだった。するとあの女はにわかに大声をあげると俺を突き放した。一瞬発狂したのかと思い、口をおさえて静かにさせようとした。女は身悶えしてのがれ、ランプとガラスの水差しの乗った卓子(テーブル)をひっくりかえした。そして『狼藉者、狼藉者！』と叫ぶと、扉を破って松明(たいまつ)を手に親衛隊が乱入してきた。先頭に誰がいたと思う？」

「カストルですか」

「リウィアだ。彼女は俺たちをそのままの格好でアウグストゥスの御前に連れていった。カストルがそこにいた。リウィッラの話じゃ都の反対側で晩餐をとっているはずだったのに。アウグストゥスは護衛を下がらせた。そしてそれまで一言も口を利かなかったリウィアが俺を難詰しはじめた。そこでいうには、彼女はアウグストゥスの提案をうけて、アエミリアの告発の件で個人的に俺を訪ね、どのような申し開きができるか聞いてみるつもりだった、と」

「アエミリアって、どのアエミリアです？」

「姪のアエミリアさ」

「あれが貴方を訴えたなんて聞いていませんよ」

「訴えたことなんてないさ。あれも一枚嚙んでいたのだ。そこでリウィアの話だ。俺を訪ねても留守だったので、いろいろ訊いてまわると、庭園の南の梨の樹の下に俺が座っているのを見たという歩哨の報告があったことを知った。彼女は俺を探しに兵を送ったが、俺の姿はなく、その代わり男が一人、階上の露台から日時計の上の露台に跳び移るのを目撃したという気がかりな報告があった。彼女はそこに誰の部屋があるか思い出し、ぎくりとした。さいわい、すんでのところで間に合った。俺は露台づたいにリウィッラの悲鳴を聞いたのだ。助けを求めるリウィッラの部屋に闖入し、いままさに彼女を強姦するところだった。親衛隊は扉を破って突入し、俺を『狂乱した半裸の若い婦人』から引き離したのだ。そのままただちに俺をここへ、またリウィッラを証人として連れてきた。リウィアが喋っているあいだ、あのリウィッラめは啜り泣き顔を隠していた。寝間着がななめに破れていたが、あの女が自分でやったに違いない。アウグストゥスは俺を色狂いのけだものと呼び、気が狂ったのかと言った。むろん俺としても、リウィッラの寝室にいたことやあれと寝ようとしたことは否定しようもなかった。俺は招かれて来たのだと言い、事の起こりから説明しようとした。ところがリウィッラが『嘘です。わたしが眠っているとかれが入ってきて手ごめにしようとしたのです』と泣きわめいた。するとリウィアが言った。『誘ったのはそなたの姪アエミリアではないのかえ。そなたは若い娘たちの間では人気があるようだから』これは巧い手だった。俺はアエミリアのことを説明せねばならず、リウィッラのほうの話が留守になってしまったからだ。昨晩姉のユリッラと晩餐をとりその席にアエミリアも同席していたが、彼女に会ったのは半年ぶりだったと、俺は説明した。いったいどのような機会があって俺が彼女を襲えるというのか。するとアウグストゥスが言うには、どのような機会かは俺がよく知っていたはずだ、彼女の両親が食事のあとで強盗の恐れがあるといって呼び出され、いっとき席を外したからで、俺がことを済まそうとする前にかれらが帰ってきてしまったに違いないとのこと。あまりにも馬鹿らしい話だったので、俺はかんかんに怒っていたのに笑い出さずにはおれなかった。それを見てアウグストゥスは怒りをつのらせ、象牙の椅子から降りて俺を殴りつけようとしたほどだった」

私は言った。「よく分らない。本当に強盗の恐れがあるなんて知らせがあったのですか」

「あったのだ。俺とアエミリアは数分間ふたりきりになったが、そのときの会話は全く罪のないものだったし第一そばに彼女の家庭教師がいたんだよ。果樹のことや植物の伝染病のことを話し合っているうちに、やがてユリッラとアエミリウスが戻ってきて、偽りの知らせだったと言った。ユリッラとアエミリウスがリウィアと組んでいるとは思えない——あの二人はリウィアを憎んでいるから——事を仕組んだのはアエミリアに違いない。あの娘がなんの怨みがあって俺をはめたのかと考えたが、思い当たる節がない。すると、ふっと理由が見えた。ユリッラがこっそり話してくれたところだと、あの娘はやっと望みのものを手に入れようとしている、つまりアッピウス・シラヌスと結婚することになったのだ。あの色男は知っているだろう」

「ええ、でも分らない」

「簡単なことさ。俺はリウィアにいってやった。『アエミリアが虚偽を申し立てたことの報酬が、シラヌスとの結婚というわけですな。ところでリウィッラの報酬は何です？　今の夫に毒を盛ってもっと男前を提供してやるというあたりですか』いったん毒のことを口にしてしまったので、俺の運命は決まった。だから時間があるうちに言えるだけのことを言っておこうと臍をかためた。リウィアに向かって、俺の父と兄たちの毒殺をどうやって仕組んだのか、そのさい遅効性の毒か即効の毒かどちらを選んだのかと詰問してやった。クラウディウスよ、あの婆あがかれらを殺したと思うかい。俺は確信を持っている」

「それを面と向かって問いただしたのですか。確かにじゅうぶん考えられますね。わが父も祖父も彼女に毒殺されたとぼくは思っている」私は言った。「犠牲者はかれらだけに留まらないでしょう。でも証拠がない」

「俺にもない。けれど俺は婆あをたっぷり罵倒してやっていい気分だった。声も限りに叫んでやったので、宮殿の半分の奴が聞いたに違いない。リウィアは泡を食って部屋から飛び出し、衛兵を呼んできた。リウィッラを見ると笑ってやがったよ。俺はあいつの首を絞めあげてやろうとしたが、カストルが邪魔しやがってあいつは逃げてしまった。そこでカストルを絞めあげると、奴の腕を折り、ぶん殴って前歯を二本、大理石の床に飛び散らせてやった。しかし衛兵には手向かわなかった。それは筋違いだし、それに連中は武装していたからな。二人が俺の腕を抑え、アウグストゥスは呪いの言葉を絶叫した。俺を帝国の離れ小島に生涯追放する、不肖の娘がかくも不肖の孫を儲けたのだと言った。そこで俺は言い返した。たしかにかれはローマ人の皇帝と称しているが、その実は酔払いの淫売宿のおやじの下にいる奴隷娘ほどにも自由がないのだ、いつの日にか化け物のような妻の犯した恐ろしい罪と謀略をまざまざと見せつけられることがあろう、とな。しかしああはいったが、かれに対する俺の愛情と忠誠は変わりはしない」

ののしりさわぐ声が階下から響いてきた。ポストゥムスは言った。「俺はお前を巻き込みたくない、クラウディウス。お前の部屋で発見されるわけにいかぬのだ。もし剣が手元にあればそれを使うのだが。孤島で朽ち果てるよりは戦って死ぬほうがましだ」

「早まらないで、ポストゥムス。いま大人しくしていればいずれ機会もある。必ずそうなるよう約束します。ゲルマニクスがこれを知ったなら、貴方を晴れて自由の身とするまで寸暇を惜しんで努力するだろうし、ぼくだって同じです。貴方がすすんで死を選べばそれこそリウィアの思うつぼじゃないですか」

「お前もゲルマニクスも、この事件の真相を明らかにしてはならんぞ。そんなことをしたら、自分から厄介事をしょいこむだけだ」

「きっと機会は来ます。リウィアは長いあいだ思い通りの悪事をしてきて、あまり用心しなくなっている。そのうち尻尾を出すでしょう。人間であるかぎり必ずそうなりますよ」

「俺はあの婆あが人間だとは思えないよ」

「そしてアウグストゥスがずっと欺かれてきたことを知ったなら、必ずやリウィアに対して貴方の母上に対したのと同じくらい情容赦ない処置をとることでしょう」

「リウィアが先にかれを毒殺するだろう」

「そうならないようゲルマニクスとぼくが見張っておきます。我々がアウグストゥスに注意しますよ。どうかポストゥムス、やけをおこさないで。何事も最後には正常に復するものです。できるかぎり手紙を書くし読む本も送りますよ。ぼくはリウィアを恐れない。もし手紙が届かなければ、握りつぶされたものと思って。ぼくから届いた本の七頁目に注意して下さい。秘密の伝言のある場合にはそこに牛乳で文を書いておくから。これはエジプト人が使う手です。火で炙らないかぎり文字が見えない。ああ、扉を叩く音が聴こえる。さあ、もう行って。連中が隣りの廊下の突き当たりまできていますよ」

　かれは涙を浮かべた。黙って私を抱き締めると、すばやく露台まで行った。かれは手摺をのりこえると、別れに手を振って、登ってきた太い葡萄のつるを下っていった。庭園を走り去る音、そしてすぐに衛兵の叫ぶ声が聴こえた。

紀元七年

　この事件のあとの一カ月以上、いったい何が起こったのか、私の記憶にない。私はふたたび病に臥せった。あまりに重病だったので、もう余命のないものと思われていたほどだ。ようやく回復したときには、ゲルマニクスはすでに前線で軍務に服しており、ポストゥムスは廃嫡され生涯戻ることのない追放に処せられていた。かれの流された島はプラナシア島だった。これはエルバ島からコルシカ島にむかって二十マイルの沖合いにあり、有史以来ここに住んだものはなかった。しかし先史時代の石の廃屋があり、これがポストゥムスの侘住まい、そして衛兵用の兵舎となった。プラナシアはいびつな三角形をしており、いちばん長い一辺が五マイルほどだった。樹もない岩だらけの島で、夏の間海老（えび）とりのかごを仕掛けにエルバ島の船頭が訪れるだけだった。この漁はアウグストゥスの命令で中止された。ポストゥムスが船頭を買収して脱出するのを恐れたためである。

今やティベリウスがアウグストゥスの唯一の後継で、その次の世代はゲルマニクスとカストルに引き継がれるはずだった。これすべて、リウィアの血統である。

巻十二　ゲルマニアで三軍団潰滅

これ以後の二十五年間の出来事を私の身辺にかぎって述べるならば、紙面の節約にもなるし、また極めて退屈な読物となるだろう。しかしこの自伝の後半、そこでは私がもっと重要な役割を演ずることになるのだが、それを充分に理解するためには、周辺の人々、すなわちリウィアやティベリウス、ゲルマニクスにポストゥムス、カストル、リウィッラやその他がどうなったかを述べることが是非とも必要となってくるし、またそれは決して退屈なものとはなるまい。

ポストゥムスは流罪の身となり、ゲルマニクスは出征した。私の真実の友として残ったのはアテノドロスひとりとなった。ほどなくかれも生地タルソスに帰り、私ひとりが残された。私は無理をいってかれを引き留めようとはしなかった。というのもかれの帰郷は総督の圧政から市を救うために助力して欲しいという二人の甥からの緊急の依頼に応ずるためだったからである。甥の書面によればその総督は狡猾にも神君アウグストゥスの思召(おぼしめし)と称して得手勝手にふるまうので、かれの追放が正しいものであることを、アテノドロスのような神君アウグストゥスがその人格に全幅の信頼をよせる人物から神君に説得してもらう必要があるとのことだった。アテノドロスはこのダニを市から放逐することに成功したが、その後、ローマに帰還するという当初の計画はもはや不可能であることが分った。甥たちから、市の行政を根本から再建するのに是非とも力を貸して欲しいと援助を求められたからである。アウグストゥスはかれからこの事件の逐一を記(しる)した報告書を受け取って、感謝と信頼の意をあらわし、アテノドロスへの個人的な好意の証(あかし)として、向こう五年間タルソスから帝国への献納金を免除した。私はこの善良なる老人が二年後齢八十二で世を去るまで定期的に手紙のやりとりをつづけた。かれの死後タルソスは毎年祝祭と犠牲の儀式を執り行ってその栄誉を讃えることとなった。そのときには市の指導者たちが順繰りにかれの著作『タルソス小史』を冒頭から末尾まで、夜明けから日没ののちに至るまで朗読するのが習わしとなっている。

　ゲルマニクスはときおり便りをくれたが、それは愛情がこもっているとはいえ短いものだった。優れた指揮官は故郷の家族に手紙を書く暇などなく、作戦の合間の時間は士卒の心情を把握することや、かれらの慰安を工夫したり、軍の作戦遂行能力を強化したり、敵の布陣や戦術に関する情報を収集したりで、すべて費やされてしまうものである。ゲルマニクスは史上ローマ軍に任官した中でもっとも良心的な指揮官であり、父以上に部下から慕われた。私はかれが次のような要請をしてきたとき、とても誇りに思ったものである。すなわち、現在かれが対峙しているバルカンのさまざまな部族の平時の風習や情勢に関する信頼すべき情報を、つまりかれらの諸市の勢力や地理的位置、また伝統的な戦術や計略、ことにゲリラ戦におけるそれを、図書館で発見できるかぎりの資料を迅速かつ徹底的に調査して、その要約を送って欲しいということだった。ティベリウスがなかなか情報を与えてくれないので現地では信頼すべき情報を充分に収集できないとかれは記していた。私はスルピキウスと専門的な司書と筆耕からなる小集団の扶けを借りて昼夜の別なく作業をつづけ、ようやくゲルマニクスの要望に応えるものを纏めあげ、連絡を受けてから一月以内にそれを送付することができた。ほどなくしてかれが、あの調査書が非常に役立つことが分ったので同じものをさらに二十部、上級将校のあいだで回覧するために送って欲しいといってきたとき、私の誇りはさらにふくらんだ。どの条もきわめて明瞭かつ適切で、ことに部族の枠組みを超えた隠密の戦士団に特有の事情――ゲルマニクスと戦っているのは部族ではなくむしろこの戦士団だった――や、さまざまな聖なる樹や灌木――部族はおのおの別々の聖木を崇めていた――があり、緊急に村を棄てなければならないときにはその根もとに食料や金銭、武器を埋めるかれらの慣習についての情報が有効だったと、かれは書いてきた。そして、私が価値ある貢献をしたことをティベリウスやアウグストゥスに伝えると約束してくれた。

　この著作は公開されることはなかったが、おそらくそれは、敵がこの存在を知って行動様式や布陣を変更する惧れがあったためだろう。実際かれらは密告者があってそれで常時裏をかかれるのだと思い込んでいた。アウグストゥスは非公式にではあるが私を卜占の神祇官団の欠員に補充して、その労をねぎらった。もっともかれはこの本が隅から隅までスルピキウスの編集になったものと信じていたことは明らかであるが。その実はスルピキウスは一行も執筆せず、資料を数冊見つけてくれただけである。私が主に依拠したのはポッリオの著作で、そのダルマティア戦史は見事な情報戦略と一体化した軍事作戦の教本ともいえるものだった。現地の習慣と状況についてのポッリオの記述は五十年以前のものだったが、ゲルマニクスにとっては最近のどの戦史よりも私の抜粋が役立った。私はポッリオが存命でこの報に接してくれたならと思わずにはいられなかった。かわりにリウィウスにこのことを伝えると、かれはやや不機嫌に、自分はポッリオが有能な教本の著者であることは決して否定しないが高邁な歴史家とは思わないだけだと言った。

　付け加えて述べておきたいのは、私がもっと巧妙にたちまわっていたなら、必ずやアウグストゥスはこの戦争の終結のさいに元老院で行った演説で、私のことを評価したに違いないということである。しかしバルカン戦役に関するアウグストゥスの戦記を私はあまり参考にしなかった。もしかれがポッリオのように詳しい記述を残していたなら、あるいは皇帝お抱えの史家たちが阿諛追従を控えて、偏見のない技術的な側面からかれの勝利と敗退を記述していたとしたら、私はちゃんとそれを引用していたであろうが、しかし皇帝の戦果を讃えるこうした著作にはほとんど何一つとして有益な材料を見い出せなかった。そしてアウグストゥスは私の著作を読んで自分が蔑ろにされていると感じたに違いない。かれは戦果を自分自身のものと信ずるあまり過去二回の戦争の時期にはイタリア北東部の辺境の都市にまで移動して、できるかぎり戦場に近い場所に居を構えたほどである。そしてかれはローマ軍総帥として、常にティベリウスに向かってあまり有益とはいいかねる助言を与えていたのだった。

　このとき私は内戦当時の祖父の事績の調査にとりかかっていたのだが、それが捗らないうちにまたもやリウィアから横槍が入った。私はそのとき二巻を脱稿したに過ぎなかった。リウィアが言うには、私には父の伝記を著す資格などなく、ましてや祖父の伝記などもってのほかであるのに、彼女に隠れてこそこそこれに着手するなど背信行為である。何かしら有益な著作を執筆したいなら、誤解を招かぬ題材を選ぶべきである、と。そこでリウィアが提案してきたのは、天下平定の後アウグストゥスのおこなった宗教儀礼再組織の研究だった。たしかに派手な題材とはいえないが、これまで誰も詳細にわたって研究した者はなく、私は喜んでこれに着手した。アウグストゥスによる宗教の再興は例外なく優れたものだった。かれは古代の神祇官団を幾つも復活させ、ローマとその近郊に八十二もの新たな神殿を建立してそれに資金を扶持し、また朽ちるに任されていた古い神殿を数多く再建した。さらに各属州を訪問するときのために異国の宗旨を導入し、ここ半世紀の内乱時代に次々と絶えていった興味深い公けの古い祭式を幾つも復活したのだった。私はこの題材に心をこめてうちこみ、六年後のアウグストゥス逝去数日前に研究を完結させた。これは一巻平均五千語で全四十一巻であったが、その大半は宗教上の布告や神祇官の名簿、神殿の宝庫に献納された品々の目録などを転写したものからなっていた。もっとも重要なのは古代ローマの祭儀を論じた導入部の巻であり、私がもっとも苦心したところだった。というのも、アウグストゥスによる祭式の改革は宗教関係の委員会の研究にもとづいて行われたものだが、これが適切に運営されているとはいいがたかったからである。委員会には明らかに古代史の専門家がおらず、上古の宗教儀礼に関する多くの誤解が再興された公式儀典にも入り込んでしまった。エトルリア語とサビニ語を研究した者でなければ、我々の祖先のより古い祈禱を正確に解釈することはできない。そして私は多大の時間を割いて両言語の基礎の修得に励んだ。このころには僅かながら故郷ではサビニ語しか喋らないという者が残っており、私はそのうちの二人を説いてローマに招き、私の秘書となっていたパッラスにサビニ語小辞典をつくる材料を与えた。二人には充分な謝礼を支払ってやった。また他の秘書のなかでいちばん聡明なカッロンをカプアに派遣し、アルンスから聞き出して同様のエトルリア語小辞典を編纂する材料を集めさせた。このアルンスは、ポッリオを欣ばせリウィウスを激怒させたラルス・ポルセナに関する情報を与えてくれた神官である。この二冊の小辞典のお蔭で（私はのちにそれを追補して刊行した）古代の宗教儀礼についての数々の重要な問題を満足しうる程度に解決することができたが、私は経験から用心深くなっていたので、アウグストゥスの学識や判断を貶めかねないようなことは一行も記さなかった。

ところでバルカン戦役に関してここに大きく紙面を割くことはしまい。というのも、ティベリウス伯父の適切な統率に加えて、私の岳父シルウァヌスの有能な助力と、さらにはゲルマニクスによる勇猛果敢な活躍があったにもかかわらず、その終結には三年という月日を要したからである。遂には属州全体が荒廃し、ほとんど荒野と化してしまった。その地の部族は、男女の別なく、死にもの狂いで戦いをつづけ、しまいに火災と飢餓、疫病が蔓延して人口半減するにおよんでようやく敗北をみとめたからである。叛徒の頭目が和平をもとめてティベリウスを訪れたとき、ティベリウスはその者をみずから尋問した。そもそもなにゆえに叛乱の意図を抱き、またこれほどまでに自暴自棄の抵抗をつづけたのか、その理由を是非とも知りたいと思ったからである。バトーという名の頭目は答えた、「非はあなたがたにある。あなたがたは家畜の番をさせるのに羊飼いや牧羊犬ではなく狼を送ってきたからである」

この発言は完全に正確とはいえない。アウグストゥスは辺境属州の総督を自ら任命し、その者たちにじゅうぶんな扶持を与えて、かれらが国庫に収まるべき税をわたくしすることのないよう監視していたからである。徴税はもはや破廉恥な徴税人組合の手を経ることなく、直接総督のもとに支払われるようになっていた。アウグストゥスの総督たちは決して狼ではなかった。それをいうなら共和制時代の属州総督こそ狼であって、かれらの大多数は自分の属州からあたうかぎり多く搾り取ることにしか興味を示さなかったものである。アウグストゥスの総督たちの多くは優れた牧羊犬であり、ある者は正直な羊飼いでさえあった。しかし時にはアウグストゥスが不作や家畜の疫病、地震などによる被害を過少評価して、わざとではないが税率を高めに設定し過ぎることがあった。そんな場合、総督は税の過酷さをアウグストゥスに指摘するよりは、たとえ叛乱の危険をおかしてでも、定められた税の最後の一銭までもを徴収しようとした。統治を任命された現地の住民に人間的関心を抱く総督など、皆無に等しかった。総督はローマ化した属州の首府に住み、そこには豪奢な館や劇場、神殿や公衆浴場や市場などの設備が完備しているので、わざわざ辺鄙な田舎まで視察にいこうなどとは夢にも思わなかった。実際の統治は代理人のそのまた代理人に委ねられており、こうした卑小な人間の手によって小役人的な圧政が大いに行われたことは間違いない。バトーが狼と呼んだのはこうした輩だったのだろう。狼というよりはノミと呼んだほうが相応しい連中であるが。疑いないのは、アウグストゥスの治世のもと、共和制時代に比べてはるかに属州が繁栄を享受していること、そして元老院任命の総督の統治下におかれているイタリア国内の属州が、アウグストゥス任命の総督のもとにある辺境属州に遠くおよばないということである。これは現体制が共和政体に勝るとする議論の中で同意できる数少ない論点の一つである。もっともこの議論は、一般の共和政体における指導者層の倫理意識は一般の絶対君主とその臣下の倫理意識よりも劣るという検証不能の前提に立ったものであり、また、いかにして属州を統治するかという問題は、首都ローマにおいて何が起こるかという問題よりも重要であるという誤った考えに基づいたものであるが。属州が繁栄しているからといって帝政をよしとするのは、私に言わせればある者が奴隷を親切に遇するからといってわが子を奴隷同然に扱ってもよいと論ずるに等しいものだ。

さて、この財政および人的な面で多大の損失を余儀なくされた戦いの終結を祝って、アウグストゥスとティベリウスのために大規模な凱旋式を開催する旨が元老院の名のもとに布告された。読者に想起してもらいたいのは、正式の凱旋式を許されるのはアウグストゥスとその親族だけに限り、他の将軍はいわゆる「凱旋衣装」をもって

紀元九年

報奨されると定められていたことだ。ゲルマニクスは皇帝一族でありながら、政治上の配慮から、ただこの「凱旋衣装」を許されただけだった。アウグストゥスにしてもさらに大きな栄誉を与えたいのはやまやまであったろうが、今回の戦勝に関して適切な対応をしたティベリウスに多大の恩義を感じていたので、ゲルマニクスに同等の栄誉を与えていたずらにティベリウスを刺激したくなかったのである。ゲルマニクスは行政上の地位を引き上げられ、通常の年齢より数年早く執政官となることを許された。カストルはこの戦争に何の寄与もしなかったのだが、やはり元老院資格を得る以前に元老院に列席する特権を与えられ、またかれも行政職における地位が上がったのである。

ローマでは民衆が興奮して凱旋式を待ち望んでいた。かれらにとって凱旋式とは、他ならぬ食料金銭の大盤振舞など、あらゆる娯しみごとを意味したからである。ところがかれらの前には、たいへんな落胆が待ちかまえていた。凱旋式挙行予定の一カ月前、このうえもなく不吉な予兆があった——マルスの野の軍神の神殿に落雷があり、神殿がほとんど倒壊したのである。その二、三日後にゲルマニアから報があり、ローマ軍がカッラエ以来、いや四百年前のアッリア以来ともいうべき甚大な敗北を蒙ったと伝えられた。三つの軍団が壊滅しライン河東岸の征服地が一挙に失われたというのだ。ゲルマニア人がラインを渡河し、繁栄と安定を誇るガリアの三つの属州を劫掠するのを阻止するものは何ひとつないと思われた。

この悲報に接してアウグストゥスがいかに激しい衝撃

を受けたか、それについてはすでに記した。それはかれが元老院とローマ市民から辺境属州の治安維持を委任された者として公けにその責任を負うばかりではなく、同様に倫理的にも責務を担っていたためである。この惨状の原因は、あまりにも性急に蛮族に文明を強要しようとしたアウグストゥスの軽率にあった。わが父によって征服されたゲルマニア人は、徐々にローマ風の生活様式に馴染みつつあり、貨幣を使用し、定期的に市を設け、文明的な様式で建築し内装し、また部族集会の席においてすら、以前ならば最後には武器をとっての闘いになるところを穏便にすませるようになっていた。名目上かれらはローマの同盟者であり、もしかれらが次第に以前の蛮風を棄て、近隣の未開の同族の侵略からの防衛を駐屯するローマ軍に委ねて平和な属州での豊かな生活を享受するようになれば、必ずや二世代のうちかあるいはさらに早い時期に南ガリアの属州民のごとく平穏で従順な民となったに違いない。ところがアウグストゥスがライン以遠のゲルマニアの総督に任命したウァルス、かれは私の親戚筋にあたるのだが、この男はゲルマニア人を同盟者とは見做さずまったくの従属民としてあつかった。またウァルスは好色な男で、ゲルマニア人が婦女子の貞節に関して抱く特別強い感情を一顧だにしなかった。折しもアウグストゥスはバルカン戦役で蕩尽した戦費を補充する必要に迫られていた。そこでかれはさまざまな新税を設けたのだが、ライン以遠のゲルマニア人もこれを免除されなかった。ウァルスはアウグストゥスにこの地方で徴収しうる税額を進言し、忠義ぶってそれをあまりに高く設定したのである。

さてウァルスの陣営にはヘルマンとシーグミルグトと呼ぶ二人のゲルマニア人の首長があった。二人はラテン語を流暢に操り、もはや完全にローマ化しているように思われた。先の戦いではヘルマンは自らゲルマニア人傭兵を率い、かれの忠誠は疑いの余地がなかった。ローマに滞在した経験もあり騎士階級の一人に列せられていた。この両人はしばしばウァルスと宴席をともにし、かれと深い親交を結んでいた。二人はウァルスを説いて、同族の者たちが自分たち同様じゅうぶんに忠義であり、旧習を墨守するよりローマがもたらしてくれた文明の恩恵に感謝していると思い込ませた。他方かれらは不満を抱いた首長たちと秘かに通じていて、ここしばらくはローマ軍への武力抵抗を控えて、いかにもすすんで税を支払うかのごとくふるまうように説得したのだった。さすればほどなく一斉蜂起の合図が送られよう、と。「戦士」を意味する名の持主ヘルマンと「喜ばしい勝利」ことシーグミルグト――あるいはローマ風にセギメルスと呼ぶべきか――はウァルスがとても叶わないほど奸知に長けていた。ウァルスの参謀たちはゲルマニア人がここ数カ月異様なまでに従順であり、これは必ずやローマ軍の警戒心を解いてにわかに蜂起する機会を窺っているに違いないと口をすっぱくして説いたのだが、ウァルスはこれを一笑に付した。かれがいうには、ゲルマニア人は愚昧の民で、陰謀を図ったりあるいは機が熟すまでそれを隠密に伏しておくような芸当などできようはずもない、かれらが従順なのはただ臆病だからである、ゲルマニア人はこれを強く擲てば擲つほど相手を崇めるようになる、独立を保ち繁栄しているあいだは傲岸不遜であるが、一旦うちのめされると犬のように這いつくばり踵のあとからついてくる、と。ウァルスはヘルマンに怨みを抱きかれの陰謀をよく見抜いている他のゲルマニア人首長の警告にすら耳を貸さなかった。そしてかの地のように部分的にしか従属していない国では兵力を集中しておくべきであるのに、逆にこれを分散して配備したのである。

　ヘルマンとセギメルスからの密かな指示のもとに、辺境の部族はウァルスに使者を送り、盗賊の跳梁に対する保護とガリアからの商品輸送のための護衛を求めてきた。つづいて属州の東端で武装蜂起がおこった。徴税人一人とその部下の者が殺害された。ウァルスが討伐隊を組織すべく兵力を結集していると、ヘルマンとセギメルスがやってきて往路を途中まで護衛し、その先はお供できないがもし必要なら、現地民からなる援軍を組織し、求めがあれば速やかに馳せ参じようと申し出た。実はゲルマニア人援軍なるものはすでに武装してウァルス軍の行軍路数日のところに待ち伏せしていたのである。二人の首長は辺境の部族に向けて檄を飛ばし、その者たちの警護の任に当たるべく派遣されるローマ軍部隊を急襲し、一兵たりとも生かして帰すなと命じたのだった。

　この虐殺を逃れた者はただの一人もなかったのでウァルスのもとには何の知らせも届かなかった。いずれにせよこのときすでにウァルスは本営との連絡を絶たれていたのである。かれが辿っていた道は森の中の隘路だった。けれどもかれは斥候からなる先遣部隊もまた殿軍の護衛も配置せず、まるでローマから五十マイル内を往くかのようにいささかの警戒もなく、全軍――このなかには非戦闘員も多数ふくまれていた――無秩序な一団となってぞろぞろと行軍していたのである。みちみち樹木を伐採したり輜重車を渡すために河に架橋したりしなければならなかったので行軍は遅々として進まず、このためなおさら多数の現地民が要撃部隊に参加する時を与えてしまった。にわかに天候が崩れて豪雨が二十四時間以上つづき、ために兵の革盾はぐっしょりと濡れて戦闘には重すぎるものとなり、また弓兵の箭は使用不能となった。地面はすべりやすい泥濘となって徒歩の行軍を困難にし、荷車はたびたび立往生した。隊列の先頭から後尾までの距離がますます広がっていった。そのとき付近の岡から合図の狼煙があがり、ゲルマニア人は前衛、後衛、両翼から一斉に襲いかかった。

　ゲルマニア人は正々堂々の戦いにおいてはローマ兵の敵ではなく、かれらが臆病だといったウァルスの言葉に極端な誇張はなかった。当初かれらは落伍者や輸送要員だけを狙い討ちにして白兵戦を避け、陣内から槍や箭を雨霰と射かけてくるだけだった。そしてローマ兵が抜刀して大声をあげると森の中に逃げ込むのだった。しかしこの戦術で多くのローマ兵を斃すことができた。ヘルマンとセギメルスや他の首長の率いる別動隊は、鹵獲した輜重車を集めて車輪を破壊して道を塞ぎ、また樹を切り倒しローマ軍の行軍を妨害した。かれらはこうした障碍を幾つも設け、それを取り除こうとするローマ軍に備えて背後に部族の者を配備しておいた。このため後衛の部隊は前進をはばまれ、かれらは本隊との接触を絶たれるのを恐れるあまり、いまだ手中にある輜重まで放棄して先を急いだ。そうすればゲルマニア人たちが略奪に気をとられてしばらくは追撃の手を緩めるだろうと思ったのである。

　先頭の軍団は最近の山火事で樹木が少なくなっている岡にまで達し、無事隊列を整え残る二つの軍団を待った。この軍団はなお輜重を確保し、わずか二、三百名を失っただけだった。他の二軍団の被害はさらに甚大だった。部隊が四散したので新たに五十乃至二百名からなる部隊を再編し、それに前衛、両翼および後衛を配備した。両翼の部隊は密生した樹と泥濘のせいで歩みは遅々として進まず、また小編成の本隊としばしば接触を失った。前衛は敵の設けた障碍物のため多数の兵員を消耗し、また後衛は再三背後からの投げ槍の攻撃に曝された。その夜点呼が行われたときウァルスは自軍のほぼ三分の一が戦死もしくは行方不明であることを知った。翌日かれは平野にむけて血路を切り開こうとしたが、このため残る輜重を放棄せざるを得なかった。食料は少なく三日目にはふたたび森へ退却を余儀なくされた。敵の大半が輜重車を略奪し戦利品を運び去るのに忙殺されたため、二日目の死傷者はそれほど多くなかったが、三日目の夜の点呼に応えるものはわずか戦闘前の四分の一に過ぎなかった。四日目、ウァルスはさらに前進を続けようとした。かれは愚かにも敗北を認めず、なおも本来の目的に固執したからである。しかしいっとき回復にむかっていた天候が以前にもまして悪化し、激しい降雨に慣れたゲルマニア人は抵抗が弱まるのを見てますます大胆になってきた。かれらはローマ軍に肉薄し、激しい戦闘をくりひろげた。

正午近くウァルスはすべてが終わったと悟って、敵の手に落ちるよりは自刃の道を選んだ。上級将校の大半と多くの兵もこれに倣った。将校のうちただひとり沈着にふるまった者があったが、これこそが円形競技場で戦ったあのカッシウス・カエレアだった。かれは後衛でサヴォイの山岳民からなる部隊を率いていたのだが、かれらは他のどのローマ軍部隊よりも森林に慣れていた。カッシウスは一人の逃亡兵からウァルスが死に軍団の〈鷲〉は奪われ、本隊のうち生き残った者が三百名もないとの報を聞くと、一兵でも多くを虐殺から救おうと決心した。そして部隊を反転すると、急襲をかけて血路を切り開いた。カッシウスの勇猛が幾分なりとも兵を奮い立たせ、ゲルマニア人に畏怖の念を抱かせた。かれらはこの一致団結した小部隊を見逃し、それより楽に打ち倒せる相手をもとめて前進していった。カッシウスが、部隊旗を掲げたまま八日間敵地を踏破し、転進を決意したさいに擁していた百二十兵のうち八十を無事ひきつれて二十日前に出発した砦にまで到達したことは、近来の最大の武勲と称すべきであろう。

この惨憺たる敗北の報に接して首都ローマがいかに激しい恐慌に陥ったか、それを表現するのは難しい。人々はさながらゲルマニア人が市の城門に迫ってきたかのように、家財をまとめ荷車に積みこんだ。むろんこの恐慌にはじゅうぶんな理由があった。バルカン戦役における消耗が甚大であったため、イタリア中の兵員はすべて動員し尽くされていたからである。アウグストゥスはなんとか兵員をかきあつめ、まだゲルマニア人の手に落ちていないはずのライン河の橋頭堡を確保するために、ティベリウス軍を増強しようと知恵をしぼったが、方法に窮した。徴募が布告されてもすすんでそれに応じる市民は数えるほどしかなかった。ゲルマニア人と対戦しに行くなど死ににゆくに等しいと考えたのである。そこでアウグストゥスは第二の布告を発して、三日以内に徴兵に応じないものはそこから五人に一人を選んで公民権を剥奪し財産を没収すると告げた。それでもなお渋る者が多数あったので、かれは数名を見せしめにして、残りを無理やり軍隊に編入した。当然のことながらそのうちのある者は優秀な兵士となった。またアウグストゥスは三十五歳以上の市民からも兵を募り、また十六年間の兵役を終えている古参兵のうち相当の員数を軍に再編入した。これにあまり信頼のおけないとされる解放奴隷からなる軍団（もっともバルカン戦役でゲルマニクスの指揮下にあった増援軍は大半が解放奴隷からなっていたのだが）を併せて堂々たる兵力を編成すると、それらを兵装が調いしだい大隊ごとに北部戦線へと派遣した。

　このローマ危急存亡の秋（とき）にあって祖国防衛のため兵士として従軍できないことは、私にとって大いなる恥辱であり悲しみでもあった。私はアウグストゥスのもとに赴き、この肉体的欠陥が障害とならないような部署に派遣してくれるよう願い出た。例えば情報将校としてティベリウスのもとに赴いて、敵の動向に関する報告の収集と検証、捕虜の尋問、地図の作成、それから密偵に特別の指示を与えるような任務はいかがであろうかと提案してみた。これが受理されなかったので（私自身はゲルマニアにおける軍事作戦を詳しく研究し、また書記たちに命令を下す経験にも富んでいるためこれには適任であると考えていたのだが）次にティベリウス軍の主計総監に志願した。前線にあって必要な武器弾薬を首都に発注し、補給が本営に到着したさいにはこれを吟味して分配する任務に就きたいと考えたのである。私がこのようにすすんで志願してきたことでアウグストゥスは喜んだようだ。かれはこの申し出をティベリウスに伝えると言ってくれた。しかしそれは何ら実現には結び付かなかった。おそらくティベリウスが、私がなんの役にも立たないと思ったからであろう。しかしあるいは、実子のカストルが臆病風に吹かれて、イタリア南部で兵を徴募訓練する任務に就かせて欲しいと願い出てその申し出が受け入れられているところへ、前線に出たいという私の願いに接して心を悩ましたということなのかもしれない。ともあれゲルマニクスも私と同じ立場にあり、そのことがいくばくかの慰めになった。むろんかれはゲルマニアでの戦いに志願したのだが、アウグストゥスはかれをローマにとどめた。ローマでのゲルマニクスの人気は高く、軍隊が出征するとたちまち勃発する可能性のある首都での騒乱を鎮めるために、かれの助力が必要だったからだ。

　その間ゲルマニア人はウァルス軍の敗残兵を狩りたて、かなりの人数を柳の籠の中で生きながら焼き殺して森の神への生贄とした。残りの者は捕虜となった（このうちのいくたりかは後に親族から莫大な身代金を払ってもらって解放されたが、アウグストゥスはその者たちが再びイタリアの地に足を踏み入れることを許さなかった）。ゲルマニア人はまた、鹵獲（ろかく）した葡萄酒でとてつもない宴会を延々と繰りひろげ、戦勝の栄誉と略奪品をめぐって血みどろの争いをくりひろげた。今ライン河に進軍すれば抵抗が皆無に等しいことを悟ってかれらがふたたび武器を取るまでには、かなりの時が経過した。しかし葡萄酒が底をつくとたちまちかれらは防備の薄い前線沿いの要塞を攻撃し、次々とこれを落として略奪した。この襲撃に抗してもちこたえた唯一の砦はカッシウスの指揮下にあった。砦には少人数の守備隊しかいなかったので、ゲルマニア人は容易に陥落させることができたろうが、ヘルマンとセギメルスがそこにいなかったので、投石器や破城槌、工兵部隊を用いたローマ式の攻城技術を知るものは一人もいなかったのである。カッシウスは城内に弓矢を山と貯え、女や奴隷にいたるまで弓の用い方を訓練していた。かれは城門に迫った蛮族の攻撃を数度首尾良く撃退し、城壁に梯子を架けて侵入を図るゲルマニア人に備えて大甕に煮えたぎる熱湯を用意していた。ゲルマニア人はこの砦に素晴らしい略奪品があるものと考え、攻略にやっきになっていたため、防備の充分でないライン河の橋頭堡に向かって侵攻するのを怠った。

　ティベリウスが陣頭に立って新たな軍が急速に接近してくるとの報がかれらの耳に届いた。ヘルマンはただちに軍を集結し、ティベリウスが達するよりも早く橋を抑える決意をかためた。砦攻略のため軍の一部が残ったが、これは装備の貧弱なことで知られる部隊だった。ヘルマンの戦術を洩れ聴いたカッシウスは、時間が残されているうちに脱出しようと決意した。ある嵐の夜かれは守備隊全軍を率いて秘かに城外に出、同行の子供が泣き出して敵に気取られるより前に、何とか敵の前哨の二つを遣り過ごした。三番目の前哨陣では白兵戦となり、ゲルマニア人があれほど砦の略奪に気を奪われていなければかれの軍は全滅の憂き目にあっていただろう。しかしカッシウスは何とかこれを切り抜け、援軍が到来したと思わせるために半時間後に喇叭兵に命じて「駆け足前進」の合図を鳴らした。ゲルマニア人はこれに欺かれ、追跡をやめた。このとき東風が吹いていたので最も近接する橋の駐屯軍がローマ軍の喇叭を聴いて状況を読み、分遣隊を派遣してカッシウスの隊を安全に護送することができたのだった。その二日後カッシウスはセギメルス率いる敵の大軍の攻撃を見事に撃退した。その後ティベリウスの先遣隊が到着し、危機的状況から脱することができた。

　さて、この年の暮れに起こった事件といえば、ユリッラが目に余る乱行の廉で――その母ユリアと同じ罪状である――アプリアの沖合いにある小島トレメルスに遠流になったことである。ところでユリッラ追放の真の理由は彼女が二人目の子をみごもったことにある。もし男子ならばそれはアウグストゥスの曾孫、しかもリウィアの血縁ではない曾孫となる。リウィアにしてみれば今さら新たに危険をしょいこむわけにはいかなかった。ユリッラはすでに男子をひとり儲けていたが、この子は蒲柳（ほりゅう）の質で意思の弱い虚弱児であったので、無視してもよかった。リウィアのために誣告のもとを作ってやったのは、実はユリッラの夫アエミリウスだった。アエミリウスはユリッラと喧嘩して、娘のアエミリアのいる前でユリッラは他の男の子を生もうとしているといって妻を非難した。姦夫として名ざされたのはシラヌス家に属するデキムスなる貴族であった。アエミリアは自分の生命と安全がひとえにリウィアの恩寵にかかっていることを心得ていたので、ただちにリウィアのもとに赴き洗いざらいを告げ口した。リウィアはこの話をアウグストゥスに繰り返した。そこでアウグストゥスはアエミリウスを召してかれがユリッラの子の父親でないというのは本当かと問い質した。アエミリウスはまさか実の娘のアエミリアが裏切ったとは夢にも思わなかったので、かねてから邪推していたユリッラとデキムスの親密な付き合いはすでに人も知る醜聞になっていたのだとひとり合点してしまった。このようにかれは自分の告発に縛られることになったわけだが、その根拠は事実というよりは嫉妬から出たものだった。嬰児が生まれるとアウグストゥスはただちにそれを取り上げ、それを山中に遺棄した。デキムスはすすんで国外に去り、ユリッラの愛人と看做（みな）された数人の男たちも次々にそのあとを追った。そのなかには詩人のオウィディウスの姿もあったが、これは（何年も前に）『恋愛術』を書いたという理由からなぜかアウグストゥスがかれを見せしめとしたものである。アウグストゥスの言い分では、孫娘の頭に淫らな考えを吹き込んだのは他ならぬこの詩集なのだった。かれの命令でこの書のあらゆる写本は見つけしだい焚書に付された。

巻十三　アウグストゥスの死

アウグストゥスは齢七十を超えていた。最近になるまでかれを老人と考える者は誰もいなかった。しかし公私双方にわたる難事がかれをすっかり変えてしまった。気分的に落ち着かなくなり、今までは予定外の謁見を機嫌よく受け入れていたものが徐々にそれが難しくなり、公けの宴席で忍耐を保つことが困難になってきた。リウィアに対してさえ容易に怒りをあらわにするようになった。しかし以前と同じく公務を忠実にこなし、さらにもう十年、元首の座に在ることもすすんで受け入れたほどである。ティベリウスとゲルマニクスが首都にあるときはアウグストゥスの責務をかなり肩代わりしたし、リウィアも以前にもまして懸命に働いた。バルカン戦役のさいアウグストゥスが不在の間首都では、リウィアが夫のものと同じ副の印形を用い、早馬を駆使してアウグストゥスと緊密に連絡をとりながら、すべてを自分一人でとりしきった。アウグストゥスはティベリウスを後継者とするという考えに多少とも傾いていった。かれは、ティベリウスがリウィアの扶けを借りたうえで良き統治をおこない、かれなりの政策をうちだせるものと判断したのである。とはいえアウグストゥスは、おのれの死にさいしては誰もが国父の逝去を惜しみ、人々がアウグストゥス統治時代をヌマ王〔ローマの伝説的古王〕の黄金時代になぞらえるであろうと思って、自らを慰めていた。ティベリウスは国家に対する多大の貢献にもかかわらず、個人的には人気が低く、帝位を襲ったあかつきにも人望を得るとはとうてい思えなかった。アウグストゥスにとっての慰めは、ゲルマニクスが養子縁組によって義弟となったカストルよりも年長であることから、おのずとティベリウスの後継者となり、またゲルマニクスの幼い息子ネロとドルススがアウグストゥス自身の曾孫であるということだった。運命の巡り合わせからアウグストゥスの孫が帝位を継ぐことはかなわなかったが、いずれの日にかかれが曾孫の中に生まれ変わってふたたび国を治めることもあろう。このころにはアウグストゥスも他の皆と同じく共和国問題を忘れ、四十年の長きにわたって倦むことなく懸命にローマに奉仕しつづけてきたのだから、かれがそうしたいと思えば、三代後にいたるまで帝位の後継者を指名する権利があると考えるようになっていた。

　ゲルマニクスがバルカンにあるとき、私はリウィアの手の者が手紙を盗み見することを恐れてポストゥムスの件を書き送ることを控えていたが、かれが戦さから帰還するとすぐ一部始終を話して聞かせた。ゲルマニクスはひどく動揺してもはや何を信じてよいか分らぬと嘆いた。というのも、何らかの明確な確証を見ないかぎりその者の悪意を認めようとはせず、反対にいとも易々と他人を信用して何事も善意に解釈するのが、ゲルマニクスの常だったからである。むろん、あまりにも裏表（うらおもて）のないこの性格は、通常はかれにとって益するところが多かった。ゲルマニクスと知り合った大半の者は、かれが相手の徳性を高く認めるものだからこれに気をよくして、かれに対しては陰ひなたなくふるまおうとしたからである。その一方でよこしまな意図のある者の手にかかれば、その寛容さはかれの破滅につながりかねなかった。しかし何ぴとであれ善い一面を持った者に対しては、ゲルマニクスはそれが表にあらわれるように努めるのが常だった。だからかれは、つい最近リウィッラには失望したことは認めながらも、リウィアにしろアエミリアにしろあのような恥ずべき悪行をなしえるとはとても信じたくはないと語ったのである。そこでいうには、私は祖母リウィアを悪人に仕立てあげる以外にかれらの動機を明らかにする手段（てだて）はないと考えているようだが、それは愚かしいことだ、と。そして、にわかに憤然として、自分の考えからすればかれらを悪行にひきこんだ張本人が他ならぬリウィアであるなど信じられないとも言った。それはいうなれば、首都を守護する女神（ボナ・デア）が市の井戸に毒を投じたと考えるようなものではないか。けれども私がそれに応えて、では本当にポストゥムスがあれほど鉄面皮にも二晩つづけてアエミリアを強姦しようとしたとか、アウグストゥスや我々にむかって真実を偽って述べることができると思うのかと問うと、ゲルマニクスは沈黙してしまった。かれは常にポストゥムスを愛し、信頼していたからである。私はこれに勢いを得て、もしゲルマニクスが僅かでもポストゥムス冤罪の証拠を見い出したならば、この件について知るところを余さずアウグストゥスに伝え、かれを説いてポストゥムスを復権させ、虚偽の証言をなした者に対してそれに相応しい懲罰を下させるよう全力を尽くそうと、これを亡き父の霊にかけてゲルマニクスに誓わせたのだった。

ゲルマニアでは状況は膠着状態にあった。ティベリウスは橋をおさえていたが、現在訓練中の部隊を信頼しきれないので、ライン渡河を試みようとはしなかった。ゲルマニア人も河を渡ってくる気配はなかった。アウグストゥスはまたもやティベリウスに対する忍耐を失い、一日も早くウァルスの仇を討ち失われた〈鷲〉を奪回せよとティベリウスをうるさくせきたてた。ティベリウスは、それこそ自分の最も念願する事であるが、侵攻がのびのびになっているのはいまだ部隊がその責務に堪えうる状態にないからなのだ、と返答をよこした。アウグストゥスはゲルマニクスが首都政務官の任期を終えるとかれをゲルマニアに派遣したので、ティベリウスも何らかの行動を起こさざるを得なくなった。実のところティベリウスは怠慢でも臆病でもなく、ただあまりに用心深かったにすぎない。かれはラインを渡河

紀元十一年

し、かつてローマの領土であった地域を寇掠したが、ゲルマニア人は決戦を挑んでこようとはしなかった。ティベリウス、ゲルマニクスともに敵の伏兵を用心するあまり、わが軍は若干のライン沿いの宿営を焼き払い、ローマ軍の武力を誇示するにとどまった。さいわい二、三の小競り合いで勝利をおさめ、数百の捕虜を得た。かれらはこの地域に秋まで駐留し、その後ラインを越えて戻った。翌春長らく延期されていたバルカン人に対する勝利を祝う祝典がローマで開催され、これとともに今回のゲルマニア遠征の勝利も祝われたが、それは単に市民の信頼を回復するために行われたに過ぎなかった。ここでぜひ特記しておくべきはティベリウスが示した寛大さである。ゲルマニクスの説得によるものだが、かれは虜囚としていたバルカンの謀叛人バトーを凱旋式で曝し者としたあと、これを自由の身として金品を与え、ラウェンナで快適な余生を過ごせるようはからってやったのである。たしかにバトーはこの報償にあたいする男だった。かれは以前、ティベリウスが麾下の主力とともに敵の罠に落ちたさいに、ティベリウスがその谷から脱出するのを武士の情けで見逃してやったことがあった。

時にゲルマニクスは執政官の地位にあったが、アウグストゥスは特別に書翰を書いて元老院に対してはかれを誉めて推奨し、またティベリウスに対しては元老院をよ

ろしくたのむと依頼した。（ほかならぬこの方法を用いることでアウグストゥスは、かれがティベリウスを元老院の上に立つ権威としての帝位の後継者に任ずるつもりであること、そしてかれがゲルマニクスに与えたような誉め言葉をティベリウスに対して授けることを望んでいないことを示したのだった。）わが母が父に随行したように、アグリッピーナはゲルマニクスが出征するさいに行動をともにした。その主な理由は夫に対する愛情からだったが、ひとつにはローマにとどまり不倫の讒言を蒙ってアウグストゥスの面前に召し出されるのを恐れたためでもあった。アグリッピーナはいかにしてリウィアと折り合いをつけていけばいいのか確信が持てなかった。彼女は伝説に登場するような典型的なローマ婦人だった。強壮、気丈で慎み深く、才気に富み、敬虔で子沢山、そして貞淑。彼女はすでにゲルマニクスに四人の子をなしており、それ以後さらに五人の子をもうけることになる。

リウィアはあいかわらず私と同席することを拒んでいたし、わが母も私に対する態度を変えたわけではなかったが、ゲルマニクスは機会があるたびに私を伴って貴族の子弟たちに引き合わせた。そのため私はあるていど敬意をもって遇されるようになったが、私が愚鈍だという一家の見解は世間に知れわたっていたし、ティベリウスもそれに同意していると思われていたので、敢えて私と交友を深めようとする者は誰もいなかった。ゲルマニクスの勧めにしたがって、私は最近の自分の歴史研究を朗読する会を催し、その席に文筆家を多数招待すると言い広めた。ここで朗読するために選んだのは私が心血を注いできた研究で、必ずや聴衆の興味を惹くに違いないと思われた。エトルリアの神官が浄霊灌奠の儀式に用いた祈禱文に関するもので、一つひとつにラテン語訳が付してあり、今日では時の流れのためにもはや真意が曖昧になってしまった我々の浄めの儀式の多くに新たな光を投ずるものだった。ゲルマニクスは事前に草稿を通読し、それを母とリウィアに見せた。リウィアはその価値を認め、朗読会の下稽古に臨席してくれた。ゲルマニクスは研究の内容についても今回の発表についても祝福してくれた。それにかれはこの催しを宣伝しておいてくれたに違いない。というのは朗読の行われる部屋は満員だったからである。リウィアもアウグストゥスも臨席していなかったが、母やゲルマニクス、リウィッラは列席していた。

私はすこぶる意気軒昂で、一抹の不安もなかった。ゲルマニクスは事前に葡萄酒を一杯飲んで気分を奮いたたせておいたらどうかと勧めてくれたが、それはよき忠告に思えた。部屋には二脚の素晴らしい造りの椅子があり、これはアウグストゥスとリウィアが臨席するときに用いるものであった。二人の登場にそなえてわが家ではいつもこの椅子が用意してあったのである。聴衆全員が到着して着席し、扉を閉じるのをまって私は朗読を始めた。すべりだしは上々だった。朗読の口調は早すぎもしなければ遅すぎることもなく、声が大きすぎも小さすぎもせず、ちょうど相応しい調子であるのを私は意識した。聴衆も最初から大した期待もしていなかったもので、予想外の名調子に耳をそばだてた。そのときである、あの不幸な出来事が起こったのは。扉をどんどん敲(たた)く音がして、誰も出ないので、またしても扉をたたく。把手をがちゃがちゃする音がしたかと思うと、今までに見たこともないほど太った男が入ってきた。騎士階級の服を着、手には巨大な刺繡のクッションを携えていた。私は口を閉じた。朗読は非常に難しく重要な条(くだり)にさしかかっており——皆はその騎士に目を奪われて誰も聞いてはいなかったからである。この男はリウィウスに歌うような調子で挨拶を交わすのが見えたが、後に知ったところではそれはパドゥア訛だった。男が他の聴衆に挨拶すると、忍び笑いがそこかしこから起こった。男は執政官ゲルマニクスや主人役の母や私には格別の敬意を払わなかった。それから席を求めてあたりを見まわし、アウグストゥス用の席を見つけたが、それが小さすぎたのでリウィアの席に狙いを定めた。椅子にクッションを置くと、外衣(トーガ)を膝まわりにかきよせて、ぶつぶつ言いながら腰を降ろした。椅子はクレオパトラの宮殿からの略奪品の一つで古代エジプトのきわめて繊細精巧な造りであったので、案の定ガシャンと音をたてて壊れてしまった。

　ゲルマニクスとリウィウスと母、および高い位にいる者を別にして、全員が腹をかかえて笑った。けれどもあの騎士が呻きながら身を起こし、悪態を吐き散らし体をさすりながら解放奴隷に支えられて退場していったとき、再び会場には注意深い静寂がもどってきたので、私は話をつづけようとした。しかし私は笑いの発作に襲われていた。ひとつには酒のせいもあったろうが、椅子を押し潰したときのあの男の表情をまともに見てしまったせいもある。かれは私の真正面に坐ったので、あの顔つきを見たのは私しかいなかったのだ。理由はともあれ、もはやエトルリアの浄霊灌奠の儀式に心を集中することは不可能だった。さいしょ聴衆は私に同情し一緒にくすくす笑ってくれさえしたが、何とか次の文章に移ろうと私が四苦八苦していると、あの騎士がおし潰した椅子が、裂けた脚のうえで辛うじて立っている姿がちらと目の隅に入ってきて、思わず吹き出してしまった。そうなると聴衆は落ち着かなくなった。さらに悪いことには、私が何とか笑いを抑えてもう一度原稿を読み出し、ゲルマニクスがほっと胸を撫で下ろしたちょうどそのときに、扉がさっと開いてアウグストゥスとリウィアが入ってきたのだ！　二人は客席の間を堂々とよこぎってアウグストゥスは着席した。リウィアもそれに倣おうとしたが、椅子がおかしいことに気づいた。そして会場じゅうに響き渡る声で言った。「わたくしの椅子に座ったのは誰か」ゲルマニクスは必死に事情を説明しようとしたが、リウィアは自分が侮辱されたものと信じた。彼女は会場から出て行った。アウグストゥスも不快そうな表情であとを追った。私の朗読の後半が目もあてられない状況に陥ったとしても、いったい誰が私を責められようか。あの椅子にはあざけりの神モーモスがいたに違いない。五分後には脚が完全に裂けて椅子が倒れ、片肘の黄金の獅子の頭が外れると、床をころころと私の右足のところまで転がってきて、そこでぴょこんと仰向けになった。私はまたしても吹きだし、息を詰まらせながら馬鹿笑いをはじめた。

ゲルマニクスがやってきて自制するよう囁いたが、私はといえば獅子の頭を取り上げて阿呆のように椅子を指さすばかりだった。ゲルマニクスが私のことで気分を害したのは、このときが初めてだった。ゲルマニクスに気を悪くされるのは堪らなかったので、たちまち私はしゅんとなった。しかしもはや完全に自制心を失い、ひどく吃ってしまったので、研究発表は惨憺たる結果に終わった。ゲルマニクスは懸命に私の「興味深い論文」に対する聴衆の拍手を引き出しながら、次のように言った、今回は予期せぬ事故に見舞われて講演が中断し、また同じ事故のせいで国父とその令室リウィア様が退席されたのはいかにも残念であるが、近い将来もっと縁起のよい日をえらんで私がふたたび講演してくれることを望む、と。ゲルマニクスほど思慮に富み高潔な兄弟はほかにない。しかしこれ以来、私が二度とふたたび公開の場で自著の朗読をすることはなかった。

ある日ゲルマニクスがとても沈欝な面持でやってきた。かれは話し出すまで長い時間ためらっていたが、やっとのことで口を開いた。「今朝アエミリウスと話したのだが、そのとき気の毒なポストゥムスの事がたまたま話題になった。アエミリウスは最初、はっきりいってポストゥムスに何の罪咎があったのかと訊いてきた。そして明らかに含むところなく言うには、自分はポストゥムスが二人の高貴の女性を犯そうとしたからだと聞いているが、その二人が何者であるか誰に訊いても知らないのだ、と。私はそういうアエミリウスをじっくりと観察していたが、どう見ても偽りを口にしているようには思えない。だから決して他言しないと確約するならば、かれのもっている情報とひきかえに私の知っている情報を提供しようと申し出たのだ。そして、乱暴されかかったといってポストゥムスを告発したのは、当のアエミリウスの娘で、それもかれの館での事件だと告げると、アエミリウスは仰天して信じられないと激しく否定した。かれはとても腹を立てた。そしていうには、アエミリアの乳母が終始あの二人と同席していたはずだ、と。かれはただちにアエミリアのもとに赴いて事の真偽を問い質し、もし本当であればなぜ今ごろになってやっとかれの耳に入ったのかその理由を訊き出そうとしたが、私はさっきの約束を思い出させてかれをおし留めた。私はアエミリアを信用していなかったのだ。アエミリアを詰問する代わりに、怯えさせぬようにして乳母に事情を訊いてみてはどうかと言った。そこでかれは乳母を呼び、ポストゥムスが最後に晩餐を共にしたあの夜、泥棒さわぎのあった間に、ポストゥムスとアエミリアとがどんな会話を交わしたかを訊ねた。乳母は最初なにも思い出せなかったが、私が『果樹の話ではなかったかね』と水を向けると、『そうです、果樹の伝染病のことでした』と答えた。アエミリウスは自分が席を外している間それ以外の話題は出なかったかと問うたが、彼女はなかったはずだと答えた。彼女はポストゥムスが〈黒沼病〉という伝染病に対するギリシア式の新しい処方について説明していたのを思い出した。彼女じしん果樹園の知識があるので、興味をもって耳を傾けていたからだという。乳母は一度も席を外さなかったと断言した。そこで私は次にカストルのもとを訪ね、何気ないふうを装ってポストゥムスのことを話題にした。お前も知ってのとおり、ポストゥムスの財産は没収され、私がバルカンに出征している間に競売に付されて、その収益は軍費の備蓄にまわされた。私がカストルに、ポストゥムスが宴席に使うからといって私から借りていった皿類はどうなったのだろうなというと、カストルはそれを回収する方法を教えた。それから我々は今度の追放刑のことを話した。この件について語るカストルの口調はまったく腹蔵なかった。私はかれが陰謀に荷担していなかったことが判ってほっとしている」

「じゃあ兄上は陰謀があったことをみとめるのですね」

私は熱心に訊いた。

「残念ながら、それが唯一の解答だと考えざるをえない。しかしカストルが無実であることは間違いない。かれがあっさり口にしたところでは、ポストゥムスがいうように庭園でポストゥムスにからんだのは事実だし、それはリウィッラの示唆によるものだそうだ。なぜそれに乗ったかといえば、ポストゥムスがリウィッラに色目を使っていたし、夫としてそれに我慢ならなかったからだという。しかしカストルは自分のしたことに後悔していない――冗談ではなく真顔でそういっていた――ポストゥムスがリウィッラに乱暴しようとしたからでもあるし、またあの狂人の手であれほどひどい傷を負わされたのだから、このうえ後悔するなどばかげている、かれはそう言った」

「するとカストルはポストゥムスがリウィッラを乱暴しようとしたと信じているのですね」

「うむ。私はかれにそう思わせておいた。リウィッラに我々が疑っていることを気取られたくなかったからな。あの女が知れば、リウィアの耳に入ることとなる」

「するとゲルマニクス、すべてはリウィアが仕組んだことと信じているのですね」

かれは答えなかった。

「アウグストゥスのもとに行くのですか」

「お前にそう約束した。私は言葉をたがえたことはない」

「いつ行くのです」

「いますぐだ」

その会見の席で何があったか、私は知らないし、これからも知ることはなかろう。しかしゲルマニクスはその日の晩餐でとても満足そうで、私の問をはぐらかすその態度から、アウグストゥスがかれを信じ、ともかくも暫くは沈黙をまもるよう確約させたことが窺えた。以下に語る事の顚末を私が知ったのは、ずいぶん後になってからである。実はコルシカ島の民が以前から、

紀元十三年

ここ数年沿岸部が海賊の被害にあっていることを訴えていたのだが、アウグストゥスはこれに書翰を送って、マルセイユで神殿を奉献する予定があるので、その途上コルシカにたちより、親しくこの件に関して調査しようと告げた。ほどなくかれは船出したが、エルバ島に二日間滞在した。一日目にはプラナシア島のポストゥムスの警護の兵をただちに新たな者と交代するよう命令した。この命令は遂行された。同夜かれは親友のファビウス・マクシムスとクレメンスと呼ぶ男だけを伴って、小さな釣船で秘かにプラナシア島に渡った。クレメンスはかつてポストゥムスに召使われていた奴隷で、以前の主とみめかたちが瓜二つだった。噂では、クレメンスはアグリッパの私生児だといわれていた。幸いなことに一

行は島に上陸するとただちにポストゥムスに会うことができた。ポストゥムスは夜釣りの糸を垂れているところに、明るい月の光のもとかなたから近づいてくる帆を見たのである。そのときかれは一人だった。アウグストゥスは正体を現すと、手をさしのべて涙にむせんだ、「許してくれ、わが子よ」ポストゥムスはその手を取ってくちづけした。それからファビウスとクレメンスが見張りに立つあいだ、かれら二人はその場を離れた。二人の間でどのような対話がなされたのか、誰も分らない。しかし二人が戻ってきたとき、アウグストゥスはすすり泣いていた。そしてポストゥムスとクレメンスは互いに衣服と正体を入れ替え、ポストゥムスはアウグストゥスとファビウスとともにエルバ島に戻った。いっぽうクレメンスはプラナシアでポストゥムスを装い、ほどなく発布するとアウグストゥスが約束した釈放の報を待つことになった。クレメンスは首尾よくポストゥムスに化けおおせたなら、自由と多額の報酬にあずかることを約束されていた。つづく数日かれは病気を装い髯と髪をのばすことにした。新しくきた警護の者に数分間しか顔を見られていなかったので、誰もこの謀りごとに気づく者はないであろう。

　リウィアはアウグストゥスが陰でなにごとか企んでいることに感づいた。彼女はアウグストゥスが海路を嫌っており、貴重な時間を費やしてでも陸路で往けるところなら船旅を避けようとすることをよく知っていた。むろんコルシカへ行くには海路によるしかないが、海賊の脅威は大した問題ではなく、自ら出向かずともカストルか他の臣下を調査に派遣すれば済むことである。そこでリウィアは探索の手をのばし、ついにアウグストゥスがエルバに逗留してポストゥムスの警護を入れ換え、また同夜奴隷をひとりだけ伴ってファビウスと二人で烏賊釣りに船を出したことを耳にした。

　さてファビウスにはマルキアと呼ぶ妻があって、かれはこの妻とあらゆる秘密を頒ち合っていた。リウィアはこれまでマルキアのことなど無視していたのに、ここにきて急に親交を深めるようになった。マルキアは純朴でだまされやすい女だった。リウィアは完全にマルキアの信頼を得たと確信すると、ある日彼女を身近に呼んでこう言った、「ねえマルキア、アウグストゥスは久方振りにポストゥムスに逢えて喜んでおられましたか。あの人は見かけよりもずいぶん情に脆いところがあるんですのよ」実はファビウスはプラナシア島行の件は他言無用の秘密であって、もし外に洩れるようなことがあれば自分の命にもかかわるといって、堅く口止めしてあった。そこでマルキアは最初リウィアの問に答えなかった。リウィアは笑って言った、「まあ用心深いこと。貴女はまるであのティベリウスの衛兵みたいだわね。その衛兵は遠乗りに出たティベリウスが夜兵営に戻ってきたとき合言葉を言わないというので通そうとはしなかったというではありませんか。『命令は命令ですから』とその愚か者は言ったそうな。でもマルキア、アウグストゥスは私に一切隠し事はしないし、また私もすべてあの方に打ち明けています。でも貴女の慎重さは賞賛にあたいするわ」そこでマルキアは非礼を詫びて言った、「ファビウスはアウグストゥス様が男泣きに泣かれたと申しておりました」リウィアは言った、「それは当然でしょう。でも私たちのこの話はファビウスには内緒にしておきましょう——アウグストゥス様は私に秘密を打ち明けていることを他人に知られたがらないに違いありませんから。ときにファビウスはあの奴隷のことを何か話していませんでしたか」

これはあてずっぽうにカマをかけたのだ。奴隷は大した関係はないに違いないが、とりあえず探りを入れておこうと考えたのである。マルキアは言った、「ええ、ファビウスが申しますには、その者はポストゥムス様に瓜二つで、わずかに背が低いだけだそうです」

「つまり護衛の者たちにはまったく区別がつかないと」

「ファビウスはそう考えています。クレメンスはポストゥムス様の召使でしたし、黙っていれば誰でも欺けるでしょう。それに御存知のように衛兵は交代しています」

かくしてリウィアがなすべきは、ただポストゥムスの所在を探り出すことだけとなった。ポストゥムスはクレメンスの名のもとにいずこにか姿を隠しているに違いなかった。リウィアは、アウグストゥスがかれを復権させて、もしかするとかれの舐めた辛酸の代償として、ティベリウスの頭ごしに次なる帝位の後継者に指名しようと計画しているのではないかと怪しんだ。そこで彼女はティベリウスを以前より身近に引き付けておいて、この疑念をかれにも吹きこんだ。またしてもバルカンで戦火の兆（きざし）があり、まだそれが拡大せぬうちにティベリウスを派遣して鎮圧しようとアウグストゥスは考えた。ときにゲルマニクスはガリアにあって貢納金を徴収していた。アウグストゥスはカストルをゲルマニアに派遣することも口にした。その一方でかれはファビウスと緊密な連絡を保っていた。そこでリウィアはファビウスがポストゥムスとの仲介の役割を果たしているに違いないと睨んだ。事の見通しが立ち次第アウグストゥスは突如ポストゥムスを伴って元老院に登場し、かれに下された懲罰を撤回して、ティベリウスの代わりにポストゥムスを自分の共同統治者に任命する目論見に違いなかった。ポストゥムスが復権すればリウィア自身の命も安全でなくなる。ポストゥムスはかつて父と兄弟を毒殺した廉でリウィアを告発したが、アウグストゥスもその告発に根拠ありと考えたからこそかれを連れもどしたに違いなかった。そこでリウィアは最も信頼のおける腹心の手下を集めて、ファビウスの一挙一動を監視し、クレメンスなる奴隷が現れないかを探索させた。しかしその成果は何もなかった。そこでリウィアは一刻も早くファビウスを抹殺すべきだと判断した。ファビウスはある夜、宮殿に登城する道すがら何者かに闇討され、十二箇所に刺し傷を負った。覆面の暗殺者たちは逃げ去った。ファビウスの葬儀のさいある事件が起こった。マルキアが夫の遺骸に取り縋って許しを乞い、自分の軽率と不服従から夫は命を落としたのだと号泣したのである。しかしその言葉の意味を理解する者はなく、皆は彼女が悲しみのあまり乱心したのだと考えた。

リウィアはティベリウスに、バルカンへ軍を率いるさいにも彼女と連絡を密にするよう、またいつ呼び戻されてもよいようできるかぎり時間をかけて行軍するよう命じてあった。ナポリまでティベリウスに同行したアウグストゥスは、沿岸沿いに楽な船旅をしているうちに、病にかかった。腹具合がわるくなったのである。リウィアはさっそく介護を申し出たが、アウグストゥスは謝意を述べて、心配にはおよばぬ、自然に癒るからといった。

紀元十四年

かれは自らの手で薬箱を開け、強い下剤を呑み、一日絶食した。そして妻に向かって、わしの体のことを心配してくれなくてもよい、お前はほかにもたくさんの心労をかかえているのだから、といった。かれはにこやかな顔で、皆の食卓のパンとリウィアが飲んでいる水差しの水、そしてわが手で枝からもいだ青い無花果しか口にしなかった。かれのリウィアに対する態度には何一つ変わったところは見られず、リウィアもまた平生通りアウグストゥスに接していたが、かれらは互いの心中を見透かしていた。

このように用心を重ねたにもかかわらず、アウグストゥスの胃は悪化の一途を辿った。かれはノーラで旅を中断し、そこからリウィアはティベリウスを呼び戻す使者を送った。ティベリウスが到着してみると、アウグストゥスは重態に陥り、しきりにティベリウスの名を呼んでいると告げられた。このときかれはすでに、アウグストゥス倒るの報を聞いてローマから駆けつけてきた執政官経験者と別離の挨拶を済ませていた。かれは執政官経験者たちに向かってほほえみながら、自分は笑劇を見事に演じたかと問うた。これは喜劇役者が終幕のあと観客に訊ねる常套句である。執政官経験者たちはほほえみを返し、しかし涙をうかべながら、「誰よりもお見事でした、アウグストゥスよ」と答えた。「ならば拍手をもって見送ってもらいたい」とアウグストゥスは言った。ティベリウスはかれの枕辺に三時間近くも留まっていたが、ようやく姿を現し沈欝な口調で告げた、いままさに国父はリウィアの腕に抱かれて身罷った。そしてティベリウスと元老院、そしてローマ市民に愛情をこめた最後の別離の挨拶を残した、と。かれは父にして恩人たる人物の臨終の際に駆けつけることができたことを神に感謝した。しかし実のところは、アウグストゥスはすでに一日前に歿していたのだが、リウィアはこれを伏せておき、数時間ごとに告示を出しては、人々に望みを持たせたり落胆させたりしていたのである。アウグストゥスが世を去った場所は奇しくも七十五年前、かれの父が死んだ部屋だった。

　国父逝去の報が届いたときのことを私は鮮明に憶えている。あれは八月二十日だった。私は徹夜に近い歴史研究の著作に疲れはてて遅くまで眠っていた。夏には夜間のほうが仕事が捗るので昼に眠ることにしていたのである。二人の騎士階級の老人が来宅して私は眠りを破られた。かれらは私の休息を乱したことを詫び、しかし事は緊急を要するのだといった。アウグストゥスが逝去したので、騎士団は急いで集会を開き、元老院に送る代表として私を選出したというのだ。そして私の役目は、アウグストゥスの遺骸が首都に帰還するさい騎士団は棺を担う栄誉にあずかれるだろうか、と元老院に訊ねることだった。ところが私は寝惚けていて何を言っているのかわけもわからず「毒こそ女王なり、毒こそ女王なり！」と大声で口走った。二人の騎士は困惑の表情で顔を見合わした。私は我に帰り、つい先程まで悪夢を見ていたのでそのなかで聞いた言葉が口をついて出たのだといって、かれらに詫びた。そして今いちど伝言を繰り返してくれるよう頼み、騎士団代表の栄誉を与えてくれたことをかれらに感謝し要望に応えるようにしようと答えた。いうまでもなく、騎士階級の代表として選ばれるというのは決して格別の栄誉を意味するわけではない。誰しも自由身分に生まれた者は騎士階級に属し、破廉恥な行為をせず一定以上の財産を所有していればその身分を奪われることはない。私の生まれからして、人並みの能力を発揮していれば、私は同世代のカストルと同様すでに元老院議員に推挙されていて然るべきであったのだ。実は私が選ばれたのは皇帝一家の中で下位の階級に所属しているのは私ひとりであったからで、そのため他の騎士たちの嫉妬を避けることができたのである。開会中に元老院を訪問するのはこれが私にとって最初の経験だった。私はそこで吃(ども)ることなく嘆願を述べ、科白(せりふ)を忘れることも面目を失うようなこともなかった。

巻十四

ティベリウス、帝位に即く

アウグストゥスの力が徐々に衰えかれが余命いくばくもないことはかねてから明らかであったが、ローマは決してアウグストゥスの死という考えに馴染むことができなかった。陳腐な譬えではなく、ローマは父親を失った少年のように感じたのである。父親が勇敢であろうと臆病であろうと、公正であろうと不正であろうと、雅量があろうと吝嗇であろうと、それは問題ではない。重要なのは、その者が少年の父であるというその一点であって、叔父も兄もそれに代わることはできないのである。アウグストゥスの統治はきわめて長きにわたっており、それ以前の時代を回顧できる者はすでに中年を過ぎていた。したがってかつてアウグストゥスの生前に属州から捧げられていたかれを神として崇拝するという栄誉が、ローマにおいても妥当かどうかという決議が元老院において投票にかけられたのは、当然の成り行きともいえた。

　ポッリオの息子ガッルスは、ウィプサニア（読者は御記憶であろう、ティベリウスの最初の妻で、ユリアとの縁組のためにむりやり離婚させられた女性である）と再婚し、また自分がカストルの本当の父親であるという噂を一度も公けに否定せず、さらには弁舌に長けているという理由から、ティベリウスの怨みを買っていた人物であるが、このガッルスが動議の妥当性について異を唱えた唯一の元老院議員だった。かれは元老院で、アウグストゥスが神々の一族に迎えられることを暗示するどのような予兆があったのか、単に友人や崇拝者の推奨だけでかれを神々の一員に列してよいものかと問いかけたのである。

　この問に議場は居心地の悪い沈黙につつまれたが、遂

にティベリウスがおもむろに立ち上がってこう言った、「思い起こせば今から百日前、わが父アウグストゥスの彫像の台座が雷に撃たれた。かれの名の最初の一文字が砕たれ、ÆSAR AUGUSTUS の言葉が残った。Cの文字の意味するところは何か。それは百を表す記号である。ではÆSARは何か。それを皆に告げよう。これはエトルリア語で神を意味する言葉である。かの雷の落ちたときより正しく百日目に、アウグストゥスはローマで神となるよう定められていたのだ。これ以上明白な予兆があろうか」いかにもティベリウス独自の解釈のように見えるが、実はこのÆSARの語（見慣れぬ言葉でずいぶん議論の的となった）に最初にこの解釈を下したのは、エトルリア語に通じた唯一のローマ人たる私だったのである。私が母にこれを話し、母は私を突飛な事を言う愚か者といったのだが、このことは彼女の印象に残りそれをティベリウスに伝えたに違いない。私は母以外の誰にも話さなかったのだから。

　ガッルスは、なにゆえに大神ユピテルがギリシア語やラテン語ではなくエトルリア語で予兆を示したのか、これ以上に納得しうるような予兆を他に確認した者はないのか、なるほどアジアの無知な属州民に崇拝の許可を下すならいざ知らず、いやしくも教養あるローマ市民に対してかつて市民の一員であった人間を、たとえかれがいかに優れた人物であったとしても、神として崇拝するよう法令を定めるのであれば、栄誉ある元老院はこれを決定するのに性急であってはなるまい、と発言した。ガッルスはローマ人の矜持と理性に訴えたので、もし上級政務官のアッティクスなる者が臨席していなければ、ガッルスはこの法令を阻止することに成功したかも知れない。アッティクスはおもむろに起立すると、アウグストゥスの遺骸がマルスの野で荼毘に付されたとき天から雲が舞い降りて、死者の魂が雲にのって昇天するのをこの目で見た、そのさまは伝承の伝えるとおりロムルスやヘラクレスが天に召されるときとそっくりであった、と発言した。かれはこれが嘘いつわりならざることをすべての神々にかけて誓った。

　アッティクスの発言は満場の拍手でもって歓迎された。ティベリウスは勝ち誇ってガッルスに他に言うべきことはあるかと問うた。そこでガッルスはあると答えた。そしていうには、重きを置かれる歴史家たちの著作に次のような伝承が語られている、それはただいま高潔かつ廉直な友アッティクスが述べたのとはいささか異なった説であるが、それによればロムルスは自由の民のうえに暴政を揮ったために大いに憎まれ、ある日にわかにたちこめた霧を好機として元老院がかれを暗殺し、切断した四肢をおのおの長衣の下に隠して持ち去ったと伝えられる、と。

「ではヘラクレスはどうなのだ」と誰かが先走って訊ねた。

ガッルスは言った。「他ならぬティベリウスがさきごろの能弁な弔辞のなかでアウグストゥスをヘラクレスになぞらえることを退けたではないか。ティベリウスの言葉はこうであった――ヘラクレスは幼きころ蛇を相手とし、長じたのちも鹿の一、二頭、野猪と獅子を倒したにとどまり、それも他人から命令されて嫌々ながらそうしたに過ぎない。対するにアウグストゥスは獣を相手とするのではなく、自らの意思ですすんで人と戦ったのである云々、と。しかし私がこの両者の比較を退けようとするその理由は、ヘラクレスの死の状況が大いに異なっている点にある」そしてかれは着席した。ガッルスが仄めかしたところは事情を知る者には明白だった。ヘラクレスはその妻の用意した毒によって倒れたと伝えられる。

ともあれアウグストゥスを神に祭るという動議は可決された。ローマと近隣の都市にアウグストゥス神殿が建立された。祭祀を司る神祇官団が設立され、同時にユリアとアウグスタの称号を得たリウィアが神祇官の長に任じられた。アッティクスはリウィアから金貨一万枚の報償にあずかり、神祇官団の一員に任命されてしかも高額の入団金の支払いを免除された。私も神祇官の一人となったが、リウィアの孫だということで誰よりも高い入団金を払わなければならなかった。なにゆえアウグストゥス昇天を目撃した者がアッティクスを除いて他に誰もないのかと、あえて問いかけるものはひとりとしてなかった。そして巷では次のような戯れ言が囁かれた。葬送の前夜リウィアはあらかじめ一羽の鷲を檻に入れて荼毘の薪のてっぺんに隠しておき、薪に火が点じられると同時に下にいる者がこっそり紐をあやつって檻の戸を開ける手はずになっていた。そうして鷲が飛び出しアウグストゥスの霊が天に昇ったことになるはずだった。しかし残念ながらこの奇跡は失敗した。檻の戸が開かなかったのである。戸を開ける係は知らぬ顔して鷲を焼き殺すよりはと、自ら薪をよじのぼって戸を開け放った。そこでリウィアはこれは自ら指示した象徴的な行為であると言わざるをえなくなった。

アウグストゥスの葬儀ほど壮麗な葬送の儀礼はかつてローマで見られたためしがなかったとはいえ、最も重要な事柄をのぞいて他の詳細をことごとく省略したい。というのは、ここまですでに最上質の紙で――私が最近造らせた紙漉工房から届いた――十三巻を費やしたが、それでも全体の三分の一にも満たないでいる。しかしアウグストゥスの遺書、人々が興味津々で公表を待ち望んだあの遺書の内容に関しては、ここに記しておく必要がある。わけても私ほどその内容に好奇心をそそられた者はないのだが、その理由は次のようである。

死の一カ月前、アウグストゥスが突然私の書斎に現れたのである――かれは長い病から回復したばかりの母を訪ねていた――お付きの者を下がらせたあと、私の視線を避けて四方山話をはじめたのであるが、そのさまはまるで私がアウグストゥスでかれがクラウディウスであるかのように内気に見えたのだった。かれは私の歴史研究の草稿を手に取ると一行を読み、「素晴らしい」と言った。「ところでいつこの著作は完成するのだね」

私は「一カ月以内には」と答えた。アウグストゥスはこれを祝し、経費は自分負担で友人を多く招いて朗読会を催そうといった。それを聞いて私は仰天したが、かれはつづけて優しい口調で、何なら自分で草稿を読むよりは、公正を期すために朗読を専門とする者に代読させてはどうか、とかく自分の作品を朗読するのは気まずいものであるし、あのポッリオでさえそのような場では緊張するといっていたほどだから、と言った。私は心から謝意を表し、もし著作がそれに値するものであれば、もちろん専門家に読んでもらうほうが望ましいと答えた。

するとアウグストゥスはにわかに手を差し伸べて、こう言った。「クラウディウスよ、そなたは予のことを怨んでおろうな」

私にどう答えられただろうか。目に涙が溢れてきて、尊敬申し上げていります、貴方は私が怨みを抱くようなことは何もなさっていません、と呟くのがやっとだった。アウグストゥスは嘆息した。「確かにな、しかしそなたから愛されるようなことも何もしておらぬ。数カ月待つのだ、クラウディウス、さすればそなたの愛と感謝を得られもしよう。ゲルマニクス、ゲルマニクスがそなたのことを話しておったぞ。そなたは三つのこと――友人とローマと真実のこの三つに忠実だとな。ゲルマニクスが予のこともそう思ってくれれば嬉しいのだがな」

「兄が貴方をお慕いすることはほとんど崇拝にも等しいものです。兄はよく私にそう申します」

アウグストゥスの顔が輝いた。「まことか。それを知って嬉しいぞ。ときにクラウディウス、我らは強い絆で結ばれている――ゲルマニクスに好意をもつ共通の思いでな。予はそなたにこのことを伝えておきたい。これまで予はそなたのことを軽んじていたが、今はそのことをいたく反省している。これからは事態が変わる」そしてギリシア語の諺を引いて、「汝を傷つけたる者、汝を全き者とせん」そういってかれは私を抱擁した。そして帰りぎわにこう言い残した。「予はさきほどウェスタの祭女を訪ねて、あの者たちの手に委ねてある予の文書に重要な変更を加えておいた。このことの背景にはそなたの力も幾分かかわっているゆえに、そこではそなたの名を以前より重要なものとしておいた。しかし、他言は無用」

「どうか御信頼下さい」と私は言った。

アウグストゥスのこの言葉の暗示することはひとつしかありえない。すなわちかれは私がゲルマニクスに伝えたポストゥムスの話を信じ、遺言の中で（これをウェスタの祭女が管理していた）ポストゥムスをかれの後継として復権しようとしているのだ。そして私もアウグストゥスに対する忠誠の報いとして栄誉にあずかろうとしているのだ。むろん私はこのときアウグストゥスがプラナシア島を訪れたことなど知る由もなかったが、ポストゥムスが島から連れもどされて名誉ある扱いを受けることを信じて待ち望んでいた。だが、私は失望した。アウグストゥスが新しい遺言のことをひた隠しにし、立会人として認めたのはファビウス・マクシムスとよぼよぼの老神祇官二、三人だけだったので、それがなかったものとして、六年前ポストゥムスの廃嫡のさいに作られた古い遺言のほうを公開するのは、いとも簡単なことだった。

遺言は次のように始まっていた。「兇運がわが子ガイウスとルキウスを奪い取ったため、予は第一位の相続者としてティベリウス・クラウディウス・ネロ・カエサルを指名し、わが財産の三分の二をこれに譲る。また残りの三分の一は、（寡婦への相続分としては慣例を越えるものではあるが）かりに元老院がかかる多額の相続を認めるならば、妻のなした国家への多大の奉仕ゆえに例外を設け、わが愛する妻リウィアをやはり第一位の相続人としたい」第二位の相続人として――つまり第一位の相続人が死亡したり他の何らかの理由からこれを相続できない立場となった場合は――ユリウス家の孫と曾孫のうち公けの不名誉を蒙ったことのない者たちが指名されていたが、ポストゥムスはそこから除かれていた。これはつまり、ティベリウスの養子でアグリッピーナの夫であるゲルマニクスと、アグリッピーナとその子供たち、カストルとリウィッラとこの二人の子供たちのことである。この第二位の相続人のうちカストルが三分の一を、そしてゲルマニクス一家が三分の二の遺産を相続することになっていた。第三位の相続人として遺言はさまざまな元老院議員と遠戚を指名していたが、その選抜はその者に実際に利益を与えるためというよりはアウグストゥスの寵愛の度合を示すものであった。第一位および第二位の、多勢の相続人が死んだあとにアウグストゥスが生き残っていることはありえなかったからである。第三位の相続人は三つに分けられていた。もっとも寵愛の深かった十名をひとまとめとして遺産の半分を、次の五十名に三分の一を、そして残る五十名が残りの六分の一を相続することとなっていた。そしてこの最後の五十名のリストの最後に、ティベリウス・クラウディウス・ドルスス・ネロ・ゲルマニクス、つまりクラウ・クラウ・クラウディウス、阿呆のクラウディウス、あるいはゲルマニクスの幼い子供たちがすでに口にしていた呼び名に従えば「かわいそうなクラウディウスおじさん」、つまりこの私自身の名があった。遺言にはユリアもユリッラの名もなく、ただかれらが死んだときその遺灰をアウグストゥス廟内の自分の遺灰の傍らに埋葬することを禁ずる一項が記(しる)されていただけだった。

さて、アウグストゥスはここ二十年というもの、古い友人より長生きしたおかげでかれらから遺産を譲られて、その額たるや金貨にして一億四千万枚にもおよび、そのうえ一生涯倹約にこれ努めてきたとはいうものの、神殿建立や公共事業、民衆への施し物や娯楽、辺境での戦争(軍事費が底をついた時には私費を投じたのだ)、その他国家事業に巨額の財貨を費やしたために、この金貨一億四千万枚に加うるにさまざまな出所の個人資産があったにもかかわらず、死後残ったのは金貨千五百万枚分しかなく、しかも大半は容易に現金化しがたいものばかりだった。むろんこのなかには相当な額の財産、つまり、同盟国の王や元老院身分、騎士身分の人々、軍団兵やローマ市民に遺贈する予定で袋詰めにしてカピトリヌス宮の金庫に収めてあった財貨は含まれていない。これらは金貨二百万枚もあった。これ以外に自分の葬儀のための費用も別にとってあった。かれの財産の少なさには誰もが驚いた。財産目録が公開され遺言の執行にまやかしがないことがはっきりするまで、そこかしこで汚い噂がしきりに囁き交わされたものである。分配金が少ないことにいちばん腹を立てたのは市民たちで、アウグストゥスを記念して公費で芝居が興行されたとき、劇場内で暴動が起こった。元老院が経費を出し渋ったため、役者の一人などはあまりに少ない出演料に腹を立てて舞台に出るのを拒否したほどである。軍人たちの不満については、いずれ近いうちに記そうと思うが、ここではまずティベリウスについて述べる。

アウグストゥスはティベリウスを共同統治者および相続人に指名したが、公けに帝位を譲ることはできず、また遺言の中でも明言はしていなかった。アウグストゥスは元老院の名のもとに行使していた権力をそれに返還し、ただ自らの後継者としてティベリウスを元老院に推薦しただけだった。元老院はティベリウスを好まず、またかれが皇帝となることも望んではいなかったが、あるいは元老院に選択が委ねられたなら選出していた可能性の高いゲルマニクスは、首都から遠く離れた地にあり、ティベリウスの立場を蔑ろにはできなかった。

したがって元老院では敢えてティベリウス以外の名前をあげる者はなく、アウグストゥス亡きあとの政務をティベリウスがひき継いで担当してはどうかという執政官から出された動議に反対する者もなかった。ティベリウスは元老院が自分に担わせようとしている責務の重大なこと、そして自分には帝位に就く野心など毛頭ないことを力説して、これを斥けるかのような返答をした。そしてかような重責に堪えうるような人物は神君アウグストゥスひとりであると述べ、アウグストゥスの擁していた権力を三つに分割して、責任を分担してはどうかと提案した。

するとティベリウスの歓心を買いたがっている元老院議員たちは、三頭政治は前の世紀に一度ならずこころみられたが、その結果おこった内乱を収拾できたのは皇帝による統治だけであったと主張した。そして見苦しい光景が繰り広げられた。元老院議員が空涙を流しながらティベリウスの膝に取り縋り、要求を受け入れてくれるよう懇願したのである。そこでティベリウスは愁嘆場にけりをつけるために、自分は要望されたいかなる責務にも怯むものではないが、すべての責務を担うに相応しいとは考えないだけだと発言した。たしかにティベリウスはもはや若いとはいえなかった。年齢は五十六歳に達し、視力も衰えていたが、限られた仕事ならどんなものでも引き受ける心構えであると言った。ティベリウスがこのような態度に出たのは、かれが権力を握ることに汲々としているという非難の声を誰にもあげさせないためであった。またとりわけゲルマニクスとポストゥムス（かれがどこに潜伏していようとも）に、ティベリウスが首都に占める地位の大きさを思い知らせるためであった。それというのもティベリウスは軍隊においては自分よりはるかに人気の高いゲルマニクスを恐れていたからである。ティベリウスにしても、ゲルマニクスが私利私欲に走って権力を奪取しようとはさすがに考えなかったが、黙殺された例の遺言の内容を知ったならゲルマニクスがポストゥムスを正式の後継者として復権させ、また自らも後継者の一人となって、ティベリウス、ゲルマニクス、ポストゥムスによる新たな三頭政治を画策するのではないかと懸念していた。アグリッピーナはポストゥムスの身を心から気遣っており、ゲルマニクスはアウグストゥスがリウィアに対するのと同じに、彼女の意見には耳を傾けるのが常であった。ゲルマニクスが軍を率いてローマに迫ったなら、元老院はみな一団となって歓迎するだろう、ティベリウスにはそれがよく分っていた。それに、謙虚な態度をとっているかぎり、最悪の事態となっても生きながらえて、名誉ある隠退生活を送ることができよう。

元老院は、ティベリウスが謙虚を装って辞退しているところのものを真実は欲していることを見てとると、改めてかれが帝位に就くよう懇願をはじめようとした。そのときガッルスがこんな具体的な発言をしたのである。「ならばティベリウスよ、貴殿は政権のどの部分を担当されたいのか、お聞かせ願いたい」

ティベリウスはこの思いもよらぬ厄介な質問に言葉を失った。かれはしばらく考えたのちこう言った。「いやしくも権力を分割したその者がそれを選ぶことなどできようか。よしできるとしても、先に述べたように、その全てを引き受けることすら心外であるのに、ことさら統治のある部分を選んだり拒否したりするのは、決して穏当ではあるまい」

ガッルスはさらに勢いを得て、「帝国を分割するのであれば次の方策よりほかにはありえぬであろう。すなわち、一にローマとイタリア、二に軍団、三に属州である。このうちのどれを選ぶおつもりか」

ティベリウスが沈黙したのでガッルスは続けた。「結構、お答えのないのは承知の上である。貴殿の沈黙は、一個人の手によって築き上げられまた集中的に運用されてきた統治体制を、三つに分割するなど狂気の沙汰であると認められたものと解釈したい。我らはふたたび共和政体に戻るか、さもなくば元首政を続行するか、二つに一つ。いったん元老院が帝政を支持することで一致したかに思われるこのときにおよんで、いまさら三頭政治の可能性を云々することは時間の浪費にほかならない。貴殿は帝位を差し出されているのである。それを取るか、さなくば棄てるか」

ガッルスの友人の元老院議員がこう発言した。「貴殿は護民官として、執政官が提案した帝位就任の動議に対する拒否権を持っておいでだ。もし貴殿が真にそれを望まれないならば、半時間前に拒否権を行使していて然るべきではないのか」

そこでやむなくティベリウスは元老院の許しを乞うて、あまりにも突然に予想もしない栄誉を提供されたため、気が動転してしまった、しばらく返答を猶予して考える時間をいただきたい、と言った。

そこで元老院は休会となった。つづく議会ではティベリウスは徐々に折れて、アウグストゥスの公務をすべて引き継ぐことに同意した。しかし、かれは、外国の王への書翰に署名する場合は別にして、遺贈されたアウグストゥスという称号を決して用いなかったし、また、自分を神格化しようとするいかなる試みに対しても、注意深くこれを斥けたのだった。ある説によるとかれがこのように慎重にふるまった理由には、リウィアが、ティベリウスは彼女からの贈り物として帝位を受け取ったのだと吹聴していたことが関係しているという。リウィアが口を慎まなかったのは、アウグストゥスの寡婦としての立場を強化するのみならず、万一自分の過去の罪状が明らかになったさいにはティベリウスもそこから第一に利益を得た人物として共犯と看做されるのだと警告するためだったようだ。むろんティベリウスにしてみれば、自分はリウィアのおかげではなく、元老院から強要されてしぶしぶ帝位に就いたように見せたがっていた。

元老院はリウィアに阿諛追従を浴びせかけ、前代未聞の栄誉を与えようとした。しかしリウィアは女性であることから元老院での議論に口を挟むことができず、法のうえではティベリウスがユリウス家の家長となっていたのである。つまりティベリウスの庇護のもとに置かれた。かれは自ら国父の称号を拒否した手前もあり、リウィアもかような栄誉は身に過ぎるものとして受け入れないに違いないといって、彼女に国母の称号を与えることに反対した。とはいえティベリウスはリウィアを心底恐れており、帝国を統治するにあたって裏情報を教えてもらうために、当初は何から何まで彼女に依存していた。リウィアが熟知していたのは日常の業務に留まらない。元老院、騎士の両階級に属する重要人物や重要な女性たちの過去の罪状一式、多岐にわたる間諜からの報告、同盟国の王侯貴族とのアウグストゥスの個人的な往復書翰、検閲を受けたもののそれを隠して宛先に届けられた謀叛を促す文書の写し、こうしたものはすべてリウィアが保管しており、しかも暗号で記されていたため、ティベリウスは彼女の助けなしではこれを読むことができなかった。しかしティベリウスは、リウィアもまたかれなしでは立場が危ういことも承知していたのだ。つまり二人は互いに緊張を孕んだ協力関係にあることを暗黙のうちに了解していた。ティベリウスが国母の称号を拒んだ際、リウィアは誤りのない判断であったといって感謝して見せたほどである。ティベリウスはこの返礼に、二人の権力基盤が揺るぎないものとなったあかつきには、リウィアが望むものならどんな称号でも惜しまず与えようと確約した。そして母に忠実である証として、国書には必ず自署の傍らにリウィアの名も記すこととした。一方リウィアは自分の忠実の証としてティベリウスに通常の暗号を解読する方法を教えたが、アウグストゥスの死とともに闇から闇へ葬られた（とリウィアは見せかけていた）極秘事項を記した特別の暗号の鍵のほうはこれを秘して明かさなかった。人々の罪状の記された調査書はこの特別の暗号で記されていたのだ。

さてゲルマニクスはどうしていたか。かれはリヨンでアウグストゥス逝去の報に接し、遺言状の内容とティベリウスの帝位継承を知って、新政権への忠誠を示すのが義務であると考えた。ゲルマニクスはティベリウスの甥かつ養子であり、実際のところこの両者の間には愛情は存在しなかったのだが、二人はこれまで首都においても前線においても徒らに対立することなく協力してきた経緯があった。ゲルマニクスはポストゥムス廃嫡をめぐる陰謀にティベリウスが荷担しているとは夢にも思わず、黙殺された別の遺言のあることも知らなかった。そもそもかれは、アウグストゥスがプラナシア島訪問のこともポストゥムスの影武者のこともファビウス以外の誰にも明かさなかったため、ポストゥムスは遠島されたままだと信じきっていたが、それでも一刻も早く帰国してこの件についてティベリウスと率直に話し合おうと心に決めた。そして、元老院に提出するポストゥムスの無実の証を入手できたなら、ただちにかれを復権させる腹積もりであることをアウグストゥスから個人的に聞いていたこと、そしてアウグストゥスの急死によって実行にまで至らなかったが、その遺志は尊重されるべきであることを、ティベリウスに主張しようと考えていた。そしてポストゥムスをただちに流刑から解き、没収された財産を返還して栄誉ある地位に復帰させるにとどまらず、最後にはリウィアを不当にもポストゥムス廃嫡を図った廉で国家の要職から強制的に退かせるべきことも進言するはずだった。しかしかれがこれらを実行に移す前にマインツから軍団叛乱の報が届き、鎮圧のため急行しようとしている最中に、ポストゥムス死亡の報が届いた。報告では、アウグストゥスから孫を生かして置くなとの命を受けた衛兵隊長の手にかかって殺されたと伝えられた。ゲルマニクスはポストゥムス処刑に衝撃を受け深く悲しんだが、叛乱鎮圧に忙殺されて悲しみに耽る時間もなかった。しかし読者はお分りであろう、哀れなクラウディウスがいかに大きな悲しみに沈んだかを。このときクラウディウスには時間が有り余っていたのだから。それどころか哀れなクラウディウスは、精神を集中して専念できる仕事をみつけようと焦っていた。誰ひとり読んでくれるあてもないのに、一日に五、六時間以上も歴史の著作に専念した者は、私をおいて他になかろう。そんなわけで私は存分に悲嘆に暮れたのだった。実際に殺害されたのが影武者クレメンスであり、アウグストゥスが命じたのではないばかりかリウィアやティベリウスもこれに関与していなかったことなど、私には知る由もなかった。

クレメンス殺害を実際指令したのはクリスプスなる騎士階級の老人で、この者はサルスティウス庭園の所有者でアウグストゥスの古くからの友人だった。クリスプスはローマでアウグストゥス逝去を知ると、ノーラにあるリウィアやティベリウスに伺いをたてる時間を惜しんで、ただちにポストゥムス処刑を命ずる文書にティベリウスの印璽を押して、プラナシア島の衛兵隊長に送付したのである。ティベリウスはバルカンに派遣される前に、自分が処理しきれない公式文書に用いるよう、印璽の複製をクリスプスに預けていったのである。クリスプスはティベリウスがこれを知って怒り、もしくは怒ったふりをするだろうとは予測していたが、リウィアに弁明してたちまちその庇護を得るのに成功した。かれがいうには、ポストゥムス殺害を命じた理由とは、衛兵の士官の間に陰謀があり、ポストゥムスとユリアを船で救出して二人をケルンの軍団のもとに匿おうとしている。そうすればゲルマニクスもアグリッピーナも必ずや二人を迎えるであろうし、かくして士官たちは無理にもゲルマニクスとポストゥムスを旗印に担いでローマへ進軍する手筈となっていた。そのことをクリスプスが事前に察知してポストゥムス処刑を命じた、ということであった。ティベリウスは自分の名が不当に用いられたのを知って激怒したが、リウィアはクリスプスをできるだけとりなしてやり、また殺害されたのはあくまでポストゥムスであるという虚偽を貫きとおした。クリスプスは処罰されず、元老院には、ポストゥムス殺害は神君アウグストゥスの命によるものであり、アウグストゥスは祖父の死を知るや気性の荒いポストゥムスがただちに帝位簒奪を企てるに違いないと賢明にも予見し、またポストゥムスは実際そのような行動を起こしたのだという非公式の報告がなされただけだった。クリスプスがポストゥムス殺害を行った動機は、ティベリウスとリウィアの歓心を買うためでも、あるいは内乱を未然に防ぐためでもなく、実は私怨を晴らすためであった。クリスプスはきわめて裕福でかつ怠惰な男であったが、あるとき自分は政府の要職に就こうなどとは思わず、ただ一介の質素なローマ騎士であることに満足していると自慢したことがあった。するとこれを聞いたポストゥムスが次のように言い返したのである——「一介のローマ騎士とな、クリスプス殿。なればローマ騎士らしく乗馬の訓練でもなされてはいかが」

軍団暴動の報はまだティベリウスの耳には届いていなかった。そこでかれはゲルマニクスにアウグストゥスの死を弔慰する親しい書翰を送り、その中で自分はもはや年老いて国外での激務に堪えず、また首都での政務に専心することを元老院から請われているので、ローマ市民が辺境防衛にあたるゲルマニクスとその義弟カストルにかける期待は大であると述べた。またポストゥムスの死に関しては、手荒な処刑は痛ましいかぎりであるが、この件に関するアウグストゥスの決断の正しさを疑うわけにはいかないと記した。クリスプスのことには一言も言及しなかった。そこでゲルマニクスは、アウグストゥスは自分のあずかり知らぬところから有力な情報を得てポストゥムスに関する判断を改めたのだろうとしか推測しようがなく、この件はしばらくこのまま放置しておくしかないと判断したのだった。

巻十五

ライン軍団の叛乱、兄ゲルマニクス窮地に立つ

ライン河畔の軍団の叛乱は、バルカン駐留軍の兵たちが起こした謀叛に呼応して勃発したものだった。長い間苦渋を舐めてきたところに、アウグストゥスの遺言による分配金――兵士一人あたりわずかに四カ月分の給料、すなわち金貨たった三枚――に失望し、ますます不満を募らせてしまった。兵たちはティベリウスの地位がなお磐石でないのを読んで、今なら適当な理由さえあればどんな要求を突き付けても、ティベリウスは兵の歓心を買わんがために、きっと受け入れるに違いないと考えたのである。要求には給料の増額や、兵役義務を十六年に限ること、兵営での教練の厳しさを緩和することなどが含まれていた。なるほど給料の低さは事実だった。軍団兵は兵装を自前で調達しなければならず、そのための価格は上昇していた。また兵員の消耗が原因となって、とっくの昔に退役しているはずの老兵がなお何千人も軍団に留められており、もはや兵役に適さない退役兵が再徴募されていたのも事実だった。さらにまた、最近解放された奴隷から編成した部隊があまりに弱体であったため、ティベリウスが軍事訓練のたがを締めなおす必要を感じたのも事実だった。そこで鬼下士官を選んで百人隊長に抜擢し、兵たちがくたくたになるまで休まず労役を課すよう厳しい指令を下したので、百人隊長たちはせっせと葡萄の若枝――これがかれらの階級のしるしだった――を振るって兵の背中を擲ちすえていたのである。

アウグストゥスの訃報がバルカン駐留軍に達したとき、三軍団がともに夏の兵営に集まっていたが、軍団長は数日間を休日と定め、兵卒を訓練と雑役から解放した。怠惰な数日間を得たことで兵の間に不穏の気配が蔓延し、

再度閲兵のため整列せよとの命令が下ったときにかれらは百人隊長に従うのを拒んだ。兵たちは合議して幾つかの要求項目をまとめあげた。軍団長は、自分にはこの種の要求に応じる権限が与えられていないと答え、叛逆的態度をとることがいかに危険であるかを警告した。兵士は軍団長に対し暴力こそ振るわなかったが、命令服従を拒み、ついには軍団長を強いてその息子をローマに派遣し、かれらの要求をティベリウスに伝えさせることとなった。軍団長の息子が伝言を携えて兵営を去ってから、不穏の空気はますます広まった。かねてから反抗的だった者たちが兵営と近隣の村落に対して略奪をはじめ、軍団長が首謀者を捕えると、他の者たちが営倉を襲ってかれらを解放し、ついにはそれを阻止しようとした百人隊長の一人を殺害したのである。この百人隊長は兵から「次のを持て殿」と呼ばれていた人物で、綽名の由来は、兵卒の背中を擲ちすえて葡萄の若枝を駄目にしてしまうと、次から次へと新しい若枝を持ってこさせて、打擲をつづけたことによる。軍団長の息子がローマに到着すると、ティベリウスはカストルを軍団長の補佐として派遣した。かれが率いてきたのは親衛隊二大隊と親衛隊付属騎兵一大隊、それにもっぱらゲルマニア人からなるカエサル家護衛兵の大半である。親衛隊上級将校のなかにセイヤヌスがいた。かれの父親は親衛隊司令官でティベリウスの数少ない親友の一人だった。セイヤヌスはカストルの参謀として派遣されたのだった。このセイヤヌスに関しては、後に多くを記すことになろう。カストルは兵営に到着すると集まった兵卒にむかって、恐れず堂々たる口調で話しかけ、父親から託された書翰を読み上げた。その中でティベリウスは、いくたの戦役を通じてもろともに艱難辛苦を嘗めてきた不敗のローマ軍団に十分配慮していること、そしてアウグストゥス逝去の痛手から回復したならただちにかれらの要求に関して元老院と協議することを確約していた。そしていうには、実子をかれらのもとに派遣したのは早急に対処の必要があるものはこれを実行に移すためにであり、他の件に関しては元老院の判断を待つべしと。

叛乱兵たちは百人隊長の中から一人を代弁者に選び、要求を伝えさせることにした。兵卒の間では、誰もがあとになってから謀叛の首謀者と目されることを恐れて、その役を引き受けようとはしなかったからである。カストルは、軍務を十六年に限ること、古参兵を退役させること、一日あたり銀貨一枚に俸給を上げることの要求は、残念ながら自分にそれを認める権限がないことを明らかにした。これを認める立場にあるのは、父と元老院だけである、と。
これを聴いて兵卒は大いに怒った。何一つ事態を改善する権限がないのなら、一体カストルは何をしに来たのか。兵が苦渋を訴えるたびに、かれの父ティベリウスはアウグストゥスと元老院をこんな風に隠れ蓑に使ったではないか。そもそも元老院が何だというのだ。懐が温いだけの軟弱者の集まりで、実際に敵軍の楯がずらりと並ぶさまや、怒りに任せて剣が引き抜かれるのを目のあたりにしたならば、恐怖のあまり絶命してしまう連中が大半ではないか。兵たちはカストルの幕僚に向かって投石を始め、危険な事態となった。しかしその夜はたまたま幸運に救われた。月蝕が起こりこれに影響されて――そもそも兵士とは迷信深い連中なので――全軍の態度が豹変した。兵は月蝕を、「次のを持て殿」殺害とかれらの不服従を天が怒っている徴と考えたのだ。謀叛人のなかには実は秘かに忠誠を誓う者が多数あって、その一人がカストルを訪れ次のように提案した。すなわち、同志の者たちを掌握し、それらを二、三人の組にして各天幕をまわらせ、不満分子たちを正気に戻らせようというのである。これは実行に移された。翌朝には兵営の空気は一変し、なるほどカストルは自分の説明を添えた兵士の要求を託して再度軍団長の息子をティベリウスのもとに派遣することには同意したものの、謀叛のひきがねとなったとおぼしき者二人を捕縛し、これを公開処刑したのだった。残りの兵卒はこれに反発しないどころか、すすんで百人隊長殺害実行犯の五名を忠誠の証として差し出した。けれどもかれらはなお頑として閲兵のための整列を拒み、ローマからの回答が届くまでは必要最低限の雑役にしか着こうとはしなかった。天候が急変して滝のような雨が兵営を水浸しにし、ために天幕どうしで連絡を取り合うことができなくなった。この豪雨は天の新たな警告と受け取られ、使者の帰還を待つ間に叛乱は終熄し、軍団は士官に率いられて粛々と冬の兵営へと移動していったのである。

ライン河の叛乱はこれよりはるかに深刻だった。今や東の国境をライン河まで押し戻されたローマ領ゲルマニアは、高地ゲルマニアと低地ゲルマニアの二つの属州に分れていた。スイス近くまで広がる高地ゲルマニア属州の首府はマインツで、一方スケルト、サンブルの両河を北端とする低地ゲルマニア属州はケルンを都としていた。ここに駐留する四軍団は二属州から徴兵され、総司令官はゲルマニクスであった。叛乱は低地ゲルマニア属州駐留軍の夏営で勃発した。ここでも不平不満はバルカンの軍団と同様であったが、叛徒たちのふるまいははるかに兇暴だった。というのも、新たに首都で徴兵された解放奴隷がかなりの数を占めていたからで、その性からしていまだ奴隷に等しく、ローマ軍団の核をなす自由人市民、これは大半が貧しい小作人であったが、これらの者と比較して天性はるかに怠惰で、安逸な生活に浸りきっていたためである。この連中は兵としては劣悪きわまりない輩で、軍律厳しい団体生活を経験してもその性悪ぶりは改まらなかった。かれらの属する軍団はそれまでの戦役ではゲルマニクスの指揮下ではなく、ティベリウスの麾下にあった。

軍団長は周章狼狽し、叛徒たちが群をなして口々に憤懣と恫喝を叫んでも、その横暴を抑えられなかった。軍団長が度を失っているのに勢いづいて、叛徒たちは怨み重なる百人隊長に襲いかかると、そのうちの二十名ばかりを本来百人隊長のものである葡萄の若枝で擲ちのめして死にいたらしめ、屍体をライン河に投げ込んだ。残る百人隊長たちに対しては、悪罵をあびせかけたうえ、軍営から追放した。唯一カッシウス・カエレアだけが、この恐るべき前代未聞の暴挙を抑えようとしたただひとりの上級士官だった。かれは兵卒の大群と対峙すると、逐電したり慈悲を乞うどころか、抜き身をひっさげて暴徒の群のただなかに突入し、右に左に薙払い、指揮台まで血路を斬り開いたのだった。指揮台は神聖視されており、そこに立てば兵卒は誰ひとりとして敢えて手をかけようとはしないことを知っていたのである。

当時ゲルマニクスのもとには頼りになる親衛隊大隊もなかったが、かれはただちに僅かな幕僚をひきつれただけで、騒乱の生じた兵営に駆けつけた。このとき百人隊長虐殺の報はかれの耳に達していなかった。叛徒らは軍団長を取り囲んだようにゲルマニクスの周りに蝟集した。しかしゲルマニクスは穏やかな口調で、兵がそれぞれの中隊旗のもとに中隊ごとに整列するまでは話し合いには応じないと語った。こうすれば誰に向かって喋っているのかはっきりすると考えたからである。これは権威に対するささやかな譲歩と思われた。兵たちはゲルマニクスがはたして話すべき内容を持っているのか知りたがった。一旦整列すると、かれらの間に兵士としての規律がいささか甦り、上官殺害のせいで信頼や恩赦を勝ち得ることはもはや望むべくもなかったものの、俄にかれらの目にはゲルマニクスが勇ましく人間味ゆたかな、立派な人物と映った。ある老兵——軍団の中には二十五年から三十年にもわたってゲルマニアで兵役に服している者も少なくなかった——が叫んだ、「なんと、お父上に生き写しだ！」また他の者が言った、「親父殿と同じくらい、忌々しいほど立派だわい」ゲルマニクスは注意を喚起するために普通の会話の口調で話した。かれはまず、アウグストゥス逝去とこれに伴う大いなる悲哀を語り、しかしアウグストゥスは不滅の業績と後継者を残したことを明らかにした。この後継者は国家を運営し、アウグストゥス自身が望んだように国軍を統帥しうる有能な人物である。「わが父がゲルマニアでうちたてた輝かしい武勲については、皆も知らぬはずもあるまい。お前らの多数がその栄誉にあずかっているのであれば」

「あれほどの将軍、あれほどの人物はなかった」と老兵が叫んだ。「ゲルマニクス父子万歳！」

ゲルマニクスが自ら発した言葉の効果に気づかずにいたことは、兄の至って単純素朴な性格を証(あかし)している。かれは父を口にすることでティベリウス（かれもまた、しばしばゲルマニクスすなわち「ゲルマニア人征服者」の名で呼ばれた）を指したのだが、古参兵たちはかれの実父を意味するものと受け取った。またアウグストゥスの後継者という言葉でもまたティベリウスのことを意味したのだが、古参兵たちはそれをかれ自身のことと理解した。このような誤解が生じているのに気づかず、ゲルマニクスは、国父逝去にもかかわらずイタリアがいたって平穏であること、また先刻まで滞在していたガリアが忠誠を保っていることを語り、軍団の兵士が突如としてかような悲観論に駆られた理由がまったく理解し難いと言った。いったいどんな問題があるのか。かれらは百人隊長、屯営長、将軍に対して何をしたのか。その者たちの姿がこの閲兵整列に見えないのはどうした訳か。かれらがこの者たちを兵営から追放したと聴いたがはたしてそれは真実か。

「幾人かはまだ何とか息があります、カエサル」と誰かが言った。カッシウスが兵卒の間からびっこをひきながら姿を現すとゲルマニクスに敬礼した。「けれど数多くではありません。この者らは私を指揮台から引きずりおろし、縄をうって営倉に閉じ込め、この四日間というもの一粒の食べ物も与えませんでした。ある古参兵がやっと出してくれたのです」

「なんとカッシウス、君を！　事もあろうに君にそのような仕打をしたというのか！　トイトブルクの森から八十名を生還させた男を、ライン河の橋を護りぬいた男をか？」

「まあ命だけは助けてくれましたが」とカッシウスが言った。

ゲルマニクスの声には恐怖がこもっていた。「皆の者、これはまことか？」

「連中は自業自得だ！」と誰かが叫び、恐るべき混乱が捲き起こった。兵士たちは肌脱ぎになると、胸にあざやかな銀色の名誉の負傷や、背中に残る黒ずんだ醜い笞の痕をきそって露わにした。一人の老兵が隊列から走り出ると、指で口を開いて歯の抜けた歯茎を見せ、そして叫んだ、「閣下、歯のない口では硬い兵糧は食えません。足腰が弱って、湿地での行軍も戦闘もかないません。儂はお父君にお仕えして最初のアルプス山岳戦役に出征しました。あのとき六年も従軍したのですじゃ。今では二人の孫が同じ大隊におります。どうぞ閣下、儂にお暇を下され。儂はあなたさまが赤子の頃、この膝であやしてさし上げました。それなのに閣下、儂がこんなにひどい脱肛に苦しんでおるのに、隊長どもは百ポンドの荷を担がして二十マイルも行軍させますのじゃ」

「列に戻れ、ポンポニウス」ゲルマニクスは命じた。かれは老人を思い出し、この者がまだ軍務に服しているのを知って衝撃を受けた。「頭を冷やすがよい。お前の処遇は後刻考えよう。若い兵どもの手本となるよう振舞うのだ」

ポンポニウスは敬礼して隊列に戻った。ゲルマニクスは静粛を求めて腕を上げたが、兵どもは口々に給金の支払いを要求し、あるいはあまりにも労務が過酷で起床から消灯まで身を休める暇もなく、軍務から退役できる途といえば今や老衰による死しか残されていないと、大声で訴えた。ゲルマニクスはふたたび完全な沈黙に戻るまで口を緘んでいた。そして言った、「わが父ティベリウスの名において正義が行われることを約束しよう。ティベリウスは予同様なんじらのことを深く気にかけておられるし、また帝国を危機に陥れるようなことでさえなければ、お前らのためにいかなる配慮も惜しまれまい。予はこれを確約する」

「ティベリウス糞くらえだ！」と誰かが叫んだ。すると四方から怒声と金切り声が沸き上がり騒然となった。「立ち上がれ、ゲルマニクス！　あなたこそ俺たちの皇帝だ！　ティベリウスはティベリス河に放りこめ！　立ち上がれ、ゲルマニクス！　ゲルマニクスを皇帝に！　ティベリウスは地獄へ堕ちろ！　雌犬リウィアも地獄へ堕ちろ！　立ち上がれ、ゲルマニクス！　ローマへ向かって進軍だ！　俺たちはあなたの軍隊だ！　ゲルマニクスの子ゲルマニクス！　ゲルマニクスを皇帝に！」

ゲルマニクスは愕然となった。かれは叫んだ、「血迷うたか、貴様ら、かようなことを口にするとは。予を何と思うておる？　叛逆者とでも思うたか？」

老兵が叫んだ、「毛頭思うてはおりませぬ。あなたさまはアウグストゥス様の責務を引き継ぐと申された。断じて前言を翻してはなりませぬぞ」

ゲルマニクスは今や自分の失言に気づき、「立ち上がれ、ゲルマニクス！」の怒号が渦巻くなか指揮台から跳び降りると、脇に繋いであった馬めがけて駆け出した。この呪われた兵営から一目散に脱出しようとしたのである。しかし兵どもは抜刀すると行く手を遮った。「予を通せ。さなくば、自刃して果てるまでだ」

ゲルマニクスは我を忘れて叫んだ。

「あなたは俺たちの皇帝だ」と兵どもは答えた。

ゲルマニクスは剣を抜いたが誰かが腕を押さえつけた。かれが本気であることは実直な者の目には明らかだったが、解放奴隷の多数はそれを謙虚を装う偽善的な演技だと考えた。そのうちの一人が嘲って叫んだ、「ほれ、俺の剣を取りなされ。こっちのほうが鋭いですぜ」傍らにいたポンポニウス老人はかっとなってこやつの口をしたたかに殴りつけた。友人たちがあわててゲルマニクスを軍団長の天幕に連れ込んだ。軍団長は絶望のあまり半死半生の態で、頭まで毛布を被り寝台に横たわっていた。かれはなかなか起き上がれず、しばらくしてやっとゲルマニクスに敬礼した。かれと幕僚の命を辛うじて救ったのは、スイス辺境からきた属州民兵からなる護衛隊だった。

急遽、協議が開かれた。カッシウスはゲルマニクスにこう語った。かれが営倉に囚われているさいに小耳にはさんだ叛徒らの話によれば、かれらは高地ゲルマニア駐屯軍団に使者を送り、手を結んで叛乱の輪を広げようとしているもののようである。ライン河防衛を放棄してガリアに進軍し、かの地の都邑を劫掠して女を奪い、背後をピレネー山脈に護られたガリア南西部に独立王国を打ち建てようという話もあった。この動きにローマは途方に暮れて当分手の打ちようもあるまいから、その間にじゅうぶん王国の防備を固めることができるものとかれらは踏んでいた。

ゲルマニクスはただちに高地ゲルマニアに赴いて、駐留軍団にティベリウスへの忠誠を誓わせる決心をした。高地ゲルマニア軍団は最近までかれの直属の指揮下にあったから、叛徒の使者が到着するまでにかれが直接話せば、必ずや忠誠を守るに違いないとの確信があった。たしかに給金や労役の面に関しては高地ゲルマニア軍団も他と同様不平不満を抱いているが、そこの百人隊長はこっこよりはましな男たちであった。それらはゲルマニクス手ずから選抜した者たちで、兵卒に厳しいという評判よりは、忍耐と軍人に相応しい資質を見込んで抜擢されたのである。しかしいちばんの急務は、現在叛乱を起こしている軍団を鎮めることだ。取るべき方法は一つしかない。そこでゲルマニクスは生涯で後にも先にも唯一の罪を犯した。ティベリウスからかれに送られたと見せかけた書翰を贋造し、翌朝かれのもとに届けられるよう計ったのである。伝令は、夜間ひそかに廐舎から馬を奪って兵営を抜け出し、南西二十マイルの地点まで行き、そこから急遽駆け戻ってくるようにと言い含められた。

この偽造書翰は次の点を強調していた。すなわち、ティベリウスがゲルマニア駐屯の軍団が苦渋を訴えている由を聞き知り、ただちにその苦渋の種を取り除かんものと焦慮していること。アウグストゥスの遺贈金は速やかに支払われるべきこと、また軍団が忠誠を嘉することを嘉してティベリウス自身が資金を拠出してこれを倍額とすること。給金の増額を求めて元老院と交渉に入ること。二十年間の軍役に服したものは残らず即刻無条件に退役を認めること、十六年間を全うした者には一様に条件つきの退役を認め、駐屯地勤務以外の軍務を強制しないことである。

ゲルマニクスは伯父ティベリウスや祖母リウィア、妹のリウィッラほど巧みな嘘吐きではなかった。使者が乗ってきた馬が自分のものであると言い出す者があり、使者自身もゲルマニクスの馬丁であることが露見してしまった。皇帝書翰が贋物だという噂が一気に広まった。しかし古参兵たちは喜んでこれを本物と認め、約束の退役と遺贈金分配をただちに実行するよう迫った。要求を受けたゲルマニクスは、皇帝は約束を守る人であり、今日にも退役は実施されると答えた。だが遺贈金は軍団全体が冬営に帰還したあかつきにはじめて支払われるべき性格のものであるから、今しばしの忍耐を求めると訴えた。現在軍団の金庫には各人に金貨六枚を与えるだけ大量の貨幣はないが、ある限りの貨幣は軍団長から支払われるようにする、と。これを聞いて兵卒は平穏にもどったが、ゲルマニクスの声望はいささか落ちた。あれは自分たちの思っていたような人物ではない、ティベリウスを恐れていて、せいぜい書翰を偽造するのが関の山だ。兵卒は追放した百人隊長を連れ戻すため捜索隊を送り出し、ふたたび軍団長の命令に従うようになった。ゲルマニクスは事前に軍団長に向かって、ただちに責務を果たさなければ、臆病怠慢の咎で元老院に告発するぞと申し渡してあった。

こうして、退役がきちんと実行され手持ちの金が分配されるのを見届けてから、ゲルマニクスは高地ゲルマニアに向けて発った。そこでの状況は、軍団兵が低地ゲルマニアでの事件の知らせに耳をそばだててはいるものの、軍団長シリウスが決然たる司令官であったため、なお公然たる反抗には至っていなかった。ゲルマニクスは兵卒の前で偽造書翰を読み上げ、ティベリウスへの忠誠を誓わせようとした。軍団兵はただちにこれに応じた。

ライン軍団叛乱の報がローマに届くと、人心は大いに動揺した。ティベリウスは、バルカン軍団叛乱――この時点ではまだ終息していなかった――のさいに、自ら赴くことなしにカストルを派遣したことできびしく批判されていたが、今や巷間で轟々たる非難の的となった。他の軍団が忠誠を尽くしているのにティベリウス自身が直接指揮していた軍団が謀叛を起こすとはどういうわけだと(ゲルマニクスがダルマティアで指揮していた軍団は叛乱に加わらなかった)。ライン軍団鎮圧をゲルマニクスに委ねることなくティベリウス自身が今すぐにもかの地に赴いて汚れ仕事を引き受けるべきだとの声があがった。そこでかれはゲルマニア行を元老院に告げ、幕僚を選抜したり小艦隊を組織したり、ぐずぐずと準備にかかった。しかし出発準備がととのうころには冬の到来も間近く航海が危険な状態になり、またゲルマニアからは状況が好転した報が届いたので、かれは出発を取り止めた。最初から行く気などなかったのである。

この間ゲルマニクスから私に至急の書翰が届いた。かれの財産から金貨二十万枚を極秘のうちに用意して欲しいとの依頼である。ローマの安全のために是非とも必要なのだと。かれは詳細を知らせずただ私を代理人とする委任状だけを送ってきた。兄の家令に相談したところ、不動産を売却しないかぎり要求額の半分を捻出するのがやっとだという返事だったが、不動産売却となると人の噂の種となり、それは明らかにゲルマニクスの避けたいことだ。そこで残額は私が調達せざるをえなかった。金貨五万枚は金庫から(新しい神祇官団への入団金を払うと僅か一万枚しか手元に残らなかった)、残る五万枚は父の遺産である首都の不動産(幸いにもすでに売りに出してあった)と、なくてもすませる男女の奴隷、といっても奉仕に熱心でない者に限ったが、これらを売却して調達した。私はこれらの金を依頼状が届いてから二日のうちに兄へ送った。母は不動産売却の話を聞いてひどく立腹したが、用途については知らせないほうが安全だと考えたので、母に向かっては、最近賽子(さいころ)博打で大金をすってしまい、負けを取り戻そうとしてさらに二倍の金額を失ったのだと説明しておいた。母は作り話を真に受けて、私の悪名のひとつとして「博打打ち」なる不名誉な呼び名を付け加えたのだった。しかし母から厭味を言われても、ゲルマニクスとローマを救ったという想いにたっぷりと慰められた。

たしかにこの時期、私が賭博に入れ込んでいたのは事実だが、多額の金額をつぎこむことはなかった。私の賭け事は仕事の後の息抜きだった。アウグストゥスによる祭祀の改革についての著作が完成すると、私は賽子博打に関する短い戯作を書いて、神君アウグストゥスの霊に捧げたが、これは母をからかう作品だった。この著作の中で私は、生前賽子博打に目がなかったアウグストゥスが父に宛てた書翰を引用しておいた。かれはこう書いている。昨晩の遊びはじつに楽しかった。というのも父はじつに気持ちよく負けるから。父はいつも〈犬〉に当たると運命に抗議して笑いながら大声をあげるのだが、誰かが〈ウェヌス〉に当たるとまるで自分がそれを出したかのように上機嫌になる。「賭け事で貴君に勝つのはまこと大きな喜びであるが、これは最大の賛辞と解釈してもらいたい。いったい予は、賭け事に勝つのを好まない。予に忠実と見えた友の心根が知れてしまうためである。最善の友を除いては、誰もが予に負けても金を出し渋るが、それは予が皇帝であり無限の富の所有者だと考えるからである。まこと天は過分に持てる者には多くを与えぬものを。そこで予は——貴君はすでに気づいておろうが——一回の賭けが終わるとわざと誤って勘定するのを常としている。計算違いをよそおって勝った額より少なく請求したり、あるいは負けた場合は多いめに支払うことにしている。すると貴君を除くとほとんど誰ひとりとして、その間違いを矯そうとする者はない」（書翰はさらに続いてティベリウスが賭け事でいかに金に汚いかについて触れているが、むろんその条の引用は割愛せざるをえなかった。）

この著作では、私は学術論文を倣ねて賽子博打の起源を探り、多くの架空の著者から引用し、奇想天外な壺振りの術のさまざまを述べたてた。とはいえ著述の主題はいうまでもなく賭博の勝ち負けに就いてであって、従って標題は『賽子博打必勝法』とした。アウグストゥスは別の書翰で、負けようとすればするほど勝ちが転がり込み、勘定を誤魔化しても賭けの席に着いたときより貧乏になって帰ったことは滅多にないと述べている。これとは逆に、ポッリオがわが祖父アントニウスの言としているものであるが、賽子賭博で勝とう勝とうと焦るほど負けが嵩んでゆくという言葉も引用しておいた。これら発言から推し量って、私は次のような結論を得た。すなわち博打に関して神々は、それまでに何か別のことでその者に悪意を抱いていないかぎり、いちばん勝ちに無頓着な者にいつも勝利を与えるということだ。従って賽子博打に勝つ唯一の方法は、負けてやろうというまじり気なしの意欲を培うことである。自画自賛めくが、小書はわが反面教師カトーをもじって鹿爪らしい文体で書かれており、論旨が完全に逆説的であるという意味で大いに娯しめる作品となっている。これは著作に引用したものだが、古い諺に斑（まだら）の騾馬（らば）に乗った異国人に出逢うたびに金貨一千枚を与えよう、ただし条件があって、金貨を手にするまで騾馬の尻尾のことを考えてはならない、というのがある。私の歴史著作を難解と思う人々にせめてこの諷刺文を娯しんでもらいたいと願っていたが、これを娯しんだ者はなかった。戯作だとは受けとられなかったのである。カトーの作品を手本として育った古い世代は自分の師匠がパロディにされているのを喜ぶはずもないし、一方カトーなど知らずに育った若い世代にはこれがパロディであることが分らぬだろう。従ってこの書は痛々しいほど大真面目に書かれた、途方もなく冗漫で愚劣な著述であり、人の噂通りの私の馬鹿さ加減を異論の余地なく証明していると酷評された。

　しかし、金が届くのをやきもきしながら待っているゲルマニクスをいわば放ったらかしにして、賽子賭博の本を書くなどは、不心得な脱線であった。老アテノドロスが存命であれば、私のことをこっぴどく叱ったに違いない。

巻十六　甘やかされすぎた幼児カリグラ

　ゲルマニクスはボンでティベリウスの派遣した元老院使節団と会見した。使節来訪の真意は、ゲルマニクスが叛乱の実情を誇張したりもしくは過小に報告していないかを調べるためであった。使節団はティベリウスの私的な書翰を携えており、それには皇帝の名においてゲルマニクスが兵卒に確約したことは認可するが、ただ報償を倍額増しにするという点だけは、現段階ではゲルマニア方面軍のみならず全軍団にこれを確約する必要が生じるという理由から認めえないと記してあった。ティベリウスは策略を用いて兵を宥めるのに成功したことでゲルマニクスを高く評価していたが、ただ書翰を贋造する必要に迫られたことを慨嘆した。また、約束が履行されるか否かは兵卒の態度次第であると書き加えていた（この文面をゲルマニクスは、もし兵が軍務に復帰すれば約束を履行するという意味に解したが、実際はその逆だった）。ゲルマニクスはただちに返事を認め、報償を倍額としたために余分の費用が必要となった結果を謝罪し、しかしその財源はかれ自身の個人負担とし、同時に兵士らにはあくまでティベリウスがこの恩恵を施した当人であると思わせておくこと、またこの恩恵に浴するのはゲルマニア軍団に限られ、このたびのライン河岸における軍事作戦成功の報酬として支払われることを偽造書翰の中で明記しておいた旨を伝えた。この他の特約については、二十年の軍務を終えた老兵の除隊はすでに実施され、この者たちはただ退職金の到着を待って部隊に留まっているだけであると説明していた。

　報償の半分を個人資産から捻出したためゲルマニクスの負担は大きく、かれは私が拠出した金貨五万枚の返済

を暫時猶予してくれるよう書き送ってきた。私は返事を送って、これは負債ではなく贈与であり、かれを援助できたことを誇らしく思うと告げた。それはさておき軍団の騒擾の成り行きに話を戻そう。使節団が到着した折、二軍団は冬営のあるボンにいた。かれらは軍団長の指揮下にそこまで行軍してきたのだが、その光景は不名誉きわまりないものだった。かれらは金貨の入った袋を長棹にくくりつけ、袋の口を下にしてぶらさげたのを、軍団旗の間におしたてて進んだのである。他の二軍団は遺贈の金が支払われるまで夏営を離れることを拒否した。ボン駐留の二軍団、第一軍団と第二十軍団は使節団が来たのはあの取り決めを反故(ほご)にするためではと邪推して、またしても暴動を起こした。一群の兵は例の王国を築くためただちに進軍しようとして、深夜第二十軍団の〈鷲〉を厳重に保管した祭壇のあるゲルマニクスの宿舎に乱入すると、かれを寝台から引きずり出し、首の金鎖から祭壇の鍵をひきちぎると、祭壇を開けて〈鷲〉を奪った。そして街路を行進しながら仲間に向かって「〈鷲〉に続け！」と大声で叫んでいるところに、騒ぎを耳にしてゲルマニクスの庇護を求めて駆け出してきた使節団の元老院議員らとばったり鉢合わせした。兵どもは罵声をあげて剣を抜いた。議員らは踵(きびす)を返して脱兎のごとく第一軍団の本営に逃げ込むと、〈鷲〉を祭る祭壇にとりすがって救いを求めた。けれども追手は激怒と酒に正気を失くしており、もしも第一軍団の〈鷲〉の旗手が勇猛な男でなかったならば、そしてもしかれが手練(てだれ)の剣士でなかったならば、使節団団長は頭を叩き割られていたに違いない。そうなれば第二十軍団はもはや斟酌の余地ない大罪を犯したこととなり、帝国の全土にわたって内乱を誘発するきっかけとなっていたはずである。

騒乱は終夜にわたって続いたが、さいわいにも反目しあう兵どうしの間で酔いに任せた乱闘があった以外、流血にまでは至らなかった。夜が明けるとゲルマニクスは喇叭兵に命じて集合の合図を吹き鳴らさせ、元老院使節団団長をともなって指揮台に登った。兵どもは罪の意識から気を尖らせ不穏の気配が漂っていたが、ゲルマニクスの勇気がかれらを魅了した。かれは立ち上がり、静粛を命じると、大欠伸(あくび)をした。口を覆って謝罪すると、兵営で鼠が騒いで熟睡できなかったのだと言った。兵どもはこの冗談を喜んで笑った。しかしゲルマニクスは笑わなかった。「夜明けを齎(もたら)して下された神々に栄えあれ！あれほど不吉な夜を過ごしたことはない。一時は第二十軍団の〈鷲〉が飛び去るのを夢に見た。この朝閲兵の整列に再びその〈鷲〉を目の当たりにすることができるとは何たる喜びか！　兵営には謀叛の気配が漂っているが、疑いもなくそれはわれらが逆鱗に触れたいずれかの神が送られたものに相違ない。お前たちはことごとく狂気に駆られたが、ローマの歴史に前例のない罪を犯すことなく済んだとは、これは奇跡以外のなにものでもない。母なる都から派遣された使節が貴様らの剣を避けようと軍団の守り神〈鷲〉の聖域に逃れたものを、いわれなく手にかけようとしたのだからな！」そしてかれは使節団来訪の目的はティベリウスによる確約を元老院が認知したことを伝え、またゲルマニクスの手によって間違いなく履行がなされるかを確認するためであって、それ以外のなにものでもないと説いた。

「それは結構。ところで残りの金はどこなんですかい」と誰かが叫ぶと、つづいて怒号が起こった、「俺たちゃ金が要るんだ！」けれども運良くこのとき金を運ぶ馬車が、同盟軍騎兵隊に警護されてやってくるのが目に入った。ゲルマニクスはこの機会をとらえ、急ぎ元老院議員をこの騎兵隊警護のもとにローマへ帰還させた。つづいて金貨の分配を監督する作業に入ったが、他軍団のための金まで略奪しようとする輩がいて、これを制止するのに困難を極めた。

午後になると騒ぎはさらにひどくなった。兵どもは懐が温かくなったので深酒と無茶な博打にうつつを抜かしたからである。ゲルマニクスの妻アグリッピーナは夫に同行していたが、ゲルマニクスは彼女を兵営に留めておくことは危険だと判断した。彼女は新たに妊娠中で、私の甥にあたる若年の男子ドルススとネロはローマの私母のもとにとどまっていたが、幼いガイウスは母アグリッピーナとともに兵営にあった。この愛くるしい子供は軍団のマスコットで、誰かがかれのために、ブリキの胸甲や冑、剣や盾まで揃った玩具の軍装をこしらえてやった。みんながこの子をちやほや甘やかした。母親が普通の服装をさせようとすると、子供は泣きわめき、剣と軍靴を身に着けて天幕に行くんだといって駄々をこねた。ここからこの子はカリグラ、つまり「小さな軍靴」と呼ばれるようになった。

ゲルマニクスはアグリッピーナに兵営を去るようしきりに説いたが、アグリッピーナは自分には恐れるものは何もない、自分だけが安全な場所にいて夫が叛徒どもに殺害されたとの報を聞くくらいなら共に死んだほうがましだと主張した。しかし夫が、もしリウィアが残された子供の養い親になったらそれが子供たちにとって良いことと思うのかといって説得すると、やっとアグリッピーナは折れた。彼女とともに幾人かの将校の妻と子供たちも去ることになったが、彼女らはみな涙を流し喪服を纏っていた。一行は恒例の護衛も伴わずのろのろと徒歩で兵営を去っていった。さながら落城の町をあとにする落人のように。一匹の騾馬に曳かせたぼろ馬車だけが唯一の乗物だった。カッシウス・カエレアだけが道案内兼唯一の護衛として同行した。カリグラは軍馬にまたがるようにカッシウスに肩車してもらい、かけ声を発しながら騎兵に教えられたまま剣を振り回し斬り込みや受けの型をなぞったりしていた。一行は早朝に兵営を発ったので誰にも目撃されないはずだった。軍団は兵営の門を護る衛兵すらおかず、起床喇叭を吹こうという気になる者もなかった。たいがいが十時や十一時頃まで豚のように眠りこけていたのである。ただ二、三人の老兵だけがいつもの習慣から早起きして朝食のための薪を集めに兵営の外に出てきて、御婦人方はどこへ行かれるのかと訊いた。

「トゥレウェリ族の領地へ」とカッシウスが答えた。「総司令官は奥方と御子を名高い第一軍団の手にかかって失うよりはと、蛮族ながら忠実なガリアの同盟者トゥレウェリ族の庇護のもとに送り出されるのだ。貴様らの仲間にそう伝えるがよい」

　老兵たちは慌てて兵営に駆け戻るとその一人、例のポンポニウス老人が、喇叭を取って吹き鳴らした。兵どもは剣片手に寝惚け眼をこすりながら天幕からまろび出てきた。「どうした。何が起こったのだ」

「あれが送り出されてしまう。儂らの運もこれで終わりだ、もう二度と会えない」

「誰のことだ？　誰が送り出されるんだ？」

「儂らの子供、カリグラだ。子供の父親は第一軍団はあの子を預けておくには信用ならんといって、糞ったれのガリア人同盟者のもとに送り出したのだ。ああ、あの子の身に何がふりかかることやら。ガリア人どもがどんな連中か、分っているだろ。御子の母君も一緒だ。七カ月の身重だというのに、お気の毒に、奴隷女のように徒歩で出て行かれたのだぞ。ゲルマニクス様の奥方にして兵の友と呼ばれたアグリッパ将軍の息女たる方が。それに儂らのカリグラ坊やもだ」

　兵士とはまことに途方もない連中である。盾に張る鞣し革のように強靭で、エジプト人のように迷信深く、サビニ族の老女のように感傷的だ。十分も経たぬうちに二千人もの兵卒がゲルマニクスの天幕を取り囲み、酔払い特有のうわずった悲哀と悔悟の情を示しながら、口々に奥方と自分たちの可愛い子供を呼び戻してくれるよう懇願した。

　ゲルマニクスは怒りで青ざめた顔で姿を現すと、もうこれ以上悩ましてくれるなと言った。お前たちはただでさえ軍団とかれとローマの面目に泥を塗ったのだから、これから先そんな手合いをどうして信用することなどできよう。いっそ剣で我と我が胸を突こうとしたとき邪魔せずにおいてくれた方が、よほどありがたかったのに。

「命令して下さい、閣下、我々は何でもします。二度と謀叛を起こさないと誓います。どうかお許しを。我々は閣下に従ってこの世の果てまでも進軍します。ですから、どうかわれらの小さな遊び友達を返して下さい」

ゲルマニクスは言った。「それには条件がある。わが父ティベリウスに忠誠を誓え。百人隊長虐殺と使節団に対する侮辱、それに〈鷲〉略奪の首謀者を探し出せ。もしこれをするなら予は寛大な許しを与え、貴様らの遊び友達を呼び戻すことにしよう。しかし妻に関しては、一切の罪が浄められるまでは兵営に戻すわけにいかん。出産の時が迫っており、新生児の命に兇々(まがまが)しい影がさすのは望ましくないからだ。だが貴様らが妻を蛮人の庇護のもとに置くのはいやだというのであれば、予は彼女をトゥレウェリ族にではなくケルンに送ろう。貴様らが祖国の敵ゲルマニア人を討ち破り、貴様らが犯した血塗(まみ)れの罪をもっと血みどろの勝利によって拭い去ったあかつきに、予の完全なる許しを与えるとしようぞ」

兵どもはこの条件を呑むことを誓った。そこでゲルマニクスは使者を呼んで、アグリッピーナ一行に追いつき事情を話してカリグラを連れ戻すよう命じた。兵士らは天幕に駈け戻ると、忠節派の同僚に向かって、仲間になるよう、叛乱の首謀者を捕えるよう呼びかけた。百人余りの者が捕えられ、抵抗するのを手とり足とりして指揮台まで曳き立てられてきた。その周囲を二軍団の残りの者たちが抜刀して、中央に空き地ができるようぐるりと取り囲んだ。一人の百人隊長が囚人たちを順々に、指揮台の傍らの急ごしらえの断頭台にひきずり上げた。そして部隊が有罪と決定するとかれは突き倒され首級(くび)をはねられた。ゲルマニクスはこの非公式裁判が繰り返された二時間のあいだというもの、腕組みしながら顔色ひとつ変えず、凝(じ)っと黙ったままだった。僅かな例外を除いてほぼ全員が有罪とされた。

最後の首級が落ちて焼きすてるために遺体が兵営から運び出されると、ゲルマニクスは百人隊長全員を指揮台のもとに呼び集めて、その地位に就いてからの軍歴を述べよと命じた。そして良い軍歴をもち身贔屓(みびいき)によって選抜されたのではないと判明した場合には、部隊の古参兵にその者の評判をたずねた。その者が評価を得ておりまた大隊長が異議を申し立てない場合にはそのままの地位に留めたが、軍歴が芳しくなく部隊から不満も多いときには降格処分に付した。その場合には部隊に呼びかけて代わりに最も相応しい人物を選出させた。それからゲルマニクスは兵に協力を感謝し、ティベリウスに忠誠を誓うことを求めた。全員が厳かに誓いを立てたが、次の瞬間大きな喝采が捲き起こった。ゲルマニクスが送った使者が馬を駆って戻ってくるのが見えたからである。カリグラは使者の鞍前に跨り、玩具の剣を振るいながら甲高い叫びをあげていた。

　ゲルマニクスはわが子を抱擁し、兵にいまひとつ申し述べることがあると言った。年期を終えた一千五百名の老兵がティベリウスの指示に従って二つの軍団から退役したが、もしこの者たちの中で、かれの完全なる許しを得たいと思うものがあれば、そして軍団に留まる者たちはライン河を越えてウァルスの敗北の仇を討つことですぐにもこの許しを得られるはずであるが、除隊した老兵にもその機会が与えられる、と。つまり、余力ある者には原隊復帰を許可し、力衰えて守備隊任務にのみ相応しい者はこれを集めて新たな部隊を編成し、最近ゲルマニア人による略奪の情報が入ったティロルに派遣する。ゲルマニクスがこう提案すると、驚いたことに、退役兵のことごとくが前に進み出て、半数以上がライン渡河の軍事作戦に志願したのだ。こうした余力ある志願兵の中にはあのポンポニウスの姿があったが、かれは欠けた歯やヘルニアにもかかわらず自分は充分軍務を勤められると主張して譲らなかった。ゲルマニクスはポンポニウスを自分の幕営の従卒に任命しかれの孫たちを護衛隊に編入した。かくしてボンではすべてが旧に復し、兵たちはカリグラを、徒手空拳で軍団の叛乱を鎮圧したからにはやがては偉大な皇帝となって赫赫たる勝利を納めるに違いないと口々に誉めそやした。このことはカリグラにすこぶる悪い影響をおよぼした。というのもこの子供は、すでに記したように、そうでなくてもひどく甘やかされていたからである。

　しかしこのときまだ、正気に返らせねばならぬ二つの軍団がクサンテンと呼ぶ地に留まっていた。かれらは賜金の支払いを受けたのちも反抗的態度を改めようとはせず、軍団長は空しく手を拱いているばかりだった。ボンの軍団が改心したとの報が届くと、謀叛の首謀者たちは真剣に身の危険を感じ、仲間を煽動して新たに暴行と略奪に狩りたてようとした。ゲルマニクスは軍団長に私信を送り、ただちに自ら強力な軍勢を率いてラインを下るが、万が一軍団長のもとにある忠節派の将兵がいち早くボンの軍団の例に倣い叛徒を処刑しないような場合には、誰かれなしに全員を刃にかけるつもりだと伝えた。軍団長は軍団旗手と叛乱に与しなかった将校、および少数の信用のおける古参兵を集めて秘かにこの書翰を読み上げ、ゲルマニクスが間近に迫っているので一刻の猶予もならぬと告げた。全員が最善を尽くすことを誓った。他の二、三の忠節派を隠密作戦の仲間に加えたが秘密はよく保たれ、真夜中に決められた合図に従って天幕に突入し、次から次へと叛徒を虐殺した。叛徒どもも力の限り抵抗して多数の忠節派の命を奪ったものの、たちまち圧倒されてしまった。その夜の死傷者は五百名に達した。残余の者は、兵営に残した警備兵を除いて、全員がゲルマニクスを迎えに進軍し、ただちにラインを渡って敵を討つためかれの指揮を請うた。

この地域の軍事作戦を執る時期はそろそろ終わりかけていたが、好天が続いていたことから、ゲルマニクスはかれらの要望を受け入れることにした。かれは舟橋を架けると、一万二千のローマ歩兵、同盟軍二十六大隊、騎兵八大隊を率いてラインを渡河した。敵領内に放ってあった密偵の報告から、ゲルマニア人のヘラクレスを崇める秋の祭祀のために、敵が陸続とミュンスター周辺の村落に蝟集しつつあることが判明していた。軍団で謀叛のあった報はすでにゲルマニア人にも届いており——叛徒どもは実際、ヘルマンと通じて贈り物を交換しあっていた——ローマ軍団がガリア南西の新王国に去ったなら、ライン河をこえてまっしぐらにイタリアに攻めのぼるばかりだとゲルマニア人は考えていたのである。ゲルマニクスは人跡稀な森の抜け道を辿り、連中がまったく無防備にビールに酔いしれているところを強襲した。（ビールとは水に浸した大麦から醸す酒のことで、蛮族は祭のさいにこれを痛飲する。）かれは全軍を四列縦隊に分ち、前面五十マイルにわたる地域を、集落を焼き払い住人を老若男女の区別なく虐殺して、野火のごとくこれを劫掠した。帰路森林を通過中、近隣の諸部族混成の分遣隊が行く手を遮ろうとしているのを知ると、軽戦態勢を採ってしゃにむに前進し敵を後退させた。とそのとき、殿軍をつとめる第二十軍団が突如警報を発し、ヘルマン麾下のゲルマニア人大部隊が急襲してくるのが判った。ちょうどその場所は樹々がまばらで、部隊を展開する余地のあったのがさいわいした。ゲルマニクスはいちばん危険の迫っている場所に駆けつけると、叫んだ。「敵の隊列を撃破せよ！　第二十軍団よ、今こそ予の完全なる許しを勝ち取るときだぞ！」第二十軍団は狂気に憑かれたように奮戦し、敵に甚大なる被害を与えてこれを撃退したのみならず、敗走するところを追撃して、森の背後に広がる平地にまで追い立てた。ゲルマニクスはヘルマンの姿を認めて一騎討ちを挑むと、ヘルマンの部下は蜘蛛の子を散らすように逃げ去った。もしヘルマンが挑戦を受けていたならば、かれの命はなかったろう。かれは馬で駆け去った。ゲルマニクスは実父と同じく、不運にも敵将の首級をとる機会に恵まれなかったが、しかし父と同様の勝利を収め、父から継承したゲルマニクスすなわち「ゲルマニア人征服者」の称号に相応しい人物となったのである。かれは勝ち誇る軍団を率いてラインを渡り、無事冬営に帰りついた。

　ティベリウスは一度もゲルマニクスを理解したことはなかったし、ゲルマニクスもティベリウスという人物を分っていなかった。ティベリウスは、以前に記したように、悪しきクラウディウス氏の一人だった。けれども、時にはかれとて美徳に傾くことはあったし、高潔な時代ならば高潔な人物として通ったかも知れない。その素質決して凡庸ではなかったからである。しかし時代は高潔には程遠く、それがかれの心を頑なにした。同意していただけるだろうが、かれの心から情愛を奪った人間としてもっとも非難されるべきは、他ならぬリウィアである。一方ゲルマニクスは豊かな美徳の持主、生を受けた時代がいかに悪かろうと、生涯その行状は変わることがなかった。だからかれがゲルマニア軍団から持ちかけられた皇帝の座を斥け、兵にティベリウスへの忠誠を誓わせたとき、ティベリウスにはその真意が奈辺にあるかまったく理解しかねた。そこでゲルマニクスが自分よりなお底意を見せぬ男で予想もつかぬ策謀を思いめぐらしているに違いないと、決めこんでしまった。ゲルマニクスはただ、何よりも名誉を重んじ、軍人としての忠誠と義理の息子としての立場から、ティベリウスを裏切ろうとは夢にも思っていないのだが、そんな単純明解な真相に、ティベリウスは決して思い至らないのであった。けれどもゲルマニクスの方も、ティベリウスがリウィアと共謀しているとは思いもかけず、またこれまでティベリウスがゲルマニクスを軽んじたり非難したりしたことがなく、それどころか、叛乱鎮圧の手腕を誉め讃えミュンスターにおける軍事作戦の完勝を口を極めて賞賛していたことから、ティベリウスもまた自分と同じく名誉を重んじる人間で、ただ若干思慮に欠けることからリウィアの策動に気づかないだけなのだと、思い込んでしまっていた。そこで首都に凱旋したあかつきにはできるだけ早急にティベリウスと面会して、腹蔵のないところを話し合おうと心に決めた。しかしウァルスの仇はいまだ討っていなかった。ゲルマニクスがローマに戻るまでなお三年の歳月を要した。この間にゲルマニクスとティベリウスのあいだに取り交わされた書翰は慇懃で友愛に溢れたもので、その調子はゲルマニクス側から始めたものであるのが分る。ティベリウスも親密な調子で返事を書いてはいるものの、それは友好を装うことでゲルマニクスを自分の懐に引き込んでうち負かすことを企んでいたからである。そこでゲルマニクスが倍増した遺贈金の負担を申し出、これをバルカン軍団にまで適応しようと請け合った。ティベリウスがバルカン軍団に兵士一人あたり金貨三枚を余分に支払うことにしたのは多分に政治的配慮からだったが——かの地ではまたしても叛乱の気配が広がっていた——財政上の苦境を理由に返済を数カ月猶予して欲しいと書いていた。もちろんゲルマニクスは返済を強要しなかったので、当然のようにティベリウスは知らぬ顔を決め込んだ。ゲルマニクスは改めて私宛に、ティベリウスの支払いが終わるまで返済を待ってくれるよう頼んできたので、私はあれは融資ではなく文字通り贈り物のつもりだと返事を送った。

　ティベリウスの即位直後に私は書翰を送って、自分は最近法律と行政について学んでいるが——実際その通りだったのだ——それはいよいよ責任ある地位に就いて国家に奉仕する機会にあずかりたいと願うゆえであると伝えた。するとティベリウスが返事を寄こしていうには、ゲルマニクスの弟にして自分の甥たる者が一介の騎士に留まっているのは異例であるし、私がすでにアウグストゥス神祇官団の一員として迎えられていることから、元老院議員の服を着用する権利を与えられて然るべきである、のみならず、私が愚かしいふるまいをしでかさないならば、執政官と執政官経験者に許されている錦織の長衣の着用を求めてもよい、と。私はただちに、職務のない元老院服よりは元老院服のない職務のほうが望ましいと返事したが、これに対してかれは「次の万愚節〔農神サトゥルヌスを祭る十二月の陽気なサトゥルナリア祭〕におもちゃを買うように」と称して金貨四十枚を送りつけてきただけだった。元老院は私に錦織の長衣の着用と、今やゲルマニアにおける新たな軍事作戦に勝利をおさめつつあるゲルマニクスへの栄誉の証として、執政官経験者の議席の一つを与えることを議決した。しかしティベリウスはこれに介入して拒否権を行使した。かれの見るところ、私が国事に関してまともな演説をする能力に欠けている、私の演説は同僚の議員たちには聞くに耐えぬであろうと。

　このときにかれが拒否権を行使して斥けた動議がもうひとつある。これは次のような事情による。アグリッピーナはケルンでアグリッピニッラと呼ぶ女子を出産していた。急ぎ付記しておきたいが、このアグリッピニッラは、クラウディウス一族のなかでも最悪の人間の一人であったことがいずれ判明するのである——忌憚なくいえば、この女は傲岸と悪徳に関しては、男であれ女であれこれまでのどの悪しきクラウディウス一族をも凌駕する兆を見せている。アグリッピーナは産後の肥立ちがわるく数カ月床に就いて、カリグラの面倒を見ることができなかったので、ゲルマニクスの春の軍事作戦が始まるとすぐにカリグラはローマに送られた。この子は今や国民的英雄であった。兄たちとともにどこへ出かけても注目の的となって喝采をあび、ちやほやされた。齢わずか三歳ながら恐るべき早熟児で、煽てられたときにしか喜ばず厳しく扱われたときしか大人しくしていないという、実にたいへんな難物だった。はじめは曾祖母リウィアのもとに遣られたのだが、多忙なリウィアには面倒を見る余裕がなく、またひとつには四六時中悪戯を繰り返し二人の兄と喧嘩ばかりしていたので、母と私の住む屋敷に送られてきた。母は決して子供におもねりはしなかったが、かといって厳しく躾けることもしなかった。けれどもとうとうある日、カリグラが癇癪を起こして母の顔に唾を吐きかけたとき、子供をしたたかにひっぱたいた。「このゲルマニア婆め！」と子供は言った。「お前のゲルマニア屋敷を燃やしてやる！」「ゲルマニア」というのがこの子の侮蔑語なのだ。その午後子供は屋根裏の奴隷部屋の隣にあるがらくたで一杯の納戸に忍び込むと、使い古した藁布団の山に火をつけた。火はたちまち上階の隅々にまで燃え広がり、屋敷そのものが古くて梁や桁の木が朽ちて乾ききっていた上、床に通風孔があって火の回りが早く、鯉の池から懸命にバケツ・リレーを繰り返したにもかかわらず、火を消し止めることができなかった。私はやっきとなって自分の草稿全部と貴重品、それに幾つかの家具を救い出した。病に臥せっていた年老いた奴隷二人を除いては焼死者を出さずに済んだが、屋敷は壁と地下室を残して丸焼けになってしまった。カリグラは火事でひどく怯えきっていたので、罰せられなかった。この子は実際、犯した罪の大きさに戦いて寝台の下に隠れていたが、煙が迫ってきたので悲鳴をあげて命からがら逃げ出してきたのだった。

　ところで、元老院は、わが家は多くの優れた人物を輩出している一族の住居であるという理由から、国家の負担で屋敷を再建する動議を可決しようとした。しかしティベリウスはこれを許さなかった。かれのいうには、出火の原因は家長たる私の怠慢にあり、私が迅速に対応していたなら火は屋根裏だけで鎮火できたはずだ、従って国費を充てるよりは、ティベリウスが私財を投じて再建し内装調度の費用も持とうと。元老院は拍手喝采に包まれた。しかし私にいわせれば、これほど理不尽で怪しげな理屈はない、そもそもティベリウス自身、はなから約束を履行しようという意思がないのだから。おかげで私はわずかに首都に残った最後の大切な不動産、それは家畜市場近くの家作とそれに隣接する宅地であったが、これを売却し自腹をきって屋敷を再建する羽目に追い込まれた。カリグラが着け火の張本人であることを、私はゲルマニクスに告げなかった。それは知れば兄は責任を感じて償いをしようと思い悩むだろうし、またひとつには、幼い子供に責任を問うことはできないからこれは一種の事故である、という風に考えたからでもあった。

ゲルマニクスの兵がふたたびゲルマニア人を討ちに出陣したとき、例の「アウグストゥスの三つの嘆き」なる俗謡に新しい歌詞が増えた。むろん皆戯れ歌だが、私の憶えているのは次のようである。

一人あたま金貨六枚遺産をくれた
　豚肉と豆を買えとさ
チーズと焼菓子を買えとさ
　ゲルマニアのけちな酒保で

もうひとつは、

神君アウグストゥスは天国を歩く
　亡者マルケッルスは三途の川で泳ぐ
ユリアは死んでかれのところへ
　ユリアの浮気もこれでお仕舞い

けれど俺たちの鷲はまだ飛び去ったまま
　恥と悲しみに矢も盾もたまらず
俺たちは残らず連れ帰るぞ
　迷子の鳥を神君のお墓へ

このような歌詞ではじまる別の俗謡もあった、

ゲルマニア人ヘルマンは失くしちまった
　かわいい女と小さなビールの壺をさ

この歌詞の終わりがどのようであったか憶えていない。実は俗謡そのものはさして重要ではないのだが、ただこの歌のことを考えているうちに、次に語るべきはヘルマンの「かわいい女」についてであることを思い出したのである。この女は、ゲルマニア人の言葉でシエグストスとか何とかいう、我々がセゲステスと呼んでいた首長の娘であった。この男はヘルマンと同様ローマに滞在したことがあり、やはり騎士階級の一員に列せられていたが、ヘルマンとは違いアウグストゥスとの友好の誓いを守ろうとしていた。実はセゲステスはヘルマンとセギメルスに注意するようウァルスに警告し、ウァルスが例の不運な遠征に出向く前に開いた宴席でこの二人を拘禁してしまうよう勧めていたのである。セゲステスには溺愛していた娘があったが、ヘルマンはこれを略奪して妻とした。セゲステスはながくこの怨みを忘れなかった。もっともヘルマンは民族英雄に祭り上げられていたので、公然とかれに敵対してローマに与(くみ)することはできず、これまでのところは秘かにゲルマニクスに内通し、敵の動向について情報を流したり、ローマへの忠誠心は決して揺らぐものではなくそれを証明する機会を待ち望んでいると伝えるくらいしかできなかった。けれどもこのときセゲステスはゲルマニクスに書状を送って、ヘルマンが一兵たりとも容赦せぬ決意でかれの砦を包囲し、もはや長く持ちこたえられそうにないとして救援を求めた。ゲルマニクスはただちに強襲をかけると、包囲軍（決して大軍ではなかった）を潰走させ――ヘルマンは負傷して逃げ去った――セゲステスを救出した。この戦闘には思わぬ貴重な戦利品があった。ヘルマンの妻である。彼女は夫と父の間で紛争が起こったさい父のもとに里帰りしており、身重で産み月近かった。ゲルマニクスはセゲステスとその一族を手厚く遇し、ライン西岸に領地を与えた。ヘルマンは妻を奪取されて怒り心頭に発したが、一方でゲルマニクスの寛大な処置で他の首長たちの心が靡(なび)いて、これが和平のはじまりになるのではと恐れた。そこで急ぎ各部族間で新たな同盟を結んだが、これにはいままでローマと友好を保っていた部族まで含まれていた。ゲルマニクスは恐れなかった。一人でも多くのゲルマニア人が公然と決戦を挑んでくれれば、それは望むところだった。かれはこの連中を同盟者としては、最初から信用していなかったのである。

そして夏が終わるまでに一連の軍事作戦で敵を撃破し、セギメルスを降伏に追い込み、遂には失われた三つの〈鷲〉のひとつ、第十九軍団の〈鷲〉を奪還した。またウァルスが敗北した土地を訪れ、うち捨てられていた英霊の遺骨を集めると、手ずから墓土の最初の一握りを投じて、これを丁重に葬ったのである。軍団叛乱の際無気力に手を拱(こまね)いていたあの軍団長も、このたびは軍の先頭に立って奮戦し、もはや望み潰(つい)えたかと思われた合戦で信じられないほどの大勝利を収めた。ところが早合点の誤報が届き、ローマ軍が敗北して勝ち誇ったゲルマニア人がライン河に侵攻してくるという噂を耳にすると橋の守備兵は周章狼狽し、隊長は撤退して橋を破壊するよう命令を下した。橋を落とせば向こう岸の友軍をみすてることになる。しかしこの場にはアグリッピーナがいて、この命令に反対した。兵に向かって自分が守備隊の指揮を執ると宣言し、夫が帰還してその任を解くまでは指揮権をゆずらぬ決意だと訴えた。遂にローマ軍が勝ち誇って帰ってくると、彼女は指揮官としてかれらを迎え入れた。このためアグリッピーナは夫と並ぶほどの絶大な人気を博した。通常なら負傷した兵は死ぬか回復するまで部隊に留まることになっていたのが、アグリッピーナは合戦ごとにゲルマニクスから送られてくる傷病兵のため野戦病院を組織し、かれらにできるかぎり手厚い看護を施した。この野戦病院は彼女自らの負担で設営したものだった。

ここでは最後にユリアの最期について記す必要がある。ティベリウスが帝位に就いてから、レッギオに軟禁されているユリアの食事は、一日パン四オンスとチーズ一オンスに減らされた。不衛生な軟禁場所で衰弱していた彼女は、絶食に近い食事のためたちまち死に追いやられた。

しかしポストゥムスの消息については何の情報もなく、リウィアはかれの死を確認するまでは枕を高くして眠れなかった。

巻十七

エトルリア史の執筆をはじめる

ティベリウスは相変わらず控え目な態度で統治にあたり、国事にかかわる方策は些細な事でも実行に移す前に必ず元老院と協議していた。もっとも元老院は長らく為政者の意向に添う方向で議決を出すのが習慣となっており、独自の議決機関としての効力を失っているように思われた。ティベリウスはたとえ元老院の賛同を熱望しているときでさえ、賛否のいずれに回って欲しいのか容易に明らかにしなかった。暴君めいた印象を与えることを極力避けながら、同時に最終決定権を握る者としての地位を保つことを望んでいた。元老院はたちまちのうちに、ティベリウスが勿体ぶって動議に賛同するかのように語るときは実はこれに反対して欲しいのであり、同じく勿体ぶって反対論を唱えるときにはその動議が可決されるのを望み、ごくたまにではあるが何の修辞も交えず簡潔に語るときだけ真意を述べているのだということを見抜いた。ガッルスといまひとりハテリウスというひょうきん者の年寄は、ティベリウスの方針に何でも賛成し、議論の内容をばかばかしいほど拡大解釈することでティベリウスの望む方向へと賛成票を投じさせることに喜びを覚えていた。この二人はそうすることで、ティベリウスの芝居を裏の裏まで読んでいることを見せつけていたのである。このハテリウスはティベリウスの即位の件を論議しているさいに大声で叫んだことがあった。「おお、ティベリウスよ、貴殿はいつまで不幸なローマを頭(かしら)なしのまま放置しようというのか」――ティベリウスは自分の底意を見抜かれているのを知って気を悪くした。ハテリウスは翌日になってもこの戯れを止めずに、ティベリウスの足もとに身を投げ出して、熱意が足りなかったことを容赦して欲しいとかき口説いた。ティベリウスはぎょっとして身を退いたが、ハテリウスがなおも膝に取り縋（すが）ろうとしたため、仰向けに転倒して大理石の床にしたたか頭をうちつけた。ティベリウスの護衛のゲルマニア人は事情が呑み込めず、主人（あるじ）を襲った暴漢を仕止めようと跳び出してきた。ティベリウスがすんでのところでそれを制止した。

ハテリウスは人真似を得意としており、割れんばかりの大音声と吹き出さずにはおれぬ表情、創意工夫の達人だった。ティベリウスが演説の冒頭をまわりくどい言いまわしや古めかしい決まり文句で始めようとすると、ハテリウスは揚げ足をとってそれを自分の答弁のキーワードにするのが常だった。（ハテリウスの能弁を車に譬えるなら、この車はたとえ上り坂のときでもブレーキが必要だとアウグストゥスはいつも言っていた。）頭の回転が臨機応変とはいかぬティベリウスはいつもハテリウスに遅れをとった。一方ガッルスの得意技は熱狂した振りを見せることにあった。ティベリウスは自分が神格化されないよう非常に気を使っており、自分に超人的な能力が具わっているかのような議論が出るとかたはしから斥（しりぞ）けていた。属州からかれの神殿を建立したいという要望があってもこれを許さなかったほどである。それだからガッルスは、いかにも偶然を装ってティベリウスのことを「神聖なる皇帝陛下」と呼ぶのが気に入っていた。鵜の目鷹の目で冗談の機会を狙っているハテリウスが起立して発言の不穏当なことを詰（なじ）ると、ガッルスは大仰に陳謝してまくしたてるのだった――小生に他意はない、御命令に背こうなどというつもりは毛頭ないのじゃ、ましてや神聖なる皇帝陛下の御意向とあらば、いや、これはしたり、ついつい口が滑ってしもうた、またしても御容赦ねがいたい、つまり、儂（わし）の申したいのは、栄えある友にして同僚元老院議員たるティベリウス・ネロ・カエサル・アウグストゥスの意思に反して……。

「尊厳者（アウグストゥス）はなかろう、この痴れ者が」とハテリウスがいかにも皆に聴こえるような囁き声で叱った。「かれは何度もその称号を斥けているではないか。かれがそれを使うのは、他国の君主に親書を送るときだけじゃ」

この二人は何にもましてティベリウスの癪にさわる秘術を編み出した。ティベリウスが国家に何かの奉仕をして――例えばアウグストゥスが未完のまま残した神殿建立を完成するとか――それを元老院から感謝されて謙遜して見せたときに、母の業績を自分の手柄にしないティベリウスの誠意を大いに賞賛して、しかるのちにこのような孝行息子を持ったリウィアに祝辞を述べるのである。

読者カード

みすず書房の本をご愛読いただき，まことにありがとうございます．

お求めいただいた書籍タイトル

ご購入書店は

・新刊をご案内する「パブリッシャーズ・レビュー　みすず書房の本棚」（年4回 3月・6月・9月・12月刊，無料）をご希望の方にお送りいたします．

（希望する／希望しない）

★ご希望の方は下の「ご住所」欄も必ず記入してください．

・「みすず書房図書目録」最新版をご希望の方にお送りいたします．

（希望する／希望しない）

★ご希望の方は下の「ご住所」欄も必ず記入してください．

・新刊・イベントなどをご案内する「みすず書房ニュースレター」（Eメール配信・月2回）をご希望の方にお送りいたします．

（配信を希望する／希望しない）

★ご希望の方は下の「Eメール」欄も必ず記入してください．

・よろしければご関心のジャンルをお知らせください．
（哲学・思想／宗教／心理／社会科学／社会ノンフィクション／
教育／歴史／文学／芸術／自然科学／医学）

（ふりがな） お名前　　　　　　　　　　様	〒
ご住所　　　都・道・府・県　　　市・区・郡	
電話　　　（　　　　　）	
Eメール	

ご記入いただいた個人情報は正当な目的のためにのみ使用いたします．

ありがとうございました．みすず書房ウェブサイト http://www.msz.co.jp では刊行書の詳細な書誌とともに，新刊，近刊，復刊，イベントなどさまざまなご案内を掲載しています．ご注文・問い合わせにもぜひご利用ください．

郵便はがき

料金受取人払郵便

本郷局承認

9196

差出有効期間
平成29年12月
1日まで

113-8790

505

東京都文京区
本郷5丁目32番21号

みすず書房営業部
行

通信欄

（ご意見・ご感想などお寄せください．小社ウェブサイトでご紹介させていただく場合がございます．あらかじめご了承ください．）

皇帝一族とその係累の系譜（紀元四十一年まで）

名は本書における表記に従う

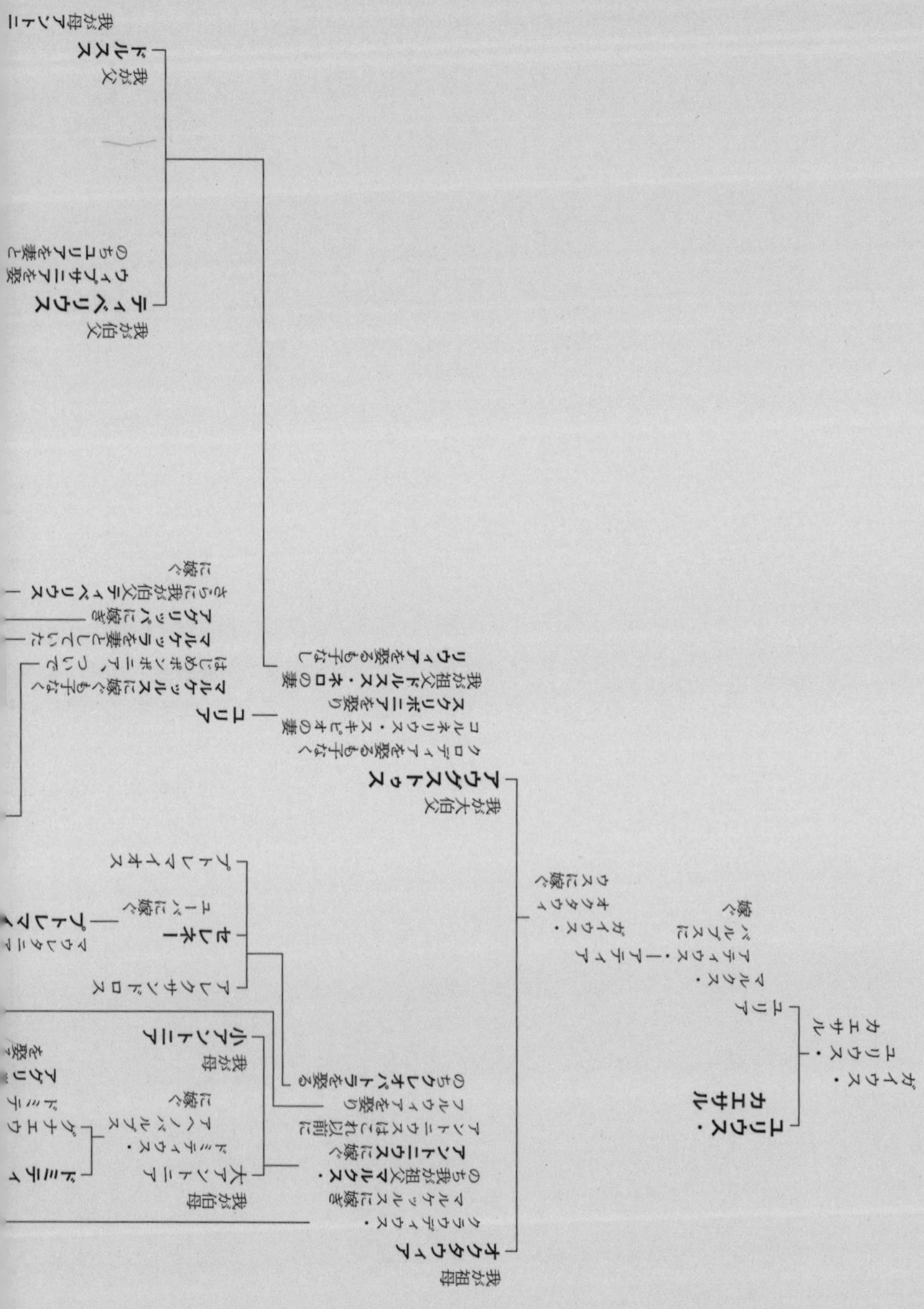

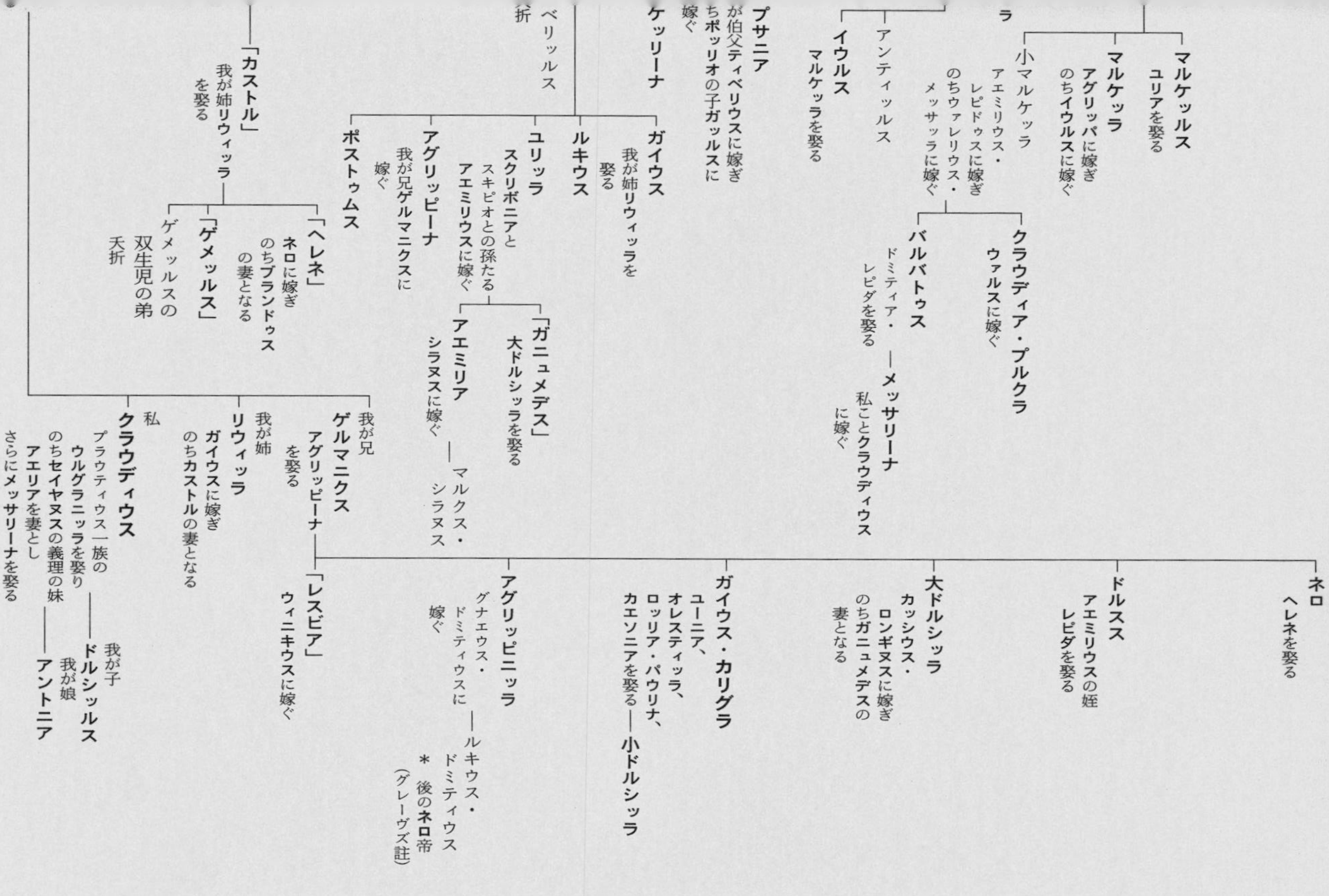
マルケッルス
ユリアを娶る
マルケッラ
アグリッパに嫁ぎ
のちイウルスに嫁ぐ
小マルケッラ
アエミリウス・
レピドゥスに嫁ぎ
のちウァレリウス・
メッサッラに嫁ぐ
ラ
クラウディア・プルクラ
ウァルスに嫁ぐ
バルバトゥス
ドミティア・
レピダを娶る
メッサリーナ
私ことクラウディウス
に嫁ぐ
アンティッルス
イウルス
マルケッラを娶る
プサニア
が伯父ティベリウスに嫁ぎ
ちポッリオの子ガッルスに
嫁ぐ
ケッリーナ
ベリッルス
折
ガイウス
我が姉リウィッラを
娶る
ルキウス
ユリッラ
スクリボニアと
スキピオとの孫たる
アエミリウスに嫁ぐ
「ガニュメデス」
大ドルシッラを娶る
アエミリア
シラヌスに嫁ぐ
マルクス・
シラヌス
アグリッピーナ
我が兄ゲルマニクスに
嫁ぐ
ポストゥムス
「カストル」
我が姉リウィッラ
を娶る
「ヘレネ」
ネロに嫁ぎ
のちブランドゥス
の妻となる
「ゲメッルス」
ゲメッルスの
双生児の弟
夭折
我が兄
ゲルマニクス
アグリッピーナ
を娶る
我が姉
リウィッラ
ガイウスに嫁ぎ
のちカストルの妻となる
私
クラウディウス
プラウティウス一族の
ウルグラニッラを娶り
のちセイヤヌスの義理の妹
アエリアを妻とし
さらにメッサリーナを娶る
我が子
ドルシッルス
我が娘
アントニア
ネロ
ヘレネを娶る
ドルスス
アエミリウスの姪
レピダを娶る
大ドルシッラ
カッシウス・
ロンギヌスに嫁ぎ
のちガニュメデスの
妻となる
ガイウス・カリグラ
ユーニア、
オレスティッラ、
ロッリア・パウリナ、
カエソニアを娶る
小ドルシッラ
アグリッピニッラ
グナエウス・
ドミティウスに
嫁ぐ
ルキウス・
ドミティウス
＊ 後のネロ帝
(グレーヴズ註)
「レスビア」
ウィニキウスに嫁ぐ

ティベリウスが母が賞賛されるのを何よりも嫌っていることを見てとると、しつこくリウィアを誉め讃えるのを止めなかった。ハテリウスのごときはギリシア人が父の名にちなんで呼ばれるのに倣って、ティベリウスも母の名にちなんで呼ばれるべきであり、ティベリウス・リウィアデスすなわち「リウィアの子ティベリウス」――まあこれは正しいラテン語ではリウィゲーナというべきではあろうが――と名乗られてはどうかとまで提案したことがある。ガッルスはまたティベリウスのもう一つの弱味を見つけ出した。つまりティベリウスがロドス島滞在のことを口にされるのをたいへん嫌がっている点である。ガッルスは大胆にもある日ティベリウスの寛容を誉め讃えるにさいして――事もあろうにユリアの訃報が首都に届いた当日であったが――ロドス島の修辞学の教授の話を持ち出した。この教授は以前ティベリウスが授業の末席に加えてもらいたいと申し出ると、今は空席がないので七日後にまた出向いてくるようにいって断ったのだった。ガッルスは言った。「そこで諸兄はどう思われるか、神聖なる皇……、あいや失礼、つまりじゃ、栄えある友にして同僚元老院議員たるティベリウス・ネロ・カエサルが帝位に即かれた際、このしゃらくさい男が新たに神君となられた方の御機嫌伺いに伺候したとき、果たしてどうなったとお思いか。かれはこの無礼者の首級（くび）をはねてゲルマニア人護衛兵に蹴球のボールとして与えたか？いや、滅相もない。かれはその大いなる寛容にも比すべき大いなる機知でもって、今は阿諛追従の徒が多すぎて空席がないから七年後にもういちど訪ねてもらいたいと答えたのだ」思うにこれは作り話であったろうが、元老院は疑う理由もなかったので、割れんばかりの拍手喝采で応じた。おかげでティベリウスはこれを真実と認めざるをえなかった。

ある日ティベリウスはとうとう腹に据えかねてハテリウスを黙らせた。かれは非常にゆっくりこう言ったのである。「ハテリウスよ、もし予が、元老院議員同士の対話の慣例を越えてまで率直に語ったとしても、どうか御寛容願いたい。予の申したいのはこうだ、貴殿の発言は呆れるほど退屈でしかも何も中身がない」そして議員たちに向かって、「議員諸兄、これは予が繰り返し口にしてきたことであるが、いま一度改めて申し述べることをおゆるしいただきたい。諸兄は予に絶対的権力を委託して下さったのであるから、予が公共の益のためこれを行使するのに何ら恥じ入ることもあるまい。愚劣なるふるまいで予のみならず元老院までも侮辱する道化者の口を封じるために帝権を行使したとしても、必ずや議員諸兄の賛同を得られるものと信ずる。御静聴を感謝する」ハテリウスが黙らされてしまったので、ガッルスはひとりで長い芝居を演じなければならない羽目になった。

ティベリウスは以前にも増して母を憎んでいたけれども、相変わらず彼女が自分を牛耳るがままにさせておいた。ティベリウスの名において任命される執政官や属州総督は、残らずリウィアの選んだ者たちだった。これらは分別のある人々で、名家の出身とか、あるいはリウィアに阿り個人的に彼女へ奉仕したという理由からではなく、その者自身の才能のゆえに抜擢された人材である。ここではっきりさせておかねばならないが、リウィアが最初はアウグストゥスを、次にはティベリウスを操って、自分に都合がよい方向へと事を運ぶためいかに犯罪的な手段を用いたにせよ、彼女は統治者として桁はずれに有能であったし、また公正でもあった。彼女のうちたてた支配形態がうまく機能しなくなったのは彼女が支配をやめたあとのことである。

親衛隊司令官の息子セイヤヌスのことはすでに記した。このときかれは父の官職を継ぎ、ティベリウスがある程度は胸のうちを明かせるたった三人のうちの一人となっていた。一人はトラシッルスで、かれはティベリウスに随いてローマに来て、ティベリウスへの影響力を決して失うことがなかった。三人目はネルウァという名の元老院議員である。トラシッルスは決して政治のことに口をはさまず、官職を望むようなこともなかった。ティベリウスが大金を与えると、金には関心ないといった風の何気ない様子で受け取るのであった。かれは宮殿に円蓋屋根の大きな天体観測所を与えられていたが、そこのガラス窓は曇りなくまったくの透明で、そこに窓があることすら分らないほどだった。ティベリウスはよくこの場所でトラシッルスと二人きりの長い時間を過ごし、占星術の初歩やカルデアに伝わる夢占などさまざまな魔術の手ほどきを受けていた。そしてセイヤヌスとネルウァであるが、ティベリウスは両人がまったく正反対の性格であることからこの二人を選んだものと思われる。ネルウァは決して敵を作らなかったし、一度も友を失ったことがなかった。唯一の欠点は、仮にそれを欠点と呼べるならばであるが、何事か悪事がなされようとしてそれを諫めても詮ない場合には、口に緘して沈黙を守ったことであろうか。その性格は温和、寛大、勇敢そして全く誠実で、たとえよい結果が得られようとも人を欺くような行為は絶対にしなかった。たとえば、もしかれがゲルマニクスの立場にあったなら、己の安全と帝国の安寧が危機に晒されることになろうとも、決して皇帝書翰の贋造に手を染めようとはしなかったはずである。ティベリウスはネルウァを首都の水道局長官に任命し、常にかれを傍らに置いていた。これは思うにネルウァを己の美徳を量る手頃なものさしとしていたのではあるまいか——まさしくセイヤヌスがかれの悪徳の手頃なものさしであったように。セイヤヌスは若い頃はガイウスの友人で東方にあってはかれの幕僚を務めていた。かれは抜け目なくティベリウスに寵愛が戻ることを見越し、皇帝の座になんらの野心も抱いてはいないというティベリウスの発言が真意から出たものであるとガイウスに納得させ、かれを説いてアウグストゥス宛にティベリウスを推挙する書翰を書かせることで、ティベリウスに貢献していた。そしてこのとき、自分の尽力のことがティベリウスの耳に入るようにしたので、ティベリウスはこの恩義を忘れぬことを記した書翰を書き送ったのだが、セイヤヌスはそれを手もとに留めておいた。セイヤヌスは嘘吐きとしても並の嘘吐きでなく、まこと嘘の名将と称すべき才能の持主で、嘘を駆使して戦闘態勢を執らせるのも隊列を組ませるのも自由自在——この巧い譬えはガッルスによるもので私の発案ではない——意のままに疑惑を撒き散らして要撃したり真実と正面きって対決することができた。ティベリウスはセイヤヌスのこの才能に嫉妬していたが、同様にネルウァの正直な性格も羨んでいた。深く悪に傾いていたとはいえ、なお正道に復帰しなければという衝動に駆られることもしばしばであったからである。

　ティベリウスの心にゲルマニクスへの疑惑を最初に吹き込んだのは、他ならぬセイヤヌスだった。かれはこう囁いた。たとえどんな状況に置かれたとしても、自分の父の書翰を偽造するような人間は信頼できない、ゲルマニクスの底意は皇帝の座を狙うことにあるが、遣り方がすこぶる慎重なのです、まず金をばらまいて兵の心を摑んでおき、次にライン河を越えて無用の遠征をおこない、そうすることで軍団の戦力を高め、自分の指揮権を確固たるものとしたのです、と。またアグリッピーナについてこう讒言した。彼女は危険な野心を抱いている女です、あのふるまいはどうです、ライン河の橋で守備隊長になりすまし、当然の顔をして帰投する軍団を迎えたというではないですか。橋が破壊される恐れがあったというのは、十中八九あの女の作り話でしょう。また、セイヤヌスはこうも言った。自分のところに以前ゲルマニクス家に仕えていた解放奴隷がいてその者から聞いたところによると、アグリッピーナはなぜか三人の兄弟の死と妹の追放はリウィアとティベリウスの仕組んだことと信じ込んでいて、必ず仇を討つと誓いを立てているらしい、と。

セイヤヌスは陰謀をかたはしから見つけ出し、ティベリウスを絶えず暗殺の恐怖に怯えさせる一方で、自分が護衛にあたっているかぎり恐れることは何もないと思い込ませた。そしてティベリウスを焚き付けて、自分の権力を過信しているリウィアに分際を弁えさせるために、些細なことでリウィアに逆らうようにしむけた。数年後に親衛隊を統制のとれた軍事組織に仕立てあげたのも、セイヤヌスである。それまでは、ローマに駐屯する親衛隊三大隊は首都の各所に分散して、旅籠やそのたぐいの場所に駐在していたので、急ぎ閲兵整列が必要なときなど、遅れて来たり服装がだらしなかったり、いろいろ問題があった。そこでセイヤヌスは、市外に恒久的な兵営を設営したならば、強い連帯感も生まれようし、また絶えず市中を駆け巡っている政治的な流言や世論の動向に影響されることもなく、かれらを皇帝たるティベリウスに個人的に強く結びつけることができると示唆したのだった。ティベリウスはこの進言を入れてイタリア各地に駐屯していた六大隊を呼び集め、全員を——歩兵九千と騎兵二千——収容できる巨大な兵営を設営した。その結果、四個大隊の首都護衛隊、そのうちの一個は目下リヨンに派遣されていたが、これと地方居留の退役兵集団を除くとこれら親衛兵がイタリアに駐留する唯一の軍隊となった。ゲルマニア人からなる護衛隊は、厳密にいうと奴隷身分にあるので、兵士としての勘定には入らない。もっとも護衛隊は選別された集団で、どのローマ市民よりも皇帝に狂信的なほど忠実だった。ゲルマニア人たちは故郷を偲ぶ悲しげな歌をよく合唱していたが、凍てついた未開の地に本心から戻りたがっている者は一人もなかった。たいへん恵まれた環境にあったからである。

例のリウィアが握っている犯罪歴を記した機密文書であるが、ティベリウスは命を脅かす陰謀を恐れるあまり、しきりにこれを見たがったが、リウィアは暗号を解く鍵のメモを失くしてしまったといって、ずっと空とぼけていた。ティベリウスはセイヤヌスから入れ知恵されて、無用の長物ならばいっそ焼却してしまいましょうと言った。それに対して、ティベリウスが望むならそうしてもよいが、暗号のメモが見つかるかもしれないから保存しておいたほうが良くはないか、私がふと鍵を思い出すことがないとも限らないしと、リウィアは答えた。「よろしゅうございます、母上」とティベリウスは言った。「それならば私がお預かりいたしましょう。夜の空き時間を使って自分で解読してみます」かれはそれを自室に運び、鍵のかかる戸棚にしまいこんだ。通常の暗号文は単純でラテン語のEの代わりにギリシア語のAを、ラテン語のFにギリシア語のBを、GにΓを、HにΔを充てゆくたぐいのものである。しかしこの機密文書に用いられている高度な暗号となると、ほとんど解読不可能といってよかった。その鍵は、『イーリアス』第一巻の最初の百行にあり、それと暗号文書とを同時に照合しなければならなかった。文書中の各文字はその文字とホメロスの作品中の対応する文字との間をへだてるアルファベット上の文字数を示している。『イーリアス』第一巻第一行の最初の単語の最初の文字はMである。そこで機密文書の第一項目の最初の単語の最初の文字がΥであると仮定してみよう。ギリシア語のアルファベットではMとΥの間には七つの文字が入る。そこでΥは7と記される。この方式ではアルファベットは循環している、つまり最後の文字Ωの次に最初の文字Aが来ることになるので、ΥとAとの隔たりは4だがAとΥの隔りは18となる。この方式はアウグストゥスの考案になるものだが、これを用いると書くのにも解読するのにもかなりな時間がかかる。しかし私の経験から察するに、習熟すれば二文字間の隔たりがいちいち勘定せずとも判るようになり、時間を短縮できたと思われる。なぜ私がこうしたことを知っているかといえば、長の年月を経てこの機密文書の一巻がゆくりなくも私の所有となってから、これを自分で解読したからである。偶然私は羊皮紙に記されたホメロスの第一巻が、他の巻物にまじって分類されているのに気づいた。一目見てこの最初の百行だけが研究されているのは明らかだった。最初の部分の羊皮紙はひどく汚れてインクの染みがついているのに、終わりの部分はきれいなままだったからだ。注意深く調べてみると、第一行の下の空白に微かに走り書きした数字――6、23、12があるのを発見した。これを暗号と関連づけて考えるのはたやすいことだから、ティベリウスがこの手がかりを見落としたのを知って驚いたものである。

アルファベットといえば、このころ私はラテン語の文字と発音を完全に一致させる簡潔な方式に関心を寄せていた。ラテン語のアルファベットには三つの文字が欠落していると思われた。それは何かというと、まず母音のUと区別するための子音のU、二つ目はギリシア語のΥ(これはラテン語ではIとUの中間にあたる母音である)にあたる文字で、これはギリシア語の単語をラテン語化するさいに必要となる。三つ目は現在ラテン語でBSと綴ってはいるが実際はギリシア語のΨのように発音する二重子音を表す文字である。私が自著の中で記したように、属州民がラテン語を正確に学習するためにはこの表記が重要である。文字が発音と一致していない現状ではどうしてかれらが発音を間違えないでいられようか。そこで私はこのように提案した。子音Uを表すのにFの倒立した文字をあてる（実際ェトルリア人はこうしていた）、つまりLAUINIA（ラウィニア）と綴るところをLAℲINIAとし、ギリシア語Υを表すのに半欠けのHを用いてBIBLIOTHECAの代わりにBⱵIBLIOTHECAと、そしてBSに代わって倒立したCを使い、ABSQUEの代わりにAↃQUEと記（しる）すのである。最後の文字はそれほど重要ではないが、はじめの二つは必要不可欠と思われた。半欠けのHおよび倒立したFとCを用いるよう提案したのは、金属や粘土に文字を記す刻印を使用する者のわずらわしさを最小限に留めるためである。こうすれば新たに刻印を作る手間が省けるというものだろう。この著作を公（おおや）けにすると、二、三の人はこの改革案に賛同してくれたが、むろん実際にはなんの効果もなかった。母は私に向かってこう言った。およそこの世には実現不可能なことが三つある、ひとつは商店街がバイアェ湾をまたいでプテオリまで連なること、二つ目は私がブリタニア島を征服すること、三つ目はこの馬鹿げた文字が一つでもローマの公式の碑文に用いられることだ、と。私は長くこの母の言いぐさを忘れなかった。というのもこれには後日譚があったからである。

母はこの頃すこぶる御機嫌斜めであったが、それは屋敷の再建にひどく時間がかかる上に私が買い集めた家具が以前ほど良いものではなかったからで、またひとつには私ひとりでは再建費用の全額を捻出できなかったので母も負担を強いられ、そのせいで自分の収入が大幅に減少したからでもある。私たちは宮殿のあまり立派でない一隅に二年間仮住まいをしていたが、母がのべつまくなしにあたりちらすので、とうとう辛抱しきれずカプア近くの別荘へ逃げ出して、たまさかの神祇官団の仕事のときに限ってローマへ戻ることにした。ウルグラニッラがどうしていたかといえば、彼女はカプアに同行せず、ローマでもほとんど没交渉だった。来客があって体裁をとりつくろうときを別にすれば、彼女は私に会っても口も利かずまったくの知らんぷりで、むろん寝室も別々であった。我々の子ドルシッルスをかわいがっているようだったが、実際の子育てには何一つ手を貸さなかった。子供の養育は家事一般を受け持っている母の手に委ねられ、母がウルグラニッラの扶（たす）けを求めたことは一度もなかった。母はドルシッルスをまるで自分の子のようにしていて、子供の両親が我々である事実を忘れようと努めていた。私自身はこの子をどうしても愛せなかった。無愛想で無神経かつ生意気な子供で、私がいる面前でも母が遠慮会釈なく私のことをこきおろすものだから、私を敬う気持ちなどもつわけがなかった。

ウルグラニッラがどのような日常を過ごしていたのか、私はまったく知らない。とはいえ彼女（あれ）は退屈することもなく、馬のように大飯を喰らい、私の知る限りでは、男と浮気をしたことがなかった。この奇体な生物にもひとつだけ情熱と呼べるようなものがあった。私の義兄シルウァヌスの妻のヌマンティナは小柄で金髪、どことなく妖精めいた女であったが、彼女がウルグラニッラに何かをいうかするかしたのだ（それが何なのか、私は知らない）。それがウルグラニッラのぶ厚い皮と筋骨隆々たる肉体を突き抜けて、この女にとって心の機能を果たしている何らかの器官にまで達したものらしい。ウルグラニッラは寝室にヌマンティナの等身大の肖像画を飾っていて、生身のヌマンティナを見つめる機会（おり）のないときはおそらくこの肖像を眺めて時を過ごしていたに違いない。私はカプアに移り、ウルグラニッラは母とドルシッルスとともにローマに留まった。

カプアの生活で唯一不便な点は、近くによい図書館がないことだった。とはいえ私はこのころ図書館を必要としない著作——エトルリア史を執筆しはじめていた。このときまでにエトルリア語の学習がかなり進んでいたし、カプアでは毎日数時間をともに過ごしていたアルンスが、かれの司祭する半ば崩壊した神殿に収蔵された古文書を参照するにあたって、最良の扶け（たす）となってくれた。アルンスの主張では、かれの生まれたのはエトルリア民族にとって十番目にして最後の周期を告げる彗星が現れた年であった。この周期は最も長命な一生によって量られる。つまりその直前の周期の完結を言祝ぐ（ことほ）祭祀が催されたさいに生きていた者のうちの最後の一人がこの世を去ったとき、その周期は終わるのである。周期は平均して百年を僅かに上回る。この周期が最後の周期であることに疑問の余地はなかった。これが終わるときにはエトルリア語は完全に死語となってしまう定めであった。アルンスの祭司職を継ぐ者はなくこの地の住人は自宅でもラテン語を使うようになっていたから、予言はほぼ実現しかかっていた。だからこそ（とかれはいう）喜んで私の著述の手助けをしているのであり、謂わばそれはかつて栄光を誇った一民族の伝承をおさめる霊廟となるであろう。私が著述を開始したのはティベリウスの治世二年目であり、完成までに二十一年の歳月を要した。これは自著の中でも最良のものと自負している。私はこれに全力を傾注したのだ。私の知るかぎりエトルリア人を主題とする著述は他にはないが、かれらは極めて興味深い民族であって未来の歴史家は私に大いに感謝するに違いない。

　私はカプアにカッロンとパッラスを伴ってゆき、おだやかな規則正しい生活をおくった。別荘に付属する農園に興味を持ったり、ときおり休暇でローマからやってくる友人の来訪を楽しんだりした。同棲している女がひとりいて、名をアクテというたいへんきちんとした売笑婦だった。私と同棲していた十五年の間、一度も悶着を起こしたことがない。我々の関係はあくまで売笑婦と客の間柄だった。アクテは熟慮の上この商売を選んだのだった。私は気前よく支払ってやったし、彼女は少しもうわついたところがなかった。ある意味で私たち二人は互いに好きあっていたといえよう。最後に彼女はこの商売から足を洗うつもりだと告げた。なるべくなら退役兵で身持ちの堅い男と結婚し、どこかの植民市にでも住んで、時期を逸するまえに子供を儲けたいというのだ。子沢山の家庭を持つのが彼女の昔からの夢だった。そこで私は彼女に接吻して別れを告げ、持参金に困らない額を与えた。けれどもアクテは、ちゃんと私の面倒を見てくれる代わりの女が見つかるまで、立ち去ろうとはしなかった。彼女はカルプルニアという女を見つけてきたが、この者はアクテの娘かと思うほど彼女にそっくりだった。以前アクテは、娘をひとり儲けたが、売笑婦の商売と母親との二役を両立させられないので、やむなく養女に出したという話をきいたことがあったからである。結局アクテは優しく接してくれる退役した親衛隊員と身をかため、かれとの間に五人の子供をなした。私はずっとこの一家に目をかけてやった。私がアクテのことを記(しる)すのは、ウルグラニッラと別居しながらどのような性生活をおくっていたのかと読者が首をかしげるのではないかと思ったからで、別に他意はない。思うに普通の男なら女なしで生活するのはすこぶる不自然であり、ウルグラニッラが我慢ならぬ妻であるからにはアクテと同棲したとしても非難を受けるいわれはなかった。アクテと私の間では気持ちが通いあっていたから、同棲しているあいだはどちらも他の男女と関係をむすぶようなことはなかった。といってもこれは感傷からではなく医学上の予防のためであった。このときローマでは性病が蔓延していた。それはポエニ戦役のもうひとつの恐ろしい置き土産だった。

　そういえば私が生涯一度も男色に耽ったことがないのを特記しておいてもよかろう。別にここで、男色は国家を支える子孫を生み出すことを妨げるから罪であるというアウグストゥスの議論を持ち出すつもりはない。例えば行政官職にあり一家を構えた男が、厚化粧で腕輪や足輪をちゃらちゃらさせた肥り肉(じし)の男の子に接吻の雨を降らせているとか、歳老いた元老院階級の男が親衛隊騎兵の長身の美青年、こちらのほうは金目当てにばかな老人と厭々ながら付き合っているのだが、そんな相手にでれでれしている姿を見ると嫌悪と憐愍の情を覚えずにはいられなかった。

ローマに出向かねばならないときは、私はできるだけ短期間しか滞在しないようにしていた。ティベリウスとリウィアの間に緊張が高まっていたせいであろうが、パラティヌス丘の宮殿に何か不穏な気配が漂うのを感じたからである。ティベリウスは丘の北西部に壮大な宮殿を自分用に造営しつつあり、まだ上階が完成していないのに移転をはじめ、母親をアウグストゥスの宮殿のただひとりの主として置き去りにした。リウィアの方も、たとえ新宮殿が三倍の大きさを誇ろうとも、格式の上では旧宮殿に及ばないことを誇示するかのように、黄金製の壮麗なアウグストゥス像を広間に据え、アウグストゥス神祇官団の女神祇官長として像の奉納を祝う饗宴に、元老院議員と夫人全員を招待しようとした。ところがティベリウスは、これは私的な宴会ではなく国事にかかわる事柄であるとして、まず元老院に諮らなければならないと横槍を入れた。そして元老院の審議がそういう結論に達するように計らったので、祝宴は同時に二箇所で、つまり元老院議員を迎えてはティベリウスが主催者として広間で、一方、奥方連を客として広間の手前の広い室でリウィア主催の宴がもよおされることになった。この嫌がらせに対してリウィアは、アウグストゥスの意に叶う適切な式次第であるとして黙って受け容れたが、次のようなしっぺ返しをした。宮殿の厨房に命令して、まず女性客の方に最高の肉料理と砂糖菓子それに葡萄酒を供させ、酒器や什器もいちばん高価な品を自分の祝宴のために用いた。リウィアはこの機会を利用して巧みにティベリウスを出し抜いたので、元老院議員の奥方たちは夫とティベリウスを酒の肴にして大いに楽しんだのだった。

ローマに来るともうひとつ不快なことがあった。どうしてもセイヤヌスと顔を合わすのが避けられないのである。この男は私に対してはいつも努めて丁寧に接してきたし、面と向かって侮蔑するようなことも一度もなかったけれども、かれとはどうしても関わりをもつ気になれなかった。容貌や仕草ふるまいがすぐれているわけでもなく、名家の出でも傑出した軍人でもなく、富豪ですらない男が、首都でこれほどまでに立身出世したとは驚異であった。このときかれはティベリウスに次ぐ重要人物となり、親衛隊では絶大な人気があった。この男の面(つら)つきには何とも信用のおけぬ陰険で冷酷かつ歪んだところがあり、そうした顔立ちをひとつにまとめているのが一種の動物的な頑強さと決断力だった。さらに不思議なことに、名家の女たちのいくたりがこの男をめぐって恋の鞘当てを演じたという話である。かれとカストルの関係は悪化したが、これもリウィッラとセイヤヌスが裏で通じているという風説があるからには決して怪しむに足りない。しかしティベリウスはかれに全幅の信頼を置いているように見えた。

母に仕えていた解放奴隷の女ブリセイスについては前にふれたことがある。私がローマを離れカプアに住まいを移すことを告げると、彼女はたいへん悲しんだが、それは賢明なことだともいった。「殿様にこのようなことを申すのも何ですが、わたくし昨晩変わった夢を見ました。夢の中で殿様はまだちっちゃなびっこのお子様でしたが、お父上の館に盗賊どもが押し入って、お父上をはじめ縁者友人の方々を残らず殺してしまうのです。でも坊ちゃまは食料室の窓からこっそり抜け出すと、脚をひきずりながら館のわきの森に入りこみました。樹に攀（のぼ）って身を潜めているところへ、盗賊どもが館から出てきて、坊ちゃまが隠れている樹の下にやってくると、奪ったものを分けはじめました。連中は誰が何を取るかですぐさま諍（いさか）いをはじめました。まず一人の盗賊が殺され、つづいて二人が殺されると、残りの者は酒盛りをはじめ、互いに親しい仲間同士だという振りをしています。ところが酒の中には殺された盗賊が毒を入れておいたものですから、みんなが苦しみ悶えて死んでしまいました。びっこの坊ちゃまは樹から降りてくると、貴重品を拾い集め、盗賊が別の家から奪ってきた黄金と宝石を山のように見つけるのです。そして坊ちゃまは全部を家に持ち帰ってたいへんなお金持ちになられました」

私は微笑した。「たしかに変わった夢だね、ブリセイス、でもその子はびっこのままで、富を残らず積んでも父や家族は生き返らないのじゃないかい」

「それはごもっともです。でもその坊ちゃまは結婚して自分の家族を持たれたことでしょう。ですから殿様、良い樹をお選びなさいまし、そして盗賊の最後の一人が死に絶えるまで、下へは降りていらっしゃいますな。これが夢のお告げでしょう」

「たとえそうなっても私なら樹から降りてこないだろうな、ブリセイス。だってよそから盗んできたようなものを持ちたくはないもの」

「ではお返しになればよいのですわ、殿様」

後のちに起こったことを考えれば、この話は隅から隅までたいへん示唆に富んでいるといえよう。私は夢のお告げなどあまり信用していない。以前アテノドロスはローマ近辺の森の中のアナグマの巣に財宝が隠されている夢を見たことがあった。それまで一度もそこを訪れたことがなかったにもかかわらず、かれは道にも迷わず夢に見た場所に辿りついた。そこの堤にはアナグマの巣に通ずる穴があいていた。そこで人夫を二人雇って、堤の穴から奥の巣まで掘り進んでみると、見つかったのはぼろぼろになった古い財布で、なかには泥まみれの銅貨三枚錆びた銀貨一枚入っているだけだった。これでは穴掘りに雇った人夫代にすらならない。また私の借家人のひとりで商店を営む者が、一群の鷲が頭上を飛び回ってなかの一羽が肩に止まった夢を見たことがあった。かれはこの夢がいつの日か自分が皇帝になる前兆だと考えたが、現実には翌朝親衛隊の巡察隊がやってきて（なるほど親衛隊の盾には鷲の紋章がついている）伍長がかれを何かの咎（とが）で逮捕し、軍事裁判にかけたのである。

巻十八

ポストゥムス殺害される

ある夏の宵、私はカプアの別荘の廐舎の裏にある石のベンチに腰を降ろして、エトルリアの歴史のとある問題に想いを凝らしながら、眼前の荒削りの卓の上で、意味もなく賽子（さいころ）を左手から右手へと転がしていた。

紀元十六年

そこへみすぼらしい服装の男が現れて、ティベリウス・クラウディウス・ドルスス・ネロ・ゲルマニクスかと訊く。ローマから人に遣わされてきたのだといぅ。その者がいうには、

「伝言を携えてまいりました。お伝えするだけの価値のある伝言かどうかは分りませんが、実は私は今は宿なしの身ですが、むかしお父上の配下にあった老兵です——そう申せばお分りいただけましょうが、いわばお味方の者でして」

「お前に伝言を託したのは誰かな？」

「コサ岬近くの森の中で遭った者からです。ひどく変な奴で、みなりは奴隷みたいなのにまるで皇帝のような口ぶりでした。がっしりした体つきですがひどく腹をすかせているようでした」

「その者は何と名のったのか？」

「名前は何もいいませんでした。ただ、伝言を聞けば貴方には分るだろう、自分から便りがあったことできっと驚くだろうといっていました。そいつは間違いないように私に二度伝言を繰り返させました。託された内容は——自分は未だ釣りをしているが魚ばかりでは生きていけぬ。この便りを自分の義兄に伝えてもらいたいが、たとえ乳を送ってもらってもきっと届かぬだろう。それに、読む本が一冊欲しいがそれは最低七頁なくてはならぬ。そして、自分から次の便りがあるまでは何も行動を起こ

してはならぬとも申しておりました。これでお分りになれましょうか、それともあれはただの狂人だったのでしょうか」

これを聞いて私は自分の耳が信じられなかった。ポストゥムス！　しかしポストゥムスは死んだはずだ。「その者は顎が大きくて、瞳の色は青、質問をするときに首をかしげる癖がなかったか？」

「そのとおりです」

私はその男に葡萄酒を一杯注いでやったが、手が震えて大方こぼしてしまった。それから、その場で待つように命じると、家の中に入った。そして何の模様もない質の良い外套を一着、下着を幾枚かとサンダル、それに一対の剃刀と石鹸を見つけてきた。それから目についた最初の製本した書物――それは最近ティベリウスが元老院でした演説の写本だった――それの七頁に牛乳でこう書いた、「何たる喜び！　ただちにGに知らせる。用心せよ。要るものは何でも送る。どこで会えるか。金貨二十枚を同封。手元にあるのはこれだけだが、危急のさいの贈り物は二倍の価値ありという。役に立てばさいわい」

頁の乾くのを待って本を服の包みと財布とともに男の手に委ねた。「この金貨二十枚を持て。十枚はお前の取り分だ。二十枚は森の中の男に渡せ。その者からまた伝言を持ってくれれば、さらに十枚を与えよう。ただし、口を閉ざして真っ直ぐに戻ってくるのだぞ」

「承知いたしました」とかれは言った。「決して御信頼を裏切りはいたしません。しかしこのままでは私がこの包みと財布を持ち逃げしても、分らないではありませんか」

私は言った。「もしお前が不誠実な人間なら、そんな質問をするはずもなかろう。まず共に一献傾けて、それから出立するがよかろう」

事の次第を端折っていうならば、かれは包みと金を携えて出かけ、そして数日後にポストゥムスから伝言を持ち帰った。ポストゥムスは金と服を送ってくれたこと、さらには私がかれを探そうとしなかったことに感謝していた。もし居場所を知りたければ鰐おふくろが知っている、自分の今の名はパンテルスであり、事の次第をできるだけ速やかに義兄に知らせて欲しいと伝えてきた。私は老兵に約束の金貨十枚に加えて、忠節を賞してさらに十枚を与えた。「鰐おふくろ」の名でかれが何を意味しているか、私にはよく分った。鰐というのはアグリッパの古くからの解放奴隷で、鈍感で貪欲でばかでかい顎の持主だったのでこの綽名がついた。この男にはペルージアに住む母親があって、彼女はそこで旅籠(はたご)を経営していた。そこは私の熟知の場所だった。私はただちにゲルマニクス宛にこの経緯を伝える手紙をしたためた。それをパッラスに託してローマへ送り、次の便でゲルマニアに送るよう手配させた。手紙にはポストゥムスが生存していて——場所は明かさなかったが——隠れ潜んでいることと、またかれが手紙を受け取ったという便りをすぐくれるように、とだけ記しておいた。私はじりじりしながら返事を待ったが、届かない。そこで改めてもっと詳しい内容を記した手紙を書いたが、それでも返事はなかった。そこで地方郵便を使って鰐おふくろに伝言を送り、義兄からパンテルス宛の返事はないことを伝えた。

ポストゥムスからふたたび便りはなかった。これ以上私を事件に巻きこみたくなかったのだろう。それに金を手に入れた以上、動きまわっても、逃亡奴隷と疑われて逮捕される気遣いはなく、もはや私から援助をあてにする必要もない。旅籠にいた誰かがかれに気がついたので、安全のため居場所を移す必要があったのだろう。ほとんど時をおかず、ポストゥムス生存の噂がイタリア中をかけめぐった。ローマでは誰もがこの話題を口にした。都からは少なからぬ数の人が、そのなかには三人の元老院議員の姿もあったが、私を訪ねてきて、流言はまことかと個人的に質問した。私は直接会ったわけではないが、かれに会ったという人間は知っている、問題の人物がポストゥムスであることは疑いないと答えた。反対に私はかれらに問うて、もしかれがローマに現れて民衆の支持を得たならばおんみらはいかがなされるかと訊くと、かれらはこのあまりに直截な質問に困惑しまた気分を害し、何の返答もしなかった。

人の噂では、ポストゥムスはローマ近辺のさまざまな地方都市を訪れているようだった。しかし明らかに周到な注意を怠らず、日暮れになるまでは城門をくぐらず、また夜明け前に変装して町を去るのが常だった。公衆の面前に姿を現すことはないかわりに、どこかの旅籠に投宿し、身に受けた親切を謝する言葉を残していったが、それには実名が署名してあった。そしてついにある日、かれは小舟に乗ってオスティアに到着した。港の人々は数時間前にかれの来訪を知って、波止場に集まって、かれの上陸を歓呼して迎えた。上陸地にオスティアを選んだのは、そこがローマ艦隊の夏の投錨地であり、父アグリッパが海軍提督だったという理由からである。かれの小舟は緑の小旗を翻していたが、これはアウグストゥスがアクティウムの海戦の勝利を記念して、アグリッパ(およびその子ら)が海上のいかなる場所でも掲げてよいという権利を与えたものであった。オスティアではアグリッパの記憶はアウグストゥスをすらしのぐ栄誉に輝いていたのだ。

　ポストゥムスは未だ国外追放の宣告下にあったから、イタリアの中で公衆の面前に姿を見せることで法を犯し、たいへんな危険に身を曝したことになる。かれは人々の前で、歓迎を謝する短い演説をした。曰く、自分は敵対者によって誣告を受け——神君アウグストゥスが逝去の寸前にこの告発を認めたとの報は偽りである——ローマ元老院および市民の信頼を失ったが、運命の女神の計らいでこれを回復したならば必ずやオスティアの人々の忠誠に精一杯報いよう、と。リウィアとティベリウスの耳にもポストゥムス上陸の報は達していて、親衛隊の一団がかれを捕縛すべく派遣されてきたが、群がる水兵を前にして手は下せなかった。親衛隊隊長は賢明にも何ひとつ直接行動を取ろうとせず、配下の二人を水兵に変装させてポストゥムスの挙動を監視させようとしたが、かれらが変装し終わる前にポストゥムスは姿を消し、その行方は杳として知れなかった。

　翌日ローマでは大勢の水兵が都の主要な道路に検問を設け、通りかかる騎士、元老院議員、役人の誰かれなく、合言葉を言うように迫った。合言葉は「ネプトゥヌス」で、もし相手が知らなければこれを教えて、なぐられるのが嫌ならば三度繰り返すよう求めた。誰しも殴打されたくはなかったし、また民衆の気持ちが強くポストゥムスへの同情とティベリウス、リウィアへの反感に傾いたので、ゲルマニクスから好意的な言葉が一言ありさえすれば、親衛隊や首都駐屯軍団もふくめてローマ全体がポストゥムス支持にまわりかねない雰囲気だった。しかしゲルマニクスの支持なしに、ポストゥムス側について蜂起するのは内戦をひきおこすことであったし、ゲルマニクスを敵に回した場合、ポストゥムスに勝機があろうとは誰も思わなかった。

　ここに登場するのがあのクリスプス、二年前にティベリウスの意に反してクレメンスを島で死においやった（この咎は許されていたが）人物である。この男はティベリウスの前に進み出て、今度こそポストゥムスのかたをつけて以前の失態の償いをさせてもらいたいと申し出た。ティベリウスはかれに自由裁量権を与えた。クリスプスはポストゥムスの本拠地をなんとか見つけ出し、面談におよんだ。そのさい多額の金銭を携えていったが、これを水兵の給金に充ててもらいたいと申し出た。水兵たちは今度の検問のために二日間というもの扶持に与っていなかったのである。そしてクリスプスはポストゥムスから合図があり次第ゲルマニア人護衛兵を味方に付けると請け合った。護衛兵はすでに莫大な賄賂で手懐けてあるというのだ。ポストゥムスはかれを信じた。二人は真夜中から二時間後にポストゥムス配下の水兵の大軍が集結する街角で落ち合ったのち、ティベリウスの宮殿向けて行軍する手筈をととのえた。クリスプスは護衛兵をポストゥムスの命に従わせるであろう。ティベリウス、カストル、リウィアは身柄を拘束する。そしてクリスプスがいうには、セイヤヌスは謀叛の計画には積極的にはかかわらないものの、叛乱側の最初の一撃が成功したあかつきには、親衛隊の指揮権を維持するという条件のもとに、ただちに新政権の支持にまわるべく待機しているとのことである。

　水兵たちは刻限を違えず集結したが、ポストゥムスは現れなかった。このとき通りには市民の姿は一人とてなく、ゲルマニア人護衛兵とセイヤヌスの選抜した親衛隊との混成部隊が水兵たちに急襲をかけたとき——水夫たちの大半は酩酊しており、編成など組んでいなかった——「ネプトゥヌス」の合言葉は効力を失った。多数がその場で殺害され、それ以上の数が敗走中に殺され、残りは一目散にオスティアまで逃げ帰った（という噂である）。クリスプスは兵士二人とともに、ポストゥムスの本拠地から集結地点にいたる途中の細い路地でかれを待ち伏せし、砂袋でしたたか殴りつけたうえ、猿轡をはめて縛めると、覆いをした輿におしこんで宮殿まで連行した。翌日ティベリウスは元老院にあてて声明を発表した。曰く、クレメンスと呼ぶポストゥムス・アグリッパの奴隷がすでに死亡した主人の名を騙ってローマに無用の騒擾を惹き起こそうと企んだ。この大胆不敵な男はポストゥムスの財産が競売に付されたさいにある属州の騎士階級の者に買い取られていたが、そこから逃亡してトスカナの海岸近くの森の中に身を潜め、髯がのびてせまい顎を隠せるまで待っていた——ポストゥムスと酷似していたが顎のかたちが違っていたからである。オスティアの水夫の中の不穏分子がこの者をポストゥムスと信じたふりを装ったが、それはローマへ行軍し騒乱を惹き起こすための口実としたかったからにすぎぬ。不逞の輩は都の中心部にまで行軍して商店や個人の住宅を恣に略奪する目的で、かの者の指揮のもとにその朝払暁、都の郊外に集結した。ところがかれらは衛兵の一団に遭遇すると臆病風に吹かれ、首謀者を見捨てて遁走した。首謀者はその後死刑に処せられた。したがって元老院は向後この件に関して何ら憂慮するにおよばぬ、と。

　のちに耳にしたところでは、ティベリウスはポストゥムスが宮殿で面前に引き出されてくると、知らぬ風を装い、かれを嘲ってこう訊ねたそうである——「お前のような者が、いったいどうしてカエサル家の一員になったというのだ？」するとポストゥムスは答えた。「お前がカエサル家の一員に迎えられたように、あの同じ日に。忘れたのか」この侮辱の返礼にティベリウスは奴隷に命じてポストゥムスの口をしたたか殴打させた。それからポストゥムスは拷問を受けて謀叛の共謀者を明かすよう強要されたが、かれが口にするのはティベリウスの私生活の醜聞ばかり、しかも醜悪な非行の状況を詳しく述べたてたので、ティベリウスは激昂のあまりあの大きな硬い拳骨でポストゥムスの顔を殴りつけた。そして兵どもが宮殿の地下室でかれの首級を落とし屍体をばらばらにして、この血腥い仕事の仕上げをした。

　そもそも親しい友が——長い不当な追放ののちに——殺害されたとの報に接するほど悲しいことがあろうか。ましてやその者がいかなる策を用いてか殺し屋どもの追跡をかわして生きながらえていたとの知らせを聞いて喜びと驚きを束の間味わったあとで、二度目の、そして今度は疑いの余地のない訃報に接し、しかも一瞬の再会の機会もないままにかれが謀をもって捕えられ、無残にも責め殺されたとなれば、なおさらである。私にとっての慰めはといえば、ゲルマニクスが事の次第を知って——知りえたかぎりの詳細をしたためて書き送るつもりだった——かれがゲルマニアでの軍役を離れライン河戦線から可能なかぎりの兵力を引き抜いてローマ目指して進軍し、リウィアとティベリウスに対してポストゥムスの仇を討ってくれることだった。私は手紙を送ったが返事はなかった。もう一度手紙を書いたが、やはり返事はない。やっと親愛の情にあふれた長文の手紙が届いたが、文面には、クレメンスがまんまとポストゥムスになりすましたことに驚いている、いったいどんな手段を用いたのだろうかと記している条があった。この文面からして、重大事を書き記した私の手紙がまったくかれのもとに達してなかったことは疑いない。唯一届いたのは二番目の手紙とともに送ったものだけだった。その手紙には、ゲルマニクスが調査を依頼してきた商売の件について詳細を書き記しただけだった。かれはこの情報について謝意をのべ、知りたかったことはすべて分ったと書いていた。そこで私は、リウィアかティベリウスが他の手紙を全部差し押さえていたことを知って、突然の恐怖を覚えた。

　私は長らく消化不良を患ってきたが、どの料理を見ても毒を盛られているのではないかという疑心暗鬼が、ますます病状を悪化させた。吃りが再発し、くわえて失語症、つまり何の前触れもなく頭の中がからっぽになるという全くみっともない奇病が出るようになった。何か言葉を喋っている途中でこの症状が出ると、しどろもどろに言葉を終わらせるのがやっとだった。もっとも悲惨だったのは、アウグストゥスを祭る神祇官の責務をこの病のせいでまともに果たせなくなってしまったことだ。それまで私は誰からも非難されることなくこの義務を遂行してきていたのに。ローマ古来の慣習（しきたり）によれば、犠牲（いけにえ）などの宗教行事の途上で何か誤りを犯すと、もう一度最初からこれをやりなおさねばならない。このころ頻発したのは、私が祭式を司っていると、祈禱の最中にわけが分らなくなって気づかぬままに一連の文句を繰り返し唱えてしまったり、あるいはまだ犠牲の獣の頭に祭式用の大麦や塩を振りかけないうちに黒曜石の短剣をとりあげて喉を掻き切ろうとするとかの失態だった。そのたびに儀式を最初からやりなおす必要が生じた。私が遺漏なくやりとげるまでに二度三度と繰り返すうちに飽き飽きするほど長い時間が経ってしまい、参列者は落ち着きを失ってざわざわするのだった。ついに私は神祇官の長たるティベリウスに書翰を送り、健康を害したので一年間宗教上の義務の遂行を免除していただきたいと申し出た。ティベリウスは何も言わずこれを許可した。

巻十九　ゲルマニクスの凱旋

ゲルマニア人に対するゲルマニクスの三度目の遠征は、以前の二度にも増して大勝利をおさめた。かれが綿密に立案した新たな作戦は、ゲルマニア人を奇襲して、配下の兵に危険で疲労しやすい行軍を免れさせようとするものだった。作戦ではライン河畔で一千隻近くからなる移送船団を組織し、兵力の大半をこれに乗船させて河を下り、我らの父が掘削した運河を渡って低地地方の湖沼地帯を過ぎエムス河河口から海に出る。沿岸近くで船団は投錨し、少数の残存部隊がここに渡河橋を建設する任務に就く。そして本隊はヴェーゼル河を渡って蛮族を襲撃する。場所によっては渡河可能なこの河は、ほぼ五十マイルを隔ててエムス河と並行している。遠征は作戦どおり着々と進んだ。

先遣隊がヴェーゼル河まで達するとヘルマンと同盟軍の首長たちが対岸に待ちかまえていた。ヘルマンは隊の指揮官がゲルマニクスであるかと、大声あげて訊ねた。諾の返答が返ってくると、かれに伝言を伝えてくれるかと訊ねてきた。その伝言とは「ヘルマンよりゲルマニクスに挨拶を送る。なんじ、わが兄弟と言葉を交わす機会を我に与うるや？」であった。これはヘルマンの兄弟のことで、呼び名をゲルマニア人の言葉でゴルトコプフとかいう、何しろ言葉があまりに野蛮なため、ヘルマンをアルミニウス、シーグミルグトをセギメルスと呼ぶような具合にはラテン名に直しようのない名前である。そこでかれは、原意を汲んでフラウィウス、つまり金髪という意味の名で通っていた。フラウィウスは長年ローマ軍に所属し、ウァルス軍壊滅のさいにはリヨンにあったが、いち早くローマへの忠節を宣言し、自分を裏切者ヘルマンとむすびつけている一族の紐帯をすすんで投げ捨てた人物である。その翌年のティベリウスとゲルマニクスによる征伐戦のさいには勇猛果敢に奮戦し、片目を喪った。

ゲルマニクスはフラウィウスに、兄弟と話がしたいか訊ねた。フラウィウスは気乗りしませんが、投降を申し出るつもりかも知れませんから話してみましょうと答えた。そこで兄弟二人は河をはさんで互いに大声で言葉をかわすことになった。ヘルマンはゲルマニア語で話しかけたが、フラウィウスはラテン語で話さないかぎり話し合いは終わりだとつっぱねた。ヘルマンにしてみればラテン語は使いたくなかった。というのも仲間の首長たちはラテン語を解さないからで、裏切りの相談をしていると取られかねなかったからである。またローマ人は蛮族の言葉が理解できないから、フラウィウスも同じく裏切りの疑いをかけられたくなかった。一方ヘルマンはローマ人に強い印象をあたえることを望んでおり、フラウィウスも同様にゲルマニア人に印象づけることを狙っていた。ヘルマンはゲルマニア語を喋ろうとするし、フラウィウスはラテン語に執着した。しかし両者が次第に激昂してくると、対話は二つの言語が交々入り乱れて、ゲルマニクスの手紙によれば、傍で聴いているとまるで掛け合い漫才のおかしさだったという。ここにゲルマニクス書翰に記された対話を引用すると、

ヘルマン　よう兄弟、その顔はどうした。その傷でひどい醜男になったな。片目を失くしたのか。

フラウィウス　そうだ。お前、俺の目玉を拾わなかったか。俺が片目を失くしたのは、お前が楯に泥を塗りたくってゲルマニクスの目を欺き、馬で森からすたこら逃げ出したあの日だったのだぞ。

ヘルマン　でたらめをいうな。それは俺じゃない。お前は酔っぱらってたんだろう。戦さの前にはいつも酔払ってた。怖いもんだから、景気づけにビールを一樽かっくらってぐでんぐでん、戦闘開始の角笛が鳴るころにゃ鞍にくくりつけなきゃならんざまだったよな。

フラウィウス　嘘つけ。しかしその話を聞いてお前らゲルマニア人の胸の悪くなるような酒のことを思い出したぞ。俺は今じゃそんなもの一滴も口にせん。たとえお前らの村が占領されて戦利品にビールがしこたま持ち込まれてもな。よくよく喉がかわいたときだけだ、そんなもの飲むのは。こっちじゃ、ゲルマニア人の屍体で埋まった沼の水を食らうよりはましかと言ってるぞ。

ヘルマン　たしかにローマの葡萄酒はうまい。おれも飲んでる。ウァルスから酒甕を二、三百いただいておいたからな。今年の夏にも、ゲルマニクスが油断してると、

同じくらいごっそりといただいてやるぞ。ところでお前、片目を失くしてどんな褒美を貰ったのかよ。

フラウィウス　（非常に誇らしげに）総司令官からの直々の労い(ねぎら)の言葉と、三つの勲章だ。そのうちの一つは〈冠と鎖〉勲章だぞ。

ヘルマン　ほうほう、鎖だと。ローマの奴隷になりさがって、それを踝(くるぶし)につけてるわけか。

フラウィウス　ローマを裏切るくらいなら、ローマ人の奴隷でいるほうがましだ。ところでお前のかみさんスルスネルダと子供は元気だよ。何だったらローマまで会いにくるか？

ヘルマン　この戦いが終わったらな。

フラウィウス　つまりゲルマニクス様の凱旋式で、戦車のうしろにつながれて、観衆から腐った卵をぶつけられるときというわけだな。せいぜい笑ってやるぜ。

ヘルマン　今のうちに笑っとけ。何しろ三日のうちに喉かっきられて笑おうにも笑えなくなってるはずだからな。断言しといてやるわ。だがこの話題はこれで充分だ。実は母上からお前宛に伝言(ことづて)がある。

フラウィウス　（はっとして深い嘆息をつくと）ああ、いとしいおふくろさま。兄弟よ、母上はどんな言葉を送られたのか。おれに聖なる祝福を下されたのか。

ヘルマン　兄弟よ、我らが賢明にして高貴かつ子沢山の母上は、お前のふるまいに心底(しんそこ)心を痛めておられるぞ。母上はこう言われた。お前がわが家族、わが部族、わが民族への裏切者でありつづけるなら、母は祝福を呪いに変える、と。そして一日も早く正気に返って我々のもとに戻り、俺と並んで戦いの指揮を執るように、とな。

フラウィウス　（怒りの涙にむせびながらゲルマニア語で）そんなはずはない、ヘルマンよ、母者(ははじゃ)がそのようなことを言われるはずがない。それは俺を悲しませるためにお前がでっちあげた大嘘だ。そうだろう、ヘルマン、嘘だといえ！

ヘルマン　母上は二日のうちに決心せよと言われた。

フラウィウス　（従僕に）こら抜け作、ぼさっとしとらんで俺の馬と武具を持ってこい。河をわたってあいつをたたっ斬ってくれるわ。おいヘルマン、この腹黒野郎、そこを動くな。今すぐあの世に送ってやるからな！

ヘルマン　いつでも来やがれ、豆食い(くら)の奴隷めが！

そしてフラウィウスが馬に飛び乗って今まさに河を泳ぎわたらんとするところを、辛うじて大隊長がかれの脚をおさえて鞍から引きずり降ろした。この大隊長はゲルマニア語を解する男で、ゲルマニア人が妻や母親に対してばかばかしいほどの敬愛の情を抱くものだということを知っていたのだ。本当はフラウィウスは脱走するつもりだったのだろうか。大隊長はヘルマンのことなど構うな、あんな嘘を信じるな、と言いきかせた。とまれフラウィウスは最後に一言罵るのを抑えることができなかった。涙を拭うと対岸に向かってこう叫んだ。「先週お前の舅どのに会ったぞ。今はリヨンでこぎれいな家で暮らしている。かれがいうには、スルスネルダが実家に戻りたがっているそうだ。というのも、一旦ローマの盟友として神聖な誓いをたてておきながら、もてなしを受けた友をしゃあしゃあと裏切るような男の妻でいる不名誉に堪えられないのだ。スルスネルダのいうには、妻の信頼を取り戻すべはただひとつ、婚礼の日に贈った武器（えもの）を使って誓いを立てた友人（あのひと）に斬りつけるような真似は止めることだ、と。彼女は今でもお前に操を立ててはいるが、お前がすぐにも正気を取り戻さないなら、それも長く続くまいと言っていたそうだ」

今度はヘルマンが号泣して荒れ狂い、フラウィウスを嘘つきと罵る番だった。ゲルマニクスは秘かに百人隊長の一人を呼び、戦いが始まったらフラウィウスから目を放すな、少しでも変節の気配がないか監視を怠るなと命じた。

ゲルマニクスは稀にしか手紙をくれなかったが、その手紙は長文のもので、かれの言うには、ティベリウスへの公式報告に記（しる）すに相応しくないような、興味深く面白い事件を認（したた）めたものだった。私は手紙が届くのを首を長くして待っていた。かれがゲルマニア人と戦っていても、かれの身の安全についてはまったく案じてはいなかった。この点についてはゲルマニクス自身ゲルマニア人に対して一種の自信があった。ちょうど、経験に富んだ養蜂家が大胆に蜂の巣に近づいて蜂蜜を取り出し、蜂の方も普通の人間が同じことをしようとすると容赦しないのに、なぜか養蜂家には針を立てないのに似ていた。ヴェーゼル河を渡った二日後、ゲルマニクスはヘルマンと決戦におよんだ。かねてから私は将軍たちが戦いの前に兵士に向かって行う演説に興味を持ってきた。こうした演説ほど指揮官の性格を明らかにするものはない。ユリウス・カエサルのように兵士の前で雄弁な演説をぶったり、あるいはかれらに迎合して卑猥な軽口を飛ばすのは、ゲルマニクスの性分ではなかった。かれは常にまじめに、きちんと実際的なことを話した。この決戦の前にかれは、ゲルマニア人について常々思っていることをそのまま口にした。ゲルマニア人どもは兵士ではない、とゲルマニクスは言った。なるほど蛮人にはある種の勇猛心があり群をなしたときには荒馬のように戦う。またかれらには動物的な狡猾さがあり、干戈をまじえるにあたって用心が必要であるのはいうまでもない。しかし蛮族は最初の熱狂的な攻撃が終わるとたちまち疲弊してしまうし、いかなる意味でも本当の軍事的鍛錬を経た者たちではなく、互いの功名を競って戦闘に臨むだけである。蛮族の首領たちは部下をあてにすることができない。かれらはやりすぎるか、でなければ逃げるかのどちらかだ。「事がうまく運んでいるときにはゲルマニア人は世界で最も傲慢で大口をたたく民族だが」とゲルマニクスは言った。「ひとたび敗北すると最も臆病な卑怯者になる。目のとどかない所にいるゲルマニア人を信用してはならないが、といって面と向かったさいに恐れる必要はない。このことだけを肝に命じておけば充分だが、ただ次の点は失念しないで貫いたい。明日はおおむね森の中の戦闘になろうが、状況からして敵は密集して戦わざるを得ず、作戦行動をとるほどの余地はないはずだ。まっしぐらに敵に向かい、奴らの槍を恐れることなく、速やかに間合いを詰めよ。そして顔めがけて剣を突き立ててやれ。それが奴らの最も恐れることだ」

ヘルマンは充分に作戦を練って戦場を選んでいた。ヴェーゼル河と樹々におおわれた丘陵地帯にはさまれた細長い平原である。この平原のとっさきの、巨大な柏と樺の森を背にした地点を決戦の場とするつもりだった。右手に河、左手に丘という場所である。ゲルマニア兵は三部隊に分けられた。第一の部隊は現地の部族の若者からなる投げ槍を携えた一団で、平原に進出してくるローマ軍の先鋒、これはたぶんガリアの同盟軍のはずだが、これを撃退する。ローマ軍団が支援に出てくると、かれらは戦いを止め恐慌を装って退く。するとローマ軍はこれを森まで追撃してこようから、この時点で丘の上で待ち伏せしていた第二の部隊、ヘルマン自身の部族の戦士が突撃し、敵の側面を衝く。これでローマ軍は大混乱に陥るはずで、そこに反転した第一部隊が攻撃をかけ、また現地の部族の経験に富んだ年配の者から成る第三の部隊がこれを支援し、かくしてローマ軍を河へ追い落とす。ゲルマニア人の騎兵隊はこのときまでに丘を大きく迂回して敵の背後を衝く。

もしヘルマンが充分に訓練された部隊を率いていたなら、この作戦は功を奏しただろう。しかし実際には結果はことごとく裏目に出た。ゲルマニクスの立てた作戦はこうだった。まず、ガリア人同盟軍二個軍団を丘の側面に配して前進させ、つづいて徒歩の弓兵と正規の四個軍団を、さらには親衛隊二個大隊と正規騎兵を伴ったゲルマニクスが進み、これに正規四個軍団、ガリア人の弓騎兵、しんがりにガリア人軽装歩兵が従うという布陣だった。ゲルマニア人同盟軍が山裾を進軍してくると、松の樹上で事の次第を見張っていたヘルマンは、命令を受けるべく樹の根元に控えていた甥に向かって、興奮して叫んだ。「あすこに裏切者の弟がいる！　生きては帰さんぞ」愚かな甥は飛び上がって叫んだ。「ヘルマンの命令が出た！　突撃開始！」甥は部族の者半数とともに平原へ駆け下った。ヘルマンは大童になって残りの者を踏みとどまらせた。ゲルマニクスはただちに正規騎兵を派遣して愚か者どもがフラウィウスの部隊に到達するより早く側面を衝き、ガリア人弓騎兵が退路を断った。

　その間ゲルマニア人の要撃部隊が森から姿を現したが、ローマ騎兵に追われたヘルマンの甥の配下の者たちがかれらの先頭に鉢合わせする形で逃げ帰ってきたので、要撃部隊は恐慌にかられてともどもに敗走した。そのときゲルマニア人の主力たる第三部隊が、かねての予定どおり要撃部隊が踏みとどまりともに攻撃に転ずるものと予想して、森の中から現れた。しかし要撃部隊は今や騎兵から逃れることしか念頭になく、第三部隊を分断するかたちで退路を求めた。ローマ軍にとってきわめて喜ばしい瑞兆が起きたのがこのときである。突撃する兵馬の音に驚いた八羽の鷲が丘から飛び立って平原の上を旋回し、甲高い叫びをあげながら、一団となって森にむかって飛んだのである。ゲルマニクスは叫んだ。「鷲につづけ！　ローマの鷲につづけ！」全軍が怒濤の声をあげた。「鷲につづけ！」この間ヘルマンは残った兵を送り出し、徒歩の弓兵を急襲してその多数を殺戮した。しかし後衛のガリア人重装歩兵の軍団が大きく迂回して弓兵の支援に向かった。ヘルマンの主力は五千名近い兵力を擁していたが、もしガリア人歩兵を圧倒してローマ軍の前衛と主力との間におそるべき楔を打ちこむことができたなら、まだかれらにも勝機が残されていたかもしれない。しかし前進してくるローマ歩兵の身におびた武器や胸鎧、楯や冑に太陽がぎらぎらと反射し、かれらは眩惑されて怖じ気づいた。大半の者が丘めざして敗走した。ヘルマンは辛うじて一千から二千を踏みとどまらせたが、もはやその数では力及ばず、またこのとき正規騎兵の二大隊が敗走する敵を追撃しつつ襲来し、丘への退路を断ってしまった。いかにしてヘルマンが逃げおおせたのかは謎だが、一般に信じられているところによると、かれは乗馬に拍車をかけて森をめざしたが、森にひそむ敵を襲おうと進んできたゲルマニア人の同盟軍に追いついてしまった。かれは「さがれ、下郎、ヘルマンであるぞ！」と大喝した。フラウィウスの兄弟だというので誰も敢えて手を出さず、フラウィウスも血族のきずなを重んじて殺そうとしなかったということである。

それはもはや戦闘ではなく虐殺であった。ゲルマニア人の主力は両翼を抑えられ、河に追い落とされた。多くは泳げたが、全員というわけではなかった。ゲルマニクスは正規騎兵の第二部隊を森の中に送りこみ、何らかの僥倖で戦況が好転するのではと徒な期待を抱いて踏みとどまっていた要撃隊を掃討させた（弓兵は葉の茂った樹上に隠れているゲルマニア人を射殺して大いに憂さを晴らした）。あらゆるところで抵抗が止んだ。朝の九時から夕暮七時まで殺戮はつづいた。戦場を越えて十マイルの距離にわたり、森と平原にゲルマンとフラウィア人が累々と屍をさらした。捕虜のなかにヘルマンとフラウィウスの母の姿があった。彼女は命乞いをして、自分はいつもヘルマンにむかって征服者ローマ人に無駄な抵抗をつづけるのを思い留まらせようと説いていたのに、と言った。こうしてフラウィウスの忠節が証明された。

一カ月後、エルベ河畔の密生した森林地帯で二度目の戦闘が行われた。ヘルマンは事前に要撃地点を選び巧みに兵員を配置していたので、ゲルマニクスが数時間前に脱走兵からこの作戦を知らされていなければ、ローマ軍に対してきわめて効果的な打撃を与えることも可能であったろう。実際には、ローマ軍を河に追い落とす代わりに、ゲルマニア軍が森の中へ撃退され（かれらはいつもの反復奇襲戦術をとろうとして樹々の間に密集していた）ついには森を取り囲む底無し沼に追い落とされてしまった。何千人もが怒りと絶望の叫びをあげながら沼の中に沈んでいった。ヘルマンは前回の戦闘で負った矢傷のため、今回は大した活躍ができなかったが、頑強に森の中に立てこもって抵抗し、たまたまフラウィウスに遭遇するや槍を投擲してこれを斃した。そして浮島から浮島へと跳び移り、ずばぬけた敏捷さと幸運に助けられて沼から逃げおおせたのである。

ゲルマニクスはゲルマニア人の武器を山と積み上げて戦勝碑とし、このような銘を刻んだ――「ラインからエルベに至る蛮族諸族を平定せしティベリウス・カエサルの軍、戦勝の記念としてマルス、ユピテル、アウグストゥスの諸神に之を献納す」銘には自らの武勲については何ひとつ触れなかった。これらの戦役でゲルマニクスの蒙った兵員の損失は死者重傷者を併せても二千五百人以下、一方ゲルマニア人がすくなくとも二万五千人を失ったことは確実である。

ゲルマニクスはその年の遠征が充分な戦果をあげたと

考え、配下の一部を陸づたいにラインに向けて帰還させ、残余を輸送船団に乗船させた。兇運が到来したのはこのときである。艦隊が錨を上げて間もなく、南西からにわかに嵐がおこって、輸送船団を四散させてしまった。多くの船が沈没し、唯一ゲルマニクスの船だけがヴェーゼル河河口に何とか漂着した。かれは全軍を喪った責任を痛感し、第二のウァルスとなった自分を激しく責めた。死者の群に加わらんものと海に身を投じようとしたところを、辛うじて幕僚たちが引き留めたほどである。しかし数日後には風向きが変わり北風になり、四散した船が三々五々戻ってきた。大半が櫂を失い、帆のかわりに外套を掲げているものもあった。被害の少ない船は辛うじて浮かんでいる僚船を曳航してきた。

ゲルマニクスはただちに船体の修復に着手し、可能なかぎりの船を生存者救出のため付近の無人島むけて派遣した。多くの兵が救出されたが、かれらは貝と浜辺に打ち上げられた軍馬の死骸で飢えをしのいでいたのである。さらに遠隔の地域で発見された者も多かった。そこには最近ローマへの忠誠を強要された民がいて、兵士たちはかれらに丁重に遇されていた。二十隻分の兵士が遠くブリタニアの島から帰還した。この島は七十年前ユリウス・カエサルによって征服されて以来ローマに朝貢してきたが、現地の蕃王が兵士を送り返してきたのである。最終的に行方知れずとなったのは離散した者のうちの四分の一程度で、そのうちの二百名ほどが何年も経ってからブリタニアの南西部で発見された。錫の鉱山で強制労働に従事させられていたところを救出されたのである。

内陸のゲルマニア人どもはこの災厄を耳にして、かれらの神々が復讐して下されたものと考えた。かれらはゲルマニクスが戦利品で築いた戦勝碑を破壊したばかりか、ライン河の国境めざして侵攻せよと唱えはじめた。そこへ突如としてゲルマニクス軍が襲いかかった。ゲルマニクスは歩兵六十大隊と騎兵百大隊からなる遠征軍をヴェーゼル河上流地域へ派遣し、また自らはこれに優る歩兵戦力と騎兵百大隊を率いてラインとエルベ下流の諸族を寇掠した。遠征はともに完璧な勝利をおさめた。何千もの蛮族の殺戮にまさる朗報は、第二十六軍団の〈鷲〉が森の中の地下神殿から発見され、誇らしげに帰還したことであった。これで回復されていないのは第二十五軍団の〈鷲〉のみとなり、ゲルマニクスは翌年の遠征で未だ自分が指揮を任されていれば、必ずこれを奪回すると兵士らに約束した。かくしてかれは部下をひきつれて冬営に戻った。

このときティベリウスはかれに書翰を送って、すでに充分に軍務を遂行した今、元老院の認めた凱旋式を行うよう強く迫った。ゲルマニクスは返書を認(したた)め、あと数回の戦闘でゲルマニア人を撃滅しうるし、のこる最後の〈鷲〉も奪回できようから、それまで機会を与えて貰いたいと願い出た。するとティベリウスは改めて書翰をよこして言うには、輝かしい勝利を得るためであっても、ローマにはかほどの損失を許容する余力は残されていない。ゲルマニクスの戦術はこれまできわめて人的損失が少なかったため、自分はゲルマニクスの軍人としての才能に疑いを抱く者ではないが、今回の遠征の死傷者と海難の犠牲者を併せるとその損失は二軍団を失ったに等しく、これを補充する力はローマにはない。いやしくもティベリウス自身、アウグストゥスによって九度にわたりゲルマニア遠征に派遣された経験者である。先輩の意見に耳を貸すようにと釘を刺した。ティベリウスの思うに、たとえ十人のゲルマニア人を斃(たお)せるとしても、一人のローマ人の命を危険に曝すには忍びない。そもそもゲルマニアはヒュドラのごとき存在で、首を切り落としてもそこから沢山の首が生えてくる。したがってゲルマニア人に対する最善の方法は、部族どうしの嫉妬の感情を助長し、首長たちの間で内紛を起こさせるに如(し)くはない。つまり外部からの支援なしに殺しあいをさせればよろしい、と。ゲルマニクスはこの鎮圧作戦に区切りをつけるためにあと一年の猶予を乞うたが、ティベリウスはゲルマニクスが再び執政官に就任することがローマでは必要なのだと主張し、また弟のカストルのことを失念してはなるまいと説いてゲルマニクスの心理の弱いところを衝いた。現在では重要な戦闘が持続している地域はゲルマニアをおいて他になく、もしゲルマニクスが自説に固執して自らの手で戦いの終止符をうつとなれば、いったいカストルはどこで勝利の栄冠を得て凱旋将軍となればよいのか。ゲルマニクスはそれ以上訴えるのを諦め、ただティベリウスの希望は法律に等しい、任期が明け次第ただちに帰国すると述べた。

紀元十七年

　ゲルマニクスは春の初めに帰還し、凱旋式を祝った。ローマの全市民が都から二十マイルも出向いて、かれを歓迎した。〈鷲〉奪還を記念する巨大な凱旋門がサトゥルヌスの神殿の傍らに建立され、凱旋行列はその下をくぐった。ゲルマニア人の神殿から略奪した戦利品を、敵の武具ともども積み上げた荷車が何台もつづいた。別の車は戦いの場面や、ゲルマニアの河の神、山の神がローマ兵士の足下に屈服したさまを描いた図を運んでいた。スルスネルダとその子供は別の車に軛(くびき)をかけられて乗っており、そのあとを鎖をうたれたおびただしい捕虜の列が続いた。ゲルマニクスは月桂冠をいただき戦車に跨って現れたが、傍らにはアグリッピーナ、うしろには五人の子供たち――ネロ、ドルスス、カリグラ、アグリッピニッラ、ドルシッラ――が同乗していた。ゲルマニクスを迎える喝采の声は、アウグストゥスのアクティウム戦勝以来どの凱旋将軍が得た喝采よりも大きかった。

　けれども私はその場に居合わせなかった。こともあろうにカルタゴにいたのである！　ゲルマニクスの帰国まで一カ月と迫ったとき、リウィアが私に一片の書状をよこして、アフリカへの旅の準備を命じたのである。カルタゴで新たにアウグストゥスに神殿が奉納される。ついては皇帝一族の中から誰か代表を派遣しなければならないが、体が空いているのは私だけである。そして現地ではどのように振舞えとかどんな手順で儀式を執行せよとか、あれやこれやと山ほど指示を書き連ねたうえで、相手はアフリカの属州民とはいえその前でまたしても愚かなふるまいをすることのないように希望する旨(むね)が記(しる)してあった。リウィアの意図は見え透いていた。くだんの神殿は完成まで少なくともあと三カ月かかるのだから、今すぐに誰かを派遣する必要はないはず。要するに私は厄介払いをされたのだ。ゲルマニクスが首都に滞在している間は私は帰国を許されず、また私の手紙も残らず開封されるに違いない。つまり私は、長年ゲルマニクスに伝えようと心に秘めてきたことをかれに話す機会を奪われてしまったのだ。一方ゲルマニクスは直接ティベリウスと会談した。かれはティベリウスに向かって、ポストゥムス追放はリウィアの仕組んだ悪辣な陰謀であって、自分は動かぬ証拠を握っている。リウィアは政治から手を引かせるべきである。ポストゥムスの言動がいかに常軌を逸していたにせよ、リウィアの行為は正当化されるものではない、ポストゥムスが不当な監禁から逃れようとしたのは当然のことだ、といった。ティベリウスはゲルマニクスの告発に衝撃を受けたと告白したが、しかしにわかに母の名誉を傷つけて世間に醜聞の種を撒くのは好ましくない、個人的に自分が彼女の罪を問うて、徐々に権力から遠ざけてゆくことにしようといった。

　ところが実際ティベリウスのしたのは、ただちにリウィアのもとに駆けつけて、ゲルマニクスの口にしたことをあらいざらいぶちまけることだった。そして付け加えていうには、ゲルマニクスは軽率な愚か者ではあるが、決意は堅いようであるしまたかれはローマ民衆と軍隊の間で絶大な人気があるので、リウィアとしては、もしそれが彼女の威信にかかわると考えないのであれば、御自分はゲルマニクスが告発している罪とは無縁であることをかれに納得させたほうが得策ではないか、と。さらにティベリウスは、速やかにゲルマニクスを首都から遠ざけること――恐らくは東方の属州へ――およびリウィアが受けるに相応しい〈国母〉の称号を元老院に提案するつもりであることを述べた。ティベリウスの訴えはまさにリウィアの心の琴線に触れるものだった。リウィアはかれが未だにこのような重大事を包み隠さず通報してくるほど自分を恐れているのを知って喜び、かれを孝行息子と呼んだ。そしていうには、自分は決してポストゥムスに不当な罪を着せたことなどないと神かけて誓う、そのような造り話をゲルマニクスに吹き込んだのはおそらくアグリッピーナであろう、ゲルマニクスはアグリッピーナのいうことには唯々諾々と従うだけだから、彼女は夫をけしかけて帝位簒奪の機会を窺っているのだ、ティベリウスとその愛する母の間を割くのがあの女の狙いであろう、と。ティベリウスはリウィアを抱擁し、たまさか意見の不一致はあろうが、母子の強い絆（きずな）を砕くことは何者もできないといった。するとリウィアは嘆息して、自分は歳老いた――実際彼女は七十代になっていた――最近はずいぶんと仕事が身にこたえるようになった、そろそろ国事の煩雑な仕事から解放して欲しい、重要な任官と法令発布の場合にのみ彼女に相談することにすればどうであろう、といった。公文書に署名するさいティベリウスの名よりさきにリウィアの名をおくという慣習を改めてもさしつかえない、ティベリウスが母の後見を受けていると世間に取られるのは好ましくない、しかし元老院を説得してかの称号が与えられるとすれば、その時期はなるべく早い方が望ましいと。かくて和解と妥協の猿芝居が演じられたが、二人とも腹の底ではお互いまったく相手を信用していなかった。

　さて今やティベリウスはゲルマニクスを同僚執政官に任じ、リウィアに説いて公務から退かせたけれども、形式的にはまだ彼女の助言を仰ぐようにしてあると説明した。これでゲルマニクスは満足したかに見えたが、一方ティベリウスにしてみれば心穏やかではなかった。何しろアグリッピーナはかれと口も利こうとはせず、ゲルマニクスとアグリッピーナとが一心同体であるのを知っていたから、今後も二人の忠節が続くとはとても考えられなかった。のみならずローマではゲルマニクスのような性格の人間には我慢ならないような風潮が横行していた。まず第一は密告者の存在である。リウィアはティベリウスに例の犯罪記録に触れることを許さず、またその卓越した密偵網――彼女はほとんどあらゆる重要な機関や名家に金で雇った間諜を配置していた——を共用させようとはしなかったので、ティベリウスは別の手段に頼らざるをえなかった。かれは勅令を発して、国家転覆の謀議もしくは神君アウグストゥスへの冒瀆をこころみる者が発見されたならば、その不埒者の没収財産は、忠義な告発者の間で分割されるべしと定めたのである。国家転覆の陰謀よりアウグストゥス冒瀆の罪のほうが立証は容易だった。最初にこの罪に問われたのはお調子者の若い商店主で、この者は葬列が中央広場を通りかかったさい偶然にもティベリウスの傍らに居合わせた。この者は飛び出して遺骸の耳に何事かささやいた。ティベリウスはそれが何か聞きたくなった。するとこの男は、死んだ男が黄泉（よみ）の国に行ってアウグストゥスに出逢ったら、ローマ市民に分配されるべき遺産が未だ支払われていないことを伝えるよう頼んだのだと答えた。ティベリウスはこの者を捕縛させ、アウグストゥスを不滅の神ではなく一介の死霊のごとく語った罪軽からず、自ら黄泉に下ってその過ちを認めさせるのだとして処刑した。ともあれそれから一、二カ月後、かれは遺産を市民に分配した。この件ではティベリウスの言い分もいくらか筋が通っていたものの、のちになると、ほんの些細なことでもアウグストゥスの名を汚（けが）した咎（とが）で、いとも簡単に死罪が宣告されるようになった。

その後、密告を専門とする連中があらわれた。ティベリウスの不興を買ったといわれる人物を誰かれとなく告発した輩（やから）である。したがって犯罪記録を見ると、でっちあげの罪が多すぎて、本当の犯罪はほんの添え物程度といった感がある。この手の悪党の中でもとりわけティベリウスと緊密に連帯したのがセイヤヌスである。

紀元十六年

ゲルマニクスが帰国する前年、ティベリウスは密告専門業者を指嗾（しそう）してリボーという青年を罠にはめた。リボーはポンペイウスの曾孫で、アグリッピーナと同様スクリボニアを祖母にもつことから、彼女の従弟にあたる人物だった。セイヤヌスは以前からティベリウスの耳に、リボーが危険な存在で、ティベリウスを蔑（ないがし）ろにするような発言をしていると囁いていた。しかしこの段階ではティベリウスは自分への不敬を犯罪として起訴することはさし控えていて、したがって別の罪を捏造する必要があった。ティベリウスは自分がトラシッルスの助言に頼っている事実を隠蔽するためにも、占星術師、魔術師、予言者、夢占い師といった連中をローマから放逐し、こっそり都にとどまっている者と市民が接触することを禁じていた。そのうちの僅かな者だけが、降霊術や占いの集会の席に皇帝直属の間諜を潜ませておくという条件のもとに、ティベリウスに営業を黙認されていた。リボーは内通者に成りさがった元老院議員に強く勧められてこうした囮の卜占会に出席し、未来を占ってもらった。かれが占い師に問うた内容は、潜んでいた間諜が逐一記録しておいた。かれの質問といっても、それ自体は決して陰謀的なものではなく、むしろ他愛ないものに過ぎなかった——自分は金持ちになれるだろうかとかローマで指導的な人物になれるだろうかとか、その類の質問である。しかし法廷に提出されたのはリボーの寝室で奴隷が発見したと称する贋造文書で、そこにはリボーの自筆らしき文字で皇帝一族全員および指導的な元老院議員の名が記されてあり、文書の余白にはわざとらしく名前の一々に、対応してエジプトおよびカルデアの文字で呪いが書き込まれていた。占い師に相談した罪は追放であるが、他人を呪詛した罪は死刑にあたいする。リボーはその文書を書いたことを否定し、たとえ拷問下で引き出されたものであるにせよ、奴隷の証言は有罪を立証するに足らないと主張した。奴隷の証言が採用されるのは近親相姦を立件する場合のみである。本件には解放奴隷による証言がなかった。リボーの解放奴隷からは梃子でもかれの不利となるような証言は得られず、また証言を得るために解放奴隷を拷問にかけることは許されていなかった。しかしながらティベリウスはセイヤヌスの入れ知恵を受けて、ある者が重罪に問われた場合、国有財産管理人がかれの奴隷を適正な価格で買い取り、しかるのちに拷問によって証言を引きだしうるという新たな法律を制定した。かれの側に立って弁護しようというほど勇気ある法曹家はひとりとしてなく、リボーは罠にはめられたと悟って、裁判を翌日に延期して欲しいと要請した。これが受け入れられたとき、かれは自宅に戻り自ら命を絶った。しかしながらリボーに対する訴訟はあたかもかれが生きているかのように粛々と元老院で行われ、そこであらゆる件が有罪とされた。ティベリウスはあの愚かな若者が早まって自殺したのは残念なことである、自分が裁判に介入して罪一等を減ずるつもりであったのにと、ぬけぬけと口にした。リボーの財産は告発者の間で分割されたが、その中には四人の元老院議員が含まれていた。アウグストゥスが皇帝であったときにはこのような恥ずべき道化芝居は一度も演じられたことがなかったのに、ティベリウス治下となると手を変え品を変え繰り返されるようになった。このような風潮に対して公けに抗議したのはたった一人だけだった。それはカルプルニウス・ピソという人物で、元老院の席上でこう発言した——ローマにおいてかくも政治的陰謀が蔓延し、法の正義は地に堕ち、また同僚の元老院議員が密告を商売とするがごとき浅ましい現況はもはやこれ以上見るに堪えない、私はこれを最後にローマを去りどこか辺鄙なイタリアの田舎に隠遁する。これだけいうとかれは退席した。かれの演説は元老院に多大の印象を残した。そこでティベリウスは人を遣ってカルプルニウスを呼び戻し、かれがふたたび元老院に着席すると、もし法の執行に疑義があるならばどの元老院議員でも質問時間に自由に発言しても構わないといった。そして、ローマは今や史上空前の大帝国の首都となったのだから、そこに多少の政治的陰謀が生ずることは避けられない、カルプルニウス自身も、何の報酬もなければ元老院議員がすすんで罪を告発しようとしないことを認めているのではないか、自分としてはカルプルニウスの誠実と独立不羈の精神を高く評価し、またかれの能力を羨む者であるが、しかしその優れた資質をいたずらにアペニン山脈の僻村の羊飼いや山賊どもの間で埋もれさせるよりも、むしろすすんでローマの社会的・政治的倫理の改善に寄与してもらうほうが望ましいのではないか、と述べた。おかげでカルプルニウスは留まらざるをえなかった。けれども間もなくかれはウルグラニアの婆を代金未払の咎で法廷に召喚して誠実と独立不羈の精神を如何なく発揮した。かれの姉が死んだときの財産競売で、ウルグラニアは数点の絵画と彫刻を買い取りながら、多額の代金を踏み倒そうとしたのである。ウルグラニアは管財人法廷にただちに出廷するよう命ずる召喚令状を目にすると、議長であるカルプルニウスに向かって真っ先にリウィアの宮殿に連れてゆくよう主張した。カルプルニウスは彼女について宮殿へ行き、広間でリウィアに会ったが、彼女はカルプルニウスに退出するよう命じた。カルプルニウスは慇懃にしかし決然たる態度でこれを拒み、ウルグラニアは出廷不可能なほど重病でないかぎり召喚に応ずる義務があるが、彼女は明らかに病気とは見えない、ひとたび召喚令状を受ければたとえウェスタの祭女といえども出廷を拒むことはできない、といった。リウィアは、かれの振舞は個人的に自分を侮辱するものであり、必ずやわが子たる皇帝がこれに報復するだろうと応酬した。そこでティベリウスがあたふたと駆けつけて事態の収拾にあたる破目になった。カルプルニウスに向かっては、ウルグラニアには召喚令状を受けた衝撃から立ち直り次第かならず出廷させるからといい、また一方リウィアに対しては、これはちょっとした手違いであってカルプルニウスにはリウィアを侮辱しようとする意図などさらさらなく、また裁判には自分が臨席してウルグラニアには有能な弁護人をつけようし、また公正な裁きを受けさせることを約束するといって、両者を宥めたのである。そしてリウィアの宮殿を出ると、法廷までの道すがらカルプルニウスとならんで歩きながら、あれやこれやと説得にこれ努めた。カルプルニウスの友人は訴訟を取り下げるようすすめたが、かれは頑として譲らず、自分は昔気質の人間である、貸した金は返してもらいたいのだと主張した。結局この裁判は開廷されなかった。というのもリウィアが騎馬の使者に負債を全額金貨で鞍袋に入れて持たせて、ティベリウスとカルプルニウスのあとを追わせたからである。使者は二人が法廷の門に到着するまでに追いついた。

閑話休題、私は密告者とかれらがローマにもたらした倫理の低下それに法の堕落について語っていたのであった。私が言いたかったのは、ゲルマニクスのローマ滞在中にはアウグストゥスへの冒瀆も国家への叛逆罪もひとつとして告発されたものはなく、くだんの密告者どももも完全に沈黙するよう警告されていたということである。ティベリウスも立派にふるまい、元老院でのかれの発言はまさに率直の見本であった。セイヤヌスは背後に身をひそめた。トラシッルスは因果を含められてローマを離れティベリウスの別荘のあるカプリ島に蟄居した。ティベリウスの親友といえば誠実なネルウァひとりしかいないように見え、ティベリウスは何かにつけてかれの助言を求めた。

私はカストルをどうしても好きになれなかった。かれは口汚い、流血好きで暴力志向の自堕落な男だった。この性格がいちばんあからさまになるのは、剣闘試合を観戦しているときだ。カストルは剣闘士の技量とか勇気を嘆賞するよりも傷から血が迸るのを喜んで見ていた。しかしこれだけは言っておきたいのだが、かれはゲルマニクスに対しては裏表なく接し、ゲルマニクスと共にある時は心をいれかえているように見えた。首都の党派争いはこの二人を皇位継承をめぐる不愉快な競争者に仕立てあげようとしたが、どちらもこれに同調するようなことは一切なかった。ゲルマニクスはカストルを兄弟らしい思いやりを込めて扱ったし、またカストルの場合も同様の態度を示した。カストルは決して怯懦な性格ではなかったが、しかしかれは軍人である前に政治家だった。東ゲルマニアの部族がヘルマン率いる西部の同族から攻め込まれて血みどろの戦いを繰り広げていたとき、支援を求める要請を受けてカストルがダニューブ河彼岸に派遣されたが、このときかれは策をめぐらしてボヘミアやバイエルンの部族まで戦いに巻き込んだ。ゲルマニア人には最後の一人になるまで互いに殺し合いをさせておけというティベリウスの方策を地でいったのである。東ゲルマニアの祭司王であるマロボドゥウス（「池の底を歩く者」の意）は助けをもとめてカストルの陣営に逃げ込んだ。マロボドゥウスはイタリアに安全な住まいを与えられ、東ゲルマニア人はローマに対して恒久的な忠誠を誓ったので、かれは部族の忠節の保証のため十八年間も人質として留め置かれることになった。東ゲルマニア人は西ゲルマニア人よりも兇暴で強力な部族であり、これと戦火を交えずにすんだのはゲルマニクスにとってまことに幸運であった。しかしヘルマンがウァルスを撃滅したことで国民的英雄となったので、マロボドゥウスはこれを深く嫉妬していた。ヘルマンがマロボドゥウスのなりたかった全ゲルマニアの大王となるくらいならと、マロボドゥウスはかれがゲルマニクスと戦うさいにも援軍を送らず、また別の地域で紛争を起こして敵を牽制する陽動作戦すらおこなわなかったのである。

私はよくヘルマンのことに想いを馳せる。かれはかれなりに卓越した男であった。なるほどウァルスへの変節は許しがたいが、ウァルスも一再ならず謀叛を惹起しかねない振舞におよんだわけであるし、ヘルマンとその部下が自由をもとめて戦ったことは否定できない。そもそもゲルマニア人はローマ人に対して心底（しんそこ）から侮蔑の念を抱いていた。わが父とゲルマニクスの場合を別とすれば、ウァルスやティベリウスその他の司令官の下で行われる過酷なまでに厳しい軍事的訓練の何たるかを、それが奴隷の労働とどうちがうのかを、かれらは結局理解することができなかったのだ。訓練に笞刑が用いられるのを見て衝撃を受けたし、また栄冠と略奪を約束する代わりに一人ひとりの兵に多額の給料を支払う方式を、卑しむべきものとして軽蔑した。確かにかれらは自分たちの倫理を守って清潔であったし、一方ローマ軍の士官たちが堂々と性的悪徳に耽っていたのも事実である。ゲルマニアではそのような淫行が明らかとなった場合には——それは滅多になかったが——それを犯した者たち双方を、罰として、湿地に渡した足場の下の泥に沈めて窒息させるのだった。またゲルマニア人を怯懦だというならば、およそあらゆる蛮人はみな怯懦である。かれらが怯懦か否かの判断は、いずれの日にかかれらが文明開化した時にこそ、はじめて下せるものであろう。とはいえかれらは途方もなく激しやすく争いを好む民族のように思えるため、遠からぬ将来にはたしてかれらが文明人になれるかどうか、私は判断しかねている。ゲルマニクスはその可能性はないと考えていた。かれが採った殲滅作戦（確かにこれはローマが辺境の蛮族に対してふつう行う仕打ではない）が正当なものであったか否かは、この第一の問の解答にかかっていよう。むろん失われた〈鷲〉が奪回されねばならぬことはいうまでもなく、またヘルマンがウァルスを滅ぼしたあと容赦なく属州を劫掠してまわったことも事実である。そして人一倍心やさしく人間味ゆたかなゲルマニクスが、あれほど大量虐殺を嫌悪しながらなおそれに手を染めなければならなかったことの背景には、それなりの理由があったはずである。

　結局ヘルマンは戦闘で命を落とすことはなかった。マロボドゥウスが故郷から連れ去られた後、ヘルマンは自分がゲルマニア全土の大王となるのにもはや何の障害も残されていないと考えた。しかしそれは誤りだった。かれは自分の部族の王になることすらできなかった。部族は自由の民であり、その首長は部族を導き、助言を与え、あるいは説得することはできるものの、決して命令を下す権力は持っていないのである。あれから一、二年たったある日、ヘルマンは王のように命令を下そうとした。するとかれの親族は、それまであれほどかれに忠節を尽くしてきたのに、この態度に大きな衝撃を受け、事前に協議することもなしに俄（にわか）に武器を取ってヘルマンに襲いかかると、かれを斬り殺してばらばらにした。ときにヘルマン三十七歳。その生年は最大の敵ゲルマニクスに先立つことわずか一年の若さであった。

巻二十　ゲルマニクスの死

紀元十八年

私はほぼ一年近くカルタゴにいた（ちょうどリウィウスが最愛の町パドゥアで亡くなった年であった）。古カルタゴは灰燼に帰し、私の滞在したのは新カルタゴ、つまりアウグストゥスによって半島の南東部に建設され、アフリカ第一の都となるよう定められた都市だった。生まれてこのかた、イタリア半島から出たのはこれがはじめてであった。ここに来て分ったのは、気候が厳しく、現地のアフリカ人は野蛮で、病に冒され苦役に喘いでいるということだ。そしてここに住むローマ人は鈍感で諍いを好み、貪欲で時代遅れだった。見たこともない這う虫や羽虫の群が襲ってくるのは恐ろしかった。森の広がるイタリアの田舎の風景がつくづく懐かしく思い出された。トリポリでは、整然と植物が植わっている土地——無花果かオリーブの果樹園もしくは麦畑——か、さもなければ茨の生えた石ころだらけの剥き出しの砂漠しかなく、中間というものが一切なかった。私は総督の館に滞在していたが、総督というのがフリウス・カミッルス、つまり私の愛したカミッラの叔父であった。この人物についてはすでに語ったはずだが、かれはとても親切に私を遇してくれた。まっさきにかれが私に言ったのは、私の『バルカン要約』がかの地で軍事作戦を行うにあたって如何に有用であったか、私があれを見事にまとめあげたことで公けに報いられてしかるべきだ、ということだった。かれは神殿奉献の儀式に際して私の司式が滞りなく運ぶよう、また属州民たちが私の地位に相応しい敬意を払うよう、いちいち気を配ってくれた。かれはまた現地の風景を見物してまわるよう、熱心に勧めてくれた。カルタゴはローマとの交易で繁栄して

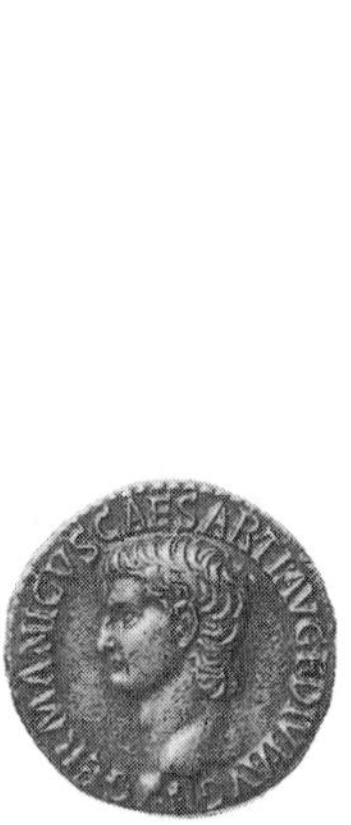

いた。ここから積み出されるのは大量の穀物と油にとどまらず、奴隷や紫紅の染料、海綿、黄金、象牙、黒檀それに闘技場で使われる野生動物にまで及んでいた。しかしなすべき用とてなく無聊をかこつ私の姿を見かねて、フリウスはちょうど良い機会だからカルタゴの全史を著すための資料を集めてみてはどうかと提案した。たしかにローマの図書館ではそのような著作は見あたらなかった。実は最近、現地人が古カルタゴの廃墟で隠された宝を探して石を切り出していたところ文書館が見つかり、その蔵書がフリウスの所有するところとなった。もし利用したければ、それらの古文書を私のものとしてもよい、とかれはいった。私がフェニキア語はまったく分らないというと、もし大いに興味があるなら解放奴隷の一人に重要な文書をギリシア語に翻訳させてもよいと請け合った。

カルタゴ史を書くという案は、たいへん気に入った。私はこれまでカルタゴ人が歴史的に正当な評価を受けてこなかったと痛感していたのだ。そこで暇にまかせて同時代の地図をたよりに旧市街の廃墟を調べてまわり、この国のおおよその地理に親しもうと努めた。さらにこの地の言語の基礎を学んで単純な碑文などは読めるようになり、またローマ側の視点からポエニ戦役を記述した著述家の書き残している少数のフェニキア語なら理解できるようになった。イタリアに帰ってからはエトルリア史と並行してこの著述をつづけた。かねてから私は二つの仕事を同時並行して行うことが気に入っていた。一方に飽きるともう片方に移れるからである。しかし私は著述家としてはあまりに凝り性なのであろう。古代の歴史的権威の文書を書き写すのみでは満足せず、別の情報源から、殊に政治的に対立する側の著作家の記述があるような場合、くだんの権威の叙述が正しいか否か、逐一確認しなければ気がすまないのだ。だからこの二つの民族の歴史は、私がこれほど入念でなければ一年か二年で完成するはずであったのに、一方に手を染めまた他方に移るということを繰り返すうちに、とうとう二十五年もの歳月を費やしてしまった。たった一語を記すために何百行も読まねばならず、ついには私はエトルリア語とフェニキア語に関して専門家となり、またそれ以外の言語や方言、例えばヌミディア語やエジプト語、オスク語やファレッリ人の言語についても一応役に立つ程度の知識を得るに至った。先に完成したのは『カルタゴ史』のほうである。

私が主宰する神殿奉献の儀は滞りなく終わったのだが、その直後にフリウスはタクファリナス征伐のため、属州で召集できるかぎりの兵力を集めて出陣することとなった。率いるのは、この地唯一の正規軍団である第三軍団および同盟軍の数個大隊、騎馬大隊二個である。タクファリナスはヌミディア人の首長で、元来ローマの同盟軍に属していたものがここから逃亡し、匪族の首魁として侮りがたい力を貯えた男である。この者は最近生国の内で配下にローマ軍団に倣った軍事訓練を施し、またマウレタニア人と連携して西方から属州アフリカに侵略をこころみたのだった。敵の連合軍は少なく見積もっても、フリウス麾下の軍の五倍の兵力を擁していた。彼我の軍はカルタゴから五十マイルほど離れた平地で対峙し、フリウスは中央に陣取るタクファリナス麾下の正規軍風ヌミディア人主力部隊を討つか、さもなくば両翼の訓練を受けていないマウレタニア軍を攻撃すべきか、決断を迫られた。かれは騎兵隊と主に弓兵からなる同盟軍をマウレタニア軍牽制のために送り出し、自らは正規軍団を率いてまっしぐらにタクファリナスのヌミディア軍めがけて進軍した。私は五百歩ほど離れた丘の上から戦況を眺めていたが――騾馬に乗って行ったのである――後にも先にもあれほどローマ人であることに誇りを感じたことはない。第三軍団は完璧な隊列を組み、あたかもマルスの野を儀仗行進しているかのようだ。軍団兵は互いに五十歩離れ、三つの隊列を組んで前進する。各隊列は縦百五十、横八の兵から成る。ヌミディア軍は停止して防御態勢をとる。敵軍は六隊列から成り、前衛はわが方と同様の編成。第三軍団は速度をゆるめることなく一直線に敵をめざし、わずか十歩の位置まで接近すると前列がきらめく投げ槍の雨を降らせる。次いで抜刀するや楯に楯をあわせて近接戦に移る。わが方は槌兵からなる敵の第一列を蹂躙すると後列の敵に向かった。この第二列を新たな投げ槍の一斉投擲で撃破すると――各兵は投げ槍を二つずつ携帯していた――つづいて支援隊列の兵がわが方の第一列の間をぬって前進し、第一列が再編成する時間を稼ぐ。ほどなく私は一斉投擲された投げ槍が空をきり、敵の第三列に蕭然と降りそそぐのを見た。両翼のマウレタニア軍は、すでに同盟軍の放つ矢を受けて混乱に陥っていたところへ、ローマ軍がかれらの主力を奥深くまで切り崩すのを目撃して、まるで敗北が決まったかのように悲鳴をあげると、算を乱して潰走した。タクファリナスは殿軍を指揮して陣地まで撤退したが、その間多大の損害を出さざるをえなかった。この勝利に関して私がわずかに不愉快な思いをしたとすれば、それは戦勝の宴の席でフリウスの息子スクリボニアヌスが、私が将兵に与えた精神的支援について皮肉をこめた発言をしたことだけだった。かれは自分の武勲が十分認められていないと思いこんでいて、要するに自分に注目を集めたかったのだ。フリウスはのちにこの件について私に謝罪した。フリウスは元老院から凱旋勲章を受けた——かれの家系で戦場における武勲をあげたのは、実に四百年前先祖のカミッルスがローマを救って以来これが初めてのことだった。

私がやっとローマに呼び戻されたのは、ゲルマニクスがすでに東方に去ったあとだった。元老院はかれに東方属州全土におよぶ最高統帥権を与えていた。かれに同行したのは妻のアグリッピーナと、八歳になるカリグラである。年嵩(かさ)の子らはローマのわが母のもとに留まった。ゲルマニア戦役に決着をつけられなかったのは大いに心残りであったが、ゲルマニクスはこの機会をとらえて、歴史や文学に名高い史跡を訪れては、教養を深めようと決心した。そこでアクティウム湾を訪ね、アウグストゥスがアポロに捧げた戦勝記念神殿とアントニウスの軍営跡を見学した。

アントニウスの孫にあたるかれにとって、その場所は哀愁に満ちた魅力を持っていた。かれがアントニウスの戦術を若いカリグラに説明しようとすると、子供は馬鹿笑いをして言葉を遮った。「つまりぼくのおじいさまのアグリッパとひいおじいさまのアウグストゥスが父上のおじいさまアントニウスをこっぴどくやっつけたというわけですね。そんな話を持ち出して恥ずかしくないのですか」このころカリグラは父親に対してしきりに無礼な口を利くようになっており、これはほんの一例に過ぎなかった。そこでゲルマニクスはとうとう、この子に対しては他の子供にしたように穏やかで親しみをこめた扱いをしても効果のないことを悟り、厳格な躾(しつけ)と厳しい懲罰をもって対処するしかないと決心した。

かれはまたボイオティアのテーバイにピンダロス〔前六—五世紀ギリシアの大詩人〕の生家を訪ね、さらにレスボス島でサッフォー〔前七世紀の女流詩人〕の墓に参拝した。この地で私のもう一人の姪が誕生したが、彼女にはユリアという不吉な名が与えられた。もっとも私たちはこの子をいつもレスビアと呼んでいたが。そのあとかれはビザンティウムに赴き、トロイやその他小アジアの有名なギリシア植民市を歴訪した。そしてミレトスから旅のくさぐさを綴った長文の手紙を私宛にくれたが、その文面は喜びに満ちていて、かれの心からゲルマニアへの心残りが払拭されたのは明らかだった。

その間ローマはゲルマニクスが執政官となる以前の不愉快な情況にあともどりして、またしてもセイヤヌスがティベリウスの心にゲルマニクスへの恐怖心を掻き立てた。かれはゲルマニクスの私的な晩餐会（そこにはセイヤヌスの間諜が出席していた）での発言を報告し、東方軍団においてもラインの軍団と同じく士官の総入れ換えを目論（もくろ）んでいるかの如くティベリウスに伝えた。確かにその種の発言があったことは事実だが、ゲルマニクスの思うに東方軍団兵士も他の軍団と同様下士官によって酷使されているはずであって、最初の機会をとらえて地位の見直しを行おうと考えたにすぎず、何の他意もなかったのだ。しかしセイヤヌスはこれを捉えて、ゲルマニクスが帝位簒奪を先送りにした理由は東方軍団の厚意をあてにできなかったためであって、いまや自分の息のかかった隊長たちを東方に送り込み、軍団兵に贈り物を与えまた厳格な軍律を緩めて——まさにライン軍団でしたように、かれらの心を摑もうとしているのだとティベリウスに思い込ませた。

ティベリウスは脅威を感じてリウィアに相談するのが上策だと考えた。この件に関してはリウィアも連帯してくるだろうと読んだからである。リウィアはたちどころに対策を考え出した。二人はグナエウス・ピソという人物を属州シリアの総督に任命し——この職分でピソは、ゲルマニクスの指揮下ながら、東方軍団の大半を掌握することができる——かれを身近に呼んで、もしかれの採る政治上・軍事上の施策にゲルマニクスが横槍を入れて来る場合には、自分たちの支援を当てにしてよいと告げた。これは巧妙な人選だった。グナエウス・ピソは以前リウィアの怒りをかったルキウス・ピソの叔父にあたる横柄な老人で、二十五年前アウグストゥスの手で属州ヒスパニアの総督として派遣されたさいは、過酷で貪婪な統治を行って属州民の怨嗟の的となった前歴がある。この男には莫大な借財があり、シリアではゲルマニクスを刺激するような遣り方であれば好き勝手にふるまってよいとの示唆を受けたものだから、かつてヒスパニアで貯えたもののとうの昔に蕩尽してしまった巨万の富を、改めて蓄財する絶好の機会だと考えたのである。ピソはかねがねゲルマニクスをその清廉と信心深さのゆえに憎悪しており、かれを迷信深い老婆と呼んで憚らなかった。要するに根っからゲルマニクスのことを嫉妬していたのである。

ゲルマニクスはアテナイに到着すると、この都市の過去の栄光に敬意を表すべく、自由民をたった一人先ぶれにしただけで城門に登場した。そしてかれを歓迎する祭典の席で長い熱弁をふるって、アテナイの生んだ詩人や戦士、哲学者たちを讃えた。折しもピソがシリアに赴任する旅の途上でアテナイに立ち寄ったが、そこはかれの属州でもなく、またゲルマニクスのように同市に敬意を示す労をとらなかったため、アテナイ市民もかれを歓待する労をとろうとしなかった。時にピソの債権者の兄弟にあたるテオフィロスという男が、貨幣偽造の罪で市参事会から有罪宣告を受けていた。ピソは個人的にこの男の罪が許されるよう陳情したが、それが斥けられたのでたいへん立腹した。もしテオフィロスが免罪となっていれば、その兄弟は必ずやかれの借金を棒引きしてくれたはずだからである。ピソは言葉を荒げて、現在のアテナイ市民は自らをペリクレスやデモステネス、アイスキュロスやプラトンの時代の偉大なアテナイ人に等しいとする資格などない、古代アテナイ人は繰り返す戦乱と虐殺のため根絶されてしまい、残っているのは奴隷の子孫にすぎぬと言った。そしてそのような連中を古代の英雄たちの正当な後嗣であるかのように阿諛追従で持ち上げる輩は、いたずらにローマの栄誉を貶めるに等しい、また先の内戦のさいにアテナイ市民が怯懦な叛逆者アントニウスに味方して偉大なるアウグストゥスに反旗を翻したことを自分は忘れはしない、と公言した。

その後ピソは海路シリアに赴く途中ロドス島に向かいつつあった。折しもゲルマニクスもまたロドスにあって学院を訪問していた。そこにゲルマニクスをあからさまにあてこすったピソの演説の報がもたらされたが、それはちょうどピソ一行の船が沖合いに姿を見せる直前だった。にわかに豪雨が襲来し、一行の船が危険な状況に陥るさまが見えた。ゲルマニクスの眼前で二隻の小型船が沈没し、ピソの乗る三番目の船は帆柱が折れ北の岬の岩礁のほうへ吹きやられていった。いったいゲルマニクスにあらずして誰がピソを破滅から救おうとしたであろうか。かれは屈強な漕ぎ手をのせたガレー船を二隻急遽派遣すると、その船は必死に追い縋って難破船が岩礁に衝突する寸前に救出し、港まで曳航してきた。かかる状況にあって破廉恥漢ピソにあらずして誰が救出者に対して生涯感謝と献身でもってこれに報いようとしないであろうか。実にかれはゲルマニクスが自分の破滅を期待して最後の瞬間まで救援の手をさしのべなかったと不平をのべたてたのだ。そして一日たりともロドスに逗留せず、ゲルマニクスに先んじてシリアに到着せんものと、未だ海が荒れているのも無視して船出していった。

そしてアンティオキアに到着すると、ゲルマニクスの意図に真っ向から反する遣り方でただちに全軍団士官の総入れ換えに着手した。怠惰で高圧的な百人隊長をお払い箱にするどころか、優れた軍歴の士官をことごとく降格し、空席を自分のお気に入りの悪党連中でもって充当したのである——しかも、己が地位を利用して金を巻きあげることができた際にはその半額をピソに献上するように言い含めたが、そうすれば罪に問わないという条件がついていた。こうしてシリア人にとって不幸な年がはじまった。都市の店主や地方の農民はひそかに駐留軍の隊長に「保護料」を支払わねばならず、これを拒めば夜中に覆面の男たちに襲われ、家は焼かれ家族が殺されたりした。当初都市の職業組合や農民の団体などから、この恐るべき横暴に対処するようピソにたびたび陳情がなされた。その都度ピソはただちに調査に着手すると明言したが、実際は手を拱いたままで、陳情者のたいがいは帰路何者かに襲われて撲殺された。そこで市は使節団をローマに派遣し、ティベリウスがこの事態を知っているのか、もしそうならこの横暴を黙認しているのかという点を、私的にセイヤヌスから聞き出すこととなった。セイヤヌスが属州民に応えていうには、公式にはティベリウスは何も御存知ないこととなっている、もし頼まれればかれとて間違いなく調査を確約されるだろうが、この件に関してはピソが同様の処置をしたのではなかったか。貴殿方にとって最良の手段は、とセイヤヌスは言った、ごたごたいわずに「保護料」とやらをさっさと払うことだ。そうこうするうちにシリア諸軍団の軍営の規律は最悪の状態に落ち込んだ。これに比べれば、例のタクファリナスの匪族の軍隊ですら効率と義務観念の手本になりかねないありさまだった。

　ロドス島に滞在しているゲルマニクスのもとにも使節団が派遣されたが、かれは使節の申し立てる実情に驚愕し不快の念を覚えた。ゲルマニクスは小アジアを旅しながら、ローマ統治の失政に対するあらゆる不満を個人的に聞き取り、不法な圧政を敷いていた行政官をことごとく罷免していたのである。そこでかれはティベリウスに書翰を送って、耳に届いたピソの暴政を報告し、ただちにシリアに向けて出発する旨を伝えた。そして現在の不平不満がごく一部でも正当といえるものなら、ただちにピソを罷免して別の人を後任に据えたいとしてティベリウスの許可を願った。するとティベリウスは返書をよこし、ピソの統治に多少の不満が出ていることを耳にしているが、それは悪意に基づく根拠のないものと思われる、自分はピソを有能で公正な総督と信じていると述べた。ゲルマニクスはティベリウスが二枚舌を使っているなどとは露ほども疑わず、ますます単純でだましやすい男だとティベリウスに確信させてしまったのだった。かれは自分の権限で即断しうることなのにわざわざティベリウスの許可を求めたことを悔やんだ。かれのもとにはピソをめぐる新たな深刻な嫌疑、すなわちかつてのアルメニア王でその地位を追われてシリアに亡命しているウォノネスと手を組んで、王座奪還を企てているとの報告が届いた。ウォノネスはシリアに亡命する際アルメニアの国庫から大半の財宝を持ち出しており、巨万の富を所有していた。だからピソとしては結構な儲けが期待できたわけである。ゲルマニクスはただちにアルメニアにおもむき自らの手で、しかしティベリウスの名のもとに、貴族の評議会を召集し、かれらが王として選出した人物に王冠を授けた。つづいてピソに使者を送り、二軍団を率いてアルメニアを訪問し、隣国の新王に敬意を表するよう、万が一他の重要な仕事に忙殺されているのであれば代理として息子を派遣するように命じた。しかしピソは自ら赴くことも息子を送ることもしなかった。ゲルマニクスは他の辺境の属州と同盟国をまわって、種々の問題に一応の決着をつけた後、シリアに入って第十軍団の冬営でピソと面談した。

この席には幾人かの将校が証人として同席したが、これはゲルマニクスが自分の発言をティベリウスに歪曲して報告されたくなかったためである。かれはまずできるだけ穏やかな口調で命令不服従の弁明をピソに求めた。そして満足すべき説明がなく、アテナイでの演説でゲルマニクスに示した悪意や無礼、またロドス島での忘恩の発言、そうした行為を繰り返すのであれば、強い調子の書翰を皇帝宛に送付するであろうと述べた。さらに続けて、平穏で親ローマ的な属州に平時に駐留している軍団としては、第十軍団は堕落しきった無規律の状態に陥っていると苦言を呈した。

ピソは薄ら笑いを浮かべながら答えた。「確かに連中は堕落していますな。そのような兵を私がローマの国力と権威の代表として派遣したとしたら、いったいアルメニア人はどう思ったでしょうか」（「ローマの国力と権威」とはわが兄が好んで用いた成句だった。）

ゲルマニクスは辛うじて怒りを抑えながら、軍団の質の低下はピソの総督着任以降生じたように思われるから、この点についてもティベリウス宛の書翰に記すつもりだと言った。

ピソは皮肉な口調で容赦を願ったものの、若者は高い理想を求めるものだが、浮世の荒波に揉まれると現実的な方針に切り替えざるをえなくなるのですよと、馬鹿にした口調で付け加えた。

ゲルマニクスの目がきらりと光り、ピソの言葉をさえぎった。「確かにそのようなこともしばしばあろう、ピソよ、しかし常にそうとは限らぬ。予は明日、貴殿とともに控訴法廷に出席することとしよう、若者の理想が障害によって頓挫させられるか否か、また属州民への正義が血に飢えた貪欲かつ無能な老いぼれの放蕩漢の手によって阻止されるのか否か、しかと見届けるとしようぞ」

　それで会談は終わった。ピソはただちにティベリウスとリウィアに書翰を送り、状況を知らせた。そしてゲルマニクス発言の最後の「血に飢えた貪欲かつ無能な老いぼれの放蕩漢」がいかにもティベリウスを指しているかのような文脈で引用しておいた。ティベリウスは返書を認め（したた）、ピソに全幅の信頼をおいていること、また誰か影響力のある人間がそのような不忠な発言と行動を改めないのであれば、その下にある者が不忠を阻止すべくたとえ大胆な手段に出ようとも、それは元老院とローマ市民によって賞賛されることとなろう、と述べた。一方ゲルマニクスは法廷に出席し、属州民から出された不当な判決に対する控訴に耳を傾けた。ピソは当初、法律上の煩瑣な条項をさまざまに引き出してゲルマニクスを妨害しようとしたが、ゲルマニクスが辛抱強く食事や午睡もとらずに訴えに傾聴したので、やむをえず当初の戦術を放棄し、病気を口実に法廷を退出してしまった。

　ピソの妻プランキーナは、アグリッピーナを嫉妬していた。ゲルマニクス夫人として彼女があらゆる公式の場で自分の上位にあったからである。アグリッピーナいびりのためにくだらぬ失敬な嫌がらせをいろいろと考え出したが、その大半は偶然か無知な召使の無調法として言い訳の立つように仕組んであった。アグリッピーナが人前で彼女を冷たくあしらって仕返しをすると、彼女はますますひどい嫌がらせをするのだった。ゲルマニクスもピソも不在のある朝、プランキーナは騎兵隊をひきつれて現れゲルマニクスの本営の前で騎兵に奇妙きてれつな行動をさせた。畑の中をぐるぐると走り回らせては、空（から）の天幕に突撃をかけて天幕をずたずたにし、「消灯！」から「火事だ！」まであらゆる警報を怒号させ、大隊同士を正面衝突させた。あげくの果て全軍にぐるぐる回りに駆けさせ、だんだんと螺旋状に輪を狭めてゆき、中央にわずか数歩の余地を残すのみになったとき今までの進行方向とは逆の「右回りに旋回」の命令を下した。多くの馬が転倒して騎手を投げ出した。騎兵演習の長い歴史の中でこれほどでたらめな混乱は前代未聞であった。気の荒い騎兵は隣の馬を走らせようとして短剣で突いたり、騎手同士鞍の上でもみ合ったりして、いやが上に混乱を大きくした。何人かは転倒した馬の下敷となってしたたか蹴飛ばされたり足を骨折したりした。一人の男は助け出されたときには絶命していた。アグリッピーナは若い将校を送って、自分と全軍を辱めるようなこの馬鹿げたふるまいを止めさせるようプランキーナに要求した。プランキーナは使者に託して次のような言葉を返したが、それはライン河の橋でアグリッピーナが発した勇敢な科白をもじったものだった――「夫が帰還するまで、私が騎兵の指揮をとります。予想されるパルティア軍の進攻に備えるためです」折しもパルティアの使節団が軍営に到着したばかりで、かれらは驚きと軽蔑のまなざしでこの光景を眺めたのである。

さて、かのウォノネスは以前、パルティアの王でもあったのだが、すぐに王位を逐われてアルメニアで王となり、またしても追放されて亡命の身となっていたのであった。ウォノネスの跡目を襲った現パルティア王はゲルマニクスのもとにこれら使節を派遣して、ローマ、パルティア間の同盟関係を新たにし、またゲルマニクスに敬意を表するためにエウフラテス河（シリアとパルティアとの国境）まで出向いてかれを迎えたいと伝えてきた。そのさい、ウォノネスがシリアの地に留まるかぎり容易にパルティア貴族と通じて陰謀を企む惧れがあるので、シリア滞在を禁じていただきたいとの依頼があった。ゲルマニクスは、父たる皇帝の代理として喜んでパルティア王と会談して同盟関係を新たにし、またウォノネスをどこか他の属州へ移住させようと返答した。かくしてウォノネスは属州キリキアへと移され、一財産を築こうとしたピソの望みは潰えた。プランキーナの怒りは夫のそれに優るとも劣らなかった。ウォノネスは毎日のように、彼女に素晴らしい宝石を贈っていたからである。

紀元十九年

年が明けてエジプトが極端な食糧難に陥っているとの報がゲルマニクスのもとに届いた。前年の収穫は芳しくなかったが、二年前の穀物が大量に穀倉に備蓄されているはずだった。大手の穀物業者が市場にわずかな商品しか出荷せず、価格を高騰させているのだ。ゲルマニクスはただちに海路アレクサンドリアへおもむき、穀物業者に命じて必要な穀物を適正価格で放出させた。ゲルマニクスはギリシア以上にエジプトに興味を惹かれていたので、これを機会にかの地を訪問できたことを喜んだ。ローマが当時も今も世界の政治的中心であるように、アレクサンドリアは当時も今も真の文化の中心地だった。かれはこの地の伝統への敬意を表すべく、簡素なギリシア風の衣装を身に纏い、素足で、護衛も連れずにこの都の門をくぐった。そしてアレクサンドリアから船でナイル河を遡り、ピラミッドやスフィンクス、また古都テーバイの壮大な廃墟を訪れ、巨大なメムノン像を目の当たりにした。その胸には空洞があって夜の間に冷気が太陽の熱で温められて笛のかたちをした喉の穴から吹き出すため、日の出の直後に歌声をあげるといわれるあの石像である。さらにエレファンティスの廃墟まで足を伸ばし、旅のくさぐさを丹念に日記に書き記した。メンフィスでは偉大なるアピス神の神苑を訪れた。そこには特別な印を持って生まれたことでアピス神の化身とされる雄牛が飼われていたが、アピス神は一切ゲルマニクスを勇気づけるような仕草をせず、そそくさと「悪意の廐舎」に引っ込んでしまった。アグリッピーナはかれに同道していたが、カリグラはいつも親のいいつけをきかない罰としてアンティオキアに残され家庭教師の監督下におかれていた。

　ゲルマニクスはそれまでもティベリウスに疑念を抱かせるような行動をしてきたが、エジプトを訪れたことは最大の過ちだった。その理由を説明するとこうである。アウグストゥスはその統治の早い時期に、ローマがエジプトの穀物生産に大いに依存しており、またもしこの国が野心家の手に落ちたならばわずかな兵力で防御できることを認識して、アウグストゥス自身から明白な認可を受けない限り、今後いかなる元老院議員もまたローマ騎士もこの属州に足を踏み入れてはならないという公けの指針をうち出していた。ティベリウスの治世となってもその布告は同様の効力を持つものと一般に理解されていた。しかるにゲルマニクスはエジプト飢饉の報に衝撃を受けて、認可を受ける暇を惜しんでかの地に赴いたのだ。そこでティベリウスは今やゲルマニクスが長らく控えていた一撃を加えんとしているものと信じ込んだ。エジプト訪問はかの地の駐留軍を味方につけるためであり、旧跡巡りを口実にナイルを溯行したのは前線の守備軍を懐柔するために違いない。そもそもゲルマニクスを東方に派遣したのがまちがいのもとだった。そこでアウグストゥスの厳格な禁令がかくも公然と犯されたことについて、元老院で公式に遺憾の意を表明したのだった。

　ゲルマニクスがティベリウスの叱責に傷ついてシリアに帰還してみると、軍団と都市に対して下しておいた命令がことごとく無視されるかピソからの逆の命令にすり替えられていたのを知った。かれは命令を再発布し、自分がエジプトに滞在して不在の間ピソが発した布告はこの時点で効力を失うこと、また次なる布告があるまでピソの署名による命令はいずれたりともゲルマニクスによる保証のないかぎり属州内では無効である旨を公けに申し渡して、はじめて不快の念を公然と示した。まさにこの布告に署名し終わったとき、かれは病に倒れた。最悪の胃痛のため食べたものを皆もどしてしまうのだった。食事に毒を盛られるのをおそれてかれは万全の注意をしていた。アグリッピーナが手ずからかれの食事を用意したので、家内の者でさえ料理の前後に手を触れる機会はなかった。それでもゲルマニクスが床を離れ、人に抱えられて椅子に坐れる程度に回復するには、かなりの時間がかかった。空腹のため嗅覚が異常に鋭敏となり、かれは家中に屍臭がただよっていると訴えた。そのようなにおいを感じる者は他に誰もおらず、アグリッピーナも最初は病が原因の幻臭だと思って問題にしなかったが、ゲルマニクスはなおもそのことを言いたてた。屍臭は日に日に強まっているというのである。ついにはアグリッピーナもそれに気づくようになった。屍臭はあらゆる部屋にたちこめているように思えた。彼女は香を焚いて空気を清めようとしたが、屍臭はしつこく消えなかった。家中の者は神経を尖らせ、魔女の仕業だと囁きあった。

ゲルマニクスはわが一族の例に洩れず、ひどく迷信深かった。唯一例外は私自身で、私はほんの少ししか迷信を信じていない。ゲルマニクスは特定の日の吉凶や予兆を信じていたばかりではなく、自分自身で数限りない迷信を考え出してそれにがんじがらめになっていた。とりわけかれの元気を失わせるのは、二十五という数字と、真夜中に雄鶏が時を告げること、この二つだった。かれが二十五という数字を不吉と感じるようになったのは、第十九軍団と第二十六軍団の失われた〈鷲〉を首尾よく奪還できたにもかかわらず、第二十五軍団の〈鷲〉奪回を前にしてゲルマニアから召喚されたためだった。かれはまたテッサリアの魔女の妖術を深く恐れており、呪詛を退けるのに効力のある護符を枕の下に置いて眠るのが常だった。その護符は緑の翡翠でできた女神ヘカテ（魔女と亡霊の災いを祓う力のある唯一の神格）の像で、その姿は片手で松明を掲げ、今一方の手は冥界の門の鍵を握っていた。

プランキーナが呪詛を行っているのではないかと怪しんで――プランキーナは魔女だという噂があった――ゲルマニクスは古式に則り、九匹の黒い子犬をいけにえに捧げてヘカテを宥め奉った。翌朝奴隷が蒼白な顔で報告するには、床を洗っていて緩んだ敷石に気づきそれを持ち上げてみると、下から出てきたのは腐りかけた裸の赤子の屍体で、腹は赤くぬられ、額には角が結び付けてあった。ただちに家中を捜索してみると、床下や緞帳の背後に隠れた壁龕の奥から、同様の奇怪な呪物が山ほど発見された。その中には背中に翼の生えかけた猫の屍体だとか、口から幼児の腕が突き出た黒人の頭部などもあった。こうした忌まわしい呪具には例外なくゲルマニクスの名を記した鉛板が添えてあった。家中は祭式に則って清められ、ゲルマニクスの気分も少しは晴やかになったが、胃痛はあいかわらず止まなかった。

この直後、家中にさまざまな怪異現象が発生しはじめた。血まみれの雄鶏の羽根がクッションの間から見つかり、また不吉な記号――絞首刑の男とか鼬とか上下逆さ文字で書いた「ローマ」とか――が壁に墨で殴り書きされてあるのだが、あるものはまるで小人の手によるかのように異常に低い位置に、また別のものは大男が書いたかのように高い位置に描かれてあった。さらにゲルマニクスが数字の二十五を不吉視していることはアグリッピーナしか知らないはずなのに、この数字が繰り返し現れた。その後ゲルマニクスの名が現れるようになったが、それも上下逆さで、しかも日に日に一文字ずつ短くなっていった。たしかにゲルマニクスがエジプトに旅行していた間ならプランキーナも呪具を家中に隠すこともできたであろうが、ここでいま起きつつある怪奇現象についてはまったく説明がつかなかった。下僕たちには嫌疑がかからなかった。不吉な記号や名前はかれらの入れない部屋に現れたし、ある部屋などは人間がくぐりぬけるには狭すぎる窓が一つきりのまったくの密室なのに、床から天井まで壁全面がそれらで埋め尽くされていたからである。アグリッピーナと幼いカリグラの気丈さがゲルマニクスにとっては慰めだった。アグリッピーナは怪異をできるだけ気にしないようにしていたし、カリグラは、神君アウグストゥスの曾孫は妖術などものともしない、もし魔女を見つけたら刀を抜いて追い回してやると言っていた。しかしゲルマニクスは再び病床に臥した。残されたかれの名の文字がわずか三つになった翌日の深夜、かれは雄鶏の鳴き声で目が覚めた。衰弱した体で寝台から飛び降りると、刀を抜き放ってカリグラと赤子のレスビアが眠っている隣室へと突入した。そこで見たものは、金の首輪をはめた巨大な黒い雄鶏が、あたかも死者を目覚めさせるかのごとく高らかに時を告げる光景だった。かれは雄鶏の首を切り落とそうとしたが、そいつは窓から飛び去ってしまった。ゲルマニクスはその場で昏倒した。アグリッピーナが何とかかれを寝台まで連れ戻したが、ゲルマニクスは意識が戻ると、わが運命ここに窮まれりと呟いた。アグリッピーナは「ヘカテの像のある限りそれはありません」と答えた。ゲルマニクスは枕の下を探って護符を見つけると、勇気を取り戻した。

夜が明けるとかれはピソ宛に書翰を認めた。ローマ伝来の方式で、かれとピソとの間に個人的戦いを宣言するためである。そこでピソにただちに属州シリアから離れよと命令し、やれるものなら悪業の限りを尽くすがいい、と挑んでいた。しかしピソはこのとき既に船でシリアを出てキオス島に逗留していた。その地でゲルマニクスの訃報を待ち、それが届くや否やシリアに舞い戻るつもりだった。私の哀れな兄は一時間ごとに病み衰えていった。翌日アグリッピーナが席を外しているとき、ゲルマニクスは意識朦朧として横たわっていたが、何か枕の下でうごめく気配を感じた。かれは恐慌にかられて寝返りをうち、護符を探った。それは失くなっていた。なのに部屋には誰もいなかった。

翌日かれは友人を集めると、自分の余命がいくばくもないこと、そしてピソとプランキーナが殺害者であることを告げた。そしてかれらに、一部始終をティベリウスとカストルに伝える任を委ね、自分の無残な死の仇を討ってくれるよう懇願した。かれは言った、「どうかローマ市民に向かって、予の妻と六人の子をかれらの手に委ねること、またピソとプランキーナが自分たちは暗殺を命令されたのだと虚偽の申し立てをしてもそれを信じないよう、万が一それを信じるようなことがあっても、決して二人を許してはならない、と伝えて欲しい」かれは十月九日に亡くなった。それは最後のGの一文字が寝台の向かい側の壁に現れた日であり、かれが病に臥してから二十五日目のことだった。遺骸はアンティオキアの中央広場に置かれ、その腹部の赤い発疹や手足の蒼黒い爪を誰もが目撃することができた。家中の奴隷たちが拷問された。解放奴隷ですら一人ひとりきびしい尋問を受けた。尋問は一日中続き、しかも尋問官は次々と入れ替わった。仮にかれらが何か知っていたなら、最後には精根尽き果てて、死の安息を願うあまり何もかも白状してしまうに違いないほどであった。解放奴隷と奴隷から聞き出せたうちで有益な情報は、マルティナとかいう魔女の噂高い女がプランキーナと一緒にいるところを頻々と目撃され、この女がプランキーナに伴われてカリグラ以外誰ひとり家にいないときに訪ねてきていたことである。そしてゲルマニクス帰国の直前のある午後、家中の者全員がピソの主宰した剣闘を見物に円形劇場にでかけてしまったので、家には唖の老門番一人しか残っていない状態にあったことも判明した。しかし奇怪な雄鶏や壁の文字、護符が消滅したことについては、何ひとつ合理的な説明がつかなかった。

軍団司令官と属州のローマ人高官が集まって会合が開かれ、臨時の総督が選出されることとなった。選ばれたのは第六軍団司令官だった。かれはただちにマルティナを捕縛し護衛をつけてローマに送った。もしピソが起訴されたならこの女は最も重要な証人になるはずだった。

ピソはゲルマニクスの訃報に接すると歓びを覆いかくそうとするどころか、神殿で感謝の犠牲（いけにえ）を捧げたほどである。プランキーナもその直前に姉を亡くしていたにもかかわらず、たちまち喪服をかなぐりすてて晴れ着を身に纏った。ピソはティベリウスに書翰を送って、自分はゲルマニクスの国家転覆の企てを大胆に阻止しようとしたため、ティベリウス直々に任命された属州総督の地位を奪われたにすぎず、今からただちにシリアに帰還して任務を全うしたいと述べた。書翰の中でゲルマニクスの「奢侈と傲慢」に就いて触れてあった。実際かれはシリア帰還を目論（もくろ）み、いくつかの部隊を味方につけたが、しかし新総督はピソが根城としたキリキアの城塞を包囲し、力ずくで降伏させた。かれはピソをローマに送ったが、そこで開かれるに違いない裁判に出頭させるためだった。

その間アグリッピーナは二人の子とともに、亡夫の遺灰を容れた骨壺を携えて、海路イタリアに向かった。ローマではゲルマニクス死すの報は前例のない悲嘆をもって迎えられ、市民が残らず愛する近親を失ったかのように涙にくれた。元老院や行政官から何の指示もなかったにもかかわらず、丸三日というもの全市が自主的に喪に服した。商店は扉を閉ざし、法廷には人影もなく、あらゆる商取引は中止され、誰もが悲しみに沈んだ。私はある男が往来で、まるで太陽が没して二度と夜明けが来ないようだと叫ぶのを耳にした。私自身の悲傷については、ここに記（しる）すだけの力がない。

巻二十一　セイヤヌスの陰謀

リウィアとティベリウスは宮殿に閉じこもって、心痛のあまり公け(おおや)に顔を出せない振りをしていた。本来ならアグリッピーナは陸路で帰国せざるを得ないところだった。今は冬、航海には向かない季節だったからである。けれども彼女は嵐を衝いて海路を

紀元二十年

選び、数日後にはコルフ島に到着した。順風に恵まれればそこからブリンディシ港まで一日の行程である。彼女はコルフ島でしばらく休息し、事前に使者を送って、わが身をイタリア市民の庇護に委ねるとのべた。このときすでにローマに戻っていたカストルと、四人の遺児たち、そして私が彼女を迎えるべくローマを発った。ティベリウスは直ちに親衛隊二個大隊を港に派遣して、ゲルマニクスの遺骨が通過する地域の行政官に、死者となった息子に告別の礼を捧げるよう命じた。アグリッピーナがおびただしい群衆の畏敬をこめた沈黙に迎えられて上陸すると、骨壺は霊柩台に移され、親衛隊士官が肩に担いでローマに向けて出立した。大隊旗は国家的な災厄を表して何の装飾もなく、儀鉞(ぎえつ)はさかしまに掲げられていた。何千人もの兵士の隊列がカラブリア、アプリア、カンパニアと通過してゆくにつれ、人々が弔意を示して集まってきた。平民は黒の喪服、騎士階級の者は紫の長衣に身をつつみ、涙ながらに悲痛の声をあげて亡き英雄の御霊(みたま)に香を焚くのであった。

私たちはローマから南東六十マイルほどのテッラキーナで葬列を出迎えた。ブリンディシからそこまで、誰も口を利かず涙も枯れ果てて大理石のような表情で歩んできたアグリッピーナだったが、父を失った四人のわが子を目のあたりにしたとき、おさえていた涙がどっと流

れ出た。彼女はカストルに叫んだ。「亡きわが夫への愛情にかけて、誓って下さい。あの人の子供の命を自分の生命にかえて守り、あの人の仇を討つと。これが貴方へのあの人の最後の要望でした」カストルは、恐らく子供のとき以来これがはじめてだったろうが、慟哭してこの要望を受け入れることを誓った。

このときどうしてリウィッラが私たちに同道していなかったのか怪訝に思われるむきもあろうが、その理由は彼女がちょうど双子の男の子を出産したばかりだったからである。どうやらその父親はセイヤヌスであるらしかった。またわが母が顔を見せなかったのは、ティベリウスとリウィアが葬儀に出席することさえ許さなかったからである。祖母と義父が悲しみのあまり列席できないとあれば、実の母親がどうして姿を現すことなどできようか、という理屈である。あの二人はずる賢くも姿を隠していた。もしかれらが現れていたなら、いかに悲哀を装っていても群衆に襲撃されていたであろうし、私の思うに親衛隊は立ちつくしたまま、二人を護るために指一本動かさなかっただろう。ティベリウスはゲルマニクスよりも数段下の人物の葬儀にあってさえ行われる準備すら怠っていた。クラウディウス氏とユリウス氏の仮面も登場しないばかりか、通常あるはずの故人の像もなかったし、演壇上からの追悼演説も、葬送の歌も歌われなかった。葬儀はすでにシリアで一度行われているのだし、儀式を繰り返せば神々の怒りを買うことになろうというのが、ティベリウスの言い分だった。しかしその夜満場の人士をおしつつんだ深い悲しみは、いまだかつてローマで目撃されたことがないほどのものだった。マルスの野はいちめん松明で煌々と照らされ、カストルの手で恭しく骨壺の安置されたアウグストゥス霊廟の周辺は人々でびっしり埋め尽くされた。あまりの群衆に押し潰されて死者が何人も出たほどである。いたるところで人々は、ローマは破滅だ、もはや希望はないと口にした。ゲルマニクスはかれらを圧政から守る最後の砦であったのに、そのかれが非道にも殺されてしまったのだ。また、いたるところでアグリッピーナへの賞賛と同情の声があがり、また彼女の子供たちの無事を願う祈りが捧げられた。

数日後ティベリウスは声明を発していわく、これまで国家に殉じて多くの有能な人士が生命を落としたが、かれの息子の場合ほど広くまた激しくその死が悼まれたことはない。しかし今や気を取り直して日々の仕事に復するときである。貴人の生命は有限だが国家は永遠だからである。とはいえ次なる十二月末の万愚節は軽口や歌舞音曲ぬきで行い、四月の大母神の祭の到来を待ってはじめて喪が明け通常の行事が再開されるものとする、と。今やティベリウスの疑念はもっぱらアグリッピーナに向けられることとなった。彼女は葬儀の翌朝宮殿を訪れ、ティベリウスに向かって臆することなく、かれが身の潔白を証明しましたピソとプランキーナに対して夫の恨みを晴らさないかぎり、かれもまた夫の死の責任を免れがたいと主張したのである。ティベリウスは次のようなギリシア語の詩句を引用してはやばやと会談を切り上げてしまった。

お前を女王にしなければ
それが不当だと言うのかえ?

ピソはしばらくローマに戻らなかった。代わりに息子を派遣してティベリウスの御機嫌をうかがうと同時に、自分はダニューブの軍団のもとへ戻っていたカストルを訪ねた。帝位継承にあたっての競争相手を排除してくれたことでカストルが恩義を感じ、喜んでゲルマニクス謀叛の捏造を信じるだろうと考えたからである。ところがカストルはピソとの面談を拒否し、使者に向かって公式に次のように返答した。もし流布している噂が真実ならば亡き兄の怨みを晴らすと誓った当の復讐の相手はピソである、ピソは疑問の余地なく潔白が立証されるまで謹慎しているがよかろう、と。ティベリウスはピソの息子を迎えるさい、とりたてて優遇するでもなく、かといってとりたてて不興を表すでもなかった。それはまるで、ゲルマニクスの死に関して公けの審問がなされるまでは中立の立場に立つのだということを衆人に示すかのようだった。

とうとうピソがプランキーナを伴ってローマに姿を現した。かれらはティベリス河を下ってアウグストゥス霊廟のそばに舟をつけ、家臣郎党を引き連れて上陸したのだが、たちまちにして集まってきた群衆の敵意もものかは、満面の笑みを浮かべて人々の間を通り抜け、フラミニウス街道に待たせておいたきらびやかな馬車、それには同じく豪奢なガリア産の白馬二頭が牽き馬についていたのだが、それに堂々と乗り込んだものだから、民衆の間であやうく暴動が起こるところだった。ピソは中央市場を臨む場所に邸宅を所有していたが、これも満艦飾に飾りたててあった。かれはそこに親族友人を残らず招いて帰国祝賀会を催すことで、またもや大きな不穏の種を蒔いた。この宴会の目的は、ただ単に自分がローマ市民を恐れていないこと、そしてティベリウスとリウィアの後ろ楯を当てにしていることを誇示せんがためであった。

当初ティベリウスはピソの嫌疑を、無能な裁判をすることでは請け合いの元老院議員の手に委ね、通常の刑事法廷で審議することをもくろんでいた。そうすればこの愚か者は支離滅裂の審議をして有罪を立証するような証拠の提出を怠り、ついには無罪放免というかたちに落ち着くはずだった。しかしこのティベリウスの人選に対しては、ゲルマニクスの友人たち、ことにシリアでかれの幕僚を勤めアグリッピーナとともに帰国してきた三人の元老院議員が異を唱えた。最後にはティベリウスもおしきられ、裁判はかれ自身が判決を下すこと、また元老院でこれを審議することに決定した。元老院の判決ならゲルマニクスの友人たちは必要な後ろ楯を十分確保することができる。元老院はゲルマニクスを記念して前例のない栄誉の数々を——記念墓碑に記念門、半神としての祭祀——与えることを可決したが、これにはティベリウスも敢えて拒否権を発動しなかった。

　ここにカストルがダニューブから再び帰国した。この帰還に際しては対マロボドゥウス戦役の勲功を讃えて小凱旋式が行われることが決定していたにもかかわらず、かれは冠をいただいて戦車で首都に入城する代わりに、一介の市民として徒歩で城門をくぐった。父のもとを訪れるとその足でアグリッピーナを訪ね、正義の鉄槌が下されるにあたっては決して支援を惜しまぬことを誓った。

　ピソは四人の元老院議員に弁護を依頼したが、そのうち三人は病気や不適格を理由にこれを断り、四人目のガッルスは、自分は皇帝一家の益となる場合を除いては、嫌疑の濃い殺人事件の被告の弁護を引き受けたことがないのだといって依頼を退けた。カルプルニウス・ピソが、かれは叔父が催した例の宴会には欠席していたのだが、一族の名誉を守るべく弁護を志願し、また他にも三人の議員が、証拠がどうあれティベリウスはピソを無罪放免するに違いないと踏んで、またそのあかつきには裁判で支援したことで後々見返りがあるはずだと考え、弁護人の名乗りをあげた。ピソはティベリウスが自ら裁判するのを知って喜んだ。というのも事前にセイヤヌスから、万事しかるべく事が運ぶだろう、ティベリウスは厳正を装うだろうが、最終的には新たな証拠が提出されない限り裁判を無期延期（シネ・ディエ）にしてしまうはずだと請け合って貰っていたからである。直接の証人であるマルティナはもう始末してあるし——セイヤヌスの手下が絞殺したのである——原告にとって不利な裁判ではないか、と。

　審議にあてられた日数は二日しかなかった。最初からピソのために議論の焦点を曖昧にするよう言い含められた男が登場して、アウグストゥス時代のヒスパニア総督在任時にピソにかけられた統治の不備とか腐敗だとかいった古くさい嫌疑を持ち出して、たっぷりと時間をかせいだ。ティベリウスはこの男に、だらだらと何時間も見当違いの問題を喋りたいだけ喋らせていたが、ついには会場の議員一同が、脚を踏み鳴らし咳払いし、書記板と書記板を打ち合わせて、直接の証人がいますぐ尋問されないなら騒ぎが起こることを思い知らせた。ゲルマニクスの四人の友人は準備おさおさ怠りなく、順々に立ってはピソの嫌疑、すなわちシリアで軍団を腐敗させたこと、ゲルマニクスと自分たちへの侮蔑的振舞、命令不服従、ウォノネスとの謀議、属州民への圧政を立証していった。そしてゲルマニクスを毒と巫術をもって殺害し、その死にあたって神に感謝の犠牲(いけにえ)を捧げ、最後に不法に募った私兵をもって属州シリアを攻撃した廉(かど)でピソを告発した。

ピソは軍団を腐敗させたこと、ゲルマニクスを侮蔑し従わなかったこと、属州民を収奪したことの三件の嫌疑に関してはこれを否認せず、ただし誇張されていると発言しただけだった。しかし毒殺と巫術の嫌疑に関しては怒りをこめて否定した。原告側はアンティオキアで起きた奇怪な超常現象に就いては一切言及しなかった。懐疑的な議員の失笑を買うのを恐れたためでもあるし、またゲルマニクス家中の召使が殺人とは無関係であることが明らかになった以上、ピソが召使を買収したという疑いを持ち出すわけにはいかなかったからである。そこでピソの容疑は、ゲルマニクスの屋敷で会食中に隣席のゲルマニクスの食事に毒を混入したことであった。ピソはこの告発を嘲笑した。給仕はいうに及ばず会食者全員が自分の一挙一動に注目している席で、どうやって誰にも気どられずに毒を盛るなどという技がやってのけられようか。魔法でも使ったというのか。

ピソは片手に手紙の束を携えていたが、その大きさや色合い、紐のかけかたなどからして、誰の目にもティベリウスからの書翰であることは一目瞭然だった。ゲルマニクスの友人たちはさらに進んで、もしローマからピソへ何らかの指示があったのならそれをここで公開すべきだと主張した。ピソはこれを拒否したが、その根拠はこれら書翰にはスフィンクスの封印(もともとアウグストゥス所有であった)が押してあり、それは「極秘」を意味するから、ここで書翰を読み上げれば国家への叛逆になるというのである。ティベリウスは原告側の動議を退け、書翰には何ら重要な内容は記(しる)されていないのだから読み上げるのは時間の無駄であると言った。元老院はそれ以上無理押しできなかった。ピソはティベリウスが自分の命を救ってくれると信じている証(あかし)に、書翰をティベリウスに手渡した。

　このころになると、戸外に蝟集する群衆の騒ぎが聴こえるようになってきた。人々は審判の成り行きを逐一耳にしており、ある男は窓ごしにしわがれ声でこう叫んだ、「奴はあんたらお偉方の手は逃れられても、儂(わし)らから逃げることはできませんぜ！」使者がティベリウスのもとに駆けつけて、群衆がピソの彫像を取り外して〈号泣の階段〉までひきずってゆき、打ち砕こうとしていると報告した。〈号泣の階段〉とはカピトリヌス丘の麓の階段で、罪人の死骸をそこに晒しものにしておき、最後には喉元に鈎をひっかけて引きずって行きティベリス河へ投ずるのが習わしであった。ティベリウスは彫像を奪還してもとの台座に据えるよう命令を下したが、このような状況下では審問を続けることができないので夕刻まで延期すると宣言した。ピソは護衛つきで退廷した。

　プランキーナはそれまで、どのような事態となろうとも夫とは一蓮托生、必要とあらばともに死も辞さないと吹聴していたのが、にわかに身の危険を感じ出した。そこで自分の弁護は別に行うように決めると、今まで秘かに通じ合っていたリウィアに縋(すが)って恩赦を求めようとした。ピソはこの裏切りをまったく知らなかった。裁判が再開されるとティベリウスはかれに同情のかけらも見せず、原告側に対して毒殺を立証するもっと決定的な証拠を提出するよう求めたものの、ピソに対しては軍事的手段を用いて属州を奪回しようとした咎(とが)は許されるべきものではないと警告した。その夜ピソは帰宅すると自室に閉じこもり、明朝刺し殺された姿で発見された。剣は死体の傍らにあったが、むろん自殺ではない。

　ピソが暗殺された理由は何か。実はかれは犯罪の決定的な証拠ともいうべき書翰を隠し持っていた。それはリウィアが記(しる)したもので、彼女とティベリウスの連名になってはいるがスフィンクスの封印が押してなかった（これはティベリウスが自分専用に取っておいたものである）。ピソはプランキーナに向かって、これを取引の材料に使って何とか助命してもらうのだといった。プランキーナはリウィアのもとに行った。リウィアはティベリウスと相談するからしばらく待つようにといった。リウィアとティベリウスは初めて諍(いさか)いをした。ティベリウスはリウィアが自分の名を騙って書翰を送ったのに激怒したが、対してリウィアは自分にスフィンクスの封印を使わせなかったのはティベリウスの過ちであると反論し、近ごろお前には私を侮辱するような言動が見えるがと苦言を呈した。するとティベリウスは、母上と私と、いったいどちらが皇帝ですか、と訊ねた。リウィアが答えていうには、なるほど皇帝はお前かも知れないが、お前が皇帝になったのは私の画策があったればこそ。そもそも私にお前を皇帝にするてだてがあるのなら当然帝位からひきずりおろすてだても見つかるはず、そのことを考えるならば私に無礼な態度を取るのは賢明でない、と。そして懐から一通の手紙を取り出して読み上げた。それはティベリウスがロドス島に蟄居しているころにアウグストゥスがリウィア宛にしたためた古い手紙で、ティベリウスの変節や残虐行為や色欲を告発したもので、もしそなたの実子でなければ今日にでも死を宣告したいところだと記(しる)してあった。「これは写しだよ」とリウィアはいった。「原本は安全なところに保管してあってね。このたぐいの手紙は他にもたくさんある。お前、そんなものを元老院に提出されたくはなかろう?」

　ティベリウスはぐっと怒りをこらえて非礼を詫びた。そして自分と母上とはお互い相手を破滅させようと思えばできるのだから、その二人が争うなど愚かしいことだといった。しかしどうやってピソの命を救うことができようか。特に私兵をもってシリアを奪回しようとした咎(とが)が立証された場合、情状の余地なく死罪に値すると公言してしまったあとでは。

「でもプランキーナは挙兵に加わっていませんよ」

「そのことがこの件とどうかかわってくるのか分りません。プランキーナに恩赦を与えるというだけでは、ピソから手紙は取り戻せないでしょう」

「もしプランキーナを助けると約束してくれたら、私がピソから手紙を取り返してあげよう。お任せなさい。ピソが殺されれば世論は満足するでしょう。自分の責任でプランキーナを恩赦するのが心配なら、私のとりなしがあったと言っても構わないよ。これでお合い子だ。厄介ごとのもとになった手紙を書いたのが私だということはみとめますからね」

　そこでリウィアはプランキーナのもとへ戻っていうには、ティベリウスは説得に耳を貸さない、友人に味方して危ない目に遭うよりは、実の母を犠牲にして民衆の憎悪の前に晒すほうを選ぶでしょう、辛うじて同意したのは、あの手紙が廃棄されるならばプランキーナの命は助けるという点だけですよ、と。そこでプランキーナはリウィアが捏造したティベリウスの署名のある手紙を携えてピソのもとに戻り、万事巧くとりはからっておきました、これが無罪放免を約束する手紙ですよといった。それと交換にピソが例の手紙を差し出すと彼女はにわかに短剣を取り出して夫の喉を貫いた。ピソが息絶えて倒れると、プランキーナはかれの剣の切先を血に浸し、死体の右手につかを握らせると、そのまま出て行った。そしてかねてよりの取り決め通り問題の手紙と偽造の赦免状とをリウィアに手渡した。

　翌日ティベリウスは元老院で一つの声明を読み上げた。かれによればそれはピソが自刃の前に書き上げたもので、自分は咎ありとされる嫌疑からはすべて潔白であり、あくまでリウィアとティベリウスに忠誠を尽くしたにすぎないと訴え、息子たちは告発された罪とは何ら無関係であるからリウィアとティベリウスの庇護下において貰いたい旨が記してあった。プランキーナの裁判が始まった。彼女がマルティナとつきあっていたことが証明され、またマルティナが毒薬使いの評判を得ていたとの証言も得られた。さらにマルティナの遺骸埋葬の準備をしているときに毒入の小瓶が髪の毛に結いこまれてあったことも明らかになった。ゲルマニクスの看護兵であった老ポンポニウスが、家中に隠された忌まわしい腐った呪物のこと、またゲルマニクスの留守中にプランキーナがマルティナを伴って訪ねてきたことを証言した。そしてかれはティベリウスの質問を受けて、家中で続発した怪現象のことを事細かに語った。プランキーナを弁護しようとする者は誰もなかった。彼女は涙と誓言でもって身の潔白を訴え、自分はマルティナに毒薬使いの噂があったことなど一切知らなかった、あの女からは香水を買っていただけだと主張した。またゲルマニクスの家に同行していったのはマルティナではなくある大隊長の妻であり、あの訪問には何ら下心があったわけではなく、たまたま家中に子供のカリグラ以外誰もいなかっただけのことだと語った。アグリッピーナに対する侮辱の件に関しては、心底これを悔いており、ひたすら恭順の意を表してアグリッピーナの慈悲を乞うた。とはいえ自分は妻の義務として夫の命令に服従していただけであり、しかもアグリッピーナはゲルマニクスと謀って国家転覆を企んでいるという夫の言葉を真に受けて、すすんで期待に添うよう振舞ったに過ぎない、と主張するのだった。

　ティベリウスが結論を下した。かれのいうには、プランキーナが犯罪に関与していたかどうかは疑問の余地がある。マルティナとの交際は立証されたし、マルティナに毒薬使いの噂があったことも疑いないようである。しかし犯罪を目的とした共謀があったかどうかは疑問である。マルティナの髪から発見された小瓶については原告から提出されておらず、その中身が毒物であったという証拠がない。睡眠薬か、あるいは媚薬であったかもしれぬ。わが母リウィアはプランキーナの人柄を高く評価しており、犯罪の物証が不十分な場合には嫌疑の内容を好意的に判断して貫いたいと元老院に希望している。というのも、母の愛する孫の霊が夢枕に立ち、これ以上無辜の者を配偶者や父の罪のために苦しませないで欲しいとたのんだからである、と。

かくしてプランキーナは無罪放免された。二人の息子も一人はピソの家督を継ぐことが許され、またキリキアでの戦闘に参加した今一人もわずか数年の追放刑に処せられたに過ぎなかった。ある元老院議員が、亡き英雄の遺恨を晴らした功績により、その親族——ティベリウス、リウィア、わが母アントニア、アグリッピーナ、カストル——は公けに感謝を捧げられるべきであると提案した。この動議が投票にかけられる寸前に、私の友人で先の執政官、フリウスの先代の属州アフリカ総督でもあった人物が法案の修正を要求した。この動議には重要な人物の名が欠落しているゆえに不適切である、すなわち、その人物とは故人の実弟にして、今回の立件に関しまた証人の身の安全確保に就いて誰よりも尽力したクラウディウスである、と。ティベリウスは肩を竦めて、私の協力のごときが必要であったというのは驚きであるし、恐らくかかる人物の尽力がなければピソの犯罪の立件もさらに円滑になされていたであろうに、と発言した。(確かに私が兄の友人たちとの会合を主宰し、証人ごとにどの証言を述べるべきかを決めたことは事実である。実をいえばピソが宴席で手ずから毒を混入したという嫌疑を持ち出すのに私は反対だったが、これは押し切られてしまった。また、ポンポニウスとその孫、および兄の解放奴隷三人を裁判の日までカプアの別荘近くの農園に安全に保護していたのも私である。マルティナもブリンディシの知り合いの商人の家に匿おうとしたのだが、セイヤヌスに嗅ぎ付けられてしまったのだ。)ともあれティベリウスは私の名を感謝の動議に加えることを許した。しかし何といってもうれしかったのはアグリッピーナが恩義を感じてくれたことである。彼女は言うのだった、今こそゲルマニクスが死の直前に口にした言葉の意味がよく分った、あらゆる友人のなかで最も信頼に値するのは哀れな弟クラウディウスだとあのひとは言ったのよ、と。

リウィアへの民衆の反感はあまりにも根強く、ティベリウスはそれを口実に、それまで何度も母に与えると約束しておいた国母の称号を、またしても元老院に提案しなかった。人々が一様に知りたがったのは、実の祖母が孫を殺害した女と親しく面談し、その者を元老院の復讐から救ってやったのには、どのような意味があるのかということだった。答はひとつしかない。当の祖母が自ら殺害を画策し、しかもその罪業に何ら恥じる様子もないからには、いずれ残された妻や子供も犠牲者同様、遠からず命を落とすだろう、ということである。

巻二十二　アグリッピーナの友人たち、次々と破滅

　ゲルマニクスが死んでも、ティベリウスは依然として心安らかでなかった。セイヤヌスがやってきては、ピソ裁判の際どこそこの顕官が秘かにティベリウスに対する不満を洩らしたといった話をあれこれと報告していったからである。以前ティベリウスは配下の兵卒について「予に従う限り予を恐れさせておけ」といったことがあるが、今回はセイヤヌスに向かって「予を恐れる限り予を憎ませておけ」と述べた。そしてそのころかれをあからさまに批判した三人のローマ騎士と二人の元老院議員が、ゲルマニクスの訃報を歓迎したというばかばかしい嫌疑をかけられて処刑された。密告者たちはかれらの財産を山分けした。

　このころゲルマニクスの長男ネロ*が成年に達し、軍人としても政治家としても亡き父に比肩できるような才覚をいっさい示さなかったにもかかわらず、父親生き写しの容貌と好人物ぶりが評価されて、国民から多大の期待をかけられていた。かれがカストルとリウィッラとの間に生まれた娘で当初は絶世の美貌ゆえにヘレネと呼ばれた女と結婚したとき、人々は大いにこれを歓迎した。ヘレネの本名はユリアで、のちに過食のため美貌をだいなしにしてからはヘルスすなわち「大喰い女」と綽名されてしまった。ネロはアグリッピーナのお気に入りだった。この一家はクラウディウス氏の通例に洩れず、はっきりと善人と悪人に分かれていた。俗謡のいうように渋い林檎と甘い林檎に分けられたが、渋い林檎の数は甘い林檎

＊　このネロをのちの皇帝ネロと混同してはならない。（グレーヴズ註）

よりはるかに多かった。アグリッピーナはゲルマニクスのために九人の児を生したが、うち三人は――娘二人と息子一人――幼くして死んだ。私の見るところこの男子と女子の姉のほうが、九人の子供の中で最良だった。八歳の誕生日に死んだこの男の子はアウグストゥスの大のお気に入りで、老人はエロスの扮装をしたこの子の肖像画を寝室に飾っておき、毎朝目を覚ますとこれに接吻するのが常であった。生き延びた子供の中ではひとりネロだけが、全くの善人であった。ドルススは陰気くさく神経質で、悪に傾きやすかった。ドルシッラも同様である。カリグラとアグリッピニッラ、それに私たちがレスビアと呼んでいた末娘は、幼くして死んだ姉妹の妹のほうと同様、どう見ても悪であった。けれども国民はネロだけを見て一家全員を評価していた。というのもこのとき、民衆に強い印象を与えるだけの年齢に達していたのはかれひとりだったからで、カリグラはまだ九歳であった。

　ある日私がローマに滞在している折、アグリッピーナがたいそう落ちこんだ様子でやってきて、私に相談をもちかけた。どこへ行くにも誰かがあとをつけてきて見張られている気がする、それで心の休まるひまがない、セイヤヌス以外に誰かティベリウスに影響力のある人物を御存知ないか、というのである。ほんのわずかでも咎め立てする口実があれば、ティベリウスは容赦なく彼女を処刑するか追放するに違いないと、アグリッピーナは信じていた。ティベリウスによい影響を与えるような人物は二人しか心当たりがないと、私は答えた。コッケイウス・ネルウァと、もう一人はウィプサニアである。ティベリウスは結局ウィプサニアへの恋慕の情を捨てきれていない。ウィプサニアとガッルス夫婦には孫娘があって、この娘が十五歳に成長したとき、ティベリウスに輿入れした頃のウィプサニアと生き写しであったため、ティベリウスは彼女が自分以外の男の妻になると思うと矢も楯もたまらぬ気持ちになった。しかし、この娘がカストルの姪であるゆえに、法律的にみて近親婚になることを考慮して、辛うじて彼女を妻としたいという自分の欲望をおさえたのである。そして彼女をちょうど老オッキアが死んで空席となっていたウェスタ祭女の長に任命した。だから私はコッケイウスとウィプサニアの二人と親しくなれば（ウィプサニアはカストルの母として全力をあげて援助してくれるだろうから）アグリッピーナも子供たちも安全なのではないかと助言した。アグリッピーナはこれに従った。ウィプサニアとガッルスはいたく同情して自宅と三つの田舎の別荘を彼女に解放し、子供たちについてもいろいろ世話を焼いてやった。例えばガッルスは、アグリッピーナが男の子たちの家庭教師がセイヤヌスの間者ではないかと疑っていたので、新しい教師を見つけてやった。一方ネルウァの方はさして役に立たなかった。かれは法律の専門家で、契約法に関しては当代の権威であり、その方面の著作が何巻もあったが、他のこととなると阿呆といってよいほど迂濶で不注意な男だった。かれは他の者に対してと同様アグリッピーナを親切に遇したが、いったい彼女が自分に何を求めているのかさっぱり気がつかなかった。

ウィプサニアは惜しくもこの直後に亡くなり、彼女の死がティベリウスに与えた影響がたちどころに明らかになった。かれはもはや己の下劣な色欲を本気で隠し立てしようともせず、世間に流布する噂は誰しも文字通りに受けとるのを憚るほどのものだった。かれの獣欲はあまりに非常識でひどいものであって、アウグストゥスが選んだ後継たるローマ皇帝の威厳と両立しうるものとは、とうてい誰にも考えられなかった。かれの面前で安全な女子や少年は一人もなく、元老院議員の妻子といえども例外ではなかった。かれらが自らの命あるいは夫や父の命を思うなら、ティベリウスの望むがままに唯々諾々と身を任せるほかはなかった。けれども執政官の妻であったある女性は、娘をティベリウスの獣欲から守るためにやむなくかれに身を任せたが、これだけでもひどい恥辱であるのに、あの老い耄れ山羊は彼女の従順に付け込んで淫猥きわまる行為をあれこれ強制したので、そんな記憶を持っていまさら生き恥をさらすよりは、むしろ死を選ぶと告白して、友人の面前で自ら命を絶った。

このころ都の辻々で流行った俗謡に、「老い耄れ山羊さん、なぜやったのさ」で始まる戯れ歌があった。この続きをここに書き記すのは気がひけるが、この歌は確かに卑猥ではあっても才気に富み、作者はリウィアではないかと疑われていた。リウィアはティベリウスを揶揄するこの種の多くの諷刺詩の作者であり、それらをウルグラニアを介して作者を伏せたまま民衆の間に広めていたのだった。戯れ歌は遅かれ早かれティベリウスの耳に入ってかれが諷刺に神経を尖らせ、自分の身がなお安全ではないと感ずる限り、母との関係をあえて悪化させることはなかろうというのが、リウィアの考えであった。リウィアはまたこれまでとちがってアグリッピーナに優しく接し、ピソがゲルマニクスを悩ましたのはティベリウス独りの指示によるものだったとまで断言した。アグリッピーナは信用してはいなかったが、リウィアとティベリウスが敵対関係にあるのは明らかであり、自ら私に語ったところでは、もしこの二人のいずれかに庇護を求めねばならないとすれば、リウィアの庇護を受けたほうがましだと考えた。当時私はどちらかといえばアグリッピーナに同意するほうに傾いていた。これまでの観察では、リウィアのお気に入りがティベリウスの密告者の犠牲となったためしはないからである。しかしリウィア亡きあとの事態については、私には暗い予感があった。

必ずしも自分の勘に全幅の信頼をおいていたわけではないが、とりわけ不吉な感じがしたのは、リウィアとカリグラとの間の強い絆（きずな）である。そもそもカリグラの態度には、傲慢か卑屈かの二種類しかなかった。アグリッピーナやわが母、私、兄弟とカストルに対してカリグラは傲慢であった。セイヤヌスとティベリウス、リウィアに対しては卑屈だった。しかしリウィアに対しては何か違うものがあり、それが何かをはっきり言い表すのは難しい。カリグラはまるでリウィアの愛人のようだった、とでもいおうか。二人の関係は、ふつう幼い男の子と甘い祖母もしくは曾祖母との間にある心の通った絆とはもちろん違う。もっともカリグラはリウィアの七十五歳の誕生日にたいへん骨を折って彼女を讃える詩を書いたことがあったし、またリウィアもいつも子供に贈り物を与えていたけれども。私の言いたいのは、この二人の間にはなにか不愉快な秘密の雰囲気があったということであり、これはむろんかれらが恥ずべき関係にあったことを暗示しているわけではない。アグリッピーナが私に語ったところでは、彼女もそれに気づいていたが、はっきりした事実をつかんではいなかった。

ある日、セイヤヌスがなぜあれほど私に丁重なのか、その理由が理解できた。かれは自分の娘と私の息子ドルシッルスとの婚約を持ちかけてきたのである。この結婚については、セイヤヌスの娘はかわいい女の子なのに、ドルシッルスのような男にとつがせられるとはなんと運が悪いのだろうというのが私の正直な気持ちだった。息子は会うたびに無骨なウドの大木になってゆくように見えたからである。むろんそのことは口にしなかったし、ましてやいかに遠縁であろうとセイヤヌスのような根性の腐った奴と縁戚になりたくないなどとは、おくびにも出さなかった。かれは私の逡巡を見てとって、このような縁組はクラウディウス氏の威信を損なうものと思うかと訊いてきた。私は吃（ども）って、いや、決してそうは思わないと答えた。アエリウス一門の分家としてかれの血統は誉れ高いものであると思う、と。実はセイヤヌスは出自こそ地方の騎士階級に過ぎないが、ごく若いころ執政官職にあったアエリウス一族の裕福な元老院議員の養子となり、執政官であった養父の全財産を相続していた。この養子縁組に関しては怪しい醜聞があったが、少なくともセイヤヌスがアエリウス家の一員であることは事実だった。かれは心配気に躊躇のわけを訊き出そうとし、この縁談に気に染まぬ点があるならばそれを口にしたことをお詫びしたい、しかし自分が言い出したのはむろんティベリウスの示唆があってのことです、といった。そこで私は、ティベリウスがこの縁組を考えているならば喜んで同意したい、だがひとつ懸念するのは、四つの娘が十三歳の少年と婚約するのは少々早すぎはしまいか、息子が法的に結婚年齢に達するのは二十一歳になってからであるし、それまでには娘御にもいろいろ縁談が出てくるのではあるまいかという点である、と答えた。セイヤヌスはにやりと笑って、どうか御令息が無事に成人されますように、といった。

セイヤヌスが皇帝一族と姻戚関係をむすぶという噂を聞いて市民の間に大きな衝撃が走ったが、しかし皆は先を争ってセイヤヌスと私に祝辞を述べにきた。それから

紀元二十三年

数日後ドルシッルスは急死した。息子はウルグラニッラの友達に招かれてヘルクラネウムからポンペイへ遊びに来ていたのだが、庭の茂みの中で横たわっている姿が発見されたのである。息子は小さな梨で喉をつまらせていた。捜査で得られた証言では、かれは果物を宙に放り上げてはそれを口で受け止めようとしていた。ゆえにその死は疑いもなく事故によるものである。そんな話を信じる者は誰もいなかった。明らかにリウィアが、曾孫の結婚について何の相談も受けなかったので、かれを絞殺してあとから喉に梨を詰め込んでおくよう仕組んだのに違いない。このような事件の先例に倣って、梨の樹が殺人の罪で告発され、伐採・焼却の刑を宣告された。

ティベリウスはカストルを護民官職に推す動議を元老院に問うたが、これはかれを帝位継承者と定めたに等しかった。この要請を聞いて人々は安堵の胸を撫でおろした。すなわちこれを、ティベリウスがセイヤヌスの野望に気づいておりそれを牽制するための処置だと受け取ったからである。勅令が元老院を通過すると、この旨(むね)を金文字で議会の壁に記(しる)してはどうかと提案をした者があった。しかしそもそもカストルの名誉を高めることを最初に提案したのがセイヤヌスであることにだれも気づいていなかった。カストルとアグリッピーナ、リウィア、ガッルスが手を結んでおり、カストルを護民官とすれば一味に賛同しているのが誰々であるか容易に判別できましょうとセイヤヌスはティベリウスの耳に囁いたのだ。金文字の動議を出したのもかれの仲間であり、この度外れ

た提案に賛意を表した元老院議員の名はしっかりと記録された。このころカストルは上流の人士の間で以前より評判を得ていた。かれは深酒の性癖を改め——ゲルマニクスの死になにほどか思うところがあったのだろう——相変わらず剣闘試合での流血を好み、また法外な衣装道楽で戦車競技に多額の金銭を賭ける悪癖は改まらなかったものの、良心的な行政官であり、友人には誠実であった。私はあまりかれとかかわりをもたなかったが、それでもゲルマニクスの死の前と比べるとずいぶん私に心遣いをするようになっていた。

かれとセイヤヌスとの間に横たわる激しい憎悪は常に諍いにまで発展する可能性を秘めていたが、セイヤヌスは慎重に控えて、諍いが自分の有利になるまではカストルを刺激しないようにしてきた。そしてついに念願の瞬間がやってきた。かれは護民官任命の祝辞を述べに宮殿を訪ね、カストルが書斎でリウィッラと二人きりでいるところを見つけた。そこには奴隷も解放奴隷も同席していなかったので、セイヤヌスは思うがままを口にすることができた。このときすでにリウィッラはセイヤヌスにぞっこん惚れ込んでいたので、セイヤヌスは彼女が夫を裏切って自分の方になびく自信があった。リウィッラには以前ポストゥムスを裏切った前歴があるのをどういういきさつでかセイヤヌスは知っていて、この二人は自分たちが皇帝・皇后であったらもっと気随気儘にふるまえるのに、と語り合うまでになっていたのだ。さて、セイヤヌスはいった。「やあカストル、これでも根回しをしてあげたんですよ。おめでとう」

カストルはむっとなった。「カストル」というのはごく親しいわずかの友人だけが使ってよい呼び名だった。以前にも述べたが、この渾名の由来は有名な剣闘士と似ていたからだが、かれがこう呼ばれるようになったのは、あるとき騎士階級の男と議論していて思わず理性を失ったためである。この騎士はある宴席でカストルと同席したおり、無礼な口調で、あんたは酔いつぶれてぐでんぐでんだといったのである。カストルは、「ぐでんぐでんだと。本当にそうか見せてやろう」と叫んで臥床から跳び降りるや、男の腹に強烈な一撃を見舞ったので、相手は食べたものを全部戻してしまった。さてカストルはセイヤヌスにいった。「私は友人か同位の者にしかその呼び名を使わせないことにしているが、お前はそのどちらでもない。お前にとって私はティベリウス・ドルスス・カエサルである。それにお前のいう根回しとやらも何のことか分らない。いずれにせよお前におめでとうなどと言ってもらいたくない」

するとリウィッラがいった。「口をはさんで何だけど、そうやってセイヤヌスを侮辱するのはちょっと卑劣じゃないかしら。あなたへ護民官就任のお祝いをいいにきてくれた人を犬みたいに蹴り出すのが無礼なのはいうまでもないけれど。セイヤヌスの推薦がなければお父上は決してあの任命はなさらなかったでしょうよ」

カストルがいった。「馬鹿をいうな、リウィッラ。この卑しい間者が任命と無関係なことにかけては、うちの宦官のリグドゥス同様だ。重要人物を気取っているだけだ。ところでセイヤヌス、その卑劣というのはいったい何の話だ」

セイヤヌスがいった。「奥方のおっしゃる通りだ。あなたは卑劣漢だ。そもそも私があんたを護民官にしてあげたから不可触の身分になれたんだ。その前に、私に向かってそんな口を利いたことがありましたかね。あんたを破滅させるなんぞ簡単なことさ」

「そうなっても当然だわ」とリウィッラ。

カストルは順々に二人の顔を見てゆっくりといった。「なるほど、お前たち、もうできてるんだな」

リウィッラは嘲笑した。「わかる？　どっちがいい男か考えてみたら？」

カストルは叫んだ。「よく分った。では試してみようじゃないか。俺が護民官だということは忘れて、さあセイヤヌス、構えろ」

セイヤヌスは腕を組んだ。

「こぶしをふりあげろ、この卑怯者」

セイヤヌスは無言だった。そこでカストルは平手でしたたか殴りつけた。「出て行け！」

セイヤヌスが冷笑を浮かべて退出すると、リウィッラもそのあとを追った。

この一撃がカストルの命運を決めた。セイヤヌスが頬の平手撃ちのあとも鮮やかなままティベリウスの前に伺候して報告するには、自分が護民官職就任を祝いにカストルを訪ねてみると、カストルは酩酊のうえ殴りつけて、「殴り返される心配なしに他人を殴れるのはいい気持ちだ。帰って父に伝えるがいい、次にどんな下劣な間者を送り込んできても、同じように殴り倒してやる、とな」と言ったことになった。翌日リウィッラがやってきて、カストルが自分に暴力をふるったと訴えた。カストルに殴られたわけは、殴り返せない人間を殴ったり実の父を侮辱する男には心底（しんそこ）愛想がつきたわといったからなのです、と。ティベリウスはこれを信じた。かれはカストルには何もいわなかったが、ポンペイウスの劇場にセイヤヌスの青銅像を建立した。生前に彫像が立てられるのはたいへんな名誉だった。これにより人々は、カストルが護民官職にあるにもかかわらずティベリウスの寵愛を失い（セイヤヌスとリウィッラが例の諍いについて都合のよい作り話を広めていたからなのだが）今やセイヤヌスが追従に値する唯一の人物なのだと了解した。その彫像の複製が多数製造され、セイヤヌスの一味は家の広間のティベリウスの彫像の傍らにこれを安置して栄誉を讃えた。一方カストルの像はめったに見られなかった。カストルは父に会うたびに渋面を造って憤懣を隠そうともしなかったので、ますますセイヤヌスは仕事がやり易くなった。かれはティベリウスに向かって、カストルは何人かの元老院議員と接触して、帝位簒奪を企てた場合かれらの支援を得られるかを打診し、幾たりかはすでに協力を約束していると報告した。ティベリウスにとって最も危険と思われる者たちはアウグストゥスへの冒瀆という常套的な嫌疑をかけられて逮捕された。死刑宣告を受けたある者の罪は、アウグストゥス金貨を手に持って厠に入ったということであったし、別の者は田舎の別荘の家具を売りに出した際その目録の中にアウグストゥス像が含まれていたという理由で告発された。この男は、裁判の判事となった執政官がティベリウスに最初に判決に投票するよう要請しなければ、死刑判決を受けていたところだった。ティベリウスは真っ先に死刑に賛成票を投ずることを嫌ったので、この男は無罪放免されたが、後に別件で起訴されて有罪となった。

カストルは危険を覚えてリウィアを訪ねると、セイヤヌスの毒牙から守ってくれるよう懇願した。リウィアは恐れることはない、私がティベリウスを正気に戻してあげようからと答えた。しかし彼女はカストルを盟友として信用していなかった。そしてティベリウスを訪ねると、次のように語った。カストルがやってきて、セイヤヌスがリウィッラを誘惑したこと、地位を利用してティベリウスの名を騙り裕福な市民を恐喝していること、さらに帝位簒奪の機会を窺っているとセイヤヌスを告発し、ティベリウスがただちにこの悪漢を罷免しないのなら自分の手で始末をつけるとして、リウィアの協力を求めてきたのだ、と。リウィアがこのような作り話を披露した背景には、ティベリウスにカストル同様セイヤヌスにも不信を抱かせて、以前のように自分の判断に頼らせようとの策略があった。しばらくの間この目論見は図に当たった。しかしある事件が起こって、セイヤヌスこそこれまでそう見えていた通りの、またこれまでの忠勤が実証するような真の忠臣に他ならないと、ティベリウスに確信させるに至った。ある日この二人は数人の友人とともに海岸の天然の洞窟に遊びにでかけたのだが、突如轟音と地鳴りとともに天井の一部が崩れ落ち、従者の何人かを即死させ他の者を生き埋めにして、出口を塞いでしまった。セイヤヌスは身を挺してティベリウスを庇い――二人は無傷だった――次なる落下からかれを守った。一時間後に兵が土をかきだしてかれらを救出したとき、セイヤヌスはそのままの姿勢でいた。この事件を契機に、トラシッルスもまた元首の信頼を高めた。というのもその日、午ごろ暗黒の一時間が到来するだろうと予言していたからである。トラシッルスはまた、ティベリウスはセイヤヌスよりも何年も長生きするだろうし、セイヤヌスは危険な存在ではないと断言した。思うにこの件はセイヤヌスがトラシッルスと謀って仕組んだものであろうが、確証はない。トラシッルスは必ずしも清廉潔白な人物ではなかったが、依頼者の意に添うような予言をするときも不思議と普通の予言と同じくそれが的中するのだった。事実ティベリウスはセイヤヌスよりも何年も生きながらえた。

ティベリウスはカストルが認めた書翰のことでかれを元老院で譴責して、改めて息子に対する不興の念をあらわにした。元老院の夏季休会が終わったあとカストルは犠牲の儀式に欠席して、公務に忙殺されていたためローマに戻れなかったのだと書翰の中で説明していた。ティベリウスは、ゲルマニアで軍事作戦を遂行していたとかアルメニアに国使として派遣されていたというなら話は分るが、元老院の行事を欠席する「公務」がテッラキーナでの舟遊びとか釣りというのではなあ、と嫌味を言った。さらに、剣とペンをもってひたすら長い公務に全力を費やして堪えてきた自分のような人物であれば、老境に入った今、時折首都を留守にしても許されよう、しかし息子が行事を欠席するのは傲慢以外なにものでもない、と。これはまったくいわれのない中傷だった。カストルは元老院休会中に沿岸防備についての報告書を提出するよう命令を受けていたがまだ十分資料がととのっていなかった。わざわざローマに帰ってから改めてテッラキーナまで戻るのは時間の無駄と考えたのだ。

カストルは帰国するとたちまち病床に臥した。症状は急性の結核のようであった。血色も悪く体重も減り、血痰を吐くようになった。かれは父に手紙を送って、自分には死期が迫っておりまたこれまで自分に何か不興をかうような振舞があったのなら謝罪したいので、一度ぜひ部屋を――かれは宮殿の今一方の端に住んでいた――訪ねてくれるよう懇望した。セイヤヌスは、なるほど病状は実際に重いかも知れないが、これを機会に暗殺を企てている可能性もあるといって、これに反対した。そこでティベリウスが息子を見舞うこともせぬうちに、数日後カストルは逝った。

カストル急逝の報にも深い悲しみはなかった。かれの激しやすい性格と残虐の悪評のせいで、かれが父亡きあと帝位を継いだ場合どんな事態に陥るか市民は懸念を深めていたからである。最近性癖を改めたという噂を信ずる者はほとんどなかった。大

紀元二十三年

多数の市民はそれが一時的な人気取りの手段で、父の位を襲ったあかつきにはたちまち本性を剝き出しにするに違いないと考えていた。そしてこのころゲルマニクスの息子たちが成長してきて――ドルススもまた成人に達した――かれらがティベリウスの後継となることは疑いなかった。しかし元老院はティベリウスに敬意を表すべく声高にカストルの早逝を悼み、ゲルマニクスの死の際と同じ栄誉を与えようとした。ティベリウスはいっさい悲しみの色を浮かべず、落ち着いた口調で用意してきたカストル追悼の辞を読み上げた。何人かの元老院議員の頬に涙が伝うのを目撃すると、かれは傍らのセイヤヌスを肘でつついて「ここはどうもタマネギくさいぞ」と聞こえよがしにささやいた。そのあとガッルスが起立して、悲哀を抑える元首の慎みを誉め讃えた。いわく、思い起こせばかの神君アウグストゥスですら、人の身として我らの間にあったとき、その実子でもない養子マルケッルスの死にあたって元老院の示した哀惜の念に謝意を表するさい、思わず悲しみのあまり演説を中断し、それ以上言葉を継げなかったことがある。それに比して今ここで我らが耳にした演説はまさに自己抑制の範例とも評すべきものである、と。(ここで次のような後日談を記(しる)しておこう。四、五カ月後トロイからの使節団がティベリウスの一人息子の死を悼み弔問に訪れたさい、ティベリウスはこう述べて謝意を表した、「諸卿よ、予もまたヘクトールの死を深く悲しむものである〔ヘクトールはアキレウスに討たれたトロイの王子〕」) それからティベリウスはネロとドルススを召喚し、かれらが元老院に登院するとその手を取って次のように紹介した。「諸卿よ、予は今を去ること三年前、この者たちの叔父、すなわち本日我らが深くその死を悼むわが愛する息子に、実の子に恵まれてはいるものの、これら父を失った子らを養子に迎え、わが一門の良き後継者として愛育するよう要望したものであった(謹聴、謹聴、とガッルスの声、そして全員の喝采)。されどわが子が酷いさだめにより奪い去られた今となって(苦悶と悲嘆の声)予は、同様の要望をしておきたい。神々の御前で、また諸卿の愛する祖国の名にかけて、アウグストゥスの

高貴なる曾孫にしてローマの歴史に名だたる人士の裔たるこの者たちを、諸卿が庇護し、また諸卿が導かれんことを切に希望するものである。かれらに対する予および諸卿の義務が立派に果たされんことを。孫たちよ、心して聞くがよい、今より先、これら元老院の諸卿は汝らの父に等しく、また汝らの高貴の生まれゆえ汝らにふりかかる運命はその善悪を問わず国家全体にふりかかる運命ともなるであろうぞ（会場をゆるがす喝采と、涙、神々への祈願、忠節を誓う声）」

しかしティベリウスはこれで止めておけばいいものを、自らの退位と共和国復興をねがう古くさい常套句、すなわち「執政官もしくは別の誰か」が「統治という重荷」を「わが歳老いた肩から除いてくれる」ならば喜んで皇帝の座から退こうという言辞をまたしても弄したので、会場はすっかり鼻白んでしまった。ネロとドルスス（もしくはそのいずれか）に帝位を継がせるつもりがないのなら、かれらの運命と国家のそれが頒ち難く結び付いていると表明しても、何の意味があろうか。

カストルの葬儀は、衷心からの悲しみの吐露がないという意味でゲルマニクスのそれほど印象に残るものではなかったが、その規模ははるかに壮大であった。カエサル一族とクラウディウス氏の仮面をつけた者たちが、ユリウス氏の始祖たるアエネアスとローマ創建の祖たるロムルスからはじまって、ガイウス、ルキウス、ゲルマニクスに至るまで陸続と列をなして行進した。そこにはユリウス・カエサルの仮面もあったが、それはかれがロムルスと同じく半神であるからで、一方アウグストゥスの仮面は神であるがゆえに登場しなかった。

セイヤヌスとリウィッラは今や皇帝・女帝となるという野望を実現すべく額を集めて謀議をこらした。その前に立ちはだかるのはネロ、ドルスス、カリグラであり、かれらを除く必要があった。三名というのはつつがなく排除するには些か多すぎるようにも思われたが、リウィッラはリウィアの例を持ち出し、祖母は実際ティベリウスを皇帝の座に据えるためにガイウス、ルキウス、ポストゥムスを始末したではないかといった。そのうえセイヤヌスは陰謀を実施するにあたってはるかにリウィアより有利な地位にあるではないか。セイヤヌスはリウィッラに約束通り彼女と結婚するつもりでいることを示すために、三人も子供を儲けていた妻アピカータを離縁した。そのため彼女に不貞の罪を着せ、自分の種ではない子供を生もうとしているといった。かれは公けには間男の名を口にしなかったが、ティベリウスにはこっそりネロが疑わしいと囁いた。ネロは顕官の妻に手を出しているという悪評があり、帝位継承者の一人に選ばれたことでもはや誰に気兼ねすることなく気ままに振舞ってよいのだと思い込んでいるふしがある、と吹き込んだのである。リウィッラは全力をつくしてアグリッピーナをリウィアの庇護下から引き離そうとした。アグリッピーナに向かっては、リウィアはティベリウスとの争いで彼女を道具として利用しているだけだ――これははしなくも真実だった――といい、リウィアに対してはティベリウスとの争いで彼女を道具として利用しているだけだ――これも真実だった――と警告した。そして両者に、お互い利用価値が失くなったらすぐさま相手の命を奪おうと心に決めていると信じ込ませた。

さて十二神祇官は祭式で皇帝の福寿を祈願するのを常としていたのだが、今やネロとドルススの名もこれに含めることとし、他の神祇官たちもこれに倣った。するとティベリウスは神祇官の長として不快をあらわにする書翰を送り、あの子供たちが生まれる二十年も前から栄えある国務を担い、それ以降ずっとその地位に留まってきた自分と、あれら年端もゆかぬ青年を同列にあつかうとは何事か、これは問題であると難癖をつけた。そして神祇官たちを面前に呼び出すと、アグリッピーナが息子たちの名を祈りに加えるようかれらを籠絡したのか、あるいは恫喝したのではないかと詰問した。神祇官たちはもちろん否定したが、ティベリウスは納得しなかった。というのもガッルスを含む十二人の神祇官のうち四人までがアグリッピーナとは婚姻を通じて多少とも姻戚関係にあり、他の五人は彼女とその息子にきわめて近しかったからである。ティベリウスはかれらを激しく譴責し、次の元老院での演説では「若者の軽率な心に身のほど知らずの大望を抱かせかねぬ時期尚早の栄誉は今後いっさい付与すべきではない」と苦言を呈した。

アグリッピーナはカルプルニウス・ピソに思いもかけぬ盟友を見い出した。ピソは彼女に向かって、自分が叔父グナエウス・ピソを弁護したのはただ一門の名誉を守らんがためであり、自分を敵と見做してはならない、自分はアグリッピーナとその子らを全力をあげて護るつもりだ、と述べた。しかしピソはこののち生きながらえなかった。「秘かに叛逆的言辞を弄した」嫌疑と、家に毒薬を隠していた嫌疑、および短剣をおびて元老院に登院した嫌疑により、元老院に告発されたのである。あとの二つの嫌疑はあまりにばかげていたため取り上げられなかったが、「叛逆的言辞」の件は審問に付されることとなった。かれは裁判が始まる前に自害した。

ティベリウスは、アグリッピーナを中心に深緑党と呼ぶ陰謀の徒党が形成されており、名前の由来は競技場の戦車競争での深緑団を熱烈に支持していることからきているという、セイヤヌスの作り話をすっかり信じ込んだ。戦車競技には選手団を表す四つの色があった——すなわち、真紅、白、海青、深緑である。この当時深緑団は市民の間でいちばんの人気があり、最も人気のないのは真紅であった。ティベリウスはこれまで戦車競技にはいっさい興味を示さず、宮殿でも招かれた宴席でも競技の話題など受け付けもしなかったのだが、国家の祭日に公務として観戦にでかけたときに、はじめて違った色ごとに支持者があることを知り、いかに深緑が熱狂的な人気を博しているかを目の当たりにして、いたく狼狽した。また予めセイヤヌスから、深緑党が秘かに真紅団を親ティベリウスの一党を意味するシンボルとしていると吹きこまれていたので、滅多にないことだが真紅団の戦車が勝利したときには、観衆の間から声高に悲痛と苦悶の声があがるのにも気づいた。セイヤヌスは利口だった。かつてゲルマニクスが深緑団の後援者であり、アグリッピーナとネロ、ドルススが感傷的理由からこの色を応援し続けていることを、かれはよく知っていたのである。

さてここにシリウスと呼ぶ貴族があり、長年ライン軍団で軍団司令官の任にあたってきた人物であった。かれのことは、あの軍団叛乱のさい忠誠を保った高地ゲルマニア四軍団を束ねる将軍としてすでに紹介したことと思う。かれはわが兄の最も有能な副官であり、ヘルマン討伐の勲功で凱旋記章を授けられていた。最近では両ゲルマニア統合軍の司令官として、わが生まれ故郷リヨンの近くで起こったガリア人の由々しき叛乱を首尾良く鎮圧していた。確かに謙虚な男とはいえなかったが、そうかといって特に自分の手柄を自慢するタイプでもなかった。報告された通り、もしかれが人々の前であの軍団叛乱のさいに自分の巧みな処理がなければ、高地ゲルマニア四軍団も謀叛に与(くみ)していたに違いない、つまりかれなくしてはティベリウスには統治すべき帝国など残されていなかったろうと本当に言ったとしてもこれは、かなり正鵠を得た意見ではあった。しかしもちろんティベリウスは気に入らなかった。以前記(しる)したように、謀叛を起こしたのはかつてかれが親しく指揮した軍団だったからなおさらである。シリウスの妻ソシアはアグリッピーナのいちばんの友達だった。さて九月初旬に開催される大ローマ競技祭の日に、シリウスは多額の金額を深緑に賭けた。するとセイヤヌスは大声でこう呼びかけた、「私も同額を賭ける。真紅にだ」シリウスは叫び返した、「ひどい色にかけたな、わが友よ、真紅の御者は手綱の使い方も知らん、やみくもに鞭をふるうだけだ。私は深緑の勝利に同じく金貨一千枚を投じよう。ここなる若君ネロは千五百賭けると申されておる。ネロは深緑をご贔屓だからな」セイヤヌスは意味あり気にティベリウスを見た。ティベリウスはこの遣り取りの一部始終を耳にして、シリウスの大胆不敵さに驚愕した。競技では深緑の先頭の戦車があと一周を残してコーナーを曲がり損ねて転倒し、真紅団が易々と勝利を収めたが、ティベリウスはこれを吉兆と見た。

　十日後シリウスは元老院に告発された。罪名は大逆罪である。ガリア人叛乱の初期段階でわざと手を拱いて、その不介入の報酬に略奪品の三分の一の贈与を受け、また叛乱鎮圧を名目に忠節を保った属州をなおも略奪し、その後これら属州から軍費を口実に臨時の税を追徴したとの嫌疑であった。ソシアもこれに連座した罪を問われた。シリウスはガリア人叛乱以来ずっと宮殿では不評だった。ティベリウスはシリウスが叛乱軍に対して兵を動かさないことをあれこれ論いながら、対ガリア人の軍事作戦よりも当時係争中であった叛逆罪の裁判のほうに関心を示していた。ところが元老院に向かっては自分の老齢を口実にして出廷せず――カストルは別の要件に忙殺されていた――シリウスの本営とは緊密に連絡を取り、適切な指示を与えていると説明した。ティベリウスはガリア人の叛乱にたいへん気を揉んでいた。ところがガリア人が撃破されると、今回の勝利の真の功労者として、ティベリウスこそが凱旋式を以って報いられるべしとの動議が、いつもガッルスの悪戯をまねているお調子者の元老院議員から出されたので、かれの立場は滑稽なものとなった。ティベリウスがこの件にいたく不興を示し、いずれにせよこの勝利はとるに足らぬという態度を貫いたので、シリウスに対して本来それに値するはずの凱旋記章を授与しようという動議を提案する者は誰もなかった。シリウスは落胆し、ライン軍団叛乱に関する発言もティベリウスの忘恩に対する憤懣から出たものであったと思われる。

　シリウスは嫌疑に反駁することを潔しとしなかった。そもそも謀叛人と内通した事実はなく、かれの命を受けた兵士がある場合に叛徒の財産と忠実な者の財産とを峻別しきれなかったとしても、忠誠を装う者の多くが叛徒に資金を融通していたあの現状を考えれば、そうした被害はあくまで想定済みの範囲内のものに過ぎない。臨時の軍費徴収に関していえば、実はティベリウスが予め、国庫からの軍費補填およびローマ市民が失った家屋や穀物、家畜等を国庫から補償することを確約していたのだ。シリウスはこの資金供給を当てにして北ガリアのある部族から軍費を追徴したのだが、そのさいティベリウスから支払いを受けた時点で払い戻すと約束した。結局ティベリウスは一文も出さなかったが。シリウスは叛乱鎮圧後金貨二万枚分貧しくなっていた。かれの募集に応じて志願してきた騎兵の武装費と給料とを自分の懐から持ち出したからである。この件の主なる告発者はこの年の執政官の一人だったが、悪意を剝き出しにして搾取横領の容疑を追求した。この男はセイヤヌスの友人であり、その父親というのが叛乱当時低地ゲルマニア属州の総督であり、対ガリア人の軍事作戦においてローマ軍の最高指揮権を望んだもののこれが容れられず、シリウスが采配をふるい自分は作戦に参加できなかったという経緯があった。シリウスは補塡を確約するティベリウスの書翰にスフィンクスの封印があったため、これを証拠として提出することさえできなかった。搾取横領の嫌疑はどのみち見当違いだった。審問の目的は横領などではなく大逆罪の容疑を問うことにあった。

ついにシリウスは叫んだ。「諸卿よ、自分は自己弁護のため多言を費やすこともできるが、ここでは何もいうまい。なぜならこの裁判は国法に則ったものではなく、判決ははるか以前に決定されているのだから。そもそも自分が真に責めを受けているのは、わが処置なくば高地ゲルマニア軍団が叛乱に与（くみ）したであろうと発言したことにある。ゆえにここで次のように述べてわが罪状を疑う余地のないものとしよう。すなわち、もしティベリウスが低地ゲルマニア軍団を指揮していなければあの叛乱は生じなかったであろう、と。諸卿よ、自分は犠牲（いけにえ）となるのだ、悪意と嫉妬に燃え、血に飢えた独裁者の……」発言の残りは議席から巻き起こった抗議の叫びに掻き消されてしまった。シリウスはティベリウスに敬礼すると昂然と頭（かしら）をもたげて議場から去った。そして帰宅するとソシアと子供たちを抱擁して、アグリッピーナ、ネロ、ガッルスと他の友人たちに愛情のこもった別離の伝言を残すと、寝室で自らの剣で喉を貫いた。

シリウスの容疑はティベリウスに対する侮辱のゆえに有罪を宣告された。全財産が没収されるにあたっては、そこから不法な課税を受けた属州民へ返金し、法の定めるとおり残余の四分の一が告発者に与えられ、シリウスの忠勤に報いるべくアウグストゥスが遺産として残した分は不適切な分配と見做され国庫に返還されることとなったが、属州民は敢えて税の還元を要求しなかったので、全財産の四分の三はティベリウスの所有に帰した。このころにはもはや軍費と国費、帝室費との間に明確な区分が存在しなかったためである。ティベリウスが財産没収から直接の利益を受けたのはこれが最初であり、自分に対する明らさまな侮辱を叛逆の証拠と解釈したのもこれが初めてであった。

　ソシアは自分の財産を持っていた。ガッルスは彼女の命を救い子供たちを路頭に迷わせないために、追放刑を提案し、その財貨の半分は告発者の所有に帰すが残り半分は子供たちのものとなるように図った。しかしガッルスと通じていたある議員、かれは縁戚関係を通じてアグリッピーナの従兄にあたる男であったが、この人物がガッルスはソシアに公正である以上に皇帝に対して忠実であるとして、告発者の取り分は法律の定める最低額である四分の一に留める動議を出した。少なくともソシアは、臨終の夫に向かって、叛逆的で忘恩の発言をしたと非難したことになっていたからである。そこで彼女には追放刑のみが宣告された。彼女はマルセイユに行きそこに住んだ。またシリウスは死刑の求刑を受けることを察して、子供たちのために秘かに動産を換金してガッルスはじめ幾人かの友人の手に委ねておいたので、一家は暮らしに困ることもなかった。その長男は成長してのちに私に多大の迷惑を及ぼすこととなる。

　これまでティベリウスは、叛逆罪の告発をアウグストゥス冒瀆の嫌疑に限定してきたが、かれの統治初年度に発布した勅令を次第に拡大解釈して、これを口実に自分個人の名誉や名声を少しでも貶(おとし)めた者を叛逆者として処罰するようになった。かれはアグリッピーナの一味と疑っていたある元老院議員を、自分を揶揄する警句を口にした咎(とが)で告発した。事の次第はこうである。この元老院議員の妻がある朝、自宅の門扉の高い位置に一枚の紙が張ってあるのを見つけた。彼女は夫に何が書いてあるのか読んで欲しいと頼んだ――夫の方がだいぶ背が高かったのだ。かれはゆっくり読み上げた。

近ごろあいつは酒(ワイン)に溺れない
　以前ほどにはね
豪勢な盃で、殺した男の血を呑んで
　体はポカポカあたたかい

　事情の分らぬ妻がどういう意味なのと夫にたずねると、夫は「人前で口にするのは剣呑だよ」と答えた。落首はリウィアの仕業だったのだが、ある密告屋が議員がこれを読んだときに何か通報に値することを言いはせぬかと期待してそのあたりをうろついていた。密告屋はただちにセイヤヌスのもとに駆けつけた。ティベリウスは自らこの議員を尋問し、「剣呑」とはどういう意味か、またあの諷刺詩は誰をあてこすったものと思うかと問うた。議員は適当に言い繕って言葉を濁した。そこでティベリウスは、自分の若いころには多くの中傷文書が流布しており、すべて自分の深酒を非難するものだった。最近では痛風に悩まされて医者に酒を止められているので、今度は自分が血に飢えているという趣旨の中傷が出回るようになったが、そなたはこのことを知らなかったのか、またあの諷刺詩はまさしく皇帝をあてこすったものとは考えなかったのか、と詰問した。罠にはまった男は、ティベリウスの深酒をあげつらう中傷は確かに耳にしたことはあるが、そもそも根拠のあるものとは思わず、また扉に張ってあった落首と中傷とが何か関係あるとは夢にも思わなかったと答えた。するとティベリウスは以前中傷を耳にしたことがあるなら、なぜ元老院に通報しなかったのか、それが義務であるのに、と問い詰めた。被告が答えていうには、そのころは落首がいかに悪辣なものであれ、またいかに高位の人を対象にしたものであれ、たとえアウグストゥスを揶揄したものであっても、文字にして流布しない限り、それを口にしたり他人に伝えることは犯罪とされなかったからですと答えた。ティベリウスは、それはいつのころの話か、アウグストゥスもまた晩年落首を罪と定める勅令を出されたはずだが、と訊ねた。その元老院議員はいった、「貴方がロドス島に滞在された三年目のことです」ティベリウスは叫んだ、「諸卿よ、この者が予を侮辱するのを許しておくおつもりか?」そこで元老院は被告にタルペイアの崖から突き落とす刑を宣告したが、通常これは指揮官が敵と内通してわざと敗北したというような極悪の叛逆者にのみ下される極刑だった。

騎士階級に属する別の人物は、アガメムノン王を主題にした悲劇を発表したことで処刑された。この作品の中でアガメムノンの妻が風呂で夫を暗殺するのだが、そのさい斧を振り上げてこう叫ぶ。

　思い知れ、血まみれの僭主よ、お前が私にした仕打に
　ここで仕返ししたとて、それは罪ではないぞよ

ティベリウスは登場人物アガメムノンになぞらえて自分を非難したものであり、上記の科白（せりふ）は暗殺をそそのかすものだと主張した。おかげでこの作品は、もともとすこぶるぶざまな出来ばえで万人の失笑を買っていたところが、写本はすべて没収のうえ焚書、著者は処刑という栄

誉を担うこととなった。

アガメムノンの話が出たので思い出したのだが、この告発から二年後、クレムティウス・コルドゥスという老人が、些細なことからセイヤヌスと諍いを起こし、元老院に告発された。

紀元二十五年

元老院に登院してきて、自分の外套をいつもクレムティウスが使っている掛け釘にかけた。ある雨の日セイヤヌスがティウスが現れて自分の釘に他人の外套がかかっているのを見ると、セイヤヌスのものとは知らず、自分の外套をかけるためそれを別の釘に移した。クレムは床に落ち、誰かが泥だらけのサンダルで踏みつけてしまった。その腹いせにセイヤヌスが手を変え品を変え陰険な意趣返しをしたので、クレムティウスはセイヤヌスの顔を見るのも噂を聞くのもほとほとうんざりしてしまい、ポンペイウスの劇場にセイヤヌスの彫像が建立されたと聞くと「これであの劇場はもう潰れたも同然だな」と公言した。そこでかれはアグリッピーナ一味の中心的人物と目されることとなった。しかし実際はセイヤヌスを除いては一人の敵も作ったことのない温厚で尊敬すべき老人であり、必要以上のことはいっさい口にしないたちであったため、いかにティベリウスにいいなりの元老院であっても納得できるような容疑を捜し出すことは難しかった。あげくのはてにクレムティウスはユリウス・カエサルの暗殺者ブルートゥスとカッシウスを賞賛した文書を著した罪に問われることになった。証拠として提出されたのは三十年前にかれが著した歴史文献で、これはユリウス・カエサルの養子であるアウグストゥス自身が自分の蔵書に収め、時として参照したといわれていた。

この愚劣きわまりない告発に対して、クレムティウスは激しい口調で反論した。いわく、ブルートゥスとカッシウスが世を去ったのははるか以前のことであり、かれらの行いは後世の歴史家からたびたび賞賛の的となっているのを見れば、この裁判はまさに茶番としか思えない。この茶番に比すべきものといえば、最近ラリッサの市で災難にあった若い旅人の話くらいであろう。この若者は三人を殺害した廉で告発されたのだが、実はこの三人というのは人間ではなく酒袋で、酒屋の前に吊してあったのを強盗と間違えて斬りつけたのである。けれどもこのラリッサでの裁判が行われたのは例年の大笑祭の最中であって、だからこそこんな裁判が行われたのである。また当の本人はすぐ酔払って剣を振り回す男だったから、かれには良い薬だったであろう。しかしそれがしクレムティウス・コルドゥスは老齢で酒気を帯びることもない、なにゆえこのように笑い物にされねばならないのか、しかも今日は大笑祭どころか、かの十二表法、われらが父祖の法治の妙と道徳的清廉を証（あかし）する栄えある法が発布されてから、四七六年目にあたる厳粛な記念日であるのに。クレムティウスは帰宅後絶食して自ら命を絶った。かれの著作は残らず回収され焼却されたが、ただ娘が僅かな部数をどこかに秘匿しておき何年も経ってからティベリウスの死後に改めて発表した。もっともこれは名著とはいいがたい。内容以上の評判をとっていたといえよう。

　これまで私はいつも自分にこう言い聞かせてきた、「クラウディウスよ、お前は惨めな男で世の中には何の役にも立たぬ、どのみち哀れな無名の一生だ。しかし少なくともお前の命は安泰だ」と。だから知己の間柄であったクレムティウス、よく図書館で会ってお喋りをした老人が、あのような罪に問われたのを見てたいへんな衝撃を受けた。いうなれば、火山の山腹に住んでいたところが、ある日突然灰と真っ赤に焼けた石が降ってきて警告を与えられたという感じであった。私はクレムティウスよりもはるかに叛逆的なことを書いてきた。アウグストゥスの宗教改革に関する私の著述には、いつ告発の対象となっても不思議はないような表現が幾つも含まれている。そのうえ私の財産は僅かで、告発者が四分の一の分け前を狙うほどのものでもないが、最近の叛逆罪の犠牲者はアグリッピーナの友人に限られているのは充分承知していたし、私はローマに行くたびに彼女を訪問していたのである。たとえセイヤヌスの義理の兄弟であるにせよ、そのことがいかほどわが身を守ってくれるのか、ひどく心もとない気分だった。

　そう、そのころ私はセイヤヌスの義弟となったばかりだった。次にその経緯を物語ることとしよう。

巻二十三

ウルグラニッラと離婚

ある日セイヤヌスが私に向かって、貴方の結婚はうまく行っていないようだから、再婚した方がよいのではないかといった。そこで私は、ウルグラニッラは祖母リウィアの選んだ妻であるから、リウィアの許しなしに勝手に離縁はできないのだと答えた。

「むろん承知しています」とかれはいった。「しかし妻のない生活とはお寂しいでしょう」

「ありがたいが」と私はいった。「なしでも何とかやっていています」

セイヤヌスはこれを絶妙の冗談と取った振りをして、大声で笑うと、何と機知に富んだ人だろうといって誉めたが、そのあと、万が一離婚できるようになったら自分を訪ねて来なさいといった。かれには私にと頭に描いている女性があって、若くて家柄もよく賢いひとだという。私は礼を述べたが、あまりいい気分ではなかった。私が去ろうとするとかれはこう呼びかけた。「わが友クラウディウス、これは忠告です。明日はどの競技にも真紅に賭けて、初めのうち多少金をすってても気になさらぬように。最後には大儲けできることになりましょうから。間違っても深緑団には賭けないように。このごろ深緑は縁起の悪い色ですから。それから、私が忠告したということは口外なさらぬように」セイヤヌスが私をいまなおつきあう価値があると見ているのを知ってほっと安心したが、この話の真意がどこにあるかは分らなかった。けれども翌日の戦車競技——その日はアウグストゥスの祭日だった——の会場でティベリウスが私の姿を認めると、愛想のいい気分だったかれは私を呼んで、「わが甥よ、そなたは最近何をしておるのかな」と訊いた。

私は言葉に詰まりながら、古代エトルリア人の歴史を著していますがと答えた。

「ふむ、左様か。その著作が発表されたら斯界の権威になれるだろう。そなたの判断に不平を唱えるような古代エトルリア人は生き残ってはおらぬし、今のエトルリア人は気にもとめぬだろうから。そなたは好き勝手に書けるわけじゃ。その他に何をやっておるかな」

「カ、カ、カ、カルタゴ人の歴史を、か、か、か、書いております」

「結構。他には？　吃らずに答えよ。予は多忙の身であるからな」

「い、い、い、今、そ、そ、そ、それがしは――」

「く、く、く、雲の上の、カ、カ、カ、カッコウの国の歴史を著しておるのかな」

「いえ、陛下、真紅に、か、か、か、賭けております」

かれはぎらりと私を睨めつけた。「成程、わが甥よ、そなたもまんざら阿呆でもなさそうだ。なにゆえ真紅に賭ける？」

セイヤヌスの口止めがあったから、私は返答に窮した。「夢で見たのでございます。深緑が競技相手に鞭をふるって、し、し、し、失格し、か、か、か、海青や白をはるかに引き離してし、し、し、真紅が一着になるのを」

かれは私に財布を渡して耳元でこう囁いた。「この金のことは内密にしておけ。だが全額を真紅に賭けて、どういう結果になるか見物しようではないか」

その日はまさに真紅の日だった。若いネロとともにあらゆる競技に金をはった私は金貨二千枚近くも儲けた。その晩私は宮殿にティベリウスを訪ねたほうが良策だと考え、かれにいった。「陛下、幸運の財布をお返しします。この財布は今日たくさん財産を生みましたので、それも一緒に」

「すべて予のものとな？」とかれは叫んだ。「たしかに予はついておる。真紅こそ真の色であろうが、な？」

まったくわが叔父ティベリウスらしい態度だった。かれは儲けが誰のものとも言明していなかったが、私は自分で取っておいてよいのだと思っていたのだ。だが私が仮に全額をすったとすれば、かれは私に責任を感じさせるようなことを口にしたに違いない。少なくともいかほどか手数料をくれてもよかったのだ。

この次にローマにやってきたとき、私は母がたいへん取り乱しているのに気づいた。あまりの逆上ぶりなので、うかつに声をかけると横っつらを張られかねなかった。どうやら騒ぎの原因は、母と同居していた十二歳のカリグラと十三歳のドルシッラにあるらしかった。ドルシッラは食事も与えられず自室に閉じ込められており、カリグラは拘束されていなかったがひどく怯えていた。その晩カリグラは私を訪ねてきていった。「クラウディウス叔父様。おばあさまに皇帝に告げ口しないよう頼んで下さい。ぼくたちは何も悪いことしていません、誓います。あれは遊びだったのです。ぼくたちがそんなことをするなんて信じられないでしょう。信じないといって下さい」

カリグラは何を皇帝に告げ口されたくないかを説明し、亡き父の名誉にかけて自分とドルシッラには罪がないと主張したので、私は子供たちのために一肌脱いでやらねばならぬと思った。そこで母のもとへ行き、いった。

「カリグラは母上が誤解しているといっています。あの子は父親の名誉にかけて誓いました。たとえあの子が罪を犯したという疑惑が多少あるとしても、この誓いを尊重すべきではないでしょうか。私としては、わずか十二歳の子供があんなことを――」

「カリグラは化け物だしドルシッラは雌の怪物だよ。それにお前は脳足りんだ。わたしはあの子らの誓いやお前のたわごとより自分の目を信じるからね。明日になれば何はさておきティベリウスのところに行きますよ」

「しかし母上、皇帝に告げたとなると、罰せられるのはあの二人に留まりますまい。今度こそは率直に話し合いましょう、家の中に密告者がいたとしても平っちゃらです。確かに私は脳足りんかも知れませんが、ティベリウスは年上の息子たちを帝位継承者にせんがためアグリッピーナがカストルを毒殺したのではないかと勘ぐっており、かれらを担ぎ上げていつ政変が起こるかと神経を尖らせていることは、私と同様、母上も御存知のはず。仮に祖母にあたる母上があの子らを近親相姦の罪で告発すれば、年上の子供たちにも累が及ばぬわけはないとお思いになりませんか」

「お前は脳足りんだよ。お前の頭がかくかくしたり喉仏がひくひくしたりするのを見るのはもううんざりです」

しかし私の言葉が母に影響を与えたのはたしかだった。ローマ滞在中彼女の前から姿をくらまして、忠告したのが私だということさえ思い出させなければ、ティベリウスの耳に何も入らないですむことは充分考えられた。そこで私は身の回りのわずかなものを荷造りすると、義兄のプラウティウスを訪ね、一夜の宿を貸してくれるよう頼んだ。(このころプラウティウスはかなり出世していて四年後には執政官職に就くだろうといわれていた。)私が訪ねたのは夕餉もとうに済んだ時間で、かれは書斎で書類を読んでいた。妻は寝てしまったというので、私は訊ねた。「奥方の御機嫌は？　最後に会ったときは何か心配事があるように見えたが」

かれは笑った。「事情に疎い男だな。聞いてないのか。ヌマンティナとは一カ月以上も前に離縁したよ。俺のいう妻は新しい妻、アプロニアのことさ。最近タクファリナスをさんざん討ち破った男の娘だぞ」

私は寡聞を詫びてお祝いをいわねばなるまいといった。「でもどうしてヌマンティナと別れたのかな。君たち二人はしごく巧くいっていたように見えたが」

「まったく悪くはなかったさ。しかし正直な話、最近借金がひどく嵩(かさ)んでな。下級政務官だったここ数年はついてなかったよ。競技の催しごとにどれほど自腹をきらなきゃならんかは知っているだろう。そもそもの初めは、自分に出せる以上の持ち出しをして、そのうえ運のわるいことが重なった。競技途中の儀式進行に二度も失敗があって、翌日最初からやり直さなきゃならなくなったのだ。確かに一度目は俺の失態だった。二年前の法令で改正された祈禱文を古いまま読みあげたのだからな。二度目は喇叭手の奴が長く一吹きしにゃならんところを十分息を吸い込まないものだから、途中で息切れしてそれで二度目もおじゃんさ。おかげで剣闘士と戦車御者相手に普通の三倍も払わなきゃならなかった。それ以来ずっと借金暮らしさ。取り立て屋どもがやいのやいのと煩(うるさ)くなってきたもので、何か手をうつ必要が出てきた。ヌマンティナの持参金なんかとっくの昔に使い果たしていたが、あいつの叔父のところへいって何とかしてくれと頼み込んだ。叔父は下の息子を養子によこすなら持参金抜きであいつを引き取ろうという。跡取りが必要で下の坊主がお気に入りだったのだ。アプロニアは金持ちだし、これで事は丸くおさまった。むろんヌマンティナは俺と別れたがらなかったよ。仕方がないのでこういってやった。さる御方のさる友人の仄めかしたことだが、アプロニアは俺にぞっこんで、また宮廷に特別の繋がりがある。もし俺が結婚しなければ、アウグストゥスに対する侮辱罪で告発されるかも知れん、とな。実は先日、奴隷が広間の真ん中でつまずいて、葡萄酒をたっぷり入れた雪花石膏の甕(かめ)を落としてしまったのだ。ちょうどそのとき俺は乗馬用の鞭を持っていたので、がちゃんというその音を聴くと走っていってそいつを打ちのめしてやった。頭に血がのぼってすっかり我を忘れていたのだ。するとそいつがいうじゃないか、『お気をしずめてご主人様、今いるところを御覧下さい』とな。見るとこの悪党は片足をアウグストゥスの彫像の周りの神聖な大理石の四角のなかに入れてるじゃないか。俺はすぐに鞭を放したが、六人もの解放奴隷がこの光景を目撃していた。まさかあいつらが密告して俺を売ることはあるまいが、ヌマンティナはこの件をずいぶん気に病んでいた。それでこれを口実にして離婚にうんといわせたというわけだ。ところでこれは内密の話だぜ。ウルグラニッラの耳には入れないように。あいつはヌマンティナの離婚のことでえらく機嫌がわるいからな」

「ウルグラニッラとはぜんぜん会っていないよ」

「結構。もし会っても、俺がいったことは黙っていてくれるだろうな。いわないと誓ってくれ」

「神君アウグストゥスにかけて誓うよ」

「それでよし。あんたがこの前来たときに使った寝室は憶えているな?」

「ああ、知っている。お忙しいようだから、私は休ませてもらうよ。今日は田舎から長旅をしてきて、そのうえ家で揉め事があってもうくたくただ。お袋に家から放り出されたみたいなものだ」

そこで私はお休みをいって、二階にあがった。解放奴隷の一人が妙な顔をしてランプを渡してくれた。ちょうど廊下をはさんでプラウティウスの寝室の向かい側にある寝室に行き、扉を閉めると、服を脱ぎ始めた。寝台は帳(とばり)の向こう側にあった。服を脱いで、部屋の反対側の端にあった水差しで手と足を洗っていると、突如ずしんと足音がしてランプの火が消えた。私は呟いた、「進退きわまったな、クラウディウス、短剣を持った奴がいるぞ」しかしできるだけ冷静に声に出していった。「誰かは知らないが、どうかランプを点けてくれ。明るいところで静かに話し合えるか試してみようじゃないか。もし私を殺すつもりでも、ランプが点いてるほうがよく見えるだろう」

太い声が答えた。「そこを動くな」

足をひきずりながらぶつぶつ呟く声、誰かが服を着ている気配、そして火打石を鉄板に擦る音がすると、やっとランプに火が点った。ウルグラニッラだった。彼女を見るのはドルシッルスの葬儀以来だが、この五年間にちっとも魅力的になったわけではなかった。それどころか前にも増して巨大で頑丈になっており、顔など膨れ上がっているではないか。この女ヘラクレスにはクラウディウスが千人束になってもかなわぬ膂力がみなぎっていた。私とてかなりの腕力の持主なのだが、この女にのしかかられては圧しつぶされて死んでしまうに違いない。

彼女は私のところにやってくると、ゆっくり言った。

「わたしの寝室で何しているの」

私は汗だくになって理由を説明した。これはプラウティウスの質の悪い冗談で、君がいることを知らせずに私をここに送り込んだのだ。君には最大級の敬意を払っている。眠りを妨げたことは幾重にも詫びるし、いますぐ出て行って浴室の寝台で寝ることにする、と。

「いいや、ここに来たからにはここにいるのよ。わたしが旦那様のお情けをいただけるのは、そうたびたびあることじゃありませんからね。いったんここに入り込んだからにはもう逃げられないわ、観念なさい。寝台に横になって眠るのよ、わたしもあとから寝るわ。眠たくなるまで本を読むつもりなの。最近なかなか寝つけなくて」

「君を起こしてしまったのなら申し訳――」

「寝台に行きなさい」

「ヌマンティナの離婚のことは気の毒したね。さっき解放奴隷から聞かされるまでぜんぜん知らなかったんだよ」

「寝台に行ってお喋りをやめるのよ」

「お休み、ウルグラニッラ、とても――」

「お黙り」彼女は近づいてきて帳をひいた。

疲れきって瞼を開いておれないくらいだったが、何とか無理をして目を覚ましていた。眠り込んだが最後ウルグラニッラは首を絞めにくるに違いない。その間彼女は退屈きわまりない本、くだらないギリシア語の恋物語か何かを、頁をめくりゆっくり一音節一音節しわがれた囁き声で自分に読んで聞かせていた。

『ものっしりさん』と、かのじょは、いった。『あなたは、いま、はちみつの、あまさと、たんじゅうの、にっがさを、あじわった。きえっつの、あまさが、あした、かいこんの、にっがさに、かわらぬよう、きをつけ、なっさい』『ほお』と、わたしは、それにつづけた。『こっいびとよ、かくっごは、できている。もし、きみが、このまえのような、せっぷんを、もういっちど、くれるなら、にわっとりや、あっひるのように、とろっびで、やっかれたって、ほっんもうだ』」

彼女はくすくす笑って声に出して言った。「眠りなさい、旦那様、あなたの鼾が聞こえるまで起きているからね」

私は文句をいった。「それなのに君がそんな興奮するような話を読んで聞かせるんだから」

しばらくしてプラウティウスが寝室に入ってゆく音がした。「何てこった」と私は思った。「プラウティウスは数分後にはぐっすり眠ってしまう。私たちを隔てる扉が二枚、ウルグラニッラに首絞められて悲鳴をあげても聴こえないじゃないか」ウルグラニッラが読むのを止めたので、もはやあのぶつぶついう声や頁をめくる音を頼りに眠気とたたかうこともできなくなった。私は自分がうとうとするのを感じた。私は眠りこんだ。自分が眠っているのに気づいており、目を覚まさねばならないこともよく分っていた。私はやみくもに目を覚まそうとした。やっと目を覚ました。どさっという音、紙がかさかさこすれあう音。本が風に吹き飛ばされて床に落ちたに違いない。ランプは消えていた。室内に強い風が吹いているのに気づいた。戸が開いているに違いない。三秒ばかり痛いほど耳を澄ましていた。間違いなくウルグラニッラは室内にいない。

次の行動を決めかねて考えていると、突如室外で——といってもごく近くから——恐ろしい悲鳴が響いた。女が叫んでいる。「やめて、やめて！　ヌマンティナのしわざだわ！　きゃあー！」何か重い金属が落下するずしんという音、がしゃーんとガラスが割れて飛び散る音、またしても悲鳴、遠くでどすんという音、それから廊下を駆けぬける跫音。誰かが室内にいる。そっと戸を閉めて閂をかける音がする。ウルグラニッラだ。はあはあと荒い息をしている。服を脱いで椅子にかけている気配。そしてすぐさま私の寝台に横になった。私はたぬき寝入りをした。彼女は闇の中で私の喉を手探りした。私は寝惚けたふりをして、「止めておくれ、くすぐったいよ。明日ローマに行って何か化粧品を買ってきてあげるから」それからもっと目を覚ました声で、「ああ、ウルグラニッラ。君だったのか。あの音は何だい？　今何時だろう？　だいぶん眠ったのかな？」

彼女はいった。「分らない。三時間ほど寝たと思うわ。ちょうど夜明け前よ。あの音、なにか恐ろしいことが起こったみたい。見にいきましょう」

私たちは起き上がると急いで服を着て閂を開けた。プラウティウスがあわててシーツを身にまきつけたきりの姿で、手んでに松明を持って騒ぎたてている人々の真ん中に立っていた。ひどく取り乱して、こう繰り返していた。「俺がしたんじゃない。俺は眠ってたんだ。妻は突然俺の腕から奪い去られて、悲鳴をあげるうちに宙を運ばれると、何かが落ちる音がして、それからあれが窓から落ちる音がしたんだ。あたりは真っ暗だった。あれは叫んでいた。『やめて！　ヌマンティナのしわざだわ！』」

「それは判事にいうんだな」のっしのっしと近よりながらアプロニアの兄がいった。「判事がお前を信じるかためしてみろ。お前が妹を殺したのだ。あれの頭蓋は潰れている」

「俺じゃない」とプラウティウスがいった。「どうやってあんなことできる？　俺は眠ってたんだ。魔術の仕業だ。ヌマンティナは魔女だ」

　夜が明けるとプラウティウスはアプロニアの父親によって皇帝のもとへ連れて行かれた。ティベリウスはかれを厳しく尋問した。ぐっすり眠っている間にアプロニアが突然腕から奪い去られて、宙を運ばれ、悲鳴をあげながら窓から落ちて庭に落下したのだという話をプラウティウスは繰り返した。ただちにティベリウスはプラウティウスに案内させて現場に赴いた。寝室でかれが最初に注目したのは、自身がプラウティウスの結婚祝に贈った黄金と青銅の美しい大燭台だった。これは昔の王妃の墓から発掘されたものだが、それがこわれて床にころがっていたのだ。ちらりと上を見やると、元来は天井から釣り下げられていたものであるのに気づいた。そしていった。「アプロニアがこれに縋ろうとして落ちたのだ。誰かの肩に担がれて窓まで運ばれたに違いない。見てみい、あの窓はあんなに高い位置にある。あそこから放り投げられたのであって、自分から身を投じたのではない」

「魔術の仕業です」プラウティウスがいった。「妻は見えざる力で宙を運ばれたのです。悲鳴をあげながら私の前妻のヌマンティナを非難していました」

　ティベリウスはあざわらった。プラウティウスの友人たちは今やかれが殺人罪を宣告されて処刑され、その財産は没収されるに違いないと悟った。そこで祖母ウルグラニアはかれに短剣を送って、子孫のことを慮るように、判決を待たずに自決すれば子供は家督相続を許されるのだからと告げた。プラウティウスは臆病者だったので短剣をうまく急所に突き刺せなかった。最後には熱い風呂の中に横たわり外科医に命じて血管を開かせた。かれは血を流しながらゆっくりと苦痛なく死んだ。私はかれの死に責任を感じた。なぜ最初の悲鳴を聴いたとき飛び出してアプロニアを助けなかったのかと問われるのが恐くて、ただちにウルグラニッラを訴え出ることをしなかったからである。裁判の成り行きを見守って、もしプラウティウスが有罪を宣告されそうになったら証言しようと決めていた。短剣の件を知ったときには、もう手遅れだったのである。私はプラウティウスがヌマンティナに酷い仕打をし、また私をも邪険に取り扱ってきたことを思って自分を慰めた。プラウティウスの名誉を回復すべくかれの弟がヌマンティナを巫術によって兄の正気を失わせた廉で告発しようとした。しかしティベリウスが介入し、あのときプラウティウスの精神はまったく正常だったのは疑いないと述べた。ヌマンティナは無罪となった。

ウルグラニッラとは二度と口をきかなかった。ところが一月後、セイヤヌスが旅の途中カプアを通りかかって、突然私を訪ねてきた。かれはティベリウスのお供をしてカプリ島に赴く途上だった。この島はナポリの沖合いにあって、ティベリウスはそこに十二の別荘を持っており、よく気晴らしに行っていたのである。セイヤヌスはいった。「今ならウルグラニッラを離縁できますぞ。私の手の者の情報では、彼女は現在妊娠五カ月です。感謝していただいても宜しいな。ウルグラニッラがヌマンティナに懸想しているのは知っていました。たまたま、まるで双子みたいにヌマンティナに生き写しの若いギリシア人奴隷を見つけたので、その若者をウルグラニッラに贈り物にすると、彼女はたちまち恋に落ちたというわけです。その者の名はボテールです」

かれに謝意を述べる以外、私に何ができたろうか。私はいった。「では私の新しい妻は誰になるのですか」

「以前お話ししたことを憶えておられますか。私が考えているのは義理の妹のアエリアです。もちろん御存知でしょうな」

私は知っていた。そして落胆を隠して、美貌に恵まれた聡明な若い女性がどうして私のような年老いてびっこで病身、そのうえ吃りの愚か者と結婚したいと思うだろうかと問うに留めておいた。

「そのことですか」とかれは遠慮会釈なくいった。「義妹はまったく気にしません。自分はティベリウスの甥にしてネロの叔父たる人物と結婚するのだとそれだけを考えていますから。あれが貴方を好いているなどとは誤解なさらぬよう。あれが貴方の子を宿すとしてもそれは貴方の家柄ゆえであって、けっして愛情からではないので――」

「貴方の義弟となれるのはまったくもって光栄ですが、たとえそうした方が私にとって益となるとしても、ウルグラニッラを離縁しなくても何とかやっていけますよ」

「そりゃ何とかなるでしょうな」とセイヤヌスは笑った。「この部屋の様子からして、特に独り寝の寂しさを味わってこられたわけでもありますまい。すてきな御婦人がおいでのようだ。手袋に手鏡、刺繍台、あの菓子函、そしてちゃんと花が生けてあって。それにアエリアは嫉妬なぞしません。まあ、あれにも男友達はきっといるはずですが。もっとも私は詮索はしませんがね」

「結構」と私はいった。「仰せのとおりにしましょう」

「あまり嬉しくはなさそうですな」

「ありがたくないわけではないのです。この件に関してはたいへんご尽力いただきましたし、どう感謝の念を表してよいのか分らないほどです。ただちょっと神経質になっていましてね。お気に触れれば謝りますが、聞くところによるとアエリアはかなり口うるさい女性のようなので」

かれは大笑した。「あれの舌は針のように鋭いですぞ。しかし貴方は皮肉に耐えるだけの厚い皮膚を具えておられるでしょう。母上からたっぷり訓練を受けてこられて」

「私の皮膚にはまだ柔らかいところもあります」私はいった。「場所によってはね」

「さあ、わが友クラウディウスよ。あまり長居はできないのです。私がどこへ行ったかティベリウスに怪しまれるでしょうから。それでは、これでこの取引は成ったと考えて宜しいな？」

「ええ、ご尽力を感謝します」

「いやいや。ところで、例の件ですが、哀れなアプロニアを殺害したのは、本当はウルグラニッラだったのでしょう？　まあ、悲劇は予想していましたがね。ウルグラニッラは怨みを晴らして欲しいという手紙をヌマンティナから受け取っていたのです。むろん、本当はヌマンティナが書いたわけではありませんがね」

「私は何も知りません。ぐっすりと寝込んでいたもので」

「プラウティウスみたいに」

「プラウティウスよりぐっすりと」

「賢明なお方だ。では、ごきげんよう、クラウディウス」

「ごきげんよう、アエリウス・セイヤヌス」かれは馬で去った。

私はリウィアに許可を求める書翰を送ってから、ウルグラニッラを離縁した。リウィアは、その児が生まれたらただちに遺棄すべきこと、それが自分の望みでありウルグラニアの望みでもある、と返事を寄こした。

私はヘルクラネウムにいるウルグラニッラのもとに信頼できる解放奴隷を遣わして、自分の受けた指令を伝えたが、そのさい赤子の存命を望むならば、産後ただちに死産の子供と取り替えるよう警告しておいた。私としては赤子を遺棄せねばならず、死後それほど日数が経っていない赤子ならどれでも用は足せたのである。かくして赤子の命は救われ、ウルグラニッラは後になってその子を養父母から、これは死産の子を提供した両親であったが、そこから取り戻した。ボテールのその後については耳にしないが、女の赤子だった幼児は成長して、噂ではヌマンティナ生き写しの女性となったそうだ。ウルグラニッラは何年も前に死んだ。彼女の屍体を運び出すのに人々は壁を崩さねばならなかった——正味の巨体で、特に浮腫を患っていたわけではない。奇妙なことに彼女は「他人が何をいおうとも、クラウディウスは決して愚か者ではない」という遺言を残してくれた。そして私に自分の集めたギリシアの宝石とペルシアの刺繡、それに自分の描いたヌマンティナの肖像画を遺したのだった。

巻二十四　リウィアとティベリウスの反目

ティベリウスとリウィアはもはや互いに顔も合わせなかった。リウィアはティベリウスと連名でアウグストゥスの彫像を建立したさい、自分の名を先に置いてティベリウスに嫌がらせをした。対してティベリウスは、ヒスパニアからの使節団が来訪してかれと母親を祭る神殿を建立したいと申し出たとき、これを退けてリウィアにしっぺ返しをしたが、これにはリウィアは憤懣やるかたなく許す素振りすら見せなかったほどである。ティベリウスが元老院に向かっていうには、たしかに一時、気弱な気分に陥ったときに、元老院とその指導者（つまり自分自身）を、ローマの父なる統治を象徴する意味で神殿に祭りたいとの要望が属州アジアからあったさいに、これを許可したことはあった。そのときにアウグストゥスを祭る高位の祭女として母の名が献納の碑文に刻まれたことはあったが、自分と母とを神として祭るのに同意するなど、あまりの驕慢であろう、と。

紀元二十五年

「諸卿に申し上げたい。予としてはおのれが死すべき人間であり、人間的条件に縛られており、またもし自分が諸卿の間で第一位にあるとすればそれは諸卿の意向を体するためであり、誓って言うがそれだけで予は十分満足し、またかく後世にも記憶されたいと願うものである。もし後世が予をもって、諸卿の利益の擁護するに聡く、危機において動ぜず、よく国家を鎮守し、私的怨恨を恐れることなき人物、すなわちわが父祖に恥じることのない者と見做すならば、わが名は記憶されるに相応しいものとなろう。元老院とローマ民衆、また同盟国より予に捧げられる愛情ある感謝こそ、予のうちたてる最良の神殿であろう。これは大理石の社（やしろ）ではなく、大理石より堅固な人々の心で造られる。大理石の神殿とてそこに祭られるものの名声が地に堕ちれば、一介の墓所として軽んじられよう。されば予は天に祈願せずにはおれぬ。すなわちこの命尽きる日まで、平穏なる心と、人事においても神事においても義務を遂行するにあたって明晰な判断力を与え賜わんことを。またそれゆえに、わが市民と同盟国に対し切に願うのは、この限りある肉体の滅びるときには、わが一生とその事績に（もし値するものであるならば）胸のうちで静かに感謝を讃えて貰いたい。決してきらびやかな儀礼や社の建立、年ごとの犠牲によって称賛することのなきように。わが父アウグストゥスが現身（うつしみ）で我らの間にあったころローマ人は偽らぬ思慕を覚えていたのにもかかわらず、かれの神性が信心深い者のうちに呼び起こした畏敬のため、またその名が街中でむやみに誓言の言葉として用いられるようになったため、今ではあの思慕の念がうすらいでしまった。この件に関して、予は諸卿に提案したい。今後、最も厳粛な場を除いて、神聖なるアウグストゥスの名をみだりに唱えることを罪と見做し、この法を厳正に施行すべきことを」この発言の中にリウィアの心情への慮（おもんばか）りはなかった。実はティベリウスはこの前日、空席となっている判事職にリウィアが推薦してきた者の一人を、その人物が判事に相応しい能力の持主か否かを証明する機会がない限り、任命することはできないとして拒否していたのである。「この人物はわが母リウィア・アウグスタの推薦する者であり、母がこの人物の利益をねがって懇願したため予は心ならずも譲歩せざるを得なかったものの、これはかれの性質と能力に対する予自身の健全な判断に反している」

　この直後リウィアはローマ全市から貴族の女性を招いて一日がかりの宴を催した。宴席には奇術や曲芸、また詩の朗唱の余興があり、素晴らしいパンや菓子類、酒が供され、各人に宴を記念する美しい一個の宝石が配られた。宴の終わりにリウィアはアウグストゥスの書翰を読み上げた。このときリウィアは齢（よわい）八十三に達してかつての声量も衰え、S音の発声にかすれが目立ったが、それでも彼女は一時間半にわたって聴衆を魅了しつくした。リウィアが読み上げた最初の書翰には政治（まつりごと）に関する意見が述べられており、その一つ一つが現に今ローマに生じている事態に対して警鐘を鳴らすかに思われた。なかでも叛逆罪裁判についての適切な論評があり、次のような条（くだり）が含まれていた。

予はあらゆる種類の誹謗から合法的に身を守らねばならぬが、愛しいリウィアよ、予は努めて、愚かなる歴史家や諷刺家、警句作者どもが予をねたにしてその機知や能弁を披露したことを咎め立てて、叛逆罪で裁きの場に引き出すがごとき不愉快な行為はせぬよう、厳しく自らを律してゆく心算（つもり）である。わが父ユリウス・カエサルは詩人カトゥッルスがおよそみだらきわまる諷刺詩をものしたことを許した。かれはカトゥッルスに書翰を送って、他の詩人のような卑屈な阿諛追従の徒ではないことを示すのが諷刺詩の目的であったなら、その意図は充分に達せられた、今や中年政治家の性的倒錯を云々するよりもっと芸術的な題材に復帰したらどうかと諭し、翌日好きな友人を伴って自分と晩餐をともにせぬかと誘った。カトゥッルスは申し出に応じ、爾来この二人はかたい友情で結ばれたのである。私的怨恨から発した些細な過失に対し、公権力をもって報復するのは、自らの弱点と怯懦、卑しい心根を公衆に告白するに等しい。

　密告者に関しても特筆すべき発言があった。「密告をなす者がその告発によって直接間接に何らの利益も得ることなく、真摯な愛国心と公共心から行ったと確信しない限り、予はその者を証人として重視しないばかりか、その名を要注意人物の名簿に加え、以後いっさいかれを責任ある地位に任命することはない、云々」

　揚句の果てにリウィアは、一連の示唆的な書翰を読み上げた。彼女はじつに五十二年間にわたって記（しる）されたアウグストゥス書翰を何万通も所有しており、それらは書籍のように装丁されて索引が付されてあった。その膨大な書翰の中から、彼女は最も衝撃的な十五通を選び出してきた。これらは、ティベリウス幼年期の唾棄すべき振舞にはじまり、長じては学友の間での不人気、青年期の吝嗇と横柄等々に対するアウグストゥスの苦情を延々と述べて、かれの心の中で苛立ちが募ってゆく様子を明らかにしていた。絶えず繰り返される言葉があり、それは「もしあの者がリウィアよ、そなたの実子でさえなければ」であった。続いて、麾下の軍団兵に対するティベリウスの過酷な厳しさは、兵士らに「ほとんど叛乱を起こさせかねないほどだ」と述べる。そして敵軍を討つにあたっての優柔不断が、わが父のとった神速の戦術と比較される。続いて、ティベリウスの道徳的な欠陥を事こまかに列挙しながら、かれを養子に迎えることを怒りをこめて拒否する。さらに哀れなユリアの身の上に関する書翰が何通も読み上げられるが、その大半がティベリウスに対するほとんど狂気じみた嫌悪と不快の口調で記されてある。リウィアはティベリウスをロドス島から呼び戻すさいに書かれた重要な書翰を読み上げた。

最愛のリウィア、

予はこの結婚四十二周年を機に、我らが結ばれたあの日以来、そなたが国家に捧げてきた格別の献身を衷心より感謝したい。もし予が国父の称号を得るのであれば、そなたが国母の称号を受けないのは道理に合わぬ。誓っていうが、国家再建の大事業にあたって、そなたのなした貢献は予のそれに二倍する。なにゆえそなたは、かの栄誉を元老院に申請することを数年延期せよというのか。そなたの忠誠無私と深い洞察に予がおいている絶対の信頼を示すすべとしては、そなたの一再ならぬ懇願を容れて、ティベリウスを召喚することしか残されておらぬ。率直にいってかの人物の性格には予は今なお並外れた反発を覚えるのではあるが。そなたへのこの譲歩が国家にとってこののち禍の種とならぬよう、天に祈るばかりである。

リウィアが最後に選んだ書翰はアウグストゥスの死のほぼ一年前に記(しる)されたものだった。

最愛のリウィアよ、予は昨日ティベリウスと国政に関する議論を交わしたさいに、にわかに深い悔悟と絶望の念にかられた。ローマの民があの男の突出した眼(まなこ)で睨(ね)めまわされ、あの節くれ立った拳で殴打され、あののろのろした顎で嚙み砕かれ、あのばかでかい脚で足蹴にされることを思うと。しかしあの瞬間予はそなたとゲルマニクスの存在を考慮に入れていなかったのだ。予が世を去ったあかつきに、あの男が国政のあらゆる舵取りにおいてはそなたの手に導かれ、またゲルマニクスの徳行を目の当たりにすることで自らを恥じ、少なくとも礼節を弁(わきま)えたふりだけはするだろうと信じなかったならば、誓っていうが、予は今からでもかれを廃嫡しあらゆる称号を剝奪するよう元老院に要請するであろう。あの男は獣(けだもの)であり、飼い主を必要としている。

これを読み終えると、リウィアは起立して言った。

「皆様、こうした特殊な手紙のことは、ご主人方に内諸にしておかれるのが最上の策かと存じます。ありていに申しまして、わたくしこの手紙を読み始めたときには、内容の特異さをはっきり認識しておりませんでした。他言無用をお願いするのはわが身かわいさのためではありません。国家の益を慮(おもんばか)ってのことです」

ティベリウスはセイヤヌスからこの顚末を逐一、まさに元老院に着席しようとするときに知らされて、恥辱と怒りと驚愕に身が竦んでしまった。ちょうどこの午後の仕事は、レントゥルスにかけられた叛逆罪の嫌疑を聴取することだった。レントゥルスは神祇官の一人で、ネロとドルススのために祈願を捧げることで嫌疑を受け、またソシアの死刑判決の際に刑の軽減を求めて一票を投じたことでも叛逆の嫌疑をかけられていた。レントゥルスは単純な老人で、名門の血筋とアウグストゥス麾下にあってアフリカで勝利をおさめたこと、またその気取らない温厚な性格――〈鈴付き羊〉がかれの綽名だった――で知られていたが、謀叛を企んだという嫌疑を聞かされて、大声で笑い出した。そうでなくても取り乱していたティベリウスは、とうとう自制心を喪失して、ほとんど泣かんばかりの口調で議員たちに訴えた、「レントゥルスまでもが予を憎んでいるとしたら、予はもはや生きる値打ちもない」

ガッルスが答えた。「元気をお出しなされ、陛下、いや失礼、貴殿がこの称号を嫌っておられることを失念しておりました、元気をお出しなされ、ティベリウス・カエサルよ、レントゥルスは貴殿を笑ったのではなく、貴殿とともに笑ったのですぞ。かれは元老院にかくも根拠のない叛逆の嫌疑が持ち出されたことを、貴殿と同様、腹の底から興がったのです」かくしてレントゥルスに対する嫌疑は不問に付された。しかしティベリウスは以前に、レントゥルスの父親を死に追いやる原因を作っていた。父親は並外れて裕福でティベリウスに疑われることを恐れるあまり、自らの命を絶ち、忠誠の証として全財産をティベリウスに譲っていたのである。これ以後ティベリウスは、このせいで極端な貧窮に陥ったレントゥルスが自分に怨みを抱いていないなどとは信じられなかった。

ティベリウスは二カ月間、元老院に登院しなかった。自分についてのアウグストゥス書翰の内容を妻たちから聞かされていると思うと、まともに元老院議員の顔を見られなかったからである。セイヤヌスはティベリウスに、静養のためしばらくローマを出て数マイル離れた別荘に逗留するよう勧めた。そこなら毎日群をなして宮殿を訪ねてくる嘆願者や首都の喧噪から逃れることができる。かれはこの忠告に従った。そして母に対して、老齢を理由に隠退させ、あらゆる公文書から彼女の名を削除し、恒例の盛大な誕生祝賀会を廃止し、彼女の名を自分の名と併記することもしくは元老院において彼女を讃えることとは叛逆にも等しい罪であると公表するという挙に出た。

しかしこれ以上の明らさまな報復手段はさし控えた。というのも、自分がロドス島から送った生涯従順を誓う書翰を今なおリウィアが所有しているのを知っていたからで、その内容が明るみに出るとなればリウィア自身にガイウスとルキウス殺害の嫌疑がかかるが、それでもあえて、彼女がこの書翰を公けにしかねないと思っていたのである。

けれども、以下をお読みになればお分りであろうが、この恐るべき老婆は屈伏しなかった。ある日私は彼女から伝言を受け取った。いわく、「リウィア・アウグスタは来たる誕生日に、最愛の孫息子ティベリウス・クラウディウスに彼女を訪ね、晩餐を共にされんことを希望する。御健勝を祈りつつ」と。私はまったく面食らってしまった。この私が最愛の孫とは！　私の健康を気づかうとは！　笑うべきか恐れるべきか判断がつかなかった。私は生涯、彼女の誕生日に訪問を許されたことなど一度もなかった。晩餐をともにしたことさえない。ここ十年間というもの、アウグストゥスの祭祀のさいに儀礼的に言葉を交わす以外、彼女と口を利いたこともなかった。いったい祖母の真意は奈辺にあるのか。まあ、それもこの三日のうちに分ることだ。だがそれまでに、何かじつにみごとな贈り物を手に入れておかねばならぬ。悩んだあげく、私は間違いなく祖母の気に入りそうな品、蛇を象った把手があり、黄金と銀とで複雑な紋様が象眼してある優美な青銅製の酒壺を買い込んだ。私の見るところ、この壺は昨今蒐集家たちが馬鹿げた大枚を投じて買い漁っているコリント産の壺と比較しても、はるかに優れた工芸品であった。何しろ中国からの舶来品なのだ。意匠の中心には、いかなる経緯を辿ってか、かくも僻遠の異国にまで流れ着いたアウグストゥスの黄金の円形浮き彫りの肖像が塡め込まれていた。壺じたいの高さは十八インチにも満たなかったが、私はこのために金貨五百枚を投じたのである。

しかしリウィアへの訪問と彼女との長い会談の内容を物語る前に、わが読者に誤解を生じさせたかも知れぬ次の点を明白にしておく必要があろう。叛逆罪裁判とこれに類する残虐行為の記述に接して、ティベリウス治下のローマ帝国はあらゆる面において堪え難い失政が行われたと思われる向きもあろう。しかしその推測は大きく真実から隔たる。ティベリウス自らは語るに値する政策を創始せず、アウグストゥスが着手した事業を完遂することで満足してはいたものの、かれは陸海軍の整備・増強を怠らず、遅滞なく将官への給与を支払い、年に四回詳細な報告書を提出させ、交易を奨励し、イタリアへの定期の穀物供給を確保し、街道と水道の補修を継続し、さまざまな手段を用いて公私を問わず濫費を抑制し、食料品の価格を安定させ、海陸の略奪行為を鎮圧し、国家の有事に備えて相当額の公金の備蓄を成し遂げた。また、属州総督についてはましな統治を行っていさえいれば、混乱を避けるため長くその職に留めたが、常々監視を怠ることはなかった。ある総督が、自らの有能と忠誠を誇示するため課せられた以上の多額の年貢を送ってきたことがあったが、ティベリウスはこれを叱責して「わが望むところは羊を刈り込むことであって、羊を裸にすることではない」と述べた。この結果、マロボドゥウスのローマ亡命とヘルマンの死によってゲルマニアの騒擾がおさまって以来、辺境属州で戦火が上がることはほとんど皆無となった。もはやローマの敵と呼びうる大物はタクファリナスを残すのみ。かれは長らく〈月桂冠の授与者〉として知られていたが、その理由は三人の将軍、すなわちわが友フリウス、アプロニアの父アプロニウス、セイヤヌスの母方の叔父ブラエススが順々にかれを討伐して、凱旋行列の栄誉にあずかったからである。ブラエススはタクファリナス軍を潰走せしめその兄弟を虜囚としたが、通常は皇帝一族にしか与えられることのない元帥職を拝命するという、異例の栄誉を受けた。ティベリウスは元老院で、ブラエススをかく讃えることを喜ぶのは、かれが信頼する友セイヤヌスの親族にあたるためであると述べた。そのため三年後、四人目の将軍ドラベッラが、またしても兵力を倍にして蜂起した賊軍に対し、タクファリナスを撃破したのみならずこれを殺害し、アフリカ戦役に終止符をうったときにも、「わが信頼する友セイヤヌスの叔父ブラエススに与えられた月桂冠の光輝がこれにより翳ることのないよう」という理由から、わずかに凱旋記章を授けられたに留まった。

　しかし私はティベリウスの徳行について語っているのであって、かれの欠点をあげつらうのが目的ではなかった。嘘偽りなくローマ帝国全体から見れば、かれは最後の十二年間一貫して賢明かつ公正な統治者であった。このことはなんぴとも否定しえまい。もし譬喩で語ることが許されるならば、林檎の芯にひそんだ害毒はいまだ表皮に現れることなく、果肉じたいの新鮮さを損なってはいなかった。六百万人のローマ市民のうち、

紀元二十六年

僅か二、三百人だけがティベリウスの嫉妬に発する恐怖のため犠牲になったに過ぎない。いったい何百万、何千万もの奴隷や属州民、はては名のみローマに従属するだけの同盟国の民が、アウグストゥスとリウィアによって完成され、ティベリウスの手によって踏襲

され運営された帝国の機構から、確実な恩恵を蒙ったか、その数は計りがたい。しかし私は、いうなれば林檎の芯に暮らしていたのであり、それゆえ私の詳しく語るところがいまだ腐敗のおよばぬ香り高い果肉や外皮ではなく、中核の病毒についてであるとしても、それは許していただけるであろう。

　クラウディウスよ、滅多にないことながら汝は譬喩にのめりこみすぎた。汝の師アテノドロスがこうした叙述を諌めたのを、忘れたわけでもあるまいに。よってここではセイヤヌスを蛆虫と呼ぶだけで満足し、いつもの素直な文体に復帰するがよい。

　セイヤヌスはティベリウスのこの羞恥心を利用して、かれを二カ月どころかさらに長期にわたって首都から遠ざけてしまおうと考えた。そこで親衛隊の将官のひとりをけしかけて、モンタヌスという高名な才人をティベリウスの人格を誹謗した廉で告発させた。これまでは告発者がティベリウスに対する誹謗の内容を報告するときも、傲岸不遜であるとか冷酷であるとか居丈高であるとか、そういったきわめて一般的な悪評を伝えることしか許されていなかったのだが、この軍人はこの域をはるかに超えて、モンタヌスの中傷の内容は他に類例のないほど特定の実質的なものだと断言した。セイヤヌスはこの中傷が、不愉快きわまりないと同時にいかにも真実らしく聞こえるようにと万全の注意を払った。もっともモンタヌスは、セイヤヌスのように宮廷の内情に通じていなかったから、そのような中傷を口にできたはずもなかった。証人となった将官は親衛隊の中でも最高の教練指揮官であったが、元老院ではモンタヌスが口にしたとする卑猥な科白を喚きたて、その下品な言葉を一言半句たりとも省略せず、衝撃を受けた議員たちが大声で制止しようとしてもいっさい動じなかった。「私は真実をすべて包み隠さず述べることを誓う」とかれは大声をあげた。「そしてティベリウス・カエサルの名誉のため、かくかくの時間しかじかの場所で私が立ち聴きした被告人の唾棄すべき発言のうち、何ひとつとして省かぬ所存である。あまつさえ被告人は、仁愛深き皇帝陛下が、放蕩と媚薬の過度の摂取のため急速に性的不能に陥りつつあり、また衰えた性欲をかきたてるべく、宮殿の地下に特別な装飾を施した部屋を設け、そこで三日おきかそれに近い頻度で個人的に見せ物を興行させていると主張した。被告の主張では男娼と呼ばれるこの種の見せ物の芸人どもが跳ねまわりながら入場し、いちどきに三人が一糸もまとわぬ裸体で……」

　かれはこの調子で一時間半にもわたって喋りつづけ、

その間ティベリウスは敢えてそれを制止しようとはしなかった――あるいはどこまで知られているのか探り出そうとしていたのかも知れない――が、ついには証人が或る一事についてあまりに微に入り細を穿った描写をするにおよんで（それがどんなものであったか、読者は知る必要はない）怒りに我を忘れてにわかに席を蹴立てると、顔面に朱を注ぎ、身に降りかかった恐るべき汚名をただちに晴らすか、さもなくば司直による捜査を実施すると公言した。セイヤヌスはこれを宥めようとしたが、ティベリウスは仁王立ちになったまま怒りの眼であたりを睨めまわし、ガッルスが立ち上がっておだやかに宥めるに至ってようやく気を落ち着ける始末だった。ガッルスがいうには、告発されているのは皇帝ではなくモンタヌスであり、皇帝の立派な人柄については疑念をさしはさむ余地がない、それにもしかかる捜査がなされるとの噂が辺境属州や同盟国に達すれば、取り返しのつかぬ誤解を生むことになる、と。

　この直後ティベリウスはトラシッルスから――これがセイヤヌスのさしがねであったかどうか、私には分らない――まもなくかれは首都を去ることとなり、再びそこに足を踏み入れることはすなわち死を意味するとの警告を受けた。ティベリウスはセイヤヌスに、自分はカプリ島に隠棲し、事後の首都の政務はかれに一任すると告げた。ティベリウスはもうひとつだけ、叛逆罪裁判に臨席した。それは、私の従姉妹でウァルスの未亡人であるクラウディア・プルクラを裁く裁判で、プルクラはソシア追放後アグリッピーナにもっとも親しい友人だった。彼女にかけられた嫌疑は、不義密通と娘に売淫をさせたこと、そしてティベリウスに対して呪詛を行ったことだった。私の考えでは、彼女はこれらの嫌疑についてまったく潔白であった。アグリッピーナは裁判について耳にするとただちに宮殿にかけつけ、運良くティベリウスがアウグストゥスに犠牲を捧げているところに行きあわせた。儀式が終わるのを待ちかねて彼女はティベリウスに近づくと、

「ティベリウス、これはまったく筋が通りません。あなたはアウグストゥスに孔雀とフラミンゴのいけにえを捧げながら、かれの孫を迫害しようとしていらっしゃる」

　かれはゆっくり言った。「さて何のことやら。いったい予が、アウグストゥスの迫害しなかったどの孫を迫害しているというのか」

「ポストゥムスやユリッラのことをいってるのではありません。この私のことです。あなたはソシアが私の友人だからという理由で追放なさった。シリウスが私の友人

だから自殺に追い込んだ。カルプルニウスも私の友人だというので同様の憂き目に遭いました。いままたあのプルクラも同じ運命をたどろうとしています。彼女の犯した罪は愚かにも私に愛情を示したということだけなのに。みんなは私のことを疫病神と呼んで、私を避けようとしはじめています」

ティベリウスは彼女の肩をつかんで、もう一度言った。

お前を女王にしなければ
　それが不当だと言うのかえ？

プルクラは有罪を宣告され、処刑された。彼女を告発した中心人物は、その能弁を買われて雇われたアフェルなる男だった。数日後アグリッピーナは劇場の外で偶然かれに出会った。かれは恥入った様子で彼女の視線を避けた。彼女は進み出ると、こう言った。「アフェル、私から逃げ隠れする場合ではないぞ」そしてホメロスから詩句を引いたが、それはアガメムノンから侮辱の伝言を携えてきたものの、言い出しかねて困っている伝令に向かって、アキレウスが安堵するよう述べる科白(せりふ)を、今の状況に合うよう作り変えたものだった。

かれが汝にこれを強いた、汝は充分見返りを得たれど
　これは汝の所業ではなく、アガメムノンのなせること

これはティベリウスに通報された（アフェルを通じてではない）。「アガメムノン」という言葉にかれはあらためて危険を感じた。

アグリッピーナは病に倒れ、毒を盛られているものと考えた。そこで輿に乗って宮殿に赴くと、これを最後にティベリウスに慈悲を乞うた。ひどく痩せ衰え蒼ざめていたので、さすがにティベリウスも心を動かされた。今にも死にそうな様子だったのだ。かれは言った。「可哀そうなアグリッピーナよ、いかにも具合が悪そうじゃ。いったいどうしたのか」

彼女は弱々しい声で答えた。「あなたが私の友人を、私の友人だからという理由で迫害したと誤解して、私は御迷惑をかけていたのかも知れません。あの人たちを友人に選んだのが私の不幸だった、あるいは私の判断がしばしば誤っていたのかも知れません。けれど、誓って申し上げますが、私があなたに不忠の気持ちをわずかでも抱いているとか、直接にせよ間接にせよ私が支配者になろうという野望を抱いているとかはあなたの誤解です、あなたはそうお考えになって、私に不当な仕打をなさっ

た。私がお願いしたいのはただそっとしていただきたいこと、それに私が知らぬうちにあなたを傷つけていたのならお許しいただきたいこと、それに……」彼女の言葉は嗚咽の中に消えてしまった。

「それに、何かな？」

「ああ、ティベリウスよ、私の子供たちに良くしていただきたいのです。そして私にも。私を再婚させて下さいませ。私は寂しいのです。ゲルマニクスが亡くなって以来、気の休まる暇もありませんでした。夜眠れないのです。もし結婚させて下さるなら、身も心も落ち着いてまったく別の人間になれるでしょう。そうすればあなたも私が謀叛を企んでいるなどとお考えになることもなくなるでしょう。私に悪意があるとお考えになるのはきっと私があまりにも不幸に見えるからだと思います」

「そなたが結婚したいというのは誰なのだ？」

「善良で寛大で野心を抱かぬ人です。もう中年を過ぎていて、あなたの最も忠実な行政官の一人です」

「その者の名は？」

「ガッルスです。かれは今すぐにでも私と結婚してもよいと言ってくれています」

　ティベリウスは踵を返して無言のまま部屋を出ていった。

　それから数日後、かれはアグリッピーナを晩餐に招いた。これはかれがしばしば行ったことなのだが、特に信頼できない人物を宴会に招待し、宴の間じゅう秘密の考えを読み取ろうとするかのようにじっと凝視しとおすのである。これで自制を失わない者はほとんどいなかった。うろたえているようだと、かれはそれを罪の証だと受け取った。もし凝視を平然と受け止めているようだと、かれはそれをもっと確実な罪の証で、しかも侮蔑がこめられていると解釈した。このときアグリッピーナは、病のため嘔吐感に悩まされ、いちばん軽い食物しか受け付けない状態で、そのうえたえずティベリウスの視線に晒されて、たいへん惨めな時を過ごした。元来がお喋り好きの性格ではないうえに、そもそも会話の才は音楽と哲学を愛好することで洗練されるものなのに、彼女はこのいずれにもまったく興味がなく、またそうした方面に何の能力もないことが自分でよく分っていた。彼女は食事をしている振りを装ったが、注意深く観察していたティベリウスには、どの料理にも手をつけないまま下げさせていることがよく分った。アグリッピーナが毒殺を恐れているものと邪推し、これを確かめるために目の前の皿から林檎をひとつえらび取ってこう言った。「アグリッピーナ、あまり食が進まぬようだな。ともかくこの林檎を試してみるがよい。逸品だぞ。三年前パルティア王が若木を贈ってくれたのが、今年はじめて実をつけたのだ」

ところで人には誰しも特定の、いうなれば「天敵」があるものだ。ある人々にとっては蜂蜜は恐るべき毒となる。馬に触ったり厩に入ったり、馬毛をつめた寝椅子に腰掛けるだけで病気になる者もいる。またある者は、そこに猫がいるだけで具合が悪くなってしまい、部屋に入ると「ここには猫がいましたね。ここには居られませんが、どうかお気を悪くなさらぬよう」と言うことも時としてある。私自身もサンザシの花の香を嗅ぐと、どうしようもない不快感をおぼえる。アグリッピーナにとっての天敵は林檎だった。彼女はティベリウスから贈り物を受け取って謝辞を述べたものの、身震いを隠しおおせず、できればこれを取っておいて、家に持ち帰ってから食べさせていただきますと言った。

「一口だけでも。どんなに美味しいかが分ろうほどに」

「お許し下さい。本当に食べられないのです」

彼女は林檎を召使に渡すと、丁寧にナプキンで包むよう命じた。

なにゆえにティベリウスは、セイヤヌスがけしかけたように彼女をただちに叛逆罪の罪に問わなかったのか。それは、アグリッピーナがいまなおリウィアの保護下に置かれていたからである。

巻二十五

リウィア、数々の暗殺の事情を語る

　ようやく私がリウィアと晩餐を共にした顚末を物語る時がきた。彼女は愛想よく私を迎え、私の贈り物に心から喜んでいるように見えた。晩餐には老ウルグラニアと十四歳になるカリグラ――にきび面でおちくぼんだ目をした、背の高い蒼ざめた少年――を除いては誰も同席しなかったが、食事の間じゅうリウィアは鋭い機転と明晰な記憶力を随所に示して私を驚かせた。彼女は現在の私の仕事について訊ね、私が第一次ポエニ戦役について執筆していること、また詩人ナエウィウス（かれはこの戦争に従軍していた）の書き残した細部にいくつか誤りがあることを口にすると、リウィアは私の結論に同意したが、私の引用の誤りをひとつ指摘して見せた。そして「わたくしがそちの父親の伝記を書くことを許さなかったことに、孫息子や、そなたは感謝しているはず。わたくしがあそこで止めさせていなければ、今夜こうして晩餐の席に就くこともなかったのだから」と言った。

　奴隷が杯に酒を注ぐたびに一気にあおっていたので、十杯目だか十二杯目だかを飲み干すころには、自分が獅子であるかのような気分になっていた。そこで大胆にもこう答えた。「それは感謝しておりますとも、お祖母様、エトルリア人とカルタゴ人の間で無事に暮らさせていただいて。しかし、いったいなぜ私が今夜この晩餐の席に就いているのかその理由（わけ）を教えていただけないものですかな」

　彼女は微笑した。「そう、たしかに、そなたとこうして同席していると決して快適というわけでは……ま、そんなことは気にせずともよい。わたくしが古くからのしきたりを変えたとしても、それはわたくしの事情であっ

てそなたとは無関係じゃ。そなたはわたくしのことを嫌っておろうな、クラウディウス、正直にいいなされ」

「おそらくお祖母様が私を嫌っておられるのとまず同じ程度に、でしょうな」（これが私の口をついて出た言葉だろうか）

　カリグラはにやりとし、ウルグラニアはくつくつ笑い、リウィアは大笑いした。「なるほど正直じゃ。ところで、ここにおる化け物に気づいておろうな。今夜は食事の間いつになく静かにしておるが」

「誰のことです、お祖母様？」

「そなたの甥じゃ」

「化け物なのですか」

「おとぼけでないよ、クラウディウス。のう、カリグラ、そなたは化け物ではないかえ？」

「曾祖母(ひいおばあさま)様がそうおっしゃるのでしたら」とカリグラは目を伏せて言った。

「さて、クラウディウス、そこなる化け物、そなたの甥のことじゃが、あれは次の皇帝となる」

　私は冗談だと思った。そこで微笑しながら、「お祖母様がおっしゃるのであれば、そうなりましょう。しかしかれを推挙する理由をうかがいたいものです。生来の才覚に恵まれてはおりますが、一族の中ではいちばんの若輩ですし……」

「このわたくしの推挙があっても、こやつがセイヤヌスとそちの姉リウィッラに太刀(たち)打ちできぬというのかえ」

　私は会話の内容の率直さに度胆を抜かれた。

「いえ、そのような意味ではありません。私はかような政略とは無縁の人間でしたので。私の申し上げたかったのは、かれはまだ若い、皇帝となるのには若すぎるということです。たとえそれが予言であるとしても、ずいぶん先のことでしょう」

「さほど先のことではあるまい。ティベリウスはかれを後継にする。それは間違いない。何故か？　ティベリウスはそういう男だからよ。あれには哀れなアウグストゥスと同様の虚栄心がある。自分より人気のある者がおのれの跡目を襲うという考えに我慢できないのだよ。そのくせ、あらゆる手をつかって自分を恐れさせ憎ませるように仕向ける。そして、生涯が終わりに近づいたと感じたときに、自分より少しばかり悪い奴を探して後嗣にしようとする。そこでカリグラを見つける。カリグラはこの若さでティベリウスですら手を染めなかったような非行を犯して、悪徳にかけては一段うわ手なのだよ」

「曾祖母様、お願いですから……」カリグラが懇願した。

「よろしい、化け物坊や、おとなしくさえしていればそなたの秘密はもらすまい」

「ウルグラニアは秘密を知っているのですか」と私が訊ねた。

「いや、わたくしと化け物と二人だけの秘密じゃ」

「自分からすすんで秘密を明かしたのですか」

「むろん違う。これが秘密を明かすような人間なものか。偶然わたくしが見つけたのだよ。こやつがわたくしに幼稚な悪戯をしかけるのではないかと思うて、ある晩こやつの部屋を探ってみた――何ぞ素人くさい呪詛(まじない)やら、あるいは毒物か何かを調合しておるのではなかろうかと。するとたまたま……」

「曾祖母様、お願いです」

「あの緑色のものは、なかなか興味深い事情を物語っておった。しかしわたくしはそれをこの子に返してやった」

　ウルグラニアはにやりとして言った。「トラシッルスがいうには、わたしは今年じゅうに死ぬことになっている。あいにくあなたの治世まで生き延びるわけにはまいりませんねえ、カリグラ、あなたが急いでティベリウスを暗殺しない限り」

　私はリウィアに振り向いた。「かれはそんなことを考えているのですか、お祖母様」

　カリグラが言った。「クラウディウス叔父にこんな話を聞かせてしまって大丈夫なのですか。それとも叔父を毒殺するおつもりですか」

　彼女は答えた。「むろん大丈夫だとも。毒など用いなくともな。そなたたち二人にもっと親しくなって欲しいのだよ。だからこそこの晩餐にきてもらった。お聞き、カリグラ、そなたの叔父クラウディウスは今どき珍品ともいえる。この男はひどく昔気質(かたぎ)で、いったん兄の子供らを愛し護ると誓いを立てたからには、カリグラはいつ何時でもこの男を頼みにしてよい――そなたが生きている限りな。お聞き、クラウディウス、そなたの甥カリグラもこれまた珍品じゃ。こやつはすぐ人を裏切るし、卑怯で、欲望と自惚れが強い。信用のおけぬ奴で、死ぬまでそなたを苛めぬくだろう。しかし憶えておくがよい、こやつは決してそなたを殺さぬ」

「それはまた何故？」私はまたも杯を乾して訊ねた。その場の会話はなにやら夢に似てきた――気狂(きちが)いじみてはいるが、興味深い夢の会話に。

「そなたがこやつの死の仇を討つ人間となるからよ」

「私が？　誰が言ったのですか？」

「トラシッルスが」

「トラシッルスとて間違いを犯すことはありましょう

に」

「いや、それはない。カリグラは暗殺されて、そなたがその仇を討つのじゃ」

陰鬱な沈黙が落ちて、それがデザートの出るときまで続いた。そこでリウィアは言った、「さあ、クラウディウス、これからはわれら二人だけで話し合うとしようぞ」他の二人が立ち上がり、私たちを残して退出した。

私は言った。「お祖母様、今夜のお話は異様なものでしたな。私がいけなかったのでしょうか。もしやお酒を頂戴しすぎたのでは。昨今はどんな冗談だとて安全とはいいきれません。軽口としても危険すぎたのではありませんか。もしや召使どもが……」

「案ずるでない。召使はみな唖でつんぼの者ばかり。酒を責めてはならぬ。酒の中には真実が隠れているものよ。それに他の者はいざ知らず、今宵わたくしの口にしたことは決して戯れ言ではない」

「しかし……お祖母様が本当にあれを化け物とお考えなら、なにゆえあれをけしかけるようなことをなさいます？　ネロを味方にしないのはどうしてですか？　あれは良い男です」

「次の皇帝になるのは、ネロでなくてカリグラだからよ」

「しかしお祖母様が申される通りの人物なら、カリグラはとんでもない暴虐の皇帝となるでしょう。なにゆえ全生涯をかけてローマのために奉仕なさってきたあなたが――」

「さよう。しかしなんぴとも宿命に抗うことはできぬ。今やローマはわたくしへの大恩を忘れ、あのろくでなしの息子がわたくしを厄介者扱いにした上侮辱するのを許したのだよ、――このわたくしを！　分るか、おそらく史上最高の統治者にしてあの男の産みの親たるわたくしを……」リウィアの言葉は金切り声になった。

私はなんとかして話題を変えようとした。「おちついて下さい、お祖母様。お言葉通り、なんぴとも宿命に抗うことはできません。とはいえ、こうした事情にかかわることで、何か私にお話しになりたいことがあったのではありませんか」

「さよう、トラシッルスのことよ。わたくしはよくあれに相談する。ティベリウスのあずかり知らぬことながら、あれはよくここに参るのじゃ。何年か前あれはティベリウスとわたくしの間で起こること、すなわち、ティベリウスがわたくしの権威に叛逆し最後には全権と帝国を掌中におさめると予言した。そのときはわたくしは信じなかった。あれはまた別の予言もした。わたくしは年老いて失意のままこの世を去るだろうが、死後長の年月が過ぎてのち、女神として祭られるとな。そして先頃こうも予言した。わたくしが世を去らねばならぬその同じ年に――それがいつかわたくしは知っておるが――やはり世を去る者が、史上かつてない偉大な神となり、ローマのみならず帝国の津々浦々で、その神を除いて一切の神の祭祀が途絶えるようになる、と。アウグストゥスさえ例外ではない」

「お祖母様はいつ亡くなられることになっているのですか」

「三年後の春に。わたくしはその日まで知っておる」

「しかしお祖母様は女神になりたいとお考えなのでしょう。私の見るところ、ティベリウス叔父にはまったくその気がないようですが」

「それよ、責務がすべて終わった今となってわたくしが思うのは。なにゆえわたくしが女神となってならぬいわれがあろうか？　アウグストゥスが神となったというのに、わたくしがその司祭の地位に甘んじていてよいものか？　仕事をしたのはみなこのわたくしではないか。アウグストゥスはティベリウスと同じくらい偉大な統治者の資質に欠けておったよ」

「なるほど。しかしお祖母様、無知蒙昧な大衆に崇拝されることはなくとも、御自分で偉業をなしとげたということを知っておればそれで充分なのではありませんか」

「クラウディウスよ、説明させておくれ。たしかに大衆は無知蒙昧で取るに足りぬ。わたくしが気にかけているのは、この世における名声のことよりは、来世でわたくしの占める地位のことなのじゃ。わたくしはこれまで、さまざま悪辣な手段を講じてきた――偉大な統治者とはそうしたもの。わたくしは人間的配慮よりもまず、ローマ帝国の利益を第一に考えてきた。帝国の分裂を避けるため、多くの罪に手を染めた。贔屓(ひいき)のひき倒しでアウグストゥスは帝国の分裂を助長するようなことばかりしておったよ。例えばアグリッパよりマルケッルスを、ティベリウスよりはガイウスを選ぼうとして。ローマを新たな内乱から防いだのはいったい誰か？　このわたくしぞ。マルケッルスとガイウスを除くという不愉快なむずかしい任務が肩にかかってきた。さよう、知らぬふりをしなさるな、クラウディウス、そなたはわたくしがあの二人を毒殺したのではないかと長らく疑ってきたであろう。そして、国のため人のためにこのような犯罪を犯してきた支配者に与えられるに相応しい報酬とは何かといえば――もちろん、神として祭られることじゃ。つみびとの魂は終わりのない責め苦を受けるという説を、そなたは信じておるか？」

「そう信じるよう教えられてきました」

「しかし、どれほど罪を犯しても、不死なる神々は罰せられる惧れがないではないか？」

「そうですね、ユピテルは父を追放し、その孫たちの一人を殺害し、実の姉妹と結婚して近親相姦をやりました。おっしゃるとおり、神々の中で道徳的模範となるようなものは皆無ですな。たしかに、死すべき定めの者を審判する司法の力は神々にまでは及ばぬに相違ありません」

「その通り。これでなにゆえ女神となることがわたくしにとってこんなにも重大なことか、腑に落ちたであろう。そなたには知っておいてもらいたいが、これこそわたくしがカリグラを大目にみている理由なのじゃ。あれはわたくしがあれの秘密を護りさえしたら、帝位に昇ったあかつきにはわたくしを女神として祭ると誓った。そして、そなたに望むのは、できるだけ早い時期にわたくしを女神として祭るために、全力をあげると誓ってくれることなのじゃ――分らぬか――あれがわたくしを女神にしてくれるまでは、わたくしは地獄に堕ちて、いいようのないおそろしい責め苦、のがれられない苦しみに責めさいなまれるのだもの」

　リウィアの声が突如として冷徹な女王の命令口調からおびえた懇願に変わったことが、何よりも私を驚かせた。何か口にしないわけにはいかなかったので、私はこう言った。「皇帝に対しても元老院に対しても、この哀れなクラウディウス叔父さんにどれほどの影響力があるものか……」

「そなたの気に病むことではないわ、この阿呆が！　わたくしの望み通り誓ってくれるか？　そなたの首にかけて誓ってくれるか？」

　私は言った。「お祖母様、もし今必要というのなら、命にかけて誓いもしましょう――一つだけ条件つきで」

「このわたくしに条件をつけようというのかえ？」

「さよう、二十杯も頂戴しまして、ようやくその勇気が出ました。しかも条件といっても単純なことです。この私を三十六年間も歯牙にもかけず、嫌い通してきたあげくに、何の条件もつけずに私が何かお役に立とうなど、そんな虫の良い話はよもやお考えにはなりますまい？」

　彼女はにやりと笑った。「その単純な条件とは何じゃ？」

「知りたいことがたくさんあります。第一にお聞かせ願いたい、いったい誰が私の父を殺したのか、誰がアグリッパを、誰が兄ゲルマニクスを殺したのか、それに息子ドルシッルスを――」

「それを知って何とする？　まさか仇討ちをしてわたくしに復讐しようというのではあるまいな」

「違います。たとえお祖母様が下手人であったとしても。私は誓言によって縛られるか、あるいはわが身を護るためでなければ、仇討ちは考えません。悪行はそれ自体罰であると信じておりますから。私はただ真相を知りたいだけです。私は歴史の専門家で、切実な関心があるのは物事がいかにして起こるかまたなぜ起こるかを知ることです。例えば私は読者に知識を与えるというよりは、自分自身に教えるために歴史を書いているのです」

「アテノドロス老人にすっかり感化されたと見えるの」

「かれは親切にしてくれましたし、私は感謝しております。私がストア派となったのはそのためです。私は形而上学的議論にかまけるようなことはありませんでしたが――それを面白いと思ったことは一度もありません――ストア派的なものの見方はわがものとしました。お祖母様、どうか信用していただきたい、お聞かせいただいたことは、いっさい他言しません」

　私は自分のいうことに嘘偽りのないことをリウィアに納得させ、そして四時間以上にもわたって核心にふれる質問を次々と彼女に浴びせかけた。どの質問に対しても、彼女は言葉を濁すことなくまったく平静に、あたかも田舎の地所の管理人が、見廻りにきた主人に向かって家畜の損失を報告するときのような平静さで答えた。確かに彼女は私の祖父を毒殺した。父に関しては、ティベリウスの疑念にもかかわらず手を下してはいなかった――あれは自然の壊疽だった。そして確かに彼女はアウグストゥスを毒殺した、無花果の実がまだ枝になっているときに毒をぬりつけておいて。また彼女はユリアにまつわる真実を残らず明かしたが、それはすでに私が読者に物語ったとおりである。またポストゥムスの件についてもその逐一を明らかにしたが、その細部を見ても疑いのないことは確認できた。確かに彼女はアグリッパとルキウスを、マルケッルスとガイウス同様、毒殺した。確かに彼女は兄ゲルマニクス宛の私の手紙を差し止めたが、だがかれに毒を盛ったのは彼女ではなかった――この件に関してはプランキーナが独自の判断で事をおこなっていた――しかしゲルマニクスの名は父の名と同じく彼女の毒殺者名簿に記入されていた、同一の理由から。

「その理由とは何です、お祖母様？」

「あれは共和制を復興しようと心に決めておった。いや、思い違いをするでない。あれはティベリウスに対する忠誠の誓いを破るつもりなどさらさらなかった。もっともあれの目論見どおりとなれば、わたくしは除かれることになったろうが。あれはティベリウスに自発的に一歩を踏み出させようとしておった。ティベリウスに全権を委ねて、自分は背後の後ろ楯となって。あれは今すこしでティベリウスを口説き落とすところであった。知っての通りティベリウスは小心者。ティベリウスが道化者とならぬよう、わたくしは大量の文書を偽造し、嘘八百を並べたてて、あれの翻意を思い止まらせねばならなかった。セイヤヌスと手を組むことさえ考えた。この共和主義は一族にとりついた業病のようなものじゃ。そなたの祖父も同様であった」

「私もそうです」

「今でも？　それは面白い。ネロも同様じゃ。あまり幸運な傾向ではなかろうよ。共和主義者と議論を交わしてもむだなこと。現実を見ようとしない。いまさら共和政治を復興しようとするのは、近頃の夫婦の間にむかしの古くさい貞節の感情をおしつけるのと同じこと。いわば日時計の影を逆さに動かそうとするようなもので、できようはずもない」

彼女はドルシッルスを扼殺させたことも告白した。そして最初にポストゥムスの情報をゲルマニクスに知らせようと手紙を書いたとき、いかに私が死の瀬戸際にいたかを告げた。彼女が私の殺害を思い止まったただひとつの理由は、そのさき私がポストゥムスの隠れ場所について、何か手紙の中で洩らす可能性があったからだった。彼女の話の中でいちばん興味深かったのは、毒殺の方法であった。私はポストゥムスの抱いていた疑問――遅効性の毒を好むか即効性の毒を好むか――を問いかけてみたところ、彼女はいささかのためらいもなく、徐々に衰弱をもたらす無味無臭の毒を繰り返し投与する方をえらぶと答えた。それから、毒殺の形跡をきれいに消し去る方法、また遠方にいる犠牲者を殺すのにどのような手段を用いたのか、訊いてみた。ガイウスは小アジアに、ルキウスはマルセイユに滞在しているときに殺されたからである。

彼女は直接もしくは即座に彼女に利益がもたらされるようなかたちで暗殺を行ったことは一度もないことを私に思い起こさせた。例えば、祖父を殺したのもリウィアが離縁されてからしばらく経ったあとのことだったし、オクタウィア、ユリア、スクリボニアなど同性の敵に毒を使ったこともなかった。犠牲者はその者が消えることで彼女の息子もしくは孫がより帝位を継承しやすくなる人間に限られていた。唯一の腹心はウルグラニアであったが、彼女の企みがきわめて慎重かつ巧妙でリウィアのために考えぬいたものであったため、二人で共謀した犯罪が一度たりとも気取られなかったのはもちろんのこと、たとえ気取られてもリウィアまでは決して手がかりを辿られぬようになっていた。女神ボナ・デアの祭祀に先だって毎年行われるウルグラニアに対する告解は、リウィアの計画の前に立ちはだかる人物を排除するのに絶好の手段だった。リウィアはこのからくりをすっかり説明してくれた。告解の内容は密通に就いてのみならず時として兄弟あるいは息子との近親相姦にも及ぶことがあった。そのようなときウルグラニアは、その近親姦の相手の男に死をもたらす以外に罪障消滅のすべはないと断言する。告解者の女は他に罪滅ぼしの方法はないものかと取り縋ることになる。するとウルグラニアはウェスタがお許し下さる別の方法があるかも知れないと口にする。恥辱の原因となった男の手を借りて女神の復讐に力を貸すのなら告解者の罪は清められよう。というのも（とウルグラニアはいう）以前にも同様の忌まわしい告解をした女があったが、彼女は怖じ気づいて彼女を誘惑した者を殺すにいたらず、その結果その悪漢はのうのうと生き延びているのに、女の方は破滅の淵に陥ってしまった。「悪漢」の名は順々にアグリッパからルキウス、ガイウスとなった。アグリッパにかけられた嫌疑は娘のマルケッリーナと通じたというもので――マルケッリーナの不可解な自殺はこの話に真実味を添えた。ガイウスとルキウスの嫌疑は追放前の実の母との密通だった――ユリアの放蕩の浮名がこの話に色をつけた。いずれにせよ罪を告解した女はいそいそとして暗殺の計画を練り、男の方はそれを実行する気になった。ウルグラニアは助言と適切な毒を与えてこれを支援した。つまりリウィアの安全は殺害の実行者とははるかに隔たったところにいるという点にあった。殺害者が嫌疑をかけられたり、仮に殺人の現場を取り押さえられたとしても、犯行の動機を説明すれば自分の過去の醜行を明るみに出すことになるからである。私はリウィアに、アウグストゥスを殺害したばかりかかれの子孫をかくも多数殺害したり追放したりして良心の呵責を感じないのか訊いてみた。すると彼女は答えた。「わたくしが誰の娘であるか片時も忘れたことがあると思うか」そして延々と説明した。リウィアの父クラウディアヌスはピリッピの戦いの後、アウグストゥスにより財産を没収され、かれの手にかかって斃れるよりはと自決の途を選んだのである。

　要するに、リウィアは私の知りたいことは残らず語ってくれた――ただひとつアンティオキアにおいてゲルマニクスの屋敷で起きた怪異現象だけは別として。彼女は繰り返し自分は何の命令も下さなかったし、プランキーナもピソもそれについては何も口にしなかったと言い、その謎を解くには私自身、彼女と同様に絶好の立場にあると語るのみであった。私はこれ以上根掘り葉掘り訊ねても無意味だと悟り、長時間にわたって私に付き合ってくれたことを感謝すると、最後に彼女を女神とするために力を尽くすことを命にかけて誓ったのである。

別れ際に彼女は小さな巻物を一巻手渡し、カプアに戻ったらこれをひもとくようにと言った。それはすでにこの物語の冒頭で私が読者に紹介した、公式文書にはされなかったシビュラの予言を集めたもので、そこに「髪多き者たち帝位に昇る」と題する予言を見つけたとき、リウィアがなぜ私を晩餐に招きあの誓いを立てるよう強いたのか、その真意が分ったような気がした。しかし私は本当に誓いを立てたのであろうか？　すべては酔夢の中の出来事のように思われた。

巻二十六

ティベリウス、カプリ島で自堕落な日々を送る、リウィア死す

セイヤヌスはティベリウスに嘆願書を送って、リウィッラの次なる夫について御一考いただきたいと懇願した。いわく、自分が騎士身分の者であることはわきまえているが、アウグストゥスはかつて一人娘をローマ騎士に嫁(とつ)がせるという考えを表明されたことがあるし、またティベリウスにしても自分ほど忠実な臣下をお持ちではあるまい。自分は元老院身分に昇格したいと望んでいるわけではなく、今までどおり皇帝の玉体の安全を守護する不眠の番兵という地位のままで満足である。そして、アグリッピーナ一味は自分を最大の政敵と看做(みな)しているから、この婚姻はかれらに対して大きな打撃となる、そうなれば連中もリウィッラとの間に生まれたカストルの息子、ティベリウス・ゲメッルスに荒っぽい手出しをすることもありますまい——ゲメッルスの双子の弟が最近亡くなったのは、アグリッピーナの仕業に違いありません、と付言した。

　ティベリウスは次のように鷹揚に返答した。たしかにセイヤヌスには大きな恩義を感じているが、現段階では色好い返事をすることができない。前夫二人がいずれともきわめて高貴の生まれであったから、リウィッラにしてみれば、セイヤヌスが騎士身分のままであるのはうれしくないであろう。さればといってかれが元老院階級に上がると同時に皇室の一員と結婚するとなれば、大きな嫉妬を惹起することになろうし、ひいてはアグリッピーナ一味を利することとなる。アウグストゥスが娘を騎士身分の者の妻にと考えたさい、その男が隠退して党利政略とは無縁の人物であったのは、かかる嫉妬を避けるためであったに違いない、と。

しかしかれの返答は気を持たせるような言葉で結ばれてあった。「ここで計画を明言することは避けるが、予にはそちをより身近な者とする意図がある。強調しておきたいが、そちの無私なる貢献には、いかなる報酬も決して大きすぎることはなく、いずれ機会が至れば予は腹案を実行するのに決して吝(やぶさか)ではない」

セイヤヌスはこのような嘆願書を提出してみたものの、ティベリウスの心中を知りぬいていたから自分自身でも時期尚早と考えていた。嘆願書を書いたのはリウィッラにうるさくせっつかれていたからで、そのことで皇帝の怒りを招いたのを自覚していた。セイヤヌスは、ティベリウスを説いてただちに首都から離れるよう、また自分を終身の首都長官に任命するように説得せねばならぬと思った。首都長官ともなれば、その決定事項に人々が異議申し立てしようとすれば、皇帝に直訴するほかすべはないのである。親衛隊の長としてかれは帝室の急使にあたる伝令兵部隊を配下においており、ティベリウスの通信はすべて掌握できる立場にあった。それにティベリウスはどの人物に拝謁を許すべきかの決定もセイヤヌスの判断に頼っており、また謁見する人物が少なければ少ないほどティベリウスがよろこぶこともセイヤヌスは心得ていた。徐々に首都長官は正真正銘の権力をことごとく掌中に収め、皇帝の介入を受ける惧(おそ)れなしに思うがままにふるまう自由を獲得していった。

そしてついにティベリウスはローマを離れた。カプアでユピテルに、ノラではアウグストゥスに、神殿を奉献するというのが口実であった。しかし、かれはローマに戻るつもりはなかった。かれが決心したのはトラシッルスの警告があったためだといわれる。今やトラシッルスの予言は違(たが)わず実現するものとして受け入れられた。ティベリウスは齢(よわい)六十七に達して老醜をさらし――痩せ衰えて背が曲がり、頭は禿げ、関節はこわばり、貌は潰瘍であばただらけだった――ほどなく世を去るだろうと世人は考えていた。かれがこののち十一年もの年月を生き長らえようとは誰ひとりとして予想しなかった。ティベリウスがローマ近郊にまで来るのが関の山で決して首都には足を踏みいれなかったことも、そのような予断を許した理由のひとつだろう。ともあれ事態は次のように展開した。

ティベリウスのカプリ行に随行したのは、博識なギリシア人学者の一団、ゲルマニア人護衛兵を含む精鋭部隊、トラシッルス、性別の定かではない厚化粧の奇怪な連中多数、それに思いがけないことに、コッケイウス・ネルウァだった。カプリはナポリ湾沖合い三マイルにある島である。冬は温暖で夏は涼しい。船着場は一箇所しかなく、それ以外島の周りは険しい断崖か通りぬけできない藪に囲まれていた。ここでティベリウスがいかに余暇を過ごしたのか——ギリシア人たちと詩と神話学を論じネルウァと政治・法律を論ずる時間は別として——それを記述するのはいかに歴史の任務とはいえあまりにおぞましい。私としてはこう記すに留めよう。ティベリウスはエレファンティス文庫を全冊、すなわち世に知られるうちでも最も膨大な春画や艶笑文学の一大蒐集を携えていったと。カプリでかれはローマではできなかったことを実行した。戸外の茂みや花の中、あるいは波打ち際で淫行に耽り、思う存分乱痴気騒ぎをやらかしたのである。遊び仲間を苦しめるのがかれの娯しみの大半を占めていたから、耽溺した野外での遊びのなかには度外れて残酷なものもあり、カプリ島が遠隔地にあるというのはその不便さを凌いでなお大いに利点があると考えていた。いつもそこで暮らしていたわけではなく、カプアやバイアエ、アンティウムなどにも姿を見せたが、しかしカプリがかれの拠点であることに間違いなかった。

ティベリウスはほどなくして、好都合と思うならどんな手段を用いてでもアグリッピーナ一味の指導者たちを排除する権限を、セイヤヌスに与えた。かれは毎日セイヤヌスと連絡を保っており、元老院への書翰の中でかれの行動をすべて承認していた。ある年の元旦の祝賀のさい、ティベリウスはカプアで神祇官の長として恒例の祝福の祈りを述べたが、その直後にわかに、

紀元二十八年

傍らに立っていたサビヌスという名の騎士身分の男の方へ振り向くと、解放奴隷をそそのかし忠誠心をゆさぶろうとしたといって難詰した。ただちに部下たちがサビヌスの外套をまくりあげて頭をくるみ、輪にした縄を首にかけて、ぐるりとまきつけ、そのままひきずっていった。サビヌスは喉をつまらせながら「みんな、助けてくれ！」と悲鳴を上げたが、皆凍りついたように身動きもしなかった。そこでサビヌスは、かつてゲルマニクスの友人であったこと、セイヤヌスの策謀にはまってアグリッピーナへの同情をこっそり口にしたというだけの理由で、略式裁判を受けて処刑されてしまった。翌日元老院でティベリウス書翰が読み上げられたが、それはサビヌスの死を報告し、セイヤヌスが剣呑な謀叛計画を発見したことに言及していた。「元老院議員諸卿よ、絶え間ない不安にさいなまれて日を送る不幸な老人をあわれんでもらいたい。近親者のなかに予の命をねらう者がいるのである」ここでアグリッピーナとネロを指しているることは明らかだった。するとガッルスが起立して動

議を出した。いわく、皇帝は憂慮のもとを元老院に明らかにし、問題を解決されるべきである、必ずや容易に事は落着するであろうと。ティベリウスはこの時点ではまだガッルスに鉄槌を下す自信がなかった。

その年の夏、ナポリの目抜通りで輿に乗ったリウィアと乗馬のティベリウスが偶然顔を合わせた。ティベリウスはカプリ島から港に着いたところであり、リウィアは訪問先のヘルクラネウムからの帰路だった。ティベリウスにしてみれば無視して通りすぎたかったところだろうが、習慣からやむなく馬をとめて形式的に母の健康を訊ねた。「お前に親切に訊ねてもらって、ますます元気になったよ。母として忠告させておくれ——あの島で食べるにごいには気をおつけ、とな。あそこで獲れるにごいには猛毒の種類があるそうな」

「感謝します、母上」とティベリウスは言った。「他ならぬ母上の御忠告ゆえ、今後つつしんでまぐろとぼらだけを食するよう心掛けましょう」

リウィアは鼻でせせら笑うと、同行していたカリグラに向かって大声でこう言った。「それでさっきの話じゃが、夫（そなたの曾々祖父じゃ）とわたくしが六十五年前のある闇夜に、この道をひそかに船を待たせてあった桟橋へと急いでいたときのことよ。不思議な運命の巡り合わせじゃが、あのときわたくしたちは、今にもアウグストゥスの配下の者の手に落ちて殺されるのではないかと気が気でなかった。上の子供が——そのときには子供は一人だけであったが——父親の尻にくっついて馬に乗っておった。この小伜（こせがれ）めはこともあろうに金切り声を張り上げたのじゃ、『父上、ペルージアにもどりたいよーう』とな。わたくしたちはたちまち気配を気取られた。旅籠（はたご）から兵士が二人名を呼んで追いかけてきた。わたくしたちは引っ込んだ出入口の暗闇に身を潜めて兵士をやりすごそうとした。けれどもティベリウスときたらまだ喚いているのだよ、『ペルージアにもどりたいよーう』わたくしは言った。『この罰当たりを殺しなさい。生きるにはそれしかありますまい』けれど夫は心やさしい馬鹿者でそれを拒んだのじゃ。わたくしたちが逃げおおせたのは、あれはまったく僥倖というしかない」

母の話を聞き終えようとその場に留まっていたティベリウスは、馬に拍車を入れ、激怒して走り去った。その後二人は再び会うことはなかった。

リウィアが魚に注意するように言ったのは、ただ単にティベリウスを厭な気分にさせるだけの目的、つまり漁師や料理人の中にも彼女の息のかかった者がいると匂わせるためだった。リウィアはにごいがティベリウスの大好物だということをよく知っており、こう言われると息子が食い意地と暗殺の危険との間で心理的葛藤に悩むことになるのが分っていたのだ。これには痛ましい後日譚がある。ある日ティベリウスは島の西の斜面で木陰に坐り、快い微風に吹かれながら、兎と雉子がお互いに、どちらが食材として優れているかを議論するという、ギリシア語の韻文の対話篇の構想を練っていた。これはティベリウスの独創ではなかった。つい最近かれは同様の作品を献上した宮廷詩人に金貨二千枚を与えたばかりだった。この作品では、優劣を競うのは茸と雲雀、牡蛎につぐみだった。ティベリウスは自作の導入部で、こうした議論を些末なものとして退け、野兎と雉子だけが食材の王者として覇を競う権利がある——この二種の肉だけが腹にもたれぬ威厳と舌に媚びぬ繊細を持ち合わせていることを主張しようとしていたのだ。

　さて、かれが牡蛎を貶すのに相応しい形容詞は何かとつらつら思案しているちょうどそのとき、にわかに足下の茨の茂みががさがさ音をたてたかと思うと、ぼさぼさ頭の荒々しい面構えがにゅっと現れた。衣服は濡れねずみであちこち破れ、顔は血だらけ、片手には刃を開いたナイフを握っていた。男は茨の茂みをおしわたると大声で言った。「ほうら、カエサル、見事なもんでがしょう」そして背中に担いでいた袋からばかでかいにごいを取り出すと、まだぴちぴち跳ねているやつをティベリウスの足元の芝生に投げ出した。男は実は下心など微塵もないただの漁師で、たまたまこの珍しい獲物を得、ティベリウスが崖の上にいるのを見て、皇帝への贈り物にしようと考えただけだった。岩場に舟をもやうと、断崖まで海を泳ぎ渡り、茨の茂みが生えているところまで崖の小径をせっせとよじ攀ると、折りたたみナイフで茂みを払ってきたのである。

　けれどもティベリウスは動転のあまり、ほとんど正気を失った。呼び笛を吹き鳴らすと、ゲルマニア語で呼ばわった。「助けてくれ！　すぐ来い！　ヴォルフガング、ジークフリート、アデルスタン！　暗殺だ！　急げ！」

「ただいま参上、至上至尊の大旦那様」ゲルマニア人たちはただちに答えた。ティベリウスの左右背後はかれらが警備をかためていたが、前方の警護にはいうまでもなく誰ひとり配置されていなかった。かれらは槍をふりかざして、跳ぶが如くに駆けつけた。

　漁師はゲルマニア語を解さなかったので、ナイフを畳みながら上機嫌で言った。「こいつはあすこの岩穴の中で見つけたんでさ。どれくらいの目方と思いなさるね？　なみの鯨ほどかかね？　もうちょっとでわしゃ舟から海ん中に引っ張り込まれるところさ」

ティベリウスはようやく一息ついたものの、今度は魚に毒が仕込まれているのではないかと邪推して、ゲルマニア人に叫んだ。「槍を使うな！　あの魚を二つに切ってあいつの顔にすりこんでやれ」

大男のヴォルフガングが漁師をうしろからがっちり捕まえて腕を封じると、他の二人が生魚で顔をごしごし擦(こす)った。不運な男は叫んだ。「ひゃあ、やめてくれ！　冗談じゃねえ！　袋ん中の別のやつを最初に皇帝に差し出してたら、えれえ目にあうとこだった」

「何を持ってるか、見てみろ」とティベリウスが命じた。

エーデルスタインが袋を開けてみると、それは巨大な海老(えび)だった。「それで顔をごしごしやってやれ」ティベリウスが言った。「じっくり磨いてやるんだぞ」

哀れな男は両眼を潰された。するとティベリウスは言った。「それでよし。放してやれ」漁師は苦痛のあまり半狂乱で絶叫し、よろよろと歩きまわった。あとはかれを近くの岩から海へ突きおとすだけでよかった。

幸いなことに私は一度もティベリウスの島に招かれたことがなく、またその後もカプリ島には近付かぬように気をつけている。もっとも、かれの非道の痕は残らずはるか昔に消し去られ、またかれの建てた十二の別荘はたいへん美しいという話ではあるが。

私はリウィアにアエリアとの結婚の許しを求め、彼女は悪意をこめた祝福とともにこれを許した。それればかりか結婚式に列席しさえした。それは豪華な華燭の典であったが——セイヤヌスがそうしつらえたのだが——結果としてアグリッピーナとネロおよびその友人たちを私から遠ざけることになった。世間では私がアエリアには何ひとつ隠してはおけず、アエリアの知ったことは何もかもセイヤヌスに筒抜けだと考えられていた。私にとってはとても悲しいことだったが、かといってアグリッピーナを（彼女はみじめなトレメルスに遠島になって二十年目に死んだ姉ユリッラの喪に服していた）改めて納得させようとしてもそれは無理だということが分った。気まずい思いをしたくないので、徐々に私の足は彼女の館から遠のいていった。私とアエリアはまったく名目上の夫婦に過ぎなかった。新床の部屋に入ったとき彼女が最初に口にした科白(せりふ)はこうだった——「クラウディウス、このことは分ってちょうだい。私はあなたに指一本触れて欲しくないし、このさき万が一今夜のように一つ床に入るような事があるとしても、間には寝台掛けを置いて、あなたがぴくりとでも動いたら、すぐにも出て行っていただきます。それにもうひとつ。あなたはあなたでお好きなようにやってちょうだい。私は私で好きにやるから」

私は言った。「結構。君は私の肩から重荷を降ろしてくれたよ」

アエリアは恐ろしい女だった。声が高くしつこく能弁なことにかけては奴隷市場の競売人なみだった。口答えしようという気力などたちまち失せてしまった。むろん私は当時まだカプアに住んでおり、アエリアは一度として訪ねてきたことはないが、セイヤヌスは私が首都に滞在するときはできるだけ彼女を同伴するよううるさくすすめた。

セイヤヌスとリウィッラを向こうにまわしては、ネロにはまったく勝ち目がなかった。口を利くときは言葉をえらぶようアグリッピーナが繰り返し注意していたにもかかわらず、ネロは思うところを腹の中に秘めておくにはあまりに開けっぴろげな性格だった。かれが親友と信じている若い貴族の中にはセイヤヌスの息のかかった者が何人かいて、この者どもがネロが公け(おおや)の場で表明した意見を残らず記録しておいた。その上わるいことに我々がヘレネとかヘルオと呼んでいたかれの妻はリウィッラの娘で、内々のことは逐一母に通報していた。しかし最悪なのはネロが妻以上に信頼を置いて何でも打ち明けていた実弟ドルススであって、かれはネロが長兄でアグリッピーナの寵愛を受けているというので嫉妬の焔(ほむら)を燃やしていた。ドルススはセイヤヌスのもとに出向き、ネロがかれに向かって、次の新月の晩に秘かに船を出してゲルマニアに赴き、現地の駐屯軍の前でゲルマニクスの息子として庇護を求めて、ローマへの進軍を呼びかけようと持ちかけたが、むろん自分は怒って断わったのだと語った。セイヤヌスはドルススに向かって、しばし自重するよう、相応しい時節が来ればその話をティベリウスの前で披露するよう声をかけるから、と答えた。

そうするうちにも、セイヤヌスはティベリウスが叛逆の嫌疑でネロを告発するはずだという流言を流布させた。ネロの友人はかれを見限りはじめた。二、三の者が理由をつけてネロの晩餐を辞退したり、あるいは公け(おおや)の場所で出会ったとき、かれに冷たい挨拶を返すようになると、ほかの者もその例に倣った。数カ月経つと身辺には真の友人が残るのみとなった。ガッルスはその一人だったが、ティベリウスが元老院に登院しなくなったのを良いことに、ますますセイヤヌスを悩ますことに全力を上げるようになった。ガッルスがセイヤヌスをからかう遣り口は、かれの奉仕に感謝する動議をたえまなく提出し、彫像とか記念門、称号や讃美の祈禱歌、誕生日を公的に祝福するなど、とにかく度外れた名誉を次々に与えようとするものであった。元老院は敢えて反論することなく、またこれにはセイヤヌス自身、元老院議員ではないのでまったく発言権がなかった。ティベリウスにしてもセイヤヌスと対立したり、あるいはかれに対する信頼を失ったように見えることを恐れて、拒否権を行使することを望まなかった。このころ元老院は何であれ決定しようとする事項があれば、まず最初にセイヤヌスに代表を派遣してティベリウスに許可を求めて良いものかどうか伺いをたてることとしており、セイヤヌスが難色を示すとそれを撤回するのが常だった。ガッルスはある日、先祖が国家に尽くした奉仕の記念としてトルクアトゥスの子孫は黄金の鎖(トルク)を、キンキナトゥスの子孫は黄金の捲毛を、それぞれ家系の勲章として身に帯びるのを元老院によって許されているのだから、セイヤヌスとその子孫は皇帝の門衛としての忠勤の証(あかし)として黄金の鍵を帯びるという栄誉を与えられるべきだと主張した。元老院が満場一致でこの動議を可決したので、さすがにセイヤヌスは驚愕して、ティベリウスに書翰を送って、苦情をのべた。いわくガッルスがこれまで数々の栄誉を提案したのは悪意によるものであり、元老院に嫉妬の念を抱かせ、果てはかれに僭越な野心ありとの疑念を皇帝に抱かせようとの下心である、今回の動議はとりわけ悪辣で、皇帝への具申の手段がそのことで私腹を肥やす地位にある者の手に握られていると暗示するものである。願わくば皇帝ティベリウスが何らかの理由を設けてこの法令に拒否権を行使し、またガッルスを沈黙させる手段を講じていただきたいと懇願した。対してティベリウスは、拒否権を用うることはセイヤヌスの体面を傷つけることになるのでできないが、早急にガッルスを沈黙させるべく手をうとう、この件に関してセイヤヌスは何ら気に病む必要はなく、かれの書翰は真実の忠誠と優れた微妙な判断を示していると返答した。しかしながらガッルスの暗示はみごと的を射た。突如としてティベリウスは、カプリへの通信の往来は余さずセイヤヌスの知るところであり、最大限かれがそれを掌握している一方で、自分自身知り得るのはわずかにセイヤヌスが篩(ふるい)にかけて自分の耳に入れてよいと判断した通信だけであることに思い当たったのである。

紀元二十九年

さて、私の物語はここで折り返し点を迎えた——わが祖母リウィアが齢(よわい)八十六にして身罷(みまか)ったのである。リウィアは理解力や記憶はもとより、視力聴力体力のどれをとっても衰えを見せていなかったから、それから何年も長生きしても不思議はなかった。しかし最近鼻の感冒から繰り返し風邪をひくようになって、ついには肺を冒された。彼女は私を宮殿に招き傍らに呼び寄せた。私は偶々ローマに居合わせたのでただちに馳せ参じた。祖母には死期が迫っていた。彼女は私に例の誓言を思い出させた。

「その実現に向けて精一杯努力しましょう、お祖母様」と私は言った。歳老いた女が死の淵にあるとき、人は誰しもその者を安心させることを口にするものだし、それが血の繋がった祖母であればなおさらである。「カリグラがもう手配をしているのではありませんか」

彼女はしばらく黙っていた。そして弱々しい怒りを含んだ声で言った。「奴は十分前ここにおった。突っ立ってあざわらいおった。わたくしが地獄に堕ちて永遠に釜の中で煮られようと知ったことかと抜かしおった。死にかけのばあさんと仲よくする必要はないし、誓いは強制されたものだからそれに縛られることもないと言いおった。予言にある至高の神となるのは、ばあさんではなくおれだと。そして――」

「充分です、お祖母様。最後に笑うのはお祖母様でありましょう。貴女は天界の女王となり、カリグラは地獄でミノスの部下たちの手で、じわじわと永遠の車輪で押し潰されるでしょう」

「お前を痴れ者と呼んできたことを思うと……」彼女は言った。「わたくしは逝く。クラウディウスよ、この眼を閉ざして枕の下にある貨幣を口に含ませよ。三途の渡し守はそれに気づいて、わたくしに相応の敬意を払ってくれよう……」

彼女は息絶えた。私は祖母の眼を閉ざし貨幣を口に含ませた。それは金貨で、いままで一度も目にしたことのないものだった。表にはアウグストゥスの貌がリウィアのそれと向かい合っている図柄があり、裏面は凱旋車であった。

私たちの話題にティベリウスのことは一切出なかった。ほどなく私は、かれが母の臨終に立ち会うために余裕をもってローマにもどれる時期に、彼女の容態を知らされていたことを耳にした。ティベリウスは今になって元老院に書翰を送り、多忙を極めていたため母の臨終を看取れなかったと弁疏したうえで、何をおいても葬儀までにはローマに帰還すると述べた。その間、元老院はリウィアの事績を偲んで数々の特例ともいうべき栄誉、これには「国母」の称号のみならず彼女を半神として祭祀するという動議すら含まれていたが、そうした栄誉を与える法案を可決していた。しかしティベリウスはこの大半を覆し、その理由としてある書翰の中で、リウィアは並外れて謙虚な女性であり、常々自らの奉仕が公けに認められることを好まず、死後の自分が宗教的礼拝の対象とされることには感情的に反撥していたと説明した。この書翰の結びでは女性が政治に関与することの不適をひとくさり論じ、「女という性は傲慢と苛立ちという最悪の感情に生来陥りやすいものであるゆえ、女性には政治(まつりごと)は適しておらぬ」と説いてあった。

むろんティベリウスは結局ローマには帰還せず、ただし葬儀の準備万端はみずから行ったが、それも葬儀を華麗から程遠いものにしたいからであった。そのために長々と時を費やしたので、老衰してひからびていたにもかかわらず、荼毘に付されるまでにすっかり屍体が腐敗してしまった。世人が驚いたことには、追悼演説をしたのはカリグラだった。その役目は本来ティベリウスが果たすべきものであり、さもなければかれの後継としてネロが行うべきであったろう。元老院はリウィアを偲んで記念門を建造すべきことを決定したが、ローマの歴史上女性でこの栄誉にあずかった前例がなかった。ティベリウスはこの決議を認可したが、建造はかれの自費で行われるべきだと主張し、結局手を拱(こまね)いて何もしなかった。リウィアの遺産はかれが実子として大半を相続したが、リウィアは法律上許される範囲を最大限利用して家中の者や他の信頼していた者たちにも財産を遺していた。ティベリウスはそれらの者たちに遺贈分を一文も与えなかった。私には金貨二万枚が贈られるはずだった。

巻二十七

セイヤヌスの処刑、粛清の嵐

　リウィアが世を去って、まさか自分がそれを嘆き悲しむことになろうとは、夢にも思ってみなかった。子供の頃、秘かに毎夜毎夜地獄の神々に彼女を連れ去ってくれるよう祈ったものだった。今では、祖母をこの世に喚びもどせるものならばこれ以上のものはないという生贄を――純白の牡牛と羚羊、鴇とフラミンゴを十二匹ずつ――神々に捧げたかった。理由は他でもない、ただ実の母への恐怖だけがこれまでティベリウスの暴挙に歯止めをかけてきたのは明らかだからだ。リウィアの死の数日後、かれはアグリッピーナとネロに一撃を加えた。アグリッピーナは病気から回復していた。ティベリウスがかれらにかけた嫌疑は叛逆の容疑ではなかった。かれは元老院に書翰を送って、ネロの度し難い性的頽廃とアグリッピーナの「身の程知らずの高慢な振舞と不和の種を蒔く口舌」に不快の念を表し、この両者の迷いをさまさせるためには厳格な手段を講じるべきではないかと提案した。

　この書翰が元老院で朗読されると、しばし誰ひとりとして口を開く者はなかった。一同はティベリウスがゲルマニクス一家を血祭にあげようとしているこの段階で、果たしていかほどの民衆の支持がゲルマニクス一家にまわるかを胸算用して、民衆を敵にまわすよりはティベリウスに異を唱えた方はまだしも安全かどうか、思案を巡らしていたのである。ついにセイヤヌスの仲間の一人が起立して、皇帝の意向には敬意が払われるべきであり、言及されている両名に対して何らかの布告を行うべきであると発言した。さてここに元老院の議事を公式に記録する書記役の元老院議員があって、かれの発言はたいへん重きを置かれていた。この人物はこれまでティベリウス書翰で提案された内容にはことごとく無条件に賛成票を投じてきており、常々セイヤヌスも何でもいいなりになる男ですとティベリウスに報告していた。しかし余人ならぬこの書記が立ち上がってこの動議に反対したのである。かれはネロの道徳とアグリッピーナの行状に就いては今ここで軽々に論ずべきではないと発言した。おそらく皇帝の耳に誤った情報が伝えられたため、はやまってこの書翰が記されたものであろう、したがってネロとアグリッピーナの利益はむろんのこと、皇帝自身の利益をも慮って、皇帝の近親にかけられたかくも重大な嫌疑を皇帝が再考する余裕をもたれないうちは、議会はどのような議決もなすべきではないというのが、かれの主張であった。いったい元老院での議事は皇帝の命令によって公式に発表されるまでは内密に伏せておくことになっていたにもかかわらず、皇帝書翰についての情報はたちまち首都じゅうに広まり、大群衆が元老院の周辺に蝟集すると、アグリッピーナとネロを支持する示威運動を繰り広げ、口々に「ティベリウス万歳！　ティベリウス万歳！　書翰は捏造だ！　セイヤヌスの仕業だ！」と叫んだ。

ティベリウスはこのとき危急の事態に備えて首都から数マイルの別荘までやってきていたが、セイヤヌスはそこに急使を送り、書記の反対動議のため元老院は皇帝書翰を退け、民衆はアグリッピーナを真の国母、ネロをローマの救世主と呼んで叛乱の一歩手前の状況にある、ティベリウスが断乎たる行動を起こさないかぎり日没までに必ずや流血の危機が到来するであろうと報告した。

ティベリウスは恐怖に駆られたが、セイヤヌスの助言を容れて恫喝口調の書翰を元老院に送付し、その中で書記の言動は皇帝の尊厳に対する前代未聞の侮蔑であるとして譴責し、元老院に皇帝の利益を重んずる気がないからには、不本意ながら自分が事態の収拾を一手に引き受けねばならぬと主張した。元老院は屈伏した。ティベリウスは抜刀した親衛隊に喇叭を吹き鳴らしながら市中を行進させたあげく、民衆に向かってこれ以上煽動的行動に出るならば無料の食料配給を半減するぞと恫喝した。そしてアグリッピーナを実の母ユリアが最初に幽閉されたパンダタリア島に島送りとし、ネロをポンザ島、すなわちカプリとローマの中間にあるものの陸からはるかに隔たった岩ばかりの小島に流罪にした。ティベリウスは元老院に向かって、両名はライン軍団のもとへ赴きあわよくばかれらの忠誠をとりつけんがため、まさに首都脱出寸前であったと説明した。

かれは遠島の前にアグリッピーナを呼びよせ、嘲ってこう訊ねた。母(ティベリウスの亡き有徳の妻でもある)から継承した大帝国をどのように統治するつもりか、また新しい王国の主となったネロに外交使節を派遣して、軍事的大同盟を締結するつもりなのか、と。アグリッピーナは一言も口を利かなかった。ティベリウスは激怒して大声で返答を迫ったが、アグリッピーナが沈黙を守り通したので、かれは親衛隊の百人隊長に命じて肩を打擲させた。彼女はようやく口を開いた。「お前の名は血みどろの泥。聞いたことがある、ガダラ人テオドロスがそう呼んでいましたよ、お前がロドスで修辞学の授業を受けているときに」ティベリウスは百人隊長の手から葡萄の枝を奪い取るとアグリッピーナの躰といわず頭といわずしたたかに擲ちすえたので、とうとう彼女は失神した。この残忍な打擲のため彼女は片目を失明してしまった。

ほどなくアグリッピーナの子ドルススもまたライン軍団を抱き込んで叛乱を企んだ廉で告発された。セイヤヌスが押収したと称する証拠の書翰が提出されたが、実のところはセイヤヌスの捏造であった。提出物の中にはドルススの妻レピダ(彼女はセイヤヌスと密通していた)自筆の証言と称するものもあり、そこにはドルススがオスティアの水兵たちと連絡を取って、かれらがネロと自分がアグリッパの孫であることを想起してくれるよう計らって欲しいと彼女に頼んだと記されていた。ドルススは元老院よりその処置を委ねるとしてティベリウスの手に渡され、ティベリウスはかれを宮殿のはずれの屋根裏部屋に幽閉し、セイヤヌスに監視させた。

次の生贄はガッルスである。ティベリウスは元老院に書翰を送っていわく、ガッルスがセイヤヌスに嫉妬し、皮肉をこめた称賛やその他さまざまな悪辣な言辞を弄してセイヤヌスに対する皇帝の信頼を失墜させようと企んでいると。ちょうどその日に例の書記役が自決したとの知らせが届いたばかりであったので、元老院は狼狽してただちにガッルス逮捕のため政務官を派遣した。政務官がガッルス宅に到着すると、当人はローマを離れてバイアエに滞在中であることが判明した。バイアエにいたガッルスはティベリウスの別荘に招かれており、政務官が別荘に駆けつけてみるとちょうどガッルスはティベリウスと晩餐を共にしているところであった。ティベリウスがガッルスに葡萄酒を勧めるとかれは丁重にこれに応じ、晩餐の席での雰囲気はしごく和気あいあいであったため、政務官は困惑のあまり言葉を失った。ティベリウスはかれになにゆえやってきたのか訊ねた。「元老院の命令で陛下の客人の一人を捕縛するためにです」「どの客のことか？」とティベリウスは訊ねた。「アシニウス・ガッルスです」と政務官は答えた。「しかし命令はどうやら間違いであったようです」ティベリウスは勿体ぶって答えた。「ガッルスよ、もし元老院がそなたに対立し、逮捕のためにこの役人を派遣したのであれば、我らが楽しき集いもこれでお開きにせねばなるまい。予としては元老院の決定に逆らうことはできんのじゃ。しかし約束しておこう、今宵我らがかくも親密な友誼を結んだからには、予は親しく元老院に書翰を送って、そなたに対する起訴に関しては予の聴聞を待たずしてなんらの行動も起こさぬよう伝えておこう。つまりそなたは執政官の監督のもとに単に拘留されるのみで、足鎖などの恥辱をうけることもない。放免されるようできるだけ早く手を尽くそう」

ガッルスはティベリウスの寛容な申し出に感謝する必要を感じたが、何か裏があることも悟った。ティベリウスの口調に、皮肉をもって皮肉に返す気配を感じたからだが、その勘ははずれなかった。ガッルスはローマに連行され元老院の地下室に幽閉された。誰にも召使にさえ面会を許されず、友人や親族に伝言を送るのも禁じられた。食事は毎日鉄格子ごしに出された。地下室は鉄格子から微かな光が入る以外真っ暗で、マットレス一枚のほかは何の備品もない。この状態はあくまで一時的なもので、間もなくティベリウスが訴訟のかたをつけると言い聞かされていたが、数日が数ヵ月になり、数年になっても、そこから出られなかった。食事はひどく貧しく、ティベリウスの命令で、絶えず飢えてはいるが餓死するほどではないように巧みに調節されていた。食事はナイフなしであったがこれは自害を恐れたためであって、同様の理由から一切鋭利な刃物は与えられず、また気散じのための筆記用具や書物や賽子（さいころ）もなかった。水も飲むために僅かな量を与えられるだけで、体を洗う水はまったくなかった。ティベリウスの面前でガッルスの話題が出るようなことがあると、老人はにやりと笑ってこう言ったものだ——「予は未だガッルスと仲直りしておらぬぞ」

ガッルス逮捕の報に接したとき、私はかれとつい先日口論してしまったのを後悔した。それは学問上の論争だった。ガッルスは『弁論家としてのわが父、アシニウス・ポッリオと、その友マルクス・トゥッリウス・キケロとの比較』と題する愚かしい著作を著した。比較の問題点が道徳的性格、政治家としての才能についてであれば、あるいは学識においてさえ、ポッリオはたしかに抽（ぬき）んでていた。ところがガッルスは自分の父がより卓越した弁論家であるのを立証しようとした。いうまでもなくこれは愚かしいことで、私は小論を著してそう主張した。この小冊子はポッリオのキケロ評を私が批判した直後に書かれたので、大いにガッルスを悩ませることとなった。もし著作を回収することでガッルスの最悪の幽閉生活を少しでも楽にすることができるのなら、私は喜んでそうしていたろう。今にして思えば、そんなことをしても何の足しにもならなかったろうが。

　セイヤヌスはついに深緑党の勢力が瓦解してもはや恐れるものは何もないとティベリウスに報告することができるようになった。ティベリウスはその献身に報いるべく、孫娘ヘレネ（ネロとの結婚は解消されていた）との婚姻を許す決意をしたと告げたばかりか、さらに大きな報酬が待っていると仄めかした。わが母が、読者もご記憶であろうが彼女はリウィッラの母にもあたるが、この婚姻に口を挟んだのはこの時である。カストルの死後リウィッラは母と共に暮らしていたが、その振舞が傍若無人で不注意に過ぎたためセイヤヌスとの不義密通を母に気づかれてしまった。もともと母は倹約家であったが、年老いてからの彼女の楽しみといえば、蠟燭の燃えさしを集めて溶かして再生すること、台所の残飯を豚の飼育業者に売ること、さらには炭の粉を何かの液体と混ぜて団子状に捏ねあげることにあった。そうしてできあがった炭団子は、乾かすと炭とほとんど同じくらいよく燃えた。一方リウィッラは金遣いが荒く、母はいつも口うるさく叱っていた。彼女はある日、偶然リウィッラの部屋の前を通りかかって奴隷が反故（ほご）のつまったごみ入れの籠を持って出てくるのに出食わした。「何をしておいでだえ？」と彼女は訊ねた。

「炉にもって参ります。リウィッラ様のおいいつけで」

　母は言った。「こんなに良い紙を焚付けに使うなぞもったいない話。いったい今紙がいくらするか知っておいでかい。羊皮紙の三倍はするのだよ。ほら、ほとんど何も書いてない紙だってある」

「でも、リウィッラ様が念を押してお命じになりましたので――」

「リウィッラ様が貴重な紙を燃やせと命令したとな。そのときは別のことに気を取られていたのであろう。その籠をわたしにお寄こし。書き残しの部分は家計簿とかほかのことに使えよう。『無駄が無ければ不足も無し』じゃ」

　母は反故を自室に持ち帰り、その一枚から余白を切りとってきれいな紙片をつくろうとしたが、そのときもしインクを消せたら紙をまるごと活かせるという考えが頭に浮かんだ。それまでは礼儀を守って書かれた文字を読まないようにしてきたが、インクをごしごし消し始めるともう文字から目を背けることはもはやできない相談である。そしてこの反故が、実はセイヤヌス宛の手紙の下書きか放棄された書きだしであることにはっと気づいたのである。一旦読み始めると途中で止められなくなって全行を読み終えないうちにすべてを悟った。明らかにリウィッラはセイヤヌスが自分以外の女――しかも自分の実の娘――との婚姻に同意したことに立腹し嫉妬の焔を燃やしていたが、激情を何とか隠そうとしていた――下書きが新しくなるにつれ筆致は抑えられていたからである。彼女は書いていた――セイヤヌスがヘレネと結婚する意思がないことをティベリウスに気どられる前に行動を起こすべきであり、仮にティベリウスを暗殺し帝位簒奪を決行する準備が今もって調っていないのであれば、彼女がこの手でヘレネを毒殺した方がよくはないか、と。

母はパッラスを呼びにやった。このときかれは私の命でエトルリアの歴史資料を探すために図書館にいたのだが、母はかれに言いつけた――私からの命令を装って私の名代としてセイヤヌスのもとに行き、わが著書『カルタゴ史』を献呈するために（ちょうどこのころ私はこれを完成しており、世に出す前に浄書した草稿を一部母に送っていた）カプリにティベリウスを訪問する許しを得るように、と。カプリではまたしても私の名代のような顔をして著作を嘉納してくれるよう願い出ることになっていた。セイヤヌスはすぐさま許可を与えた。パッラスが私の家内奴隷であることはかれも知っており、何の疑いも抱かなかったからである。しかし母は著作の十二巻目に、リウィッラの手紙とともに説明を加えた自分の手紙をも潜ませておき、全巻を（すべて封印してあった）余人の手には委ねず、自身でティベリウスに手渡すよう命じた。これとともにパッラスはまたいかにも私が書いたような挨拶と、献呈の許しを乞う言葉を述べた上、次のような伝言をつたえる手筈であった――「アントニア奥方も皇帝に心からの挨拶を送ります。奥方の意見では息子の手になるこの著作は皇帝のお気に召すことはありますまいけれど、ただ極めて奇妙な逸脱を含む第十二巻だけは、必ずや御興味を惹くことでございましょう」

パッラスは旅の途上カプアに立ちより、私に行き先を告げた。かれは私にこう言った、自分の使命については御母堂様から堅く口止めされてはいるが、いかに御母堂様が主人顔をなされようとも結局自分の主人は母上ではなく貴方様でありますし、主人を厄介に巻き込むような事はしたくありません。貴方様ご自身には著作を皇帝に献呈しようという気など毛頭ないことはよく分っておりますから、と。私は最初、狐につままれた気分だった。特にパッラスが十二巻のことを口にしたとき何のことやらさっぱり分らなかった。そこでかれが水浴して着替えしている間にこっそりと封印を破った。そこに挿入されているものを目の当たりにしたとき、一瞬すべてを焼き捨ててしまおうかとも考えた。しかしそれもこのまま放置するのと同じほど危険だと考えなおして、最終的にはふたたび封印した。母は私が取引用に渡しておいた私の印章の複製を使っており、そのため私が封印を破ったことはパッラスにさえ分らなかった。パッラスは急ぎカプリへと旅立ったが、帰路私のもとに立ち寄ってこう報告した。ティベリウスは十二巻を取り出して森の中で読むために出て行った。かれがいうには、望みとあらば著作を献呈しても差支えないが、そのために仰々しい言い方をするのはやめてもらいたい、と。これを聞いていささか気が休まったが、しかし愛想よくしているときのティベリウスほど油断ならないものはない。当然私は次に何が起こるかと肝を冷やし、ティベリウスとセイヤヌスとの暗闘に私を巻き込んで剣呑な立場においた母を呪った。一度は逃亡も考えたが、逃げ出そうにも行くあてもなかった。

まず最初に起こったのはヘレネの病気である。今にして思えばヘレネにはどこも悪いところなどなかったのだが、リウィッラが彼女に強いて、仮病を使って病床に臥すか、さもなくば本当に病にかかって床につくか、どちらかを選べと迫ったのである。彼女は首都から気候の温和なナポリに移された。ティベリウスは婚姻を無期延期にするのを認めたが、あたかも婚姻が成立したかのように

紀元三十一年

にセイヤヌスには婿殿と呼びかけた。そしてかれを元老院階級に昇進させ、自分の同僚執政官そして神祇官に任命した。しかし続いてこれらの寵愛を打ち消すかに思われる行動に出た。すなわちカリグラを数日間カプリに呼び寄せて、元老院宛の極めて重要な書翰を持たせて送り返したのである。書翰には、今や帝位継承者となったこの若者をつぶさに観察した結果、他の兄弟とはたいへん異なった気質と性格の持主であることを知り、その道徳や忠誠に関して囁かれるやも知れぬ非難にはいっさい耳を貸さぬことが言明してあった。そしてカリグラを同僚執政官たるアエリウス・セイヤヌスの手に委ね、あらゆる災厄から若者を庇護すべく依頼したのである。ティベリウスはカリグラを同じく神祇官に任命し、またアウグストゥスの司祭の地位も与えた。

首都にこの書翰の内容が知れ渡ると人々は大いに歓ん

だ。カリグラの身の安全をセイヤヌスの責任にゆだねることで、ティベリウスはセイヤヌスに対し、ゲルマニクス一族との敵対関係が過去のものとなったと警告したのだと、人々は解釈したからである。セイヤヌスがティベリウスの同僚執政官となることは、実はかれにとって縁起の悪いことと考えられていた。このときティベリウスは執政官職に就任するのが五度目であったが、過去いずれの場合も同僚執政官は非業の死を遂げていた――ウァルス、グナエウス・ピソ、ゲルマニクス、ドルスス。そこで国難はほどなく終わりを告げ、ゲルマニクスの息子が統治する日が到来するとの新たな希望が頭をもたげてきた。なるほどティベリウスはネロとドルススを殺すかも知れないが、明らかにカリグラの命は助けることに決めたのだ、セイヤヌスが帝位に即くことはあるまい。この件についてティベリウスが探りを入れてみた者は一人残らずこの後継者選びにすっかり安堵していたので――なぜかかれらはカリグラが父の美点を残らず受け継いでいるものと信じこんでいた――邪悪を見抜く眼力のあるティベリウスは、カリグラに向かってあからさまにお前は毒蛇で、それだからこそお前を殺さずにおいているのだと言っていたのだが、人々の反応をおもしろがってすっかり上機嫌になった。カリグラの登り坂の人気をセイヤヌスとリウィッラを牽制するために使うことができたからである。

そこでかれはあるていどカリグラに信頼を置いて、次のような指令を与えた。そもそも親衛隊というところは隊長の影響力がたいへん大きいところなのだが、隊の兵士と親しく交わることで、隊長たちの中でセイヤヌスに次いで影響力の大きいのは誰であるかを探り出し、その人物が豪胆かつ冷酷であることにかけてセイヤヌスに比肩しうる人物であるかどうかを確認する、というものであった。カリグラは鬘（かつら）と衣装で女装し、若い娼婦を二人ともなって、兵士たちが夕刻酒をあおりにくる場末の酒場に足繁く姿を見せるようになった。厚化粧して胸に詰物をすると、背が高く魅力的とはいいがたいが、とにかく女で立派に通用した。酒場では自分は裕福な商人の囲い者で、充分なお手当てをいただいているから、酒を娯しむ余裕はじゅうぶんあるのだと言い触らしていた。そして気前よく酒をふるまったので、兵士たちの間ではたいへんな人気者になった。たちまちカリグラは兵営での噂に通暁し、しょっちゅう話題になるのがマクロという名の隊長であることが分ってきた。マクロはティベリウスの解放奴隷の息子で、あらゆる点からしてローマ随一の頑強な男と見えた。兵士たちは口をそろえてマクロの酒場や売春窟での乱痴気騒ぎの武勇伝や、かれが他の隊長を顎で使っていること、また苦境にあっても沈着で動ぜぬことを誉めそやした。セイヤヌスですらマクロを恐れている、セイヤヌスと対等に渡り合えるのはこの男だけだという話であった。そこでカリグラはある晩マクロを誘って秘かに身分を明かした。二人は散歩に出て長時間語りあった。

　ティベリウスは元老院宛に何通もの書翰を送るようになったが、これが実に妙な代物で、健康を害して死も目前だと書いていると思えば、次には突如病からは回復したのでいつでもローマに帰還できると記してあるという具合だった。なかでも奇妙なのはセイヤヌスについての書き方で、度外れた称賛と短気な叱責が相前後して現れるので、これを読むとティベリウスが耄碌して正気を失ったのだとしか思えなかった。セイヤヌス自身これら書翰にすっかり惑わされてしまい、ただちに叛乱の狼煙をあげるべきなのか、それともティベリウスが死ぬかあるいは老耄を理由に退位に追い込まれるまで、現在の強大な地位を保持しておく方が得策なのか、心を決めかねていた。自らカプリに赴いてティベリウスの身に何が起こっているのかこの目で確かめたいと考え、ティベリウスの誕生日を機会にかれを訪れる許しを願ったが、ティベリウスは執政官職にある自分がずっと首都を離れているだけでも異例なのだから、お前は執政官としてローマに留まるべきだと返答した。そこでセイヤヌスはナポリにいるヘレネが重い病に臥せっているので一日だけでよいから見舞に訪れたいのだが、ついてはその帰路に、ナポリから海路でわずか一時間の距離のカプリに伺ってはなりませんかと訊ねた。これに対しティベリウスはヘレネにはよい医者をあてがってあり、焦らず回復を待つべきである、それに自分は近々ローマに戻る予定であるからセイヤヌスには首都に留まって歓迎の準備をしてもらいたいと答えた。これと時を同じくしてティベリウスは、セイヤヌスが職権乱用の咎で訴えた前ヒスパニア総督に対する告訴を、証拠不十分を理由に棄却した。これまでセイヤヌスが起こしたこの種の訴訟でティベリウスが協力しなかったことは一度もなかったのに。セイヤヌスは怪しみはじめた。かれの執政官職の任期は終わりに近づいていた。

　ティベリウスが定めたローマ帰還の当日、セイヤヌスは親衛隊の大隊を率いて皇帝を待ち受けていた。場所はアポロ神殿の外で、折しも元老院が修理中であったため元老院の議会が神殿内で開催されていた。何の前触れもなくマクロが馬を駆ってかけつけると、セイヤヌスに敬礼した。セイヤヌスはなぜ兵営を離れたのか問うた。ティベリウスが元老院宛の書翰を託したのだとマクロは答えた。

「なにゆえに其方が？」とセイヤヌスは怪しんで訊ねた。

「小官で何の不思議がありましょうや？」

「なにゆえ私ではないのだ？」

「この書翰が閣下に就いてのものだからです」そしてマクロは耳もとで囁いた。「心よりお祝い申し上げますぞ、閣下。書翰の内容には必ずや驚かれましょう。閣下は護民官に任命されます。いずれは次代の皇帝となられるということですぞ」もとよりセイヤヌスはティベリウスが姿を現すことは本気にしていなかったものの、最近ティベリウスから何も言ってこないのでやきもきと気を揉んでいたのだったが、これを聞いて有頂天となり、元老院に駆け込んでいった。

マクロは親衛隊に呼びかけた。「よく聞け、皇帝はセイヤヌスに替わって俺を将軍に任命された。辞令はここにある。貴様らはただちに兵営に戻れ、警護の任は解かれたのだ。兵営に戻ったら皆に伝えよ、親衛隊はマクロの指揮下に入った、命令に従う者には残らず金貨三十枚が下されるだろう、とな。先任将校は誰だ？　お前か。兵を行進させて帰還せよ。ただしあまり騒ぎたてるな」

親衛隊が去るとマクロは警護隊司令官を呼んだ。司令官は予め配下の兵を親衛隊の代わりに連れてくるよう指令を受けていた。そしてマクロはセイヤヌスのあとを追って元老院に入り、執政官に書翰を手渡すと、一行も読まれないうちに退出した。かれは警護隊がしかるべく配置されているのに満足して、兵営で混乱が起こっていないか確かめるため、帰還する親衛隊のあとを追った。

かくするうちにも、セイヤヌス護民官就任の情報は元老院中を駆け巡り、誰もが争ってかれを誉めそやし祝辞を述べた。上席の執政官が静粛を呼びかけ、ティベリウス書翰の朗読を始めた。書翰はまず、過労と病弱と称して元老院欠席を言い繕うティベリウスのいつもの弁解にはじまり、一般的な話題に移ったあと、充分な証拠を集めることなく前総督の起訴に踏み切ったセイヤヌスの性急さに、軽く苦言を呈した。これまでティベリウスは小言につづいて必ず新たな栄誉を与えることが慣例となっていたから、セイヤヌスもこの時点では微笑を浮かべていた。しかし書翰の厳しい調子は変わらず、あまつさえ行を追うごとに叱責が激しさを増し、それにつれてセイヤヌスの顔から微笑が消えていった。さきほどからかれを誉めそやしていた議員たちは困惑して口ごもり、傍らにいた一人二人はやがて口実を見つけて元老院の反対側へと移動していった。書翰は最後にセイヤヌスが重大な違法行為を犯したと弾劾し、またその友人の二人、すなわちタクファリナスに勝利をおさめた叔父ユニウス・ブラエススともう一人は処罰されるべきで、またセイヤヌスは逮捕されるべきだと結論づけた。マクロから前夜ひそかにティベリウスの真意を伝えられていた執政官は、このとき大音声で呼ばわった、「セイヤヌス、前へ！」セイヤヌスはわが耳を疑った。書翰の最後に自分が護民官に任命されるものとばかり思っていたのだ。執政官はかれが納得するまで二度名を呼ばねばならなかった。セイヤヌスは言った、「私？　私のことか？」

セイヤヌスの政敵たちはかれが遂に失脚したと気づくや、ただちに騒がしく嘲弄を浴びせはじめ、セイヤヌスの仲間や親族も身の安全を懸念してそれに倣った。気づいてみるとかれは突如孤立無援の立場に立たされていた。執政官が皇帝の助言に従うべきかを訊ねると、「異議ナシ！」と会場全体が声を揃えた。警護隊司令官が呼び入れられた。配下の親衛隊が消え去りその代わりに警護隊が配置についているのを知ったとき、セイヤヌスは自分が遂に失墜したのを悟った。牢獄に引きたてられていく途上、事の次第を噂で聞いた群衆がセイヤヌスを取り巻き、罵りわめいて汚物を投げつけた。かれは外套で顔を覆ったが、群衆が顔を見せなければ殺すぞと脅したので、仕方なく従うと、さらに激しく投げつけられた。同日の午後、元老院は首都に親衛隊の姿がなく民衆が獄舎に押し入ってセイヤヌスに私刑を加える気配を見せているのを知って、元老院の権限でセイヤヌス処刑の命令を下した。

カリグラはただちに狼煙（のろし）でティベリウスに知らせを送った。ティベリウスは艦隊を待機させておき、計画が挫折した場合にはエジプトに逃亡するつもりだったのである。セイヤヌスは処刑され、遺体は〈号泣の階段〉に投げ出され三日三晩そこで民衆のなぶりものになった。いざ喉に鈎をかけて屍体をティベリス河に投げ込む段になると、頭蓋骨が持ち去られて公衆浴場で手玉になっており、遺体の半分も残っていなかった。また無数にあったセイヤヌスの彫像が破壊され都の辻々に散乱した。

セイヤヌスがアピカータとの間になした子供は勅命により死を賜った。子供は三人で、一人は成人男子、もうひとりは成人前の男の子、末っ子は以前私の息子ドルシッルスと婚約していた娘で当年とって十四歳であった。法的にいうと成人前の男の子は処刑できなかったので、内乱時代の前例に倣って成人の服を着せて処刑した。ただ叛女の娘はもっとしっかり法の保護を受けていた。処逆者の娘であるという理由だけから処女を処刑した前例はかつて一度もなかった。牢獄に連行されるときこの娘は事態をよく飲み込めず大声で泣き叫んだ。「牢屋はやめて！　鞭で擲ってもいいから！　もう二度としませんん！」なにか女の子らしい悪戯をした罰だと思いこんでいたのだ。娘を処女のまま処刑して首都に兇運がふりかかってはならないと懸念して、マクロは刑吏に命じて彼女を凌辱させた。この知らせを耳にしたとき私は自分に言った、「ローマよ、お前はもうおしまいだ。償いようのないおそろしい罪だ」と。そして神々に呼びかけて、自分は皇帝一族に連なる者ながら国政には何ら関与しなかったこと、また微力にして復讐を果たすことは叶わぬものの神々と同じくこのような罪を深く嫌悪することをしかとみそなわし給えと祈ったのである。

アピカータは子供たちの最期を聞き、〈号泣の階段〉に晒された遺体が民衆から凌辱を受けるのを目撃して、自ら命を絶った。しかし自殺の前にティベリウスに手紙を送り、カストルはリウィッラの手で毒殺されたこと、またリウィッラとセイヤヌスが共謀して帝位簒奪を企んでいたことを暴露した。すべての咎はリウィッラにあると訴えたのである。さてわが母はカストル暗殺の件は知らなかった。ティベリウスはわが母をカプリに呼んで、彼女の助力をねぎらうとともに、アピカータの手紙を見せた。ティベリウスは母にどのような報酬も道理の範囲なら望むがままに与えようといった。母は答えて、唯一望む報酬は家名に傷をつけないことであり、実の娘が処刑されて〈号泣の階段〉にうちすてられることだけは止めて欲しいと訴えた。「ではあれをどのように罰したらよろしいかな？」とティベリウスは鋭く訊いた。「私の手に渡して下さい」と母は答えた。「罰はこの手で下しましょう」

こうしてリウィッラは法的には何の処罰も受けなかった。母は彼女を自室の隣の部屋に幽閉し、いっさい食物を与えず餓死に至らしめた。母は娘が日ごと夜ごと絶望に泣き叫び呪いを発し、それが徐々に微かになってゆくのを聴いていた。しかし彼女は娘をどこか声の届かぬ離れに移すでもなく、息絶えるまで隣室に置いていた。母は娘を苦しめることに喜びを覚えたのではなく（実際それは筆舌に尽くし難い苦痛だった）かくも忌まわしい娘を育ててしまった自分を罰したのであった。

セイヤヌスの死に伴って粛清の嵐が吹き荒れた。かれの友人のうちで素早く変わり身を図ろうとしなかった者は勿論のこと、変わり身を図った者も例外ではなかった。先手を打って自決しなかった者はカピトリヌス丘のタルペイアの断崖から突き落とされた。かれらの財産は没収された。ティベリウスは吝嗇になっていたので、告発者にもほんの僅かしか与えなかった。ティベリウスはカリグラの助言を容れて最大の褒賞にあずかる権利のある告発者たちに無実の罪を着せて、かれらの財産をも没収した。このとき命を落としたのは概算で元老院議員六十名、騎士階級の者二百名、平民では一千名以上にのぼる。もし母の息子でなかったなら、私もセイヤヌスとの縁戚関係を理由に粛清されていたろう。私はようやくアエリアと離婚し結納金の八分の一を手元に置くことが許された。実のところ全額アエリアに返してしまったが。彼女は定めし私を馬鹿だと思ったことであろう。しかし私は、二人の間にできた幼い娘アントニアを生まれるとすぐに引き取りたかったので、その代償のつもりだったのである。アエリアはセイヤヌスの地位が危ういと感じとると、たちまち私に体を許し子供を孕っていたのだ。かれが失脚した場合このことが何らかの安全保障になると考えたのである。ティベリウスにしても自分の甥の子供を宿しているうちは処刑をためらうだろうという予想であった。私にとってアエリアと離婚できるのは嬉しかったが、母がうるさくせっつかなければ彼女の手から乳飲み子を取り上げるような真似はしなかったろう。母はアントニアを自ら腹を傷めた子のように欲しがった——世にいう〈ばあさんの孫ねだり〉である。

セイヤヌスの一族のうち死を免れたのは一人かれの兄弟のみで、この人物はティベリウスの禿頭を大っぴらに揶揄したという奇妙な理由から命長らえたのであった。昨年のフローラ女神の祭のさいかれははしなくもその主宰者となったが、儀式の演出に禿頭の者のみを使った。そして儀式が長引いて夕暮れまでつづいたとき、見物人の眼前に神殿から出てきた五百人の子供たちが現れたのだが、かれらはおのおの松明を掲げ頭をつるつるに剃髪していたのである。カプリ島を訪ねた元老院議員からこの話を聞かされたティベリウスは、ちょうどネルウァが臨席していたこともあり、かれに好印象を与えたいと思ったのであろう、このように言った。「こやつを許してやろう。ユリウス・カエサルがかれの禿頭に就いての冗談に立腹しなかったからには、どうして予が怒ることができようか」私が思うにセイヤヌスが失墜したとき、ティベリウスは同様の気紛れから、寛容の念を新たにしたものであろう。

しかしヘレネは単に仮病を装ったという理由だけで処罰の対象となって、ブランドゥスというひどく身分の低い男と娶せられた。この男の父は属州騎士の出身で、修辞学の教師としてローマにやってきたのである。世人はこのティベリウスの処置を見下げ果てた遣り口と考えた。ヘレネはかれの孫であり、この婚姻によりかれの家名が卑しめられたからである。ブランドゥスと姻戚になるのは奴隷に身を落とす一歩手前だと噂された。

ティベリウスは民衆や元老院からわが身を護ってくれるのは親衛隊しかないと悟り、兵にマクロの約束した金貨三十枚ではなく五十枚を配分した。かれはカリグラに言った、「予の肉を喜んですすろうとせぬ者はローマには一人もいまい」と。親衛隊は皇帝への忠誠を示そうとしていたのに、セイヤヌスを獄舎に連行する任務が警護隊に委ねられたと不満を述べ、抗議のために兵営から出て近隣を略奪したのだと主張した。あの晩確かにマクロは気ままにふるまわせてくれたが、翌朝呼集の喇叭が鳴ったとき、二時間以内に帰営しなかった者に対しては、マクロは鞭をふるって半死半生の目にあわせたのである。

紀元三十二年

しばらくしてティベリウスは恩赦を宣言した。もはや何ぴともセイヤヌスと政治的に連繋していたとの咎（とが）で裁かれることはない、かれの犯した罪悪はすっかり懲罰されたのだから、かれの優れた事績を偲んで喪に服したいと思う者に、敢えて非を問うことはない、と。多くの者がティベリウスの御意に叶うと信じて喪に服したが、それは誤算だった。かれらはたちまち根拠のない冤罪――いちばんありきたりなのが近親相姦の罪であったが――に問われて死罪を求刑され、そして一人残らず処刑された。かくも立て続けに元老院階級や騎士階級の者を処刑しては誰一人残らないのではないかと懸念もされようが、答は簡単、ティベリウスは絶えず他の者の位を上げて貴族階級の員数を補塡していたのである。ローマ騎士に仲間入りする条件としては、自由身分の生まれで前科がなく、何千枚もの金貨を所有していれば充分だった。騎士になるためには多大の金品が必要だったが、志願者には事欠かなかった。ティベリウスはますます貪欲になり、富貴の者が遺言で財貨の少なくとも半分を皇帝に譲るのを当然と考え、その文言のない遺言状を発見した場合には書類上の不備であるとかいろいろ細かい難癖をつけて無効を宣言し、遺族には一銭も与えず全財産を没収するのだった。公共事業には事実上びた一文費やさず、アウグストゥスの神殿を完成することすら怠り、無料の食料配給や公共の娯楽行事にも金を出し渋った。確かに軍隊の給料は滞らせなかったが、それ以上は何もしなかった。属州に対しては税金や貢納金が定期的に入ってくる限り、なんの気配りもしなかった。総督が死去しても、次の総督を任命することすらしなかった。ヒスパニアの使節団が来訪して、総督職がもう四年も空席になっているため前総督配下の者たちが傍若無人に収奪を繰り返していると訴えると、ティベリウスはこう答えた。「新しい総督を派遣して欲しいとな？　しかし新総督は新たな配下の者を引き連れてゆき、そなたたちはもっと酷い目に遭うだけであろうが。こんな話がある。ある男が戦場で深傷を負って倒れ、医者の手当を待っていた。その傷に蠅が山ほどたかっているのを見かねて軽傷の戦友がそれを追い払ってやろうとすると、男は叫んだ。『止めてくれ。この蠅は俺の血を腹一杯吸ったので、最初のときほどひどく傷が痛まない。お前が追い払ったらたちまち別の腹をすかせた蠅が集まってくる。そうすれば俺はおしまいだ』」

かれはパルティア人がアルメニアを寇掠するに任せ、ダニューブ彼岸の蛮族がバルカンに侵攻するのを許し、ゲルマニア人がライン河を渡ってガリアを略奪するのを放置した。そしてほんの些細な咎を見つけてはガリアやヒスパニア、シリアやギリシアの首長や蕃王の財産を没収した。またティベリウスは全財産を見返りにウォノネスを——読者はご記憶であろう、前アルメニア王でこの人物の処遇をめぐってわが兄ゲルマニクスがグナエウス・ピソと争ったのである——ゲルマニクスが幽閉しておいたキリキアの都市から、間諜を派遣して救出してやったが、そのあと追跡して殺してしまった。

この頃になると密告者共は法に定められた以上の高い金利で金を貸している金持ちに的をしぼるようになった。一分五厘というのが最高の法定金利であった。しかしこの法規は無視されて久しく、違法な利率で金を貸していない者など元老院中を探してもどこにもいない状態だった。しかしティベリウスはこの法の有効性を強く打ち出した。そこで元老院代表団は、財政を合法化するまでに各人に一年と半年の猶予を乞うたので、ティベリウスは恩着せがましくこれを許可した。その結果いっせいに負債が回収されたため、流通貨幣の著しい不足を招いた。そもそも利率の上昇はティベリウスが国庫に金貨銀貨をごっそり貯め込むばかりでいっさい流出させなかったことに原因があるのだが、こうなると金融恐慌が生じて土地の値段が無料同然にまで下落してしまった。ティベリウスは遂にこの状況を解決せざるをえなくなって国庫から金貨百万枚を無利子で銀行に貸し出し、土地を担保に借り手に配分してやるよう取り計らった。もしコッケイウス・ネルウァの助言がなかったら、ティベリウスはこれすら行わなかったろう。ティベリウスは今なお時としてネルウァに相談することがあった。ネルウァはカプリ島にあって、用心深くティベリウスの自堕落な放蕩には目をつぶりローマからの知らせもできるだけ耳に入れないようにしていたが、かれは恐らく世界でただひとりティベリウスの善良さを信じている男であったろう。これは後年カリグラから聞いた話であるが、ティベリウスはネルウァに向かって、化粧を塗りたくった自分の稚児のことを、あれらはあわれな孤児たちであって自分が憐愍の情から面倒を見てやっている、ただ大方の者がいささか頭がいかれているので、常軌を逸した服装や振舞はそのせいなのだと言い繕っていたらしい。しかしはたしてネルウァはそれを信じるほど単純で目端の利かない人物だったのであろうか。

巻二十八

ティベリウスの死

　ティベリウス最晩年の五年の治世に関しては、もはや多くを語らぬほうがよかろう。じわりじわりと餓死に追いやられたネロのことや、セイヤヌス失墜の報にいっときは歓んだものの事態が変わらぬことを知って餓死を試み、それすら許されずしばらくは無理やり食物を口に詰め込まれ、最後には食事を絶たれてやっと望み通り餓死するにまかされたアグリッピーナのこと、消耗しきって死んだガッルスのこと、その少し前に人知れず宮殿の屋根裏部屋から光もささぬ地下牢に移され、マットレスの藁を口にほおばったまま餓死しているのを発見されたドルススのこと、これらは敢えて詳述するに忍びない。しかし次の点に関しては記しておく必要がある。ティベリウスはアグリッピーナとネロの死をよろこんで元老院に書翰を送り——今やアグリッピーナを謀叛とガッルスとの密通の廉で告発していた——ガッルスの件に就いては「過重な公務ゆえに公判を先送りにせざるを得ず、そのため罪を立証しえずに終わった」ことを悔やんでみせた。ドルススに関しては、この若者がかつてあったなかでも最も下劣で背信的な悪党であると書いていた。ティベリウスはドルススを監視していた親衛隊の隊長に命じて、ドルススが牢獄で発した不敬の言葉の数々を記録したものを公開の場で朗読させた。かつてこれほど痛々しい文書が元老院で朗読されたことがあったろうか。ドルススの発言からかれがこの隊長のみならず兵卒や、あまつさえ奴隷の手によって殴打され拷問を加えられたことや、むごたらしくも食料と水が日々僅かずつ減らされていったことは明らかであった。ティベリウスはドルススの臨終の際の呪詛すら公開することを隊長に命じた。それは荒々しいが筋の通った呪いであり、ティベリウスの吝嗇、背信、自堕落な淫乱や嗜虐性、またゲルマニクスとポストゥムスの殺害、その他一連の犯罪行為の全貌（そのほとんどにティベリウスが関与したことは疑いないがこれまで一度も公けに口にされたことはなかった）を告発し、神々に向かってこれまでティベリウスが他人におよぼした計りしれぬ苦痛や厄災は、いずれより大いなる責めとなって余さずかれの身に降り掛かり、残る人生昼となく夜となくかれを苦しめることとなるよう、またそれが臨終の際にかれをうちのめし、地獄の判官から永遠の責め苦の宣告を与えられんことを祈願していた。元老院議員たちは大声を上げて朗読を中断させたが、ドルススの不敬の言に恐怖を覚えた風を装ってはいたものの、かれらのおお、とかうう、とかいう叫びや呻きの背後にはティベリウスが自らすすんでおのが罪をあばいたことへの困惑が見え隠れしていた。後刻カリグラから聞いたところでは、ティベリウスはこの時おのれの行状をいたく悔恨し、不眠と迷信的な恐れに苛まれ、実際に元老院の同情を求めていたらしい。かれは目に涙をうかべてカリグラに訴えたそうだ。親族殺しはやむをえぬ処置であって、その原因は親族の野望と、個人的感情を犠牲にしても国家の安寧を優先すべしとのアウグストゥスの（リウィアのではなくアウグストゥスの、とかれはいった）政策を踏襲したからなのだと。カリグラは実の母や兄弟に対してティベリウスの加えた非道な迫害には、嘆きや怒りのけぶりも見せたことがなかったのに、この老人に同情し、そのあと最近シリア人から聞きこんだ耳新しい悪徳のことにはやばやと話を転じた。老人が後悔に苛まれているとき、かれの気持ちを奮い立たせるにはこの種の話題しかなかった。ドルススを裏切ったレピダもまた、まもなくかれの後を追った。彼女は奴隷との不倫関係を咎められ、嫌疑を否認することができなかったので（その奴隷と床を共にしているところを発見されたのだ）自殺して果てたのである。

　カリグラは普段はカプリで暮らしていたが、時折ティベリウスの名代としてローマにやってきてマクロの行動に目を光らせていた。マクロはセイヤヌスの役回りをそつなくこなしていたが、賢明にもすすんで栄誉など求めはしないことを元老院に思い知らせていた。かれに栄誉を奉ろうとする議員があると、きまってその者は謀叛、近親姦もしくは公文書偽造の罪に問われて死罪を求刑される羽目になった。ティベリウスは幾つかの理由からカリグラを後継者と定めていた。ひとつには、ゲルマニクスの息子としてのカリグラの人気が民衆の間で極めて高く、民衆は迂闊に騒ぎを起こすと、そのためにカリグラが死罪に問われるようなことがあってはならぬと考えて大人しくしていたためである。いまひとつには、カリグラは卓越した召使であり、世にも稀な悪者であったので、ティベリウスはわが身と比較して自分がまだしも有徳の士であると心安んずることができたからであった。それに、カリグラが結局皇帝の座に就くことになろうなどと、信じてはいなかったのも理由の一つである。というのもかれは今なおトラシッルスに全幅の信頼をよせていたのだが（これまでかれの予言に反するようなことは一度も起こらなかったからである）そのトラシッルスが「カリグラがあそこの湾をバイアエからプテオリまで馬を駆って渡り切るようなことがない限り、皇帝になることはないでしょう」と以前語ったことがあったからである。トラシッルスはこうも言った、「十年後もやはりティベリウス・カエサルが皇帝の座にあるでしょう」と。後になって分るように、この予言は正しかったが、それは別のティベリウス・カエサルのことを指していた。

　トラシッルスがかたく秘匿していることを別にすれば、ティベリウスは多くの秘密を知っていた。例えばかれは、孫ゲメッルスの行末が暗いことを知っていたが、そもそもゲメッルスはティベリウスとは血が繋がっていなかった。ゲメッルスの父親はカストルではなく実はセイヤヌスなのだ。ティベリウスはあるときカリグラに言った。「予はお前を第一の後継者としよう。お前が夭折した場合を考えてゲメッルスをそれに次ぐ後嗣とするが、あくまで形式に過ぎぬ。いずれお前はゲメッルスを殺すだろうが、そうすれば他の者がお前を殺(あや)めるのは分っておるからな」こういったときかれには自分がこの二人より長生きするという目算があった。そしてギリシア悲劇だか何かから科白(せりふ)を引用してこう言った。「われ死するとき業火が大地を焼きつくさん」

　しかしティベリウスはまだ死ななかった。密告者たちは相変わらず暗躍をつづけ、処刑される者は年ごとに数を増した。アウグストゥス時代からの元老院議員で今なおその地位を保つ者はほとんどなかった。流血を好むことにかけてマクロはセイヤヌスよりずっと上手(うわて)で、血を流しても、セイヤヌスほどにも良心の呵責を感じなかった。セイヤヌスは少なくともローマ騎士の息子だったが、マクロの父親は所詮奴隷の生まれに過ぎなかった。新たな犠牲者の中にはプランキーナの姿があったが、リウィアが歿して以来誰ひとりとして彼女を庇護する者はなかった。彼女はあらためてゲルマニクス毒殺の罪に問われたが、それも彼女がたいへん裕福であったためである。

ティベリウスはプランキーナ死罪の報に接してアグリッピーナが溜飲を下げるのが癪だったので、彼女が死ぬまでプランキーナ告発を許さなかった。私は彼女の遺骸が〈号泣の階段〉に曝されたと聞いてもいっさい同情をおぼえなかった。もっとも処刑の前に自殺したのだが。

ある晩ティベリウスと晩餐をともにした席で、ネルウァは今夜は食欲がなく何も食べる気がしないのでお相伴できないと非礼を詫びた。これまでネルウァは肉体精神両面でどこといって悪いところなどなく、カプリ島での隠居生活にしごく満足しているように見えた。ティベリウスは最初、前の晩下剤を嚥んで胃を休ませているのだろうくらいに思っていたが、ネルウァが二日目も三日目も断食を続けたので、食を断って自殺するつもりなのではないかと恐れはじめた。かれはネルウァの傍らに座って断食の理由を聞かせてくれるよう懇願した。だがネルウァは非礼を詫び食欲がないのでと繰り返すばかり。ティベリウスはこの経済危機を解消すべきだというネルウァの助言をただちに受け入れなかったことを気にしているのではと考え、言った。「予が法律を改めてそなたから見ても充分に低い金利を設定すれば、食欲が戻って食事できるようになろうかの？」

ネルウァは言った。「いいえ、そのようなことではありません。ただ食欲がないだけでして」

翌日ティベリウスはネルウァに言った。「予は元老院に書翰を送った。ある者がいうには、法を犯す者を密告して生計を立てている者が何人かいるとのこと。国家への忠誠に報いようというのが予の意図であって、報償めあてに友人を罪に引き込み、しかるのちにこれを裏切るのを推奨することになろうとは、思いもよらなかったが、実際そのような例が一再ならずあったやも知れぬな。かような卑しむべき振舞で生計を立てているのが明らかになった者があれば、ただちに処罰するよう元老院に命じておいた。これでそちも何か口に入れる気になったのではないかな？」

ネルウァは謝辞をのべティベリウスの決断を賞賛したが、それでもなお食欲がないといった。ティベリウスは心底（しんそこ）落胆した。「ネルウァよ、何も食べなければ死んでしまうぞ。そうなったら予はどうすればよいのだ？　予がそちの友誼と政治上の助言をどんなに重んじているかはそちも知っておろう。頼むから何か口にしておくれ、お願いじゃ。そちが死ぬようなことになれば世間は予のせいだと思うに違いない、いや少なくともそちが予を憎むあまり食を断ったのだと考えよう。死んではならぬ、ネルウァ、そちは予に残されたたったひとりのまことの友人なのじゃ」

ネルウァは言った。「カエサルよ、そのように願われても詮なきこと。食べようとしても胃が受け付けないのです。それにおっしゃるような邪推をする者などあろうはずもありません。あなたが賢明な統治者にして心優しい人であることは皆も知るところなのですから、私が怨みを抱くなどと考えるわけもありますまい。もし死が定めなのであれば、死ぬまでのこと。逃れようもありません。死は万人に避けられぬ定めであって、私は少なくともあなたより先に逝くことに満足するでしょう」

ティベリウスは納得しなかったが、間もなくネルウァは質問に答えられぬまでに衰弱し、九日目に亡くなった。

紀元三十六年

トラシッルスも死んだ。かれは死をトカゲから知らされた。それはごく小さなトカゲで、トラシッルスがティベリウスと朝日を浴びながら朝食を摂っている石卓の上をちょろちょろ走ると、かれの人指し指の上にとまったのだ。トラシッルスは言った。

「おれを呼びに来たのだな、兄弟よ。この時刻に来るものと待っておったぞ」そしてティベリウスに向かうと、「わが命脈もここに尽き申した、カエサルよ、お別れです。私はあなたに一度も偽りを申しませんでした。あなたは私にあまたの偽りを申されましたが。されど、あなたのトカゲが警告したときには用心めされい」かれは眼を閉じると数分後に死んだ。

このときティベリウスは、かつてローマでだれも見たことのないとんでもない愛玩動物を飼っていた。最初にキリンが登場したときは絶賛を浴びたし、サイのときもそうだったが、この獣は巨大さでは劣るものの容姿ははるかに現実離れしていた。インドのかなたのジャワと呼ぶ島からもたらされたもので、かたちはトカゲに似て子牛ほどの大きさがあり、その顔は醜悪で背中はのこぎりのようだった。これを最初に見たとき、ティベリウスはヘラクレスやテセウスに退治された怪物が実在したことはもはや疑いないといった。獣は〈無翼龍〉〔コモドオオトカゲか〕と呼ばれ、ティベリウスが手ずから毎日生きたゴキブリや、死んだねずみなどを与えて育てていた。この獣は強烈な悪臭と汚らしい習癖をもち、怒りっぽくて油断ならぬ性質だった。龍とティベリウスは完全に互いの気持ちを分り合っていた。ティベリウスはトラシッルスがいったのはいつの日かこの龍が嚙み付くことを予言したのだと考え、これをその醜悪な頭を突き出せないほど細かい鉄格子のはまった檻の中に閉じ込めた。

ティベリウスは齢七十八を迎えて、これまで没薬とかその種の媚薬を使用し続けたせいでひどく体力が衰えていたが、身ぎれいに若作りをしてせいぜい中年男のようにふるまおうとしていた。ネルウァとトラシッルスの亡きあとカプリ暮らしにも飽き、翌年の三月上旬には運命に挑戦してローマに帰還することに決めた。

紀元三十七年

あちこちで休息をとりながら都に近づき、最後にアッピア街道ぞいのローマの城壁を遠くに臨む別荘に逗留したが、そこに到着した翌日、予言通りに龍が警告を発した。正午にティベリウスが餌をやりにゆくと、龍は檻の中で息絶えて横たわっており、巨大な黒蟻の群が死骸の上を駆け回り、せっせと柔らかい肉を噛み切ろうとしていた。ティベリウスはこれを、もしこれ以上前進して都に入れば、龍のように死んで群衆に遺骸を八つ裂きにされる予兆だと受け取った。かれは慌てて踵をかえした。東風に吹かれて旅するうちに悪寒を覚えたが、軍の駐屯地を通過するさいに兵が披露した狩りの競技に臨席したために風邪をこじらせてしまった。野猪が闘技場に放されたのだが、かれは皆に請われて貴賓席から猷めがけて槍を投じた。その一投は的を外した。かれはこれを気に病んで次の槍を持てと叫んだ。ティベリウスはかねがね槍投げの技には自信を持っており、老齢ゆえに技量が衰えたと兵に思われたくなかったのである。すっかり興奮して次から次へと槍を投じ、とても届くはずもない距離から野猪をしとめようとしたが、結局疲れきって止めてしまった。野猪はかすり傷ひとつ負わず、ティベリウスは自分の槍をかわした技量を誉めてそのまま逃がすよう命じた。

風邪の気は肝臓にまで達したが、かれはそのままカプリへ帰路を急ぎ、ナポリ湾の突端に位置するミセヌムの町に到着した。ここは西方艦隊の母港である。ティベリウスは海が荒れて渡れないのを知って落胆した。けれどもかれはミセヌムの岬に、かつて食通として聞こえたルクッルスの持物だった素晴らしい別荘を所有していた。かれは供廻りを引き連れてここに逗留した。カリグラとマクロもこれに同道していた。ティベリウスは壮健なところを誇示しようとして、現地の役人を残らず招いて大宴会を催した。宴もたけなわとなったころ、ティベリウスの主治医が調剤のため宴席を離れる許しを乞うた。読者も知るように、ある種の薬草は真夜中か、月がこれこれの位相にあるときに摘んだ場合その薬効は絶大となるので、ティベリウスも医者がこうした理由から宴席を中座するのには慣れていた。主治医はかれの手を取って接吻したが、必要以上に長く手を取っていた。ティベリウスはこれを、それは正しい直感だったのだが、自分がどれほど弱っているかを見るため脈を取ったのだと考えて、懲罰にかれをふたたび着席させ、一晩じゅう宴会を続けたが、それも自分が息災であることをただただ誇示せんがためであった。翌朝かれは消耗しきって床に臥し、皇帝の余命いくばくもなしとの報がミセヌムの町を駆けめぐり、ローマにまで達した。

さてティベリウスはこれ以前に、かねてから気に食わぬ数人の指導的な元老院議員の叛逆罪を立証すべく、手段をえらばずかれらの有罪の証拠を入手するようマクロに命じていた。マクロはかれらがいずれも、現在起訴準備を進めているある女と共犯であると弾劾した。その女はセイヤヌスが以前使っていた間諜の妻で、言い寄っても袖にされたことから、マクロは怨みを抱いていた。元老院議員たちはこの女と姦通した罪、みだりにティベリウスの名を唱えた罪で訴えられた。マクロは解放奴隷を殴打し奴隷を拷問にかけることで、必要な証言を手に入れていた。かつて解放奴隷や奴隷が主人に捧げた忠誠の美徳は、今やまったく地に堕ちていた。審問が始まった。しかし被告の友人たちは、マクロが手ずから証拠を吟味し奴隷を拷問したものの、このような場合皇帝から出されるのが通常となっているマクロの行為を容認する文書が提出されていないことに気づき、マクロが私怨を晴らすためにティベリウスのあげた名簿に何人かの人物の名を付け加えたに違いないと考えた。明らかに理不尽な冤罪を着せられた者のうち、いちばんの大物は、元老院の最長老で人々の尊崇を集めていたアッルンティウスであった。かつてアウグストゥスは死の一年前、ティベリウスを措いて皇帝となるに相応しき人物はアッルンティウスのみと述べたことがあった。ティベリウスは一度かれを大逆罪で起訴したことがあったが、それは成功しなかった。老アッルンティウスはアウグストゥス時代から生き残っている最後の人間だった。前回の裁判では、告発者が疑いなくティベリウスの教唆で動いているものと信じられてはいたが、告発者に対する憤激があまりに大きかったため、その者たちは逆に訴えられ、偽証の罪を問われて死罪を宣告されていた。マクロが最近金銭をめぐる問題でアッルンティウスと言い争ったことは周知の事実だったので、ティベリウスがマクロの権限を正式に確認するまで審問は延期されることとなった。ティベリウスが元老院の質問状に応えず放置しておいたため、アッルンティウスと他の者たちはしばらく牢獄に留め置かれていた。ティベリウスが必要とされる確認状をやっと送ってきたので、新しく裁判の日程が決定された。アッルンティウスは孫たちを貧窮に陥れる財産没収を避けるために、審問の日を待たずに自決する決心をした。そして

二、三人の旧友に別れを告げようとしているところに、ティベリウス重態の報が舞いこんだ。友人たちはこの知らせに間違いなければティベリウスよりも生き長らえて次の皇帝から恩赦される可能性もあるのだからといって、最後の瞬間まで自害を思いとどまるよう説得した。しかしアッルンティウスは言った。「いや、儂(わし)はあまりに長く生きすぎた。ティベリウスがリウィアと権力を分け合った時代、すでに儂の人生はかなり辛いものだった。かれがセイヤヌスと権力を分け合った時代はほとんど生きるに堪えがたかった。しかしマクロはそのふるまいからセイヤヌスにもまさる悪党であるのが判明したし、それにカリグラは、よいか、儂の言葉を心に留めておくのだ、あやつはカプリで薫陶を受けてティベリウス以上の暴君になるのは間違いない。老人の身でもはやあのような新しい主人の奴隷になることはできぬ」かれは小刀を取って手首の血管を切り裂いた。誰もが衝撃を受けた。人々の間ではカリグラは人気が高く、第二のアウグストゥス、否、アウグストゥスを凌ぐ名君となると期待されていたからである。かれがティベリウスに忠節を尽くすふりをしているからといって、かれを非難する者は一人もなかった。それどころか死んだ兄弟たちを尻目に生き延びた知恵や、人々の想像するところのかれの本心を隠しおおせたことで大いに賞賛されていた。

かくするうちにもティベリウスの脈は絶え絶えとなり、かれは昏睡に陥った。主治医はマクロに、皇帝の命はよくもってあと二日が関の山だと告げた。そこで一同は動揺して右往左往した。マクロとカリグラは一体の歩調をとっていた。カリグラは親衛隊におけるマクロの評判を高く買っていたし、マクロはカリグラの国民的人気を評価していたから、二人は互いを当てにしていた。そのうえマクロにはカリグラにとりたててもらった恩義があったし、カリグラにはマクロの妻と密通しているという事情があった——むろんマクロは見て見ぬふりをしていたが。ティベリウスは以前からマクロがカリグラと親密につきあうことに苦言を呈していた。「沈む日をみすてて昇る日に目を向けておるな」と。マクロとカリグラは各軍団や同盟軍の司令官に使者を派遣し、皇帝の死期が迫りつつあるが後継者にはカリグラが指名され、玉璽の指輪はカリグラの手に譲られたと伝えた。確かにティベリウスは一時的に意識がはっきりしたときにカリグラを呼び玉璽の指輪を外したことはあったが、すぐに気が変わってふたたび自分の指にはめ、なんぴとにも奪われまいときめたかのようにしっかりと拳を握りしめてしまったのである。かれがすっかり意識を失いもはや生命の兆(きざし)すら見せなくなると、カリグラはそっと指輪を抜き取った。そしてそこいらじゅうをふんぞりかえって歩き回ると、だれかれとなく指輪を見せびらかして、祝いの言葉や賞賛を浴びて悦に入っていた。

　しかしティベリウスはまだ死んだわけではなかった。呻き声をあげて身動きするとがばと起き上がり従僕（しもべ）を呼んだ。長い絶食から弱ってはいたものの、頭はしっかりしていた。以前にもティベリウスはこんなふうに死んだふりをしておいて突如生き返り、周りの者を狼狽させたことがあった。かれはもう一度従僕を呼んだが、誰も答える者はなかった。皆、酒蔵に腰をすえ、カリグラ万歳を称えて祝杯をあげていたのである。そこに厚かましい奴隷がひとり、死人の部屋ががらっぽなのをよいことに、何かちょろまかせるものはないかと探しにきた。部屋は真っ暗で、そこにティベリウスが突如こう叫んだものだから奴隷は腰を抜かさんばかりに仰天した。「召使ども、どこへ消えおったか！　予の声が聞こえぬか！　パンとチーズを持て！　オムレツとカツレツを二枚、それにキオス島のワインを一杯だ！　今すぐに持って参れ！　おお、どうしたことじゃ？　誰かが予の玉璽を盗みおったぞ！」奴隷は部屋から飛び出すと、そこを通りかかったマクロとぶつかりそうになった。「皇帝は生きておられます、食べ物と玉璽を持てと叫んでおられます！」この知らせが宮中を駆けめぐると、滑稽な光景が繰り広げられた。カリグラを取り巻いていた者たちは蜘蛛の子を散らすように消え失せると、「神よ、讃えられてあれ！　訃報は誤りだ！　ティベリウス万歳！」と叫びがあがった。カリグラは恥辱と恐怖にかられ、みじめな格好で、指輪を抜きとってどこに隠したものかときょろきょろ周囲を見まわした。

　ひとり冷静を保っていたのはマクロであった。「たちの悪い冗談だ！」とかれは叫んだ。「この奴隷は正気を失っているのだ。カエサル、この者をはりつけにしてしまいなされ！　先帝は一時間前に身罷（みまか）ったのですぞ！」かれはカリグラに何事か囁き、カリグラは頷いて安堵の表情を見せた。マクロはティベリウスの部屋に駆けこんだ。ティベリウスは立ち上がって呻きと呪いを発しながら、よろよろと扉の方に向かおうとしていた。マクロはティベリウスを担ぎ揚げると、寝台の上に放りなげ、枕で顔を押さえつけた。カリグラは傍らに立っていた。

　かくしてアッルンティウスとの共犯に問われた者たちは釈放された。もっともかれらとて、後になってみればアッルンティウスの例に倣えばよかったと臍（ほぞ）を噛んだのだが。このときアッルンティウスとは別件の叛逆罪の容疑で、五十名ばかりの男女が獄に繋がれていた。これらは元老院の重要人物というわけではなく、大方は一介の商店主たちで、マクロの手下の隊長どもが都の各行政区ごとに課しているいわゆる「ショバ代」を支払うのを拒否した人々だった。かれらは裁判で有罪となり三月十六日に処刑されることとなっていた。ちょうど当日ティベリウス逝去の報が首都に届き、囚人と友人たちはこれで一命をとりとめたと狂喜乱舞した。しかしカリグラは遠くミセヌムにあり、かれへの訴えが間に合わなかったため、刑務所長は自らの権限で処刑を延期して職を失うようなことになってはたまらぬと考えた。そこでかれらは処刑され、遺骸は通常どおり〈号泣の階段〉に晒された。

　これを知って民衆の怒りは一斉にティベリウスに向けられた。「ティベリウスは毒針を刺して死ぬ蜂と同じだ！」と誰かが叫んだ。民衆は都の辻々に群をなし、区長主宰のもと厳かな呪詛の儀式を執り行った。地母神と冥府の判官に向かって、かの死者を迎え入れ給え、そしてあの怪物の屍(かばね)も霊(たま)もこの世の終末が到来する日まで決して安息を得られぬよう罰し給えと祈願したのである。ティベリウスの遺骸は親衛隊のものものしい警護のもとにローマへと運ばれた。カリグラは喪主として葬列に加わっていた。行く先々で人々が葬列を迎えに姿を現したが、それは死者を弔うためではなく、皆晴れ着に身をつつみ、ゲルマニクスの息子を統治者として残して下さった神に感謝して感涙に咽んでいた。歳老いた田舎女が叫んだ。「カリグラ、かわいい坊ちゃま、わたしらのひよこ、赤ちゃん、わたしらのお星さま！」ローマから数マイルの距離まで来ると、カリグラは死者を厳粛に都に迎える儀式を準備するために、馬で先に去った。かれが姿を消すと、群衆がわらわらと集まってきて、板きれや石材を積み上げてアッピア街道を封鎖した。警護の先遣隊が現れると、群衆は口々に不満や呻きをあげ、「ティベリウスをティベリス河へ！」「〈号泣の階段〉に投げ捨てろ！」「ティベリウスに永遠の劫罰を！」などと叫んだ。暴徒の首謀者が声をあげた。「兵士たちよ、我らローマ市民は呪われた屍体をローマに入れるのを許さないぞ！それはローマに兇運をもたらすものだ。屍体はアテッラに持ち帰ってそこの劇場で半焼きにするがよい」ここで説明しておきたいのだが、屍体を半焼きにするというのは通常は乞食や売笑婦になされる処置であり、またアテッラは古代から毎年収穫祭を祝って野卑な仮面劇や笑劇の演じられてきた都市である。ティベリウスはアテッラに別荘を持っていて、毎年のようにここの祝祭に臨席していた。そして田舎じみた卑猥な仮面劇を都ぶりの頽廃的艶笑劇に変貌させ、自ら主催するこの新版の見せ物を上演するために、アテッラの市民に劇場を建設させたという経緯があった。

マクロは部下に命じて封鎖を撤去させようとした。この騒ぎで数多くの市民が死傷し、何人かの兵士は市民の投じた舗石に当たって昏倒した。カリグラが間に入って騒ぎの拡大を食い止め、ティベリウスの遺骸は予定通りマルスの野で荼毘に付された。カリグラが弔辞を述べた。弔辞はひどく形式ばって皮肉なもので、人々はこれを聞いて大いに満足した。というのもそこにはアウグストゥスとゲルマニクスの名は頻出するものの、ほとんどティベリウスに就いての言及はなかったからである。

その夜、通夜の宴席でカリグラは次のような話を披露して人々の感涙を誘い皆の信頼を勝ち得た。いわく、かれはある朝ミセヌムで、いつものように母や兄弟の悲運を思って悶々と眠れなかった。そしてついに、どのような結果となろうとも、母と兄弟を殺した仇を討たねばならぬと心を決めた。かれは父の遺品である短剣を握り、恐れることなくティベリウスの部屋に入っていった。皇帝は寝台の上で悪夢に苛まれ、呻きながら転々としていた。カリグラがゆっくり短剣を掲げ、いままさに振り降ろさんとした瞬間、神の声が耳に響いた。「わが曾孫よ、その手をひかえよ。かれを殺さば不敬を犯すことになろうぞ」カリグラは答えた。「おお、神君アウグストゥスよ、この男はわが母、わが兄弟、あなたの子孫を殺(あや)めた者ではありませんか。たとえ世の人々から父殺しの汚名を着せられようとも、私はかれらの仇を討つべきではないでしょうか？」アウグストゥスは答えた。「気高い息子よ、なんじはこの先、皇帝の座に就くであろう。なんじの意図するところを実行するには及ばぬ。我は復讐の女神に命じて、毎夜かれの夢の中でなんじの愛する者たちの仇を討たせているのじゃ」そこでカリグラは寝台の傍らの机に短剣を置き、部屋を出た。ティベリウスが翌朝目覚めて机の上の短剣を見つけたときカリグラは何の説明もしなかった。おそらくティベリウスはそのことを口にするのもためらわれたのであろう。

巻二十九

新帝カリグラの取り巻きたち

カリグラは皇帝になったとき二十五歳だった。およそ歴史上、皆無とはいわぬまでも、かれほど歓呼の声につつまれて即位した者は稀であり、またひたすら安寧と平和を求める民衆のつつましい願いを叶えるという役廻りで、かれほど楽々と皇帝の座に就いた者も少ないであろう。国庫は財貨で溢れ、国軍は充分に訓練され、優秀な官僚組織もわずかな修正を加えるだけで完璧に稼働できる状態にあった――ティベリウスの怠慢にもかかわらず帝国はリウィアがはずみをつけてからこのかた順調に機能していた――加うるにゲルマニクスの子として受け継いだ人民の敬慕と信頼、ティベリウスが去ったという絶大な安心感がある。じつに後世「名君カリグラ」「賢帝カリグラ」あるいは「中興の祖カリグラ」と讃えられる英主となる絶好の機であったろうに。しかし言っても詮ないことだ。もしカリグラが人々が信じ込んでいたような人間であったなら、兄弟の殺害を横目で見ながら生き延びることもなかったろうし、ティベリウスが後嗣に選ぶこともなかったはずであるから。クラウディウスよ、思い出すのだ、かような「ありえざる想定」を老アテノドロスがどれほど侮蔑していたかを。かれはよく言ったではないか、「もしトロイの木馬が子を孕んでいたなら、こんにち馬の餌代はずいぶん安くついていたろう」と。

当初カリグラは、私や母、マクロと他の少数を除くと世人がみな自分を善人だと信じているのを興がって、この愚かな誤解を助長し、のみならず一連の芝居を演じて世評を維持しようとした。それには自らの地位を磐石のものとしようとの意図もあった。かれが完全な行動の自由を得るにはなお二つの障害があった。ひとつはマクロ

で、その権力には侮り難いものがあった。いまひとつはゲメッルスである。ティベリウスの遺言が公開されたとき（極秘を保つために数人の解放奴隷と文盲の漁師だけが保証人となって作成されていた）はじめて明らかになったのだが、あの老人は単に混乱を惹起するだけの目的から、カリグラを次代皇帝としてゲメッルスを不測の事故のさいの予備後継者とするのではなく、この二人を共同統治者に任命し、夫々一年交替に統治するよう定めていた。しかしゲメッルスはいまだ成年に達さず元老院にも加わっていなかった。いっぽうカリグラは成人となる数年前に次席政務官を経験し、神祇官にも任命されていた。それゆえ元老院は易々とカリグラの見解――遺言制作時にティベリウスは理性を失うほど老衰しており、すべての権力は無条件にカリグラの手に委ねられるべきだという――を受け入れた。カリグラは皇帝遺産が帝権の頒ち難い一部であるとする根拠からゲメッルスの取り分を差しおさえたが、これを唯一の例外として、遺言書の文言をよく守り、遅滞なく遺産を分配した。

親衛隊は各自金貨五十枚を贈与された。カリグラはその額を倍増して、マクロを打倒するさいのわが身の安泰を図った。ローマ市民に遺贈された金貨四十五万枚は、一人あたり金貨三枚を上乗せして、これを支払った。そして本来ならこの金は自分の成人式の祝儀として市民に振舞うつもりだったのだが、前帝がこれを禁じたのだとふれまわった。軍団にはアウグストゥスの遺贈と同じ額が分与されたが、今回はただちに支払われた。これに留まらず、リウィアの遺言で贈与されたはずの財貨、これは相続に不適切という理由から長らく我々相続人の手に渡っていなかったものだが、それまでも残さずカリグラが支払った。ティベリウスの遺産の中で私にとって最も興味深いのは次の二つだった――かつてポッリオが私に残してくれたものの不当に没収されていた歴史学文献の蒐集が、他の貴重な文献多数と金貨二万枚とともに与えられたことと、もうひとつは、ウィプサニアの孫娘にあたるウェスタの祭女の長に、個人的に使うもよし祭女団のために用いるもよしという条件で金貨十万枚が贈与されたことである。彼女は殺されたガッルスの孫娘であったので、金貨を溶かして大きな骨函を造り、ガッルスの遺灰を収めた。

こうしてリウィアとティベリウスの遺産を受けとった今、私はすっかり裕福になった。のみならず驚いたことには、カリグラは私がライン軍団叛乱のさいゲルマニクスのために用立てた金貨五万枚を返済してくれた。かれはこの経緯を母親から耳にしていたのである。私が辞退しても頭から聞き容れようとせず、もしこれ以上拒めば利子まで上乗せして払うぞと言ってきかなかった。父親から受け継いだ負債だというわけだ。私がカルプルニアに新たな財産のことを話すと、彼女は喜ぶよりは心配気に眉を顰めた。「そんなお金を持っていると仕合せにはなれないでしょう」と彼女は言った。「今までのようなつつましい暮らしのほうが、大金を抱えて密告者から大逆罪で訴えられてすってんてんになってしまうより、どれほどいいか知れないわ」読者もご記憶であろう、カルプルニアはアクテの後釜で、まだ十七歳というのにすこぶる頭の回転が早かった。

　私は言った。「何をいうんだい、カルプルニア？　密告者だって？　今やローマにはそんな者はいないし、叛逆罪裁判もないんだよ」

　彼女は言った。「密告者どもがひとからげにされて、男娼（スピントリアン）たちと一緒に島流しになったなどという話は聞いてませんわ」（確かにティベリウスの厚化粧の「孤児」たちはカリグラの手で遠島に処されていた。カリグラは清廉潔白を誇示するために連中を一人残らず最も不健康な島とされるサルディニアに流罪とし、そこで道路工事の労役に就いて立派に生計（なりわい）をたてろと言い渡した。鶴嘴（つるはし）とスコップをおしつけられると何人かは地面に倒れて息絶えてしまったが、残りはいちばん華奢な美少年でさえ容赦なく鞭で仕事に追いやられた。しかしほどなくかれらは僥倖に恵まれた。突如海賊船が襲撃をかけてきて連中を虜にすると、テュロスまで連れ去った。その都市でかれらは裕福な東洋の放蕩者たちに奴隷として売られたのだった。）

「あの連中が昔の汚い手をまた使い出すと思ってるんじゃないだろうね、カルプルニア？」

　彼女は刺繍の手を止めた。「クラウディウス様、あたしは政治家でも学者でもないけれど、少なくとも娼婦なりの機転は持ってるし単純な計算くらいできますわ。前の皇帝はいったい幾らのお金を遺したんです？」

「金貨二千七百万枚だよ。たいへんな額じゃないか」

「新しい皇帝は遺産や賜金としていくら払ったの？」

「三百五十万枚くらいかな。少なくともそれぐらいだ」

「その人が皇帝になって以来、闘技場や広場で猟師たちの相手をさせるよう、豹や熊、獅子や虎や野牛を何頭くらい輸入したのかしら？」

「二万頭くらいかな。いや、それ以上だろう」

「神殿の犠牲（いけにえ）用に何匹の獣が屠殺されたの？」

「それは知らない。たぶん十万から二十万の間だろう」

「そのフラミンゴとか羚羊（かもしか）、縞馬やブリタニアのかわうその代金は決して安くはないでしょうね。獣に出したお金のほかに、闘技場の狩人と剣闘士に払うお金があるし——今の剣闘士はアウグストゥス時代の四倍の賃金を貰っているそうよ——それに元老院の宴会だの飾り立てた山車だの劇場の出し物も——噂では今度の皇帝は前の皇帝が追放した役者たちを呼び戻したさい、不在期間の給料を全部払ってやったというじゃありませんか、豪勢な話ね——それに戦車競技用の馬を買い入れるのに使った額ときたら！　こんなに大盤振舞していたのでは、金貨二千万枚のうちの幾らも残らないでしょうね」

「それは確かだと思うよ、カルプルニア」

「すると三カ月で七百万よ。この調子でゆくといつまでもつんでしょうね？　仮に金持ちがみんな死ぬとき皇帝に遺産を全部贈るとしてもよ。今では皇帝の収益は、あなたのお祖母様が万事を取り仕切って収支を検分しておられたころより少なくなっているはずですわね」

「新帝にしたって、最初の大盤振舞の興奮がおさまったら、多少は経済観念を大事にするのではないかな。何しろ今は金を使っても言い訳が立つ。ティベリウス時代は国庫に大量の貨幣が死蔵されていたので、それが商業に壊滅的な影響を及ぼしたというわけだ。カリグラは新しく金貨二、三百枚を流通させようとしているんだよ」

「まあ、あなたはあたしより新帝のことはよく御存知ですからね。あの方も浪費を止める潮時は、分っていらっしゃるでしょう。でもこの調子で無駄遣いをつづけると財布の中身は二、三年でからっぽになるし、そのときには一体誰がそれを払うの？　そう考えると、密告者や叛逆罪が復活しても不思議はないんじゃありません？」

私は言った。「カルプルニア、財布に金が残っているうちに、お前に真珠の首飾りを買ってあげよう。才色兼備とはまさにお前のことだよ。もう少し言葉を控え目にしてくれさえすれば、後はもう言うことがないよ」

「あたし、お金の方がいいわ」と彼女は言った。「もしそれでも宜しいなら」私は彼女に翌日金貨五百枚を贈った。カルプルニアは娼婦で、また娼婦の娘に過ぎなかったが、私が結婚した四人の貴族出身のどの妻よりも聡明で忠実で、心やさしく陰ひなたがなかった。ほどなく私は個人的な問題を彼女に打ち明けるようになったが、そのことで一度も後悔したことがない、と言い切ることができる。

ティベリウスの葬儀が終わると、カリグラは船を仕立てて、悪天候をついて母と兄ネロが埋葬されている島に向かった。そして半ば焼かれた遺骸を集めると、それを持ち帰って、儀式に則って荼毘に付し、厳かにアウグストゥスの霊廟に埋葬した。かれは母の思い出を偲んで剣闘技の試合と戦車競技の伴う新たな記念日を制定し、毎年生贄を捧げて亡き母と兄弟の霊を慰めることとした。また八月がアウグストゥスの月と呼ばれているのに倣って九月をゲルマニクスの月と呼ぶことに定めた。さらにたった一回の勅令でもって、リウィアが生前受けた栄誉と同じくらいおびただしい栄誉を私の母に授け、彼女をアウグストゥス祭祀の神祇官長に任命した。

　カリグラは次に大赦令を発布した。男女を問わず追放されていた者を呼び戻し、すべての政治犯を釈放した。それから実の母や兄弟の判例もふくむ犯罪記録文書を大量に積み上げ、広場でそれを焼却した。そのさい、自分はこれらの文書に目を通したこともないので、密告者やその他自分の近親を呪うべき運命に陥れる企みに手を貸した者も、もはや何も恐れる必要はない、忌まわしい日々の記録はすべて消え去ったのだと宣言した。しかしその実、燃やしたのは複写であり、カリグラは原本を握っていた。次にアウグストゥスの例に倣って元老院およびローマ騎士の二階級に厳しい制限を設け、どちらの階級からも不適格者を残らず排除した。そしてティベリウスの例に倣い、自分に対しては皇帝および護民官の称号を除いてすべての栄誉を拒否し、また自らの彫像を建立することを禁じたのだった。私はカリグラのこの殊勝な気分がいつまで持つものやらと懸念した。また、元老院がかれを皇帝に推挙したさいかれのたてた誓い、すなわち元老院と権力を頒ち合い元老院の忠実な僕でありつづけるという約束が、果たしていつまで守れるものか、覚束ないものだと思った。

　即位後六カ月目の十二月に、政務に就いていた執政官たちが任期を終えたので、カリグラは暫時その職に就任した。かれが同僚執政官に選んだのはいったい誰だとお思いか？　なんと私を選んだのである！　思えば二十三年の昔、ティベリウスの前に膝を折って、名誉職ではなく実質のともなう地位に就けて欲しいと懇願したわが身であるのに、このたびは誰の好意であろうと就任を辞退したかった。その理由は、著作活動に復帰したいがためではなく（この時エトルリア史の脱稿推敲が終わったところで、新作には着手していなかった）かつてあれほど苦労して勉強した議事手続とか法律上の定則、範例などをすっかり忘れてしまったからであり、また元老院で泰然自若を装う自信がまったく持てなかったからなのである。ほとんどローマに滞在していなかったため、蔭で根回しをして迅速に物事を処理するすべを何ひとつ知らず、また真の権力を握っているのが誰かについてまったく通じていなかったためでもある。私はさっそくカリグラとの厄介事にまきこまれてしまった。かれは中央広場に建立するネロとドルススの彫像を製作させる役目を私に割りふった。彫像奉献の儀式は十二月初旬の予定だったが、私が依頼したギリシア人の工房は指定の期日までに完成することを確約していた。ところが式の三日前に出来具合を確かめにいってみると、その悪党どもはまだまったく手を着けていないではないか。連中は適当な色合いの大理石がついこのあいだまで届かなかったとかいって言い抜けようとしたので、思わず頭に血がのぼって（こういう場合には私はよくかっとなるが、怒りは長続きしない）彫り師を急き立てて昼夜兼行で働かせなければ工房ごと——所有者、支配人、労働者もひとからげにして——ローマから放逐するぞと怒鳴った。この脅しが利きすぎたのだろうか、ネロの像は何とか式の前日の午後に完成したのだが——像は本人に生き写しだった——ドルスス像は不注意な彫り師が手首を折ってしまった。こうした場合折れた手を接合することはできるが、その痕は覆うべくもなく、重大な儀式にそんな不手際なものをカリグラに差し出すわけにはいかなかった。私にできることといえば、カリグラのもとに駆けつけてドルスス像は間に合いそうもないと言うことだけであった。カリグラが怒ったの怒らないのといったら！　執政官職を罷免するといって脅し、私がいかに弁明しようともいっさい耳を貸さなかった。さいわいカリグラはかねて決めていた通り翌日自ら執政官職を退き、ほんらい選出される予定の人物に席を譲るため私にも辞任を求めてきた。おかげでかれの恫喝は現実のものとはならず、私はさらに四年の任期でかれとともに執政官に選出されてしまった。

当然のこととして私は宮殿の広い一劃に住むべきであるとされ、カリグラが（アウグストゥスの真似をして）風紀紊乱に対して厳しい演説をしたため、独身の身であったのに、カルプルニアをローマに呼び寄せることができなかった。私はずいぶん不満だったのだが、彼女はカプアに留まらざるをえず、ほんのたまにしか彼女を訪ねることができなかった。しかしカリグラは自らの倫理に関しては、厳しい規制の埒外に置いているように見えた。マクロの妻だったのをカリグラの要望で離婚したエンニアという女にかれは結婚の約束をしていたのだが、この女にも飽きてしまい、夜毎宮殿を抜け出ては、「偵察隊」と呼ぶ遊び仲間の一団を引き連れて、ご乱行に及んでいたのである。この一団は普通、次のような面々から成っていた。三人の若い将校、二人の有名な剣闘士、俳優のアペッレス、それにエウテュクス、この男はローマ随一の戦車御者で、出場するどの競技にも勝利を収めていた。カリグラは深緑団にひどく肩入れして、世界中に手を延ばして駿足の馬を掻き集めていた。公開戦車競技を開催するのに宗教を口実にして、天候のよい日ならほとんどいつでも、日に二十レースも行うのだった。そして富裕の者に挑戦して他の色の戦車団を向こうにまわして金を賭け（挑戦された者は礼儀から挑戦を受けた）大金をかせいだ。しかし賭けで儲けた金額など、かれの巨大な浪費から見れば、（よくある譬えの通り）大海の一滴に過ぎなかった。ともあれカリグラは変装して例の気の合う「偵察隊」と街に繰り出しては、いかがわしい場所に出入りし、いつも夜警と悶着を起こし、その殴り合いのばか騒ぎを警護隊司令官が注意深く揉み消していた。

カリグラの三人の姉妹、ドルシッラ、アグリッピニッラ、レスビアはいずれも貴族と結婚していたが、カリグラは三人が宮殿に住むべきだと主張した。アグリッピニッラとレスビアは夫を連れてくるよう言われたが、ドルシッラだけは夫を残してくることを命じられた。この男は名をカッシウス・ロンギヌスといい、小アジア属州総督として赴任させられた。カリグラは姉妹三人が最大の敬意をもって遇せられるよう要求し、姉妹にウェスタの祭女と同じ特権を与えた。そして皇帝の長寿と安寧を祈願する公式の祈願文に自分の名とならんで三人の名を連ねるよう定めたばかりか、政務官や神祇官が聖別の儀式のさいに皇帝の名にかけて誓言を口にするとき「われ、おのが命、わが子の命といえども、これを皇帝のおん命、皇帝の姉妹方のおん命より重んずることなからじ」というふうに一緒に唱えることを定めた。人々はこの度外れたふるまいに首をかしげた——かれが三人を姉妹ではなくあたかも妻のように遇していることに困惑して。

カリグラのいちばんのお気に入りはドルシッラだった。首尾よく夫は厄介払いできたものの、彼女はいつも憂鬱そうで、その憂鬱が深まれば深まるほどカリグラの気遣いは細やかになるのだった。あくまで名目上のことであるが、かれはドルシッラを従兄の一人アエミリウス・レピドゥスと結婚させた。この根性の曲がった男についてはすでに記（しる）したことがあるが、かれは私が少年時代に結婚の寸前までいったユリッラの娘、あのアエミリアの兄である。このアエミリウス・レピドゥスは、一般にはその愛らしい外貌およびカリグラへの追従ゆえにガニュメデスの名で知られていたが、「偵察隊」の重要な一員であった。カリグラより七歳も年上なのにカリグラはかれを十三歳の少年のように扱い、またアエミリウスもそれを喜んでいるように見えた。ドルシッラはこの男が我慢できなかった。しかしアグリッピニッラとレスビアはしじゅうかれの寝室に出入りして、笑ったりふざけたり、悪戯をしかけたりしていた。二人の夫はまったく気にしていないようだった。宮殿での生活はまったく乱れ切っていた。これは何も私自身の住み心地が悪いとか、召使の躾（しつけ）がなってないとか、訪問客への対応が礼節に欠けていたとかいう意味ではない。ここでいいたいのは、誰かと誰かの間で細やかな愛情が成立しているのをおよそ目にしたためしがないということである。どうやらアグリッピニッラとレスビアは一度夫を交換したらしいし、別のときにはアペッレスがレスビアと懇ろな関係となり、アグリッピニッラは戦車馭者と巧くやっていたようである。それにカリグラとガニュメデスの関係は——いや、やめよう、宮殿の生活が「乱れ切っていた」ことを示すにはこれだけいえば充分だろう。宮殿の住人で中年を過ぎているのは私ひとりであったし、かれら新人類の生き方はまったく私の理解の埒外にあった。ゲメッルスもまた宮殿に住んでいた。びくびくと怯えた線の細い少年で、爪を深く噛んでは、どこか片隅で花瓶に描くニンフやサテュロスの下書きをせっせと描いている姿を見かけた。私はかれとは一、二回しか話をしたことがないので詳しいことはいえないが、私以上に宮殿の住人から疎外された立場にあるのをかわいそうに思った。私と話したとき、かれは「はい」とか「いいえ」とかしか言わなかったが、それはおそらく私が巧みに話題を誘導して何かカリグラの悪口を言わせようとしているのではないかと恐れたためであろう。ゲメッルスが成年に達した日にカリグラは養子に迎えて後嗣と定め、また「青年の第一人者」に任命したが、これはどう見てもゲメッルスと帝権を分け合うということではなかった。

紀元三十八年

　カリグラは病に倒れた。まる一月の間命もあやうい状態であった。医者は脳炎と診断した。ローマ民衆の懸念は並たいていではなく、一万人を下らぬ人々が昼といわず夜といわず宮殿を取り巻いて病状好転の告示を待ちわびた。かれらはたえず小声で囁きかわしていたので、私の部屋の窓辺には小石の上を流れる遠い川のせせらぎのような響きが聞こえていたものだ。皇帝の容体を憂慮する民衆の意思表示がここかしこに目立った。ある者たちは自宅の玄関に看板を掲げ、もし死神が皇帝の御命を見逃してくれるのなら、自分は身代わりに命を差し出そうと宣言していた。そして宮殿から半マイルあまりの範囲で交通の騒音や街路での騒ぎ、また歌舞音曲を控えることが自主的に決められた。このようなことはまったく前例がなく、アウグストゥスが病臥し人々が医師ムーサの治療に期待をかけたときにもなかったことである。宮廷の告示はいつも「病状ニ変リナシ」であった。

ある晩ドルシッラが私の部屋の戸を敲いた。「クラウディウス叔父様、皇帝がお呼びです。今すぐに。とにかく何をおいても駆けつけて下さい」

「皇帝は何を望んでおられるのか？」

「わかりません。でも、お願いですから御機嫌を損ねないようにして下さいね。刀を持っているんですもの。叔父様が皇帝の聞きたくないことを口になさったらきっと殺されますわ。今朝なんか私の喉に切先をつきつけたのですよ。お前はおれを愛していないだろうって。私は何度も神に誓いました、愛していると。『もしお望みなら殺して下さい』と言いました。ああ、クラウディウス叔父様、私はこの世に生まれてこなければよかった。かれは気狂いです。いつもそうでしたけれど、以前よりひどいわ。何かに憑かれているみたい」

私はカリグラの寝室へと急いだ。そこは幾重にも帳を降ろし厚い絨毯が敷きつめられていた。ランプがひとつだけ、寝台の傍らで弱い光を放っていた。空気はすえた臭いがした。カリグラの不満気な声が私を迎えた。「まった遅れたな。急いで来るように言ったのに」カリグラは不健康なだけで病気のようには見えなかった。寝台の両側には、啞でつんぼの力強い奴隷が一人ずつ、戦斧をかかえて護衛に控えていた。

私はかれに敬礼して言った。「とんでもありません。どんなに急いだことか。もしこの足がびっこでなかったなら、とうに着いていたでしょう。とまれ再びご尊顔を拝し玉音に接するとは何たるよろこびか、カエサルよ。回復されたと見てよろしゅうございますか」

「予はじっさいは病気などではなかったのだ。休息をとっていただけじゃ。そして予は変身を遂げた。歴史に残る重大な宗教的事件であるぞ。都じゅうが静まりかえっていても不思議はない」

口では強がりをいいながら、かれは同情して貰いたがっていると私は見抜いた。「変身は苦痛をともなうものでありましたろうな、陛下。わたくしごときには分りかねますが」

「さながら産褥の苦しみであったぞ。まったく難産であった。ありがたいことにすべて忘れてしまったがな。否、ほとんどすべてというべきか。予はいたく早熟な赤子であったから、この世に生まれたとき産婆が予に産湯を使わせながらほれぼれ眺める表情や、苦しみを癒そうとかれらが予の唇に染ました葡萄酒の味をはっきりと憶えておるのだ」

「おどろくべき記憶力！　したが陛下、卒爾ながら、陛下の経験された変身がいかなるものか、お訊ねしてよろしいかな？」

「そちは見て分らぬのか？」とかれは不快気に問うた。

　ドルシッラが言った「憑かれている」という言葉、また祖母リウィアと臨終（いまわ）の際（きわ）に交わした対話が頭に閃いた。私は床に這いつくばると、かれを神として崇めた。

　数分後、なおも床に顔をおしつけながら、カリグラを跪拝する光栄に浴したのは私が最初かと問うてみた。かれがそうだと答えたので、私は感謝の言葉を並べたてた。カリグラはいわくありげに剣の切先で私の首筋を叩いていた。私はこれで一巻の終わりと観念した。

　かれは言った。「確かに予は未だ肉身をまとうているから、そちが一目見て予の神性に気づかなかったとしても不思議はない」

「何と恥ずべきことでしょう、これほど盲いていたとは。ご尊顔はこの暗闇の中でも灯火のように輝いておりますのに」

「そうなのか？」かれは興味を惹かれた。「立って鏡を持て」私は磨きあげた鉄の鏡を渡した。かれは確かに顔が輝いているといった。上機嫌になってカリグラは自分のことをいろいろ話し出した。

「以前から分っておった、これが起こるのは」かれは言った。「自分の神性には気づいておった。予は神以外ではありえぬと感じておった。考えてもみよ。わずか二歳にして父の軍団の叛乱を鎮圧してローマを救ったのだ。神童というべきではないか。幼神（おさながみ）メルクリウスの話や、ヘラクレスがゆりかごの中で蛇を絞め殺した話を思い出してみよ」

「メルクリウスはわずかに牛を二、三頭盗んだのみ」私は言った。「それに堅琴（リラ）で曲を一節（ひとふし）かきならしただけ。とても比べものになりません」

「そればかりではない。八歳のときに予は父を殺した。ユピテルですらなしえなかったことだ。かれはただ親爺（おやじ）を追放したにとどまる」

　私はこれを狂人のたわごとと解（と）ったが、何気ない口調で訊いた。「父親殺しは何のためです？」

「予の邪魔をしたからだ。父は予を躾（しつ）けようとした――予を、若き神たる予をだぞ、考えてもみよ。よって予は父を怯えさせて死に追いやったのだ。アンティオキアの住まいに死骸の頭なんぞを持ち込み、緩んだ敷石の下に隠した。壁に呪文を書きなぐり、寝室に雄鶏を連れ込んでときの声を作らせて運命の刻が近づくのを知らせてやった。そして父のヘカテを盗んだ。見よ、ここにある！　予はヘカテをいつも枕の下に入れているのだ」かれは緑の翡翠の護符を取り出した。

　その女神像を認めて私の心臓は氷のように冷たくなった。私はふるえる声でいった。「陛下だったのですか。差し錠のかかった部屋に窓から忍びこみ、呪いの言葉を記したのは陛下だったのですか」

　カリグラは誇らしげに頷き、べらべらと喋りつづけた。「予は実の父を殺めたばかりではなく、養父ティベリウスもこの手にかけたのだ。ユピテルは姉ユーノーと寝たのみだが、予は三人の姉妹すべてと床をともにした。マルティナは予に言った、ユピテルのようになりたいのなら、そうするのは当然だと」

「あのころからマルティナをよく御存知だったのですか」

「そうとも。両親がエジプトに滞在していたとき、予は毎夜あの女を訪問したものよ。まったく賢い女であった。もうひとつ別のことを話そう。ドルシッラにも神性が宿っておる。予が自らの神性を宣言すると同時にあれが神であることも公けとしよう。予はドルシッラがいとしくてならぬ、あれが予を愛しているのと同じほどだ」

「陛下の聖なる意図をお聞かせ願えましょうか？　この変身は必ずやローマに深い影響を与えずにはおかぬでしょうから」

「いかにも。まずは全世界に予を畏敬させるのだ。口うるさい老人どもに支配されるのにはもう飽きあきしたぞ。きゃつらに思い知らせてやる——ときにそなたの祖母リウィアを憶えておるか。とんだお笑い草だが、どういうわけかあの婆は、千年このかた東方の予言にくりかえし語られてきた不死なる神となるのは自分だという妄想を抱いたのだ。そのように思い込ませたのはたぶんトラシッルスだったろう。トラシッルスは一度も偽りを口にしたことはないが、あの男は人をまどわせるのが好きだったからな。リウィアは予言の具体的な内容を知らなかった。というのは、じつはその神は女ではなく男であって、帝国を支配するがローマの生まれではなく（予はアンティウムで生まれた）、戦さのない平時に生まれる（予がそうであった）にもかかわらず死後数限りない戦いを惹起する。その神は夭折し、最初は民草に敬慕されるがのちには憎悪の的となり、ついにはすべてに見放されみじめな死を迎える。『かれのしもべたちがかれの血をすするであろう』と予言にはある。そして死後、その者は我らには未知の世界であらゆる神々を支配する定めとなっておる。これこそ余人ならぬ予のことである。マルティナは予に語った、近年東方ではあまたの予兆があり、それらは疑いもなくかの神がこの世に誕生したことを示している、と。ユダヤ人どもは興奮に沸いておった。きゃつらは奇妙にも自分たちがとりわけ神に近い民と思い込んでおるのだ。想像するに、それは予が父とともにかれらの都エルサレムを訪れ、そこで最初に神性を顕わしたためであろう」かれは言葉を切った。

「それは定めし興味深い逸話なのでしょうな」と私は言った。

「なに、大したことはない。ただの気まぐれから予はユダヤ人の司祭や博士どもが神学を論じている建物に入っていき、突然叫んでやったのだ。『貴様ら、おいぼれの詐欺師どもめが。貴様らは神のことに就いて何ひとつ知らぬ！』連中は大いにざわめいて、その中の白髯の老人が訊ねた。『子供さんよ、そういうお前はどなたじゃな？　よもや予言にあるその人というのでは？』『そうだ！』予は大胆にも答えてやった。老人は感涙にむせんだ。『おお、我らに教えを垂れたまえ』予は答えた。『教えてやらぬわ。予の威厳がそれをゆるさぬ』そう言い残して予は駆け去った。連中の顔を見せたかったぞ！　いや、リウィアは確かにあれなりに利口で有能な女であった――一度目の前で女オデュッセウスと呼んでやったことがある――いつの日か約束通りあれを神として祭ってやろう、だが急ぐことはない。リウィアは決して重要な神にはならぬ。書記や会計係の守護神にでもなるがよかろう、あの女は数字に秀でていたからな。そうだ、毒殺者の守護神にもしてやろう。メルクリウスが商人と旅人の神であるのと同時に盗賊の守り神でもあるように」

「それはぴったりでございますな」と私は言った。「ところでお聞かせ願えましょうか、それがしは陛下を崇め奉るのにどういう名でお呼びすればよろしいか？　例えばユピテルとお呼びすれば、不敬に当たりましょうや？　陛下はユピテルより偉大な神にあらせられるのではありませんか？」

カリグラは言った。「むろんユピテルより偉大である。今は無名だが。ここしばらくは、自らをユピテルと呼ぶとしよう――ギリシア人のゼウスと区別するためにローマ人のユピテルとな。二、三日ちゅうにあの神とは決着をつけてくれよう。あれはあまりに長い間のさばりすぎた」

私は訊ねた。「しからば陛下の父上のゲルマニクスもまた神であるということにはなりませぬか。神が現世の人間から生まれた例は聞いたことがございません」

「答は簡単。神君アウグストゥスがわが父なのじゃ」

「しかしかれは陛下を養子には迎えておりませんでしょう。陛下の兄君を養子とし、敢えて陛下を父上の家系に残したのではありませんか」

「予がかれの養子となったと言っておるのではない。予が神君とその娘ユリアとの近親婚で生まれた子だと言っているのじゃ。そうであるに違いない。それが唯一納得のいく説明ではないか。予がアグリッピーナの子であるはずがない。あれの父はただの人じゃ。そんな馬鹿なことはありえない」

そうするとゲルマニクスはかれの父ではなく従ってかれの姉妹は実は姪になるのだが、それを指摘するほど私は愚かではなかった。ドルシッラの忠告通りせっせとかれのご機嫌をとった。「わが人生にあってかくも栄えある瞬間はありませぬ。それがしに力が残るうちにこの場を退き陛下に犠牲(いけにえ)を捧げることをお許しあれ。陛下の発せられる神聖な香気は俗人のそれがしの鼻には強烈すぎまする。くらくらして気を失わんばかりです」実際この部屋はひどい臭気がこもっていた。カリグラが病床に臥して以来いちども窓を開けるのを許さなかったからである。

かれは言った。「安んじて行くがよい。そなたを殺そうと考えていたが、今はその気がなくなった。「偵察隊」どもに予が神となったこと、予の顔が光輝を放っておることを伝えよ。されどそれ以上語るでないぞ。他のことについては、予はそちに聖なる沈黙を命ずる」

私はふたたび床にひれ伏すと、後ずさりし退出した。ガニュメデスが廊下で私を呼び止め、カリグラの様子はどうかと訊ねた。私は言った。「かれは神になったばかりだ、それもたいそう重要な神だと言っている。顔が光輝を放っている」

「われら神ならぬ身にとって悪い知らせだな」ガニュメデスは言った。「しかしそういう予感はしていた。知らせてくれてありがとう。他の仲間にも伝えなければ。ドルシッラは知っているのか？ まだ？ じゃあ私が伝えよう」

「ドルシッラも女神になったと伝えてくれ」私は言った。「もしまだそれを知っていなければな」

私は自室に戻って考えた。「これはうまい具合になったものだ。誰が見てもカリグラの発狂は明らかだから、かれは幽閉されることになろう。アウグストゥスの子孫のうち皇帝に即位する年齢に達しているものはない。唯一の例外はガニュメデスだが、あれには民衆の人気もないし、皇帝に相応しい意思の力も具わっていない。共和制が復興できるぞ。カリグラの義父はそれに相応しい人物だ。元老院の誰よりも影響力を行使できる。私が蔭から支えてやろう。マクロを片付けて後釜の親衛隊司令官にまともな人物を据えることができれば、あとは事は簡単だ。親衛隊が最大の難関だ。奴らは共和政体の元老院からは、一人あたり金貨百五十枚をせしめることができないのを良く知っているから。あれはセイヤヌスの発案だった、親衛隊をティベリウス伯父の私兵に仕立てて東洋風の絶対君主制を実現したのは。兵営を解散させて、昔のように一人ひとり市内の家を宿舎に割り当てるようにしなければ」

しかし――読者は信じられるだろうか？――誰もが文句もいわずにカリグラの神性を受け入れたのだ。しばらくの間かれはこの知らせが口伝えに広まるのに満足して、公式には生身の人間のままでいた。かれが現れるたびに誰もが地面に頭をすりつけるような事態になったら、「偵察隊」との気随気儘な関係も維持できなくなるし、夜毎の乱痴気騒ぎも諦めなくてはならなくなるからである。かれの平癒は筆舌に尽くしがたい歓びの挨拶を受けたが、それ以後十日の間に、かれはアウグストゥスが長い一生の間に受けたあらゆる栄誉のみならず、さらにそれ以外の栄誉までも幾つか身にまとった。今やカリグラは「善帝カエサル」であり、「国軍の父カエサル」「最も恵み深き偉大なるカエサル」であり、ティベリウスが終生頑固に拒みつづけた国父の称号までをも受けたのだった。

恐怖政治の最初の犠牲者はゲメッルスだった。カリグラは親衛隊の大隊長を呼んで命じた、「ただちに叛逆者の予の養子を殺せ」大隊長は急ぎゲメッルスの部屋へ行き首級をはねた。次の犠牲者はカリグラの義父である。かれはシラヌス一族で――カリグラはかれの娘ユーニアと結婚していたが、即位の一年前に彼女は産褥の病でこの世を去っていた。シラヌスは元老院の中で唯一ティベリウスが叛逆の嫌疑を抱かなかった人物として高く評価されていた。かれを裁判にかけようと持ちかけられても、ティベリウスは一切耳を貸さなかった。カリグラはかれに次のような伝言を送った――「皇帝がなんじに死を賜る。明朝までに命を絶つように」そこで不運な男は肉親に別れを告げ、剃刀で喉をかき切った。カリグラは元老院に書翰を送って、ゲメッルスは叛逆罪で処罰された、この不逞の若者は皇帝が母と兄弟の遺骨を集めにパンダタリア島とポンザ島に嵐をついて出かけたときに、これに同道するのを拒否し、皇帝の船が暴風で沈没したおりには帝権を掌握せんものと本土で待ちかまえていた、のみならず皇帝が瀕死の病状に陥ったさいも平癒を祈願しようともしないばかりか、護衛の士官を籠絡しようと試みたのである、と伝えた。また義父も（と書翰はいう）また叛逆者である。かれは宮殿の宴に招かれたさいはいつも毒薬にそなえて解毒剤を服用してきて体中からその匂いがぷんぷんしていた、「カエサルに対する解毒剤があろうか」と。元老院はこの説明を受け入れた。実際のところ、ゲメッルスはまったく海に弱く、天候が順調のときですら船に乗るとひどい船酔いに悩まされて死にそうになるのだった。それどころか船旅に同行しなくてよいと親切に申し出たのはカリグラの方であった。義父に関していえば、かれはしつこい咳を患っており、宴席で他の客の迷惑とならぬよう、喉をすっきりさせるための薬を服用していて、その匂いがしただけだった。

巻三十　母アントニア自害す、カリグラ、バイアエ湾を騎馬で渡る

ゲメッルス殺害を知った母はいたく嘆き悲しみ、カリグラに面会を求めて宮殿にやってきた。カリグラは母が叱責にやってきたものと思いしぶしぶ彼女を迎えた。母は言った、「孫よ、人払いをしておくれではないか。ゲメッルスの死について話したいことがある」

「人払いはならん」かれは答えた。「マクロの面前でお好きなことを申されるがよかろう。それほど大事な話ならば傍らに証人を置いておかねばならぬ」

「ならばわたくしは沈黙を守りましょう。これは身内の話で奴隷の息子に聴かせるわけにはいかぬ。この者の父はうちの葡萄農夫の子であった。わたくしはその者を金貨四十五枚で義理の兄弟に売ったものじゃ」

「予の廷臣を辱める暇があるなら、さっさと話の内容を披露されるがよかろう。およそこの世の誰であろうと、予の意のままにならぬ者はないのを御存知ないか」

「そなたの喜ぶような話ではありませぬ」

「申されるがよかろう」

「お望みとあらば。本日わたくしが参ったのは、哀れなゲメッルスの処刑はいわれなき殺人であり、わたくしはよこしまなそなたの手によって与えられた名誉職からことごとく退きたいと申し上げるためじゃ」

カリグラは笑ってマクロに言った。「予が思うに、この老女にいちばん相応しいふるまいは、ただちに帰宅して葡萄農夫から剪定用の小刀を借り受け、自らの手で声帯を切断することではないかな」

マクロが言った。「それがしも常に同様の助言を祖母に申しておりますが、婆めは一向に聞き入れようと致しませぬ」

母は私のところにやってきて言った。「わたくしは自害するぞ、クラウディウスよ。身辺の整理はつけてある。未払いの小さな負債が二、三あるが、きちんと返債しておくれ。家の者たちには親切にしてやるようにな。あの者たちはみな忠実に仕えてくれた。そなたの一人娘の面倒を見る者がなくなって、申し訳なく思っておる。あれに母親が必要じゃから、そなたは再婚するのがよいと思うぞ。あれはよい娘じゃ」

　私は言った。「なに、自害ですと！　なぜです？　お止め下さい」

　母は苦笑した。「わが命はわたくしのもの、そうではないか？　なぜそなたはわたくしに翻意させようとするのじゃ。わたくしが死んだとて、そなたが悲しむわけもあるまいに」

「あなたは私の母上です。人は一人の母親しか持てませぬ」

「孝行息子のようなその口振り、驚かせるではないか。わたくしはこれまでそなたを愛してこなかった。どうして愛せるわけがあろうか。そなたには失望させられ通しであった——病身で、か弱く、小心で、頭の鈍い子であったからな。とまれ、わたくしが母としてそなたを疎んじてきたのを怒って、神々は罰を下された。立派な息子ゲルマニクスも殺害された。哀れな孫たち、ネロ、ドルスス、ゲメッルスも殺された。娘リウィッラはその邪な性（さが）ゆえに罰を、わたくし自らの手で下すこととなった——これは最大の苦痛であった。あのような苦しみを味わった母親は他に居るまい——四人の孫娘は残らず悪の道に走り、それに根性の腐りきったあの罪深いカリグラ……しかしそなたは、あれよりも長生きできる。そなたなら、この世の終わりの大洪水にも生き残るであろうよ」最初は冷静であった母の口調も、最後にはいつもの怒気を含んだ小言に変わっていった。

　私は言った。「母上、この期におよんでなお、私には優しい言葉をかけて下さらないのですか。この私がことさら母上に害を与えたり、お言葉に背くようなことを一度でもしたことがありましょうか」

　しかし母は聞いてはいなかった。「神々はわたくしに罰を下された」と彼女は繰り返した。「いっておくが五時間後にわが館に来ておくれ。それまでに準備はすべて調えておく。葬式の費用はもってくれるであろうな。そなたに最期を見とられるのは御免蒙る。そなたが着いたときに、まだわたくしに息があったなら、侍女のブリセイスが呼びにくるまで控えの間で待つように。告別の辞をのべるときに、失態を犯すでないぞ——そなたならやりかねぬがな。葬送の式次第に就いては、手ぬかりのないよう書き残しておく。そなたが喪主を務めるのじゃ。死者を讃える弔辞はいっさい不用。これは自殺なのだから、わたくしの手を切り落として別に埋葬するのを忘れるでないぞ。荼毘に香は無用じゃ。荼毘に香を焚く者がよくあるが、あれはまさしく掟に反する行為で、わたくしは常々たいへんな無駄使いだと思うておった。パッラスは奴隷から解放する。あれは自由身分の帽子をかぶって葬列に参加するのじゃ、忘れるでないぞ。生涯にこの一度だけは、万事遺漏なく儀式をとりしきるよう心を配るのじゃぞ」これがすべてだった――儀礼的な別れの言葉を別にすれば。接吻もなければ、涙も、祝福の言葉もない。孝心に富んだ息子として、私は言いつけ通り忠実に、故人の遺志を実行した。考えてみれば、母が私の奴隷であるパッラスを解放したのは可笑しな話だった。母は同様にしてブリセイスも解放した。

数日後、食堂の窓から荼毘の火を眺めながら、カリグラはマクロに言った。「お前はあの老婆にさからって予の側に立ってくれた。よってお前に褒美をやろう。全帝国の中でも最も栄誉ある地位に就かせるのだ。それはアウグストゥスが帝国の指針として定めたごとく、決して野心家の手に委ねてはならぬ要職である。お前をエジプト総督に任命する」マクロは歓喜した。このときかれは自分の地位がカリグラとともにあって初めて安泰であることを理解しておらず、エジプトに行けばわが身は安全だと考えたからである。カリグラが言ったように、エジプト総督は国家の要（かなめ）ともいうべき要職であった。ひとたびエジプト総督が食料供給を途絶させればローマを飢餓に陥れることができ、また属州民を徴兵して軍を補強すれば、他国からのいかなる進攻にも堪えることができるのだ。

かくてマクロは親衛隊長の職を解かれた。カリグラはしばらくのあいだ後任を指名せず、九人の大隊長に一カ月交代で任に就かせた。そして最終的には最も忠実で有能な者を終身で親衛隊長に就任させると言明していた。しかし実は秘かに宮殿警護の大隊長に後任の地位を約束していた。それは誰あろう、あの勇敢なるカッシウス・カエレアである。熱心な読者であればご記憶であろう――競技場でゲルマニア人を倒した男、またウァルス軍団の壊滅から部隊を救い、そののちライン河の橋を守った人物、ボンで軍団謀叛が勃発したあの朝、叛乱兵の間をきりひらき、アグリッピーナと友人たちが徒歩で兵営から退去するさいにカリグラを背中に負って護衛をつとめたあの軍人である。カッシウスは六十前だったがすっかり白髪となり、背中はわずかに曲がり、ゲルマニアで感染した熱病（このためかれは危うく命を落とすところだった）のため手の震えが止められなかったが、今なお卓越した剣士で、ローマ随一の勇者として名声をはせていた。あるとき親衛隊の兵士がひとり、発狂して槍を手に宮殿にあばれこんできたことがあった。ガリアの叛乱軍と戦っているという妄想にとりつかれたのである。皆は蜘蛛の子を散らすように逃げたが、ひとりカッシウスだけは徒手空拳で立ちはだかり、男が襲いかかってくると、落ち着いた声で行軍訓練の命令を発した――「止マレ、武器ヲ置ケ！」狂人は命令に従うのが習い性となっていたため、足を止めて槍を地面に置いた。カッシウスは再び命令した――「回レ右、駆ケ足、進メ！」こうして狂気の男を武装解除した。そのあとカッシウスは第一の臨時の親衛隊長の任に就き、マクロが運を試されている間、親衛隊の秩序を保ったのである。

運を試すといったのは、かれのエジプト総督任命はカリグラの策略だったからであり、つまりはティベリウスがセイヤヌスに仕掛けた罠と同様であった。マクロはオスティアで船の甲板に足を踏み入れたとたん捕縛され、鎖をうたれてローマに連れ戻された。そしてアッルンティウスをはじめ何人もの無辜の男女に濡れ衣を着せた咎で裁判にかけられた。これ以外にもカリグラはマクロを、妻エンニアをとりもってカリグラを色仕掛けにかけた――若輩の身ゆえその誘惑を払いきれなかったとカリグラは認めた――罪で告発した。マクロとエンニアはともに自害を命じられた。私はマクロを厄介ばらいするカリグラの鮮やかな手腕にすっかり恐れ入ってしまった。

ある日、ピソ家の男子とオレスティッラという女性の結婚式があり、カリグラは神祇官の長として司式するために出席した。かれはオレスティッラに欲情を抱き、式がとどこおりなく終了したあと、ローマ貴族の大半が列席している宴会で、皆が歓を尽くしている最中に、にわかに花婿に呼びかけた。「おい、そこの人、その女に接吻するのを止めるのだ。それは私の妻だ」そして立ち上がると、驚愕のあまり皆が静まり返ったなかを親衛隊に命じてオレスティッラを拘束し、宮殿へと連行した。敢えて異を唱える者は誰もなかった。翌日かれはオレスティッラと結婚した。彼女の夫は式に参加するのを強要され、やむなく妻をカリグラに譲った。カリグラは元老院に書翰を送り、これはロムルスとアウグストゥスの結婚の遣り方に倣ったものであると述べたが、これは私の思うに、ロムルスがサビニ族の女たちを略奪したことと、アウグストゥスが（私の祖父の眼前で）祖母と結婚したことを指していたのであろう。二月も経たないうちに、かれはオレスティッラを離縁し、自分の目を盗んで密通したという咎で、前夫ともども追放に処した。オレスティッラはヒスパニアに、前夫はロドス島に流された。随行する奴隷はわずか十名が許されただけで、せめてその倍の人数を伴うことを嘆願されると、「どうぞご随意に。ただし召使が一人ふえるごとに警護の兵も一人ずつふやす」とカリグラは答えた。

ドルシッラは死んだ。私はカリグラが彼女を殺したに違いないと思っているが、確証はない。聞き及ぶところでは、カリグラは女性に接吻するごとに、こう言うのであった――「何と白くてきれいな首筋だろう。こんな首筋には、予が命令を下すだけでよい。すると、スパッ！きれいに首が落ちるのだ」時にその衿もとがあまりに白く美しい場合には、かれはじっさいに命令を下して自分の発言が嘘でないのを証明したいという誘惑に抗しきれなかった。ドルシッラの場合は、かれが手ずから斬首したのだと思う。いずれにせよ、誰一人彼女の遺骸を見るのを許されなかった。カリグラは、ドルシッラは消耗性の病で身罷ったと公言し、前代未聞の派手な葬式を挙行した。彼女はパンテアの名のもとに神格化され、神殿が建立された。貴族の男女が神祇官に任ぜられ、栄誉を讃えた祝祭が毎年行われることとなったが、それは一年を通じてどの祝祭よりも絢爛たるものだった。彼女が天国でアウグストゥスに迎えられたのを見たと公言した男は金貨一万枚を与えられた。公式の服喪期間中は、いかなる市民も例外なく、歓楽や歌舞音曲はおろか、髯を剃ったり浴場に出かけたり、家族とともに晩餐を囲むことすら死罪に値するとされた。法廷は閉廷し、結婚式は許されず、軍隊が演習することも禁じられた。カリグラは街頭で湯を売っていた男と、剃刀を屋台に並べていた男を処刑した。このため都の隅々まで陰鬱な気分にひたされてしまったが、カリグラ自身それに我慢できず（あるいは悔恨にかられたためであろうか）、ある夜親衛隊の精鋭を伴っただけで、こっそりローマを抜け出し、シラクサめざして旅に出た。別に用事があったわけではなく、単なる気散じのためである。メッシナまで行くと、エトナ山が小さい噴火を起こしたため、旅は中断を余儀なくされた。かれは火山噴火の光景を見て心底怯えきってしまい、ほうほうの態でローマに逃げ帰った。帰京するや否や、直ちに市民生活を常態に復すよう命令し、殊に剣闘、戦車競技、猛獣狩りを復活させた。このときにわかに、自分が病床に臥しているときに己の命を代償として差し出そうと公言した者たちが未だ自害していないのを思い出し、かれらに死を強要した。その者たちに宣誓を破る罪を犯させてはならぬからだと称していたが、そればかりではなく、本当のところはかれらが死神と交わした約束を反故にすると死神がまた戻ってくるのではないかと恐れたためであった。

数日後晩餐の席で、いささか酔いのまわった私は、女性の美貌に就いてひとくさり講釈し、美貌の遺伝はふつう一世代おきに、つまり祖母から孫娘へと伝わるのだとの自説を説明しようといくつか実例を引いてみせた。そのとき迂濶にも口走ったことには、「私の子供のころ、ローマ随一の美女だった女性が、いま髪の毛一筋まで違うことなく、再びこの世に現れた。それはまさに祖母に生き写しで、名も同じロッリアといい、現ギリシア総督の妻である。唯一の例外を除いて——その女性の名を口にしないのは、彼女がここに同席しているからなのだが——私が思うにロッリアは現存する女性のなかで最高の美貌の持主である」私が例外のことを口にしたのは同席の女性に気を使ったからにすぎない。ロッリアはわが姪たち、アグリッピニッラやレスビア、あるいは同席のどんな女性よりもはるかに抽んでて美しかったのだ。別に私はロッリアに懸想していたわけではない。あるとき彼女を目にしてその完璧な美貌に心衝たれ、少年時代に彼女の祖母にまったく同じ感動を覚えたのを思い出したのだ。カリグラは興味を示しロッリアのことを問うてきた。私は口が過ぎたとは思いもよらず、なおもべらべらと要らぬことを喋ってしまった。その晩カリグラはロッリアの夫に書翰を送って、特段の栄誉を受けるためにローマに帰還するよう命じた。かれが帰国してみると、特段の栄誉とは他でもない、妻と離縁して彼女を皇帝夫人にせよということであった。

このころ晩餐の席で私がたまたま口にしたことがカリグラに予想外の影響を与えた例としては、他に次のようなものがある。ある者が癲癇のことを話題にしたので、私はカルタゴの文献からハンニバルが癲癇であったことが判明するのを披露し、アレクサンドロスやユリウス・カエサルも同様にこの神秘的な病にかかっていたが、どうも類稀なる軍事的天才はこの種の病気につきまとわれるのではあるまいかと意見を述べた。カリグラはこれに耳をそばだて、数日後元老院で実に見事に癲癇の発作を模倣してみせた。床に倒れこむと、金切り声で悲鳴をあげ、口から泡を吹き出したが、あれはきっと石鹼のあぶくであったに違いない。

ローマ市民はまだじゅうぶんに仕合せだった。カリグラは繰り返し芝居や剣闘、猛獣狩りや戦車競技を開催していたし、演台や宮殿の高窓から金銭を撒くことも続けていた。カリグラが誰と結婚しようとそれを解消しようと、どの廷臣が処刑されようと、市民は大して気にかけなかった。カリグラは劇場や闘技場が満席になり通路が立錐の余地もないほどに混雑しないと満足しないたちだったので、何か出し物があるたびに、人々にいかなる欠席の口実も与えまいとして、法廷の審議を延期し服喪を中断させるのが常だった。かれはこれ以外にも幾つか制度を改めた。座席に敷く座布団の持ち込みを許可し、暑い日には麦藁帽子を着用し、裸足で来ることが許された。これが全市民の規律の手本となるべき元老院階級の者にさえも適用されたのである。

　ほとんど一年ぶりでようやく数日の暇を見つけカプアを訪れると、カルプルニアが私の顔を見るや否や訊ねた。

「国庫にあった二千万枚の金貨のうち幾ら残っています、クラウディウス様？」

「もう五百万もないよ。でも考えてごらん。カリグラは杉材で遊覧船を建造中なんだが、金張りをして宝石を散りばめ、しかも船には浴室と花園まで付いている。そのうえ新しい神殿の建設を六十も着工しているし、コリント地峡に運河を掘る計画も口にしている。風呂にはいるときは、甘松香（かんじょうこう）とすみれの香油を入れるんだぜ。二日前なんか最終レースに勝ったというので深緑団の戦車騎手エウテュクスに金貨二万枚を与える始末だ」

「深緑団はいまでも連戦連勝？」

「そう、ほとんどいつもといっていい。このあいだ真紅団が一着になって観客が沸いたことがあった。民衆は深緑団がいつも勝つのでうんざりしていたのだ。皇帝はかんかんに怒った。次の日、その騎手と真紅団員がみんな死んだ。毒殺だよ。同じようなことが以前にもあった」

「この調子でゆくと、来年は貴方にとってもっと酷い状態になるでしょうね、かわいそうなクラウディウス様。ところで家計簿を御覧になる？　手紙にも書きましたけど、今年はよくよく運が悪いわ。貴重な家畜はばたばたと死ぬし、奴隷たちは手当たり次第ものをくすねるし、穀物置場は焼けるし。貴方の財産は金貨二千枚以上目減りしていますわ。でも執事の責任ではないことよ。執事は一所懸命やってるし、少なくとも律儀な人ですわ。こうしたことの原因は、貴方がここにいて差配なさらなかったことにあるのよ」

「それはどうしようもないんだ」と私は言った。「正直いって、最近は財産のことより自分の命が心配だ」

「ひどい目に遭わされているの？」

「そうだ。朝から晩まで苛められてる。とても辛いんだ。

皇帝が先頭に立って私を苛めるのだ」

「連中は何をするの？」

「ひどい悪戯を仕掛けるのさ。入口の扉の上に水を入れたバケツを吊しておいたり、寝台に蛙を入れたり、没薬の香をぷんぷんさせた稚児を潜ませておいたり。私が蛙と稚児をどれだけ嫌っているか、知っているだろう。晩飯のあとにうたた寝をしていると、その間になつめ椰子の種を投げつけたり、腕に靴を結び付けたり、耳元で半鐘をじゃんじゃん鳴らしてみたり。仕事をする時間も全然ない。ちょっとものを書いてると、連中は原稿の上にインクをぶちまけるんだ。私が何を言ったってまともに取り合ってくれやしない」

「連中が意地悪をするのは貴方だけなの？」

「お気に入りの標的なのさ。公認の標的といってもいい」

「クラウディウス様、貴方は思ってる以上に運がいいわ。これからも苛められるのは貴方だけになるように仕向けて、その地位を他人に盗(と)られないようになさいまし」

「どういう意味だね」

「人間というのは苛めの対象を殺したりしないということよ。つらくあたって、脅かしたり物を盗ったりはするけど、殺しはしませんわ」


私は言った。「カルプルニア、お前は何て賢いのだろう。聞いておくれ。私にはまだ金があるから、今のうちに綺麗な絹の衣装と黄金の化粧箱とリスザルを一匹と肉桂を一袋買ってあげよう」


彼女は微笑した。「わたし、お金のほうがありがたいわ。いくら使って下さるおつもりなの？」

「金貨七百枚くらいさ」

「結構ね。このごろでもちょっとした財産になりますわ。ありがとう、優しいクラウディウス様」


ローマに戻ってみると、騒動が持ち上がったと聞かされた。カリグラはある夜、遠くから聴こえてくる騒音に悩まされたが、それは夜明け前に群衆が競技場の門に少しでも近づこうとおしあいへしあいしていたのだ。開門と同時になだれこんで、無料席の前列に陣取ろうというのである。カリグラは群衆を鎮めるために、警棒を携えた親衛隊を一部隊派遣した。親衛隊はこのために早朝から叩き起こされたのでむかっ腹を立て、相手構わず殴りつけたのでかなりの数の死者が出たが、その中には都の名士も幾人か含まれていた。カリグラは最初の騒ぎで睡眠を邪魔されたうえに、人々が警棒の嵐を前に逃げ惑い前にも増して大声で悲鳴をあげたために、すっかり気分を害してしまった。その不快の念を見せつけようと、午後も遅くなるまで競技場に姿を現さなかったので、皆はすっかり待ちくたびれ、お腹もぺこぺこになってしまった。そのため最初のレースで深緑団が勝利をおさめても誰一人拍手喝采をおくらず、不満の呟きさえ聴こえたほどだった。カリグラはかっとなって席を蹴った。「お前ら全員に首がひとつしかなかったらどんなにいいか。待っておれ。一撃で首をはねてくれるわ！」

翌日は剣闘と猛獣狩りが行われる予定となっていた。カリグラはもともと決めてあった予定を残らず取り消し、一山幾らで買ってきたいちばん貧相な獣の一団、疥癬だらけの獅子と豹、病気の熊、年老いてよぼよぼの野牛をわざと出場させた。いうなれば、観客の目が肥えていないうえ威勢のいい猛獣だと素人剣士が歓迎しないような、守備隊駐屯の辺鄙な田舎町の競技場におくられるようなけだものばかりだった。それに剣士も、予告にあった名人に代えて現れたのは、獣とまったくいい勝負だった──肥って関節の曲がらぬ息切れした老兵たちだったのである。確かにかれらの中にも往年の名剣士がいただろうが、しかしそれもアウグストゥス治世の黄金時代の話である。観客は嘲って大声で野次をとばした。これこそカリグラが狙ったことだった。かれは配下の将校を派遣していちばん大声をあげた者たちを捕え、それなら自分でやってみろとばかりに闘技場に追いやったのである。疥癬だらけの獅子と豹に病気の熊、年老いてよぼよぼの野牛がたちまちかれらの始末をつけてしまった。

このころカリグラの人気は下がりはじめた。よく言われるように大衆は常に休暇を愛するものだが、しかし一年中が長い休暇のようになって誰も仕事をする時間がなくなり、娯楽も強制されたものになってしまうと、話は変わってくる。戦車競技も退屈なものとなる。カリグラにしてみれば何の問題もなかったろう。かれには贔屓の団体と騎手があり、自らも時に戦車の手綱をとるのだから。たしかにかれの手綱さばきや鞭つかいには見るべきものがあり、相手の騎手も心して皇帝に勝をゆずった。劇場での公演もいささか退屈になってきた。よほどの通人でなければ、演目はどれも同じに見えた──すくなくとも私にはそう見えた。カリグラは勝手に通を自認し、ペリシテ人の悲劇役者アペッレス──自作自演の作品を数多くものした──に感傷的なまでに入れ込んでいた。かれが特に高く評価する作品が──というのもかれの提案をアペッレスが作中に取り入れたからなのだが──あまりにも繰り返し上演されるため、人々はほとほとうんざりして、見るのも聞くのもいやという状態となった。カリグラがもっと贔屓にしたのは、当時流行した神話舞踊劇の第一人者ムネステルだった。ムネステルが卓越した演技を披露すると、カリグラは人目も憚らずかれに接吻したものだ。あるとき、ある騎士階級の男が、上演中に咳が出て止まらなくなり、とうとう中座せざるをえなくなった。他の観客の膝をすりながら退席しようとしたので喧しい音をたて、また立ち見客でびっしりの廊下を通って出口に向かうとき咳と謝罪の声がうるさかったため、ムネステルは集中力を乱された。かれは柔らかい横笛の音色にあわせて最大の見せ場の佳境に入ろうとしていたのを中断し、客席に静寂が戻るまで演技を再開しなかった。カリグラは事件の張本人にひどく腹をたて、本人を目の前に呼びつけてしたたか殴打した。そしてかれにマウレタニア王宛の封書をもたせてタンジールへの急使として派遣した。(このマウレタニア王は私の親族である――王の母はアントニウスとクレオパトラの間に生まれたわが叔母セレネーであるから――が、かれは書翰の内容にひどく面食らった。「これを携えてきた者をなにとぞローマへ送還されたし」という文面だったのである。)騎士階級の者たちはこの事件に腹を立てた。ムネステルはたかだか解放奴隷に過ぎないのにあたかも凱旋将軍のような尊大な態度をとっていたからである。

カリグラはアペッレスとムネステルから発声と舞踏の個人授業を受けており、しばらくすると自らかれらの演目に登場するようになった。悲劇の科白(せりふ)を滔々と朗唱すると、舞台の袖に控えているアペッレスに向かって、「どうだ、完璧だろう? お前でもこれ以上にはできまい」と叫んだりする。あるいは舞台の上で優美に舞踏の型をひとくさり演じてみせたあとには、演奏を中断させ、手をあげて観客席が完全に静まり返るのを待ち、それから伴奏なしでまた踊り始めるのである。

ティベリウスが無翼龍を愛玩したように、カリグラにも溺愛する馬が一頭あった。もともと厩舎時代の名はポルケッルス(仔豚の意)だったが、それが貧相すぎると考えたカリグラは、「駿足」を意味するインキタトゥスに改名した。インキタトゥスは競技で敗北を知らず、カリグラは溺愛のあまりこの馬をまず市民にとりたて、さらには元老院階級に叙し、最後には来る四年後の執政官候補にまで任命する始末だった。インキタトゥスは自分の家と奴隷を与えられていた。そこには大理石造りの寝室があり、大きなわらぶとんは毎日交換され、象牙のかいば桶と黄金の水桶が備えられ、壁は有名画家の描いた画でかざられた。競技に勝つたびに我々と一緒に晩餐に列席するのだが、やはりカリグラが手ずから与える肉や魚よりは、ボウル一杯の大麦を好んで食べるのだった。

馬の健康を祈って二十回以上も乾杯させられた。

懐から次から次へと金が流れ出てゆくのでカリグラはついに倹約の必要に迫られた。そこである日、こう言ったものである。「贋金造りや泥棒や秩序紊乱の罪を犯した連中を牢獄にぶちこんだところで、何になろうか。奴らは檻に入れられて楽しいはずもなし、予にしても警備と食費に大金を使わせられるばかりだ。とはいえ釈放してやれば、さっさと元通り悪さを始めるに違いない。今日は監獄へ行って実状を視察してこようと思う」かれはそれをした。そして犯罪者の中でも最も不逞の輩（やから）と看做（みな）した男たちを選び出し、処刑させた。その屍体はばらばらにして闘技場で殺される予定の猛獣に餌として与えた。これこそ一挙両得の倹約だというわけである。かれは毎月監獄を巡察するようになった。犯罪はいくぶん減少した。ある日、帝室の財務官カリストゥスが、国庫に残るのはわずか金貨百万枚のみで、皇帝の個人財産としては五十万枚しか残っていないと報告した。カリグラは倹約が不十分であったのを思い知った。収入をふやさねばならぬ。そこで手はじめに神祇官職と行政官職および販売独占権を売りに出した。これでかれの懐はかなり潤ったが、まだ充分ではなかった。そこで、まさにカルプルニアが予見した通り、密告者を使って罪が真実であろうが捏造であろうが見境無しに、富貴の市民を告発し財産を没収するという手段に出た。カリグラは皇帝就任直後、叛逆罪に死罪を適用することを廃止したけれども、死にあたいする重罪は他にも事欠かなかったのである。

かれは最初の有罪判決で獲得した財産を使って、派手な猛獣狩りを催した。しかし民衆は機嫌が悪かった。かれらは非難の声と呻きをあげ、闘技場での催しにまったく注意を払おうとはしなかった。そしてカリグラが着席している貴賓席の反対側あたりから、「密告をやめさせろ！　密告をやめさせろ！」という叫びがあがった。カリグラは立ち上がって沈黙を命じたが、かれらは罵声をあげて皇帝を野次りたおした。そこでカリグラが警棒を携えた親衛隊をいちばん喧しく騒ぎ立てているあたりに送り込み、二、三人の頭を殴打させると、それでもまた別の場所からもっと激しい罵詈雑言が起こった。カリグラは身の危険を感じた。かれは私を呼んで代理の臨席を命じると、さっさと尻尾を巻いて闘技場から退散した。こんな代役は決して私の望むところではなかったが、私が群衆に呼びかけるために起立すると、かれらが大人しく耳を澄ませるばかりではなく、「汝に幸あれ（フェリキテール）」のかけ声すら起こったので、ほっと胸をなでおろしたのだった。私の声はそんなに強くない。カリグラは美声の持主で、マルスの野のはしからはしまで声を通らせることもできるほどだった。私には喋った内容を繰り返してくれる者が必要だった。ムネステルがこれに志願し、朗々と声を響かせたので、私の言葉が実質以上に聞き栄えするものとなった。

　私が皇帝は重要な国事のため余儀なく退席したのだと述べると、人々は残らず失笑した。ムネステルはこの国事の重要性と緊急性を表すべく優雅な身振りを見せた。次に私は、会の主宰者の責務が不運にも不肖自分に回ってきたことを述べた。ムネステルは絶望した風で肩をすくめ、こめかみのところで人指し指をくるりとまわして、この不運を見事に表現した。私は言った。「わが友市民諸君、試合を続けようではないか」間髪を入れず「密告をやめさせろ！　密告をやめさせろ！」の叫びが上がった。しかし私はこう問い、ムネステルが愛嬌たっぷりに繰り返した。「もし皇帝が同意されたなら、どうする？　密告者どもを密告するか？」群衆からは答はなく、ただ困惑のつぶやきが洩れただけだった。私はさらに問いかけた――そもそも誰がいちばん悪質な罪人だろうか。密告者か？　密告者を密告する者か？　あるいは密告者の密告者を密告する者か？　そもそも皆が罪を責めれば責めるほど、罪は忌まわしいものになり、人々を堕落させるのではないだろうか。やはり最善の方策は、密告者に付け入らせる隙を造らないことであろう。誰もが疑いのない有徳の生活をおくるならば、あれら呪われた連中は飯の種に事欠いて、吝嗇漢（マイザー）の台所に住み着いた鼠（マイス）のように死に絶えてしまうのではないか。読者には想像もつくまいが、この洒落は笑いの嵐を惹き起こした。冗談が単純でばかばかしい方が、民衆に受けるのである。（そもそも私が口にしたなかでいちばん受けた冗談は、カリグラが不在で急に競技の主宰を代行したときのことだ。民衆は予告されていた「鳩」という綽名の剣闘士が登場しないのを知って騒ぎ出したので、「静かに、静かに、諸君。まず鳩をつかまえてそれから羽根をむしることにしよう」といったところ、皆は大喜びした。いっぽうで私がひねりの利いた冗談を口にすると、決まって民衆は鼻白むのである。）

「試合を続けようではないか、諸君」と私は繰り返した。今回は叫びは起こらなかった。この日の競技は秀逸だった。二人の剣闘士が同時に互いの腹部に剣を突き刺して息絶えたのである。これはめったに起こることではなかった。私は剣を回収してそれから小さな短剣を鋳造するよう命じた。この種の短剣は癲癇の病にもっとも効果的な護符だと信じられている。これを献上すれば、カリグラの機嫌をとりむすべるかも知れない。自分が鎮めかねた騒ぎを私がおさえたことで、ひどくつむじを曲げているるのでなければの話であるが――。実はかれの恐慌はひとかたならぬもので、全速力でローマからアンティウムめざして脱出し、数日間は姿を現さなかったほどだったのである。

事はうまく運んだ。カリグラが短剣を受け取って喜んだのは、これで自分の癲癇という病を一段と栄光あるものにできるからであった。かれが競技場での顚末を訊ねてきたので、民衆に向かって自分たちの不忠と忘恩を悔い改めないならば皇帝からどんな懲罰が下されるか考えてみるがいいと警告してやった、するとかれらは不遜の罵声を改め、罪に恐れ戦きゆるしを求めて声をあげる始末でしたと私はこたえた。「まさしく」とかれは言った。「予はこれまで寛容すぎた。もう奴らにいささかも譲歩はすまい。今後は〈秋霜烈日の厳格〉を標語としようぞ」そして自分自身この決意を忘れぬために、毎朝寝室の鏡の前で渋面を造ってみせ、浴室では恐ろしい怒鳴り声をあげる練習を欠かさなかったが、それは見事に反響して轟きわたった。

私はかれに訊ねた。「なにゆえに御身が神であることを公けになさいませぬ？　さすれば何にも増して民衆からの畏敬を集めることができましょうに」

かれは答えた。「予にはなお、この現身を装うて打たねばならぬ芝居があるのだ」

ここでいう芝居のひとつを演じるべく、カリグラはイタリア全土とシチリアの港湾長官たちにあまねく命じて、一定の積載量以上の船を供出させた。積荷はいっさい降ろして倉庫に保管し、船艙を空にしたものを軍船の先導のもとナポリ湾まで移送せよとの命令である。さてこの真意が奈辺にあるのか、誰もが首をかしげた。世間では皇帝がブリタニア侵攻をもくろんでいて、軍の移送のために艦船を使うのだろうと噂していたが、これは真相からは程遠かった。カリグラは単にトラシッルスの予言――カリグラがバイアエ湾を騎馬で渡りきることがない限りかれが皇帝となることはあるまいという予言を正当化しようとしただけなのである。かれはこのために新たに建造した一千隻を加えて四千隻の艦船を集め、全艦をプテオリの造船所からバウリの別荘まで海を横切って二列に整列させ、錨を下ろすよう命じたのだった。おのおのの舳先を外側に向け船尾を結びあわせたのだが、馬で往くには船尾が高すぎたため、すべての船から舵手席と船首像を取り去って平坦にした。船首像は船の守り神であったから、船員たちはいたく悲しんだ。それからカリグ

ラは命じて、船の上に二列の板を置き、そのうえに盛土
をし、さらに土の上に水を撒いてたいらに衝き固めた。
こうして全長六千歩におよぶ広々とした道路が完成した
のであった。折しも東方の航海から帰った船団が到着す
ると、カリグラはこれらを集めて島を五つ造り、それら
を人工路の一千歩ずつの位置に繋留した。さらにこの道
路沿いに船を一列に並べ、ローマの各区長に命じて、十
日以内に積荷と乗組員を用意させた。そして飲料水を供
給する設備をしつらえ、庭園を設けた。これらの島を村
と化したのである。

　こうした準備がなされている間、好都合にも天候に恵
まれ、海面は鏡のようにたいらかだった。すべての用意
がととのうと、カリグラはアレクサンドロスの胸鎧を身
に着け（アウグストゥスはわが身がアレクサンドロスの
指輪すら帯びるに値しないと考えたが、カリグラはかの
大王の胸鎧を着けることに何のためらいもなかった）そ
の上には紫の絹の外套をはおったが、これは宝石をちり
ばめ金糸で縫い取りがしてあって、ごわごわしていた。
そしてユリウス・カエサルの剣を佩き、カピトリヌス丘
の宝物庫から持ち出してきた名高いロムルスの戦斧と、
同じく名高いアエネアスの楯を携えた（思うに、この宝
物はともに贋物であろうが、贋物もここまで時代がつく
とそれだけで値打ちが出るものだ）。さらに槲の葉でつ
くった頭飾りを頭上に帯びた。海神ネプトゥヌスを宥め
るため、海陸両棲のけだものであるアザラシを犠牲に捧
げ、また本人の言いぐさでは、他の神がかれを嫉妬しな
いよう嫉みの女神に孔雀を捧げたあと、カリグラはイン
キタトゥスにうちまたがってバウリ側の端から橋を渡り
はじめた。その後ろから親衛隊の騎馬部隊が全員随行し、
その後にはガリアからこのために召集された騎馬軍団が
つづき、しんがりには二万の歩兵がしたがった。そして
プテオリに近い最後の島まで到達すると、喇叭手に命じ
て突撃の合図を吹き鳴らさせ、あたかも敗走する敵を追
撃するかのように猛々しくプテオリ市に突入した。

　かれはその夜と翌日の大半を、戦闘の疲れを癒すかの
ようにプテオリに留まった。そして翌日の夕刻、車輪と
側面を黄金で覆った凱旋戦車に乗って帰還した。戦車を
牽くのはインキタトゥスと、カリグラが儀式を執り行っ
てこの馬と結婚させた雌馬ペネロペであった。カリグラ
自身は以前と同様のきらびやかな衣装を身に纏っていた
が、異なる点は槲の冠代わりに月桂冠を頂いているとこ
ろだった。いかにも戦勝の戦利品に見えるような家具や
彫像、装飾品など、すべてプテオリの裕福な商人の屋敷
から召し上げてきたものを満載した馬車の長い列が何列

もつづいた。戦争捕虜として、かれは東国の小王が忠誠の証にローマへ送るのを義務づけられている人質と、手当たりしだいに掻き集めた異国出身の奴隷を使ったが、かれらは残らず祖国の衣装を身に着け、鎖をうたれていた。カリグラの友人たちも飾りたてた戦車に乗り、刺繡した外套をまとって口々に皇帝賛歌を歌っていた。そのあとに軍団兵がつづき、最後には二十万近い晴れ着姿の市民の行列がつづいた。バイアエ湾を取り巻く山々には無数の篝火が焚かれ、列をなす人々は兵士といわず市民といわず、手に手に松明を掲げていた。たしかにこれは前代未聞の印象的な見せ物であったが、同時に、もっとも無意味な見せ物であったこともたしかである。とはいえ誰もがこれを大いに楽しんだ。ミセヌム岬の松林に火がかけられ、火は南西の方角に華々しく燃え上がった。カリグラはバウリに到達するとただちに戦車から降り、黄金の三叉戟を持ってこさせると、銀糸で魚とイルカを縫い取りした別の紫紺の外套を身に纏った。そして船橋のたもとの岸辺に繋留してあった、かれが五隻建造した杉材造りの遊覧船のなかでも最大の船に乗り込むと、五つの人工島の中でも最大の規模をもつ中央の島をめざして漕ぎ出し、海軍の軍船の大半がこれに従った。

さて下船したかれは絹の布で覆った演説台に登り、橋を通り抜ける群衆に向かって熱弁をふるった。しかしあらかじめ配置された警備の者が群衆の移動を誘導していたので、演説を二言以上耳にできた者は誰もなかった。唯一の例外は演説台の周辺にいた友人たち――実は私もそのなかにいたのだが――と、上陸を許可されなかった近辺の船の水兵だけだった。カリグラは演説の中でとりわけ、ネプトゥヌスを名指しして呼びかけ、自分が海に足枷をはめようとしても何一つ邪魔をしなかった怯懦を嘲り、この年老いた神にむかって、すぐにもっと苦い教訓を与えてやると確約した（ネプトゥヌスを宥めるため犠牲を捧げたことなどすっかり忘れてしまったらしい）。さらに水泡に帰したギリシア遠征のためヘレスポントス海峡にかつて橋を架けたクセルクセス大王のことを嘲笑した。クセルクセスの名高い船橋は自分のと比べて半分の長さしかなく、これほど頑丈でもなかった、と。それから皇帝の健康を祝して呑むように、兵士一人ひとりに金貨二枚を、群衆にもおのおの銀貨五枚ずつを下賜すると宣言した。

歓呼の声は半時間もつづき、それでカリグラは満足したようだった。かれは喝采を制して、その場で金の支給を開始した。行列に加わった群衆全員が再び列をなし、次から次へと金袋の中身がぶちまけられた。二時間も経つうちに用意した金は底をつき、遅れてやってきて失望している者たちにむかってカリグラは、恨みを向けるなら最初にきた貪欲な連中に向けるがいいと言った。いうまでもないが、このために乱闘さわぎがもちあがった。

これにつづいたのは史上かつて例を見ないほどの、飲めや歌えの大宴会、曲馬の見せ物と乱痴気騒ぎだった。酒が入るといつものことだが、カリグラはたちの悪いいたずらっ気を起こした。「偵察隊」とゲルマニア人護衛兵の先頭に立って島の中の商店街を突撃してまわり、多くの人々を海中に突き落とした。海はまったく凪いでいたので、大半の者は自力で這い上がり、したたか酩酊していた者や不具者、老人子供だけが溺れ死んだ。溺死者は二、三百を上回ることはなかったろう。

真夜中近くになると、カリグラは海軍に命じて小さめの人工島を攻撃させた。両側から橋を落とし、軍船の船首の衝角で島を支える船を次から次へと破壊したので、孤立した島の住人たちは中央部の狭い場所に追い詰められることになった。最後の攻撃はカリグラの旗艦のためにとってあった。かれは舳先(へさき)に立って三叉戟を振り回し、おびえきった生き残りの者たちを突き落とし、残らず海中に沈めてしまった。この海戦の犠牲者のひとりに、カリグラの戦勝行列の中で最も見事な見せ物となっていた人物、世界最大の大男であるパルティア人の人質、エレアザールの姿があった。この男の身長は十一フィートを超えていた。しかしエレアザールは決してその身長ほどには頑強な男ではなかった。その声は駱駝のいななきを思わせ、腰痛を訴え、総身(そうみ)に知恵の回りかねる男と考えられていた。かれは種族的にはユダヤ人だった。カリグラはこの男の屍体を剝製にし、それに鎧を着せて、自分の寝室の扉の前に立てておいた。いずれ到来するやも知れぬ暗殺者をこれで脅かそうというのである。

巻三十一　カリグラ、己が神性を明かす

この二日間の蕩尽のために、国庫と帝室財産はすっかり底をついてしまった。あまつさえカリグラは人工橋に使った船を船長や水夫たちの手に返すどころか、橋の裂け目を修復するよう命令を下すと、自分はローマに戻って別の事業に夢中になる始末である。ネプトゥヌスは決して怯懦な神でないことを示すべく、西方から大嵐を送って橋に襲いかかり、およそ一千隻を海中に沈めた。残った船の大半は錨をひきずって岸にうちよせられた。二千隻ほどが嵐を乗り切るか岸に難を避けたが、それでもこの船舶の損失が結果的にエジプトとアフリカからの穀物輸入を著しく減少させ、首都は食料不足に悩むこととなった。カリグラはいずれネプトゥヌスに復讐すると宣言した。

かれは財源捻出の新たな手段を考え出したが、それはまったく独創的で皆を興がらせるものだった。もっともその被害者とその親族友人や召使はそれどころではなかったろうが。例えば罰金を課されるか財産を没収されるかして大きな負債を抱えこみ、かれの奴隷になった若者があるとすると、カリグラはこの連中を剣闘士養成施設に送りこむのである。訓練が終わるとかれらは競技場に引き出されて、剣で命を購うことになる。自分の奴隷に給金を支払う必要はないから、カリグラの出費はこの連中の宿泊費と食費だけで済む。かれらが競技場で死ねば、この費用も不用になるし、もし競技で勝利をおさめれば、この者たちを競売にかける。競り落とすのは、同様の競技を開催するのを義務づけられている行政官が中心であるが――このありがたい特典を得るためにくじ引きが行われた――その他競りに参加したい者は誰でもよかった。

人がちょっと頭を掻いたり、鼻をこすったりすると、それが競り落としのサインだと強引に決めつけて、カリグラは競り値を法外な値段にまで吊り上げた。私はいつもの癖で神経質に首を振ったため、たいへんな被害を蒙る羽目になった。剣闘士を三人、おのおの金貨二千枚で買わされたのである。しかし私の場合、アポニウスという名の行政官よりはまだしも幸運だった。かれは競売場で居眠りをしてしまったのだが、誰も見向きもしないような剣闘士が競りにかかったとき、カリグラはアポニウスがこっくりするたびに値を上げてゆき、ようやく目を覚ましたときには欲しくもない剣闘士十三人に金貨九万枚を下らぬ金額を支払わねばならぬ仕儀となっていた。私が手に入れた剣闘士の一人はたいへん優れた剣士であったが、カリグラは、私を相手どってこの男の試合相手に高額を賭けた。当日になると競技場でこの男はほとんど立ち向かうこともできず、あっさりやられてしまった。カリグラが食事に一服盛ったに違いない。富貴の市民たちが多数、すすんでこの競売に参加して大金を投じたが、それはなにも剣闘士が欲しいためではなく、財布の紐を緩めておかないと後々カリグラがなにかと言い掛かりをつけて、財産ばかりか命まで奪いかねないからであった。

私の剣闘士が敗北した日に、面白い出来事が起こった。投網と三叉戟の五人の男に対して剣と楯で武装した同数の男が戦うという試合だったが、私が強いられて前者に賭けたのに対して、カリグラは後者に大金を張った。カリグラは金貨五千枚を投じたが、私は自分の賭けた一千枚をすってしまうのも仕様がないと諦めていた。というのも試合が始まるとたちまち、投網と三叉戟の男たちが買収されているのが一目瞭然であったからである。私はカリグラの傍らに座っていたのだが、「どうやら陛下の勝ちのようですな。しかし私の見るところ、投網の連中は最善をつくしてはおりませんぞ」と言った。剣士たちは一人また一人と投網の連中を追い詰めていった。投網の連中は次々に降伏し、最後には連中は全員砂に顔を埋め、剣士たちはかれらを踏みつけて剣を高々と掲げた。観客は親指を下に向けて殺してしまえと意思表示した。カリグラは競技の主宰者だったので、この意思表示を認めるか否かを決定する権限があった。かれは認めた。「殺せ!」かれは言った。「こやつらは戦う気がない」この決定は投網の連中にはあまりに理不尽だった。というのもカリグラは事前に秘かにかれらに向かって、わざと負けるなら命を助けてやろうと言い含めておいたからである。むろんかれらに賭けるのを強要されていたのは私ひとりではなく、戦いの結果、カリグラの懐には金貨八万枚が転がり込む手筈だった。投網の戦士の一人は約束を反故にされたのに心底腹を立て、にわかに自分を踏みつけている剣士を跳ね除け、ひっくり返らせると、近くに転がっていた三叉戟と網を摑んで、突進した。とても信じられないだろうが、結局、私は金貨五千枚を手に入れたのである。怒りに燃える投網の戦士は、相手にとどめを刺したあと背中を向けて歓呼に応えている二人の剣士を殺し、そして向かってきた残りの三人を次々に屠った。カリグラは狼狽して泣き叫んだ。「あの怪物め！　見よ、奴は鱒うち銛で前途有望な剣士を五人も殺したぞ！」先程私は金貨五千枚を手に入れたと書いたが、それは気を利かして賭けを降りなければ金貨五千枚が儲かっていたろうという話である。「一人の男が五人も殺すなど公明正大とはいえませんな」と私は言ったのである。

　このころカリグラは口を開けばティベリウスがいかに救いようのない極悪人であったかを言い触らしており、他人にも同様の発言をするようけしかけていた。しかしあるとき元老院に登院してティベリウスを讃える長い演説をぶち、ティベリウスはこれまでひどい誤解を受けてきたのであり、誰もかれを貶めてはならぬと述べた。「予自身は皇帝の権限で、もし望むならば先帝を批判することもできるが、諸卿にはその資格がない。むしろ諸卿には叛逆の罪ありと考えられる。先日ある元老院議員がその演説においてわが兄ネロとドルススがティベリウスの手で冤罪に陥れられ収監のうえ殺害されたと述べた。何と途方もない話を捏造することか」そこでカリグラは焼却したかに装っていた記録を持ち出し、長々と引用してきかせた。そしてティベリウスがかれの兄弟の有罪を立証するために集めた証拠に元老院が疑問をさしはさまなかったどころか、すすんで二人をティベリウスの手に委ね、懲罰の対象とすることに全会一致で賛成した事実を白日のもとにさらけ出した。二人に不利な証言をすんでする議員すらいたではないか。カリグラは言った。「もし諸卿がティベリウスが本物と信じこんで諸卿の前に提出した証拠を虚偽のものと知っていたとすれば、殺人者はティベリウスではなく諸卿である。かれが世を去ってのち、諸卿はおのれの残酷と背信をあつかましくもティベリウスになすりつけるようになった。あるいはもし諸卿があのとき証拠が真実だと信じていたのならば、ティベリウスは殺人者ではなく、諸卿は不実にもかれの性格を貶めようとしているのだ。そしてもし諸卿が証拠が捏造であることを知っておりティベリウスもまたそれを知っていると思っていたとすれば、諸卿はティベリウスと同様に殺人者であり、また臆病者でもある」カリグラはティベリウスに倣って恐ろしい渋面を造ると、ティベリウスの激しい一撃の手を真似て、叛逆罪裁判のぞっとするような記憶を思い起こさせた。さらにティベリウスの厳しい声音で、「よくぞ申した、わが息子よ。これら野良犬どもを一匹でも信用するくらいなら、その尻を蹴飛ばしてやるがよい。奴らが寝返ってセイヤヌスを八つ裂きにするまで、かれを神様扱いしていたことを忘れるでないぞ。少しでも隙を見せたなら、奴らはお前に同様の仕打をするに違いない。奴らは残らずお前を憎悪し、お前の死を願っている。助言を与えよう——己の利益のみを考え、何事につけても己の快楽を第一とせよ。支配されることを望む者など一人もおらぬ。予が帝位を守りえたのは、これら屑どもに予を畏敬させたからに他ならぬ。予と同じ遣り方をせよ。手厳しく当たれば当たるほど、奴らはお前を尊ぶであろう」

そしてカリグラは元通り叛逆罪を死罪と定め、ただちにこの演説を青銅板に刻んで元老院の執政官席の上の壁に掲げるよう命ずると、あっというまに退席してしまった。その日はほかに何の審議も行われなかった。我々は皆あまりに落ち込んでしまったのだ。しかし翌日になると、先を争ってカリグラを神を敬う篤実の支配者として称賛し、その仁徳を讃えて毎年犠牲(いけにえ)を捧げることを決議した。他に何ができたろう。カリグラは全軍を掌握しており、我々の生殺与奪の権を握っている。誰か機敏で豪胆な男が叛乱を成功させかれの命を奪うまでは、ひたすらかれの御機嫌をとりながら運を天にまかせるしか、すべはなかった。数日後晩餐の席で、カリグラは突如途方もない笑い声をあげた。何を可笑しがっているのかは誰にも分らなかった。傍らに着席していた二人の執政官が、それほど可笑しい冗談なら我々にも教えていただけまいかと言うと、カリグラはますます大笑いして、涙さえ流す始末だった。かれはむせながら言った。「いや、教えてはやらぬ。なんじらが知らぬことがこの冗談の面白いところだ。教えてやったとて決して面白いとは思うまい。いや可笑しくてたまらぬ。予がこうして頷くだけで、なんじら二人の喉を掻き切ることもできると思うとな」

ローマで最も裕福と目される二十人の人物が叛逆罪で告訴された。被告は審議以前に自殺することも許されず、一人残らず死罪となった。処刑してみたあげく、そのうちの一人の上級行政官が実はたいへん貧しいことが判明したとき、カリグラは言った。「この阿呆め！　見栄をはって金持ちを装っていたとは！　予はすっかり信じこんでおったわ。こやつ死ぬ必要などなかったのに！」私の記憶するかぎり、叛逆の嫌疑をかけられて死を免れたのはたった一人だけである。かれの名はアフェル、能弁で知られた法律家で、わが従姉妹プルクラを起訴した人物である。かれにかけられた嫌疑は、自宅の広間においたカリグラの彫像に、皇帝が弱冠二十七歳で早くも二度目の執政官職に就任したことを言祝ぐ碑文を書きつけたことであった。カリグラはこれを叛逆的行為と看做した――自分の若輩ぶりを皮肉り、法が認める以前に栄誉職に就いたことを非難しているものと取ったのである。そしてアフェルを弾劾する長文の入念な演説草稿をものし、元老院で読み上げたが、それには持てるかぎりの弁舌の才を尽くし、声音も身振りも事前に練習を積んだものと見えた。カリグラは常日頃から世界一の法律家であり雄弁家であると自慢しており、このときはアフェルの有罪を立証し財産を没収することより、むしろ自らの弁舌でアフェルの名声を曇らせることのほうを明らかに気にかけていた。アフェルはこれに気づくと、告発者としてのカリグラの天才に驚愕しうちのめされた風を装った。非難されるごとに、その論旨にいかにも職業的法律家らしく冷静に同意し、「なるほど、確かに反論不能だ」とか「この議論は緻密を極めている」だとか「これは進退きわまった」とか「何と卓越した弁論であろうか」などとつぶやいてみせたのである。カリグラが告発を終えて勝利の笑みを浮かべながら着席すると、アフェルに発言の機会が与えられたので、かれはこう述べた。「わが身の例えようもない不運をかこつのみです。審判が始まる以前は、告発の対象となった碑文が弁明の余地なきわが軽挙に発したものであることを、わが拙き弁論の才をもって説き、皇帝陛下のお怒りを鎮めんものと徒な望みをかけておりました。されど運命の女神が投じた賽子には、私に不利な重しがついていてどうしようもありません。皇帝陛下は絶大な権威をもって余すことなくわが有罪を立証されました。たとえ私が罪を免れ、百歳まで長生きして研鑽に励んだとしても、その一千倍もの弁舌の才を陛下はお持ちであります」かれは死を宣告されたが、翌日免罪されたのである。

　賽子に重しをつけるといえば、富貴の属州市民が首都を訪れたさいには、宮殿での晩餐の後、親しく賭博に参加するよう招かれるのが常であった。かれらは皇帝の連戦連勝ぶりを目のあたりにして、度胆を抜かれてうろたえた。カリグラが賽子を投げると違わずウェヌスの目を出し、かれらから有り金を全部巻き上げてしまったからである。左様、カリグラはいつも重しを入れた賽子を使っていたのである。例えばかれはアウグストゥスがアクティウムでアントニウスを破った戦勝を祝う例年の祭を行ったという理由で、執政官たちを解任し（後任の執政官に任命されたのはあのアフェルである）重い罰金刑を科した。それは先祖のアントニウスに対する侮辱だというのである。この祭祀の数日前の晩餐の席で、カリグラは我々にこう言っていた。執政官どもが何をしようと罪に陥れてやる、もし連中が祭祀を執行するのを差し控えたなら、それは先祖のアウグストゥスを侮辱することになるのだから、と。ガニュメデスが決定的な失態を犯したのはこのときである。かれは叫んだ。「お見事！　連中はどっちに逃げても同じだというわけですな。しかしあの阿呆どもに少しでも知恵があったなら、祭を祝うほうを選ぶでしょうな。アクティウムの戦勝の功績の大半はアグリッパにあるのですから、そしてアグリッパはあなたの祖先でもありますし、そうすれば少なくとも三人の祖先のうちの二人を讃える勘定になる」

　カリグラは言った。「ガニュメデス、お前はもはや予の友ではない」

「何と！」とガニュメデスは言った。「悲しいことを仰せられるな。あなたを怒らせるようなことは何も申し上げていないはず」

「出てゆけ」とカリグラは命じた。

　私はたちどころにガニュメデスの失言の原因（わけ）を悟った。それには二重の理由がある。ガニュメデスはカリグラの母方の従兄で、つまりはアウグストゥスとアグリッパの子孫であったが、アントニウスの血は引いていなかった。かれの祖先は残らずアウグストゥスの一党だった。だからこそかれは注意ぶかくこの話題を避けるべきだったのだ。そのうえカリグラはアグリッパが名家の出でないのを恥じて、自分がかれの子孫であるのを思い出させるような話題を嫌っていた。しかしかれはまだこの時点ではガニュメデスに対して何の行動も起こさなかった。

　カリグラは石女（うまずめ）だという理由でロッリアを離縁し、カエソニアと呼ぶ女と再婚した。この女は若くもなく美人でもなく、警護隊隊長の娘で、たしかパン屋だったかその手の人間と結婚しておりすでに三人の子をもうけていた。しかしこの女には何かしらカリグラを惹きつけるものがあったのだ。それが何なのか誰も説明できなかったし、第一カリグラ自身全く説明がつかなかった。かれはよく口にしていたが、なぜ自分がこの女にこれほどぞっこん惚れ込んでいるのか、その秘密を女から探り出せるものならどんな手を使ってでも探り出したい、と。巷間の噂ではカエソニアはカリグラに媚薬を盛り、そのせいでかれは気が狂ったというが、媚薬の話は憶測に過ぎず、カリグラはこの女と出会う以前から狂気に蝕まれていたのだ。とまれカエソニアは一子を孕み、カリグラは自分が親になるという考えに夢中になって、喜びのあまり彼女を妻にしてしまったのであろう。かれが自分の神性を公けにしたのは、カエソニアとの結婚直後である。かれはアペッレスを伴ってカピトリヌス丘のユピテル神殿を訪れた。かれはアペッレスに訊ねた。「どちらが偉大な神であるかな——予とユピテルでは？」アペッレスは躊躇した。カリグラが冗談をいっているのではと疑い、またユピテルの神殿でユピテルに不敬の言葉を吐くのを恐れて。カリグラは口笛を吹いてゲルマニア人護衛を二人呼び寄せ、ユピテル神像の前でアペッレスの服を剝ぐと鞭打たせた。「ゆっくりと擲て」とカリグラはゲルマニア人に命じた。「こやつがじっくり苦痛を感じられるようにな」ゲルマニア人たちはアペッレスが昏倒するまで打擲すると、聖水をぶちまけて意識を回復させ、さらに息絶えるまで鞭打った。カリグラは元老院に書翰を送って自らの神性を宣言し、ただちに大神殿を建立するよう命じたが、指定の場所は「予が兄弟たるユピテルとともに住めるように」ユピテル神殿の傍らであった。そして等身大の三倍もの大きさの自分の神像を奉納したが、それは黄金造りで、毎日衣装を交換するものであった。

しかしかれはすぐにユピテルと諍いを起こし、この神を怒鳴りつけている声が聴こえてきた。「ここの主人が誰か、思い知るがよい。さもなくばお前を荷造りしてギリシアに送り返してくれるぞ」ユピテルが謝罪したとみえ、カリグラは言った。「こんなカピトリヌスの丘なんぞお前にくれてやる。予はパラティヌス丘に移るぞ。あそこのほうがずっと場所がいい。あそこに予に相応しい神殿を建てるのだ。覚えておくがいい、この腹をごろごろ鳴らす老い耄れのいかさま師め」

別の面白い事件が、前シリア総督ウィテリウスを伴ってカリグラがディアナ神殿を訪れたときに起こった。ウィテリウスはシリア統治時代多大な功績をあげた人物である。属州シリアに進攻を企んだパルティア王に対して、軍団を率いてエウフラテス河を押し渡り、これを急襲したのである。戦いには不利な地形でローマ軍と遭遇したため、パルティア王はやむなく屈辱的な講和条約を結び、王子たちを人質に差し出すことに同意した。カリグラが人工橋を渡るさいに、このパルティア王の長男を捕虜として戦車に同乗させたことはすでに述べた。かれはウィテリウスの戦果に嫉妬し、もし私が事前に警告して対処の仕方を教えておかなかったら（ウィテリウスは私の友人であった）間違いなくかれを殺してしまっていたはずだ。ウィテリウスがブリンディシ港に到着すると私からの手紙が届いていた。そしてローマに入城しカリグラに謁見を許されると、ウィテリウスはひれ伏してかれを神として崇めた。これはカリグラが公けに神性を宣言する以前だったので、かれはこれを自発的な崇拝と受け止めた。そこでウィテリウスはカリグラに親友扱いされるようになり、ウィテリウスは繰り返し私に感謝したものだった。さて前述のようにカリグラはディアナ神殿を訪れると、女神と言葉を交わした――神像に向かってではなく、不可視の神に向かってである。そしてウィテリウスに、お前にも女神が見えるか、それとも見えるのは月明りだけか、と訊ねた。ウィテリウスは畏敬の念にかられたかのように激しく身震いすると、目を伏せて言った。

「神の御姿を目の当たりにするなど、陛下のごとき神にのみ許された特権でございます」

カリグラは悦に入った。「ディアナは美しいぞ、ウィテリウス。女神はしばしば宮殿に予を訪れて蓐を共にするのじゃ」

ちょうどこのころ私はまたもや面倒な事件に巻き込まれた。最初この騒動はカリグラが私をやっかい払いするために仕組んだことではないかと疑ったが、今日にいたるまでこれを否定する確証を持てないでいる。私の賭博仲間の一人が、遺言状を捏造し、証人用に私の印章をもち偽造しようとしたのである。私にとって幸運だったのは、私の印章の瑪瑙の端がほんの少し欠けていて、封印を押すときにいつもその跡が蠟の上に残ることにこの男が気づかなかったことである。詐欺を企んだ罪でだしぬけに捕縛され宮廷に連行されようというとき、私は兵士に金を摑ませて、わが友ウィテリウスに秘かに連絡をとり、今度は私の命を救ってくれるよう懇願した。審判はカリグラが主宰することになっていたので、私はウィテリウスに印章の瑕のことをカリグラにそれとなく仄めかし、贋造品と比較するために本当の印章を持参するよう依頼した。しかし肝腎な点はカリグラ自身に違いを発見させて、真実を見分けたのはかれの手柄だと思わせることにあった。ウィテリウスは実に巧妙に事を運んだ。カリグラは印章の瑕を発見し、慧眼を自画自賛すると、これからはもっと交友関係に注意を払うよう厳しく叱責したうえ、私を放免したのだった。偽造者は両手を斬り落とされたうえ、見せしめのためその手を首に吊るされた。もし有罪と認められたなら、私の首が飛ぶところだった。カリグラはその日の晩餐の席でそう言った。

私は答えた。「慈悲深き神よ、手前ごときの命にかくもお目をかけて下さるとは何という光栄でありましょう」

叔父から追従を言われて悦に入らぬ甥はない。かれは相好を崩すと、同席の他の者たちに目配せをしてこう訊ねた。「それではそなたはここで、己が命にどれほどの値打ちがあると考えるかな?」

「その見積りはもう済んでおりまする——わずか一文でしょう」

「どうすればそのような奥床しい計算になるのかな?」

「誰の命にも査定できる値段があります。ユリウス・カエサルが海賊の虜囚となり命を脅(おびや)かされたとき家族が支払ったのは——もっとも海賊の最初の要求ははるかに多額ではありましたが——金貨二万枚足らずでした。従ってユリウス・カエサルの命の値段は金貨二万枚を超えないことは明らかです。わが妻アエリアは辻強盗に襲われたとき、金貨五十枚の値打ちの、紫水晶の飾り留針を渡して命を助けられました。ですからアエリアの値段は金貨五十枚です。手前の命は瑪瑙(めのう)の欠損で救われたのですが、手前の見るところ欠け落ちた部分は一スクループルの四十分の一の重さしかありません。瑪瑙の値打ちは恐らく一スクループルあたり銀貨一枚くらいでしょう。この欠損は目に止めるのも難しく、またそんなものを買ってくれる者を見つけ出すのはさらに難しいでしょうから、銀貨一枚の四十分の一、つまり一文に当たります。従って手前の命の値段はきっかり一文というわけで——」

「そなたが買い手を見つけられたらの話だな」とカリグラは自分の機智に酔って爆笑した。全員が大笑いしてやんやと喝采したが、私もその一人だった。これ以後長らく宮殿では私はティベリウス・クラウディウスではなくテルンキウス・クラウディウスと呼ばれることになった。「テルンキウス」はラテン語で一文のことである。

カリグラは自分の祭祀のために神祇官が必要だった。かれは自ら神祇官長となり、その下に私、カエソニア、ウィテリウス、ガニュメデス、十四人の執政官経験者、それにカリグラのやんごとなき友人たち、そして馬のインキタトゥスが任命された。神祇官はこの名誉職に就任されるにあたって各々金貨八万枚を支払う必要があった。カリグラはインキタトゥスがこの金額を支払えるように、イタリア中の馬はインキタトゥスのために毎年献納金をおさめるべしとの法令を発布した。これを払いきれない馬は屠畜業者の手に渡されるのだ。またカエソニアのために、全国の妻帯者に対して、妻と同衾できる権利の代償として税金を支払うよう定めた。ガニュメデスやウィテリウス、その他神祇官に命じられた面々は裕福な者ばかりである。そのかれらにしても短期間に現金八万枚を調達するためには損を覚悟で財産を売却せねばならぬ場合もあったが、それでもじゅうぶん安楽な生活をおくることができた。しかし貧しいクラウディウスの場合、話は別だった。以前からカリグラの策謀でむりやり高い剣闘士を買わされ、また宮殿で寝泊まりする特権としてとてつもなく高い金を払わされていたので、手元には現金で金貨三万枚しか残っておらず、売却するにしてもカプアのわずかな領地と母からの遺産である屋敷以外、何ひとつ持っていなかった。私はカリグラに金貨三万枚を支払い、その日の晩餐の席で、現在持てる財産を残らず売りに出しており、買い手が見つかればただちに残余の金額を支払うつもりだと説明した。「他に売れるようなものは何もないのです」と私が言うと、カリグラはそれを冗談にとった。「他に何もないのかな？　いま身に着けている服があるではないか」

最良の方策は愚か者を装うことだと私は気づいていた。「なるほど！」と私は言った。「それをすっかり失念しておりました。よろしければ、この場の皆さんに競売していただけませんか。陛下は世界でいちばん優れた競売人でいらっしゃるのですから」私はさっさと衣服を脱ぎ、残ったものといえば急いで腰を覆ったナプキンだけ、という姿になった。カリグラはサンダルを片方ずつ金貨百枚で、長衣を一千枚でという具合に捌(さば)いていき、私は売れるたびに大げさに喜んでみせた。しまいにかれはナプキンまで競売にかけようとした。私は言った。「この最後の一枚を売り払うことで費用の一助になるのであれば、わが生来の慎み深さをかなぐりすても致しましょうが、しかしこの場合、慎み以前の問題があって私を躊躇させるのです」

カリグラは眉を顰めた。「何と申した。慎み以前の問題とは何なのだ？」

「わが陛下への尊崇です、カエサル。このナプキンは陛下のものではありませんか。陛下がこの素晴らしき宴に手前が用いるようにと御用意くだされたものですから」

この子供じみた競売のおかげで手に入ったのはわずか金貨三千枚に過ぎなかったが、これでカリグラに私の困窮を認識させることができたのだった。

私は宮殿で与えられていた寝室と食事を断念して、一時母の女中だったブリセイスのもとに身を寄せた。ブリセイスには買い手が見つかるまで私の屋敷の管理を任せていたのである。カルプルニアもここに来て一緒に住んだ。読者諸兄には信じてもらえるであろうか。彼女は私が以前与えた金を首飾りもリスザルも絹の衣装も買わずにそのまま貯えており、全額を私に貸してくれた。そればかりではない。以前彼女が口にしたのは偽りで、私の家畜も死んだわけではなく、穀物蔵も焼けたわけではなかった。カルプルニアの嘘は高値のときに秘かに売り払っていざというときのために貯蓄しておくための方便だったのだ。彼女は私のためにそれらを金貨二千枚で売却し、全額が間違いないことを示す執事の署名つきの文書を付けてきた。おかげで私はようやく窮地を脱することができた。しかしまだ貧窮を装っておくために、輿には乗らず松葉杖に頼り、毎晩水差しを持って、居酒屋へ葡萄酒を買いに行ったのである。

　年老いたブリセイスはいつもこう口にした。「クラウディウス様、世間の者はわたくしが母上様の解放奴隷だと思っておりますが、それは違います。わたくしは貴方様がご当主になられたときから貴方様の召使になったのですから、解放して下さったのは母上ではなく、旦那様ですわ。そうではありませんか？」

　私はこう答えることにしていた。「そのとおりだよ、ブリセイス。いつか皆にその事をはっきりと伝えようじゃないか」この老婆はまことに愛すべき女で、心の底から私に尽くしてくれた。私たちは四つの部屋を分けあって住んでいた。他の住人といえば、玄関番の老人の奴隷が一人だけで、私たちはつましいながらもとても仕合せだった。

　カエソニアの孕んだ子は実は女子だったが、カリグラの結婚の一月後に生まれた。カリグラは、これは神ゆえになせるわざだと言い――これはユピテルと諍いを起こす前のことである――そしてあたかもユピテルがこの子の父たる栄誉を自分と頒ちあうかのごとく赤子をユピテルの神像の膝にのせ、また赤子をミネルウァの神像の腕に抱かせて、その間赤子が女神の大理石の乳房を口に含むがままにさせたのであった。カリグラは娘をドルシッラと呼んだ。すなわちかれの亡き妹が女神パンテアとなったときに捨てた俗名である。この娘はまた神祇官に任命された。神祇官団に入団するための資金をあつめるため、カリグラは国民にむかって哀れっぽい話をでっちあげ、自らの窮乏と養育のためにいかに多大の費用が必要かを大げさに訴えると、ドルシッラ基金と称する義援金を募ったのだった。そして都の辻々に「ドルシッラの食費」とか「ドルシッラの飲物代」とか「ドルシッラの持参金」とかと記した義援金箱を設置したが、その一つ一つに親衛隊が配置されていたため、通りかかった者は銅貨の一、二枚を喜捨せざるをえなかった。

　カリグラは幼いドルシッラを溺愛したが、この子は父親の幼い時に生き写しの早熟な児だった。カリグラはすすんで娘に「秋霜烈日の厳格」を教えこむべく、ドルシッラがようやくよちよち歩いて片言をしゃべり始めた頃から教育を始めた。子猫や仔犬を虐待することを教え、これら小さい遊び仲間の目に鋭い爪を突き立てるようけしかけた。「お前の父親が誰か、まったく疑いようがないわい」と、娘がとりわけ悪辣な悪戯をするたびにカリグラはくつくつ忍び笑いをした。そしてあるとき私の面前でかれは娘にかがみこむと、陰険な顔でこう言った。「お前がはじめて本物の殺人をやってのけたら、お前を女神にしてやろう、仮に殺しの相手が老いぼれのクラウディウス大叔父だとしてもな」

「ママ殺したら女神にしてくれる?」とこの小さい怪物は回らぬ口で言った。「あたしママ嫌い」

カリグラの神殿の黄金神像にも別の経費が必要だった。かれはこの費用を捻出しようとして、宮殿の正門前で市民から新年の祝儀を受け取ると布告を出した。正月になると親衛隊を都中に送り出し、抜き身を振りかざして市民を集めパラティヌス丘まで追い立ててくると、このために門前に設置した巨大な桶に手持ちの金を残らず投げ入れるよう強要した。人々は事前に、一銭でも出し渋ったり親衛隊の目をごまかそうとしたりすれば、たちどころに命はないものと思えと脅かされていた。夕刻までに二千個の巨大な桶は一杯になった。

ちょうどこのころ、カリグラはガニュメデスとアグリッピニッラ、レスビアの三人にこう言った。「そなたたちは己の怠惰を恥じないのか。いったい何をしておる。まるで食客と同じではないか。ローマ中の男女が予を支援しようと汗水たらして働いておるのを知らぬのか。卑しい荷担ぎ人足や貧しい娼婦ですら、喜んで予に儲けの八分の一を差し出しておるぞ」

アグリッピニッラは言った。「兄上は何やかやと理由をつけて、私たちからすっかりむしりとったではありませんか。これでもまだ足りないとおっしゃるの?」

「まだ足りないとな? もちろん足りぬわ。遺産で相続した財産は額に汗して手に入れた金とは違うぞ。予が貴様らに男にも女にも働き口を用意してくれようぞ」

そこでかれは元老院に対して次のような布告を文書で示した。いわく、これこれの晩に宮殿において、前代未聞の極上の売春宿が設けられる。そこでは高貴の生まれの人々によってあらゆる快楽が提供される。入場料はたったの金貨千枚。酒は呑み放題、と。ここに記(しる)すも嘆かわしいことだが、アグリッピニッラとレスビアはカリグラの恥ずべき提案にさして反対もせず、むしろこれを愉快な気晴らしと考えた。ただ、自分たちのとる客は自分たちの好みで選べる権利、またかせいだ金からカリグラがあまり上前をはねないことだけは、しっかり主張したのだった。まったく不本意なことながら、私もこの馬鹿騒ぎに巻き込まれ、道化じみた門番の恰好をさせられた。カリグラは仮面をつけ声色を使って売春宿の亭主の役を演じ、悦楽の提供についても金額についても、売春宿の亭主が仕掛ける常套のごまかしをやってのけた。お客が文句をいうと、それを摘み出す用心棒の役目を私に言いつけるのだった。私は腕力にかけては人並み以上のものがあるが、足がほとんど用をなさない。だから、私が足をひきずるさまや、あるいは何とか連中に追いつくと意外に強烈な一撃をお見舞したりする光景は、はた目には腹を抱えるようなどたばた劇だった。カリグラはホメロスの句を引いて、芝居っけたっぷりにこう朗唱した。

　ウルカヌス不器用なる優雅のしぐさにて務めを果たせば
　どっと神々の高笑い、果てもなく高天原（オリュンポス）をゆるがせり

これは『イーリアス』第一巻で足萎えの神ウルカヌスがびっこを引きひきオリュンポスをうろつきまわり、他の神々が大笑いで嘲笑するところを描写したものである。私は床にひっくりかえってレスビアの夫をぽかぽか殴りつけていたが——この悪党に意趣返しをしてやる絶好のチャンスだった——立ち上がって、

　さすれば足萎えの神、かなとこより身を起こし
　曲れるあしをもてよろめきつつ歩みゆくなり

そして飲み物を載せた卓子（テーブル）の方へよろよろと歩いて行った。カリグラは上機嫌で直前の句を二行引いた。

　もし貴女が従いなされば、雷（いかづち）ふるう大神は心やわらげられましょう
　寛大なる神は私どもに優しくしてくだされましょうぞ

こうしてかれは私をウルカヌスと呼ぶようになったが、カリグラの気まぐれから幾分はわが身を守れることになるので、私はこれを歓迎した。

　それからカリグラはこっそりその場を去り、変装をかなぐりすてて正体を現すと、私を門番に立たせておいた中庭から宮殿に入ってきた。そしてその場の光景を目の当たりにして心底（しんそこ）驚愕した風を装い、またしてもホメロスを引用してこう朗唱した——それはオデュッセウスが宮殿の女たちの放埒なふるまいを見て恥辱と憤怒に身を

ふるわす条（くだり）であった。

あたたかく身をくるまれて次の間にかれは臥しつつ
卑しき愛戯の光景をまじまじとうち眺めたり
春をひさぐ麗人は放埒なる肉欲もて
夜の快楽にあらためて身を委ねたり
かかる恥ずべき光景に憤怒の念わきあがり
如何すべきか心揺れ動くことしきり
今たちどころに踏み込みて奴ばらの情火をおのが血を
　もて消し去り
これなる恥辱の光景を終わらせんか
あるいは遂の抱擁にまで酔い痴れるをゆるし
もろともに恥ずべき行為を全うせしめんか
憤怒の思い怒りに膨れる心臓に憤怒の渦巻く様は
あたかも猟犬の母仔犬らを庇わんと唸りあげ
見知らぬ下男に吠えかかるに似て、かれの嗔恚は胸う
　ちに
とぐろ巻いたるが、怒りの雷（いかづち）とどろくをしずめつつ
「哀れなる傷心よ」かれ叫びぬ。「辛抱せよ
この不面目の苦痛を、そして汝（な）が嗔恚を抑えよ
思い起こせ、不屈の意思もて絶体絶命の窮地を堪え忍
　べるを
十年の長き苦難ともにせる朋友を
恐るべきポリュペーモスに貪り食われしときも。われ
　不屈の知恵もて
避けえぬと見えし死よりみごと逃れたるを

「ポリュペーモスはティベリウスのことである」とカリグラは解説した。そして手を拍つと、たちどころに親衛隊が駆けつけた。「カッシウス・カエレアをただちにこれへ！」カッシウスが到着するとカリグラは言った。「カッシウスよ、かの英雄、わが幼き日にはわが軍馬となりし者よ、昔から常に変わらぬ忠誠をわが一門に捧げた友よ。かつてかほどに悲しむべき、また恥ずべき光景を目にしたことがあろうか？　わが二人の姉妹が他ならぬわが宮殿にて元老院議員どもに春をひさぎ、わが叔父クラウディウスが門に立って入場券を売りつけるとは！　ああ、父上、母上が御存命でこの光景を御覧になれば何と申されることであろうか！」

「この者どもを残らず引っ捕えましょうか」とカッシウスは勢いこんで訊ねた。

否、遂の抱擁にまで酔い痴れるをゆるし
もろともに恥ずべき行為を全うせしめん

カリグラは諦めたように言うと、猟犬の母犬の唸りを真似てみせた。カッシウスは親衛隊を率いて退場するよう命じられた。

宮殿でこの種の乱痴気騒ぎが行われたのは、これが最後ではない。カリグラはこの売春に一役買った元老院議員たちに次回からは妻や娘を同伴して、アグリッピニッラとレスビアの手伝いをさせるよう強要した。しかし財政がふたたび逼迫してきたため、カリグラはガリアを訪問し、そこで方策を講ずることにした。

まず最初にかれは途方もない数の兵を召集した。正規軍団から分遣隊を送らせ、あらゆる地域から新兵を募ってきて新たな軍団を編成したのである。そして軍勢十五万を率いてイタリアを出たのであるが、ガリアでさらに増強を重ね、最後には二十五万の大軍勢に膨れ上がった。軍団の武装・維持に要する費用はすべて通過した都市の負担となった。軍団の食料も現地で徴発した。カリグラは騎馬で先行して、兵は四十八時間以上もぶっとおしで行軍してやっと追い付くことがあるかと思えば、一日に一、二マイルしか進まず、自分は八人の男に担がせた輿に乗って明媚な風光を賞でたり、花を摘むために何度も行軍を中断させたりした。

かれはリヨンを全軍の集合地にするつもりだったので、事前に各地に書翰を送り、ガリアとゲルマニアの軍団に所属する百人隊長以上の士官にことごとく現地に集合するよう命令を下した。召集に応じた者のなかにはガエトリクスという男があったが、かれはわが兄ゲルマニクス麾下のもっとも有能な将校であって、ここ数年間は高地ゲルマニアの四軍団を統率していた。この人物は穏便な懲罰と恐怖ではなく愛情に基づく訓練という伝統を重んじたため、兵士たちの間では絶大な人気を博していた。かれはまた義父アプロニウスの指揮する低地ゲルマニアの軍団の間でも人気が高かった。それというのもガエトリクスはアプロニアの姉妹と結婚したが、このアプロニアこそはわが義兄プラウティウスが窓から突き落としたとされた女なのである。ガエトリクスはセイヤヌス失脚後、実の娘をセイヤヌスの息子に嫁(とつ)がせる約束をしていたという理由でティベリウスから死を宣告されたが、不敵にも次のような書翰を皇帝に送って死罪を免れていた。すなわち、書翰の中で、「自分が軍団統率の任に留まる限りにおいて」自分の忠誠ならびに軍団の忠誠は揺るぎないものと信じられたしと記(しる)し、ティベリウスは賢明にもかれに手を出さなかった。しかしカリグラはかれの人気を妬み、ガエトリクスが到着するやいなや逮捕したのだった。

　私はこの遠征に同道を求められなかったので、事の顚末が分らず、詳しく述べることができないが、知りえたかぎりでは、ガニュメデスとガエトリクスが謀叛の罪を問われ——ガニュメデスは帝位を窺い、ガエトリクスはそれを使嗾した廉で——ともに裁判抜きで死刑に処せられたらしい。レスビアとアグリッピニッラ（その夫は浮腫で死亡していた）もまた陰謀に参画した嫌疑を受け、カルタゴ近くのアフリカ沖合いの島へ流刑されることとなった。そこは高温乾燥で知られる離島であって、産業といえるものはたったひとつ海綿漁しかなかった。カリグラは二人に向かって、もうこれ以上お前たちを食わせてやることはできないから、海に潜って海綿をとる技でもおぼえるがいいと言い渡した。しかしそればかりではなく、彼女たちは島に着くまでに次のような苦役を課せられた。すなわち、武装した護衛つきでリヨンからローマまで徒歩で歩かねばならず、しかも交互にガニュメデスの遺灰を収めた骨壺を手ずから運ばねばならないと。これは二人がガニュメデスと姦通を止めなかったことへの懲罰であると、カリグラは元老院に送った書翰に威丈高な調子で記した。のみならず二人が死を賜らなかったのは、他ならぬ自分の慈悲の顕れであると自慢した。いわく、考えてもみるがいい、二人の所行はなみの娼婦にも劣るものである。まっとうな娼婦なら客に彼女らほどの代金を要求しないし、自分の放蕩で金をかせぐようなことはないはずである、と。

　私にはこの二人の姪を気の毒に思う理由が見当たらなかった。この女たちは遣り方こそちがえ悪辣なことにかけてはカリグラに劣らなかったし、私につらく当たったからである。三年前アグリッピニッラに子が生まれたとき、彼女はカリグラに名前をつけてくれるよう頼んだ。するとカリグラは言った。「クラウディウスと名づけるがよい。美丈夫となること請け合いじゃ」アグリッピニッラはかっと頭に血がのぼってもう少しでカリグラを殴りつけるところだったが、その代わりくるりと振り向いて私に唾を吐くと、わっと泣き出した。子供はルキウス・ドミティウス*と呼ばれることとなった。レスビアの方はあまりに高慢痴気なため私に注意を払うことをせず、存在を認めようともしなかった。狭い廊下で偶然行き遭ったりすると、歩調をゆるめもせずにすたすたと真ん中を進んできて、私が壁にへばりつくように身を避けても気にもとめないのだった。あの二人がわが愛する兄の娘であり、命にかえてもかれらを庇護するとアグリッピーナに誓ったことなど、もはや思い出すのも難しかった。

とかくするうちにカリグラから命令が届いた。帝位転覆を未然に防いだことを祝すべく、四人の執政官経験者からなる使節団を構成し、私が団長となってガリアまで出向くようにとの迷惑千万な指令であった。幼年時代を別にすれば私がガリアを訪問するのはこれが初めてであったが、こんな役目はひきうけたくなかった。領地と屋敷はいまだ買い手が見つからなかったので旅費を捻出するためにカルプルニアから借金をせざるをえず、おまけに私の顔を見たからといってカリグラが喜ぶはずもないからである。私はオスティアから海路をとり、マルセイユで上陸した。そこで判明したのは、カリグラはわが姪たちを追放したあと、二人が旅にたずさえてきていた宝石や装飾品や衣装を競売にかけていたということである。これら品々が結構な値で捌(さば)けたのでこれに味をしめて、二人に随行した奴隷ばかりか解放奴隷までも奴隷であると偽って売却することにした。競りに参加したのは属州の富豪たちで、「これは皇帝の妹の持物である。私は皇帝から直接買い取ったのだ」と自慢したいがためであった。これを見てカリグラの頭に新しい発想がひらめいた。かつてリウィアが暮らしていた昔の宮殿は今は閉鎖されているが、あそこには貴重な家具や絵画やアウグストゥスの遺品が山積みになっている。そこでローマに使いをよこしてこれらの品々を、迅速にかつ安全にリヨンまで運んでくるよう命じたが、その責任を担わされたのは私だった。「海路ではなく陸路を用いよ。予はネプトゥヌスとは仲が悪い身ゆえ」とかれは書翰に書いていた。この書翰は私が船出する前日に届いたので、私はその任をパッラスに託した。最大の問題は輜重(しちょう)の牛馬や馬車のたぐいがことごとくカリグラの軍隊のために徴用されてしまっていたことだった。しかしカリグラが命ずるからには何としてでも馬と運搬手段を確保せねばならない。パッラスは執政官のもとに赴き、カリグラ書翰を見せた。執政官はやむなく公営の郵便馬車やパン屋の馬車、粉挽きの馬まで駆り出したが、おかげで市民は多大の迷惑を蒙った。

紀元四十年

かくして五月のある日没前、カリグラがリヨンの河にかかる橋に腰を降ろし、そこの河神と会話をかわしているつもりになっていたとき、かれは道路のはるか向こうから私がやってくるのを見つけたのであった。輿に取り付けた賽子(さいころ)の台を見て、私だと分ったのである。私は長旅の無聊を慰めるため、ひとりで賽子(さいころ)博打に興じていたのである。かれは腹を立てて

＊ 後のネロ皇帝である。（グレーヴズ註）

叫んだ。「おい、そこな者。荷馬車はどうした？　なぜ荷馬車をつれてこなかった？」

　私は叫び返した。「皇帝陛下万歳！　申し訳ないことに、馬車はあと二、三日経たないと着きません。ジュネーヴ経由で陸路を来るのです。わたくしどもは海路をとりました」

「なればもう一度水に戻してくれるわ！」かれは言った。「ここへ来い！」

　橋に着くと二人のゲルマニア人兵士が無理やり私を輿から引きずり出し、橋の中央部にある欄干の上へ、背中を河に向けて座らせた。カリグラは突進してくると、どんと私を衝いた。私はくるりくるりと二度とんぼ返りをうって水面に落下したが、落ちるまでの時間の長く感じられたこと、まるで一千フィート以上も距離があるかに思えた。こう呟いたのを憶えている——「リヨンに生まれ、リヨンに死す、か」ローヌ河は冷たく深く、流れは急だった。重い長衣が手足に纏いついたが、必死の思いで浮かび上がると、橋から半マイルほど下流の、橋から視線が届かない位置にある岸の、小舟が何艘か舫ってあるところに這い上がることができた。実は私は歩くより泳ぐ方が得意である。私の腕力は強く、運動ができないうえに大食のせいで脂肪がたっぷりついていたので、まるでコルクのように水に浮くことができたのだ。カリグラときたら一掻きも泳げなかった。

　数分後、私がよたよたと歩いてくるのを見てカリグラは度胆を抜かれ、私が悪臭ふんぷんたる泥に全身まみれているのに大笑いした。「どこにいたのじゃ、わが親しきウルカヌスよ」とかれは訊いた。

　私は答を用意していた。

われ痛感せり　雷ふるう神のちからを
天空の高みより真逆様に墜落し
終日虚空にきりきり舞いしつつ
日没に到りてようやく地上に達し
倒れ伏したり　目をまわし息を切らして
シンテイエス人われを助け起こしぬ　レムノスの岸辺
にて

「レムノスはすなわちこのリヨンのことでして」と私は言った。

　カリグラは欄干に腰を降ろし、前にはわが同僚の三人の使節が揃ってうつ伏せに横たわっていた。カリグラは二人の首根っこを踏みつけ、残りの一人の首の上で剣の切先をぶらぶらさせていた。この最後の一人はレスビアの夫であったが、慈悲を乞うてすすり泣いていた。「クラウディウス殿」かれは私の声を聞いて呻いた。「皇帝陛下にお許しを願ってくだされ。われらはただ陛下にお慶びのご挨拶を申し述べに参上しただけなのじゃと」

「予は挨拶など要らん。要るのは馬車じゃ」とカリグラが言った。

あたかもホメロスはこういう機会のために、私が先程引用した詩句の直前にわざわざこう書いておいてくれたかのようであった。私はレスビアの夫に言った。

堪忍して従うべし、なんじわが親しき友なれど
ユピテルその腕のばせるときは
われ悲しむのみ、護ることあたわず
ユピテルの力を前にして、敢然となんじの側に立ち
あるいは腕上げて逆ろう者あるはずもなければ

カリグラは悦に入った。かれは三人の使節に訊ねた。

「貴様らの命の値段はいかほどじゃ？　一人あたま金貨五万枚か？」

「陛下の御意のままに」かれらは蚊の鳴くような声で答えた。

「なればローマに帰還したあかつきに、ただちに哀れなクラウディウスに支払うのじゃ。こやつは舌先三寸で貴様らの命を救ったのだからな」そこで三人はやっと立つことを許され、その場でカリグラは三カ月以内に金貨十五万枚を私に支払う誓約書に署名させた。私はカリグラに言った。「寛大なるカエサルよ、この金は手前より陛下のほうがお要りようでしょう。手前の命をお救いいただいたお礼として、この者どもが支払った際に、金貨十万枚をお納め下さいませんか。それでも手元にはまだ五万枚残りますし、これで神祇官に就任する費用を全額納めることができましょう。いまだお支払いできぬことが気にかかってなりませんでした」

かれは言った。「そなたの心を安んじさせるためであれば、予はすすんで貢物を受けるであろうぞ」そして私を「黄金の一文銭」と呼んだ。

かくしてホメロスがわが命を救ったのであった。しかしカリグラは数日後私を呼んで、二度とホメロスから引用してはならぬと警告した。「きゃつは詩人として不当に高い評価を受けておる。予はきゃつの作品を余さず集め、焼却してしまうつもりじゃ。どうして予がプラトンのあの哲学的推奨を実行に移してはならぬいわれがあろうか。プラトンの『国家篇』は知っておろうな？　称賛すべき論理展開じゃ。かれは言っておるではないか、か

れの理想国からあらゆる詩人を追放するとな。プラトンは詩人を嘘つきだといったが、その通り詩人は嘘つきである」

私は訊ねた。「聖なる陛下が焼却なさるおつもりなのはホメロスだけでありましょうか？」

「いかにもそうではない。過大評価されている詩人はことごとくじゃ。まず手始めにウェルギリウス。きゃつは退屈な詩人じゃ。ホメロスたらんと欲して、ホメロスたりえなかった」

「歴史家も同様でございましょうな？」

「いかにも。リウィウスがそうじゃ。もっと退屈じゃからな。ウェルギリウスたらんと欲して、ウェルギリウスたりえなかった」

巻三十二

カリグラの仲介でメッサリーナと結婚

カリグラは最新の財産登記簿を集めて吟味すると、ガリア中の富豪をリヨンに呼び集め、ローマから宮殿の品々が届いたあかつきには結構な値で売り捌く準備を調えた。そして競りの直前に演説して、自分は莫大な負債を抱えて破産寸前であるが、帝国のためを思って、属州の友人たちやローマに恩を受けた同盟者たちが、このことで自分の足元を見るようなことはしないで貰いたい、やむにやまれぬ事情から涙をのんで貴重な一族の財産を売却するのであるから、決して正価以下の値段をつけないで貰いたいと訴えた。

　カリグラはこのときあらゆる競りの手練手管を身につけており、かれが手本にした市場の香具師ですら思いもつかぬような新手の手管もさまざまに開発済みであった。ひとつの品を別々の買い手に、しかも異なった品質とか効用とか来歴を並べたてて売りつけるというのがその一例である。それにかれが買い手に求めた「正価」には当然「ご祝儀価格」が含まれており、しかもそれは本当の値打ちより何百倍もの高値になるのはいうまでもなかった。例えばかれの口上はこんなふうである――「これはわが曾祖父マルクス・アントニウスが愛用した安楽椅子である」とか「神君アウグストゥスが結婚の宴席で飲んだ葡萄酒の杯である」とか「わが姉たる女神パンテアがヘロデ・アグリッパ王が虜囚から解かれた祝いの席に着用した衣装である」といったたぐい。さらにかれはいうところの「福袋」、つまり中身は何か分らないが、小品を布で包んだものを売りに出した。そして事情の分らぬ買い手を騙して古ぼけたサンダルやひとかけらのチーズを金貨二千枚で売りつけると、してやったりとばかりに

北叟笑(ほくそえ)んだものである。

この競りは最初は妥当な値段から始まった。しかしカリグラは裕福なガリア人に頷くとこう言うのである、「この雪花石膏の筥に金貨四万枚ですな。かたじけない。しかしもう一声でないものか。四万五千枚の声はないかな?」競りはすこぶる活発になったが、お分りのように恐怖心が値を吊り上げたからである。カリグラは富豪たちから一銭残らず巻き上げると、それを祝って十日間の派手な祭を催した。

そのあとかれはライン河ぞいの属州に向かった。ゲルマニア人に対して戦さを起こし、一人残らず刃(やいば)にかけてやると宣言していた。祖父と父が手をつけた戦いに自分が終止符をうって親孝行するのだと。そして近辺の敵の情勢探索のため、二大隊を河向こうに派遣した。分遣隊は一千人の捕虜を得て帰還した。カリグラは捕虜を検分すると、見栄えの良い若者三百名を自分の護衛用に残して、残りは崖下に一列に並ばせた。列の両端には禿頭の男がいた。カリグラはカッシウスに命じた。「死んだウァルスの仇討ちだ。禿の男から禿の男まで、一人残らず殺せ」この大虐殺の報が届くと、ゲルマニア人はいちばん深い森の奥に姿を隠した。カリグラが全軍を率いて渡河してみると、どこを見回しても人影が絶えていた。そこで、ただ単に切迫した状況を作り出さんがために、行軍の第一日目にゲルマニア人護衛から成る部隊をあたりの森へと偵察に送り出し、夕食時に敵が間近に迫っているとの報告を送らせた。カリグラは「偵察隊」と親衛隊騎兵の先頭に立って攻撃をかけた。そして偵察隊のゲルマニア人護衛兵に重い鎖をうって虜囚として連れ帰り、圧倒的な敵の大軍を壊滅させて勝利を得たと公表した。そして「偵察隊冠」と呼ぶ新たな勲章を設け、宝石で太陽と月、星々を象ったこの黄金の宝冠で、戦友たちの頭を飾ったのであった。

三日目、行軍は隘路にさしかかった。軍団は要撃態勢を解いて、縦列行軍を余儀なくされた。カッシウスはカリグラに言った。「カエサル、ウァルスが待ち伏せされたのもこのような場所でした。生涯あの日のことは忘れられません。私は部隊の先頭に立って、ちょうど我々が今さしかかっているような曲がり角に達したときのことです。突如嵐のような雄叫びが起こったかと思うと、ちょうど向こうに見えるような樅(もみ)の木立から、三万本いや四万本もの投げ槍が大気を切り裂いて飛んできたのです」

「予の馬を引け!」カリグラは恐慌に陥って叫んだ。「道を空けよ!」かれは輿から飛び降りると、ペネロペに跨り（インキタトゥスはローマにあって競技に連戦連勝していた）縦列行進を逆行しだした。四時間後にようやく橋まで辿り着いてみると、そこは輜重(しちょう)部隊の移送でごったがえしていた。急いで橋を渡りたいので、馬から降りると、椅子に座ったカリグラは兵士たちに橋上の馬車から馬車へと手渡してもらい、やっとのことで無事に対岸まで運ばれたのだった。カリグラは、敵が決戦をおそれて逃げ去ったと称して全軍を呼び戻し、新たな征服先を見つけるであろうと宣言した。全軍がケルンに集結すると、ライン河に沿って行軍し、ブリタニア島に最も近いブローニュの港へ渡河した。するとそこへブリタニア王シンベリンの息子が、父と諍(いさか)いを起こしていたところにカリグラの到来を耳にして、僅かな家臣をつれて海峡を渡り、ローマの庇護を求めてきた。カリグラはゲルマニア全土を服従させたとの書翰をすでに元老院に送っていたが、新たな書翰をしたためて、ブリタニア王シンベリンがシリー諸島からオークニー諸島に至るまでの全ブリタニア諸島の宗主権をローマの手に委ねる証(あかし)としてその息子を送ってきたと吹聴した。

　私はこの行軍の間中カリグラに同道していたが、かれのご機嫌を取り結ぶのは並大抵の苦労ではなかった。カリグラは不眠を訴え、宿敵ネプトゥヌスが海鳴りを送ってかれの耳を悩ませ、また夜毎現れては三叉戟で脅すといってこぼしていた。私は言った。「ネプトゥヌスですと。もし私ならそんな生意気な神に好き勝手にふるまわせてはおきませんぞ。どうして奴を罰してやらぬのです、陛下がゲルマニア人を罰せられたように。以前にも奴を威嚇してやったことがあるではありませぬか。これ以上寛仁の徳を及ぼすのは決して好ましいことではありませんぞ」

　かれは落ち着かぬ様子で、目を細めて私を見た。「そなたは予が狂うておると思うか？」ややあってかれはそう訊いた。

　私は神経質に笑った。「狂うている？　陛下が狂うておられる？　この人間世界どこへ行こうとも狂気と正気の境目を定めるのは陛下ではありませんか」

「たしかに容易な技ではないぞ、クラウディウスよ」とカリグラは内緒話の口調でいった。「人間の現身(うつしみ)を装いながら神であるというのは。予は時として自分が発狂するのではないかと思うときがある。アンティキラではキンポウゲの球根が精神異常に利くというが、本当だろうか？」

　私は言った。「誰だったか記憶に定かではありませんが、あるギリシアの偉大な哲人が、明晰な頭脳をより明晰にするためにその球根を使ったという話です。しかし陛下がわが進言をお求めなのであれば、こう申し上げましょう――お使いにはなられるな、陛下の頭脳はすでに岩間の清水のように明晰なのですから、と」

「たしかに」とかれは言った。「しかしせめて一晩三時間の睡眠がとれたらと思うのじゃ」

「その三時間を欲しているのは陛下の現身(うつしみ)であります」私は言った。「現身を装わぬ神は眠ることがありません」

これでかれの気持ちは落ち着いた。そして翌日、全軍を海岸に集め戦闘形態をとるよう命じた。前衛に弓兵と投石兵を、つづいて投げ槍を装備したゲルマニア人傭兵、続いて主力のローマ兵、最後にガリア兵の配置である。両翼には騎兵と攻城兵器、弩砲と投石機が砂丘に設置された。何が起ころうとしているのかを知る者はひとりもない。カリグラは海に乗りだし、ペネロペが膝まで水につかるところまで来ると叫んだ。「わが仇敵ネプトゥヌスよ、その身を護るがよい。予はなんじに挑戦する、今こそ決着をつけようぞ。なんじは卑劣にもわが父の艦隊を沈めた。なんじにその力があるのなら、予を滅ぼしてみよ」そしてホメロスの中の、アイアスがオデュッセウスと格闘する条(くだり)を引用して、

首長よ、我なんじを抱え上げん、さなくばなんじが
　我を
いずれの力の勝れるかを示さんがため……

小波がうちよせた。カリグラは剣で水面を斬ると嘲って笑った。そして冷然と馬を返すと、喇叭手に命じて総攻撃の合図を吹き鳴らさせた。弓兵は箭を放ち、投石兵は石を飛ばし、投げ槍兵は槍を投じた。正規軍歩兵は腕の肘の深さまで踏み込むと、小波に斬りつけた。騎兵隊は両翼から攻撃し、剣を振るいながら馬を泳がせて前進した。投石機が巨石を、弩砲が巨大な投げ槍と鉄で尖端を覆った木材を雨あられと降らせた。カリグラは軍艦に乗船して自軍の攻撃の及ばぬ位置まで進むと、そこに投錨し、ネプトゥヌスに対して愚かしい挑戦の科白(せりふ)を繰り返すと、舷側(ふなべり)から遠くへ唾を吐き飛ばした。ネプトゥヌスは何の反撃もまた反応もしなかった。ある兵士が海老(えび)の鋏ではさまれ、別の一人が海月(くらげ)に刺されたのを別にすれば。

そしてやっと撤収を指示し、各兵に剣の血を拭って戦利品を集めるよう命じた。戦利品は浜辺の貝である。一人当たり冑(かぶと)一杯を集めるよう求められ、戦利品は一箇所に積み上げられた。そして種類別に分類すると、おのお

の箱積めして、この前代未聞の勝利の証としてローマへと移送された。兵士はこれをたいへん興がり、カリグラが金貨四枚ずつの報償を出したので、やんやと皇帝を誉めたたえた。カリグラはこの勝利を記念して巨大な灯台を、かの有名なアレクサンドリアの灯台を真似て建造したのだが、以来この危険な水域を航行する水夫からはたいへん感謝されたのであった。

そしてカリグラはライン河沿いに上流へと軍を向けた。ボンに到着するとかれは私を傍らに呼んで不気味にこう囁いた。「ここの軍団は予が兵営を離れた間にわが父に対して謀叛を起こした罪をいまだ罰せられてはおらん。そなたも憶えておろう。予は亡き父のため、きゃつらの間に秩序を回復するために来たのじゃ」

「しかと憶えておりますとも」と私は答えた。「されどあれははるか以前のこと。二十六年も経ったあとでは、当時兵役に服していた者はほとんど部隊に残ってはおりますまい。おそらく陛下とカッシウス・カエレアの二人だけが、あの恐るべき日を記憶している古参兵でありましょうな」

「なれば殺すのは十人に一人に留めるべきかな」かれは言った。

特別集会という名目で、第一および第二十軍団の兵に召集がかかったが、炎暑を理由に丸腰で来るよう指示された。集会には親衛隊の騎兵も召集されたが、かれらは槍と剣を携行するよう指示された。私は一人の下士官を見かけたが、かれはまるでピリッピの戦いに従軍したかのように年老いて刀傷だらけだった。私は呼びかけた。

「おい君、私が誰か知っているかね?」

「いいえ、存じあげません。執政官経験者の方でしょうか」

「私はゲルマニクスの弟だ」

「さようですか。そのような方がおられるとは存じませんでした」

「私は兵役に服したこともなければ政界で重要な役職に就いたこともない。だが君の仲間に重大な知らせがある。今日の午後の集会には武器を遠くに置いてきてはならぬぞ」

「どうしてでしょうか?」

「必要になるやも知れぬからだ。ゲルマニア人の襲撃があるかも知れん。あるいは別の者が……」

かれはまじまじと私をみつめ、私が真剣なのを見てとった。

「感謝いたします。皆にこのことを伝えましょう」

軍団兵が演台の前に集合すると、カリグラは恐ろしい渋面を造り、両足をふんばってのこぎりを引くような腕の動かし方をしながら演説を始めた。まず最初に何年も昔のあの初秋、星のない呪われた夜のことを一同に思い起こさせた――すると何人かが両側を騎兵にはさまれた間をこっそりと抜け出した。置いてきた剣を取りにいったのである。また別の者たちは外装の下に隠しておいた剣をこれ見よがしにちらつかせた。カリグラもこの状況に気づいたのだろう、途中でにわかに口調を変え、今や望ましくも忘却のかなたへ去った悪しき日々と、現在の栄光と富と勝利に満ちた状況とを朗らかに比較し出した。「かってそなたたちの小さな遊び仲間であった少年は成長し」とかれは言った。「そして史上前例を見ない偉大な皇帝となった。いかに兇悪な敵といえども、今や敢えてかれの軍団に挑もうとする者はない」

そこに例の年老いた下士官が駆け込んできた。「運の尽きです、カエサル！」とかれは叫んだ。「敵はケルンで河を渡りました。その兵力は三十万。やつらはリヨンを攻略するつもりです。そのあとアルプスを越えてローマを襲うに違いありません！」このようなばかばかしい悪ふざけを信じたのはカリグラだけだった。かれは顔面蒼白になると演台から飛び降り、馬にとりすがるとどたばた鞍に跨って、矢のように兵営から駆け出した。馬丁が慌ててあとを追うと、カリグラはふりむいて叫んだ。「さいわいにもまだエジプトがあるぞ！　少なくともあそこは安全だ、ゲルマニア人は船を持たぬからな！」

皆は腹をかかえて笑いころげた。しかし一人の大隊長が駿馬を駆り、ほどなく皇帝に追い付いた。そしてあの知らせは誇大であった、小兵力が渡河しただけで、それも撃退されました、といってカリグラを安心させた。今やローマ領の河岸はまったく安泰であります、と。カリグラは次の都市に逗留して元老院に早馬を送ったが、その書翰には、今やあらゆる戦いに勝利を収めたので、月桂冠を頂いた軍団とともにただちに帰国すると記した。そしてわが身がきびしい戦いの困苦を堪えしのいでいる間、首都でいつもどおり劇場や風呂に通い宴会を繰り返してのうのうと安逸をむさぼっていた連中を口を極めて叱責した。この自分でさえ、衣食住は一兵卒と変わらぬ過酷な条件で過ごしたというのに。

元老院はいかなる種類の栄誉も皇帝に奉ってはならぬと厳命をうけていたため、阿諛追従のすべを失って途方に暮れてしまった。しかしとりあえず急使を送り、偉大な勝利を言祝ぐとともに、ローマでは一人として皇帝不在を嘆かぬ者はないので急ぎ帰還なさいますようにと乞うた。カリグラはさきにあのような厳命を下しておきながら、何処からも勝利の栄冠を捧げられないうえに、元老院が自分を指してユピテルとは呼ばずただ皇帝ガイウス・カエサルと呼んだことに激怒した。そして剣のつかを叩いてこう叫んだ。「急ぎ帰還なさいますようにとな？　よし、帰ってやろう、この剣を携えてな」

かれは三重の凱旋式を準備した。すなわちゲルマニア、ブリタニア、そしてネプトゥヌスに対する勝利である。ブリタニア人捕虜として用意されたのはシンベリンの息子とその従者に、ブローニュで拘引したブリタニアの交易船の水夫たちを加えた一団である。ゲルマニア人捕虜には、実際に獲得した三百人に、ガリア各地で見つけた偉丈夫の一群を加えたが、この連中には黄色の鬘をつけゲルマニア人の衣装を着せ、ゲルマニア語らしきでたらめな言葉を喋るよう言い含めてあった。しかし前述の厳命を恐れて元老院は公式の凱旋式を挙行しなかったので、カリグラは非公式の行列で我慢しなければならなかった。かれはバイアエの人工橋を渡ったさいとそっくりの出で立ちで首都に馬を乗りいれたが、思慮深い女であったカエソニアの口添えがなければ、元老院全員を刃にかけるところだった。そして今回の戦さに市民が私財を供出して協力したことに報いるのだといって、宮殿の屋根から金貨銀貨を撒いたが、かれらの競技場での狼藉を今なお許してはいないのを示さんがため、金貨銀貨の中に真っ赤に焼けた鉄の小円盤を混ぜておいた。そして兵士たちには思う存分大騒ぎをして、無料で好きなだけ呑んでよいと許可したので、かれらはこの機会を堪能するまで利用し、おかげで商店街はことごとく略奪され売春窟は火が放たれて燃え落ちた。首都が秩序を回復するまでにまるまる十日かかった。

これは九月のことであった。かれが不在の間工人たちはせっせと働いて、パラティヌス丘に新たな神殿を建築していたが、これは新宮殿から見てカストルとポルックスの神殿の反対側に建てられた。中央広場まで拡張工事が行われた。カリグラは双子神の像の間に通路を設けて、カストルとポルックスの神殿を新神殿の拝殿に変えてしまった。「天の双子はわが門番である」とかれは豪語した。そしてギリシア総督に書翰を送って、かの地の名高い神像の大半を神殿から撤去してローマへ移送するよう命じた。かれは神像の首を切り落として、代わりに自分の頭を据えるつもりであった。ことにご執心だったのはオリュンピア神殿の巨大なゼウス像で、ローマへの搬入のため特別の船を建造させたほどであった。しかしこの船は進水直前に落雷に撃たれて焼失した。少なくとも報告ではそうなっていたが、私の思うに、実際は迷信深い水夫たちが自ら火を放ったものに違いない。とはいえカピトリヌス丘のユピテルがカリグラと諍いした前非を悔いて（カリグラが我々に語ったところでは、である）ふたたび自分の傍らに戻ってくれるよう乞い願った。カリグラは新神殿がほぼ完成しかかっていると答えたが、ユピテルがたいそうへりくだって懇願するので、折衷案を考え出した——谷に橋を架けて二つの丘を結びつけようというものである。かれはこれを実行した。橋はアウグストゥス神殿をまたいでいた。

　カリグラは今や公式にユピテルであった。ラテン民族にとってのユピテルであるばかりではなく、オリュンポスのゼウスでもあり、そればかりかかれが命じて頭部を切り落とさせ自分の頭をとりつけたあらゆる神や女神でもあった。あるときにはアポロでありまたメルクリウスであり、別のときにはプルートーであったが、いずれの神となるときもそれに相応しい衣装をまとい相応の犠牲を要求した。私はかれが長い透き通った絹の衣装をまとい、紅白粉で化粧して赤毛の鬘をかぶり、胸には詰物をして高い踵のサンダルで、しゃなりしゃなりとウェヌス気取りで歩いているのを見たことがある。十二月のボナ・デア祭祀には女神自身として臨席したが、これはたいした醜聞だった。マルスもまた、カリグラが好んで扮装した神だった。しかしたいていのときはユピテルであった。オリーヴの冠をまとい、顎に細い金糸の付け髭をし、明るい青の絹の外套をはおり、手には琥珀金のじぐざぐの稲妻を携えていた。あるときかれはユピテルの扮装で、中央広場の演台に立って演説した。「予は近々アルプスのいただきに予の座所を築くであろう。われら神々は不健康な谷間の街よりも山頂の清浄な大気を愛するのだ。アルプス山脈から予は帝国のはるかかなたまでを睥睨するであろう——ガリア、イタリア、スイス、そしてティロルとゲルマニアを。そして足下で胡乱な謀叛がうごめいているのを見れば、警告の雷を轟かすであろう、この通り（と恐ろしげな唸り声をあげた）。謀叛者がそれを無視するならばいかづちでもって撃つであろう、この通り！」（手にした稲妻を群衆に向けて放ったが、かちんと神像にあたっただけで誰も傷つけなかった。）群衆の中にいた他国者が、それはマルセイユからローマに物見遊山にきた靴屋であったが、このさまを見てげらげら笑い出した。カリグラはその者を捕えて演台の前まで連れてこさせた。そして身をかがめると顔をしかめて「きさま、予を誰と心得おる？」「香具師じゃろが」と靴屋は言った。カリグラは言葉を失った。「香具師だと？」かれは鸚鵡がえしに言った。「予が香具師とな？」「そうだよ」とそのガリア人は言った。「おらは無学なガリアの靴屋でローマに出てくるのは初めてだ。広い世間のことはよう知らんが、おらの田舎でお前さんのようなことをやったら、そりゃあとんだ香具師に違いないわな」

カリグラもつられて笑った。「哀れな阿呆めが」かれは言った。「確かにきさまの田舎ではそうであろう。そこに違いがあるのじゃ」

皆は腹をかかえて大笑いしたが、嘲笑の対象になったのは果たして靴屋であったのかカリグラだったのか。カリグラが雷のからくりを造らせたのはこの直後のことであった。信管に点火すると大音響と閃光を発して、どこでも好きな方向に石を投擲できる仕掛けだった。しかし私は確信をもって断言できるが、夜中に本物の雷が鳴るとカリグラは寝台の下にもぐりこんでいたのだ。面白い逸話がある。あるときかれがウェヌスの扮装で行列の先頭に立って町をねりあるいていたとき、突如として大嵐が襲ってきた。するとカリグラは涙ながらにこう叫んだのだった、「父よ、父よ、どうかあなたの愛娘を撃たないで下さいまし」と。

カリグラがガリアでかき集めてきた金はたちまち底をついたので、かれは新たな金策の方法をさまざま考案した。とりわけお気に入りだったのは、死亡したばかりで皇帝に一銭も残さなかった男の遺言状を法律的に吟味するという方法だった。そして遺言を残した者が生前皇帝から恩恵を受けていたことを立証して、これは明らかに忘恩の行為であり、あるいは遺言作成時には充分な判断能力を失っていたとも考えられるが、自分としては後者であると考えたい、そう言って遺言の無効を宣告すると自分を筆頭相続人に指名するのであった。かれは朝早く裁判所にやってきては黒板にその日の目標金額（通常は金貨二百枚であったが）を記し、その額に達すると閉廷を宣言するのだった。またある朝、いろいろな職種の店の開店時間に関する規定を布告したが、小さな告知板の上に細かい字で記したうえに中央広場の石柱の天辺に掲げておいたので、重要な布告だとは誰も思わず、わざわざ読む者もなかった。夕刻になると官憲がやってきて、知らぬ間に布告に違反していた商店主の名前を何百人分も読み上げた。罪人たちが法廷に引き出されると、その中でカリグラをわが子とならんで共同相続人に指名していたと申し立てて減刑を乞う者があれば、誰かれかまわず放免してやったが、残念ながらその数は多くなかった。というのもある程度の財産のある市民ならばカリグラを筆頭相続人と定めることを帝室財産管理人に申し出るのが常識となっていたからである。しかしこのことがたいへんな不運を招く場合もあった。カリグラはわが祖母リウィアから薬箱を相続していたが、中身を大いに活用したからである。すなわち、最近にカリグラを相続人と定める遺言状を認(したた)めた者たちに対して、贈り物と称して蜂蜜漬の果物を配ったのである。その者たちは一人残らず死んだ。カリグラはまたわが従兄弟のマウレタニア王をローマに召喚し、かれに死を賜ったが、そのさい「プトレマイオスよ、予はそなたの財産が要るのじゃ」あっさりと言ってのけた。

　カリグラがガリアに出征しているあいだ、ローマでは有罪宣告が下されることが比較的少なく、牢獄はからっぽに近かった。これすなわち、野獣の餌となる犠牲者の払底につながった。この状況を改善すべくカリグラは、観客の肢体を切りとって餌にあてたが、まず舌を切って友人たちに救援を求められぬようにした。このころかれの振舞はますます奇矯なものになっていた。あるとき司祭が、アポロとしてのカリグラに若い牡牛の犠牲(いけにえ)を捧げようとしていた。ふつう犠牲式の牡牛を石の斧で撃つのは侍祭の役で、そのあと喉をかき切るのは神祇官の役である。カリグラは侍祭の恰好をして現れ、儀式通りの問を口にした。「行うべきや?」神祇官が「行うべし」と答えると、カリグラは石斧を神祇官の頭の上に振り降ろしたのである。

　私はブリセイスとカルプルニアとともに貧窮のうちに暮らしていた。なるほど負債こそなくなったが、農園からあがるささやかな年貢を別にすれば、まったく収入の途が閉ざされていたからである。この貧窮を注意深くカリグラに熟知させておいたので、かれは何とか元老院階級から私を外さないでおいてくれた。元老院階級の資格として必要な財産がないにもかかわらず。しかしこの地位も日に日に覚束ないものになっていくように感じられた。十月初旬の深夜、私は玄関の門を叩く音で眠りを破られた。窓から顔を突き出して、誰かと誰何(すいか)した。

「ただちに宮殿に参れとの命令です」

　私は言った。「カッシウス・カエレア、お前なのか。私は殺されるのか?　どうなのだ?」

「私はただちに貴方を連れてくるよう命令を受けただけです」

　カルプルニアとブリセイスは涙にくれて私に別離の接吻をした。二人の手を借りて着替えるあいだ、私は残った僅かな財産をどのように分けるか、幼いアントニアの行く末のこと、あるいは私の葬式の次第などを、口早にかれらに伝えた。身をひきさかれる思いではあったが、しかしこの愁嘆場(しゅうたんば)をひきのばしている時間はなかった。

すぐに私はカッシウスの傍らをひょこひょこ飛び跳ねながら宮殿へ急いだ。カッシウスはぶっきらぼうに言った。「他に二人、執政官経験者が宮殿に呼ばれています」その二人の名を聞いて、不安はますます募った。二人とも富貴で知られ、まさにカリグラが叛逆の罪を着せかねない人物であったからである。しかしなぜ私が？　到着したのは私が最初だった。すぐさま他の二人も駆けつけてきたが、急いだのと恐怖のため息を切らして喘いでいた。我々は法廷の間に招き入れられ、演台を見下ろす位置にある一種の組み立て舞台のうえに座るよう命じられた。ゲルマニア人護衛が背後に立って、何事かかれらの母語でささやき交わしていた。判事席に置かれた二つの小さなランプの明りを別にすれば、部屋は漆黒の闇に覆われていた。背後の窓には銀の星を刺繍した帳（とばり）が降ろされていることに私たちは気づいた。私たちは声もなく握手して別れを告げあった。なるほどこの二人は一再ならず私を侮辱してきた男たちではあるが、死の影の前に立てばそのような些事はもはや問題ではなかった。私たちはそこで夜明け前まで、何事が起こるのか息をひそめて待ち受けた。

　にわかに銅鑼（シンバル）の音が鳴り響いたかと思うと、竪笛と弦楽の陽気な音色が流れ出した。両手に二つずつランプを携えた奴隷が演台の傍らの入口から列をなして入場してきて、明りを両脇の机の上に並べると、去勢された歌手がうたう有名な「夜の長き見張り」という歌が力強く鳴り渡った。奴隷たちは退場した。しゅっしゅっという擦り足の音が聞こえてきたかと思うと、たちまち踊り出たのは造花の薔薇の冠を頭にいただき、女用の桃色の絹の長衣に身をつつんだぶざまな丈高い姿――カリグラだった。

　　薔薇色の指もてる女神は
　　　星ちりばめし夜の帳を巻きあぐる

そこでかれが窓にかけた帳を引くと、暁の最初の曙光が差し込んだ。歌手が薔薇色の指もてる曙の女神の段を歌うと、やはり踊りの仕草で明りを一つひとつ吹き消していった。

　　人目を忍ぶ恋人たちが
　　　甘き恋の労苦に汗して横たわるところ

壁龕（へきがん）にしつらえられていたので今まで見えなかった寝台から、暁の女神が、一糸も纏わぬ娘と男とを引きずり出し、別離の刻が来たことを黙って仕草で指し示した。娘はとても美しかった。男の方は歌をうたっていた当の歌手だった。二人は傷心のさまを示して、左右へと別れていった。同時に詩の最後の段が——

おお暁よ、いともうるわしき女神よ、
　たおやかな歩みもてなべて悩みに
やすらぎをもたらしたもう

私ははっと気づいて床にひれ伏した。間髪をおかず二人の同僚も私に倣った。カリグラは舞台を降りると、私たちを朝食に招待した。私は言った。「おお神々の中の神よ、いましがた目にしたものほど深く心を揺り動かされる舞踏を見た事は未だかつてございません。その美しさは筆舌にしがたいものであります」同僚たちも賛意を表し、かくも得難くたぐいまれな上演をかくもわずかな見物人の前で披露して下されたとは、もったいないかぎり、といった。

カリグラはたいへん気をよくして、これは単なるリハーサルに過ぎない、ほどなく全市民の前で本番を闘技場で上演するのだと語った。私は何百ヤードもの広さの闘技場、しかも野外であの帳の効果をどうやって演出するのか不思議に思ったが、もちろん何も口には出さなかった。朝食はたいへん美味だった。年上の執政官経験者は床に腰をおろしてツグミのパイを一口食べるごとにカリグラの足に接吻していた。五体満足で帰宅する私の姿を見たならカルプルニアとブリセイスがどれほど喜ぶだろうかと考えていると、突然カリグラが上機嫌の口調で言うには、「どうだ、好色爺いのクラウディウス、かわいい娘であろうが」

「たしかにかわゆうございますな」

「そのうえ処女じゃ、予の知るかぎりはな。あのような娘と夫婦になりたいか？　望むならなれようぞ。予もかつてあれを娶ろうと考えなかったではないが、なに、単なる気紛れじゃ。予は未熟な女には興味がない——いや、成熟した女にも興がわかんのじゃ、カエソニアを別にすればな。そなたはあの娘が誰かわかったか？」

「いいえ、わが君、実を申せばわが君に見惚れておりました」

「あの娘はバルバトゥスの娘メッサリーナ、そなたの従妹じゃ。あの親父め、予が娘を寄こせと申したら、何の文句も言わず差しだしおったわ。肝っ玉の小さい連中じゃ。のう、そう思わぬか、クラウディウス？」

「仰せのごとくにございます、わが君」

「よし、ならば明日、そちにあの娘を娶(めと)らせてやろう。予はもう寝るぞ」

「身にあまる光栄、感謝の言葉もございません」

カリグラは私に接吻するようにともう一方の足をさし出した。翌日、約束を守って私たち二人を結婚させた。なるほどメッサリーナの持参金の十分の一を仲介料として懐に入れたものの、他の点ではしごく礼儀正しくふるまった。カルプルニアは私が生還したのを見て喜び、私の再婚のことについても何気ないふうを装っていた。そして事務的な口調で言った。「結構ですわ、あなた。それでは荘園に戻って、元のようにあなたの地所を管理することにいたしましょう。若くてきれいなお嫁さんをお貰いになるのですから、わたしがいなくても寂しくないでしょう。どのみちお金が入ったことだから、また宮殿に住まねばならないのですし」

私はこの結婚が強要されたもので、実際カルプルニアがいないと寂しくてたまらないのだといった。しかし彼女はそれを鼻で笑った――メッサリーナは私の倍も美しいし、三倍も賢いし、高貴の生まれで財産もたっぷり持っている。あなたはもうあの娘にぞっこんなのですよ、と彼女は言った。

私は気まずい思いだった。この悲惨な四年間というもの、カルプルニアは私が気の許せる唯一の友だった。彼女なくしては決してやっていけなかったろう。にもかかわらず、彼女の言うことは正しかった。私はメッサリーナに惚れ込んでおり、そしてメッサリーナは私の妻になるのだ。メッサリーナと一緒になるかぎり、カルプルニアのいる余地はなかった。

彼女は別れ際に涙にくれた。私も泣いた。私は彼女に惚れてこそいなかったが、彼女は私のいちばん信頼のおける友人で、もし必要とあればいつでも助けの手を差しのべてくれるのは分っていた。いうまでもないが、持参金を受け取った時、彼女に幾分かを与えることを忘れたわけではない。

巻三十三　カリグラ暗殺

メッサリーナはずばぬけた美貌の持主で、ほっそりしてその動きはなめらか、黒玉とも見紛う瞳と豊かな漆黒の捲毛に恵まれていた。一言も発しなくてもその神秘的な笑みを浮かべるだけで私に狂おしい恋心を起こさせた。カリグラのもとを離れることができて喜ぶと同時に、すばやい頭の回転で私と夫婦となることの利点を計算し、私が彼女に惚れ込んでいるのと同様、彼女も私のことを愛しているかのように私に信じこませた。これは私にとって、少年時代以来じっさい最初の恋だった。さして頭の切れるわけでもなければあまり見栄えもしない五十男が、すこぶる魅力的で利発な十五の娘に恋をしたなら、哀れな結末を迎えることに相場はきまっている。私たちは十月に結婚した。十二月には彼女は私の子を宿した。見たところ彼女は先妻の娘アントニアをたいへん気に入っているようだった。アントニアはこの年十歳、この年頃の娘が母と呼べる女性に恵まれ、しかも友達づきあいができるほど年齢が近くて、上流社会とのつきあい方を教えてても貰えるし、あちこちに連れまわしても貰えるのはたいへん望ましいことで、私はほっと胸を撫でおろした。残念ながらこれはカルプルニアではできないことである。

私とメッサリーナは宮殿に住むよう招かれたが、私たちの到着したのは実に運の悪い日だった。バッススという名の商人がいて、この男はカリグラの日常生活について宮殿警備の隊長に根掘り葉掘り問いただしていた——皇帝は不眠症で夜中に回廊を散策するという話は本当か、それは何時頃のことか、よく散策する回廊はどこか、同行する親衛隊員は誰かなどと。隊長はこれをカッシウスに報告し、カッシウスはカリグラに伝えた。かれは逮捕されて尋問を受けた。バッススはカリグラ暗殺を企んでいたことはやむをえず認めたが、拷問を受けても共犯者がいたことは頑として否認した。そこでカリグラはバッススの年老いた父親を呼んで、息子の処刑に立ち会うよう命じた。老人は息子がカリグラ暗殺を企んだことはおろか、逮捕されたことすら知らなかったので、実の息子が宮殿の床の上に横たわり、拷問で全身の骨を折られて呻いている様を目の当たりにしていたく衝撃を受けた。しかしやっとの思いで自制心を取り戻すと、息子の臨終の瞼を閉じるべく父親を呼んだカリグラの慈悲に感謝した。カリグラは笑った。「臨終の瞼を閉じるだと！ この暗殺者には閉じられるような眼など残してやらぬわ。ただちにこやつの目玉を抉りとって、その次は貴様の番だ！」

バッススの父親は言った。「どうか親子の命をお助け下さい。やつがれどもはお偉方の道具に過ぎないのでございます。その人たちの名を余さず申し上げましょう」カリグラは興味を惹かれた。そして老人が親衛隊司令官、ゲルマニア人護衛司令官、財務長官カリストゥス、カェソニア、ムネステルおよびその他三、四人の名を口にすると、ぎょっとして蒼白となった。「この者どもは予の亡きあと誰を皇帝に据えようとしていたのか？」かれは訊ねた。

「陛下の叔父上クラウディウス様です」

「叔父も陰謀に加わっておるのか？」

「いえ、かれらはクラウディウス様を旗じるしに使おうとしていただけでございます」

カリグラは部屋を駆け出すと、親衛隊司令官、ゲルマニア人護衛司令官、財務長官、それに私を急ぎ自室に呼び寄せた。かれは私を指さしながら他の者に言った。「貴様ら、このうすらばかが皇帝に相応しいと思うか？」

かれらは驚いて答えた。「いいえ、神君ユピテルがそのように命じられない限りは」カリグラは感傷的な笑みを浮かべて言い放った。「予はひとりで貴様らは三人だ。貴様らの二人は武装しているが予は丸腰じゃ。貴様らが予を憎み予の命を奪おうというのなら、ただちに予を倒してこの阿呆を皇帝にするがよい」

我々は全員床に平伏し、司令官二人は剣を差し出した。「そのような陰謀など、全く我らのあずかり知らぬことです。お信じになれないのなら、わが君よ、どうか我々を殺して下さい！」

あろうことかカリグラは実際我々を殺そうとした！ しかしすこし躊（ため）らっている隙を見て、私はこう言った。

「全能の神よ、それがしをここに連行してきた隊長から、バッススの父親の申し立てによってここにいる陛下の忠臣に叛逆の疑いがかけられたことを聞きました。バッススの父親の申し立てが偽りであることは明らかです。もしまことバッススがこの者たちに使われていたのなら、なにゆえわざわざ護衛の隊長に陛下の日常の行動を訊き出す必要がありましょうや？　知ろうと思えばここにいる司令官から直接情報を入手できたはず。バッススの父親は見えすいた嘘で息子と己の命を救おうとしているに過ぎません」

　カリグラは私の推論に納得したかに見えた。かれは私に手に接吻するのを許し、我々全員を立たせると、剣を返した。バッスス親子はゲルマニア人護衛の手で八つ裂きにされた。しかしカリグラは暗殺の懸念を脳裏から払拭することはできなかった。しかも兇々(まがまが)しい予兆が起こってその恐怖を増幅した。まず宮殿の守衛室に落雷があった。次にインキタトゥスがある夜晩餐の席に連れてこられると、突然竿立ちになって、そのとき跳んだ蹄鉄がユリウス・カエサル愛用の雪花石膏の杯に当たって、中の葡萄酒が床に飛び散った。なかでも最も不吉な予兆はオリュンピアの神殿で起こった。そこでは工人たちがカリグラの命令に従ってゼウス神像をローマへ移送すべく、解体作業の途中であった。計画ではまず最初に頭部を取り外すことになっていた。その大きさを計測して、神像が再構成されるとき代わりに据えることとなっていたカリグラの頭部の規模を決めるためである。工人たちは滑車を神殿の天井に設置して、そこから縄を神像の首に巻きつけて、いままさに頭部を引き上げんとしたとき、にわかに雷のような笑い声が神殿中に鳴り響いたのだった。工人たちは恐慌に陥って遁走した。そのあと代わりを務めようとするほど豪胆な者はどこにも見つからなかった。

　そこでカエソニアがカリグラに忠告した。今やカリグラがあまりに手きびしく冷徹なため誰もがかれの名を耳にするだけで身震いするほど恐れている。もう少し温情をもって統治し、臣民から畏怖ではなく愛情を得るようにしてはいかがと。カエソニアにはカリグラの置かれている立場がいかに剣呑であるか、また万一かれの身に危険が及べば、自分が常日頃から極力憐愍を説いていた事実が知られないかぎり、わが身も必ず破滅に陥ることがよく分っていたのである。このころカリグラは、はなはだ迂闊なことをした。親衛隊司令官、財務長官、ゲルマニア人護衛司令官を別々に呼びつけると、その者だけを信頼しているかのように装って、「予はそなたを信頼している。しかし他の奴ばらは叛逆を図っておる。そなたも奴らを予の宿敵と看做して行動して貰いたい」と告げたのである。かれらは互いに情報を交換して、そのため本当の陰謀が計画されたときも、そ知らぬふりを演じたのである。カリグラはカエソニアの助言に感謝し、もっともなことと思うと述べた。敵と和解したあかつきには、彼女の忠告に従おうと。そして元老院を召集して、我々を前にしてこんな風に語った。「ほどなく予はわが宿敵たるそなたたちに大赦を施し、慈悲と平穏をもって千年間統治するであろう。これは予言である。しかし黄金時代の到来を前に、幾つもの首級が元老院の床に転がり、血が天井の梁にほとばしるであろう。この残虐な時間は五分間で終わるであろう」平和な一千年が先に来て、そのあとに残虐の五分間がつづくのであれば、どんなによかったことか。

陰謀を企てたのはカッシウス・カエレアであった。元来カッシウスは昔気質の軍人で、上官からの命令には盲目的に服従するのに慣れていた。このような人物が、およそ考えうる最も神聖な忠誠の誓いを立てた当の大元帥陛下に対して叛逆を図ったとすれば、状況が救いようもないほど悪化していたと考えねばならない。実際カリグラはカッシウスを酷く取り扱った。カッシウスに親衛隊司令官の地位を確約しておきながら、何の説明も詫びも入れずに、経歴の浅い隊長をその地位に任命した。その者に特別の軍功があったわけではなく、ただ単に宮殿での宴席で見事な呑みっぷりを披露したからに過ぎない。この男は三ガロン入りの酒甕を、一度も口を離すことなく飲み干してみせましょうと志願し、それを実行した——私が目撃していたから嘘ではない——のみならず、さらにそのうえ杯を重ねたのである。カリグラはこの男を元老院議員に取りたてた。いっぽうカッシウスはきわめて不快で汚い仕事ばかりを命じられた。不当な税金の取り立てとか、冤罪による財産の没収とか、無辜の人々の処刑とかである。つい先ごろもカリグラはカッシウスに命じて、クインティリアと呼ぶ名門の美少女を拷問にかけたことがあった。いきさつはこうである。彼女との結婚を望む若者が何人もあったが、後見人が彼女に勧めた人物、これはカリグラの例の偵察隊の一人であったが、この男は娘のお気に召さなかった。彼女は後見人に自分で相手を選ばせて欲しいと懇願し、後見人は同意した。そして婚姻の日取りが決定された。拒否された偵察隊員はカリグラのもとに出向き、恋敵を神聖冒瀆の罪で、つまりは尊厳なる皇帝を「禿のおかま」と呼んだといって訴えた。そしてクインティリアと婚約者はカリグラの前に召し出されたが、二人とも嫌疑を否定した。二人は拷問台で手足を引っ張る関節外しの刑を宣告された。カッシウスの顔は嫌悪で歪んだ。拷問にかけられるのは奴隷だけと定められていたからだ。カリグラはカッシウスにクインティリアの拷問を監督させ、手ずから拷問台の把手をまわすよう命じた。クインティリアは拷問の間叫び声をあげることなく無言で通した。拷問が終わったとき、同情のあまり涙しているカッシウスにこう言った。「お気の毒な隊長、あなたを責めはしません。時には命令に従うのが辛いときもありますわ」カッシウスは絶望して言った。「あの日、ウァルスとともにトイトブルクの森で討死したほうがどれほどよかったか」

　彼女は再びカリグラの前に引き出された。カッシウスは何の自白も引き出せなかったこと、そして彼女が泣き声ひとつあげなかったことを報告した。カエソニアはカリグラに言った。「それはこの娘が男を愛しているためですわ。愛はすべてに勝ります。たとえ五体を切りさいなまれても、男を裏切ることはないでしょう」

　カリグラは言った。「そなたも予のためとあらば、カエソニアよ、同じように気丈にふるまうことができるかな？」

「それは陛下がよく御存知のはず」彼女は答えた。

　そこでクインティリアの婚約者は拷問を免れて無罪放免となった。そしてクインティリアは金貨八千枚の持参金を得たが、それは彼女を訴えた偵察隊員の財産から出た。かれは偽証の罪で処刑された。カリグラはカッシウスがクインティリアの拷問のさいに涙を落としたのを聞いて、嘲って老いぼれ泣き虫と揶揄した。「老いぼれ泣き虫」はカリグラがつけた綽名の中で最悪のものとはいえなかった。カリグラはカッシウスがおいぼれおかまだと言い触らし、かれについてこの手の聴くに堪えぬ冗談を思い付いては親衛隊士官連中に披露するのだが、かれらはそれを聞いて、立場上大笑いせざるをえなかった。カッシウスは役目がら毎日正午になるとカリグラの前に伺候してその日の合言葉を聞いておく必要があった。かつては「ローマ」や「アウグストゥス」、あるいは「ユピテル」や「勝利」のたぐいであったが、最近ではカリグラはカッシウスをいやがらせるために「コルセットの紐」だの「愛をこめて」だの「捲毛用の鏝（こて）」だの「キスして軍曹」だのといったばかばかしい文句ばかりを考え出した。カッシウスはその合言葉を同僚士官に伝えるたびに彼らの失笑に堪えねばならなかった。かれはカリグラ殺害を決意した。

　カリグラの狂気はますます度を越していった。ある日私の部屋にづかづか入ってきて何の前置きもなく言うには、「予は帝都を二つ定めることにした。ローマはもはや都とはせぬ。一つはアルプスに置く。次はアンティウムに新ローマを建設する。あれは予の生地であり、その名誉に値しようし、また海辺だという利点がある。さらにこの二つがゲルマニア人に劫掠されたときのことを考えて、アレクサンドリアを第三の首都とする。アレクサンドリアははなはだ文明化された都であるからな」

「御意のままに」と私はへりくだって言った。

するとかれはにわかに自分が「禿のおかま」と揶揄されたことを思い出し——実際かれの頭のてっぺんの髪はかなり薄くなっていた——こう叫んだ。「その醜悪なぼさぼさ頭のまま予の面前にしゃしゃり出るとは！　不敬であるぞ！」そしてゲルマニア人護衛に向かって、「この者の首を切れ！」

またしても私はもはやこれまでと思った。しかし何とか気をおちつけて、突進してくるゲルマニア人護衛に向かってするどく決めつけた。「何とする、この痴れ者めが！　神君陛下は『髪』と仰せられたのであって『首』ではないぞ！　ただちに鋏を持ってまいれ！」カリグラはあっけにとられて、あるいは確かに「髪」と言ったのではないかと思ったのだろう、ゲルマニア人に鋏を取りにゆくのを許した。というわけで私はくりくり坊主にされた。刈った髪を神君カリグラに捧げる許しを乞うと、かれは鷹揚にそれを受け入れた。その結果、ゲルマニア人を別にすると、廷臣の全員が見事な坊主頭となった。カッシウスが髪を刈られる段になると、カリグラは言った。「気の毒にのう、軍曹があれほどいとおしんでいたかわゆい捲毛であったのに」

その晩カッシウスはレスビアの夫と会った。かれはガニュメデスの親友で、その朝カリグラが何気なく口にした言葉から自分の余命がもはやいくばくもないのを悟っていた。かれは言った。「今晩は、カッシウス・カエレア、わが友よ。今日の合言葉は何かな？」

カッシウスはそれまでレスビアの夫から「わが友」と呼ばれたことがなかったので、凝っとかれを見つめた。

レスビアの夫——その名をマルクス・ウィニキウスという——は再び言った。「カッシウス、そなたと私の間には共通の利害がある。ゆえに私がそなたをわが友と呼ぶときには、そこに偽りはないと考えて欲しい。ところで合言葉は何か？」

カッシウスは答えた。「今日の合言葉は『かわゆい捲毛』だ。だが、わが友マルクス・ウィニキウスよ、あなたをわが友と呼んでよいのなら、『解放』という合言葉を私に与え給え。なればわが剣はあなたとともにあるだろう」
ウィニキウスはカッシウスを抱擁した。「解放のため決起の決意を固めているのは我ら二人のみではないぞ。虎もわが方についている」虎というのはコルネリウス・サビヌスという男で、やはり親衛隊の士官を務め、カッシウスが非番のときにはいつもかれに代わって任に当たっていた軍人である。

紀元四十一年

翌日からパラティヌス大祭が始まった。これはティベリウス治世初期にリウィアがアウグストゥスを記念して設けた祭祀で、毎年旧宮殿の南の庭で開催されることとなっていた。アウグストゥスへの犠牲(いけにえ)にはじまり、つづいて象徴的な行列があり、そして三日間にわたって芝居、舞踏、歌唱、奇術といった催し物が繰り広げられる。例年、六万人を収容する木製の観客席が設けられるが、これは祭の終わりには解体されて、翌年に再利用されることとなっていた。この年カリグラは祭の期間を八日間に延長し、通常の催し物に加えて闘技場での戦車競技と人工池での模擬海戦を披露することにした。かれ自身じっくり祭を楽しんで、それからアレクサンドリアに発つつもりだった。予定では出発は一月二十五日となっていた。エジプト訪問の目的は観光と資金集めで、ガリアで用いたのと同じ強要と詐術をもって金を巻きあげるつもりであった。またアレクサンドリア新都建設の構想を練るためでもあり、本人の吹聴したところによれば、スフィンクス像の頭を新しくすげかえるためであった。

大祭がはじまった。カリグラはアウグストゥスに犠牲を捧げた。しかしそのそぶりはいかにも馬鹿にしたようなおざなりなもので、いわば何か緊急の事態に主人が奴隷のために卑しい仕事をしてやっているという様子であった。犠牲が済むと市民に向かって、自分にできる範囲内で何か望みがあれば遠慮なく申し出よ、叶えてつかわそうと言った。それまでは皇帝主催の野獣狩りにちっとも熱狂しなかったといってひどく腹を立てて、十日間というもの食料貯蔵庫の扉を閉ざして意趣返しをしていたのだが、ようやく機嫌もなおったのだろう、宮殿の屋根から施しを撒いたところだった。市民はこれを歓迎して叫んだ。「パンを増やして税減らせ、パンを増やして税減らせ」カリグラは激怒した。ゲルマニア人の小隊を観客席に派遣すると、百もの首が斬り落とされた。これで謀叛を企む者たちは動揺した。ゲルマニア人どもの野蛮さとかれらがカリグラに捧げる揺るぎない忠誠をまざまざと見せつけられたからである。このときローマ市民の中でカリグラの死を願わない者はなく、またことわざ通り、誰もがその屍肉を悦んですすったろうが、しかしこれらゲルマニア人にとってはかれは光輝あふれる英雄だった。たとえカリグラが女装して悦に入ろうと、行軍の途中で突如列を乱して走りだそうと、カエソニアを全裸で登場させてその美しさを誇示しようと、あるいは母アグリッピーナが死を迎えることとなる小島に送り出される前に二日間幽閉されていたという理由だけでヘルクラネウムの豪奢な別荘を焼き払おうと、要するにどんな奇矯な行動をとろうとも、ゲルマニア人はなおさら熱狂的にカリグラを神として崇拝するのだった。かれらはお互いさかしらに頷きあってこう言うのである。「さよう、神とはああしたものよ。次になにをするか、予測もつかん。われらのなつかしい故郷でも、トゥイスコの神もマンの神もそうであった」

カッシウスはカリグラ暗殺さえ成功するならばわが身に何がふりかかろうと一向に頓着しなかったが、他の謀叛人たちはそれほど腹がすわっていたわけではなく、ゲルマニア人どもが崇拝する英雄を殺された場合どんな仕返しに出ないとも限らないと案じはじめた。そして何かと理由を設けて陰謀の話題を避けるようになり、カッシウスはなかなか計画を具体化することができなかった。

かれらは偶然の機会を狙おうというのだった。カッシウスは焦りはじめた。かれは仲間を腰砕けと罵り、君らは時間かせぎをして、そのうちにカリグラを無事にエジプトへ逃がそうというのかと非難した。大祭の最後の日、カッシウスはたいへんな努力の末に一味を説き伏せて具体的な暗殺計画に同意させた。と思うと、カリグラが突然、祭をさらに三日延長すると宣言した。アレクサンドリア市民のために自作の仮面劇を自演するつもりだが、故郷の者にも見せてやるのが公正というものだろうというわけである。

予定が変更されたおかげで、気の小さい同志たちは計画を先延ばしにする新たな理由ができた。「いや、カッシウス、これで事情が変わった。むしろわれらにとっては遂行が容易になったではないか。最後の日、奴が舞台から降りてきたときを狙えばよい。そのほうがずっと好ましい。あるいは奴が舞台で演じているときでもよい。どちらでも、おぬしがよいと思うほうで」

カッシウスは答えた。「われらは計画を練り上げ、遂行を誓った。われらはその誓いを守らねばならん。しかも最初の計画は立派なものだ。一分の狂いもない」「しかし今やわれらには時間が充分ある。どうしてもう三日待っていけないわけがあろうか」

カッシウスは言った。「もしおぬしたちが誓いで固めた今日の計画の遂行を望まないのであれば、儂は単身でも決行せねばならぬ。あれほどのゲルマニア人を相手にすれば勝ち目は薄かろうが、ともあれ儂は全力をつくす。そしてとても敵わぬとなったら、こう叫んでやる――ウィニキウス、アスプレナス、ブーボ、アクィラ、虎、どうして誓いどおりに加勢に来ないのか、と」

これでようやく一同は最初の計画を決行するのに同意した。ウィニキウスとアスプレナスがカリグラを説得して、正午には劇場を出て水槽で一泳ぎし、簡単な昼食を摂らせる計画であった。この直前にカッシウスや虎をはじめ陰謀に荷担する将校たちは舞台脇の扉からこっそり抜け出して、劇場から新宮殿への近道となる屋根つきの通路の出口付近で待ち伏せる。ウィニキウスとアスプレナスがカリグラを説得してこの近道を採らせようというのだ。

この日の演目は『オデュッセウスとキルケ』とされており、カリグラは終幕に果物と菓子とともに現金を撒くと約束していた。とうぜんそれはかれの定席のある扉にいちばん近い場所で行われるはずだったので、誰もがその貴賓席近くの座席を確保しようと早くから劇場に詰めかけた。劇場が開門になるといちばん近い席めがけて人々は我先にと押し寄せた。通常であれば婦人方は女性用の席、騎士階級は騎士席、元老院議員は元老院席、外国からの賓客はそれ用の席という具合に別れて着席するのであるが、今日ばかりは誰もかれもが一緒くたになっていた。私が見ていると、遅れてきた元老院議員がアフリカ人奴隷と髪をサフラン色に染めて並の娼婦のしるしである黒っぽい外套を着た女の間に座るのを余儀なくされていた。「これは好都合」とカッシウスは虎に言った。「混乱が大きければ成功の確率も高い」

この時点で、ゲルマニア人とカリグラ本人を別にすれば、宮廷内で陰謀を知らなかった唯一の人物は哀れなクラウディウスであった。哀れなクラウディウスはカリグラの叔父として殺されることになっていたからである。おそらくカリグラの一族は皆殺しにするはずであった。おそらく陰謀に荷担した連中は、私が皇帝の座に就いてカリグラの仇討ちをすることを恐れたのであろう。かれらは共和制復興を企てていたからである。あの阿呆どもが私を陰謀の仲間に引き込んでいたならば、事態はまったく違ったふうに展開したに違いない。というのも私は連中の誰よりも共和主義者であったからだ。しかし奴らは私を信用せず、非道にも私を殺すことに決めていた。ある意味で私よりもカリグラの方がまだしも陰謀を嗅ぎつけていた。少なくともかれはアンティウムのフォルトゥナ神殿から「カッシウスに気をつけよ」との警告の神託を受けていたのだから。しかしかれは神託の意味を取り違え、ドルシッラの前夫であるカッシウス・ロンギヌスを総督を務めていた小アジアから呼び戻した。自分がドルシッラを殺したことをカッシウスが怨んでいるに違いないと考え、またかれがユリウス・カエサルの暗殺者に加担したあのカッシウスの直系の子孫であることを思い出したのである。

その日の朝私が八時に劇場に来てみると、案内役によって座席が確保されていた。それは親衛隊司令官とゲルマニア人護衛司令官との間の席だった。親衛隊司令官はゲルマニア人護衛司令官に、私の頭ごしに訊ねた。「知らせを聞いたかね？」

「何の知らせだ？」ゲルマニア人護衛司令官は言った。

「今日の演目が変わったとの知らせよ」

「何をやるのかね？」

「『僭主の死』だ」

ゲルマニア人護衛司令官は相手に鋭い一瞥を投げかけると、眉を顰めながら次の詩句を唱えた。

勇猛なる戦友よ平静を装うがよい
ギリシア人の誰かが耳をそばだてているやもしれぬ

私は言った。「左様さよう、演目は変更になった。ムネステルが『僭主の死』を上演する。もう何年も小屋にかからなかった芝居だ。主人公はキニュラス王で、トロイへの遠征に参加せず、臆病ゆえに殺されるのだ」

芝居がはじまったが、ムネステルは最高の熱演を披露した。かれがアポロの腕に抱かれて息絶えるとき、鮮血が全身の衣装を赤く染めたが、これは口中に隠した小さな袋から迸ったものであった。カリグラはかれを呼び寄せ両頰に接吻した。カッシウスと虎とが衣装部屋に向かうムネステルを殺到する讃美者から警護するふうを装って、三人は舞台の袖に消えていった。施し物を投げるので会場が大騒ぎになった隙を狙って、他の隊長たちも姿を消した。アスプレナスがカリグラに言った。「見事なものでしたな。そろそろ一風呂あびて軽く一口召し上がられては？」

「いや」とカリグラ。「予はこの娘どもの軽業を見る。なかなか見事なものとの前評判であった。今日は終わりまで出し物を楽しむつもりだ。今日が千秋楽であるからな」かれはしごく上機嫌だった。

そこでウィニキウスが立ち上がった。カッシウスと虎の一行に、待つ必要はないのを伝えようとしたのである。しかしカリグラはその袖を引いた。「行くことはなかろう、わが友よ。娘どもを見逃してはならぬぞ。あの中の一人が魚踊りなるものを演じて、さながら十尋（ひろ）の海底にあるかのような気分にさせるのじゃぞ」

ウィニキウスは着席し、魚踊りを見物した。しかしかれはまず『ラウレオルスもしくは盗賊の頭』と題する感傷的な幕間狂言が済むまで座っていなければならなかった。この狂言の中ではむやみに殺人が演じられ、二流の役者たちはこぞってムネステルを真似て口中に血袋を含んでいた。劇場の舞台でかくも血にまみれた不吉な予兆が演じられたことはかつてなかった！　魚踊りが終わると、ウィニキウスは再度立ち上がった。「実を申せば、陛下、できればもっと見物していたいのですが、実はお浄めの女神に呼ばれておりましてな。どうやら変なものを食ったらしいのです」

わがささげものを柔かに固まらせて流したまえ
荒々しいほど速くもなく、さりとて緩慢すぎもせず

カリグラは笑った。「それは予のせいではないぞ、わが友よ。そなたは予の親友じゃ。そなたの食事の内容にまで口出ししようとは思わぬよ」

ウィニキウスは舞台の袖から出ると中庭でカッシウスと虎が待ちかまえているのに出会った。「おぬしたち、戻ってきたほうがよい。奴は最後まで見せ物を見物するつもりだぞ」

カッシウスは言った。「なれば結構。戻ろうではないか。奴が座っているところをこの手で斬り殺してやる。おのおのがたもその場にいてくれるであろうな」

そのとき親衛隊の兵士がやってきてカッシウスに報告した。「子供たちがやっと到着しました」

これ以前にカリグラは小アジアのギリシア人諸都市に書翰を送って、やんごとない血筋の少年を十人ずつローマへ派遣するよう命令していた。皇帝の面前でお国ぶりの剣舞を披露し賛歌を合唱させるためというのが表向きの理由だったが、これはカリグラが少年たちを掌中におさめるための口実であって、実際はかれが小アジアに怒りを向けるときに人質に使おうという腹づもりであった。少年たちは本来なら数日前に到着していてしかるべきだったのだが、アドリア海で荒天に見舞われコルフ島に足止めされていたのである。虎は兵士に命じた。「ただちに陛下に報告せよ」兵士は劇場に駆け込んでいった。

とかくするうちに私は空腹を感じてきた。そこで後ろ

に座っているウィテリウスに向かって、「陛下が率先して席を立たれ、軽食を摂りにいかれぬものだろうか」といっているところに、兵士がやってきて少年たちが到着したことを告げた。カリグラはアスプレナスに言った。「それは結構。今日の午後にも演技をやらせよう。すぐにでも謁見して賛歌の予行演習のひとくさりなどやらせようではないか。来たまえ、諸君。最初に演習、そのあとに風呂と食事、それからまたここへ戻ってこよう！」

　我々は退出した。カリグラは午後の演目に関して命令を下そうと、扉のところでいったん足をとめた。私はウィテリウスとセンティウスという元老院議員と、二人の将軍とともに先頭にいた。屋根つきの回廊にさしかかると、カッシウスと虎が入口のところにいるのに気づいた。訝しいことに、二人は私に挨拶しなかった。他の者にはしたのに。我々は宮殿に到着した。私は言った。「ひどく腹が減った。鹿肉を焼くにおいがするではないか。予行演習とやらが長引かねばよいのだが」我々は宴会場の控えの間にいた。「これは異なこと」と私は思った。「下士官ばかりで、隊長の姿が一切見えぬとは」そのことを同僚に問い質そうとして振り返ると、これまた異なことに、かれらの姿は音もなく消え失せているではないか。そのとき、はるかかなたで叫び声と悲鳴が聴こえてきた。さらに大声で怒鳴る声が。何が起こったのかと首をひねるばかりだった。誰かが窓の外を走り抜けながら叫んだ、「終わったぞ！　奴は死んだ！」それから二分後、すさまじい嵐のような叫びが劇場から響きわたった。あたかも観客全員が虐殺されたかのようであった。騒ぎはえんえんと続き、それがしずまったと思うとこんどは猛烈な拍手喝采が巻き起こった。私はよろめく足取りで階上にある小さな書斎に逃げ込むと、震えながら崩れるように椅子に倒れこんだ。

　偉大な歴史家たちの柱像――ヘロドトス、ポリュビオス、トゥキュディデスそしてアシニウス・ポッリオが私の眼前にあった。かれらの不動の表情はこう告げているかのようだった、真の歴史家たるもの、当代の政治的紛争には超然とあるべきだ、と。自分もまた真の歴史家として身を処さんと、私は決意したのであった。

巻三十四

親衛隊に担がれて、クラウディウス、帝位に即く

事の真相はこうであった。カリグラは劇場から出た。そこに輿が待っていた。輿は二列にならんだ親衛隊の間を通って遠回りに新宮殿へ皇帝を運ぶ手筈になっていた。しかしウィニキウスが言った。「近道しましょう。ギリシアからの少年たちが入口のところで待っているはずですよ」「よかろう、ついてこい」とカリグラ。人々は皇帝に随行しようとしたが、アスプレナスが背後に立ってかれらを追い払った。「皇帝はなんじらに邪魔されるのをお望みではない。失せろ」と。かれは門衛に命じて再び扉を閉じさせた。

カリグラは屋根のある回廊の方へ向かった。カッシウスが進み出ると敬礼した。「合言葉を、カエサル」

カリグラは言った。「なに、ああ合言葉か。カッシウス、今日はよいのを思い付いたぞ——老いぼれの下袴じゃ」

虎がカリグラの背後から呼ばわった。「よろしいか?」これが合図だった。「やれ!」カッシウスは唸ると、剣を抜き放ち、渾身の力で斬りかかった。

カッシウスは顱頂から顎まで一刀両断するつもりであったのが、興奮のあまり手元が狂って、首と肩の間に斬りつけてしまった。刃は胸骨にあたって止まった。カリグラは苦痛と驚愕によろめいた。狂ったように周囲を見回すと、くびすを返して逃げ出した。背中を見せたときカッシウスがまたも斬りかかり、顎を切り裂いた。虎も襲いかかったが、狙いを外して側頭部を傷つけたに終わった。カリグラはよろよろ身を起こし膝をついた。「もう一撃!」とカッシウスが叫んだ。

カリグラは苦悶の表情で天を仰いだ。「おお、ユピテ

ルよ……」かれは祈った。

「望み通り！」虎が叫ぶと、片手を斬り落とした。

鼠蹊部に一撃を加えてとどめをさしたのは、アクィラと呼ぶ隊長であったが、それでも胸部や腹部に十数本の刀が突き立てられたのは、皇帝の死を確実にするためであった。ブーボという名の隊長はカリグラの脇腹の傷に手を差し入れ、金切り声で「俺は奴の血をすすると誓ったのだ！」とわめきながら自分の指を舐めた。

人々が集まってくると、「ゲルマニア人がくるぞ」という警告の声が広がった。ゲルマニア人一大隊を向こうにまわしては、暗殺者たちに勝ち目はない。かれらは我勝ちに手近の建物に逃げ込んだが、偶然にもそこは私の以前の邸で、つい最近カリグラが宮殿に迎えたくない外国使節を宿泊させるために借り上げたところだった。暗殺者は玄関から入って裏口から逃走した。全員が間一髪のところで難を逃れたが、虎とアスプレナスだけが逃げ遅れた。虎は暗殺の一味とは無関係を装い、復讐の声をあげて殺到するゲルマニア人に合流した。アスプレナスは屋根付き回廊に駆け込んだが、そこでゲルマニア人の手に落ちて惨殺された。ゲルマニア人は偶々（たまたま）出会った二人の元老院議員を血祭にあげたが、これに加わったのはかれらの中でもほんの一部に過ぎなかった。大隊の残余は劇場に入って門扉を閉ざした。かれらは目についた者は誰かれ構わず惨殺して、殺害された自分たちの英雄の仇討ちとするつもりだった。私が控えの間で耳にした怒声と悲鳴はこれだった。劇場内にいた者は誰一人としてカリグラの死を知らず、暗殺の企てがあったことさえ知らなかったのだ。しかし明らかにゲルマニア人共はあくまで虐殺を敢行するつもりだった。というのも、かれらは投げ槍を軽く叩いたりなでたりして、あたかも人に対するかのように話しかけていたが、これはこの連中がこの恐ろしい武器を用いて流血の惨事を惹き起こそうとするときに必ず行う奇妙な儀式だったからである。もはや逃れるすべはなかった。と、そのとき、舞台から注意を促す喇叭の音が鳴り渡り、勅令であることを示す六つの音色がこれに続いた。ムネステルが登場して手をあげた。その瞬間、恐ろしい喧噪はぴたりと止み、啜り泣きとおし殺した呻きに変わった。ムネステルが舞台に姿を現したときは、一言も発してはならず、これを犯す者は即刻命を絶たれる決まりとなっていたからである。ゲルマニア人もまた武器を叩き呪文を唱えるのを止めた。皇帝の命令はかれらを不動の立像とした。

ムネステルは叫んだ。「市民たちよ。皇帝は死んでおられぬ。とんでもない。暗殺者たちは皇帝に襲いかかり、かれは膝をついた。すると、見よ！　皇帝はたちまちすっくと立ち上がられたのじゃ。神なるカエサルに剣はまったく無力であった。かれは尊厳なる頭（こうべ）を上げて呆然と後込みする暗殺者どもを尻目に歩み去られた。刀傷は消え去った。奇跡じゃ！　皇帝は今、中央広場の演台から臣下に向けて雄弁をふるっておられる」

　大歓声がわきおこり、ゲルマニア人は刃をおさめ、整列して退場した。ムネステルの時宜に叶った捏造（これは、この運命の午後ローマで唯一人正気を保っていたユダヤ王ヘロデ・アグリッパの助言に従ったものであった）が六万人の命を救ったのである。

　しかしこの時までに真相が宮殿に知れわたり、そこはまったくの大混乱であった。古参兵の中には略奪を働くのに絶好の機会だと考えた者があり、宮殿中で暗殺者を捜索するふりをした。宮殿のすべての扉には黄金の把手が取り付けられていたが、その値打ちはかれらの半年分の給与に相当し、しかも鋭い剣を使えば容易に取り外すことができたからである。私は「奴らを殺せ、殺せ、カエサルの仇討ちだ」との叫びを聴き、帳（とばり）の背後に身を潜めた。二人の兵士が部屋に入ってきた。かれらは帳の下から出ている私の脚を見つけた。「出てこい、謀叛人、隠れても無駄だ」

　私は帳のかげから出て床に突っ伏した。「こ、こ、殺さないで下され」私は言った。「儂（わし）はか、か、関係ないのじゃ」

「この御老体は誰だ？」と新参者の兵士が言った。「危険人物には見えぬが」

「知らぬのか。この方はゲルマニクスの不具の弟御じゃ。無害な老人だ。危険はまったくない。どうか、立たれよ。貴殿に危害を加えようとは思いませぬ」この兵士の名はグラトゥスという。

　兵士は私を促して階下の宴会の間に降りていった。そこでは下士官たちが集まって今後の方策を協議していた。若い軍曹がひとり、卓のうえに立って腕を降りまわしながら叫んでいた。「共和制は先の話だ！　新帝を擁立するしか我らの望みはない。ゲルマニア人どもに新帝受け入れを説得できさえすれば、どんな皇帝でもよい」

「インキタトゥスはどうだ」と誰かが馬鹿笑いした。

「そうだ。老いぼれ馬でも皇帝がないよりはまだましだ。ゲルマニア人どもを落ち着かせるために、いますぐ誰かを立てねばならん。でないと奴らは虐殺に走るぞ！」

　私を捕えた二人の兵士は皆をかきわけて私をひきずっていった。グラトゥスが呼びかけた。「軍曹、この御仁を見てくれ！　どうやら運が向いてきたようだぞ。クラウディウス老公だ。クラウディウス殿を新帝に擁立して悪いわけがなかろう。まあ足も悪いしちょっと吃りだが、ローマの国政にあたるには絶好の人材ではないか」

大喚声と笑い、それに「クラウディウス皇帝、万歳！」の叫び。軍曹が非礼を詫びた。「亡くなられたものとばかり思っておりました。よろしい、我らは貴方を皇帝に擁立しましょう。それ者ども、皇帝をもちあげて皆に見せてやれ！」二人のがっしりした伍長が私の脚をつかむと、背中に担ぎあげた。「クラウディウス皇帝、万歳！」

「降ろしてくれ」私はわめいた。「降ろしてくれ、皇帝になんかなりたくない。頑として拒否するぞ。共和国万歳！」

しかしかれらはただ笑うだけだった。「結構いい人物だ。皇帝になりたくないとはね。なかなか謙虚じゃないか」

「剣をくれ」私は叫んだ。「儂は自害する」

そこにメッサリーナが駆け込んできた。「お願いです、クラウディウス。私のためを思って兵士の言うとおりにしてちょうだい。私たちの子供のためを思って。貴方が拒めば私たちは殺されてしまいます。かれらはカエソニアを殺しているのです。カエソニアの幼い女の子を、足をつかんで壁にぶっつけ頭を割ってしまったのですよ」

「なあに、案ずることはありませんさ、慣れさえすりゃあね」とグラトゥスがにやにやして言った。「皇帝の生活もそう悪いもんじゃありませんぜ」

私ももうそれ以上拒まなかった。運命に逆らって、何の益があろうか。兵士どもは急いで謁見の間に私を連れ出した。かれらはカリグラ戴冠のさいに作られた「ゲルマニクスが復活した。ローマを苦境から救うため」という愚かな希望の賛歌を歌った。ゲルマニクスは私の称号でもあったからである。かれらは略奪者の手からカリグラの黄金の月桂冠を取り戻し、無理やり私の頭に被せた。体がぐらつかないように私は伍長の肩にしがみつかねばならなかった。月桂冠は片方の耳をつるりとすべって落ちそうだった。何と気恥ずかしかったことか！　私の様子はまるで刑場に牽かれてゆく罪人のようだったという。ずらりと並んだ喇叭手が皇帝を言祝ぐ旋律を吹き鳴らした。

ゲルマニア人どもがなだれこんできた。かれらは悲しみに沈む元老院議員と出会って、ようやくカリグラの死が疑いないものと知ったばかりだった。ぺてんにかけられたことに気づいて怒り心頭に発し、ふたたび劇場におしかけたのだが、そこには人っ子ひとりおらず、まったく途方にくれてしまった。仇討ちの相手で残っているのは親衛隊だけだが、親衛隊は武装している。皇帝万歳の叫びを耳にしてかれらは臍をかためた。こちらめがけて殺到すると、「万歳、万歳、クラウディウス皇帝、万歳！」と叫んだ。そして狂ったように槍を私に捧げると、親衛隊の群を押し退けて私の足に接吻しようとするのだった。私が退くよう命ずるとかれらはそれに従い、私の面前にひれ伏した。私は兵士の肩に担がれたまま、謁見の間を何度もぐるぐる回った。

さて、読者よ。この常軌を逸した事態のさなかに私の脳裏をよぎった想念ないし記憶は何であったとお思いか？ シビュラの予言か、狼の仔の予兆か、ポッリオの助言、はたまたブリセイスの夢のことか？ わが祖父と共和国の自由のことか？ わが父と共和国の自由か？ あるいは三代にわたる先帝、アウグストゥス、ティベリウス、カリグラの生涯と死のことか？ 暗殺者の手にかかる危険、もしくは元老院や兵営の親衛隊大隊から巻き起こるやも知れぬ叛乱の危険のことか？ メッサリーナといまだ生まれぬわが子のことか？ 祖母リウィアと、戴冠したあかつきには彼女を神として祭ると誓ったという約束のことか？ ポストゥムスとゲルマニクスのことか？ アグリッピーナとネロのことか？ あるいはカミッラのことであろうか？ 否、わが脳裏に浮かんだ思いはなんぴとも推量しえないに違いない。いかさま恥ずべきものであるとはいえ、ここに正直に書き記そう。私はこう思っていたのだ――「私が皇帝だと？ ばかばかしい！ しかしこれでわが著作を人々の前で披露することができるぞ。大勢の聴衆のための公的な朗読会だ。あの著作は優れたものだ。何しろ三十五年にもおよぶ努力の結晶だからな。そうやっても悪くはなかろう。ポッリオは豪勢な宴会を開いて聴衆を集めていた。かれは立派な歴史家で最後のローマ人だった。わが『カルタゴ史』には興味深い逸話が多数収録してある。皆喜ぶに違いない」

これが私の考えていたことだった。私はこうも考えていた。皇帝の身分になれば、非公開の文書庫にあたって、あれこれの歴史的事件のさいに実際何が起こったのかを解明することも可能だ。いかに多くの謎がいまだ解かれぬままに残されていることか。歴史家にとってこれは何と夢のような好運であろう。そして、いずれお分りのように、私はこの好運を充分に活用した。単に概略しか知らぬことから推測して臨場感あふれる会話を作り出すのは熟練した歴史家の特権とされているが、私にはその必要すらなかったのである。

訳者あとがき

詩人であり、小説家であり、評論家であり神話学者であったロバート・グレーヴズは、一八九五年七月二十四日、ロンドン郊外のウィンブルドンで生まれた。十九世紀末の生まれときけば昔の人と思われようが、すこぶる長命だったので、亡くなったのは一九八五年十二月七日、つい近年のことである。

二十世紀の英文学を代表する大家の一人であったにもかかわらず、彼の著作は今まであまり日本人に紹介されることがなかった。おびただしい著作のなかで以前から翻訳されていたのは、単行本では『ギリシア神話』と『アラビアのロレンス』。その他数篇の詩が文学全集などに収められたにすぎない。いかにもわが国における海外文学の紹介の偏りを思わせる状況であったが、ごく最近、彼の若き日の回想録『さらば古きものよ』が岩波文庫から刊行されて、グレーヴズがやや身近な人になったのはよろこばしいことである。

彼は何よりもまず天成の詩人であったが、稀にみる豊穣な知性の持主で、小説、詩論、神話学等、広い領域にわたって優れた業績を残した。彼が何より大切にした詩業は別格として、散文の著作で最も重要なのが『白き女神』、小説では『この私、クラウディウス』とその続篇『神、クラウディウスとその妻メッサリーナ』、それに『ベルサリウス伯』であろう。そのほか『ギリシア神話』や『ホメロスの娘』『主イエス』も、独特の想像力ゆたかな神話・歴史解釈を示していて興味深い。

ここに訳出した『この私、クラウディウス』は一九三四年五月に出版されたが、第四代ローマ皇帝クラウディウスを主人公とする歴史小説を着想したのは、自伝『さらば古きものよ』を書き終えた頃で、グレーヴズは一九二九年九月に、「かぼちゃ皇帝」の想を得た、と記している（*Journal of Curiosities*）。かぼちゃ皇帝とは、クラウディウスが死後神格化されたとき、セネカがアポテオシス（神化）をもじってアポコロキュントシス（かぼちゃ化）と茶化したことをふまえている。（本当はかぼちゃでなくてひょうたんと訳すべきだろう。アメリカ大陸原産のかぼちゃは、ローマ世界にはまだ存在しなかったはずだから。）馬鹿扱いされていたこの教養高い中年男は、しかし帝位に即くや意外に俊敏な行動力を発揮した。先帝カリグラの発布した愚劣な法令をすべて鶴の一声で取り消し、腐敗した元老院を当てにせず、解放奴隷の中から有能な人材を登用して、大規模な公共事業を企画、運営させた。そして、柄にもなくブリタニアに遠征し、大方の予想に反して成功裡にブリタニアを征服、敵対した王カラクタクスを捕えて帰還したが、先例を破って敵王を助命した。少なくとも彼はアウグストゥス以後のユリウス・クラウディウス朝の皇帝のなかで最良の人物であったことは疑いない。

しかしクラウディウスは弱点も多く、迷信深い夢信者で、だまされやすい好色漢で、あまりにも妻の尻に敷かれやすかった。また妻たちは揃いも揃って史上稀にみる悪女であった。この小説の終わりの方で結婚するメッサリーナは、「知らぬは亭主ばかり」という情況の中で破廉恥なふるまいをほしいままにし、あげくの果ては情夫シリウスと結婚（！）してしまう。シリウスに帝位簒奪の疑いあり、と告げられて、老帝は遂に妻を殺さざるをえなかった。そのあと姪のアグリッピニッラ（小アグリッピーナ）と結婚するが、彼女の連れ子があの悪評高いネロである、と書けば大方の察しがつくであろう。彼女はクラウディウスに毒茸を食べさせて、息子に皇帝への道を確保したのである。

こうして、先にカリグラ、後にネロと、あまりに派手な二人の若い暴君の中間に位置して、クラウディウスという熟年の皇帝は同時代の人にとっても、後世の歴史家にとっても、謎の人物であった。いくつもの肉体的ハンディを負って、名門クラウディウス家のいわば「みそっかす」であった主人公が、皇帝候補となりうる親族たちが次々と抹殺されてゆく過酷な状況の中でひとり生きのびて、遂に、誰一人、自分自身も予想しなかった帝位への登極を果たす、というこの自伝体の歴史小説は、二十世紀のアンチ・ヒーローのみごとな一典型を提示したものといえよう。『この私、クラウディウス』はイギリスのアーサー・バーカー社とアメリカのハリソン・スミス社で三四年五月刊行。同年九月までにそれぞれ四版を重ねた。『神、クラウディウスとその妻メッサリーナ』も同年十月刊行。この二作はいずれもジェイムズ・テイト・ブラック記念賞を受賞、『この私、クラウディウス』はその上ホーソンデン賞も受けた。七六年には、シェイクスピア役者として名高いデレク・ジャコビーの主演で、BBCがこの小説を連続テレビドラマに仕立てて放映している。

一般の読者に受けただけでなく、この小説はローマ史の専門家からも史的考証の確かさの点で高い評価を得た。小説の資料としてタキトゥスとスエトニウスに頼りすぎている、との友人の評に対して、自分はこの二大資料のほかに、ヨセフス、ディオ・カッシウス、セネカ、アロシウスその他を読み、ラテン研究事典、古典古代大事典なども参照した、とグレーヴズは答えている。クラウディウスの語り口の感じをつかむために、(この皇帝の著作はすべて湮滅(いんめつ)しているので)残存するアエドゥイ族関連のラテン語の演説や、近年発見されたアレクサンドリアの人々に与えるギリシア語の書翰の文体を研究したりもしているのである。

しかし、博学な細部の積み重ねだけならば、勤勉な作家が努力すれば書けないことはない。この小説の強み、そして魅力は、この「自伝」の想像上の作者の性格・個性にある。控え目で、博識で、ちょっと滑稽で、まことに人間的な皇帝のなかに、グレーヴズは自分自身を再創造したといえよう。重要な登場人物の中で、特にアウグストゥスの妻リウィアの描き方が注目をひく。きわめて有能で権力意志の強い、目的のためなら手段をえらばぬ、じつにいやな女として造型されている。しかし彼女はローマの帝政確立のために刻苦精励し、迂余曲折はあってもほとんどすべてがリウィアの筋書通りに進行するのである。また、続篇『神、クラウディウスとその妻メッサリーナ』のメッサリーナは若く美貌の遺り手の妻で、すっかり老皇帝を尻に敷き、傍若無人の放縦の振舞に及ぶ。よかれあしかれこのような強烈な存在感をもつ強い女たちを創造したグレーヴズはじつに本質的なフェミニストであった。本質的な、というのは、昨今のいわゆるフェミニストとはかなり異質の、詩的イデアリスムをもっていたからで、それは彼の神話解釈によく示されている。家父長的男神が支配する以前の蒼古たる昔、人々に崇められていたのは、女家長的(マトリアルカル)な女神であった、と彼は考え、あらゆる神話の深層に〈女神〉を発掘しようとするのである。女性の能力を男性に劣らぬとする彼の信念は、ずばぬけて賢い姉に敬服していた子供のころに培われたといわれるが、彼の〈女神尊重〉は『白き女神』において極まる。「詩的神話の史的文法」という副題をもつこのユニークな書は、しかし決して読み易い本ではない。「驚愕すべき、途方もない、人を呆然とさせる、何ともいいようもない本」とT・S・エリオットが評した通り、ロバート・グレーヴズの思想の核心を示すものでありながら、一種の壮大な奇書といえよう。とても私などの読解力では手に負える代物(しろもの)ではないが、背伸びしながら言えば、〈白き女神〉の白は月の白さ、純潔と恐怖の色をあらわす。月の女神であると同時に詩神(ミューズ)であり母神である〈白き女神〉は、いくぶんユングのアニマの観念に似ている。それはマイナデス(バッコスの祭女)的狂乱と暴力から詩神的秩序と静穏へと向かう聖なる力である。いずれにせよ、当時主流だったモダニズムに背を向けていた詩人は、ここで詩への神話的アプローチ、詩へのロマンティックな回帰を要請しているのだ。「若いころ、詩がグレーヴズの宗教だった。今や〈女神〉が彼の宗教である」と伝記作者M・シーモアは記(しる)している。こうした確固たる反モダニスト的姿勢がわざわいして、彼の詩はながらく正当な評価を得なかったが、近年グレーヴズ再評価の気運がおこりつつあり、評伝も次々出ている。

〈女性的なるもの〉を尊重するグレーヴズの態度は、ホメロス作と伝えられる二大叙事詩のうち、『オデュッセイア』の作者は女性ではないか、という彼の仮説(サミュエル・バトラーの説を継承した)にもよく示されている(小説『ホメロスの娘』)。このあたりで、こうした精神的傾向を育んだ彼の家系と生い立ち、生涯にふれておく必要があるであろう。

ロバート・グレーヴズのフルネーム、ロバート・フォン・ランケ・グレーヴズは、母方と父方の両方の姓を含んでいる。クラウディウスほど長々しい名ではないし、ヨーロッパ人には珍しいことではないが、家系を意識させる名前といえよう。母のアマリア(通称エイミー)はドイツ系のフォン・ランケ家の出であり、アイルランド系の父の姓がグレーヴズなのである。われらのロバートは、父アルフレッド・パーシヴァル・グレーヴズと、二人目の妻エイミーとの間の息子である。父アルフレッドは亡くなった先妻との間に男女五人の子があり、再婚後も五人の子を生(な)した。子沢山の家系であって、ロバート・グレーヴズ自身も初婚で四人、再婚で四人の子をもった。彼が多作であったのは、文筆一本で大家族を支えていくために、たくさんの本を書かねばならなかったという事情がある。若いころ、カイロの王立エジプト大学に英文学の教授の職を得て赴任したが、すぐに辞任してしまったし、後にオックスフォード大学で四年間詩学教授をつとめたが、そもそもオックスフォードの詩学教授というのは、年に四回、詩に関する講義をするのが唯一の義務で、一流の詩人のえらばれる名誉職なので生活の安定につながるものではなかった。

さて、ロバートの両親アルフレッドとエイミーの家庭は、大変きちんとした典型的なヴィクトリア朝の上流インテリ家庭で、特にエイミーはあくまで心正しく子供を道徳的にしつけようと努力した。こうした育てられ方をしたロバートの精神には抑圧された部分があったが、それが文学的創造の過程で解放されていくのである。ともあれ若き日のロバートは清潔な青年で、軍隊生活を経たにもかかわらず、一九一八年に結婚するまで童貞であった。

父方のグレーヴズ一族も母方のフォン・ランケ一族も、いずれも勤勉、宗教的で、愛他精神がゆたかである点で共通していたが、グレーヴズ家はウッカリ者が多く、迷信深かった。「父が詩人だったので、詩人について幻想を抱かずにすんだ」とロバート・グレーヴズが書いているように（『さらば古きものよ』）彼の父は詩人であったし、アイルランドのリメリックの主教だった祖父は言葉遊び、特にアナグラムの名人で、オガム文字（古代アイルランドのアルファベット）研究の権威だった。つまり暗号解読の名手だったのである。

フォン・ランケ家の方はもっときちんと訓練された精神の持主で、政治的関心が強かった。エイミーの父は医学者、祖父は天文学者、大伯父が有名な歴史家のレオポルド・フォン・ランケである。ロバートは母の大伯父の肖像が自分にそっくりなのに気づいて驚いたが、肉体的にはランケ系でも、彼は精神的には典型的なグレーヴズであった。すなわち、強烈な好奇心、とりわけ言語へののめりこみ、雄弁な、心を捉える語り口、そして迷信深さ。そもそもグレーヴズとは、ノルマン語の graef 即ち英語の quarry（採石場、石切場、比喩的に知識の源泉の意味にもなる）であって、言語の意味を詮索し掘り起こすことの大好きな一族にふさわしい名というべきであった。『この私、クラウディウス』の中でも、たとえばリウィアとかクラウディウスとかいう名前の原義がさらりと語られ、それが物語に一種知的な興趣をそえていることに読者は気づかれたであろう。しかし代表的な小説がいずれも歴史小説であり、その他の著作も歴史に関わるものが多いことを考えれば、大歴史家を出したフォン・ランケ家の血も彼の中でいきいきと脈うっていることが感じられる。ただ彼の場合、しばしば歴史を通りこして神話の詮索に及んだところがグレーヴズ一統特有の濃厚な詩人気質を示している。この小説の中で語り手のクラウディウス自身が自分の家系について熱心に述べ立てているのは、グレーヴズがこうした血筋、遺伝的要素への関心が強かったことのあらわれとみてよい。

ロバート・グレーヴズの長い生涯のなかで、重要な、あるいはちょっと面白い事実だけを二、三あげておこう。一九一四年八月、若き詩人ロバート・グレーヴズは、入学の決まっていたオックスフォード大学の教育をきらい、第一次大戦に志願して、ウェルシュ擲弾兵（フュージリア）連隊の士官となった。（彼はオックスフォードよりもケンブリッジの方が気に入っていたのに、親がオックスフォード好みだったのである。）この戦争体験は『さらば古きものよ』に詳しくいきいきと語られているが、この命がけの体験は後の作品に大いに活かされた。一例をあげれば、クラウディウスが、「兵士とはまことに途方もない連中である。盾に張る鞣（なめ）し革のように強靭で、エジプト人のように迷信深く、サビニ族の老女のように感傷的だ」と書くとき、彼は前線にいたときの部下たちのことを考えているのだ。

いま「命がけの体験」といったのは文字通りの意味であって、一九一六年七月、彼はフランスで——いわゆる西部戦線のまっただ中で——瀕死の重傷を負った。上官が誤ってロバートの両親に戦死と通知してしまったほどの容態だったのである。ともあれ彼は自分で自分の死亡通知を読むことのできた稀な人間の一人であった。日本では、誤って死んだと思われた人は長生きする、という俗信があるが、まさにその好例というべきだろう。チャーターハウス校在学中にボクシングや山歩きで鍛えた彼の若い肉体は死をはねのけて奇跡的に回復し、一八年一月、ナンシー・ニコルソンと結婚した。除隊してオックスフォードのセント・ジョーンズ・コレッジに入学したのは結婚の翌年、長女が生まれたあとである。オックスフォード在学中、彼がいかにすぐれた文学者たちと交友をもったか、驚くに値する。友人の名を二、三あげれば、若き日のエドマンド・ブランデン、ジークフリード・サスーン、トマス・ハーディ、T・S・エリオット等々。ゆたかな土壌を得て彼の才能はみごとに開花したのである。特にT・E・ロレンス（アラビアのロレンス）の知遇を得たことは大きかった。彼が家族を抱えて金に困っているのを見かねて、ロレンスが『知恵の七柱』の印税の一部を贈ってくれたこともあった。妻のナンシーは画家でフェミニストだった。次々生まれる子供に手をとられるので、ロバートが食事の支度などをしていた。当時の男性としては珍しいことであったろう。家族の食事係という役割はその後もかなり長い間彼のものであったらしく、後に、マヨルカ島で、ローラ・ライディングという端倪すべからざる女詩人と同棲していた時期、泊り合わせた友人はロバートがローラの寝室に朝食を運んで行くのを見て仰天したという。さらに、夜、彼が寝室でせっせとえんどう豆の殻をむいていた、という目撃証言もある。

アメリカから来たローラ・ライディングという女性は、グレーヴズの文学上の協力者として、はじめは妻のナンシーも彼女を歓迎したのだが、やがてローラとロバートの関係が常識の域をはるかに逸脱するに至って夫婦仲に亀裂が生じた。などというといかにも月並みであるが、これは「小説よりも奇なる」関係で、とりわけローラの自殺未遂事件には周囲の人々が呆れ返ってしまったのだった。

一時期グレーヴズ夫妻とローラのトリオに、ローラを崇拝する若い詩人ジェフリ・フィッブズが加わって奇妙な四角関係ができあがっていたが、フィッブズが突然失踪し、ロバートがわざわざフランスまで探しに行ってロンドンへ連れ帰った。ところがどうしてもフィッブズがもとの鞘(さや)におさまらないと見るや、ローラは消毒液(リゾール)を飲んだ、と言いすてて四階のフラットの窓から飛び降りた。泡を食ったロバートは下へかけおりるのももどかしく三階から（三階半くらいの位置だったという）飛び降りてしまった。

幸いロバートはそれほどの大怪我ではなかったが、ローラはひどい状態であった。まあ何とか回復した二人は、さすがに世間の目をはばかるように二人でマヨルカ島へと居を移したのである。むろん彼の念頭には、ショパンとジョルジュ・サンドのマヨルカ逃避行があった。

ローラ・ライディングはマヨルカでも「ヒッタイトの女王のように」君臨していた。ロバートはローラを詩的霊感の泉として、詩神(ミューズ)の化身であるかのように崇拝したばかりか、文学的才能の点でも彼女が自分以上に評価されることを望んでいた。グレーヴズの文名を慕って訪れる詩人や文学者たちは、グレーヴズ以上にローラ・ライディングに敬意を評することで、はじめて「仲間うち」に入れてもらえるのであった。編集者が彼の作品を出版させてほしいと申し入れると、ローラの作品を抱きあわせにして一緒に出版することを条件に承諾することもあったのである。

ローラとの生活は三九年に終わったが、グレーヴズはスペイン内乱の時期から第二次大戦が終わるまでの十年間を別にすれば、一九八五年に歿するまで終生地中海のマヨルカ島北西部の小村デヤで暮らした。

二人目の妻ベリルは聡明な人で、詩人に霊感を与える詩神役（ミューズ）の女性をグレーヴズが次々と必要とすることもよく理解していた。先妻ナンシーは七七年に亡くなったが、すでにその十年前の六八年にグレーヴズは愛情をこめた手紙を送り、二人は和解していた。「長生きしすぎるのがわが一族の習いだ」と、五六年グレーヴズは友人への手紙でのべているが、その通りに、彼の強壮な肉体は彼の精神よりも長生きした。しかし七十歳代の後半、親しい友人たちが彼の頭脳の衰えを悲しむような状態になったのちも、グレーヴズの作風に魅せられて訪ねてくる、いわゆる「デヤ詣（もう）での巡礼者」の眼には、グレーヴズはさながら〈詩〉の権化と映った。丈高く、堂々として、黒いコードバンの帽子の下から白い捲毛をもしゃもしゃとはみ出させ、見者（ヴォアイヤン）の如き眼をしたこの老人は、依然として畏敬に値する見事な存在感をもっていたのだ。

八十歳になってからは誰の目にも老耄の気は覆うべくもなく、テレビで『クラウディウス』が放映されるのを見ても、もはや自分の原作とは分らぬまでになっていた。しかしテレビドラマの成功で『クラウディウス』両篇は世界的ベストセラーとなり、十六カ国語に翻訳された。かねがねグレーヴズは「クラウディウスがわしの面倒をみてくれるだろう」と言っていたが、その通り、この名高い小説の印税で、彼はデヤの家を離れることなく、手厚い看護をうけて晩年をすごすことができたのだった。土岐恒二氏が教えて下さったことだが、完全に耄碌した晩年のグレーヴズの姿を、アルゼンチンの詩人ホルヘ・ルイス・ボルヘスが短い文章に書きとどめている。一九八一年、すでに八十歳をこえて視力を失ったボルヘスはマリア・コダマ（長年の秘書で彼の晩年妻となった日系女性）と共に、スペインを訪れたさいに、彼が読んで心うたれた『白き女神』の作者を表敬訪問したのだった。はじめと終わりを省略して大意をお伝えしておきたい。

浮世の煩悩からこれほど遠く、やすらかな恍惚にこれほど近い老人は居るまい。じっと動かず、妻と子らと孫たちに囲まれ、一番幼い孫を膝にのせ、さらに世界各地から来たデヤ詣での人々（その一人はたしかペルシア人だった）に囲まれて。彼の大きなからだは機能を保ちつづけていたが、彼はもはやなにも聞かず、なにも語らなかった。彼の魂はひとりきりだったのだ。我々が誰なのか、分っていなかったと思うが、別れを告げたとき、彼は私の手を握り、マリア・コダマの手にくちづけた。庭の門まで見送りに来た彼の妻は言った。「またきっとおいで下さいませね。ここは天国ですわ」

八十二歳の盲目の詩人と、八十六歳の恍惚の詩人との出会い。何とも感動をさそう情景ではあるまいか。しかもボルヘスは、ほとんど信じがたいことだが、その翌年、再びグレーヴズを訪れているのである。デヤの丘の上の教会墓地の一隅、ローズマリーの茂みにかこまれた簡素な正方形の墓石の下に、詩人ロバート・グレーヴズは眠っている。

本書は Robert Graves: I, Claudius の全訳である。（ただしグレーヴズの短い序文だけは省いた。）底本には Methuen & Co. Ltd., London 刊行の I, CLAVDIVS（一九八六年版）を用いた。

三人寄れば文殊の知恵、というが、個性の強い訳者が二人寄ると、一人でやる以上に手間ひまがかかるのである。固有名詞の表記ひとつにしても、最終的にこの形におちつくまでかなり迷いがあった。この伝記小説は、ローマ人であるクラウディウスがギリシア語で書いている、という設定なので、神々の名などはギリシア語表記にすべきかと考えたが、結局ラテン語表記になった。ただし文脈によって例外はある。またラテン表記が日本人に耳馴れない場合もギリシア語表記を用いた（例、ウリクセス→オデュッセウス）。地名にしても、赤井氏ははじめローマ時代の古名にこだわっていたが、原作者自身が現代の地名を用いているからには、あまり衒学的になるのもいかがと思い、マルセイユをマッサリア、リヨンをルグドゥヌムと表記するようなことはやめておいた。

読者の便宜のために、キリスト教暦の紀年を別書体で小さく記したのはグレーヴズであるが、その他の割註は訳者が入れたものである。

ローマ人はネロとかドルススとか共通の名が多く、混乱を避けるため原作者は読者になじみのある通称（例えばゲルマニクスとかカリグラ）を用いている。それでかなりわかりやすくなってはいるものの、何しろ登場人物が多いので、巻頭に主な人物の一覧表を付した。また、原著には各巻の番号のみあって題がないが、読者の便を思って章題代わりに内容を表示しておいた。いずれも訳者の老婆心である。

なお、文中数カ所にホメロスその他のギリシア詩からの引用詩句が出てくる。当時のローマの知識人にとってはごく自然な引用であり、イギリスのインテリにもよく通用するもので、むろんグレーヴズは一切出典を示していない。訳者は『イーリアス』や『オデュッセイア』からは当該詩行をほとんど特定できたが、中には出典不明の（たぶんグレーヴズ自作の）詩行もあり、とくに割註を付けなかった。

念のためにコレクシオン・フォリオのフランス語訳（レモン・ペロー夫人訳）を入手したが、これは難解な箇所を全部省略した、じつにずぼらな訳で、何の頼りにもならなかった。

作中には不穏当と思われる差別用語がいくつか使われているが、古代ローマ人が書いた、という設定では自然な用語であり、ほかに訳しようもないのでそのまま用いた。

ともあれ本訳はわれわれ二人の全くの共同作業で、気力充実した壮年の赤井氏の牽引力なくしてはこの訳業はありえなかったであろう。ただし最終の文責は私にある。

二十世紀最終年の夏　　多田智満子

著者略歴

(Robert von Ranke Graves, 1895–1985)

ロンドン郊外のウィンブルドンに生まれ，チャーターハウス校在学中に詩作をはじめる．1914年第一次世界大戦勃発とほぼ同時に陸軍入隊．従軍中の1916年に最初の詩集 *Over the Brazier* を出版．1919年オックスフォード大学セント・ジョーンズ・コレッジに入学して英文学を専攻．1926年カイロの王立エジプト大学に英文学教授として赴任するが，一年で辞任．1929年から地中海のマヨルカ島で創作活動に没頭し，自叙伝 *Goodbye to All That*, 1929（『さらば古きものよ』工藤政司訳，岩波書店，1999）や，本書 *I, Claudius*, 1934 とその続篇 *Claudius the God and his Wife Messalina*, 1934，二十世紀最高の愛の詩集と評価の高い *Collected Poems*, 1938 など初期の代表作品を生み出す．ほとんど終生マヨルカ島の小村デヤに暮らし，詩，小説，評論，神話研究，随筆，伝記，翻訳，子供向け読みものなど幅広いジャンルにわたって百三十冊以上の著作をのこし，九十歳の長寿を全うして没する．本書はジェイムズ・テイト・ブラック記念賞とホーソンデン賞に輝き，世界各国語に翻訳されベストセラーとなって読みつがれている．

訳者略歴

多田智満子〈ただ・ちまこ〉 1930–2003．詩人．主な詩集として『多田智満子詩集』（思潮社，1972）『定本多田智満子詩集』（砂子屋書房，1994）『川のほとりに』（書肆山田，1998）『長い川のある國』（書肆山田，2000）など，散文作品に『森の世界爺』（人文書院，1997）『動物の宇宙誌』（青土社，2000）『十五歳の桃源郷』（人文書院，2000）など，訳書に M. ユルスナール『ハドリアヌス帝の回想』（白水社，1963）など，いずれも多数．

赤井敏夫〈あかい・としお〉 1957年生まれ．神戸学院大学人文学部教授．著書『トールキン神話の世界』（人文書院，1994）ほか．訳書 T. シュベンク『カオスの自然学』（工作舎，1986）ほか．

ロバート・グレーヴズ
この私、クラウディウス
多田智満子
赤井敏夫 訳

2001年3月15日 第1刷発行
2016年5月20日 第3刷発行

発行所 株式会社 みすず書房
〒113-0033 東京都文京区本郷5丁目32-21
電話 03-3814-0131(営業) 03-3815-9181(編集)
http://www.msz.co.jp

本文印刷所 理想社
扉・表紙・カバー印刷所 リヒトプランニング
製本所 松岳社

ISBN 4-622-04806-X
［このわたしクラウディウス］